当代中国古代文学研究文库

丛书主编 傅璇琮 黄霖 罗剑波

赵逵夫 著

滋兰斋文选

复旦大学出版社

"当代中国古代文学研究文库"总序

中国古代的文学源远流长、光辉灿烂,从远古朴实的民谣、奇幻的神话,到《诗经》、楚辞、汉赋、唐诗、宋词、唐宋古文、元曲、明清小说……花团锦簇,美不胜收。它以无数天才的作家、优美的作品、多变的文体、鲜活的形象、生动的故事、独特的风格与鲜明的民族特点,充分地表现了中华儿女的传统美德、人生理想、聪明才智、崇高精神,以及审美情趣与艺术才能。它们是中华民族五千年传统文化珍贵的结晶,也是全世界文学之林中耀眼的瑰宝。

有文学,就有欣赏,就有批评,就有研究。早在先秦时代,对文学的批评就随处可见,如《左传》中写到季札在鲁国观乐,对《诗》中的众多作品一一作了点评。后来逐步产生了一批理论批评与研究专著,如刘勰的《文心雕龙》、锺嵘的《诗品》、严羽的《沧浪诗话》、刘熙载的《艺概》等,为中国古代文学的研究树立了典范。到20世纪初,在中西融合、古今通变的潮流中,中国古代文学研究的思维模式与书写方式都发生了明显的变化,截至1949年,已陆续产生了一批现代形态的中国古代文学研究成果。新中国建立以后,历史翻开了新的一页,近七十年来,特别是从上世纪80年代以来,当代的中国古代文学研究尽管有时也不免遇到这样或那样的干扰与曲折,但总体而言,不论是文献的整理或考辨,还是理论的概括与分析;不论是纵向或横向的宏观综论,还是对作家或作品的具体探索;不论是沿用传统的方法作研究,还是借用了外来的新论来阐释,都取得了可喜成绩,其人才之多、论著之富与质量之高都是前所未有、举世瞩目的。

这批当代的中国古代文学研究成果也是一笔宝贵的财富,特别是一些名家的代表性论著,本身也有学习与传承、总结与研究的重要价值。为此,在复旦大学出版社的倡议与支持下,我们陆续邀请了一批当代在世的研究中国古代文学有实绩、有影响的名家,由他们自选其有代表性的专论结成一集,每集字数在30万字左右。第一辑选有十位学者,年龄不等,照顾到各自研究对象的不同方面。以后将还陆续推出,计划本文库的总量在50本左右。

我们相信,本文库的每一集文字都曾经为学术史的推进铺下过坚实的一砖一石,都曾经如一股强劲的东风吹开过读者的心扉,拨动过大家的心弦。如今重温他们精到的论断、深邃的思考、严密的逻辑、优美的文字,乃至其治学的风范、人格的魅力,都可以为后来者提供学习与承传的典范,也为总结与研究新中国古代文学研究的辉煌历史铺路开道。我们这样重视中国古代文学的研究,希望能推动学界进一步深入地去研究中国古代文学的历史渊源、发展脉络、基本走向,搞清楚中国古代文学的独特创造、价值理念、鲜明特色,增强文化自信和民族自信,并积极地去发掘与阐发古代文学的当代价值,从中汲取优秀的思想精华、道德精髓和美学情趣,使之成为涵养社会主义核心价值观的重要源泉,为实现中国梦起到积极的作用。

最后,不能不说的是,正当我们这套丛书的第一辑即将付梓问世之时,傅璇琮先生于2016年1月23日突然病逝。在这套丛书的筹划与出版的全过程中,曾得到了病中的傅先生的悉心指导与全力帮助。他的逝世,是学界的重大损失,也直接影响了这套丛书的后续工作。我们将沿着既定的思路,编辑与出版好这套丛书,以作为对傅先生永远的纪念。

目　录

前言 ··· 1

第一辑　神话与诗 ·· 1

形天神话钩沉与研究 ··· 3
周宣王中兴功臣诗考论 ··· 17
诗的采集与《诗经》的成书 ·· 41
叔孙豹的辞令、诗学活动与美学精神
　　——兼论春秋时代行人在先秦文学发展中的作用
·· 89
再论"牛郎织女"传说的孕育、形成与早期分化 ············ 114
由秦简《日书》看牛女传说在先秦时代的面貌 ············· 142

第二辑　屈原与楚辞 ··· 159

屈氏先世与句亶王熊伯庸

——兼论三闾大夫的职掌 …… 161
屈原的冠礼与早期任职 …… 179
《战国策·张仪相秦谓昭雎章》发微 …… 196
《离骚》的比喻和抒情主人公的形貌问题 …… 208
《离骚》中的龙马同两个世界的艺术构思 …… 236
屈赋风格、情调上的继承与创造 …… 252
《楚辞》中提到的几个人物与班固、刘勰对屈原的批评
　　…… 265
再论《惜往日》《悲回风》的作者问题 …… 277
论《惜誓》的作者与作时 …… 291

第三辑　历史与理论 …… 303

先秦文论五论
　　——《先秦文论全编要诠》前言 …… 305
本乎天籁，出于性情
　　——《庄子》美学内涵再议 …… 354
论《史记》的讽刺艺术及其对《儒林外史》的影响 …… 364
三场歌舞剧《公莫舞》与汉武帝时代的社会现实 …… 379
《红楼梦》的构思与背景问题 …… 393

赵逵夫学术编年 …… 412

前　言

我从小喜欢读文学作品。上小学时读了《精忠说岳》《水浒传》等，上中学后又读《诗选》《楚辞选》和人民文学出版社出版的《文学小丛书》中所收的古今中外作品、中华书局编《中华活叶文选》、中华书局上海编辑所编辑出版《古典文学普及读物》中的一些作品，见到这几种丛书中的书都买。所以上大学报考了中文系，教学12年之后，又考了中国古代文学的研究生。我以为阅读中国古代文学作品可以了解古代社会，了解我们的先辈有过怎样的情感经历，获得更多的人生经验与教训，一定程度上扩大人的认知范围。当然，在今天来看，一个民族的优秀的文学作品，也是其民族文化的载体和民族精神的体现。中国古代优秀的文学作品，不但是中华民族的微观史，也是中华民族伟大民族精神的体现。所以我对中国古代文学作品的兴趣一直很大。

但是，我从来没有想着一定要在中国古代文学的哪个方面作出什么贡献。我只是读得认真一些，有不清楚的，会找另外的注本看，得把它弄清楚；有的地方学者们看法不一，也尽自己所知或我所能找到的书，进行对比并加以思考，选择更合理的一说。比如中学时读《楚辞》，关于《湘君》《湘夫人》两篇的抒情主人公,或者说对各句抒情主人公的认识,郭沫若的《屈原赋今译》同马茂元《楚辞选》不一样,这两本书又同文怀沙《屈原九歌今译》,陆侃如、高亨、黄孝纾的《楚辞选》,姜亮夫《屈原赋校注》都不一样。我曾按马茂元先生两篇均为对唱的理解,对一些句、段的抒情主人公归属重作划分。但后来觉得文怀沙、高亨、姜亮夫等先生以《湘君》全篇为祭湘君时所演唱,是女巫以湘夫人的口吻表示对湘君的思念;《湘夫人》为祭湘夫人所演唱,是男巫以湘君的口吻表现对湘夫人的思念的看法,较为齐整明了,也合于全篇的人称与句意。马茂元先生将两篇均作湘君、湘夫人的对话处理,显得随意,缺乏依据。郭沫若先生将《湘君》和《湘夫人》都一分为二,一半为男所唱,一半为女所唱,在很大程度上带有诗人再创作的性质。后来读朱东润先生主编的《中国历代文学作品选》上编第一册,关于这两篇虽然题解中没有明确说,但从对其中"君""帝子""佳""公子"等词语的注来看,也大体与文怀沙、高亨、姜亮夫先生一致。及至上世纪80年代读到金开诚先生的《九歌的体制与读法》一文,以《九歌》中祭天神的五篇除《东皇太一》为群巫所唱以外,《东君》《云中君》《大司命》《少司命》皆为饰神灵的主巫与群巫对唱。祭地祇人鬼的《湘君》《湘夫人》《山鬼》《国殇》通篇为一人所唱(唯《河伯》中有几句为河伯爱人的唱词),更觉得上述的这种看法可信。我读书就是这样地不断寻找正确的、可以持守的看法,即使一点小问题,虽前后数十年,也在不断寻求正确答案,自己不轻易提什么新说;即使在迷茫之时有过某些想法,见到更可信的前人之说,也会自然地放弃自己的看法,而从前人之说。一旦找到可信的说法,便达到了目的,不再去胡思乱想。

从事了教育工作以后,给学生上古代文学课,我同样坚持将正确的结论教给学生,不猎奇,不随意将自己缺乏有力证明的想法塞给学生。我以为教学必须守正,应在守正中启发学生的思考。我工作的特点和读书的习惯是一致的。

由于上面的原因,我通过读书也了解到一些问题上各家之说的不同与正解的形成过程。如《湘君》中"桂棹兮兰枻,斲冰兮积雪"二句,王逸注:"言已乘船,遭天盛寒,举其棹楫,斲斫冰冻,纷然委积而似雪。"历代注本皆据此加以解说,至今连几位大家的注本也是如此。但篇中明明说"令沅湘兮无波",是水上有波,并非结冰之时。而且篇中说"薜荔柏兮蕙绸,荪桡兮兰旌",用薜荔、蕙草、溪荪装饰船舱及船桨,将兰草拂于木端作为旌旗;又说:"采芳洲兮杜若,将以遗兮下女。"有杜若可采,皆与冬季景象不合。《湘夫人》篇情节与之相关,其中也写到用荷、荪、紫草、兰、辛夷、芍药、薜荔、蕙、石兰、芷、杜蘅等植物作种种装饰。姜亮夫先生《屈原赋校注》云:"斲冰者,言刺船之速,破冰而去,如斲冰;水自船舷激而为浪,翻腾如雪之积也。"马茂元先生注云:"'冰'和'雪'在这里都不是实指,而是借以形容水光的空明澄澈。"马先生虽以"积"为"击"之借,但认为"'斲冰积雪',借指水光中打桨前进",则是完全正确的。这样,我就取了这一说。我猜想苏东坡的"惊涛拍岸,卷起千堆雪"也有可能是受此两句的启发而来。后来读胡文英《屈骚指掌》,其注云:"斲冰积雪,形容桂棹兰枻激水之易。"知清人已有相近的看法。

我从开始读古代的诗文作品,就采取这种唯求正解、追根究底的态度。此后也知道了,读书应尽量找校注精良的本子和专家、大家的注本来读。

但也有翻了很多书,却得不出一个可信结论的情况。比如《离骚》中"朕皇考曰伯庸"一句,王逸以来学者们都认为伯庸是屈原的父亲。但遍考有关战国时代的文献,看不到一点伯庸的影子。所以民国初年廖季平认为战国时代本就没有屈原这个人物,上世纪六十年代有的日本学者又提出《离骚》同屈原没有关系。我后来根据《世本》佚文、《史记·楚世家》《庄子·庚桑楚》中说的"昭、景、甲"的"甲氏"、《楚辞》中的"三王""三后""三闾大夫"等,从历史地理等多方面对有关问题加以疏解,证明句亶王熊伯庸同屈氏的关系,又引《礼记·祭法》"大夫立三庙二坛,曰考庙,曰王考庙,曰皇考庙"之说,说明大夫之家"皇考"指太祖,不同于国君一族"皇考"称父;王逸引《诗经·周颂·雝》中"既右烈考"以证"父死称考"也并不合《雝》诗本义,《毛诗序》和韩鲁二家都说

《雎》诗"禘太祖也"。同时,对前人以屈瑕为屈氏受姓之祖的谬误加以论证。这样,"伯庸"为西周末熊渠之长子,为楚三王之一,是屈氏始封君之说便完全成立。我是在 1981 年看到一些有关日本学者的"屈原否定论"的材料以后,才进行研究的。前年南通大学周建忠教授寄来他与学生合写的文章《李嘉言楚辞研究》,其中说到,李嘉言在三十年代作的《离骚丛说》中主张"伯庸为伯阳"(老子字号),闻一多 1939 年 10 月 9 日致李嘉言信中说:"多(闻氏自称)曩据《九叹》'伊伯庸之末胄'一语,疑伯庸为屈子远祖,今检《楚世家》熊渠长子庸《世本》作伯,为楚先祖之始王者,疑伯庸即此人,苦无他证耳。"故五十年代初李嘉言先生作《离骚简释》(教学讲稿)即取此说,然亦无他证。近年有人说到段熙仲先生在《文史哲》1956 年 12 月号曾刊有《楚辞札记》亦有此说,然亦无他证,不知段先生在这个问题上是否同闻一多先生、李嘉言先生有过交流。总之五十年来楚辞学者书中、文中从未有人提及,可见也是只在札记中提出想法而缺乏论证,故未能引起人们的关注(闻一多先生的信听说已在《闻一多研究动态》,第 95 期上公布,我因不上网,尚未见到)。我是在以往广泛阅读的基础上将有关事件联系起来进行多方面论证,破除了一些历史迷雾,揭示出了一系列历史的真相。

与此相近的有关于《诗经》的成书研究。《诗经》中收有东至今山东、西至今陕甘、北至河北、南至江汉一带之作,它是怎样收集起来、又如何成书的?《汉书·食货志》中说:"孟春三月,群居者将散,行人振木铎徇于路以采诗,献之大师……"《艺文志》中也说"古有采诗之官"。但古代能有那么健全的采诗机构吗?又《史记·孔子世家》言"古者诗三千余篇,及至孔子,去其重",定为三百五篇。这也与先秦有关记载相抵牾。又《小雅》《大雅》的区分,学者们提出种种说法,均显得牵强。还有,《国风》中为什么《周南》《召南》居首,其次为《邶风》《鄘风》《卫风》,而《王风》反居其后?也是令人迷惑不解的。我以春秋以前文献中以"小大"论先后,《春秋》以前文献中以"小""大"区别相同篇名的事例,说明《小雅》《大雅》并无本质区别,只是先后两次编入,又因篇幅较大,加"小""大"分为两组以便称说;其内容侧重点上的不同,与作品来源和形成时代有关,而同反映事情的大小、内容、题材、诗体风格、音乐、乐器无关。《周南》《召南》《邶风》《鄘风》《卫风》和《小雅》是西周末年召穆公的子孙所编成;《国风》中其他十部分和《大雅》、三《颂》根据有关先秦文献中引诗、赋诗材料和各国历史,以及从西周末年至春秋中叶各诸侯国同周天子的关系,可以断定是郑国贵族所增编,具体说应为子展所主持编成。孔子只是调整了《豳风》与《秦风》的顺序,调整了个别篇目的归属,对个别文字有所删改。

1998年台湾中研院文哲所请我去讲有关《诗经》的问题,我就谈了这个问题。当时除中研院各位专家外,还有台湾几所大学的专家和日本、韩国、东南亚及欧洲的学者,我同大家一起讨论这个问题。我不是刻意要立什么新说、成什么一家之言。但如旧说中有抵牾处,我也不会违心地随大流。

在长期的工作中,我形成了这样的准则:首先,不能骗自己,如果是连我自己也不相信的,我不会把它存留在记忆中。我判断一个结论的正确与否除了就事论事的证据和事理、逻辑关系外,还要联系已有的知识,联系当时的历史、文化来通盘考虑。读书、接受我要尽量作到心安理得。其次,作为一个教师,一定要守正,要将正确的东西教给学生;作为一个学者,也要守正,不能把靠不住的说法写出发表以哗众取宠,扰乱视听。我以为即使是学者间讨论、探索,也要讲证据,凭材料说话。无端指责人,大话欺人,不仅反映了学术素养方面的缺陷,也是人品不端的表现。

在平时读书中,发现有的问题本来已成定论,但因为相关论证不是很清楚,所以仍有人提出种种新说。有些较大的学术问题,也会引起我的兴趣,去加以探究。如《红楼梦》的作者为曹雪芹,已是常识,但也有人提出其他说法,甚至认为其内容也不是依据曹家写的。而当今就专书而言,所拥有的读者和专家最多的是《红楼梦》,关于其内容、主题,结构及其与作者关系的论文可谓汗牛充栋。我研究的结果,《红楼梦》就是以曹家为蓝本来写的,其成书同曹雪芹的生平及曹家的变故并不矛盾。书中贾家的"贾",是据"曹"字巧妙改装的,也算是找到曹贾关系的一个密码；其中的"甄家"是将"贾"谐言为"假"而生发出来的，谐音"真"，以便将曹家历史上几件大的事情借其写出，免得全集中在贾家，因贾、曹对应关系过于明显而获罪。太虚幻境中"假是真来真亦假"正是其注脚。书名本作"石头记"，因当时曹家本在南京，即古之石头城，这个书名正说明《红楼梦》是以曹家在金陵时的事情为蓝本的，"金陵十二钗"之名也说明了这一点。至于什么女娲补天所剩一块石头及"通灵宝玉"的情节等，不过是为借机发挥、迷人眼目的勾当，不少学者在这些上面大做文章，乃是舍本逐末。对一部文学作品的人物形象、构思、结构、主题、思想内容，各人有各人的体会是正常的，但对作者、素材等基本问题的看法只能有一个答案，不能永远各言其是。我因为读书总抱着一种"要弄明白"的想法，所以在这些方面花工夫较大。

读书中产生的有些心得，因为关系太大不能自信而放置之，以便进一步搜集材料，是我常用的一种办法。如文革中读《乐府诗集》，见其所载《巾舞歌诗》未作标点，便参照同卷所载《齐公莫舞辞》和《铎舞歌》的《圣人制礼乐篇》，加以对照排比，析出其中的声词和舞蹈术语，加以标点，然后对有关内容的一些问题加以研究，认为它是描写一个青年与父母相别去从军，和三年后回家与母亲相见情节的三场歌舞剧，从音乐上说分为二十解。只是因王国维认为中国的戏剧开始于南宋时代，这期间差一千多年，似乎自己的看法太冒失，因此成稿后放着，而着力在汉至唐之间文献中寻找有关戏剧的其他资料，也写过一点小文和笔记。后看到杨公骥先生发表了一篇文章，也认为是歌舞剧，但他只将他所分五节中第五节八句每句开头的"母"字或"子"字独立出来，其后加了冒号，看作代言体的标志，其他四节未说明为代言体；关于其中一些字句的解释、校勘及其内容主题的看法，也与我的不同。我即将拙文加以修改，肯定杨文与我意见相同处，而对杨文未论述到及意见不同者重点加以论述，也寄《中华文史论丛》刊出，后又将关于该剧背景的部分加以修改刊出，从开始研读至此十多年。其他论文也有因为有的相关书尚未见到而放置十来年才交付发表的。知道此前其他人已有研究,如其中有应引述者未能引述,会感到很遗憾。因为学术研究都是在前人的基础上进行的,应该尊重前人的研究成果,也必须遵循学术规范。当然,毕竟个人读书范围有限,有些在其他书中附带谈到或札记之类中说到而自己未能注意到的情况也有。

我的论文,大体都是这样完成的。我读书一直抱着多读书以充实自己和"求得正解"的想法,所以除文学方面阅读面较宽,也读一些小学、历史、哲学、艺术等方面的书,不是十分专一。但也有一个好处,便是往往可以借他山之石以攻玉。如屈原《橘颂》,虽然当代几位大家都认为是屈原青年时代之作,但都只从风格、情调方面为说,没有较有力的证据,所以至近年中仍有学者撰文主张为中年以后之作,甚至有人认为是屈原的绝笔。我在《仪礼·士冠礼》中看到八首冠辞和《孔子家语》中所载《冠颂》与《橘颂》有诸多相同处,于是确定《橘颂》是屈原二十岁行冠礼时之作。这样看与《橘颂》的内容也十分切合,如此则不但《橘颂》作于屈原青年时代可以肯定,而且根据屈原生年,其创作的具体年代也可以确定。所以说,我的论文都是学习中的心得,而从产生一些想法到最终形成,都是在守正原则下探索的结果。

本书选了我三十多年的论文中具有代表性的20篇,分为三辑:第一辑为关于古代神话和春秋以前文学的,第二辑为关于屈原与楚辞的,第三辑为关于诸子、史传、歌舞辞和小说的。希望得到学界朋友和广大读者的批评指正。

感谢傅璇琮先生、黄霖先生的关照与指点,也感谢罗剑波、杜怡顺同志为此书的编定费心。

赵逵夫
2015年3月15日于西北师范大学滋兰斋

第一辑

神话与诗

- 形天神话钩沉与研究
- 周宣王中兴功臣诗考论
- 诗的采集与《诗经》的成书
- 叔孙豹的辞令、诗学活动与美学精神
- 再论《牛郎织女》传说的孕育、形成与早期分化
- 由秦简《日书》看牛女传说在先秦时代的面貌

形天神话钩沉与研究

陶渊明《读山海经》诗中说："形天舞干戚，猛志故常在。"形天，作为我国远古神话中的人物，他同天帝争夺领导权，虽然被砍去脑袋，仍以乳为目，以脐为口，一手执盾，一手挥斧，狂呼踊跃，继续进行反抗。5000年来，一直是我国反对强权、酷爱自由、英勇奋斗、至死不屈的伟大精神的象征。他激发、哺育、造就了我们民族性格中坚强刚毅、不怕牺牲，为正义、为自由而顽强奋斗的一面。形天神话，是我国古代文学中一首最为悲壮、激烈和最为激动人心的乐章。

然而，几千年中由于我国古代儒家屈从、退让、"怨而不怒"的"中庸"思想占着统治地位，形天的神话被逐渐湮没，现在人们知道的，就只有《山海经·海外西经》中所叙那一点了。今天，人们深深地惋惜所存有关形天神话的资料太少！本文拟对形天神话中被湮没的部分加以考求，并对目前在形天神话基本认识方面存在的一些混乱加以澄清。

一、形天为雕题民的祖先，形天氏古籍中又作"开题"

关于"形天"得名之由，有人以为来自被黄帝斩去了头的情节，并以之为根据，主张"形天"的"形"当写作"刑"。这个说法的理由是不充分的。古籍中关于形天的记载，最古之书皆作"形"。另外，"天"之本义是指头顶或头之上部，并不指整个头，因而，斩去脑袋，不当名之"刑天"。则"形天"二字之第一字作"形",本无误也。"天"字有的本子作"夭",乃是传写之误,亦不足为据。

《说文》"天,颠也。"段玉裁注:"颠者,人之顶也。""天"字甲骨文作"👤",以醒目的方框表示人之头部,突出指事之意,说明此字指人之头顶。这是"天"字的本义。

"天"字由其本义在上古时代便已引申出另一个意思。《易经·睽卦》:"其人天且劓。"唐李鼎祚《周易集解》引三国时虞翻说:黥额为"天",割鼻为"劓"。唐孔颖达《周礼正义》也说:"剠额为'天',截鼻为'劓'。""剠"即"黥"的异体字,黥刑是在额上用刀刻上字或某一图纹,以墨涅之,使痕迹长入肉中,不得消失。因为此刑要用刀,故其字从"刀";又因为要填入墨色,故亦可从"黑"。章太炎在其《小学答问》中说:额者,天之一部,故剠额亦名颠(天)也。"劓"是指一种割去鼻子的刑法。《周易》所说"天"和"劓"都是上古残酷的肉刑。

那么,"形天"是什么意思呢?这还要弄清上古时代"形"字的意思。《说文》:"形,象也,从彡,开声"。所谓"从彡",即"彡"为表意部分。"彡,毛饰画文也。"则"形"字的本义是指刻画模仿出某一形象。据此,则"形天"是指在额上刻一纵的痕迹,涅之以墨,形象如同受过黥刑。《山海经·海内西经》说,奇股国本是形天与帝争神之处,其人"一股,三目"。那么,形天氏是在额上刻着一只纵立的眼睛。

形天作为氏族名称时,古籍中又称之为"开题"。"开""形"均得声于"开",上古之音相同,可以假借;"题""天"二字同义(《说文》:"题,额也")。《山海经·海内南经》中说:"匈奴、开题之国、列人之国,并在西北。"

"开(形)题"实亦即"雕题"。《礼记·王制》郑玄注:"雕题,刻其肌,以丹青涅之。"则雕题正是"形天"之制。《伊尹·四方令》说:"正西曰雕题。"《山海经·海内南经》言在"西北",《伊尹·四方令》言在"正西",这是由于著书者所处相对位置不同之故。中原人称秦陇之地,或曰"西土",或曰"西北",其实一也。

二、"奇股民"与形天神话的结局

此前所有研究或论述到形天神话的论著,在称引《山海经》中关于形天的文字时都删去了开头部分,没有一个引全了这一段文字的。今将《海外西经》关于形天的文字全文录之如下,并加以阐释:

> 奇肱(按:"股"之误,详后)之国在其(按:指一臂国)北。其人一臂(股)三目,有阴有阳,乘文马。有鸟焉,两头,赤黄色,在其旁。形天与帝至此争神,帝断其首,葬之常羊之山。乃以乳为目,以脐为口,操干戚以舞。

"形天与帝至此争神",一句中的"此"指奇股国。《山海经》一书中,无论《山经》《海经》,都有一定的叙述体例。《海经》的叙述体例是:每条开头先指出国名或地名,紧接着一句是"在其东(或南、西、北)"几字,依据上一条指出其相对位置。各条开头方位词前之"其"字俱指上条所言之国或地。因而,《海经》部分的分段,应照顾上下文,一般以国名或地名为准。按这个体例,有关形天的文字应从"奇肱(股)之国"四字开始。

《山海经》各种旧本都有"至此"二字,可见此二字原本是有的。《太平御览》卷三七一、卷五五五、卷八八七只摘引描写形天的文字,从"形天"以下引起,删去了上半部分交代背景的文字,这样就使得"至此"二字无所凭依,因而将它们删去。后之学者未能深研《山海经》体例,皆据《太平御览》所引,将叙形天的文字同前面奇股国文字分开,另为一段,并以"至此"二字为衍文。这样,不但使形天神话同奇股国的传说脱离了关系,而且将二者之连带痕迹也揩抹得干干净净。于是,形天神话的一部分便被这样不明不白地割弃了。

上引《海外西经》这段文字还有一个问题,便是"奇肱"之"肱"乃是"股"字之误。"肱"即臂,"奇肱"即一臂。此条之上一条即一臂国:

> 一臂国在其（按：指三身国）北，一臂、一目、一鼻孔。有黄马，虎文。一目而一手。

前一条既已说过一臂国,有关形天的一条便不当又是"奇肱国",而应是"奇股国"。郭璞注言"肱或作弘",可见在晋代以前已误。

这个"肱"字当是"股"字之误,还有更直接的证据。首先,根据其他书中关于其人之记载,只可能是"奇股",不可能是"奇肱"。郭璞注此"奇肱国"云:

> 其人善为机巧,以取百禽。能作飞车,从风远行。

郝懿行亦云:

> 《博物志》说奇肱民"善为拭扛,以杀百禽","拭扛"盖"机巧"二字之异。……又云"十年东风至,乃复作车,遣返"。

郭璞注作"西风至","西"字讹也。郭璞注即为"善为机巧",则郝氏言《博物志》"拭扛"为"机巧"之误,其说是也,盖以形近而误。根据郭璞注及《博物志》的记载,袁珂先生曾作了极精辟的论断:

> 比较独臂,似独脚于义为长。假如独臂,则"为机巧"、"作飞车"乃戛戛乎其难矣;亦唯独脚,始痛感行路之艰,翱翔云天之思斯由启矣;故奇股乃胜于奇肱。①

其次,《淮南子·地形》言自西北至西南有"奇股民、一臂民、三身民",所叙三国方位与《山海经》全同,只是叙述次序相反而已,其中正作"奇股"。高诱注:"奇,只也。股,脚也。"说得明明白白。则《山海经》中

---

① 《山海经校注》,上海古籍出版社1980年版,第213页。

"奇肱国"之"肱"是"股"字之误,可以肯定。

"奇股国"乃"形天与帝争神"之地。细审《山海经》文意,是说"奇股国"之得名同形天有关。形天之后裔究竟因何被称为"奇股民"?

《淮南子·地形》云:"西方有形残之尸。"东汉高诱注引一说云:

> 形残之尸,于是以两乳为目,腹脐为口,操干戚以舞。天神断其手后,天帝断其首也。

这显然是引述了当时关于形天神话的文字。而且,"形残"同形天的传说有关,至春秋时代以至汉代尚为人所熟知。东汉蔡邕的《琴操》卷上说:

> 《残形操》者,曾子所作也。曾子鼓琴,墨子立外而听之。曲终,入曰:"身已成矣,而未得其首也。"曾子曰:"吾昼卧见一狸,见其身而不见其头,起而为之弦,因而,〔作〕《残形》。"

"形残"即"残形"。琴曲《残形操》是否为曾子所作,可以不论。总之在东汉以前人们尚知道"形残"乃指有身无首者,而不是泛指一般的残疾现象,它差不多成了一个具有专门意义的概念。

如果说上面一条尚未能明确反映出"形残"同形天、雕题的关系,那么《论语》中一条便反映得更为明显。《公冶长》篇说:"子使漆雕开仕,对曰:'吾斯之未能信。'子悦。"《墨子·非儒》有"漆雕形残",而《孔丛子》作"漆雕开形残",即是说姓漆雕,名开,字形残。本文第二部分说过,形天氏在古书中也被称为"雕题之国",有时"开"借为"形",又写作"开题之国"。漆雕开根据姓当中的"雕"字,顺其意而取名为"开";又根据姓名之义,取字为"形残",正是古人取字"要曰自证其名之谊"(黄侃《春秋名字解诂补遗》)的表现。这就说明在孔子的时代,形天氏也即雕题氏,所奉宗神形象为"形残之尸",乃是人所共知的历史常识或神话传说。

这里要指出的是：《淮南子》高诱注"天神断其手後"一句的文字显然有误。因为这句同下句"天帝断其首"是上下相俦的，多了一个"後"，读起来便不顺当。我以为此句原作"天神断其股"，繁体字"後"与"股"大体轮廓相近，竹简摩擦，字迹不清，则容易相混。"股"误为"後"字之后，以文意不通，又有人以为"後"字当作"手"字，因而注"手"字于其旁。后来"手"字衍入正文，遂成"手後"。所以，高诱注那段文字的末二句原当作："天神断其股，天帝断其首也。"

看来，在汉代以前的传说中，形天不仅被天帝派人砍去其首，而且被砍断其股。形天，这位不死的英雄，我国古代最早的战神，在原始神话本来的情节中，他的反抗精神表现得更为强烈，其故事所包含的历史意蕴更为丰富。

三、从"猰貐之尸"再看形天神话的有关情节

宋代罗泌《路史·后纪》说：

> 炎帝乃命邢天作《扶犁》之乐，制《丰年》之咏，以荐釐来。是曰下谋。

这里说的"邢天"即"形天"。由这段文字可以知道：形天是炎帝集团的英雄。

先父赵子贤1936年写有《形天葬首仇池山说》一文，从神话传说、历史地理等方面列出数证，说明《山海经·海外西经》所说"形天与帝争神，帝断其首，葬之常羊之山"的"常羊山"，即今甘肃省西和县的仇池山，形天是氐人的祖先（氐人发祥于仇池，见《后汉书·南蛮西南夷列传》）[①]。

[①] 《西和史志》第51期，甘肃省西和县县志编修办公室；《甘肃民族研究》1988年第1期。

《山海经·大荒西经》说：

> 有互人之国。炎帝之孙名曰灵恝。灵恝生互人，是能上下于天。

文中"互"字为"氐"字之讹。形天属炎帝集团，氐人也是炎帝集团氏族的后代。这里说氐人的祖先叫"灵恝"，"灵"即巫、神的意思。关于"恝"字，郭璞注云："音如契券之契。"从"㓞"之字均有"契刻"之义，因为"㓞"是一个指事字，表示刀在一个木条上刻了三道。那么，"灵契"正表示他是负责氏族内施行契题仪式的宗教首领（远古之时氏族首领也即宗教首领）。

因为传说中氏族的祖先又称之曰"灵契"，所以形天氏（开题氏）古又称为"契题"，后代仅记其音，书为"窫窳"或"貜貐"，亦作"猰貐"。"窫""貜"为"契"之借字。"窳""貐"古属喻纽四等，而喻纽四等之字上古同于定纽，那么，古音与"题"为双声，可以假借。据此，很多有关上古神话的典籍中都提到的"窫窳"或者"貜貐"乃是指形天或形天氏之民，汉以后人注为"猛兽"之类，实为望文生义。

下面我们看《山海经》中关于形天神话的一段最具戏剧性的记载。《海内西经》云：

> 贰负之臣曰危。危与贰负杀窫窳。帝乃梏之疏属之山，桎其右足，反缚两手与髪，系之山上木，在开题西北。

开题"即"形题"，也即"雕题"或"形天"，这在本文第一部分已经说过；这里说疏属之山在开题西北，也反映了窫窳神话与形天神话的关系。

自刘向以来，均读解"帝乃梏之疏属之山，桎其右足，反缚两手与发，系之山上木"是指贰负。因为刘向如此理解，后人也便照信不疑。清代吴任臣的《山海经广注》所作插图，竟题作"贰负之臣"。《海内西经》原文说"贰负之臣曰危"，照此，被"反缚两手系之山上木"的，又成了危。则讹误之中,又生歧异!

其实,《海内西经》所言"帝乃桎之疏属之山"者,既非"贰负",也非贰负之臣,而是"窫窳"。《海内西经》云:

> 巫彭、巫抵、巫阳、巫履、巫凡、巫相,夹窫窳之尸,皆操不死之药以距之。

这里说到"窫窳之尸"。"窫窳之尸"也就是"形残之尸"、形天之尸。《海外西经》说"帝断其首",而此言"危与贰负杀窫窳",因为贰负是天帝(由传说中的黄帝演变而来)之臣,贰负与其部属共杀形天,也就是帝杀形天。形天之首葬之常羊之山(仇池山),而身则"以乳为目,以脐为口,操干戚以舞",故帝令人断其右足。然而形天仍然不放下武器,不倒下身躯,不愿停止反抗。天帝对他毫无办法,才又令贰负与危将他捆缚在疏属之山山顶的大树上,并反缚其两手。

文中"桎其右足"之"桎",乃是"断"字之误,二字先秦时代声纽相近。"断其右足",即《淮南子》高诱注说的"天神断其股"。贰负在《山海经·海内北经》中又作"贰负神",既然是"神",也就是"天神"。

今本《山海经·海内北经》又有所谓"贰负之尸",这个错误的造成同刘向误读《海内西经》"贰负之臣曰危"那一段文字有关。刘向回答汉宣帝问时说《山海经》中有"贰负之尸",故其子刘歆校《山海经》时即妄加"贰负之尸"的字样,造成了混乱。我们据《山海经》一书体例观之,仍可看出其造成这个错误的蛛丝马迹。下面将《海内北经》有关三条文字录之如下:

> 有人曰大行伯,把戈。其东有犬封国。贰负之尸在大行伯东。

> 犬封国曰犬戎国,状如犬。有一女子,方跪进杯食。有文马,缟身朱鬣,目若黄金,名曰吉量,乘之寿千岁。

> 鬼国在贰负之尸北。为物人面而一目。一曰贰负神在其东,

为物人面蛇身。

《山海经》文字,各节都是蝉联的。《海经》各部分经文,恰如用了"顶真"手法,下节承上节,十分清楚;有些窜简的文字,也可据此以校。上引三条,第一条末曰"其东有犬封国",则下一条即叙犬封国,正好衔接。可见,第一条末了所附"贰负之尸在大行伯东"是衍文。

第三条之后部为:"一曰贰负神在其东,为物人面蛇身。"《山海经》经文后的"一曰"云云,是刘歆整理《山海经》时据各种本子校勘所录异文。可见西汉以前旧本此条不作"鬼国"云云,而作"贰负神在其东,为物人面蛇身"。

根据上面的辨析可知,《山海经》中的两处"贰负之尸"是由误读、误抄所造成,均应据最早的异文作"贰负神"。也就是说,在原始神话的形天与贰负的故事中,贰负是"神",而不是"尸";被砍其头,断其股,系之疏属之山山顶的大树上的,不是贰负,而是形天,是形天之尸,"窫窳之尸"。

经过上面的清理剖磨,终于使下玉生辉,随珠献彩。现在,我们由《山海经·海内西经》中的这段文字,知道了形天神话中很重要的两个人物:贰负与危;知道了作为形天神话背景的一个重要地名:疏属之山;更重要的是知道了形天悲壮结局中一些动人心弦的细节。

形天在被贰负与其部属危砍去脑袋之后,仍然执干戚而舞,因而黄帝命天神砍去了他的右腿。但是形天并不因此而停止他的反抗,于是,又被反缚两手,捆绑在疏属之山山顶的大树上。

形天是一个热爱人民、为人民寻求幸福的英雄的形象。他受命"作《扶犁》之乐,制《丰年》之咏",用于祈求农业丰收的祭祀。《路史·后纪》说他创作这些歌曲"以荐釐来,是曰下谋"。"釐来"即《诗经·周颂·思文》中说的"来牟"(《汉书·刘向传》载刘向上书中引作"釐辫"),这里指用以祭天祈农的嘉麦。"荐"即祭享的意思。所谓"下谋",即"为下民而谋",指为人民打算。

《山海经》说形天与帝"争神",即指争夺主宰天下的权力。他不愿意再祈求于天,他要人类自己掌握自己的命运,要与天帝争夺对于人类自己命运,对于大自然的主宰权。

形天的斗争失败了。然而,正是在对他失败结局的描述上,深刻地表现了他不朽的斗争精神,有一种激动人心的力量。

四、常羊之山、武都
——同形天神话有关的两个地名

无论是历史事件还是文学作品,一切的情节、过程,都必然地同一定的时间、地点联系在一起。这两个座标反映着事件在空间中涉及的范围及在历史上显现时间的长短。为了尽可能多地了解形天神话的全貌,下面再就几个有关地名加以考索。

先说常羊之山。

《山海经·海外西经》中说形天与帝争神,"帝断其首,葬之常羊之山"。下文又言其"以乳为目,以脐为口,执干戚而舞",则所葬自然只是形天的首领。但这个"常羊之山"究竟在何处,无论历来治《山海经》者,还是选注或研究原始神话者,都因无所考求而阙如。

先父的《形天葬首仇池山说》列出四条证据说明此常羊山即今甘肃省西和县的仇池山:

(一)《山海经》三言"常羊之山"皆在西经,与仇池山方位相合;

(二)《山海经·大荒西经》中说:"有金之山,西南大荒之中隅有偏句常羊之山。"礼县靠近西和县之地有金之山。《山海经》既将常羊山与金之山并提,则应在西和、礼县一带。

(三)据《帝王世纪》,常羊山地属华阳,而仇池山古代正属华阳之域。而且,《帝王世纪》说有娇氏女感神龙于华阳之常羊山,古代又传说"伏羲龙身",则所谓"感神龙"是说感于伏羲之灵。伏羲是生于仇池山的(《路史》、《太平御览》卷七八引《遁甲开山图》)。那么,有娇氏女感神龙之常羊山,应即仇池山。

(四)仇池山古又称"仇夷山""仇维山"。"仇池""仇夷""仇维"与

"常羊"上古音同或音近。

根据这些理由,可以肯定"常羊山"即仇池山。《后汉书·南蛮西南夷列传》曰:"仇池,方百顷,四面斗绝。"注云:

> 仇池山,在今成州上禄县南。《三秦纪》曰:"仇池县界。本名仇维,山上有池,故曰仇池。山在仓洛二谷之间,常为水所冲激,故下石而上土,形似覆壶。"

《水经注·漾水注》云:

> 汉水又东南迳瞿堆西,又屈迳瞿堆南。绝壁峭峙,孤险云高,望之形若覆唾壶。高二十余里,羊肠蟠道,三十六回。《开山图》谓之仇夷,所谓"积石嵯峨,嶔岑隐阿"者也。上有平田百顷,煮土成盐,因以百顷为号。山上丰水泉,所谓清泉涌沸,润气上流者也。汉武帝元鼎六年开以为武都郡。

史书记载白马氐自先秦时代即居于仇池,后散居陇右,各成部落。此后有乱则退避于仇池。汉建安中略阳氐酋杨腾之子杨驹徙居于仇池,晋元康元年杨茂搜又据仇池,关中人士奔流者多依之,势力扩大,氐人杨氏建仇池国,历时146年。

氐人发祥于仇池山,应同形天葬首仇池山有关。氐人所祀祖先神白马神、马王爷都是在额正中有一只立目(故俗云:"马王爷三只眼"),这正是"形天"(雕题)遗俗的反映。由于中原民族的压迫,氐人从很早起便向南发展,至今四川北部、西部地区,"蜀中古庙多有兰面神像,面上傀儡如蚕,金色,头上额中有纵目"(旧《邛崃县志》卷二)。著名的二郎神(唐崔令钦《教坊记》中已有之)即是三目,而传说中二郎神就姓"杨"。天班之中,只有灵官马元帅是三目,而这个灵官元帅不是姓别的而姓"马",则同"马王爷""白马神"的关系便约略可见。

下面再说"武都"。前引《水经注》文字言,仇池山在汉武帝元鼎六年"开以为武都郡"。由这可以看出仇池同"武都"的关系。

据《华阳国志·蜀志》"武都"之名在先秦时已有。我以为"武都"的"武"得名于氐人"奇股"之俗。

《国语·周语》:"不过步武尺寸之间。"东汉韦昭注:"半步为武。"古代所谓"一步",指两腿各跨一次;所谓"半步",指一腿跨一次,即今人所说的一步。《荀子·劝学》:"不积跬步,无以至千里。"唐杨倞注:"跬步,半步。"此后学者注此句都照抄杨倞之注,连现在的大、中学教材也照抄这句话而不加任何解释。我们想想,按今天"步"的观念,哪儿有"半步"? 再小的步,也算是一步。《荀子》原文所谓"跬步"即杨倞所谓"半步",实即今日所说的一步。可见古所谓"半步为武"的"武",也是一只腿跨一次。氐人因为奇股的风俗,便会形成一种禁忌,讳言右腿的存在,从而也就不会有中原及南方人的"步"(两腿各跨一次)的概念,而以某一腿跨一次的长度称之为"武"。就一般的意义上来说,氐人聚居之地以"武"为名,反映了氐人的习俗观念。所以说,"武都"的"武"与"奇股"之义并无二致。

然而,"武都"的"武"为我们提供的信息,尚不止于此。它里面还包含着更深的文化意蕴。

"武"字,《说文》解释的文字是:"楚庄王曰:'夫武定功戢兵,故止戈为武。'"(按:所引楚庄王语见《左传·宣公十二年》)许慎只引楚庄王语而自己未赞一词,似他自己也并未弄清此字造字之义。

其实,楚庄王关于"武"字的解说不过是与春秋时代断章取义的赋诗言志相类似的臆训,是望文生义,不足为凭。"武"字在甲骨文中已有之,产生在商代以前,而所谓"战以止战""杀以止杀""刑期无刑"的哲学观念是春秋时代才产生的,因而,"武"字本义绝不如楚庄王所说。

我以为"武"字造字之义同形天神话有关。前所引《山海经·海内北经》一条云:"有人曰大行伯,把戈。其东有犬封国。""犬封国"即犬戎国。犬戎最早居于陇右,史籍中有明确记载。"把戈"即持戈。"大行伯"为何者,迄无确定的解说。袁珂先生云:"此把戈而位居西北之大行伯,其共工好远游之子修乎?"并引《礼传》中一段文字为证。然而,这一段文字并不能说明修同"大行伯"有什么关系。《礼传》中那一段文字说:"共工之子曰修,好远游,舟车所至,足迹所达,靡不穷览。故祀以为祖神。"与大行伯的形象毫不相关。实则"大行伯"也即形天:"大"是尊敬之称,"形""行"上古音全同(故"太行山"《列子·汤问》作"太形山",而《太平御览》卷四十作"太行山")。关于"伯"字之义,《孝经》说"而况于公侯伯子男乎",宋邢昺《疏》引旧解:"伯者,长也,为一国之长也。"因为形天是氐人之祖,故后代尊之为"大",号之曰"伯"。所谓"形天",乃是他族人对雕题人(氐先民)祖先的称呼,"大行伯"则是氐人自己对其祖先的尊称。因为他牺牲时被砍去了一条腿,故他作为氐人祖先神的形象,反映为右手持戈而立(戈同时也起着支撑身体的作用)。

"武"字在结构上是从"止"从"戈"。"止"字甲骨文像人的足印。"步"字甲骨文由两个"止"字组成,像左右两足印,反映着古人以两足各跨一次为一步的观念。"武"字之下只一个"止",表示一只足。上为一"戈"字,正表示一足把戈而立。那么,"武"字本意正表示着形天(大行伯)的形象。而"都"同于"国",武都略等于"奇股国"之义。

五、形天神话的产生时代及其历史的意蕴

通过以上各部分的论述,我们已经知道,形天本来是开题氏的祖先。他最终演变为一位不死的英雄,就形成过程而言,关于他的传说扩散到其他氏族之后的阶段,自然因为人们都借他来表现自己对自由的向往和为正义而斗争的献身精神。但在其开始的时候,主要同本氏族用他来教育族类,激发氏族成员的内聚力和战斗意志有关。

我国传说中古代各氏族的祖先如契、后稷(弃)等,都是父系氏族社会的揭幕人,因此,传说中他们都是其母感天而生,或吞燕卵而生,有母而无父。形天也应是开题氏在父系氏族社会开始时期的人物。《路史·后纪》说他是炎帝的部属,《山海经·大荒西经》说氐人的祖先"灵恝"是"炎帝之孙"。对这些流传了数千年之久的神话资料,如当作

近代家族谱系一样去作微观的考察，会有种种的矛盾，但如果宏观地来看，在大的方面则完全一致：它们都说明历史上的形天是炎黄时代的人物。

炎黄战争是我国史前史上极其重大的事件，延续时间很久。我以为形天神话是朦胧地反映了远古神话炎黄争战的一部分。

父系氏族社会虽非阶级社会，也有砍头、砍腿那样残酷的战争和刑罚。这已由原始社会晚期的墓葬所证实。原始公社中一般氏族成员被别的氏族、部落杀害，会形成血族复仇，氏族或部落首领被杀，自然会引起更激烈的复仇战争，接连不断，持续很久。那被杀害的首领的惨状，也便成了发动氏族或部落成员、激励大家义愤的活教材，被绘声绘色地描述。形天神话就是这样产生的。

父系氏族社会是阶级社会的酝酿和萌芽阶段，是阶级社会的前奏。中国古代传说中的尧、舜、禹禅让，同后代的汉魏禅让、魏晋禅让没有多大的区别，都是力量相较的结果，所以《竹书纪年》中说："舜囚尧，复偃塞丹朱，使不与父相见。"又说"益为启所杀"。民主选举那时候不过仅存在着一个形式而已。中国古代把炎、黄及尧、舜看作同周文、商汤一样的帝王，其中包含着部分的真理。

人类社会向前发展，氏族、部落间要融合而达到更大范围的统一，原始社会要进入到奴隶社会，这是历史的必然。所以，形天的结局是一个悲剧。这是形天神话宏观地反映着我国史前史社会真实的一个方面。另外，无论怎样，人类总是要求自由、反对奴役、反对残酷的压榨和野蛮的吞并的。从阶级社会的萌芽阶段，人们就已经表现出了这种意志和情绪。所以说，追求自由，乃是人类意志的最重要的方面，是人类的天性。这是形天神话具有不朽的思想意义的另一个方面。

（原刊《民间文学论坛》1988 年 5—6 期）

周宣王中兴功臣诗考论

一、一个新的角度和一个被遗忘的角落

《诗经》中可以确定作者的诗篇不多,加之历来的《诗经》研究被局限在"经学"的范围之内,大部分的研究是见诗不见人,甚至见词见句不见诗,很少有人将一些作品在背景上、内容上联系起来研究,考察其风格、社会意义和美学价值。文学史家对我国古代文学作家群的研究,虽然也有"屈宋"之说,但一般只能上溯至"建安七子",或者淮南王君臣。

本文拟对周宣王中兴功臣的诗作加以考述。不能说这就是对《诗经》时代诗歌流派的研究。我们只是想从作者的相互联系或作品的共同风格方面对大、小《雅》中的作品进行一点新的探索,希望能在某些方面的认识上有所深化。

周宣王时代作品中,个别诗的作者是清楚的。如尹吉甫的两首诗《崧高》《烝民》就在末尾点出了作者的姓名。还有几首诗的作者也是在诗中道出了的,但因为以前学者们受《诗序》和"正变说"的影响太深等原因,而未能注意到,学者们对诗旨和有关部分的句意作了曲解。

《诗序》对大、小《雅》中某些作品的作者也有所说明,然而《诗序》的说法不尽可靠,有的从诗本文就可以看出其说之误,如以《江汉》为尹吉甫所作等。所以,我们还必须依据诗本文、史籍与地下出土文字资料来考求之。

二、西周末年的杰出诗人——召伯虎

《大雅》中的《韩奕》《江汉》两诗,《诗序》俱以为"尹吉甫美宣王也"。从诗本文来看,《韩奕》一首尚难断定,而《江汉》却可以肯定不是尹吉甫所作。它的作者,应是召伯虎,即《国语·周语》中记载的谏厉王弭谤的召穆公。

《江汉》第一章云:

> 江汉浮浮,武夫滔滔。匪安匪游,淮夷来求。既出我车,既设我旟。匪安匪舒,淮夷来铺。

其第三章云:

> 江汉之浒,王命召虎:式辟四方,彻我疆土。匪疚匪棘,王国来极。于疆于理,至于南海。

上章言"我",则本诗为用第一人称手法写成。第三章说到周王之命,作者又自称"召虎"。第四章也有"王命召虎"之语。第五章有"于周受命,自召祖命,虎拜稽首,天子万年"之语。第六章又云:"虎拜稽首,对扬王休。作召公考,天子万寿。"诗中一般自称为"我",如果同周王联系起来则称"召虎""虎"。那么,作者为召伯虎,可以肯定。此诗同传世的召伯簋一样,都是记叙召伯虎平淮归来受周王赏赐之事的。

紧接在《江汉》后的《常武》,亦是召伯虎所作。《诗序》云:

> 《常武》,召穆公美宣王也。

三家诗无异义。如此说非传说有自,为何连《江汉》也被承前误为尹吉甫所作,而《常武》之作者在《序》中明白揭出?诗中提到的南仲与程伯休父,皆宣王时人(见《小雅·出车》《国语·楚语下》),则诗为宣王时诗。由诗中可以看出,是宣王亲征徐方。则召伯虎写诗以颂其功是情理中事。

周王室被厉王搞得分崩离析、众叛亲离、摇摇欲坠。宣王即位,周、召二公辅佐,首先是和乐宗室,抚慰公侯世卿,缓和上层统治集团内部的矛盾。在这当中,召伯虎有一些诗作。

《左传·僖二十四年》云:

> 召穆公思周德之不类,故纠合诸侯于成周而作诗曰:"常棣之华,鄂不韡韡,凡今之人,莫如兄弟。"其四章曰:"兄弟阋于墙,外御其侮。"

据此,为什么《小雅·常棣》为召伯虎所作。据《国语》韦昭注,东汉郑玄、唐固亦认为召伯虎所作。

那么,为什么《国语·周语中》又说是"周文公之诗"呢?崔述对此作了合理的解释:

> 盖此传(按指《左传》)后文云:"周之有懿德也,犹曰'莫如兄弟',故封建之;其怀柔天下也,犹惧有外侮;捍御侮者莫如亲亲,故以亲屏周。召穆公亦云。"撰《国语》者误会其意,遂疑"莫如兄弟"、"外御其侮"之句为周公之所作,撰《诗序》者又为《国语》所误,因臆度之而遂以管、蔡之事当之耳。①

《常棣》一诗是宣王初立之时召伯虎为团结宗族兄弟共辅宣王而作,应属可信。

《大雅》中还有两首是召伯虎在厉王之时所作,这就是《民劳》和《荡》,均属《释文》所说"厉王变大雅"。《诗序》云:

---

① 崔述《丰镐考信录》,收于《崔东壁遗书》,上海古籍出版社 1983 年版,第 275 页。

> 《民劳》，召穆公刺厉王也。

三家诗无异义。郑玄《笺》云：

> 时赋敛重数，徭役繁多，人民劳苦，轻为奸宄。强陵弱，众暴寡，作寇害。故穆公以刺之。

《诗序》又云：

> 《荡》，召穆公伤周室大坏也。厉王无道，天下荡荡，无纲纪文章，故作是诗也。

三家诗无异义。此诗借指斥上帝而表现对厉王的批评切谏，借文王感叹商朝的灭亡和陈说商灭亡的原因，以提醒厉王；又拟文王面斥商王的话语，冷峻深刻，发人深省，催人反躬自问。艺术手法上表现了很大的独创性。

《小雅》中《伐木》《天保》二诗，过去认为是周初之作，而各家解释皆不得要领，以至诗旨模糊，读来总觉得同原诗隔着一层。

《伐木》诗中说："相彼鸟矣，犹求友声。矧伊人矣，不求友生。"似是在礼制沦丧、君臣上下以至宗族亲友缺乏信任和亲密感情的状况下，为了恢复奴隶社会人与人的正常关系而作。其第二章说准备了丰盛的酒宴，"以速诸父"，"以速诸舅"，"宁适不来，微我弗顾"。为什么"诸父""诸舅"他们会不来呢？就因为感情上已经受到严重的伤害。既知不来，为什么还要请？为了逐步化解矛盾。这显然是在经过厉王败政之后人心离散，亲戚仇恨，宣王继位后周召二相力求缓解矛盾、恢复联系之时所作。第三章云："笾豆有践，兄弟无远。民之失德，干糇以愆。"不言前王之失德，而言"民之失德"，乃是为君讳之。尽管国人逐走厉王，直至其死于彘，不令回国，然而作为公卿来说就不便直斥君过。诗中对于厉王所造成国乱民贫、国人起义的状况的回顾只能从字里行间看出。"死丧之威(畏),兄弟孔怀","原隰裒矣,兄弟求矣","外御其侮"。看来那次国人起义的声势很大,给了奴隶主贵族以沉重的打击。《诗序》云:

> 《伐木》,燕朋友故旧也。自天子至于庶人,未有不须友以成者。亲亲以睦,友贤不弃,不遗故旧,则民德归厚矣。

所谓"不遗故旧",即因当时已是故旧尽遗;所谓"民德归厚",即因已经浇薄;而所谓"自天子至于庶人,未有不须友以成者"云云,正是就宣王力图上下复兴之志而言。按之原诗,亦皆大体相合。蔡邕《正交论》云:"迨夫周德始衰,颂声既寝,《伐木》有鸟鸣之刺……其所由来,政之失也。"《风俗通义·穷通篇》亦有类似说法。此为《鲁诗》之说。《易林·夬之震》:"君明臣贤,鸣求其友。显德之政,可以履事。"此为《齐诗》之说。结合齐鲁两家之说及《诗序》观之,《伐木》为宣王初立时王族辅国大臣之作,可以肯定。读诗本文,只有周、召二公有此语气。然周定公尚不见有能诗的记载,故以召穆公作的可能性为大。

《天保》一诗,《诗序》说是"下报上"之词,姚际恒《诗经通论》以为"臣致祝于君之词",方玉润《诗经原始》以为"祝君福也",我以为是召公致政于宣王之时祝贺宣王亲政之诗。第一章说王上得天命,地位十分稳固;第二章是祝福其亲政之后上天一定要降给他很多好事,将无往而不顺心;第三章言自此之后一切将兴旺昌盛,欣欣向荣。诗人以五"如"祝之,即姚际恒所说"忠爱之至,故多复词"。第四章言备礼敬祖,周之先公先王亦将期新君延祚至于万寿无疆;第五章言只要能使人民足食足用,民将受其感化而归心归德;第六章又以四"如"祝之,言群臣广众都将永远拥戴君王("无不尔或承")。全诗没有一处离开给年轻继位的新君的良好祝愿。

厉王奔于彘,因国人反对不能回朝,十四年中不在其位,形同流亡,但名义尚在,太子因此不便即位。周、召二公摄行政事,实际上是代厉王料理朝政。及厉王死,太子静亦已懂事,故二相主持太子静即位。召伯虎牺牲了自己的亲生儿子换下了太子静的性命,以后一直养在自己家中,抚养教育,使之成人,则对他的希望有多大,可想而知。但太子静毕竟缺乏锻炼,而且从小就因国人起义赶走了他的父亲,又几乎要了他的命,而心有余悸。那么,当太子静即位之时,召伯虎无论用何等热烈而夸张的语言来表现自己对这个新君的鼓励与祝愿,也不为过。

此诗作者,我以为只能是召伯虎。这不仅从内容、语气和表现的情感方面可以看出,在语言风格上也可以看出。比如《常武》用十二个"如"字表现王师之势不可当,本诗用九个"如"字比喻即位新君君权的稳固和当时周王朝所表现的兴盛景象,《常武》第五章的"如飞如翰,如江如汉,如山之苞,如川之流"数句,与本诗第三章的设喻和句式都极为相似。

《假乐》在《大雅》中列于《公刘》之前,历来被看作周初之诗。细审诗中"宜君宜王""不愆不忘,率由旧章"等句,不是祭武王的语气;"无怨无恶,率由群匹"等句,对成王说来也毫无针对性,所以,绝非成王时作品。如将此诗同《天保》对照,即可发现在内容、语气甚至句式上都有很多共同性。如《假乐》云:"受禄于天,保右命之。""干禄百福,……受福无疆。"《天保》云:"天保定尔,亦孔之固。……受天百禄。""何福不除,……降尔遐福。"诗中所表现内容,也悉与宣王情况相合。"宜君宜王"者,厉王在,太子静尚未继位;"不愆不忘,率由旧章"者,正所谓"法文、武、成、康之遗风"(《史记·周本纪》);"无怨无恶,率由群匹"者,针对前厉王之刚愎横暴而言也。末章写对太子静的勉励,其"不解于位,民之攸墍",正是经过乱政后寄希望于新君者。

《假乐》当是宣王行冠礼之冠词。《礼记·冠义》引先秦诗人们所习言曰:"故曰:'冠者,礼之始也。'嘉事之重者也。"郑玄注:"嘉事,嘉礼也。"冠礼亦曰"嘉礼",故称冠乐为"嘉乐"。

此诗之题,《毛诗》作"假乐"。《毛传》:"假,嘉也。"《礼记·中庸》引《诗》即作"嘉乐"。《左传·文二年》:"公赋《嘉乐》。"又《襄二十六年》:"晋侯赋《嘉乐》。"《孟子》赵岐注亦云:"《诗·大雅·嘉乐》之篇。"《隶释》载《绥民校尉熊君碑》亦作"嘉乐"。

关于"假乐"二字的读音,《经典释文》徐学乾通志堂本云:"音暇,嘉也。"而古写本作"上行嫁反,下颜孝反"。则"乐"当读为"音乐"之"乐"。自朱熹《诗集传》注"乐"为"音洛",后之学者均理解为"快乐"之"乐",沿误几近千年,给此诗诗旨的诠解又蒙上了一层迷雾。

王充《论衡·艺增》、魏源《诗古微·诗序集义》并以《假乐》为"美宣王之德"。《嘉乐》为宣王行冠礼之冠词,是没有问题的。大约是先行冠礼而后归政,故诗中说"宜君宜王"。

召伯虎和整个周族都对太子静(宣王)寄予极大的希望,所以宣王之冠礼同即位一样被看作十分重大的事件。《礼记·冠义》云:"敬冠事所以重礼,重礼所以为国本也。"这样我们就可以理解了,为何《假乐》诗中用了十分美好的话来祝愿君王。可以说,这实际是庆贺周王朝在衰亡之际出现转机,宣王自幼经召伯虎抚养教诲长大,他举行冠礼,也意味着召伯虎愿望的实现。所以说,《假乐》一诗的作者,也只能是召伯虎。

以上考定召伯虎的作品有《小雅》中的《常棣》《伐木》《天保》,《大雅》中的《假乐》《民劳》《荡》《江汉》《常武》,共八首。

召伯虎不仅是一位具有政治远见和一定民主思想的卓越政治家,也是西周末年一位杰出的诗人。他的作品不仅数量多,而且反映了当时重大的政治事件,反映了西周厉宣两朝阶级矛盾极度尖锐化的状况及由濒临亡国的境地转向中兴的过程,反映了诗人的政治观点和政治理想,寄托了诗人对于国家与民族的一片热爱之情。特别是,他的诗充满了激情,艺术上又表现出一定的独创性。他实在是我国 2800 年前的一位伟大诗人,也是西周时代最有成就的诗人。尽管也是那个时代成就了他,但首先应该肯定他有思想、有文才、有诗才。这从《谏厉王弭谤》一文即可以看出。

三、南仲与张仲

《小雅·出车》,《诗序》看作周文王时作品(《采薇序》)。《鲁诗》

《齐诗》俱以为宣王时作品。蔡邕《谏伐鲜卑议》云："周宣王命南仲、吉甫攘狁狁。"此为鲁诗说。《汉书·匈奴传》云：

> 至懿王曾孙宣王，兴师命将以征伐之，诗人美大其功曰："薄伐狁狁，至于太原"，"出车彭彭"，"城彼朔方"。是时四夷宾服，称为中兴。

《汉书·古今人表》亦以南中（南仲）与召虎、方叔、尹吉父（尹吉甫）、韩侯、张中（张仲）列第三等，次周宣王世。此皆齐诗说。是则鲁齐二家之说均以《出车》为宣王时诗。汉武帝益封卫青诏书中，举《六月》《出车》二诗，亦以为宣王时诗。① 看来西汉以前人一般把《出车》看作周宣王时作品。魏源《诗古微·小雅宣王诗发微》以九征八间证《采薇》《出车》《杕杜》为宣王时诗而非文武时诗。王国维《鬼方昆夷狁狁考》一文亦对此作了严密的论证。则《出车》为宣王时诗，可以肯定。

至于《史记·匈奴列传》所说：戎狄"破逐周襄王而立子带为天子。侵盗暴虐中国，中国疾之，故诗人歌之曰'戎狄是膺'，'薄伐狁狁，至于大原'，'出车彭彭'，'城彼朔方'"。其中引有《出车》二句、《六月》二句，似二诗为襄王时所作。然其中亦杂引《鲁颂·閟宫》之句，故胡承珙以为"经师抱残守阙，太史公杂采众家"，所以"每多抵牾"。② 陈乔枞则以为是"编简烂脱，仅存引诗数语，后人掇拾遗字，次于'戎狄是膺'之下，遂至抵牾，宜据《汉书》为之补正"③。而《诗义会通·采薇》蒋天枢校语以为"襄"盖"宣"字之误。总之，《出车》《六月》亦绝非襄王时诗。

然而，前人虽论定《出车》产生的时代，却从来没有人论定此诗之作者为谁。今从诗本文出发论定之。下面抄录全诗，以便论述：

> 我出我车，于彼牧矣。自天子所，谓我来矣。召彼仆夫，谓之

---

① 《史记·卫将军传》。
② 胡承珙《毛诗后笺》卷十六。
③ 陈乔枞《鲁诗遗说考》卷八。

载矣:"王事多难,维其棘矣!"

我出我车,于彼郊矣。设此旐矣,建彼旄矣。彼旟旐斯,胡不旆旆?忧心悄悄,仆夫况瘁。

王命南仲,往城于方。出车彭彭,旂旐央央。天子命我,城彼朔方。赫赫南仲,玁狁于襄。

昔我往矣,黍稷方华。今我来思,雨雪载途。王事多难,不遑启居。岂不怀归,畏此简书。

喓喓草虫,趯趯阜螽。未见君子,忧心忡忡。既见君子,我心则降。赫赫南仲,薄伐西戎。

春日迟迟,卉木萋萋。仓庚喈喈,采蘩祁祁。执讯获丑,薄言还归。赫赫南仲,玁狁于夷。

首先,全诗六章,出现了九个"我"字。毫无疑问,诗中的"我"即作者。

其次,诗中说:"我出我车,于彼牧矣。自天子所,谓我来矣。"诗人亲受天子之命出征,则是此次征伐玁狁的主帅,可以肯定。若以为是一般将士则误。诗的第四章有"王事多难,不遑启居"及"岂不怀归"之句,同《采薇》"王事靡盬,不遑启处"语意相同,但这是从同情士卒的立场来说的。第二章"忧心悄悄,仆夫况瘁"二句更明显地表现出了这样的一种感情。当然,在国家危难之际,欲扶大厦于将倾的主帅,不仅目睹了战斗的惨烈,同时也会经受一些困苦艰难,所以当战胜归来之时痛定思痛,或者回顾艰难境况作为对将士们的慰劳褒奖和对天子朝臣的汇报,也是合乎情理的。

这次出征的主帅是谁呢?是南仲。《后汉书·庞参传》载马融上书:"昔周宣玁狁侵镐及方,……而宣王立中兴之功。……是以南仲赫赫,列在周诗。"崔述《丰镐考信录》论《出车》一诗云:

《六月》称"侵镐及方",此诗称"往城于方",其地同;《六月》称"六月萋萋,戎车既饬",此诗称"昔我往矣,黍稷方华",其时又同。然则此二诗乃一时之事,其文正相表里。盖因镐方皆为玁狁所侵,故分道以伐之,吉甫经略镐,而南仲经略方耳。

既然本诗的作者是此次征伐狁而城方的主帅,而此次征伐狁而城方的主帅又是南仲,则此诗的作者只能是南仲。

再次,从诗中还可以看到更直接的证据。第三章开头云:

> 王命南仲,往城于方。

而该章第五、六句又说:

> 天子命我,城彼朔方。

"王"即"天子","方"即"朔方"(《传》:"方,朔方,近狁之国也。"王国维《鬼方昆夷狁考》亦以为是同地异名。今人或以"朔方"为泛称,"方"为确指,①也同"朔方""方"在诗中实指同一地的说法并不矛盾)。则"南仲"即"我",诗人只是变换文字以避复耳。

由以上三点看,《出车》为南仲所作无疑。

还有两个问题,得加以说明。

第一,第五章中的"君子"指什么。此章是取用了当时流行的民歌的成句(《召南·草虫》),因此,所指含义较为灵活。此诗是远征归来所作,"君子"应指欢迎南仲凯旋的公卿大夫。

第二,诗中三处出现"赫赫南仲"之语,似同诗人自己的语气不符。按:此三处都出现在"狁"之上。因为诗中已反复出现过"自天子所,谓我来矣""王事多难,维其棘矣""王命南仲""天子命我"等语,故这几句实表现了诗人受命于天子,以王命征伐夷戎的盛气与自豪之感。"赫赫南仲,狁于襄"(襄,除,消灭)、"赫赫南仲,薄伐西戎""赫赫南仲,狁于夷"(夷,平定)。均以赫赫"与"狁"相对,则诗人写周

---

① 程俊英、蒋见元《诗经注析》,中华书局1991年版。

王朝以泰山压顶之势征伐狎狁时主帅的神气,生动之极。

南仲在宣王时任司徒,见于西周《无专鼎铭》。魏源《诗古微》上编之四《通论二雅》后附罗士林《周无专鼎铭考》云:

> 焦山旧藏周无专鼎,……其文曰:"惟九月既望甲戌,王格于周庙,燔于图室。司徒南中……""中""仲",古通假字。《积古斋钟鼎款识》谓南仲有二,《诗·出车篇》之南仲,《毛传》以为"文王之属";《常武》之南仲,……是宣王之臣也。齐、鲁、韩三家《诗》并以《常武》《出车》之南仲皆为宣王[时]。然则鼎之或为文王时器,或为宣王时器,当以"九月既望甲戌"推之。

罗氏分别用殷历、周历推算,文王在位期间,"皆不得九月既望命甲戌";关于其受命之先,又分别用殷历、周历按商正建丑、酉月为九月推之,亦均"甲戌皆不得既望"。然而,"宣王自元年甲戌迄十六年己丑,据二术所推,九月既望为甲戌,故定此器为宣王时器"。那么,《出车》《常武》中的南仲,均宣王时南仲,也即《出车》的作者,宣王时任司徒。《汉书·古今人表》将南中(仲)列在厉王时。那么,南仲同召伯虎一样是由厉王进入宣王朝的老臣。《常武》云:

> 赫赫明明,王命卿士,南仲大祖,大师皇父。

《传》:"王命南仲与大祖,皇父为大师。"是言任命南仲、皇父为太祖之庙也。《白虎通义·爵篇》:"王制,爵人于朝,与众共之。"引《诗》"王命卿士,南仲大祖",又引《礼·祭统》"古者人君爵有德,必于太祖"。《诗》言"卿士",《无专鼎铭》言为"司徒",可以相合。由《诗》《无专鼎铭》结合起来分析,为宣王朝老臣,武功赫赫。宣王十六年册无专于庙,司徒南仲曾为相礼。按《礼记》所说,乃"有德"之臣。他既北拒狎狁而城彼朔方,又随宣王亲征淮夷,平定徐方,实为宣王中兴功臣之一。

中兴大臣中留下了诗篇的,还有张仲。

《小雅·六月》末章云：

> 吉甫燕喜,既多受祉。来归自镐,我行永久。饮御诸友,炰鳖脍鲤。侯谁在矣？张仲孝友。

可见此诗作于宣王北伐归来尹吉甫宴集臣僚之时。其中说到"既多受祉",则非尹吉甫所作,而是张仲所作。《六月》一诗是赞扬尹吉甫北伐之功的,成于归来宴集之时。从诗中看,张仲应是尹吉甫的下属。他有意学尹吉甫的两首大作,但不敢自诩其诗,而只从作人的一般道德上表明够得上一个朋友,故曰："侯谁在矣？张仲孝友。"

欧阳修《集古录》《薛氏钟鼎款识》并载有《张仲簠铭》,其文曰：

> 用饗大正歆,王宾馈具召饲,张仲受无疆福,诸友飧饲具饱,张仲昇寿。

刘敞《公是集》有《张仲簠赞》,则宋代见之者多。这篇铭文系张仲所作,可见,张仲也算当时一位颇具文才的人物。张仲当是卿大夫一类官员,征伐猃狁时在尹吉甫手下供职。为什么呢？由其能铸器作铭,又能参与尹吉甫的庆功私宴可知。而从诗中几处直称"吉甫"之名看,其官阶不会很低;从诗中"吉甫燕喜,既多受祉,来归自镐,我行永久"几句看来,作者是曾随吉甫于军旅之中的。

《易林·离之大过》云："《六月》《采芑》,征伐无道。张仲方叔,克胜饮酒。"①则以张仲同方叔并列,可见在汉人意识中,张仲亦宣王时颇有地位的大臣,恐其地位仅在召伯虎、尹吉甫、方叔、南仲等中兴元勋之下。

或以南仲、张仲为一人(见程俊英、蒋见元《诗经注析》),此说于古

---

① 《易林·小过》之《未济》："《六月》《采芑》,征伐无道。张仲季叔,孝友饮酒。"

无据。《汉书·古今人表》既有南中,亦有张中,俱在卷三。陈奂《诗毛氏传疏》云:"张仲,《古今人表》作张中。'中',古'仲'字。李巡注《尔雅》:'张姓,仲字,其人孝,故称孝友。'"自是两人。

《六月》是尹吉甫北伐胜利归来举行的私宴上所作,既为庆功宴会,参加的人应不少,且征伐狎狁取胜为大事,方叔、南仲甚至召伯虎等大臣都可能参加;《崧高》为申伯受命镇抚南方江汉之地,宣王亲送之湄而为之饯行时尹吉甫所作,送行之大臣同样也应不少;《烝民》为宣王命仲山甫筑城于齐之时尹吉甫送别之作。由此可以看出两点:

一、周宣王中兴之时,大臣们宴会、饯行、朝会中,常有人作诗以互相勉励或记述盛况。

二、这些大臣既然常在聚会中写诗互勉,相互赠诗,在创作上也必然会相互影响。

今天可以确定为宣王朝中兴功臣中为某一人所作的诗不多,但从内容上可以肯定是宣王中兴功臣之作的不少;宣王中兴功臣中可以确知其能诗的不多,但所存宣王功臣之作风格上相近的不少。

《小雅》中宣王公卿大夫之作,除前面各部分已论述过者外,《采芑》《车攻》《吉日》《庭燎》《鹤鸣》《白驹》《斯干》《采菽》八首也是。

《庭燎》一诗写早朝景象,为唐代贾至的七律《早朝大明宫》及杜甫、王维、岑参的和诗所效法,成了描写圣朝升平的传统题材。然而贾至等人之作主要渲染了宫庭的庄严华丽、朝仪的肃穆壮观、君王的尊严神圣和大臣的雍容闲雅,有铺排堆砌之嫌,而《庭燎》则突出地表现了周王的勤于朝政。又"君子至止,言观其旂",写景与写人合而为一,颇能传神。两类诗都作于乱后新君甫立之时;就诗中所表现而言,《庭燎》更为充实,也更合于现实,其中所注入之诗人情感、愿望也更多。

《鹤鸣》《白驹》表现对贤才的仰慕与挽留的意思,实与曹操《短歌行》第一首(诗中云:"青青子衿,悠悠我心,但为君故,沉吟至今。""越陌度阡,枉用相存,契阔谈讌,心念旧恩。""山不厌高,海不厌深。周公吐哺,天下归心。")主题相同,所表现都是胸怀大志的栋梁之臣才会有的心态。因而,此二诗作者非宣王中兴大臣莫属。

《采芑》《车攻》《吉日》《斯干》有可能为一般卿大夫所作,但也是召伯虎、尹吉甫、南仲、方叔、仲山甫等辅国大臣周围的人物或与之同志者,则不待言。①

《大雅·韩奕》一诗,《诗序》云:"尹吉甫美宣王也。能锡命诸侯。"三家诗无异义。诗中称厉王为"汾王"(《笺》:"厉王流于彘,彘在汾水之上,故时人因以号之"),则自在厉王之后;其中写周王亲命韩侯、再三叮咛之意,及韩侯入觐、娶妻等景象和君臣和乐等情形,只可能在宣王之时,而不可能在幽王之时。同时,韩侯娶妻为厉王之甥,宣王在位四十六年之久;至幽王时,厉王之甥也不至尚在待嫁之年。故此诗作者即使不是尹吉甫,也是宣王朝其他中兴大臣。

最后谈谈《云汉》一诗。此为《经典释文》所谓"宣王之变大雅六首"的首篇。《诗序》云:

> 《云汉》,仍叔美宣王也。宣王承厉王之烈,内有拨乱之志,遇灾而惧,侧身修行,欲销去之。天下喜于王化复行,百姓见忧,故作是诗也。

然细审诗义,非臣子颂宣王之作,而是宣王因遇到空前大旱而事神祈雨之作。表现诗人忧虑焦急的心情,每章后四句呼天抢地,抱怨祖先神灵不予帮助,感情十分沉痛。《韩诗》云:

> 宣王遭旱仰天也。(《北堂书钞·天部》引)

与诗意相合。则此诗可确定为周宣王所作。

由宣王静能诗,可以看出召伯虎的影响。而宣王静能诗,又会对

---

① 《诗经原始》评《采芑》云:"题既郑重,词亦宏丽。"又云:"末一章振笔挥洒,词色俱厉,有泰山压卵之势。又何患其不速奏肤功也耶?"《采芑》一诗赞美方叔南征荆蛮,稍带民歌风味,但仍为宣王时大臣之作。方玉润以为"南人美方叔威服蛮荆",则误。因为诗中有"蠢尔蛮荆,大邦为仇"之语。南人不可能有此语。

当时上层集团诗歌创作风气的形成起到促进作用。

《小雅》中用于宴享、祝福的诗歌不少,有的是以国君的口吻祝福公卿、诸侯的,有的是公卿诸侯答谢国君的,也有的是赞美周王的。其中有些也应产生于宣王朝。这些作品一般都较短,结构上、语言上民歌味较浓,但又不似《国风》中民歌的形象而有诗味,多为空洞干枯的赞美祝福语。我以为这些作品是乐师或史祝所作。他们配合朝廷的宴享、祭祀、礼仪活动而随时制作,所用的原料便是民歌、前代留下的颂诗及当时常用的祝词、赞美词和庆贺语。这些作品不是《小雅》的精华所在,也不是《小雅》的主体,但我们可以由此看出宣王朝诗歌演唱风气的兴盛。

当然,《小雅》中宣王时代作品还有不少是出于中下层官吏或士卒役夫之手、之口,如《皇皇者华》《鸿雁》《祈父》《无羊》为中下层官吏所作,《四牡》《采薇》《黍苗》为士卒所作,还有《杕杜》《沔水》《黄鸟》《我行其野》是劳动者的歌唱,《车舝》则显然为庆贺婚礼而作。这些都同本文的论述无直接关系,只是有的可以使我们看到当时作诗唱歌风气之普遍。同时,它们从另一个角度反映了社会现实;要恰如其分地评价宣王中兴大臣之作,也离不开这些作品的参照作用。

四、宣王中兴功臣诗的共同风格

宣王中兴功臣的诗作,有着大体相近的风格。这就是:壮丽豪迈,雄峻奇伟,在庄严稳重之中,表现出自信与乐观。其情调总的来说是高亢的。这个风格特征在很多方面都有所体现。

首先,不少诗的开头表现出一种横空出世的不凡气概,气派宏大,非《诗经》中的其他作品所可比。如《崧高》:

> 崧高维岳,骏极于天。维岳降神,生甫及申。

因为申伯为宣王母舅,乃国家之栋梁,被封于谢(其地在今河南省唐河县以南),同甫侯封于吕(今河南省南阳县以西)一样意在统帅汉阳诸姬,镇抚楚濮百蛮。申伯以天子之亲及辅国大臣的身份而坐镇南藩,意义更大。厉王之末,四夷皆叛,周疆分崩,如荆楚全力北上问鼎,则周宗不保。所以申伯封于谢,实关系周室安危。诗人以"崧高维岳,骏极于天"起句,给人以顶天立地、岿然不动的感觉,具有一种威慑之力。

再如《韩奕》的开头:

> 奕奕梁山,维禹甸之,有倬其道。韩侯受命,王亲命之。

陈奂《诗毛氏传疏》云:"章首即以禹治梁山、除水灾,比况宣王平大乱、命诸侯。"陈氏的解释是符合诗意的。但本诗开头之意象所影响于读者的,实不止于此。韩侯先祖乃武王之子,成王时受封于韩(今河北省固安县东南)。厉王之时,宣王即位,明宗亲之道,收拾人心,整饬纲纪。申伯、韩侯,一以天子母舅威镇江汉,一以宗亲藩卫北疆,俱为周王朝稳固的屏障。诗中所谓"崧岳"、所谓"梁山",与后代所谓"长城"之义相近。《崧高》《韩奕》二诗之意,略等于说申伯、韩侯乃是周之长城。自然,《崧高》是说"维岳降神,生申及甫",非直接以崧岳喻申伯。然而,崧岳之神降而成申伯与甫侯,则二人非崧岳者何?《烝民》以"天生"二字开篇,高浑有势,胸襟开阔,同此二诗。《江汉》之"江汉浮浮,武夫滔滔",《常武》之"赫赫明明,王命卿士",也一以浩浩荡荡之大水暗喻王师的势不可挡,一以形容天之词形容王命的庄严正大,都一样气吞八荒,出语不凡。

如果说,一篇诗的结体、铺排,特别是后一部分能否保持同前一部分的大体一致,同诗人的水平、才华有关,则诗的开头同诗人当时的意识、情绪、感情状态、胸怀有关。因为诗人注意到了什么,什么使他感发兴起,他以怎样的眼光看待眼前所发生的事,客观事物引起了诗人怎样的情绪反应,完全由诗人的意识和当时的思想状况所决定。这几首诗开头所表现的盘空塞天、远溯上苍的雄浑之气,不是偶然的,它是诗人思想意识和共同心理状态的表现。这些正是构成诗人共同风格的一个重要因素。

其次,诗中写军容仪仗与册仪朝典,极尽铺排、渲染、形容之能事,写行军则"有闻无声",写朝典则肃穆庄雅,赞大臣则高山仰止,写明君则英明勇武。给人以正正堂堂、庄严盛大之感,充分显示了周王朝重奠国基、再造皇图、由衰转兴的形势。如《韩奕》第二章写韩侯入觐场面,第三章写韩侯返回封地的场面,都极尽铺排渲染之能事,第四章又带出韩侯迎亲一段文字,更是辉煌灿烂,光彩异常:

> 韩侯迎止,于蹶之里。百两彭彭,八鸾锵锵,不显其光。诸娣从之,祁祁如云。韩侯顾之,烂其盈门。

第五章由第四章铺展来,又追叙蹶父择婿的的过程,描写韩地之富庶,俨然乐土。这几章连续读下来,给人以美不胜收之感,直觉一片繁华,完全升平景象。再如《江汉》一诗,头三章依次写召伯虎速往平定淮夷,给人以刻不容缓、急如风雨之感,具体如何作战,并未提及一字,仅"江汉汤汤,武夫洸洸",造成一种天子之师如江河东流、不可抗拒的气势。下面即说"告成于王""王心则宁",然后是王命召伯虎从容作好善后之事,整理疆界,"匪疚匪棘,王国来极。于疆于理,至于南海"。显示了天子悯恤万民,包孕天下的恩威。后半叙王命及召伯虎对扬天子之词,"雍容揄扬,令人意远"(《诗义会通》)。

朱熹《诗集传》评《常武》第五章云:

> 如飞如翰,疾也;如江如汉,众也;如山,不可动也;如川,不可御也;绵绵,不可绝也;翼翼,不可乱也;不测,不可知也;不克,不可胜也。

指出了诗人在遣词造句中显示的雄浑豪迈气概。吴闿生评曰:"八句如一笔书,文势之盛,得未曾有。"又评"绵绵翼翼"三句:"承上文而下,气势浩穰,有天地塞开,风云变色之象。"这些评论,总体上是抓住了作品的特征的。

《小雅》中几篇,也表现出这种风格。如《六月》,"比物四骊,闲之维则","织文鸟章,白斾央央。元戎十乘,以先启行",都写得十分排场,很有气势。《采芑》为方叔南征,第一章、第二章、第三章都描绘了队伍车马装备之精良与华丽,无论马缨、辔衔、车辕、帷幪,都给人以整齐、簇新、华美之感,令人眼花缭乱。《诗义会通·六月》引李钟侨云:

> 《六月》《采芑》两诗,陈军容之整,将帅之能,王灵赫赫,至于临阵合战,克敌制胜之谋,无一及焉。《江汉》《常武》两诗亦然。乃立言之体要,以见天子之师,有征而无战也。至其词精深华妙,尤非后世所能及。

体察诗意,有所独到。这些作品展现在读者眼前的是生龙活虎、意气洋洋、蓬蓬勃勃、一派兴旺的景象,归结起来,是一个"兴"字。也就是说,这些作品的灵魂,便是"中兴"。

《出车》一诗,亦是如此。《诗集传》引吕祖谦语概括诗意,上窥诗人之心,亦极具启发意义:

> 大将传天子之命以令军众,于是车马众盛,旗旐鲜明,威灵气焰,赫然动人矣。兵事以哀敬为本,而所尚则威,二章之戒惧,三章之奋扬,并行而不相悖也。

古代天子、诸侯田猎,皆有检阅军队、显示声威的意思。司马相如的《子虚》《上林》写大汉天子上林苑之巨丽豪华及天子校猎盛况压倒齐楚诸侯之国,正其遗意。小雅中的《车攻》《吉日》均写田猎,《吉日》写宣王在西都之猎,《车攻》写宣王会诸侯于东都洛阳举行田猎的场面。《墨子·明鬼》云:"周宣王合诸侯而田于圃,车数万乘。"在国家经过事变,诸侯抗礼不朝的情况下,这也是稳定局势、恢复奴隶制的一种手段。此二诗之作,亦非出于寻常文士、中下官吏之手,至少当出于卿大夫之手。

　　特别是《车攻》一诗,篇幅虽不能同汉大赋相比,而表现周天子之尊严勇武,仪仗之排场肃穆,并不比《上林》《东都》《东京》等赋逊色。诗之前二章写随从车马作好充分准备,高车大马,浩浩荡荡东行。第二章点出将在圃一带行猎。第三章写清点队伍,开始狩猎,"建旐建旄",与牧野之战"其会如林"的景象相似。第四章写前来朝会的诸侯,"赤芾金舄",服饰庄重华美,显示出诸侯们对此次朝会的重视和朝见之礼的庄严盛大。五、六章写射猎场面,简单几笔,描绘出大猎的中心人物周天子的聪睿敏捷。"助我举柴",即《郑风·大叔于田》中的"火烈具举"。《礼·月令》：冬季之月,"乃命四监,收秩薪柴"。注："大者可析谓之薪,小者合束谓之柴。薪施炊爨,柴以给燎。"古者所谓"柴祭",亦指烧柴祭天也。本诗"柴",《说文》引作"㨖",释为积禽,姚际恒释为围猎时"芝草为防,缠旃为门"之门,俱非。乃"柴"之借字也。诗写虞人等为周天子的行猎作好准备,"助我举柴"为这幅"天子行猎图"增添了一个壮阔的背景。"两骖不猗,不失其驰,舍矢如破",也即《大叔于田》所写"两服上襄,两骖雁行。……叔善射忌,又良御忌。抑磬控忌,抑纵送忌"。是则《大叔于田》之生动描写,实有取于《车攻》之妙笔。关于其末章,张戒《岁寒堂诗话》云："'萧萧马鸣,悠悠旆旌',以'萧萧''悠悠'字而出师整暇之情况,宛在目前。"一场紧张的围猎活动,宣王显得如此从容,箭法又如此之高,真不失为一位英武圣哲的贤君。

　　再次,从语言表现上来说,表情达意,取象恢宏,反映出一种博大的胸怀和很高的眼界,同时,也带有一种自信。如《常武》写伐徐之师,"震惊徐方,如雷如霆"。又说："王师啴啴,如江如汉,如山之苞,如川之流。"其气派之大,胸怀之广,在《诗经》中并不多见。再如《采芑》第三章开头："鴥彼飞隼,其飞戾天,亦集爰止。方叔莅止,其车三千,师干之试。"写方叔率师南征,而先写成群鹰隼疾飞,上达苍穹,然后又聚落在一起。此无论为赋、为比、为兴,也都是一个令人振奋的现象。它不仅表现了诗人如何看待方叔之师,也间接地反映出诗人的胸襟、思想和情绪。那种大气磅礴、横亘太空的风格,不只是一个比喻或选词造句的问题,而是诗人的思想、气质、志向等意识和当时情绪的综合投影。这些作品从字里行间所透出的自信,无形中会感染读者。如写起程,多用"既……既……"句式(《六月》《车攻》),也就是肯定地说:一切的准备工作都已做好,只等待夺取胜利。尹吉甫的两首诗,一首末尾说:"吉甫作诵,其诗孔硕。其风肆好,以赠申伯。"一首末尾说"吉甫作诵,穆如清风"。虽然只是说的诗歌创作,但这样通脱率直,不能不说是内在精神的表现。

吴闿生评《韩奕》之诗云:

> 雄峻奇伟、高华典丽兼而有之。在《三百篇》中亦为杰出之作,更无论后人追步矣。

吴氏虽出于对经书的尊崇与偏爱而有所溢美,但以"雄峻奇伟,高华典丽"评大、小《雅》中宣王中兴功臣之作,基本适合。

应特别强调指出的是:宣王中兴功臣诗的风格,是同时代有关,同诗人的作为和政治理想有关的。关于这些作品同其他时代作品在风格上的差异,崔述已有所认识。《丰镐考信录》卷七云:

> 《雅》之咏文、武事者,事实多而铺张少;咏宣王事者,事实少而铺张多。此亦世变之一端焉。

如果从宣王中兴的事业,从宣王中兴功臣的理想与愿望方面来考察,就会更为深刻而全面一些。

五、宣王中兴功臣诗的影响

大、小《雅》中宣王中兴功臣之诗在历史上产生过一定的影响。

首先,这些作品作为特定历史时期的产物,对后代经过腐败政治或战乱的破坏,在内忧外患之中,一些政治家和志士仁人拨乱反正、缓和阶级矛盾、安定社会秩序起到激励的作用,也影响到这种历史环境中统治阶级成员和文人的创作。

如东汉末年横扫群雄、打击豪强、抑制腐败豪华之风,使北方在久经战乱之后恢复了一段稳定社会秩序的曹操,在其《善哉行》中写道:"智哉吉甫,相彼宣王。"

西晋末年,在外族入侵情况下,怀着匡扶之志的卢谌《赠刘琨诗》云:"伊陟佐商,山甫翼周。弘济艰难,对扬王休。苟非异德,旷世同流。加其忠贞,宣其徽猷。"

唐朝在贞观之后武则天篡唐建周,韦后、太平公主先后干预朝政,政治腐败,李隆基一举定天下。张九龄《扈从温泉和喜雪诗》云:"还闻吉甫颂,不共郢歌俦。"上句言玄宗恢复大唐继统,臻于盛世,下句言君上圣明,臣无忧伤之思。

唐朝中期久经战乱,藩镇割据。平定淮西,使东都洛阳和江淮一带免去威胁,对各藩镇有较大的震动。柳宗元《献平淮夷雅表》云:"周宣王时称中兴,其道彰大,于后罕及。然征于《诗》大、小《雅》,其选徒出狩,则《车攻》《吉日》;命官分土,则《崧高》《韩奕》《烝人》。"以平定淮西与大、小《雅》中尹吉甫等人诗中所表现周宣王中兴之业相比。其他如李宗谔"贤哉吉甫颂,千载有遗音",杜牧"吉甫裁诗歌盛世,一篇《江汉》美宣王"等诗句,也都借以表现了对于中兴盛世的赞美与向往。杜甫安史之乱以后所写对于官兵抗敌收复失地的赞颂之作,韩愈的四言长诗《元和圣德诗》等,都受宣王中兴大臣之作的影响。韩诗的末尾还说:"作为歌诗,以配吉甫。"

"中兴"这个大的主题本身在国家衰乱或受到外族侵略之时,就具有很大的感召力和鼓动性,最能扣动仁人志士、爱国者和广大人民群众的心弦;如果在这样的社会状况下诗人仍然留连于风花雪月,作靡靡之音,那文学也就走入了歧途,走到同它本身相反的方面去了。衡量文学的艺术性,有绝对的尺度,有相对的尺度。相对的尺度除包含着民族的、地域的、时代的因素之外,还有社会环境的因素。因为时代和社会环境不仅决定着作家所处当时文学的主要题材是什么，而且决定着读者的情绪、愿望、审美标准。为什么岳飞的《满江红》在抗战时期最为流行？就是这个原因。所以，我们评价宣王功臣之作，不能因它带有较大的功利性，歌功颂德的成分较重，而贬低甚至否定它们在历史上的积极影响。脱离具体历史环境评价文学作品，不是历史唯物主义的观点；不是有区分地考察作品在不同历史阶段的影响，而简单地以"积极""消极""进步""反动"概括定性，也不是科学的态度。可以说，大、小《雅》中不少作品在历史上，包括在文学史上起过积极的作用。它们为后代作家开拓了广泛的题材，吸引作家诗人关心现实、关心政治、关心当前的重大题材，在特定的历史条件下又激发政治家、爱国者的社会责任感。这些都是应该予以肯定的。

其次，这些作品的形式和风格为后代诗人所继承和发展，同时给汉赋的形成和发展以启发。周必大《二老堂诗话》云："扬子《法言》曰：'正考甫常晞尹吉甫矣，公子奚斯常晞正考甫矣。'盖尹吉甫能作《崧高》《烝民》等诗，以美宣王，故正考甫晞之而作《商颂》。"据此，尹吉甫之诗在春秋初年即产生了相当的影响。

战国初年，秦国数易其君，君臣乖乱，国势贫弱。秦献公"止从死"，"为户籍相伍"，徙国都栎阳，推行县制，又"初行为市"，使秦国在一系列改革中强盛起来。献公十一年至汧游猎，作石鼓文[①]，即仿《车攻》，词句也多有因袭。

《车攻》、《吉日》一写西都，一写东都，但俱以游猎为题材。它们对于司马相如《子虚》《上林》之构思，不能说没有影响。至于铺排叙写的方法，更不用说为汉赋所继承与变本加厉地发展。《诗义会通》引旧评云："召公以德可常，武不可常，故先言兵威以快其意，卒陈戒词，气乃易入。汉赋本此。"此即所谓"卒章见义"，为汉赋的特征之一。

刘秀建立东汉，再造皇图，借"大汉中兴"之口号以平天下，虽赶不上西汉帝国的强盛，但自国君至朝臣、文士，也都以大汉再次鼎盛相

---

① 参唐兰《石鼓年代考》。

期。班固《东都赋》颂洛阳新都,颇学《车攻》之诗。

韩愈作《平淮西碑》,实有扩大平淮西影响之用意,故姚范《援鹑堂笔记》评之曰:"裴度以宰相宣慰,君臣协谋,亦应特书。著度之勋,而主威益隆。此《江汉》《常武》之义也。"《诗义会通》于《江汉》云:"退之《平淮西碑》主此。"于《韩奕》云:"此退之得之以雄百代者。"则可以看出,宣王中兴功臣的作品,确实具有很强的艺术力量。

再次,宣王功臣之作的一些艺术表现手法为后代诗人所采用,促进了我国诗歌风格多样化的发展。最为突出的,是《大雅》中几首诗的开头,以其突兀傲岸,气势不凡而为历代诗人所惊叹和模仿。如《崧高》开头:"崧高维岳,骏极于天。维岳降神,生甫及申。"从意象上说,足写了一座高大的山岳,而从实际上说,乃是指申伯所自出,是叙其远祖。孔颖达《毛诗正义》云:"尧之时有姜氏者,掌四岳之祭。周则有甫、申、齐、许,皆姜氏之苗裔也。"徐旭生《中国古史的传说时代》一书中说:"姜姓的建国本不多,或者随着尧、舜、禹的南征建国于今河南的西南部。"①《左传·襄十四年》记姜戎首领驹友语:"(晋)惠公谓我诸戎,是四岳之裔胄也。"则申、吕皆四岳之后。所以《崧高》这几句,也包含着追述先祖的意思在内。战国时伟大诗人屈原的《离骚》开头追述先祖说:"帝高阳之苗裔兮,朕皇考曰伯庸。"这应是受了《崧高》的影响。《崧高》《烝民》《江汉》《韩奕》等起句的突兀雄峻,也为唐宋时不少诗人所效法,杜甫就是突出的一个。如他的《同诸公登慈恩寺塔》的"高标跨苍穹,烈风无时休",《投赠哥舒开府翰二十韵》的"今代麒麟合,何人第一功?君王自神武,驾驭必英雄",《奉赠太常张卿垍二十韵》的"方丈三韩外,昆仑万国西。建标天地阔,诣绝古今迷",《上韦左相二十韵》的"凤历轩辕纪,飞龙四十春。八荒开寿域,一气转洪钧",《剑门》的"惟天有设险,剑门天下壮",《咏怀古迹五首》之三"群山万壑赴荆门",等皆是。王昌龄、刘禹锡、苏轼、陆游等人之作,也往往学此,高瞻远瞩,势隆气盛,取得先声夺人的效果。如王昌龄《出塞》的"秦时

---

① 《中国古史的传说时代》,文物出版社 1985 年版,第 122—123 页。

明月汉时关",《从军行》的"青海长云暗雪山""大漠风尘日色昏"等,都是起句从大处、高处、远处落笔,给人以突兀之感,而意境开阔,心胸广大,虽写边塞荒漠,但不失盛唐精神。

宣王功臣某些作品"以声写静"及选取特征性事物创造意境的方法,也为不少诗人所取法。如杜甫的"落日照大旗,马鸣风萧萧"二句,即由《车攻》之"萧萧马鸣,悠悠旆旌"化出,辟出一种壮阔严肃之意境,读之令人神远。

宣王中兴功臣之作,一方面是汉以后歌功颂德、溢美阿谀之词的滥觞;另一方面,每当战乱分裂、人心思定之际,也起到了激励和鼓舞人心的作用。它们不同于岳飞、辛弃疾、陆游等人面对国破家亡的形势,情知势已不能而奋力为之的苍凉悲壮,也不同于完全处于太平盛世、歌舞升平的华赡巨丽。它们所铺排、夸张表现的,主要是显示王朝声威、天子尊严和国家安定,因而诗中充满信心,有很强的气势,给人以无往不胜之感;而且,有的作品明显地表现出君臣间和大臣相互间的肯定、赞美、勉励和关怀。情绪是积极的、高亢的,是充满感情、充满力量的。

周宣王时代,以中兴事业为旗帜,是产生了一些诗人的。同时,他们大体一致的主题,相近的诗风,在当时形成了影响,看大、小《雅》中宣王朝作品之多,即可知道。在当时,这些诗人尚无所谓"诗歌流派"或"创作群体"的意识,而且事实上他们也不是为艺术而作诗,在很大程度上是将赋诵之事看作文治的手段之一。但是,他们无形中形成了创作的群体,以召伯虎、尹吉甫、南仲、张仲为代表,将我国诗人的独立创作活动,第一次推向了一个高潮。认识到这一点,对于全面地认识《诗经》,特别是正确地评价大、小《雅》中的作品,认识中国诗歌流派的萌发、形成与发展过程,都有一定的意义。

(原刊上海古籍出版社《中华文史论丛》第55辑,1996年)

诗的采集与《诗经》的成书

　　《诗经》中的作品，《颂》诗和《雅》诗中歌功颂祖之作应是史官、乐师和有一定文化素养的贵族所作。有的产生于西周末年的宣王时代，有的产生于西周中期，有的产生于周初，个别作品可能时间更早（如《大雅》中的《公刘》、《豳风》中的《七月》和《商颂》中有的作品）。这些作品往往集中产生在某一段时间中，这同当时的社会状况及统治者的主导思想有关。周公旦的"制礼作乐"及成、康时代祭祀乐歌与仪式乐歌基本框架的形成（如《周颂》和《大雅》中的大部分作品），宣王中兴过程中与宣王初年一些卿大夫在恢复周室道统中的创作活动的勃兴（《小雅》中的相当一部分作品和《大雅》中的少数作品，《周颂》中的个别作品），便是最突出的实例。这些作品由乐师和史官收藏，而且由于产生的时代先后不同，具体的功用不同，流传的方式不同，自然会从来源、用途、音乐的特征方面，有基本的分类。但这只是乐师和史官从用途和文献价值方面的分类收藏，尚未产生编集成书的意识。比如《周颂》中作品，全为周王朝宗庙祭祀和朝廷礼仪乐歌，自然是以"颂"为名，作为一卷、一册或数卷、数册。又因时时用到，西周之时即为人所熟知，故《国语·周语》所载有关西周的篇章中引到《周颂》中句子，作"周文公之颂"或"颂"。当然，这些文献在流传过程中也会有改动，如《周语上》载芮良夫谏厉王引《文王》中句子，称作"大雅"，显然是春秋时人的口吻，因《大雅》中《崧高》《烝民》诗中明言为宣王时大臣尹吉甫所作，还有几首也可考知为周宣王时或稍后的作品，则《大雅》在厉王时尚未编定，"大雅"之名，厉王时也尚未形成。当然，《雅》诗中产生较早的作品在上层社会有所流传，是可能的。《商颂》《鲁颂》也是乐师所存，《国语·鲁语下》载鲁大夫闵马父云："昔正考父校商之名《颂》十二篇于周大师，以《那》为首。"便是明证。如果没有人将它们同反映王室矛盾、揭露社会黑暗的所谓"变雅"和各地的"风诗"同等看待，综合地编在一起，它们可能就一直是乐师和史官所收藏的王室档案；即使后人抄出行世，也不过是朝廷的祭祀歌、仪式歌而已，同包括各类作品的诗歌总集非同一概念。另外，《国风》中虽然有贵族的作品，但显然也有很多劳动人民的作品，比如《周南·汉广》《召南·草虫》《卫风·氓》《王风·葛藟》《君子于役》《郑风·蘀兮》《东门之墠》等等，无论如何不能说是贵族的作品。《孔子诗论》第三简说："《邦风》，其纳物也，溥观人俗焉。"也反映了这个事实。那么，这些民间的作品总有一种收集起来的方式。"国风"的收集并同"雅""颂"作品合编，才是"诗"结集的开始。所以，有的同志据《诗经》中有康王、穆王时乐歌，及《今本竹书纪年》中（康王）"三年，定乐歌"一句而认为在周康王、穆王进行了诗文本的两次结集，尚需进一步深研之。

因此，在《诗经》成书中两个最重要的问题是：（一）《诗经》中产生在十分广阔地域上的那些风诗是怎样采集，并集中起来的；（二）《诗经》中那些抨击权臣贵族、讽刺周天子和揭露周王朝社会黑暗的作品是怎样结集起来的。十多年前我曾有《周宣王中兴功臣诗考论》与《论〈诗经〉的编集与〈雅〉诗的分为"小"、"大"两部分》两文，论及与《诗经》成书相关的几个问题①，今再依据其它材料，对上面所说的两个问题谈一点看法，向学界朋友请教。

一、"采诗说"与人们的普遍误解

《汉书》的《艺文志》和《食货志》中都说到上古的采诗制度。《艺文

---

① 《周宣王中兴功臣诗考论》，《中华文史论丛》总第55辑，上海古籍出版社1996年12月版；《论〈诗经〉的编集与〈雅〉诗的分为"小"、"大"两部分》，《河北师院学报》1996年第1期，又《第二次诗经国际学术研讨会论文集》，语文出版社1996年版。

志》中说：

> 古有采诗之官，王者所以观风俗，知得失，自考正也。

《食货志》中说：

> 孟春之月，群居者将散，行人振木铎徇于路以采诗，献之大师，比其音律，以闻于天子。故曰：王者不窥牖户而知天下。

曹魏时何休在《春秋公羊传解诂·宣公十五年》更说：

> 男女有所怨恨，相从而歌，饥者歌其食，劳者歌其事。男年六十、女年五十无子者，官衣食之，使之民间采诗。乡移于邑，邑移于国，国以闻于天子。故王者不出牖户，尽知天下所苦；不下堂，而知四方。

另外，有"轩车使者""遒人使者""遒轩之使"之说，出于刘歆《与扬雄书》及扬雄答书。《与扬雄书》云：

> 诏问：三代、周、秦轩车使者、逌（遒）人使者，以岁八月巡路，㞼代语、僮谣、歌戏，欲得其最目。

扬雄《答刘歆书》云：

> 尝闻先代輶轩之使奏籍之书，皆藏于周秦之室；及其破也，遗弃无见者。独蜀人有严君平、临邛林闾翁孺者，深好训诂，犹见輶轩之使所奏言。

许慎《说文解字》中说：

迩,古之道人,以木铎记诗言。

关于这些说法的可信程度,前人看法不一。主要疑问是:(一)在两三千年前的奴隶社会中,会不会有这种制度?(二)《诗经》中何以有的诸侯国和地区有诗,有的没有?有的多,有的少?

关于第二点,孔颖达《毛诗正义》作过解释,但其看法对当时的政治有些理想化。① 我认为《诗经》中有的诸侯国没有诗,有的多,有的少,这会有各种原因,如距王畿之远近(决定采诗之方便与否),同王室之关系(决定是否献诗或献诗之多少);也会有各种的偶然性(如存佚,编者的政治态度与好恶等),所以这不能成为否定春秋以前有采诗、献诗制度的理由。关键在于第一点:两三千年以前会有那样组织严密、覆盖普遍的采诗制度吗?

人们看问题时总是脱离不了当时的意识,总是以对今天社会的认识,去看古代社会。这就像戴着有色眼镜看东西,难免带上一种预设的色彩。古代的社会管理体制、社会组织以至于交通状况,肯定没有今日的完备,可以说差得很远,但当时人们的意识也没有今天这样复杂(当时国家政治上的举措,主要是权力核心区认识的转变;其意识方面的影响,主要在城邦之内;至于鄙野农民,在承担公田劳动及徭役赋贡之外,罕问其它;王朝并没有多少向下传达的政令,也并不是常常制定法律、修改法规,其很多举措是借助于长久形成的习俗、礼仪来完成的,王者多在于顺应习俗和加以引导而已)。可无论怎样,王公大人总要娱乐,要听各种新歌:新的歌词、新的曲调。从艺术创作的一般规律讲,宫廷、贵族之家的乐师水平再高,也不是完全由自己编造就可以应付得了的。实际上,所有有成就的艺术家,他们的水平也正是在大量接触民间艺术的基础上得到提高,取得成就的,而不是在闭门造车

---

① 《毛诗正义·毛诗谱·周南召南谱》孔颖达云:"巡守陈诗者,观其国之风俗,故采取诗,以为黜陟之渐。亦既僭号称王,不承天子威令,则不可黜陟,故不录其诗。……又且小国政教狭陋,故夷其诗,轻蔑之而不得列于《国风》也。邾、滕、纪、莒,春秋时小国,亦不录之,非独南方之小国也。其魏与桧、曹,当时犹大于邾、莒,故得录之。春秋时燕、蔡之属国大而无诗者,薛综《答韦昭》云:或时不作诗,或有而不足录。"

状况下成长起来的。由于这个原因,乐师们必然需要下面有新的歌词、新的唱法提供给他们。因为这是关系到国君、卿、大夫的生活喜好的,从下属一些人看来,这比关乎国计民生的事还重要。《礼记·乐记》载,魏文侯问子夏:"吾端冕而听古乐,则唯恐卧;听郑卫之音,则不知倦。"《孟子·梁惠王下》载梁惠王之语:"寡人非能好先王之乐也,直好世俗之乐耳。"这恐怕是从夏商至战国除个别开国之君和力图奋发者外国君的普遍现象,周天子也不例外。所以,这条"献诗"的渠道,是自然会形成的。文献中所说先秦时"制度",也并不一定即如后代明文规定、立为章程的东西,有些不过是惯例或礼俗。即如《礼记》一书中所记先秦时代很多"礼",其实有不少并非是很死的规定,不过是礼俗、习惯做法而已,有的只是在个别场合实行的,或者是讲述者认为的理想的做法,未必周天子统治下各诸侯国皆如法实行。至于"献诗",有的是为了天子或诸侯国乐师不断丰富演唱内容的需要,个别是天子或诸侯国的君王在治下某卿大夫处听到好的歌词、曲调,因为喜爱而要来命自己的乐师研习之,甚至将其乐人一并要来,这都是可能之事。《礼记·王制》中说"天子五年一巡守(狩)",岁二月巡狩,"命大师陈诗以观民风",这是粉饰天子行为的话,很靠不住。周朝在平王以前,似乎只有昭王和穆王好在外面跑。但周天子和诸侯王外出时带着乐师,看来是可靠的。《史记·乐书》中载师涓曾随卫灵公出访晋国,并在濮水边上习了新声,在晋国为晋平公演奏,受到师旷的批评,认为是"靡靡之乐"。《左传·襄公十一年》载"郑贿晋侯以师悝、师触、师蠲",则诸侯间也以好的乐师为礼物互相赠送或贿赂。由此可知,民歌由乐师进入到上层社会,闻于诸侯、天子,并在乐师间交流,都是存在过的事实。至于卿大夫因为讽谏的需要引述一些民间歌谣,这也是正常的事,因为那个时候论述问题不一定有今日之细致的调查、作较全面的量化的说明或论证。当时"政""礼""俗"三者有着密切的联系。

关于采诗制度问题,《汉书》《说文》和何休《春秋公羊传解诂》中说法是不一样的。可以肯定的是:《诗经·国风》中作品从地域范围来讲东至于齐，西至于秦，北至于今河北，南至于今湖北，这么广阔地域上的作品要收集起来，编为一书，总要有一个集中的过程，有一种集中起来的方式。何休的说法似乎太理想化。古代的乡邑未必如后代有专门管文化的官员，负责收集民歌之类，并层层上移。但何休所说"饥者歌其食，劳者歌其事"，大体是不错的。当然，人民也有欢乐的时候，也有谈情说爱的时候。我们以何休的这两句话来说明当时诗歌完全是出于歌者内心，并无虚增、掩饰的成份，是对的，但不能认为只有"男女有所怨恨"时才唱。因为这关系到对古代采诗目的的认识。不能以为古代的采诗完全是出于"观风俗，知得失，自考正"。班固、何休之说虽然美化采诗制度，将采诗活动完全政治化了，但对采诗制度存在形式的看法，同刘歆、扬雄一致。从刘歆的行文看，此前古代文献中应有关于采诗的记载。

我国是农业发达很早的国家。从母系氏族社会的采集农业，到种植农业，人们一年的生活有很强的节律性。这从《诗经》的作品中可以看出，《豳风·七月》就生动地表现了这一点。农民无论男女，一年忙忙碌碌，基本上在田野劳作，没有一点空闲。直至年底，"十月蟋蟀入我床下"，才"穹窒熏鼠，塞向墐户"，"嗟我妇子，曰为改岁，入此室处"，算落了家。严冬之时冰天雪地，大多是守在家中而已。至开春之后，天气渐暖，大自然也透出一点春意，地里的活又尚未开始，于是，人们像过节一样欢会唱歌，藉以抒发情绪，调整心理。男女青年更是借此短暂的时机，互相了解，交流思想，建立感情。[①] "四之日其蚤，献羔祭韭"，贵族们的庆典活动，也是顺应了这种生产与生活的节奏。以此言之，《汉书·食货志》中说的"孟春之月，群居者将散，行人振木铎徇于路以采诗，献之大师"云云，并非完全向壁虚造。也就是说，在此时有人到各地采集歌谣，应为可能之事。

既然要采集歌谣，那么这些人就知道哪些是旧有的，哪些是新的，

[①] 孙作云先生的《诗经恋歌发微》对此有详细的论述，《文学遗产增刊》第五辑，作家出版社1957年版。亦收入孙氏的《诗经与周代社会研究》，中华书局1966年版。

也应该精于音乐,熟悉诗歌,属于艺人一类。只是我们从《汉书·食货志》所说"孟春之月,群居者将散"等语分析,这些人活动在民间,初春各地有歌会之时采集民歌,而农忙时间也一样地参加劳动。《诗经·小雅·大田》中说:"彼有不获稚,此有不敛穧;彼有遗秉,此有滞穗,伊寡妇之利。"可见当时的寡妇以捡麦穗以补口粮,则如何休所说"男年六十、女年五十无子者",也并不可能全都靠采诗以为生计,三千年前的社会保障制度,不可能完善到比现在还好。所以,这些人也应该是双重身份:农民、民间艺人。如果我们把这些人看作像现在的新闻记者一样那就错了,如果看作像新闻系统的通讯员一样,还差不多。前人认识的错误,就在这一点上。

二、从"春官"风俗看古代的采诗制度

现在就要谈一谈散布在民间收集民歌的这些半民间、半官方的下层"乐师"或曰民间艺人,是否存在的问题。

只要我们不是僵死地理解文献中的记载,不去死抠字眼,而是联系当时社会状况,联系民俗方面的某些文化遗存来看,春秋以前有采诗之人是可能的,不能完全否认刘歆、扬雄、班固等人的说法。同刘歆、扬雄、班固、许慎说的采诗活动有些相近的,是直至近代、乃至今天尚存在于甘肃、四川、宁夏一带的"春官"风俗。

甘肃的春官风俗主要流行于陇南、天水、陇东一带。甘肃陇南的西和县坦途关,礼县雷坝、王坝,成县鸡山下,是历史上出春官的地方。下面以坦途关为个案加以介绍。

西和县全县只有坦途关一个村出春官。他们每年腊月、正月要到全县及邻县城乡各处"说春"。村里旧俗说:谁家有成年男子而不出去说春,对家中不吉利。人们把这种漫游各地"说春"的人叫"春官"。春官们声腔好,口才好,能随机应变,出口成章。每年冬至前后外出"说春",送"春官贴"(即《二十四节气表》,当中绘着一个人,骑着一头牛),到立春前后结束。这段时间正是农闲,是人们准备过

年、以及欢庆春节、走亲访友的时期,也是各行各业的人最高兴的时期。

说春的或两人同行,或单独行走。一般抱着一个木雕的小青牛,上面缠着五彩丝线,叫"春牛";肩上搭一个褡裢,里面装有"春官贴"及外出日用之物。手里拿着唱春时的敲击乐器——木梆或竹板。有的还拿一根鞭杆(用以护身和上山助力的棍)。到人家后,将所带春牛置于桌上,给主人家放一张"春官贴",然后唱。唱的内容根据主人家的具体情况而定,多为祝贺庄稼丰收、六畜兴旺、生意兴隆、发家致富及老少平安的内容,如《二十四节气歌》《新春喜》之类;还有专门在城镇各业门前唱的《铺子春》《木匠春》《铁匠春》《生意春》《店子春》《裁缝春》《药王春》《染房春》《漆工春》等。另外,也有些属于劝世及教育的歌,如《二十四孝》《劝世春》《女儿春》《懒人歌》等。有一首《春官歌》中说:

> 春官肚子是个宝葫芦,要啥有啥样样有。唱它十天半个月,才唱了葫芦一个小口口。

春官到任何一家,都见景生情,出口成章,唱得又贴切又生动,而且总是含着鼓励的意思,春意盎然。① 这内容风格同春秋之时"诗教"的主

---

① 如有一首劝世的歌中说:"有了钱,有了田,为富不仁讨人嫌。众人口里有毒哩,口碑好了路宽宽;为人良心要揣端,吃哩睡哩才安然;为人良心揣不端,勾到阴曹苦无边。"如有一首《铁匠春》说:"对面山上麻柳桩,剁着回来掏风箱。风箱掏了三尺三,张良按住鲁班旋。三十里听见风箱响,四十里看见火光闪。烧的铁块红花花,两人举锤把铁打。想个啥,做个啥,铁疙瘩能作出牡丹花……"有一首《女儿春》中说:"一学剪,二学裁,三学绣花四做鞋。五学厨中巧做饭,六学礼仪把客待。七学行孝敬长辈,八学诗书有文才。九学性柔不轻狂,十学不生是非嘴儿乖。"又一首《女儿春》中说:"在家全靠你爹娘,婆家全靠心眼亮;迟点睡,早点起,梳洗好了快出房。扫地你把水洒上,离地三尺有佛像。恐怕大人不怪罪,罪孽都在娃身上。担水不要水担响,惊动四海水龙王。水担绳不降罪,罪孽都在娃身上。架火不要对面坐,恐怕冲了灶君王。阿家阿公不怪罪,罪孽都在娃身上。擀面不要多说话,涎水溅在面叶上。涎水溅在面叶上,先后(妯娌)小姑嫌你脏。炒菜你把调料放,记住不要用口尝。一口两口吃不饱,偷吃的名声也难当。洗锅莫要碗碟响,阿家骂你少教养。锅水不要随外泼,喂猪喂狗理应当。出灰莫要满天扬,缓缓倒在粪堆上。七十二行农为先,上到地里多打粮。"参华杰《采花谣——陇上采风录》,甘肃省群众艺术馆主编,2003年5月印行。

张差不多。他们所唱大多依据传统的词,根据眼前景况临时加以修改、组合,也临时编词。这同"帕利—劳德理论"所揭示民歌形成、演变的规律一致。①

我这里主要要说的是春官的习俗与有关"制度"。这些春官虽然大部分时间中是农民,但整个说春活动的准备阶段、进行当中和结束都有一套制度。这些对我们认识先秦时代的"采诗之官""行人""遒人"有一定的意义。

出春官的村内青年男子学春官,要拜师。虽然家中大人、老人都一辈子说春,从小耳濡目染,已记得不少词,但拜师仪式要举行。村内有春官头,当地人叫"官相",是推举村内记得多、唱得好、走得广、见识多的德高望重的长者担任。春官头的责任是:

(一)在冬至前召集村内各家掌事的,摆设香案,贡上春牛。春牛上骑一人,应是田祖,或者说牵牛星君。② 春官头召集春官们行过祭礼后,便分配路线,并选定各路的领头春官(又叫"代相"),以具体协调各路人员要走的片区,做到不留空白地,也不重复走,保证一年中每一家不进去两拨人(万一进入当年已说过春的人家,即退出)。

(二)负责印制当年的二十四节气图(木雕板印,一页)。

(三)协调确定大家的说春路线和地盘。

(四)说春结束后处理违反约定的人和事。如有人违反了原定的路线,罚下一年不许外出说春。

据说过去每年说春前,春官头先要拜地方官,取得颁发当年节气表的资格,而且要参加"打春"仪式。春官头不是世袭制,也不是终身制,年老有病不能理事或大家有意见时,可以另选。坦途关人唱的春官歌中说:

---

① 美国学者王靖献的《钟与鼓——〈诗经〉的套语及其创作方式》(谢濂译,四川人民出版社,1990年版)即是用"帕利—劳德理论"研究《诗经》之作。
② 《山海经·海内经》中说:"稷之孙曰叔均,始作牛耕。"《大荒西经》中记述更为详细。我考证,这个发明了牛耕的周人的远祖叔均,后来被称作"牵牛"命为星名。《大荒北经》中又说:"叔均乃为田祖。"所以我说春官们所奉春牛身上骑的这个神,即田祖,或者说是牵牛星君。

> 造起皇历十三本,传与天下十三省。州传府,府传县,县官传与春官人。春官上前领牒文,领上牒文往前行。上山不问山头路,过河不问摆渡人。

后两句的意思是:已经通过官府,哪儿都可以去。根据"十三省"的说法,这首歌起自明代初年。① 但我估计春官的风俗产生得更早。

古代南方也有"春官"。光绪三十四年金武祥《陶卢杂忆续咏》载有"唱春"的调名,并云:

> 入春常有两人沿门唱歌,随时编曲,皆新春吉语,名曰"唱春"。唱时轻锣小鼓,击之以板,板绘五彩龙凤,中书四字曰"龙凤春官"。俗传明正德御赐之。

清代李斗《扬州画舫录·小秦淮录》中说:"立春前一日,太守迎春于城东蕃厘观,令官伎扮社火;春梦婆一,春姐二,春吏一,皂隶二,春官一。立春日,给春官二十七文报酬。"这只是社火之中的角色。又吕微《隐喻世界的来访者》一书中有一节讲"春官",其中说:

> 在旧时新年的乞丐表演活动中,民艺性最强的大概要属"唱春"或者"说春"了。过去,在江苏常州城乡,春节期间流行"唱春"习俗。……唱春的形式分双档(二人)和单档(一人)两种。唱春的乐器主要是春锣(铜锣)和敲板、扁鼓。他们一路敲敲打打,走街串巷,挨户歌唱,即兴编词,但开头所唱一般都是恭喜发财之类的吉语套话,如"新年新岁唱新来,恭贺新喜把头开。敬祝合家都有喜,今年一定大发财!"

书中也说到苏南一带的"唱春"、湖北黄陂的"说春"和陕西、川北的"职

---

① 明初改元代十一省为十三省,后又改称"十三承宣布政司"。

业性春官"。① 看来各处春官的活动方式，同前面所说西和县坦途关的差不多，歌词的内容、风格也相近。

说到春官的来历，人们自然想到《周礼》中的"春官"，但那是"掌邦礼"的。唐武则天称帝之初曾改礼部为春官，不久又复旧，故后来"春官"成为礼部的别称。唐宋到明清，司天官属有春官正、夏官正等五官正。历代"春官"的司职有所变化，但总同历法、节气、劝农有些关系。以上这些只能说明这种从事劝春说唱工作的人何以叫"春官"的问题，还不能说明这种风俗的来源。我以为它的来源同《荀子·成相》中的"说成相"风俗相关。近年发现秦简中有成相辞，更说明了它们之间的关系。甘肃有春官的地方，春官头叫"官相"，各路协调人叫"代相"，为我们提供了认识二者之间源流关系的证据。

我们现在要说的是：这个制度何以能一直流传下来，至今不绝。我认为有三个方面的原因：

（一）社会的需要。一则他们每年送《二十四节气表》，其功用相当于今日之挂历，在文化不发达、图书缺少的山区，对老百姓掌握农时，很有必要；二则那时间山区文娱活动太少，也需要这些人在一定的季节来唱一唱，调剂心情和表达人们对生活的愿望。

（二）官府支持。一则春官们宣传、推广了皇历，宣传了当年的年号、纪年，体现了"普天之下，莫非王土"的意思；二则也利于疏通民情，又造成一种升平的气象。

（三）春官们所在村庄一般是交通不便，又缺乏土地的山区，他们在腊月、正月农闲时的说春活动，可以补贴春荒期间的生活。

我觉得先秦时代的"采诗之官""遒人（行人）"实际上正好合于上面所说三个条件。关于第一点，似乎春官是唱给人听，遒人是采集。但实际上，遒人恐怕也是在游唱的当中采集歌谣，不然，各地的歌手也不一定会有很高的热情去对他唱。关于第二点，官府的支持，刘歆、扬

---

① 吕微《隐喻世界的来访者》，学苑出版社 2001 年版，第 192—204 页。并参黄继红主编《西吉春官词》，宁夏人民出版社 2008 年版。

雄、班固的话中都透出了这一层意思。至于第三点，依刘歆、扬雄、班固之言，似乎这些人就是官府的"委员"。我想当时恐未必有如此完善的政治与文化制度，何休所说由衣食无着的人来承担，"官衣食之"的说法不会毫无依据。但第一，未必是"男六十，女五十以上"者。这里还有一个能否胜任的问题，有些人一生未出过村庄，东西南北辨不清，在人口稀少的古代，方言又多，一般人是无法胜任的。因之，必然是自年轻时就能唱，一定程度上以此为生计，或因某种原因衣食无着的人。《列子·汤问》中说："昔韩娥东之齐，匮粮，至雍门，鬻歌假食。"可见先秦时也有以歌唱为生计的人。第二，官府未必全部负担了他们的生活，像现在的工资制或供给制一样，充其量只是有所补贴。

此外，关于刘歆、扬雄和许慎所讲"遒人""遒人使者""遒轩之使"究竟是负何种职能的问题，这里也讨论一下。刘歆、扬雄之说，其实是本于《左传·襄公十四年》载师旷之语：

> 故《夏书》曰："遒人以木铎徇于路。官师相规，工执艺事以谏。"

孔安国注《古文尚书·胤征》说："遒人为宣令之官。"如果这样，今甘肃南部、东部的春官与之相近（春官颁布新一年的皇历）。不过，我以为刘歆、扬雄之言也非无据：这些人并非专司一职，大都是有所宣布，也有所采集。即使宣布之时，也不可能一下招集很多人来听，像现在开会一样；而是采取唱歌吸引人的办法，在唱的当中，把要宣布的内容加进去，这很有点像走江湖做生意的艺人商贩招集人的办法。宋玉《对楚王问》中说："客有歌于郢中者，其始曰《下里》《巴人》，国中属而和者数千人；其为《阳阿》《薤露》，国中属而和者数百人；其为《阳春》《白雪》，国中属和者，不过数十人。"由此可以看出歌唱本身的召集作用和影响力。既然是"属而和"，自然是有词的，歌词内容的传播，也就随着歌声不胫而走了。

《孟子·离娄下》云："王者之迹熄而诗亡，诗亡然后《春秋》作。"朱骏声《说文通训定声》说，这个"迹"字乃是"迒"字之误。但学者们对于

"迩"或"遒人"的理解也不完全一样,说明事情并不是很单纯。我希望通过拓展研究范围和改变研究的手段,对春秋以前的采诗制度有一个较确切的认识不是完全否定它,而是消除对它的种种误解。这个问题的很多方面难以从理论上辨清,可据的文献又不多,故述春官制度的情形如上,算是提供一点民俗学方面的新材料。很多学者说,研究古代文化问题,应该在王国维提出的双重证据之外还应加上民俗学、文化人类学方面的证据。春官风俗在认识春秋以前的采诗制度上是可以给我们多方面的启发的。

三、由陈诗讽谏制度向"赋诗言志"风习的转变

如果说《国风》中的作品主要来自民间,那么,大、小《雅》中的作品主要来自贵族和史官、乐师。《国风》中的作品主要是由乐师挑选之后演奏或歌唱给大夫、卿、诸侯王以至于天子,也有卿大夫献之于诸侯,诸侯、卿献于天子的情况。但大、小《雅》中作品的汇为一书,就难以完全用这个说法来解释。用于一般仪式上之歌诗当是史官、乐师所作,但有些显然是卿、大夫或其它官吏抒发个人情感或表示对某些事情的看法之作。因此下面谈谈陈诗与讽谏的问题。因为对春秋以前的陈诗、献诗制度,学者们也一直有所怀疑。

我认为这当中同样有两点应该注意:

(一)对文献中有关记载,完全信以为真。《国语·周语上》载召公谏厉王提到:

> 故天子听政,使公卿至于列士献诗,瞽献曲,史献书,师箴,瞍赋,蒙诵,百工谏,庶人传语,近臣尽规,亲戚补察,瞽、史教诲,耆、艾修之,而后王斟酌焉。

《晋语·六》范文子也说到:

> 吾闻古之王者，政德既成，又听于民，于是乎使工诵谏于朝，在列者献诗，使勿兆，风听胪言于市，辨祅祥于谣，考百事于朝，问谤誉于路，有邪而正之，尽戒之术也。（"兆"，原作"兜"，据王引之《经义述闻》卷二一说改。韦昭注："兆，惑也。"）

如果死抠字眼，好像天子、王要卿大夫陈诗、献诗，是只听批评、揭露、讽谏的内容，不要赞扬、歌颂的内容。其实，上引这两段文字既有讲话者论事的针对性和角度问题，也存在后世史家的加工润饰问题，不能因其与当时社会不甚相合而完全否定陈诗、献诗制度。其实，春秋以前的陈诗、献诗中，也有相当一些是属于歌颂、报捷的内容的。如召伯虎的《江汉》《常武》《天保》，以及很可能为召伯虎所作的《伐木》，尹吉甫的《崧高》《烝民》《韩奕》，南仲的《出车》，张仲的《六月》，及宣王时卿大夫所作《采芑》《庭燎》《鹤鸣》《白驹》《斯干》《采菽》等。所以说讽谏只是陈诗、献诗的内容之一。

（二）往往按秦汉以后的法律、制度、伦理关系来看待春秋以前的礼俗制度、君臣关系等。当然，一个人看问题总离不开自己头脑中已有的各种认识模式；在差不多的情形下，也总是用现成的概念去套自己正在认识的东西（古代的或外国的、外民族的）。学者们对这种"意识偏见"克服的程度，取决于对研究对象的历史背景、文化背景的了解程度。因此，我们对先秦时代的君臣关系要有一个接近于真实的认识。陈登原先生《国史旧闻》第十九条《古君臣不甚间隔》，引《左传·僖公三十三年》记载殽之战以后一段文字："文嬴请三帅，使归就戮于秦，公许之。先轸朝，问秦囚，公曰：'夫人请之，吾舍之矣。'先轸怒曰：'武夫力而拘诸原，妇人暂而免诸国。堕军实而长寇雠，亡无日矣！'不顾而唾。"又引《朱子语类》卷九一："古之朝礼，君臣皆立。……三代之君见大臣多立，乘车亦立。汉初犹立见大臣，如赞者云：'天子为丞相起！'……古者天子见群臣有礼：先特揖三公，次揖九卿，又次揖左右，然后泛揖百官。"因此说："古时君臣礼貌并未隔绝。"以下又引《左传·僖公二十八年》舆人之诵以谏晋文公，《文公二年》"楚子将以商臣为大子,访诸令尹子上"等,谓"古时君臣意见并未隔绝";以下又引诸文献,认为"古时君臣称谓并未隔绝","古时君臣共饭共座,生活并未隔绝"等,①皆揭示了先秦之时君臣关系的一般状况。

根据这个认识,首先,春秋以前臣子向国君献上自己所收集到的民歌(当然是由乐师和身边其它人所采集),藉以反映社会情况,或劝谏中引述所闻歌谣及卿大夫之诗歌作品,是完全可能的。这在尚无严格的监察、统计和报告制度的情况下,应该是较能反映社会状况和民心的一种手段。

其次,卿大夫甚至下层官吏也可能直接写诗表达自己对一些问题的看法,或直陈周天子,被史官或乐师收存。《小雅·节南山》中说:"家父作诵,以究王讻。式讹尔心,以畜万邦。"《大雅·民劳》中说:"王欲玉女,是用大谏。"《大雅·板》中说:"犹之未远,是用大谏。"从这些诗句中就可以看出,先秦时陈诗、献诗以讽谏的事也是有的。虽然不可能是每代每王都愿意听逆耳之言、从善如流,也不是当时所有的卿大夫都敢于引述百姓的怨愤之言、刺王之诗,但毕竟是有其事的,并非凭空捏造。《左传·襄公四年》:

> 昔周辛甲之为大史也,命百官,官箴王阙。

《左传·昭公十二年》:

> 昔穆王欲肆其心,周行天下,将皆必有车辙马迹焉。祭公谋父作《祈招》之诗,以止王心,王是以获没于祇宫。

这是文献记载。又《诗序》云:

> 《沔水》,规宣王也。

---

① 陈登原《国史旧闻》第 1 分册第二卷,中华书局 2000 年版。

《圻父》，刺宣王也。

《巧言》，刺宣王也。大夫伤于谗，故作是诗也。

《巷伯》，刺幽王也。寺人伤于谗，故作是诗也。

《大东》，刺乱也。东周困于役而伤于财，谭大夫作是诗以告病焉。

《节南山》，家父刺幽王也。

《正月》，大夫刺幽王也。

《十月之交》，大夫刺幽王也。

《雨无正》，大夫刺幽王也。

《小旻》，大夫刺幽王也。

《民劳》，召穆公刺厉王也。

《板》，凡伯刺厉王也。

《荡》，召穆公伤周室大坏也。

《抑》，卫武公刺王室，亦以自警也。

《桑柔》，芮伯刺厉王也。

这些作品，即使乐师不收录，史官也会录而存之。像召穆公（召伯虎）那样为了延续周室祚运不惜牺牲亲生儿子的人，是不会担心由于陈诗讽谏而招祸的。这样的忠臣历代都有的。

再次，卿大夫之间也有相互赠诗或在公开场合展示自己作品的情形。《大雅·崧高》末尾说："吉甫作诵，其诗孔硕。其风肆好，以赠申伯。"《烝民》的末尾说："吉甫作诵，穆如清风。仲山甫永怀，以慰其心。"这是宣王时大臣尹吉甫的两首赠人之作。又《小雅·六月》末章说："吉甫燕喜，既多受祉。来归自镐，我行永久。饮御诸友，炰鳖脍鲤。侯谁在矣，张仲孝友。"这是张仲在尹吉甫举行的招待宴会上所作，同今天有的诗人在一些聚会活动中临时赋诗，当众朗读的情形差不多。这些相当于已经公开发表了的作品，史官、乐师不可能不收集录存。

《左传》《国语》中记载了大量赋诗言志的事例。《左传》中第一次记载的老百姓因国家、宫廷之事而赋诗,是隐公三年(前720)因卫庄公取齐得臣之妹庄姜,"美而无子,卫人所为赋《硕人》也"。可见民间也确实利用歌谣表示对国事的关心,也藉以发表对于国事和社会某些问题的看法。其第一次记载公卿聚会中的赋诗言志是僖公二十三年(前637),秦穆公宴享重耳,"公子赋《河水》,公赋《六月》。赵衰曰:'重耳拜赐。'……衰曰:'君称所以佐天子者命重耳,重耳敢不拜!'"可见赋诗便是为了表示自己对某事的看法,听者也要从中体味对方之意。杜预注这段文字说:"古者礼会,因古诗以见意,故言赋诗断章也。"因诗以见意,是赋诗言志的实质,也应是他的最初目的。虽然同陈诗、献诗制度之间有明显的不同,但二者之间也有相同、相通之处:

第一,都是用诗来表达意思,只是陈诗是反映当时现实的作品,"赋诗言志"是借《诗经》中现成作品表达思想。

第二,都是在正式的场合,也都是国君、卿大夫这些上层人物之间带有公务性的一种活动。只是陈诗活动的目的在于反映下情,而赋诗言志扩展到一般的外交活动,从主旨上说衍变为一般的交流思想,表达思想意向。

由二者的异同可以看出,赋诗言志实质上是陈诗献诗制度蜕化的产物。制度是要求某些人能时时遵守,对人有一定的约束性,但历史上所有的制度行之既久,没有不蜕变走样的;实质性的举措慢慢变得只流于形式,是古今一切制度发展演变的规律。这一则由于社会在变化,制度到后来难免同现实存在一定的不协调;二则人们的惰性总会造成一种使制度向形式主义方面发展,而淡化实质意义的张力。与这种陈诗、献诗制度相应而产生的两件事,正好给陈诗、献诗制度功能的转变、泛化和形式化提供了条件:

(一)周王朝衰落,天子地位下降,礼崩乐坏。

(二)《诗经》的从初次结集到编定成书。

由于前一个原因,第一,向周天子献诗变得可以完全只是走走形式。《左传·文公四年》宁武子说:"昔诸侯朝正于王,王宴乐之,于是乎赋《湛露》,则天子当阳,诸侯用命也。"可见到春秋时诸侯对周天子已用"赋诗言志"之法。第二,诸侯甚至卿大夫之间也可以照样流于形式地进行赋诗的活动。由于后一个原因,无论是随着潮流的转变进行赋诗言志的活动,还是装腔作势附庸风雅,总有了现成的材料可以取用。

《左传·僖公二十七年》载赵衰引《夏书》曰:"赋纳以言,明试以功,车服以庸。"杜预注:"赋纳以言,观其志也。"《夏书》中说的是"献诗"的事,杜预却解释为"赋诗言志"的事,可见二者有时确实也难以分清。

对"赋诗言志"风气之起,总要给一个解释,因为任何社会风气的形成都不是没有原因的,只从当时的贵族都习《诗》和外交辞令的委婉表达这两点尚不能说明"赋诗言志"风气形成的原因。我以为上面的看法可以说明献诗制度的消亡和"赋诗言志"风气的兴起。可以说,"赋诗言志"的"来龙",正是"陈诗""献诗"制度的"去脉"。

这里还要补充说明一点,前面所说《左传》中第一次载赋《诗》言志之例,重耳所赋《河水》一诗不见于《诗经》,或以为是佚诗,其实是《小雅》中《沔水》之误;而同时秦穆公所赋《六月》也见于《小雅》。据《国语·晋语》所载,此次赋诗秦穆公和重耳各赋诗二首,四首诗并出于《小雅》。此次赋诗时间在前 637 年。按我的看法,那时《诗》只是完成了第一次的结集,《雅》诗部分只有《小雅》部分的诗,尚未完成全书的编定,所以赋诗,《雅》诗中只涉及《小雅》中作品。而且赋诗活动之始也只是赋《雅》诗,因为其内容多是有关政治、外交、军事、礼仪的,也雅训庄重、表达思想较为明确,后来才扩展到《国风》中作品。这从各个时段上赋诗所涉及各类作品的分布就可以看出(见本文第六部分)。

四、从《诗经》的编排看最初的结集

我在《论〈诗经〉的编集与〈雅〉诗的分为"小""大"两部分》一文中提出,有意识地编一部单独传于后世的诗歌集的事,起于春秋初期。

《诗经》的第一次的结集只收了《周南》《召南》《邶风》《鄘风》《卫风》和《小雅》,这些作品基本上产生于西周末年至春秋初年,正是周定公、召穆公为周王朝的复兴作出了杰出贡献一段时间的作品。《周南》《召南》是周公旦、召公奭后裔封国内的作品。《毛诗序》云:

> 《周南》《召南》,正始之道,王化之基。

又云:

> 然则《关雎》《麟趾》之化,王者之风,故系之周公。南,言化自北而南也。

这几句话,古代论《诗》者都只是空泛作解,未能说透。近代以来学者多以为是儒家夸大周朝礼乐制度影响的空话。实际上,周王朝在江汉流域确实分封了很多姬姓小国。从西周末年至春秋末年楚国所吞并江汉流域姬姓小国就有郧(其地在今钟祥县西北)、息(今河南息县)、应(今河南鲁山县东)、蒋(今河南固始县西北)、道(今河南确山县东)、蓼(今河南固始县北)、唐(今湖北随州市西北)等。《左传·僖公二十八年》晋栾贞子曰:"汉阳诸姬,楚实尽之。"即是指此。《韩诗叙》言,周南、召南"其地在南郡南阳之间"(《水经注》卷二四引)。南阳即今河南省西南部,湖北省北部;南郡即今湖北江陵一带。西周以前,这一带基本为土著居民和当时的少数民族如扬越等。从周初开始不断分封其同姓,逐步扩展至江汉一带,周文化因而得以向南传播。召穆公在国人赶走厉王,又要杀死太子以斩草除根之时,牺牲自己的孩子,保住了太子静;及厉王死,又扶太子静继位。他挽狂澜于既倒,扶大厦于将倾,忠心耿耿、竭尽心力,对周王朝的贡献是巨大的。周宣王本人在其前期也由乃父的下场受到教训,又由于召穆公救下他的一条命,因而能配合召穆公等而勤于政事。《竹书纪年》载厉王十四年:

> 召穆公帅师追荆蛮以至于洛。

又《毛诗序》：

> 《江汉》，尹吉甫美宣王也。能兴衰拨乱，命召公平淮夷。

则江汉一带之分封不少姬姓小国，正同召穆公之功业有关。故所谓"化自北而南也"，也并非纯粹夸张赞美周朝礼制影响之空言，而是赞美宣王时周、召二公，尤其是赞美召穆公的不朽功业的一句话。可惜儒家后学如僧人诵经，传之既久，只死记得这一句话，到汉代已不明其意，故《毛诗》将其中有关宣王时周、召二公的文字多误解为赞周初周、召二公者。而后世很多学者又将此类谬说看作读《诗》之圭臬，论《诗》之准绳，陈陈相因，积重难返，至今尚有持此论者。

《邶风》《鄘风》《卫风》都是卫风。卫国地处中原，采集方便，所以所收最多，且也按其地域分为三组。为什么《周南》《召南》之外还收了《卫风》呢？因为卫康叔为武王少弟，同周公旦、召公奭同时所封，历史上地位相侔，而且在西周末年当厉王败国之后，卫武公和也同样为周王朝的中兴作出了大的贡献。所以二《南》之后即为《卫风》。

为什么说第一次结集时只有二《南》和《邶》《鄘》《卫》？因为如果这次结集时有《王风》以下各"风"，则无论如何是要将《王风》置于篇首的。因为第一次只是收集西周末年、春秋初年反映召穆公、周定公、卫武公前后有关他们政绩、史迹的诗歌，并没有打算编一部反映周王朝势力范围内诗歌全貌的选集（后人看作"总集"），所以在《周南》《召南》之外只收了地位上同周、召可以并列，在宣王中兴事业中其国君同样作出了突出贡献的卫国的风诗。

由《国风》开头的这五个诸侯国和地区的诗作已可以看出编者的用意，在于突出周、召二族的历史功绩。再结合《小雅》中作品看，编集者的目的则更为明显。《小雅》中作品大部分产生于宣王朝，而且也大部分反映了周宣王在召穆公、周定公等辅佐下缓和宗族内部矛盾，平定外患的历史事实①。

《小雅》《大雅》，前人总从音乐或内容等方面去讲区别，其实都是郢书燕说，自我作古，反倒掩盖了很多的真实，影响了对《诗经》编集过程的认识。《小雅》《大雅》只不过是两次编集而成，又由于篇幅太大，才分为两部分。春秋以前人区分相同篇章或同一部书中的两部分，习惯于用"小""大"加以区分，"小"在前，"大"在后。《周易》《逸周书》和《管子》中俱有其例。《国风》和大、小《雅》中一些同名篇目即用此方法加以区分。

《鹿鸣》的《序》说："燕群臣嘉宾也。既饮食之，又实币帛筐篚，以将其厚意，然后忠臣嘉宾得尽其心矣。"《鲁诗》说云："《鹿鸣》者，周大臣之所作也。"我以为这首诗是周定公所作。四家论诗之作者，多言"周大夫之所作"或"××之所作"，罕言"周大臣之所作"。本应是言"周公"，后人不解，以为同周公旦时情形不合，而改为"周大臣"。本篇被置于《小雅》之首，同《国风》中置《周南》于《召南》之前同例。厉王之时弄得上下离心，宗族内部矛盾也很大。《史记·周本纪》中说："厉王出奔于彘，……召公，周公二相行政，号曰共和。"《竹书纪年》中说："周定公、召穆公立太子靖为王，共伯和归其国，遂大雨。"《鹿鸣》的内容完全是亲和宗族的。看来宣王前期是周公主内，而召公主外。大、小《雅》中反映使臣活动的诗多，反映出征、平定周边民族的诗多，也说明了这一点。

《小雅》的第二篇《四牡》即写使臣之作，同样透露出这样的信息。《左传·襄公四年》载鲁叔孙豹之语："《四牡》，君所以劳使臣也。"这是因为诗中反复说到"王事靡盬，我心伤悲""王事靡盬，不遑启处"等意思。后来用此诗以慰劳使臣，也因为它是中兴初期的作品，故定为礼仪用诗，以肯定当时包括召穆公在内的使臣为国辛苦奔走的精神。

《小雅》第三首《皇皇者华》是使臣奉命外出咨询诸侯国国君意见

---

① 参孙作云《论二雅——说〈大小雅〉同为西周晚期诗，说〈大小雅〉中之"颂"同为宣王朝诗》，《诗经与周代社会研究》，中华书局1966年版。

的诗,也同样反映着"安定四国"的意思。

《常棣》《伐木》《天保》为召穆公所作,《出车》为宣王时大臣南仲所作,《六月》为宣王时大臣张仲所作。此外,《采芑》是宣王时公卿大夫之作,《采薇》是戍边归来士兵之作。这几首诗或赞美尹吉甫北伐猃狁的胜利,或歌颂方叔南征荆蛮的声威,或写征戍之艰苦,但都表现出"以匡王国""以佐天子""以定王国"的思想,及"蠢尔荆蛮,大邦为仇"这样严厉斥敌的豪迈气魄。即使战士之作,也是一方面描写了征戍之苦,"忧心烈烈,载饥载渴",另一方面又说"王事靡盬,不遑启处""靡室靡家,猃狁之故,不遑启居,猃狁之故",把为国征戍看作应尽的义务。其中写到将帅所乘车马的豪华强壮,但又说是"君子所依,小人所腓",这就正是所谓的"怨而不怒"。这些一方面生动地展现了召伯虎平定外患的业绩,另一方面也反映出了编选者的用心。

《小雅》中也有些幽王时作品,反映了当时坏人当道、正确意见不被接受反而受到打击的悲愤,以及国事日非、亡国之日可待情况下的忧伤与恐惧,实际上也反映了召、周二族及其党属当时的努力抗争与痛伤心情,只是具体作者和本事已大都无法考知。

由以上这些可以看出,《诗》的第一次编集,其目的是为了彰显召穆公、周定公辅政期间为国家的转危为安、国祚延续所做的不懈努力,彰显和保留下召、周二族的功业。

由此可以肯定,《诗》的第一次编集是由周定公或召穆公的子孙完成的。而从各方面看,当是由召穆公的后代完成的。这主要有下面两点理由:

第一,宣王之继承大统甚至保下命来,完全是由于召穆公家族作出了巨大牺牲与不懈努力。可以说在这段时间中召氏家族的功劳最大,最值得称道。

第二,宣王中期以后,召穆公、周定公、卫武公死去,各种矛盾又渐次发展、激化。至幽王之时,召、周二族肯定是被疏远,以至被排挤的。《史记·鲁周公世家》中说,鲁武公九年(周宣王十一年),与长子括、少子戏西朝周宣王,宣王爱戏,欲立为鲁太子,樊仲山甫谏之不听。其后戏立为鲁君,是为鲁懿公。懿公九年,括之子伯御与鲁人攻弑懿公,而立伯御为君。周宣王三十二年伐鲁,杀伯御,又立懿公之弟称。"自是后,诸侯多畔王命",则作为周王卿士的召公、周公的地位也非昔可比。周庄王四年(前693)周公黑肩欲杀庄王而立王子克,即可看出周、召的地位及与王室间的关系。

在这样的情况下,召穆公的子孙收集能反映其祖上功业的诗歌汇为一集,也便是情理中之事。

第一次有意识地进行《诗》的编集的,是召穆公的子孙。如上所述,其中关于歌颂召穆公功业的作品最多,也有个别是直接歌颂召穆公的。这从《召南》一些诗的《诗序》中即可看出。如:

《行露》,召伯听讼也。

《羔羊》,《鹊巢》之功致也。召南之国,化文王之政,在位皆节俭正直,德如羔羊也。

《殷其雷》,劝以义也。召南之大夫远行从政,不遑宁处,其家室能闵其勤劳,劝以义也。

《摽有梅》,男女及时也。召南之国,被文王之化,男女得以及时也。

《周南》十一篇中,前八篇都解作"后妃之德""后妃之志"之类,后三篇则泛论所谓"文王之道被于南国""文王之后"之类,却没有一篇直接提及周公(周定公)的。《甘棠》一诗,全诗是赞美召公,而以往被误解为周初的召伯奭,结果使一些史实被掩盖。可以肯定,编者采录之时也是有所选择的。孔子曾经对他的儿子说:"女为《周南》《召南》矣乎?人而不为《周南》《召南》,其犹正墙面而立也与?"似乎孔子也体味出了这一点。当然,召穆公是希望从王统上延续周德,结果确实也作到了几十年的中兴局面,孔子则是在西周盛世已一去不复返的情况下希望从道统上维持周公之业,而其影响更为深远。从这一点上说,他们确实有着共同之处。

《国风》前五国作品及《小雅》中作品最迟产生于春秋初年。《召南·何彼秾矣》所写出嫁的女子是"平王之孙,齐侯之子"。周平王前770—前720年在位。平王崩,太子早死,立平王之孙,是为桓王(前719—前697年在位)。桓王崩,其子庄王立(前696—前682在位)。则此诗大体产生在周桓王、庄王时,即使迟,也应在公元前七世纪初叶。这便是《诗经》第一次结集的时间上限。所以第一次结集的时间大约在公元前七世纪中叶。

诗是各种文学体裁中产生最早的。人类最早的诗同音乐结合在一起,称之为"歌"(有乐器伴奏)或"谣"(无乐器伴奏)。随着社会礼仪和宗教的产生,人们要为特定的仪式活动预先创作歌词,而不再只是随口唱出,诗便产生了。所以《尚书·尧典》中说:"诗言志,歌永言。"但这些"诗"的意义是笼统指诗这种文学的形式,可以指他人之作,也可以指自己之作。如《尚书·金縢》中说周公"乃为诗以贻王,名之曰《鸱鸮》",《国语·周语》中载邵(召)公谏厉王时说的"使公卿至于列士献诗",《左传·僖公二十四年》载:"召穆公思周德之不类,故纠合诸侯于成周而作诗曰:'常棣之华,鄂不韡韡。'"这都是西周时例子,也是文献中最早称说"诗"的文字。至"赋诗言志",则"诗"已成为书名,所谓"赋诗"已不是赋自作之诗,而是赋《诗经》中的现成诗句。这个转变同《诗》的编集过程大体一致。在这之前,无赋诗言志的习俗,而有引诗的情况,但引及时只称作"颂"或"雅"(后人或改作"大雅"),没有称作"诗"的。

五、《诗经》的成书与编定者

关于《诗经》中十五《国风》的次序,《毛诗》《左传》所载季札观乐演奏次序与今本《诗谱》,三者有所不同,而前五《风》则各家一致。这也反映了前五《风》为第一次结集时编定,后人循之,无所变动。今将后十《风》的异同比较如下:

《毛诗》:《王》《郑》《齐》《魏》《唐》《秦》《陈》《桧》《曹》《豳》。

《左传》:《王》《郑》《齐》《豳》《秦》《魏》《唐》《陈》《桧》《曹》。
《诗谱》:《桧》《郑》《齐》《魏》《唐》《秦》《陈》《曹》《豳》《王》。
《左传》与《毛诗》都以《王风》开头,且"王、郑、齐"这前三国相同。《左传》产生得时间早,《毛诗》也传授有自,应该都是可信的。关于《诗谱》之顺序,孔颖达在其《毛诗正义·王城谱疏》中说:

> 王诗次在郑上,谱退豳下者,欲近《雅》《颂》,与王世相次故也。

似乎郑玄这样列是有道理的。但《郑志·答张逸》云:

> 以周公专为一国,上冠先公之业,亦为优矣,所以在《风》下,次于《雅》前。

则《诗谱》中次于《国风》之末的本是《豳风》,并非《王风》。马瑞辰《毛诗传笺通释》卷一《杂考各说·诗谱次序考》云:

> 是郑君亦以《豳》居《风》末,未尝以《王》退《雅》前。此可以证《诗谱》之紊乱者也。

这样看来,《诗谱》的次序本也以《王风》《郑风》居首,在这一点上与《左传》和《毛诗》并无不同。现在的排列是后之浅人妄加改窜。

至于其它几处不同,欧阳修、魏源、皮锡瑞皆有论述,这里不详论。总之《王风》《郑风》领先,这是只有在后面十《风》另行编定时才可能产生的。如果十五《国风》是一次编成,无论怎样,《王风》总会置于最前面,因为当时虽然周天子地位下降,但无论哪一诸侯,要发展自己又不给自己设下障碍,总得玩"挟天子以令诸侯"的把戏。这由春秋中期"五霸"的行为已可看出,在春秋初期,这一点更不可能被忽视。

增编后面十个国家和地区的《风》和《大雅》及三《颂》的工作是由

什么人完成的？也就是说由谁完成了《诗三百》基本规模的编辑工作？我探讨的结果，以为是郑穆公的子孙完成的。原因有四：

（一）《王风》之后即为《郑风》，反映了编者强调郑国在诸侯中的突出地位的意思。

（二）《郑风》二十一篇，在后面辑的十《风》诗中数量最多，在十五《国风》中也是数量最多的。

（三）唐在郑以西，十二首；陈在郑之西南，十首。虽为小国，而收诗不少，也因其距离郑国较近，采集方便之故。

（四）当时从血缘上说，郑同周王室关系最近。《史记·郑世家》：

> 郑桓公友者，周厉王少子而宣王庶弟也。宣王立二十二年，友初封于郑。封三十三岁，百姓皆便爱之。幽王以为司徒。和集周民，周民皆说，河雒之间，人便思之。为司徒一岁，幽王以褒后故，王室治多邪，诸侯或畔之。

郑桓公是周厉王的少子，周宣王的庶弟，宣王二十二年（前806）被封于郑（今陕西华县），至幽王八年（前774）又任命为周王朝司徒，得以主政，受到百姓的爱戴。他看到周王室失去法度，诸侯或叛之，因而听太史伯之言，寄妻子儿女、财物与宗亲人民于虢（东虢，在今河南密县东）、郐（今河南荥阳以南）之间（今河南新郑）。西周灭亡，平王东迁之后，灭虢、郐等十邑而立国，其西与王畿（今河南洛阳一带）接壤。郑之增辑《国风》及《雅》《颂》的时间，从作品本身看，其上限为《陈风·株林》产生之后，①下限为季札观乐（前544）十余年前。结合第一次编集的时间（前七世纪中叶）和春秋初年列国历史看，可以肯定在公元前六世纪前期。

《国语·郑语》中记载郑桓公求教史伯："王室多故，余惧及焉，其

---

① 《株林》所讽刺的陈灵公于鲁宣公十年（前599）被杀，则《株林》一诗当作于前600年前后。

何所可以逃死?"史伯的答辞,《郑语》中录之甚详。其分析了王室以南、以北、以西、以东诸国之后总括以上曰:

> 是非王之支子、母弟、甥舅也,则皆蛮夷戎狄之人也。非亲则顽,不可入也。其济、洛、河、颍之间乎? 是其子男之国,虢、郐为大,虢叔恃势,郐仲恃险,是皆有骄侈怠慢之心,而加之以贪冒。君若以周难之故,寄孥与贿焉,不敢不许。周乱而弊,是骄而贪,必将背君,君若以成周之众奉辞伐罪,无不克矣。若克二邑,邬、蔽、补、丹、依、䣙、历、华,君之土也。若前颍后河,右洛左济,主芣騩而食溱、洧,修典刑以守之,是可以少固。

以下又对楚、齐、周、晋等国的形势加以分析。桓公于是寄孥、贿,并徙其民于虢、郐之间。① 对这一件事,《史记·郑世家》中所载,文字较《国语》概括:

> 桓公问太史伯曰:"王室多故,予安逃死乎?"太史伯对曰:"独雒之东土,河济之南可居。"公曰:"何以?"对曰:"地近虢、郐,虢、郐之君贪而好利,百姓不附。今公为司徒,民皆爱公,公诚请居之,虢、郐之君见公方用事,轻分公地。公诚居之,虢、郐之民皆公之民也。"公曰:"吾欲南之江上,何如?"对曰:"昔祝融为高辛氏火正,其功大矣,而其于周未有兴者,楚其后也。周衰,楚必兴。兴,非郑之利也。"公曰:"吾欲居西方,何如?"对曰:"其民贪而好利,难久居。"公曰:"周衰,何国兴者?"对曰:"齐、秦、晋、楚乎? 夫齐,姜姓,伯夷之后也,伯夷佐尧典礼。秦,嬴姓,伯翳之后也,伯翳佐舜怀柔百物。及楚之先,皆尝有功于天下。而周武王克纣后,成王封叔虞于唐,其地阻险,以此有德与周衰并,亦必兴矣。"

---

① 《国语·郑语》载:"公说,乃东寄孥与贿,虢、郐受之,十邑皆有寄地。"《史记·郑世家》载:"于是卒言王,东徙其民雒东,而虢、郐果献十邑,竟国之。"则将其财贿、重要物品及部分国民(当是贵族家属)均寄予虢、郐之间。

《国风》中何以没有收《楚风》：一则因为楚在江汉以南，距周王朝政治中心较远，采诗不便；二则楚国在很长时间中独立发展，不受周王朝的封赠，①因而也不会向周天子献诗。我们从这一段话中还可以看出一个原因：楚之兴，非郑国之利。又《国风》中《齐风》11 篇，《秦风》10 篇，《唐风》12 篇，虽不算多，也算居中，似乎体现着"齐、秦、晋将兴"的想法。因为齐、秦、晋三国相距较近（唯秦稍远），联系又多，不能不加以关注，便给人以主张天下利益一体的假象。

各国所收作品的内容，也大体与史伯所论一致。如《汉书·地理志》言，秦地"其民有先王遗风，好稼穑，务本业"，然而"多阻险轻薄，易为盗贼，常为天下剧"。其下并引《秦风》中诗论之。唐地则"其民有先王遗教，君自深思，小人俭陋"，下引《唐风》之诗证之。《汉书·地理志》总括这些国家诗作之思想与风俗，也与史伯所论一致。

由以上文字可以看出，史伯自然是一位深知天人之际，能洞察历史、预见形势的了不起的政治家和思想家，他提出的居于虢郐之间"前颍后河，右洛左济"之地，"以成周之众奉辞伐罪"，"修典刑以守"的策略，及对各国形势的分析，实不亚于九百八十年后诸葛亮的《隆中对》。然而郑桓公也是一位精于谋算、能深思熟虑又明于攻守进退之理的人物。他是厉王之子、宣王之弟、幽王之叔，同周王室的关系最近。但他是庶子，按当时宗法制度，他这一支不可能继大统，也非王室正宗，但他当时为王室主政的卿士。他看到周王室败亡颠覆的局势，自己无力扭转，因而作保全自己家族、待机收拾残局之想，所以会留意典册遗文，包括乐师处诗章及所采集"风"诗。《国语·郑语》中言"乃东寄孥与贿"。《战国策·楚策一》载《莫敖子华对楚威王》，说到春秋时吴楚战于柏举，吴师入郢，楚臣蒙谷，"入大宫，负离次之典，以浮于江，逃于云梦之中。昭王反（返）郢，五官失法，百姓昏乱。蒙谷献典，五官得法，而百姓大治。比蒙谷之功，多与存国相若"。则以郑桓公之智，更

---

① 《史记·楚世家》载：楚君熊渠当周夷王（前 885—前 878）之时，曾说："我蛮夷也，不与中国之号谥。"乃自立其长子庸为句亶王，仲子红为鄂王，少子执疵为越章王。春秋以后周王室及北方诸侯皆贬称楚君为"子"爵，而楚于国内称王。

不会不知此。当时朝政紊乱失法,幽王视先世典册、诗礼之类如粪土,郑桓公能与王之太史言王室治乱,乐师之类希与之结好,也不待言。《国语·郑语》中载郑桓公问史伯"周其弊乎?"对曰:"殆于必弊者也。《泰誓》曰:'民之所欲,天必从之。'今王弃高明昭显,而好谗慝暗昧;恶角犀丰盈,而近顽童穷固,去和而取同。……声一无听,物一无文,味一无果,物一不讲。王将弃是类也,而与剸同。天夺之明,欲无弊,得乎?"由此观之,王室太师所藏《雅》《颂》及献诗之类也被收拾而迁于虢、郐之间,应为可能之事。从史官、太师方面说,由宣王的庶弟保管,总比毁于一旦好;从郑桓公方面说,一可以存先代事迹,二可以为承周王室道统之基础,至少可以为将来"以成周之众,奉辞伐罪"的资本。犬戎杀周幽王于骊山之时,也杀了郑桓公友。看来郑桓公并未逃而避死,他只是希望保其封国,并尽到延续周祚或道统的责任。

郑桓公当周亡前夕特别注意保存周室礼乐文献及礼制器物,正好有一批出土的材料可以证明。据香港《大公报》1997年1月27日报道,从1996年12月至1997年1月20日,河南省文物考古研究所在新郑市郑韩故城的东城西南部先后发现十座青铜礼乐器坑,有三座是九鼎、八簋、九鬲、二方壶、一圆壶、一鉴、一豆,每坑均为31件。另一种是九鼎、九鬲,共18件。均造型精美,纹饰华丽,铜鼎的两耳外侧及鼎腹都有蟠螭纹或蟠纹,为兽面蹄形足。六座乐器坑每坑出土镈钟三套,分三排放置,其中编镈一排四件,编钟两排,各十件。《文物》2005年第10期发表了河南省文物考古研究所的《河南新郑郑韩故城东周祭祀遗址》的发掘报告,更详细地介绍了这次发掘的情况,并附有大量照片(《中国文物报》1997年2月23日、1998年3月15日也先后刊出蔡全法、马俊才所写《郑韩故城考古又获重大发现》和《郑韩故城考古再获重大发现》两文,介绍了初次报道后的陆续发现,《考古》2000年第2期也有相关论文)。《文物》杂志上刊出的发掘报告指出:"此次发掘出土了大批珍贵文物,以348件郑国青铜礼乐器为代表。"(其中编钟206件。)并确定为"其年代上限不会早于春秋早期,而下限不会晚于春秋中晚期的郑伯墓"。郭伟川先生的《从新郑出土礼乐器论春秋史事与礼乐制度》一文据香港《大公报》的报道,联系郑国历史,认为由之"足见郑国与周室关系之密切"。并指出:"而此时的中国政治文化中心,随着平王的东迁及东土鲁、郑诸国之关系而东移,其中应包括周室的礼乐制度。郑国国君作为周室至亲,且三世为周室之执政卿士,自必熟悉周礼、周乐之典故。此次河南新郑市出土成套春秋时期郑国国君的礼乐器,就是一个极好的说明。"①事实上,在上世纪二十年代,新郑已出土过大量礼器、乐器。1923 年,新郑李家楼郑伯大墓被盗掘。墓内出土青铜礼乐器 90 余件,部分礼乐器的器形之大、铸造之精美,为春秋墓所罕见。② 郑国有这么多的礼器、乐器,在目前看来,除楚国出土大量的编钟之外,春秋时代任何一个诸侯国都不能与之相比。有的礼器、乐器在当时似乎是天子才能有的,不当属之诸侯。楚国自西周末年熊渠就说:"我蛮夷也,不与中国之号谥。"因而自立其三子为王。则熊渠作为楚君将自己放在同周天子并列的位置。郑国之国君有这些礼器,自然同郑国同周王室的关系、同郑国从桓公以来在周王室的地位有关,但也与郑国从桓公以来所抱的收拾周室文物、继承西周礼乐制度为我所用的思想有关。《墨子·公孟》中说:"诵《诗三百》,弦《诗三百》,歌《诗三百》,舞《诗三百》。"《诗经》同音乐有着密切的联系。在《诗经》被结集之前,颂诗作祭祀和礼仪用诗,同音乐合而为一,不可分离,雅诗中有一些也是这样。那么,郑桓公如此重视礼器,也不会不考虑到收拾天子乐师和史官处所存那些有可能被化为灰烬的颂诗、雅诗和个别贵族由民间采集来的歌诗。

这只是说郑国何以能得到周王室所存《大雅》中作品和三《颂》之作。第二次编集而与第一次的合为一书,则在公元前 6 世纪前期。在此期间郑乐师应也采录收集了一些《风》诗,其产生时代最迟者为《陈风·株林》。则收集此诗及编定《诗经》应在此后的三四十年中。

我所推定的这个时段即鲁成公(前 590—前 573)末年至鲁襄公

---

① 郭伟川《两周史论》,北京图书馆出版社 2006 年版,第 334 页。
② 孙海波《新郑彝器》,河南通志馆,民国二十六年。

(前572—前542)前期,也即郑成公(前584—前571)、郑僖公(前570—前566)前后。这段时间大体为郑国公子喜(子罕),及其子公孙舍之(子展)活动的时期,是子罕、公子騑(子驷)、公子嘉(子孔)先后当国和子展为卿而崭露头角之时。《诗经》的编集就是由子展主持完成的。

子罕为郑穆公之子。穆公卒,子夷立。夷立一年,因无礼于郑卿子公,子公弑之。欲立子夷之弟去疾,去疾曰:"必以贤,则去疾不肖;必以顺,则公子坚长。"于是立夷的庶弟子坚,是为郑襄公。子罕为郑襄公和去疾之弟。看来去疾以贤称,而子罕富于智,有安国保民之才。据顾栋高《春秋大事表·春秋郑执政表》,子罕自郑成公三年(鲁成公九年,前582)至郑僖公元年(鲁襄公三年,前570)当政。其执政前,郑成公因其私盟于楚,朝晋时被执,正当国事艰难之际。其接手执政之明年,晋又率诸侯伐郑。子罕赂以襄钟,使子然盟于修泽,子驷为质,救郑伯归,首先使国内安定。其后又伐许、侵楚,皆得取胜,使郑国在复杂的周边矛盾中稍得解脱。尤以郑成公十年(前575)一役令宋、齐、卫皆失军,显出振兴郑国之势。

子展(?—前544)于《左传》中初见于鲁襄公八年(前565)。此前因郑僖公先后适晋、适楚,不礼于子罕、子丰。其朝晋时子丰欲诉于晋而废之,子罕止之。鲁襄公七年将会于鄬,子驷相,又不礼子驷。子驷使贼夜弑僖公,立其子,即简公,年五岁。此后郑国发生了一系列严重的内乱,又夹在几个大国之中,稍有不慎,即可能导致亡国之祸。鲁襄公八年冬,楚子囊因郑国侵蔡而伐郑,郑六卿中子驷、子国(子产之父)、子耳欲背晋以亲楚,以求去眼下之危。子展与子孔、子蟜坚持等待晋国的救援。子展时已为郑六卿之一,见下一年文)。他在这次政见论争中说:"小所以事大,信也。小国无信,兵乱日至,亡无日矣。五会之信,今将背之,虽楚救我,将安用之?……舍之闻之:'杖莫如信。'完守以老楚,仗信以待晋,不亦可乎?"表现出一个成熟的、有远见的政治家的思想与风度。此后在一些关键的问题上,他总能提出卓越的见解。子展一直在缓和宗族矛盾、改善同楚、晋及周边关系上进行努力,也起到了极为重要的作用。其子子皮也善用人,又爱民如子,从善如流,重用和支持子产兴利除弊,在郑国有很高的威望。

当时郑国更年轻些的政治家有子产(公孙侨,约前582—前522)。子产为子国之子,郑穆公之孙。鲁襄公八年,郑子国等侵蔡,获司马,郑人皆喜,唯子产说:"小国无文德而有武功,祸莫大焉。"子国怒而斥之:"尔何知!国有大命,而有正卿。童子言焉,将为戮矣!"则当时子产尚未及二十岁,①然而其料事高于老成者。他与子展开始活跃于郑国政治舞台的时间大体相当而稍迟,年纪也稍小。郑简公三年(鲁襄公十年,前563)郑国五族之徒发动西宫之变,杀子驷,子孔当国;郑简公十二年(鲁襄公十九年,前554)郑人杀子孔而分其室,子展始为上卿而当国,子产为卿;郑简公十五年,平游氏之乱。此后子展与子产携手处理一系列重大事件,使郑国在国君幼小、宗族矛盾尖锐、列国夹击当中得以相对保持稳定。

我以为,郑国编定《诗经》,就是在子罕当政(前582—前570)及以后的一二十年中。子展看到了乃父武功上的成绩尚不能稳定国内的政治,同子产一样抱着"小国无文德而有武功,祸莫大焉"的看法,在自己尚无力左右朝政的情况下,潜心于典籍的整理,对郑桓公之时所收集王室诗歌加以编集。其编辑《诗》的目的是:

(一)以之为弘扬文德的一个举措。当时已形成赋诗言志的风气,但主要是赋《周南》《召南》《邶风》《鄘风》《卫风》及《小雅》。郑国处于大国之间,对外交际频繁;贵族子弟学习也应有完整的《诗》的教材,以增强文学和文化方面的素养。

(二)回顾历史,突显郑同周王室亲近的血缘关系。

(三)继承和弘扬郑桓公识时审势、避难安国的思想。

(四)和谐人心,粉饰社会,造成一种安定的社会文化氛围。

这些是从编选的动机方面说的,均与子展的思想和作风相合。另

---

① 子产死于鲁昭公二十二年(前520)。鲁襄公八年(前565)其父言其为"童子",则当时尚不足二十岁。古时二十岁行冠礼为成人。

外,从《诗经·国风》中后十国之风诗的编选上,也可以看出完全体现着子展的政治主张。在晋、楚争夺郑国的当中,子展一直主张坚事晋国,而不为楚国一时之利所诱,也不为楚国的武力威胁而与之结盟。这一方面继承了自郑桓公所确立的"楚兴,非郑之利"的思想,另一方面也是出于郑国在各方面的实际情况。这在他于鲁襄公八年所说的一段话中反映得很清楚:"晋君方明,四军无阙,八卿和睦,必不弃郑。楚师辽远,粮食将尽,必将速归,何患焉?"在这一点上,他主张坚守信义。在楚师压境而晋师不至的情况下,他同楚师之盟也是"唯强是从"。他的总的战略是依靠晋国而对付其它国家的威胁。鲁襄公十一年他甚至主张伐宋以坚事晋国。所以,新增《国风》中,《唐风》的数量仅次于《郑风》,而楚风、宋风都不见于其中。"晋风"而曰"唐风",突出了晋国同周王室的关系。这些都体现了子展从执政以前即抱有的战略思想。子驷、子孔当政期间,他无法左右形势,只能屈从他们,但他对郑国在列国相争的复杂情况下如何立国的想法,在《诗经》的编集中已经体现了出来。

《左传·襄公十一年》载郑国在晋楚争夺之中艰难周旋,并开始采用子展之谋攻宋以坚事晋,并且"赂晋侯以师悝、师觸、师蠲"。襄公十五年,因郑国尉氏、司氏之乱中参与了暴乱的余党有的逃往宋国,郑国为了缉拿这些人,"纳赂于宋,以马四十乘,与师茷、师慧"。在春秋时行贿于诸侯国而送以乐师的,《左传》中所载只有郑国。《论语·微子》所说"齐人归女乐,季桓子受之,三日不朝,孔子行",是指女乐,与此不同。郑国所"输出"的这些乐人都是有较高文化修养的。《左传·襄公十五年》所记师慧在宋朝廷上的机智言辞,已可说明问题。郑国培养出一些熟知《诗》乐的乐师,借各种机会把他们送给其它诸侯国,以一种文化上的优势来强调周王族封国之间的关系。这正是体现了子展编《诗》的用途。对于鲁国等同周王室有很深关系的诸侯国,郑国也会向他们提供这些可以反映同周室密切关系的诗歌乐章。因为平王宜臼在二王并立的情况下仓皇东迁,也未必能持有天子乐师、史官所藏典册,而郑桓公毕竟是厉王的少子,幽王之时又任司徒之职。

根据以上的考察和分析，我认为《诗经》的编定是由郑国的子展主持完成的。年轻的子产也可能参加了这项工作。郑简公十九年（鲁襄公二十五年，前547）陈侯恃楚国的支持伐郑。所过之处井被塞，树被砍。子展、子产帅师伐陈，大胜。入陈城而军纪严明，子展与子产亲守宫门，兵不擅入。点其俘虏，驻其土地而又归之。"冬十月，子展相郑伯于晋，拜陈之功。"子产献捷于晋，义正辞严。于此，《左传》引孔子之语："《志》有之：'言以足志，文以足言。'不言，谁知其志？言之无文，行而不远。晋为伯，郑入陈，非文辞不为功。慎辞也！"可以看出孔子对子展、子产的评价。《左传》中记子展赋诗言志三次，引《诗》一次。赋《诗》三次是：鲁襄公二十六年侍郑简公如晋，晋侯享之。子展相郑伯，赋《郑风·缁衣》，叔向命晋侯"拜郑君之不贰"。同年晋侯使叔向向郑伯告卫侯之罪，子展赋《郑风·将仲子》，叔向曰："郑七穆，罕氏其后亡者也。子展俭而壹。"次年郑伯享赵孟（赵文子），帅七子从君以享赵孟。赵孟曰："七子从君，以宠武也。请皆赋，以卒君贶，武亦以观七子之志。"赵孟在郑国要求七子皆赋诗，并以之为郑君最好的赐予，似乎体现出对郑国卿大夫在《诗》的修养方面的特别重视。实际上，这也是《左传》中所写数十次赋诗言志中规模最大的一次。子展等七人赋诗，子展所赋为《召南·草虫》，赵孟曰："善哉，民之主也。抑武也不足以当之。"事后赵孟说："子展其后亡者也，在上不忘降。"这几件事都是在《诗》编成之后。由这些可以看出子展于《诗》深有体会，赋诗得体，也反映出其思想境界、文化涵养之高。由赵孟评价的"在上不忘降"一句话看，子展对于自己主持完成《诗三百》的增编之事，大约也并未声张过。应该说，子产是他的思想与事业的继承者，他们的影响，不限于郑国，也不限于春秋时代。

六、从《左传》载赋诗引诗所涉及作品看《诗经》编定的时间

《左传》中有不少地方写到赋诗，也有不少地方引述了《诗经》中的

句子。其所载"赋诗"包括两种情况：一种是自己作诗而赋之，一种是赋所记诵现成之作（如赋《诗经》中某篇某章）。引诗即辞令议论中引述《诗经》中某些句子。今将《左传》中季札观乐以前所载赋诗、引诗的情况依次录之于下，然后加以分析。

1. 鲁隐公元年（前722）郑庄公与其母见于地道中，分别赋"大隧之中，其乐也融融""大隧之外，其乐也泄泄"。此为《左传》中第一次载赋诗言志之事情。赋诗言志风气之始，似乎同郑国的文化传统有点关系。

2. 同年《左传》引"君子曰"，有《大雅·既醉》二句。

3. 鲁隐公三年周郑交恶，《左传》引"君子曰"，有"《风》有《采蘩》《采𬞟》，《雅》有《行苇》《泂酌》"之语。《采蘩》《采𬞟》皆出于《召南》；《行苇》《泂酌》皆出于《大雅》。

4. 同年《左传》引"君子曰"赞宋宣公，引《商颂·玄鸟》二句。

5. 同年卫庄公娶齐东宫得臣之妹，曰庄姜，美而无子，卫人所为赋《硕人》，见《卫风》。

6. 鲁桓公六年（前706）郑大子忽辞文姜之婚事，引《大雅·文王》一句。

7. 鲁桓公十二年鲁桓公欲平宋、郑，宋辞平。《左传》引"君子曰"，引《小雅·巧言》二句。

8. 鲁庄公六年（前688）《左传》引"君子曰"，引《大雅·文王》一句。

9. 鲁庄公二十二年齐敬仲引逸诗"翘翘车乘"四句。又追叙陈厉公（前705—前700）卜敬仲之事，引"凤皇于飞"数句，前二句或为逸诗用为卜辞。

10. 鲁闵公元年（前661）狄人伐邢，管仲谏齐桓公伐狄，引《小雅·出车》二句。

11. 鲁闵公二年狄人灭卫，许穆夫人赋《载驰》，见《鄘风》。

12. 同年郑人恶高克，为之赋《清人》，见《郑风》。

13. 鲁僖公五年（前655）晋士蒍对公子夷吾之让，引《大雅·板》

二句。

14. 同年士蒍退而自赋"狐裘龙茸,一国三公,吾谁适从?"

15. 同年晋卜偃引童谣"丙之晨"八句。

16. 鲁僖公九年《左传》引"君子曰"评晋荀息,引《大雅·抑》四句。

17. 同年秦大夫公孙枝对秦穆公,引逸诗一句,《大雅·皇矣》二句,《大雅·抑》二句。

18. 鲁僖公十二年"君子语曰"评管仲,引《大雅·旱麓》二句。

19. 鲁僖公十五年晋韩简引《小雅·十月之交》四句。

20. 鲁僖公十九年宋子鱼对宋襄公引《大雅·思齐》三句。

21. 鲁僖公二十年随叛楚,楚伐之,《左传》引"君子曰"评之,引《召南·行露》二句。

22. 鲁僖公二十二年周大夫富辰言周襄王,引《小雅·正月》二句。

23. 同年鲁大夫臧文仲引《小雅·小旻》三句,《周颂·敬之》三句。

24. 鲁僖公二十三年(前637)秦穆公享晋公子重耳,公子赋《河水》,公赋《六月》。《河水》杜预以为逸诗;《国语·晋语四》韦昭注云:"河当为沔,字相似误也。"如此则二首俱《小雅》中作品。此为《左传》中所记第一次"赋诗言志"引《诗》。

从鲁隐公元年(前722)至鲁僖公二十二年(前638)的85年中,只有引诗,无赋诗言志的记载。又,此八十多年中国君卿大夫议论中引《书》、引《易》、引谚较多,赋诗、引诗少;五次赋诗,属自作之例,三次见于今本《诗经》;《左传》纪事正文引诗十次,计诗14首,逸诗2首,卜辞与童谣各1首,《小雅》4首,《大雅》5首,《周颂》1首。

其中"君子曰"八次,引诗11首,3首出于《召南》,1首出于《小雅》,6首出于《大雅》,1首出于《商颂》。但所谓"君子曰"多为后来之人的评论,尚不能用来作为考察《诗》结集年代的依据。

鲁僖公二十七年(前633)晋赵衰评郤縠说:"臣亟闻其言矣,说礼、乐而敦《诗》《书》。《诗》《书》,义之府也。"可知当时《诗》的第一次结集已经完成。看来《诗》之第一次结集完成在鲁庄公至鲁僖公二十三年这段时间的后期,也即前7世纪中叶。此后应有一段传播期和习《诗》、赋《诗》风气的形成期。故此前只有引诗和赋自作之诗的事情,至鲁僖公二十三年方见关于赋《诗》言志的记载。第一次赋诗只有《小雅》中的诗,也说明第一次结集中《雅》诗只有《小雅》部分。

为便于观察比较,下面论列引诗、赋诗之例,以下四类不再列:(一)"君子曰"引诗。(二)新作之诗歌。如鲁文公六年(前621),秦人为三良之死赋《黄鸟》;鲁成公十七年(前574)声伯梦中作歌"济洹之水"四句;鲁襄公四年(前569),鲁国人诵"臧之狐裘"六句;鲁襄公十七年,宋筑者讴"泽门之皙"四句。(三)佚诗。如鲁襄公八年,郑子驷引佚诗"俟河之清"六句,国子又赋逸诗"辔之柔矣";鲁襄公二十八年,叔孙豹以便宴接待庆封,赋佚诗《茅鸱》。(四)乐章名。鲁襄公十年,宋公享晋侯,用《桑林》之乐。

鲁僖公二十四年以后列引《诗》、赋《诗》中涉及《诗经》中作品之例如下:

25. 鲁僖公二十四年周之富辰引《小雅·常棣》中六句。

26. 鲁僖公三十三年晋大臣臼季引《邶风·谷风》中二句。

27. 鲁文公元年(前626)秦穆公引《大雅·桑柔》六句。

28. 鲁文公二年晋赵衰引《大雅·文王》二句。

29. 鲁文公三年晋侯享鲁文公,赋《小雅·菁菁者莪》,鲁文公赋《大雅·嘉乐》。

30. 鲁文公四年鲁文公会卫宁武子,文公赋《湛露》及《彤弓》,皆《小雅》中作品。

31. 鲁文公七年晋荀林父劝先蔑勿奔秦,弗听,为之赋《大雅·板》之三章。

32. 鲁文公十年楚左司马子舟引《大雅·烝民》《民劳》各二句。

33. 鲁文公十三年郑伯与鲁文公宴,郑大夫子家赋《小雅·鸿雁》《鄘风·载驰》,鲁季文子赋《小雅·四月》《采薇》。

34. 鲁文公十五年鲁季文子引《小雅·雨无正》《周颂·我将》各二句。

35. 鲁宣公二年(前607)晋士季引《大雅·荡》《烝民》各二句。

36. 鲁宣公十一年晋郤成子引《周颂·赉》一句。

37. 鲁宣公十二年晋士会引《周颂·酌》二句,《武》一句。

38. 同年楚孙叔敖引《小雅·六月》二句。

39. 同年楚庄王引《时迈》五句,《武》一句,《赉》二句,《桓》二句。这几首皆属《周颂》中的《大武》乐章。

40. 鲁宣公十五年晋羊舌职引《大雅·文王》一句。

41. 鲁宣公十六年晋羊舌职引《小雅·小旻》三句。

42. 鲁宣公十七年晋范武子(士会)引《小雅·巧言》四句。

43. 鲁成公二年(前589)齐国佐宾媚人引《大雅·既醉》二句,《小雅·信南山》二句,《商颂·长发》二句。

44. 同年楚令尹子重引《大雅·文王》两句。

45. 鲁成公四年鲁季文子引《周颂·敬之》三句。

46. 鲁成公七年鲁季文子引《小雅·节南山》二句。

47. 鲁成公八年鲁季文子引《卫风·氓》四句,《大雅·板》二句。

48. 鲁成公九年鲁成公享季文子,季文子赋《大雅·韩奕》,穆姜赋《邶风·绿衣》。

49. 鲁成公十二年晋郤至引《周南·兔罝》四句。

50. 鲁成公十四年宁惠子引《小雅·桑扈》四句。

51. 鲁成公十六年申叔时引《周颂·思文》二句。

52. 鲁襄公四年(前569)晋侯享叔孙豹,奏《肆夏》之三(乐章,已佚),工歌《文王》之三,《鹿鸣》之三。叔孙豹说:"三《夏》,天子所以享元侯也,使臣弗敢与闻;《文王》,两君相见之乐也,使臣不敢及;《鹿鸣》,君所以嘉寡君也,敢不拜嘉?《四牡》,君所以劳使臣也,敢不重拜?《皇皇者华》,君教使臣曰'必咨于周'。……敢不重拜?"《文王》之三"指《大雅》的前三篇,即《文王》《大明》《绵》。"《鹿鸣》之三"指《小雅》前三篇,即《鹿鸣》《四牡》《皇皇者华》。由这一段文字看,《诗三百》

此时已经编成,《大雅》以首篇称之,曰《文王》;《小雅》也以首篇称之,曰《鹿鸣》。《大雅》《小雅》前三篇的次序与今本完全相同。

53. 鲁襄公七年晋韩穆子引《召南·行露》二句,《小雅·节南山》二句,《小雅·小明》四句。

54. 同年鲁叔孙豹引《召南·羔羊》二句。

55. 鲁襄公八年郑子驷引《小雅·小旻》六句。

56. 同年鲁襄公享晋范宣子,宣子赋《召南·摽有梅》,季武子赋《小雅·角弓》《彤弓》。

57. 鲁襄公十年鲁孟献子引《邶风·简兮》一句。

58. 鲁襄公十一年晋魏绛引《小雅·采菽》六句。

59. 鲁襄公十四年戎子驹支赋《小雅·青蝇》。

60. 同年鲁叔孙豹赋《邶风·匏有苦叶》。

61. 同年卫师曹诵《小雅·巧言》之卒章。

62. 同年秦士鞅言:"如周人之思召公焉,爱在甘棠。"《召南》中有《甘棠》一诗,反映人民对召伯(指召穆公)的思念。此虽未引诗,而言及诗之本事。

63. 鲁襄公十六年鲁叔孙豹赋《圻父》,又赋《鸿雁》,皆《小雅》中作品。

64. 鲁襄公十九年晋侯享季武子,范宣子赋《黍苗》,季武子赋《六月》,皆《小雅》中作品。

65. 同年鲁叔孙豹赋《鄘风·载驰》。

66. 鲁襄公二十年鲁季武子如宋,赋《常棣》。归复命,公享之,赋《鱼丽》,鲁襄公赋《南山有台》,皆《小雅》中作品。

67. 鲁襄公二十一年晋叔向引《小雅·采菽》二句,《大雅·抑》二句。

68. 同年晋祁奚引《周颂·烈文》二句。

69. 鲁襄公二十四年子产致范宣子书中引《小雅·南山有台》二句,《大雅·大明》二句。

70. 鲁襄公二十五年卫大叔文子引诗二句,见于《邶风·谷风》,

也见于《小雅·小弁》,又引《大雅·烝民》二句。

71. 鲁襄公二十六年晋平公享齐景公、郑简公,晋平公赋《大雅·嘉乐》,齐国景子(国弱)赋《小雅·蓼萧》,郑子展赋《郑风·缁衣》。

72. 同年晋侯命叔向告卫侯之罪,子展赋《郑风·将仲子》。

73. 同年声子引《大雅·瞻卬》二句,又引《商颂·殷武》四句。

74. 鲁襄公二十七年,鲁叔孙豹与庆封食,为赋《鄘风·相鼠》。

75. 同年郑伯享赵孟,子展赋《召南·草虫》,伯有赋《鹑之贲贲》(即《鄘风·鹑之奔奔》),子西赋《小雅·黍苗》,子产赋《小雅·隰桑》,子大叔赋《郑风·野有蔓草》,印段赋《唐风·蟋蟀》,公孙段赋《小雅·桑扈》。

76. 同年晋侯享楚薳罢,薳罢赋《大雅·既醉》。

77. 鲁襄公二十八年叔孙豹评郑伯有,述《召南·采蘩》诗意。

78. 鲁襄公二十九年(前544)鲁荣成伯赋《邶风·式微》。

79. 同年郑子展引《小雅·四牡》二句。

80. 同年郑子大叔引《小雅·正月》二句。

本年子展卒。子展卒后,同年吴季札至鲁,叔孙豹陪同观乐,所反映《诗经》各部分组成,与今本基本相同。鲁为周公之后,对于反映宗周礼乐文化的各种文献自然是重视继承与传播的。但作为远离王都的诸侯国,要直接得到原藏于周天子乐师或守藏史处的典册文献是不可能的,只有作为周王卿士的郑桓公在西周末年乘乱取得这些典藏,又由其后代在召穆公子孙所编《诗》的基础上增编而传于世。由此推测,《诗经》的第二次编集,应在此前二三十年以前。

以上所列《左传》中的 80 次引诗、赋诗之事,除去隐公元年、隐公三年、闵公二年、僖公五年所赋自作之诗及庄公二十二年、僖公九年引逸诗、童谣与卜辞,以及八次"君子曰"引诗,余共 64 次,引诗、赋诗 110 首次(其中二句既见于《邶风》,又见于《小雅》,今重复统计)。《邶风》重 1 篇,《卫风》重 1 篇,《小雅》重 12 篇,《大雅》重 7 篇,《周颂》重 3 篇。

按《诗经》的分类分别加以统计:《周南》1 首;《召南》6 首;《邶风》6 首次,去其重 5 首;《鄘风》4 首次,去其重 3 首;《卫风》1 首;《郑风》3

首;《唐风》1 首;《小雅》46 首次,去其重 34 首;《大雅》28 首次,去其重 16 首;《周颂》12 首次,去其重 9 首;《商颂》2 首。

则鲁襄公二十九年(前 544 年)以前引诗、赋诗所涉及《雅》诗中主要是《小雅》,《国风》只有《周南》《召南》《邶风》《鄘风》《卫风》《郑风》《唐风》。《召南》《邶风》《鄘风》最多,《郑风》次之,《周南》《唐风》最少。

今再以鲁襄公二十二年(前 551)为界分别统计,从鲁隐公元年(前 722)始,至鲁襄公二十二年止的 172 年中,引诗、赋诗共 86 首次,其中《周南》1 首;《召南》4 首;《邶风》4 首;《鄘风》2 首次,去其重 1 首;《卫风》1 首;《小雅》38 首次,去其重 29 首;《大雅》23 首次,去其重 12 首;《周颂》12 首次,去其重 9 首(其中 4 首是《大武》乐章,楚庄王所论及);《商颂》1 首。

看来《大雅》和《周颂》中某些作品在结集起来之前曾有单独流传。因为《大雅》和《周颂》中多为西周中期以前的作品,《周颂》为礼仪用诗,故乐师分别保存。当然,在此之前,《左传》中并无《大雅》之称,这部分《雅》诗的名之为"大雅",是《诗经》最后编成以后才有的。但因这两部分诗在形式、内容、功用、传播方式上都不相同,且篇幅较长,又长久流传,应是分类保存的。因此,这实际上是《诗》的最早的编集。

特别值得注意的是:鲁襄公二十二年以前的赋诗、引诗中,《国风》中除了《周南》《召南》《邶风》《鄘风》《卫风》之外,其它一首也不见,《小雅》引述和赋诗共 38 首次,《大雅》《颂》相对较少。这就有力地说明了《诗经》中作品在此前结集起来的只有二《南》《邶》《鄘》《卫》和《小雅》。又由其中赋、引《召南》和《小雅》多这一点说明,编集者为召穆公的后代,故虽然在编排上置《周南》于前,而对外传播则着重在《召南》和《小雅》。

《左传》中所载鲁襄公二十三年(前 550)至二十九年(前 544)的 7 年中的引诗与赋诗共 24 首次,其中《召南》2 首,《邶风》2 首、《鄘风》2 首、《郑风》3 首,《唐风》1 首、《小雅》8 首、《大雅》5 首、《商颂》1 首。值得注意的是:

(一)《国风》中《郑风》和《唐风》出现了。

(二)《大雅》出现的频度大大升高。

这就反映了这个时期《国风》中后面的十国之《风》和《大雅》、三《颂》都已结集起来,并开始流传。

《国语》中也有关于引诗、赋诗的记载,共 30 次,其中赋诗的三次分别与《左传》中鲁僖公二十三年秦伯享重耳、鲁襄公四年晋侯享叔孙豹及襄公十四年叔孙豹赋《邶风·匏有苦叶》重复。另有 5 次见于重耳周游于外时他人谏说中所引,有夫妻私言中所引者;还有 2 次见于太子晋谏周灵王。这两部分文字都近于小说家言,当是后来之瞽史增饰所撰,难以依据。由于数量小,难以从对比中看出问题,因此,《国语》的引诗、赋诗情况不再作具体分析。

归纳以上事实,我在《论〈诗经〉的编集与〈雅〉诗的分为"小""大"两部分》一文所提出最初的结集大约在公元前七世纪中叶,第二次编集的时间大约在公元前六世纪前期的看法,是完全可以成立的。我在那篇文章中,认为第一次的编集者是周定公或召穆公的子孙,而从二《南》、二《雅》中都有些歌颂召穆公功业的作品,二《雅》中还收有召穆公的作品而不见歌颂周定公的作品这一点来看,由召穆公的子孙编成的可能性大。现在我认为,第一次的结集就是由召穆公的子孙完成的,而第二次的结集和编定是由郑国的贵族完成的,这个人很可能是公孙舍之(子展),青年时代的公孙侨(子产)也可能参与了这项工作。

七、孔子对《国风》的订正

《诗三百》在孔子之前已经编成,是没有问题的。但孔子不是没有做任何工作。我以为孔子的工作主要在以下四点上:

(一)调整了《国风》中《豳风》与《秦风》的顺序。据《左传·襄公二十九年》载季札观乐时演奏的次序,《国风》的次序,前八个国家和地区同今所传《毛诗》的一样,后七个国家和地区的则有所不同。《左传》所载,后面七个国家的地区之诗的顺序是:

《豳风》《秦风》《魏风》《唐风》《陈风》《桧风》《曹风》。

这个编排看来除了将《王风》《郑风》置于最前有所用心,齐是大国又是太公之后,置于《郑风》之后可能有所考虑之外,其它似乎比较随意。世传《毛诗》(即今本)移《秦风》于《魏风》《唐风》之后,因为魏、唐都是周初所封同姓国,而秦为非姬姓国,相当时间中是独立发展的,至周穆王时其祖造父为穆王御而长驱救乱,才被封于赵城;周孝王、周宣王时才同周王朝有更多的联系。所以,以《魏风》《唐风》居于《秦风》之前,正体现了孔子重周礼,讲宗法,尊文、武、周公的思想。关于置《豳风》于《国风》之末、《小雅》之前,郑玄《答张逸》云:"以周公专为一国,上冠先王之业,亦为优矣,所以在《风》下,次于《雅》前。"此虽就《诗谱》言之,但也说明了孔子以《豳风》于风格属"风",但它是"雅"诗的上源,其中有的作品与《小雅》中作品无别,故置于《国风》之末,《小雅》之前的意思。

(二)调整了个别篇目的归属。《论语·子罕》中说:"吾自卫反鲁,然后乐正,《雅》、《颂》各得其所。"《史记·孔子世家》中说:"三百五篇,孔子皆弦歌之,以求合《韶》《武》《雅》《颂》之音。"《汉书·礼乐志》中说:"王官失业,《雅》《颂》相错,孔子论而定之。"此虽就音乐论之,但离不开具体的可歌的诗篇,因为当时毕竟还没有完备的记谱符号,不能不依靠具体作品来体现。春秋时代社会战乱,改西周之时的"礼乐征伐自天子出"为"礼乐征伐自诸侯出",所以各个诸侯国既摒弃周代的礼乐制度,又利用周代已形成的礼乐仪式来装扮自己和抬高自己的地位,因而造成《雅》《颂》诗乐、诗篇应用上的混乱。孔子既然以捍卫周礼自任,就不能不按自己的思想加以调整。他曾对季氏说:"《八佾》舞于庭,是可忍也,孰不可忍也?"又说:"周监于二代,郁郁乎文哉!吾从周。"(《论语·八佾》)他还说:"兴于《诗》,立于礼,成于乐。"(《论语·泰伯》)他不仅坚持维护周礼,而且将《诗》、礼、乐联系起来看待。我们从诗歌作品整理的角度来理解《汉书·礼乐志》中所说孔子论定《雅》《颂》的那几句话,那就应该是指将应属《雅》诗而混入《颂》,本为《颂》诗而混入《雅》的加以纠正,使完全能体现音乐上的特征,因为音乐是同礼联系在一起。《大戴记·投壶》中说:"凡雅二十六篇,其八篇可歌,歌《鹿鸣》《狸首》《鹊巢》《采蘩》《采蘋》《伐檀》《白驹》《驺虞》。"其中的《鹊巢》《采蘩》《采蘋》《驺虞》今并在《召南》中,大约只有召穆公的后代才会把它们编入《雅》诗中。其中只有《伐檀》在《魏风》中,但却是揭露性的,也可能含有某种政治上的目的。看来,《大戴礼》中这段文字是依据了较早的文献的。可能还有应编入《郑风》而被编入《雅》诗的作品,孔子加以调整,仍归于《郑风》。《论语·阳货》中说:"子曰:恶紫之夺朱也,恶郑声之乱雅乐也,恶利口之覆邦家者。"从中似乎透露出这个信息。郑国被封之后顺应民俗,如姜太公之至齐"因其俗,简其礼",故多男女唱情欢会之诗,也正反映其政得人心,人乐其生。郑国的贵族、乐师增编之时将出于郑国之诗置于《雅》诗,是为了显示郑国的特殊地位。对此,孔子从儒家正统观念及《诗》教的角度不能不予以改正。

(三)个别段落、句子重复而于结构上并不需要者,去其重。《史记·孔子世家》中说:"古者《诗》三千余篇,及至孔子,去其重,取可施于礼义。"《诗经》在孔子之前已成书,但不一定在作品的整理上作得十分完善。《诗经》中的民歌部分,根据其民间歌谣形成的一般规律,总会凭借着一些成句、固定的比兴模式以及固定的意象而创作,难免有思想、意境、句子甚至段落相重复者。宋欧阳修说:

> 司马迁谓古诗三千余篇,孔子删之,存者三百,郑学之徒,皆以迁之谬。言古诗虽多,不容十分去九。以予考之,迁说然也。何以知之?今书传所载逸诗,何可数也?以图推之,有更十君而取其一篇者,又有二十余君而取其一君者,由是言之,何啻乎三千?(《欧阳修全集·诗图总序》)

删《诗》云者,非止全篇删去也。或篇删其章,或章删其句,或句删其字。如"唐棣之华,偏其反而。岂不尔思?室是远而!"此《小雅·唐棣》之诗也,夫子谓其以室为远,害于兄弟之义,故篇删其章也。"衣锦尚䌹,文之著也。"此《鄘风·君子偕老》之诗也,①

---

① "衣裳尚䌹"究竟本为《鄘风·君子偕老》中佚句,还是《卫风·硕人》中佚句,或其它篇中佚句,尚难肯定。

夫子谓其尽饰之过,恐其流而不返,故章删其句也。"谁能秉国成;不自为政,卒劳百姓。"此《小雅·节南山》之诗也,夫子谓"能"之一字为意之害,故句删其字也。(《经义考》卷九十八引)

其后一部分论"篇删其章""章删其句""句删其字"甚为精辟。尽管朱彝尊等人不同意,朱彝尊并对其举例一一驳之,① 但孔子既然要借《诗三百》来教学生,来体现他的思想,不可能不做一些完善的工作。唯相信孔子由诗三千而删为三百之说,则不可取。当然,在这方面,他的论述中也有部分可取的成分,这便是古诗之数,绝不止三千。卫、郑等地春三月都有男女欢会群歌之俗,每年产生的新歌,也会成百上千。② 采之而集于天子乐师处者,历年所积,有可能会达数千首,但第二次编集成书者,不会达于三千。由今所见出于《诗经》之外的逸诗数量并不很多,便能说明这个问题。

事实上至今《诗经》中还有些重句、重段。因为孔子的整理只能是在原来的基础上去其不必要的重复,而不可能完全改变民歌的性质,完全删去重章、重句。我以为"去其重"应该是指删除诗与诗之间不必要的重复,即从诗本身来说可以删除的部分。清代赵坦《孔子删诗辨》说:

删《诗》之旨可述乎?曰:"去其重复焉尔。"今试举群经诸子所引《诗》,不见于《三百篇》者一证之。如《大戴礼·用兵篇》引《诗》云:"鱼在,在藻,厥志在饵。""鲜民之生矣,不如死之久矣。""校德不塞,嗣武孙武子。"今《小雅》之《鱼藻》《蓼莪》,《商颂》之《元鸟》等篇,辞句有相似者……《荀子·臣道篇》引《诗》云"国有大命,不可告人,妨其躬身",与今《唐风·扬之水》篇亦相似。凡若此类,复见迭出,疑皆为孔子所删也。③

---

① 《经义考》卷九十八。
② 参拙文《先秦时代的文学活动》,《郑州大学学报》2005年第6期。
③ 《宝甓斋文集》,《皇清经解》卷一千三百一十七。

所以说,司马迁说孔子整理《诗经》"去其重",应非完全向壁虚造,只是在圣化孔子学说的当中又将刊定的标准只归结于"取可施于礼义"一点,便造成了述说上的矛盾;传之既久,其间又发生了误解而已。

(四)对个别文字的错讹加以订正。今本《诗经》为《毛诗》,与《齐诗》《鲁诗》《韩诗》皆有文字上的差异,阜阳出土汉简《诗经》也有异文。这些应大多为后代流传中形成,但也有可能受到春秋时代不同传本,即孔子所整理文本同乐师所传郑国整理原本不同文字的影响。朱熹说:"人言夫子删诗,看来只是采得这许多诗,夫子不曾删去,只是刊定而已。"他说原来就只采了《诗经》中收的这 305 篇,将事情简单化,他且也没有列出证据证明当时只采了三百余篇。但是,他认为并无孔子删诗之事,孔子只是对《诗三百》在文字上有所刊定,是正确的。所以,我以为顾炎武在其《日知录》中所说比较确当。他说:"选其词,比其音,此夫子之所谓删也。"

另外,还有一个问题,就是孔子除了删正之外,是否还存在增的可能?我以为这个可能性是存在的。他不会重新增辑,添进很多新的东西,按照他"述而不作"的精神,应该基本上是保持原来的规模的,但个别地方、个别作品为了突出他整理这部书的主旨,会有所增添。这里要提出一说的是《曹风·下泉》一诗。此诗明言"忾我寤叹,念彼周京",又说"四国有王,郇伯劳之",《焦氏易林·蛊之归妹》云:"下泉苞稂,十年无王。郇伯遇时,忧念周京。"明何楷《诗经世本古义》据此以为《下泉》是曹人赞美晋国荀跞纳周景王于成周的诗。马瑞辰从之。鲁昭公二十二年王子朝作乱,至三十二年城成周为十年,与《易林》之说相合。又《春秋·昭公二十三年》载"天王居于狄泉"(亦名翟泉,在今洛阳东郊),即《诗》所谓"下泉"。鲁昭公二十六年(前 516 年)敬王入于成周。① 则《下泉》一诗作于此年之后,时孔子三十六岁。时《诗三百》已基本编定,《下泉》一诗反映了对尊崇周天子的诸侯大臣的歌颂,

---

① 关于《下泉》美荀跞而又列于《曹风》的原因。马瑞辰《毛诗传笺通释》云:"昭二十五年晋人为黄父之会,谋王室,具戍人。二十七年会扈,令戍周,三十二年城成周,曹人盖皆与焉,故曹人歌其事也。"

在当时可能是绝无仅有的,而且大体就在此时鲁国的季氏逐其君,控制鲁国政局,俨然国君。孔子对此特别愤恨。后来,他周游列国,曾至曹。一定闻知此诗,故将其增入,以体现他希望维护旧礼制、恢复西周宗法社会的政治理想。

无论怎样,孔子是《诗经》的最后编定者。经孔子手订,《诗经》形成了流传两千四百多年的定本。

归结以上各部分所言,我国在春秋以前是有采诗制度的,但这些采诗的人大体属于民间的艺人,农忙时从事农业生产,农闲时从事演唱与采诗。他们采诗既为了个人演唱,有的也同一些卿大夫或诸侯王的乐师有一定的联系,承担为乐师提供新的歌谣的任务,也因此得到一定的报酬。但他们的生活来源应主要靠农业或其它生产劳动。春秋以前也有献诗的制度,但不会像后人所说那样具有严格的程式或固定的渠道,也不全是为了"观风俗、知薄厚",更多的是为了满足天子、诸侯或卿大夫娱乐的需要。至于臣下劝谏中引述民歌民谣以证明其事,在当时并无严格统计、汇报制度的情况下,是很自然的事。除西周乐师整理历代所传诗歌,进行了基本的分类之外,召穆公的子孙第一次有意识地进行《诗》的编集工作,时间在公元前七世纪中叶。增编而成书的工作是由郑国的王族成员完成的,其主要人物很可能是公孙舍之(子展),公孙侨(子产)也可能参与了这个工作。孔子在编排上和文字上做了最后的订正与加工,个别地方有所增删。也就是说,《诗经》的成书,经过了三次集中的编纂工作。而在这以前,《周颂》《鲁颂》《商颂》和《大雅》中的部分作品,已经过乐师先后进行初步的分类整理。十五《国风》也分别由一些乐师进行收集和整理加工的工作。我们既不能抹杀孔子的功劳,也不能抹杀了他以前一些人的功劳。而且只有这样,才能解开两千多年来《诗经》研究中留下来的一些谜团。

由于孔子在《诗》的订正、解说方面的工作,也由于他对《诗》在人文素质教育方面作用的重视,以及他关于《诗》教的理论建设,通过他的学生、门人的持续不断地研习与传授,使《诗三百》进一步得到普及和流传。虽然战国时代文人策士汲汲于功名,而儒家的传《诗》学术并未中断,所以直至汉代,《诗经》仍能完整地流传下来。并且,孔子及其学生、后学的一些诗论,对每首诗的解说,也能较完整地流传下来。新发现的《孔子诗论》同《诗序》之间的关系,使我们相信孔子的诗学理论是一脉相传,直至汉初的。

(原载中华书局《文史》2009 年第 2 期)

叔孙豹的辞令、诗学活动与美学精神
——兼论春秋时代行人在先秦文学发展中的作用

行人辞令是先秦时代具有文体学意义的散文,对后代散文、辞赋的发展有较大影响。叔孙豹是春秋时行人的杰出代表,他的赋诗、诵诗、引诗、说诗活动全面地反映了春秋时代行人同诗学的关系。他对《诗》的理解阐释是后来儒家诗教的源头之一,而在有些方面比起后来的孔丘等儒家学者来,更全面且更具积极意义。他也特别重视诗的刺、戒功能,不限于后来儒家所归纳的"兴观群怨",也与后来儒家概括的"温柔敦厚"的精神不一致。他关于美的论述,表现了一种进步的诗学思想和美学精神。诗学史和音乐史上有名的季札观乐,实际上是叔孙豹同季札共同谈艺的结果。他所主张的"三不朽"说对后来文人的思想言行发生了很大的影响。

一、先秦文学研究的一个新视角

各种文学史著作中关于先秦文学的论述,大体都是"神话与原始歌谣、历史散文、诸子散文、《诗经》《楚辞》"这样的一种框架,在创作、文学活动、文学理论的研究方面,似乎很难有所突破。关于先秦时代的散文,自南宋时楼昉的《崇古文诀》、真德秀的《文章正宗》、王霆震的《古文集成》以来,不少古文选本都从《左传》《国语》《战国策》等书中选了一些行人辞令或上书、书信之类。我以为,行人辞令是作者精心撰写的文字,有独立的明确的主题、完整的结构,是完全不同于从子书、

史书中节选的片段的。《左传·襄公二十五年》针对子产对晋平公的一篇精彩辞令,引孔子之语:

> 志有之:"言以足志,文以足言。"不言,谁知其志?言之无文,行而不远。晋为伯,郑入陈,非文辞不为功。慎辞哉!

看来,春秋时人们对散文结构和语言表达技巧的重视,首先是从行人辞令受到启发的。《论语·宪问》中说到春秋中期郑国一些优美辞令的产生过程:"裨谌草创之,世叔讨论之,行人子羽修饰之,东里子产润色之。"自然,草创(草拟)、讨论主要在于内容、表述方式,但也关系到层次、结构等,因为表述方式本身已同文章的外部形态相关。至于修饰、润色,则更侧重于语言、修辞的方面,是为了使文章更为鲜明、生动,更有文采。所以,我以为我们研究先秦散文的创作及其理论,应该特别注意到行人这一阶层。它是同散文的创作关系十分密切的作者群体;由行人入手,我们可以对先秦的散文创作有一个较为明确的认识。

春秋时代的行人同《诗》的传播、诗学理论的建设和辞赋的形成,也有很大的关系。《汉书·艺文志》云:

> 传曰:"不歌而诵谓之赋。登高能赋,可以为大夫。"言感物造耑,材知深美,可与图事,故可以为列大夫也。古者诸侯卿大夫交接邻国,以微言相感,当揖让之时,必称《诗》以喻其志,盖以别贤不肖而观盛衰焉。故孔子曰"不学诗,无以言"也。

其中引古书中说的"登高",指上台、登堂、参与盟会、宴享;所谓"可以为大夫"指可以承担行人的职务。春秋时代,盟会,宴享,各国君主、卿大夫尤其行人间的各种交涉礼仪,成了赋诗、诵诗、引诗、说诗的主要场合;行人间也常常通过赋诗了解对方的水平、素质(贤、不肖)及对方国内朝政的盛衰。这也就无形中推动了习《诗》、说《诗》

活动与诗学的发展。孔子说："诵《诗三百》，授之以政，不达；使于四方，不能专对，虽多，亦奚以为？"（《论语·子路》）这里十分明确地指出了学《诗》、诵《诗》同行人之职的关系。屈原所任左徒之职即《周礼》中说的大行人。①《左传·襄公三十一年》载郑国之著名行人子羽（公孙挥）"能知四国之为，而辨于其大夫之族姓、班位、贵贱、能否，而又善为辞令"。《史记·屈原列传》中说屈原"博闻强志，明于治乱，娴于辞令"，其特长完全一样。刘师培《论文杂记》言"诗赋之学，亦出行人之官"，实不易之论。他在这篇文章中还说："是古诗每为行人所诵矣。盖采风侯邦，本行人之旧典（《汉书·食货志》），故诗赋之根源，唯行人研寻最审（吴季札以行人观乐于鲁，亦其证也）。"据此，先秦时诗学的形成、发展也同行人有很大的关系。行人们常常赋诗喻志，撰写辞令，并且相互交流、吸收，必然会积累一些经验，产生一些心得，在他们说诗或有关言论中，总会反映出一定的文学思想。

由上面几点可以看出，行人是我们研究先秦尤其春秋时代文学创作、文学活动与文学思想的一个新的视角。

春秋时代的行人有专官、有兼职。《左传·襄公二十六年》："叔向命召行人子员。行人子朱曰：'朱也当御。'"杨伯峻《春秋左传注》："当御犹今之值班，值班则当奉职。"可见是常设之职，职有专人。又《襄公二十四年》："郑行人公孙挥如晋聘。"《哀公十一年》："卫人杀吴行人且姚而惧，谋于行人子羽。"《春秋·襄公十一年》："楚执郑行人良霄。"也都反映了这种情况。有的由某一卿大夫兼掌，或临时充任，如晋范匄、韩起、郑子展（公孙舍之）、子产（公孙侨）、鲁叔孙豹、孔子弟子子贡等都曾临时或兼任行人之职。要说明行人同中国文学发展的关系，我以为选出行人中一位杰出的代表人物来加以考察，更有意义。

---

① 参拙文《左徒·征尹·行人·辞赋》，见《屈原与他的时代》，人民文学出版社2002年版，第143—170页。

二、叔孙豹的赋诗、诵诗、引诗活动与其诗学思想

叔孙豹,叔孙为氏,名豹,谥为"穆子",故史书中亦曰"叔孙穆子""穆叔",是鲁叔孙得臣之子。叔孙豹于《左传》中最早见于成公十六年(前575),昭公四年补记了此前的事迹。襄公五年(前568)季文子死后,因季武子年少,叔孙豹曾有几年执鲁国之政,其他时间主要管鲁国的外交,即昭公元年叔孙豹所说"叔出季处"(季孙氏守国主政,叔孙氏出使)。季孙为上卿,主国政;而叔孙为亚卿,主盟会、聘问以至用兵,其职掌颇同于《周礼》中之大行人。叔孙豹用事期间,鲁国免去了不少祸患与屈辱,他维护鲁国的地位与声望,协调大国,团结小国,于极为复杂的政治斗争中使鲁国保持安定,极为不易。他甚至为了维护鲁国的安全和统治集团内部的稳定与团结,不惜牺牲自己的生命。无论外交陈辞、赋诗言志、接受宴享,皆能不辱国格,不失人格;不当有者不争,当有者不让;说话、行事不卑不亢,正正堂堂,实属难能可贵。

《左传》《国语》中多次写到叔孙豹赋诗、或让乐工诵诗、或言谈中引用诗句之事,从中可以看出春秋中期以前贵族们学诗用诗的情况,如赋诗的类型、方法和原则等。有些地方还写到叔孙豹解说诗意,反映出其一定的诗学、美学观念。他是贵族、大夫,同时也是一位具有代表性的文化人。因为当时尚无私家讲学的风气,所以他实际上也就是春秋中叶杰出的诗学家。

一、叔孙豹对《诗》、诗教、诗学及古代文化有很深的修养,也怀着一种维护和热爱之情。《国语·鲁语下》和《左传·襄公四年》都载有一件事,对于了解叔孙豹的诗学修养很有意义。叔孙豹聘问于晋,晋悼公宴享之。在国君所设盛大的宴享中,乐人要登堂奏乐歌。当时乐工先奏《九夏》中《肆夏》以下三首(即《肆夏》《樊遏》《渠》),叔孙豹不答;乐工歌《诗》之《文王》以下三首,叔孙豹也不答;歌《诗》中《鹿鸣》以下三首叔孙豹起而拜答三次。晋侯使行人去问:为什么对最庄重的

乐歌毫无表示,倒对层次较低的乐歌再三表示感谢?《国语》记叔孙豹答辞曰:

> 寡君使豹来继先君之好,君以诸侯之故,贶使臣以大礼。夫先乐金奏《肆夏》《樊遏》《渠》,天子所以享元侯也;夫歌《文王》《大明》《绵》,则两君相见之乐也。皆昭令德以合好也,皆非使臣之所敢闻也。臣以为肄业及之,故不敢拜。今伶箫咏歌及《鹿鸣》之三,君之所以贶使臣,臣敢不拜贶? 夫《鹿鸣》,君之所以嘉先君之好也,敢不拜嘉!《四牡》,君之所以章使臣之勤也,敢不拜章!《皇皇者华》,君教使臣曰"每怀靡及",诹、谋、度、询,必咨于周,敢不拜教! 臣闻之曰:"怀和为每怀,咨才为诹,咨事为谋,咨义为度,咨亲为询,忠信为周。"君贶使臣以大礼,重之以六德,敢不重拜!①

由这段材料可以看出,首先,叔孙豹对《诗》的内容、应用场合和当时所传上古诗乐都很熟悉。他说"夫《鹿鸣》,君之所以嘉先君之好也"。《鹿鸣》一诗从内容看乃宣王所作,②其中又有"我有嘉宾,鼓瑟吹笙""人之好我,示我周行"等语。叔孙豹的看法是对的。他说:"《四牡》,君之所以章使臣之勤也。"按《毛诗序》曰:"《四牡》,劳使臣之来也。有功而见知,则说(悦)矣。"二者说法一致。亦可见自春秋中叶所传,以此诗为慰劳使臣之作。且其中有"四牡騑騑,周道倭迟。岂不怀归,王事靡盬"之语,可见他不但体现着孔子之前的一种正统诗学,而且其中一些看法在今日也仍然是正确的。对《诗》及上古诗乐有一个正确的理解,这是诗教和"诗以言志"(《左传·襄公二十七年》)、"微言相感"、

---

① 《左传·襄公四年》所记载叔孙豹答辩文字稍有不同,而意思一样。其原文为:"三《夏》,天子所以享元侯也,使臣弗敢与闻。《文王》,两君相见之乐也,臣不敢及。《鹿鸣》,君所以嘉寡君也,敢不拜嘉?《四牡》,君所以劳使臣也,敢不重拜?《皇皇者华》,君教使臣曰:'必咨于周。'臣闻之:'访问于善为咨,咨亲为询,咨礼为度,咨事为诹,咨难为谋。'臣获五善,敢不重拜!"录以备参。

② 参拙文《周宣王中兴功臣诗考论》,《中华文史论丛》第55辑,1996年12月。

"赋诗喻志"(《汉书·艺文志》)和"专对"(《论语·子路》)的基础;从听的方面说,它也是"观志"(《左传·襄公二十七年》)的关键。不但"微言相感"要深入理解诗,即使"断章取义",也是在理解原文的基础上进行的,其原则是"诗所以合意"(《国语·鲁语下》)。

其次,他在对诗有基本正确理解的基础上,能抱着一种积极的态度,从有利于个人修养,有利于国事、民事的方面去作阐发,将自己的生活经验及所掌握的文化知识注入其中,从而丰富了诗的内涵。他对《皇皇者华》一诗的阐述就说明了这一点。这即当时所说的"赋诗断章,余取所求"(《左传·襄公二十八年》)。这是从西周至春秋末年诗教的基本精神与基本方法,也应是后来儒家诗教的源头之一。

再次,他根据已经形成的礼仪制度,对如何使用诗乐有正确的掌握。比如他说:"夫歌《文王》《大明》《绵》,则两君相见之乐也。"这是就周代礼仪中习惯用法言之;"皆昭令德以合好也,皆非使臣之所敢闻也",这是就应用场合及接受者的身份言之。他在这各个方面都比晋国君臣精通得多。《左传·襄公十六年》载,即位不久的晋平公彪与诸侯盟于温,提出"歌诗必类"的原则。"齐高厚之诗不类,荀偃怒,且曰:'诸侯有异志矣!'"叔孙豹也参加了这次盛会,他根据荀偃的建议,同晋、宋、卫、郑、小邾之公或卿、大夫盟。叔孙豹在赋诗、用诗及晋平公提出"歌诗必类"的原则中起到什么作用,不得而知,但他提出设盟之事,说明他也认为高厚歌诗"不类",反映出其有异志。也就是说,他也是同意"歌诗必类""赋诗喻志"的原则的。这件事表现出来的是对诗乐的应用是否合适得当,而实际上反映出对与之相关的文化体系的了解程度,这当中既包括《诗》的传播、阐释的历史,也包括用诗的历史及由之积累起来的文化。我们从这段并不长的文字中可以看出,叔孙豹思想上存在着一个完整的说诗、用诗的体系。

又次,对于歌诗、赋诗不当者,能认真对待,并以正确态度处之。在国君宴享中如何歌诗、赋诗是主人的事,如何对待是自己的事。他既不苟且、不随俗,如非关系到国格、人格的原则问题,也不生硬地指斥对方在理解或仪节上的错误,而失去微言相感的精神,从而影响两国的关系,表现出一种从容自如的作风。他不是指出晋国君臣错了,而是像鲁文公七年宁武子来聘时宴享中的作法一样,说:"我以为是乐师自己在习修其业,演练中及之,故不敢拜。"语言含蓄而得体。这也同时反映了叔孙豹辞令表达上的水平,以及对以往赋诗中经验、教训的熟知。《左传·襄公二十七年》载赵孟、叔孙豹等盟于宋,盟会之后赵孟等过郑,郑伯享赵孟,七子赋诗,伯有赋《鹑之贲贲》。事后赵孟对叔向说:"诗以言志,志诬其上而公怨之,而以为宾荣,其能久乎?"说明即使赞扬宾客,也应有度,不能赞此而损彼。"诗所以合意",赋诗、歌诗而不合意,无论怎样的情形,都不能接受。所以,晋侯让乐工奏《肆夏》之三、《文王》之三,叔孙豹都无动于衷,意思是自己不敢接受、不能接受。

二、叔孙豹抱着一种真诚的态度,不欺人,不欺己,不违心地去投合他人的心意。如果说《尚书·尧典》中提出的"诗言志"最早在诗歌领域体现了"立其诚"(《周易·文言》)的思想,叔孙豹的用诗实践则从赋诗的方面体现了这种思想。下面看《左传·昭公元年》所载当年四月叔孙豹与赵孟、曹大夫在郑国,郑伯宴享时赋诗的情况:

> 子皮戒赵孟(戒:告。告以宴享之期)。礼终,赵孟赋《瓠叶》(见《小雅》。其第一章云:"幡幡瓠叶,采之亨之。君子有酒,酌言尝之。"瓠叶即葫芦叶,为菜之低贱者,赋此诗意谓宴享之食品及仪式可以俭省一些)。子皮遂戒穆叔,且告之(以赵孟之意告之)。穆叔曰:"赵孟欲一献(此从赵孟赋诗推测其意。一献,指仪式中主人只向宾进酒一次,与之相应,饮食菜肴也相应降低等次),子其从之。"子皮曰:"敢乎?"穆叔曰:"夫人之所欲也,又何不敢?"及享,具五献之笾豆于幕下,赵孟辞,私于子产曰:"武请于冢宰(指子皮。请,请求)矣。"乃用一献,赵孟为客。礼终乃宴。穆叔赋《鹊巢》,赵孟曰:"武不堪也。"又赋《采蘩》曰:"小国为蘩,大国省穑而用之,其何实非命?"

赵孟给子皮赋《瓠叶》,要他不要过于铺排盛设。虽然这样,由于晋国的地位和赵孟在晋国的权力,郑国本没有考虑降低等次的问题,叔孙豹让子皮按赵孟之意办,子皮本来还不敢,叔孙豹说:"那是他自己的愿望,为什么不敢?"结果郑国还是按五献之仪节作了准备,至赵孟再一次表示希望减省时,郑国才以一献之礼行之。可见叔孙豹虽以小国之使参与诸侯会盟,却从来不将自己摆到仆从的地位,而能理直气壮地处理有关事情。

这次宴饮中叔孙豹对赵孟赋了两首诗,更有意思。第一首《召南·鹊巢》,其第一章云:"维鹊有巢,维鸠居之。之子于归,百两御之。"本意为鹊有巢而鸠占之,叔孙豹之意是鲁国向晋国供给之财赋日用,负担甚重。但赵武则以霸主权臣的心理理解之,以为是叔孙豹表示鲁国有了晋国才得安居,因而表示出谦虚的语气,说:"武不堪也。"所以叔孙豹又赋《召南·采蘩》,诗中说:"于以采蘩?于沼于沚。于以用之?公侯之事。"言自己国家的忙碌,就是为了供给晋国。他恐赵武不能理解,解释道:"小国为蘩,大国省穑(啬)而用之,其何实非命?"表面上的意思是说:"小国贡品菲薄,大国节俭用之,不敢不从命。"实质还是:小国纳贡,负担沉重,大国应予体谅。他希望晋国的执政者能重视自己的承诺,也希望他们不要对所属盟国剥削得太重。这些都是从当时晋鲁等国的大局出发的,既切实又有力,没有一点奴颜媚骨,体现出一种刚正的作风。他的赋诗,同前面劝子皮的话在精神上是一致的。我们在这里特别要指出的是,叔孙豹对《诗》各篇内容十分熟悉,因而能随机应变,脱口而出,赋诗言志如同自己说话表达愿望一样方便。

三、不仅在宴会中,叔孙豹在平时的社交活动中也常用赋诗的办法,或表明态度,或抒发情感,或劝诫,或恳求,似乎无所不用。如《左传·襄公十四年》载,此年夏天诸侯之大夫从晋侯伐秦,晋悼公驻于晋国之边境,让晋六卿率诸侯之师进军。诸侯之师到了泾水停下来,晋叔向不知诸侯之师究竟作何打算,先去见叔孙豹。"穆子赋《匏有苦叶》,叔向退而具舟。"为什么叔孙豹赋《匏有苦叶》,叔向便知道至少鲁国之师是要渡泾而西的,因而自己也赶快准备船只?关于此,《国语·

鲁语下》的记载稍为详细:

> 晋叔向见叔孙穆子曰:"诸侯谓秦不恭而讨之,及泾而止,何益于秦?"穆子曰:"豹之业,及《匏有苦叶》矣,不知其他。"叔向退,召舟虞与司马曰:"夫苦匏不材于人,共济而已。鲁叔孙赋《匏有苦叶》,必将涉矣。"

《邶风·匏有苦叶》云:"匏有苦叶,济有深涉。深则厉,浅则揭。"匏是一种大葫芦,可以拴在腰间以渡水。"厉"指连衣徒步渡水,"揭"指提起下衣渡水。故叔孙豹赋此诗表明了自己的态度。

再如《左传·襄公十六年》载,此年秋,齐国围鲁国之成邑,因孟孺子阻击而撤兵。其冬叔孙豹如晋聘,言齐国伐鲁之事。晋人以晋平公初立、悼公之主尚未入太庙以及新伐许及楚、民未休息为不能救援的借口。叔孙豹曰:

> 以齐人之朝夕释憾于敝邑之地,是以大请。敝邑之急,朝不及夕,引领西望曰:"庶几乎!"比执事之间(按"间",指闲暇),恐无及也。

晋鲁既为盟国,且晋为盟主,鲁国以岁纳贡,晋国应承担援助、保护的责任。所以,叔孙豹既不因晋国之强而不敢提出要求,也不因晋国提出了可以站得住脚的理由而不再张口。原文下面说:

> 见中行献子,赋《圻父》。献子曰:"偃知罪矣,敢不从执事以同恤社稷,而使鲁及此!"见范宣子,赋《鸿雁》之卒章。宣子曰:"匄在此,敢使鲁无鸠乎!"

叔孙豹赋《圻父》之后,为什么中行献子说"偃(中行献子之名)知罪矣",并且表示要随从叔孙豹等以保卫鲁社稷与百姓之安全?因为《小雅·圻父》中说:"圻(今本作"祈","圻"之借)父!予王之爪牙。胡转予于恤?靡所止居!"圻父即司马,掌管军队。诗意言:圻父你是王的爪牙,为什么使我陷入忧患的处境,无可安身?叔孙豹对中行献子赋此诗,显然有责备之意。所以中行献子听后立即表示道歉。叔孙豹向范宣子赋《鸿雁》后,范宣子说:"有我在,不会使鲁国不得安定。"(鸠,安也)。因为《小雅·鸿雁》是写流民的,诗中说:"鸿雁于飞,肃肃其羽。之子于征,劬劳于野。爰及矜人,哀此鳏寡。"诗中的"之子"指流民,"矜人"指穷苦人。叔孙豹之意,鲁国受齐国的侵扰,人民流离失所,希望晋国能予同情和支持。所以范宣子听后慷慨激昂地表示一定为鲁国的安全负责。

由上面两个例子还可以看出,叔孙豹的赋诗,体现着他的人格、思想和爱国忧民的情怀,在诗的背后有他个人的胆识和机智。当然,不用说也反映了他对《诗》的熟悉及应用上的创造性。与此情形相同的还有载于《左传·襄公十九年》的齐、晋两国和好,叔孙豹见叔向而赋《载驰》第四章的事情。(其中说:"控于大邦,谁因谁极?")当时叔向回答:"肸敢不承命!"也同样是反映出一种很强烈的情绪。在这些情况下,赋诗不但不显得态度暧昧不明,而且增加了力量,将《诗》在流传中积淀的情感同自己的意思结合了起来。

四、叔孙豹常用赋诗的办法讽刺那些愚蠢狂妄的贵族执政者。《左传·襄公二十七年》载齐庆封来聘,车饰豪华,十分神气。叔孙豹负有接待邻国重要宾客之责,设便宴接待他。宴中庆封对叔孙豹表示出不敬的态度,叔孙豹为之赋《鄘风·相鼠》。诗中说:"相鼠有皮,人而无仪。人而无仪,不死何为?"这简直是斥骂和诅咒。叔孙豹不因为齐国是大国、庆封是权臣而忍受对自己的轻蔑。他表示出极大的愤怒。只可惜这个庆封过于愚蠢,竟毫无反应。

五、叔孙豹用诗的方式灵活多样,除自己赋诗外,有时也让乐工诵诗。这似乎是表示一种更不值得与言的意思(当然,在盛大典礼上由乐工诵诗,乃是仪节的需要)。《左传·襄公二十八年》载庆封回国后逢齐国内乱,奔于鲁,向季武子献了精美的车以求容纳。仍由叔孙豹设便宴招待。宴前庆封行氾祭之礼（非庆封所宜为），"穆子不说，使工为之赋《茅鸱》，亦不知"。可见庆封真是一个大草包。他以为这次是寄人篱下，故格外周到，行此大礼，殊不知过其身份，也是越礼。因而叔孙豹让人诵诗加以嘲讽。

同时，除完整地赋诵一首诗之外，有时也赋诵其中的某一章（如襄公十九年给叔向赋《载驰》之第四章）。比起前一种方式来，后面的方式更能明确地体现赋诗者的思想、愿望和情感。

特别值得注意的是，他也往往摘取诗中的一二句作为言谈的辅助，或作为立论的依据。比如一次卫孙文子聘于鲁。按聘礼，国君先登二阶之后，卿身份之来宾方可登阶。但在行聘礼仪式中，卫文子看鲁君登阶，他也登阶。这时叔孙豹上前制止了他，事后他说：

孙子其必亡。为臣而君（把自己看得同君一样），过而不悛，亡之本也。诗曰："退食自公，委蛇委蛇。"谓从者也。衡而委蛇，必折。（《左传·襄公七年》）

叔孙豹引《召南·羔羊》中两句，意谓从事于公，尽职尽责；行为举动横而不顺，却显得心安理得，这样的人必将中道夭折。引用诗句与原诗主题一致，对所引诗句的阐发颇有生活的哲理性。

通过叔孙豹的用诗实践和说诗言论，可以了解到春秋中期诗学的大体状况。

首先，可以看出当时已经有比较健全的对《诗》的阐述。如《国语·鲁语下》与《左传·襄公四年》所记叔孙豹对《鹿鸣》《四牡》的评论，《左传·襄公十六年》所载其赋诗活动中对《圻父》《鸿雁》诗的理解等。《左传·昭公元年》叔孙豹对《鹊巢》一诗主题的正确认识，远远超过了后来两千多年中学者们的看法，可谓精辟之至。[①] 可惜学者们在解

[①] 参郭晋稀《〈诗·鹊巢〉今说》，原刊西北师范学院《争鸣》1957年第1期；又收入《诗经蠡测》，甘肃人民出版社1993年版，第1—4页。

释《左传》有关文字的时候，受到《诗序》、毛《传》、郑《笺》等的影响，以为叔孙豹之意是比赵孟为鹊，以己为鸠，说明"大国主盟，己得安居"的意思。这样理解，同叔孙豹在听了赵孟的"武不堪也"之后又赋《采蘩》，并且稍加提示的做法相矛盾，也同叔孙豹给子皮说的"赵孟欲一献，子其从之"及"夫人之所欲也，又何不敢"的态度不一致。那实际上是赵孟的误解，而不是叔孙豹的本意。就此，我们可以认为叔孙豹是一位卓越的诗学家，他开启了春秋末期孔丘一派儒家学者说诗的风气，也在一定程度上奠定了此后说《诗》的传统。

其次，联系现实，从积极的方面理解《诗》，发挥"诗人"在进德修业、社会交际方面的作用。如襄公四年叔孙豹对《小雅·皇皇者华》的解说，襄公七年评孙文子的行为时对《召南·羔羊》的发挥等。这一点也为后来的孔丘所继承，如孔丘同子夏讨论《卫风·硕人》中"巧笑倩兮，美目盼兮，素以为绚兮"数句时表现的看法等。

再次，一些人在诗的理解上，比起后来孔丘等儒家学者来更为全面而且更具积极意义。诗也被用为劝诫和警示的工具。如鲁襄公十九年晋国违背鲁国的愿望同齐国和好后，叔孙豹对叔向赋《载驰》之四章，昭公元年对赵孟赋《鹊巢》《采蘩》都表现了这种思想作风。《诗经》中说："猶（按同猷，指谋划）之未远，是用大谏。"劝谏、警示是诗歌的社会功能之一。《礼记·经解》载孔子之语："入其国，其教可知也。其为人也，温柔敦厚，诗教也。""其为人也，温柔敦厚而不愚，则深于诗者也。"这同孔子一再强调的"忠恕"思想相一致。叔孙豹所体现的诗教思想就并非如此，他也用诗作讽刺的工具。他对庆封的赋诗、诵诗便是最有力的说明。儒家的诗教是讲究"怨而不怒，哀而不伤"的，而叔孙豹对庆封的无礼表示了极大的愤怒，这更合于诗本来的精神。《相鼠》一诗，就是劳动人民对荒淫无耻的统治者的诅咒，是人民愤怒的呼喊。孔子在宣传他的诗教思想时是对诗的精神作了阉割的。由这两点可以看出，叔孙豹对诗的理解与应用并不限于后来儒家所归纳总结的"兴、观、群、怨"四个方面，而尤其重视诗的刺、诫两个方面的功能。这两点也被后来儒家的诗教所淡化。可以这么说，叔孙豹体现的是作为政治家的学者对诗和诗学的态度,孔丘体现的是作为乐人、礼官学者对诗和诗学的态度。与叔孙豹大体同时的鲁乐师师亥说:"谋而不犯,微而昭矣,诗所以合意,歌所以咏诗矣。"乐人为什么主张与人谋而不露锋芒,不使对方感到有所伤害,用十分婉转含蓄的方式表达意思呢?因为他们的命运完全在国君、卿大夫的手里。他们规劝人主,要考虑如何能使其高兴,乐于接受。儒家是由礼官发展而来的,与乐师同类,故孔丘很自然地继承了这种思想作风。叔孙豹、子产等人的诗学思想的继承者是战国末期的爱国诗人屈原。他们都主要是政治家,是负责国家外交的官员,都是贵族、行人,很多情况下有独断的权力,言谈中首先考虑的是是非得失,所以他们的言行比较果断,说话也较为直露。

这里还须提到一件在中国文学批评史和美学史上有着重要意义的事件,即季札观乐之事。很多诗学论著和有关古代文学批评、古代文学理论的著作中都提到此事,但没有一本书提到叔孙豹同这一事件的关系,也没有指出这件事同行人活动的关系。

吴公子季札是春秋时期著名的贤人。鲁襄公二十九年,季札作为吴国的行人聘于鲁(周公之后)、卫(武王弟康叔之后)、晋(成王弟唐叔虞之后)、齐(太公吕尚之后,同周王室有着特殊的关系)等国,反映了在礼崩乐坏、天子衰、王室微、卿大夫专政的社会状况之下,他对于过去的怀念,是对宗亲的访问(因为吴为太伯之后),也是对历史的告别。他"见子产,如旧交"(《史记·吴太伯世家》),"见叔孙穆子,说(悦)之"(《左传·襄公二十九年》),反映了他们思想上的某些共同性。

我以为《左传》紧接在"见叔孙穆子,说之"之后说的"请观于周乐"是季札向叔孙豹提出的要求;季札观乐,也是由叔孙豹所陪同的。那么,季札那大段的议论,也当是由叔孙豹记述,才载之史册的。因为《左传》中写季札聘于鲁,鲁国君臣中除提到叔孙豹之外,再没有提到第二个人。《左传》中述观乐之时"使工为之歌《周南》《召南》",是谁使工歌《周南》《召南》之类?我以为这里失去的主名即叔孙豹(文中的"之"指季札)。季札观乐的一系列评论,是两位有着很深诗学素养的行人共同谈艺的结果。

叔孙豹的诗学思想反映了春秋中叶未被儒家改造的诗学思想,它正符合诗的实际与春秋时代人们用诗及对诗理解上的实际情况。叔孙豹作为我国春秋中期行人的杰出代表,在诗的学养及诗的应用方面具有相当高的水平。在他的用诗活动中体现出很深的诗学文化积累。他对诗的理解,对一些诗句的阐发既根据于原诗之意,又注入了自己的人生经验和社会的共同体验。他又参加了季札观乐这件在中国诗学史、美学史上具有重要意义的事件。在孔子之前,他作为一位富有学养且在诗学方面已做出一些具有总结性的工作和创造性的试探的人物,是值得我们重视的。

三、叔孙豹的辞令、思想与爱国精神

见之于《国语》《左传》的叔孙豹的辞令并不多,但例之以孔子评郑国辞令产生的过程,叔孙豹主鲁国外事期间鲁国的重要外交辞令应都经过他的手,或草创,或讨论,或修饰,或润色,不同程度地体现着他的思想、作风和文风。《左传》《国语》中所述叔孙豹的一些言辞、辞令,对于认识叔孙豹语言的简洁、含蓄而韵味深长的风格,认识春秋时高层次文化人士、贵族辞令的交流情况,及我国古代爱国思想的形成、发展,都是有意义的。

一、从叔孙豹的言辞和行为看,他娴于辞令、讲究信用、有胆有识,是一位卓越的外交家。下面再就他思想方面的几个突出之点稍加评说。

首先,他在两国交往中讲究信用、恪守诺言。他处理事情从长计议,与当时及以后一些翻云覆雨的行人不同,体现出很高的外交思想水平。公元前545年,鲁襄公同宋公等如楚,及汉水,闻楚康王卒。究竟是返回,还是到楚国去,从公而行的大夫意见不一。叔仲昭伯曰:"我楚国之为,岂为一人?行也!"子服惠伯曰:"君子有远虑,小人从迩,饥寒之不恤,谁遑其后?不如姑归也。"叔孙豹评二人曰:"叔仲子专之矣,子服子,始学者也。"他称赞叔仲昭伯可以独立任事,而子服惠伯于外事尚在见习之中。由此可以看出他处理事情有远虑深谋,非苟且从事者可比。

其次,对外交往中尽量作到大国、小国一视同仁,从而在复杂的斗争中保证了鲁国比较稳定的睦邻关系。如《左传》载鲁昭公三年在对小邾态度上同季武子截然相反(时季武子执政已二十余年):

小邾穆公来朝,季武子欲卑之。穆叔曰:"不可,曹、滕、二邾实不忘我好,敬以逆之,犹惧其二;又卑一睦(杜注:一睦谓小邾),焉逆群好也?其如旧而加敬焉。《志》曰'敬能无灾',又曰:'敬逆来者,天所福也。'"

季武子因小邾力弱而欲借以显示自己的威风,叔孙豹的看法则恰恰相反,认为接待上不但不能降低规格,而且要比以往显得更加尊敬。其一,因为小邾等国实不忘我好,因而自己也应珍视其友谊,不失信义;其二,小邾等国虽小,但其与谁合好,会有自己的选择,如不待之以礼,它们会另求盟国,这等于是为渊驱鱼。可以说,叔孙豹在对外事务上从大局出发,从长远利益出发,考虑得更为周到。同时,他语言简捷而有力,又引述古代《志》书,说理性极强。这有可能是叔孙豹给季武子的书札。

再次,叔孙豹具有深刻的洞察力,见微知著,察色思变,因而能在外交上采取主动,对一些事情较早地做到应变的准备。鲁襄公十九年齐与晋平之后,叔孙豹见范宣子于柯,又见叔向。归鲁之后曰:"齐犹未也(按言未灭其侵伐之心),不可以不惧。"因而修筑武城(《左传》)。鲁襄公二十九年,楚郏敖继位,王子围为令尹。《左传·襄公三十年》载楚郏敖使薳罢来聘:"穆叔问王子之为政何如。对曰:'吾侪小人,食而听事,犹惧不给命(按:给,足也),而不免于戾,焉与知政?'固问焉,不告。穆叔告大夫曰:'楚令尹将有大事,子荡(按:薳罢之字)将与焉助之,匿其情矣。'"

鲁昭公元年三月诸侯盟于虢,楚公子围的一切陈设仪仗如同国君,有执戈之二人前导,后有二人护卫。叔孙豹曰:"楚公子美矣,君哉!"(《左传》)一语点破了王子围的野心。《国语·鲁语下》记叔孙豹之语稍异:"楚公子甚美,不大夫矣,抑君也。"意思相同,而更为明白。关于王子围的表现,蔡国子家曰:"楚,大国也;公子围,其令尹也。有执戈之前,不亦可乎?"叔孙豹以为不然。他说:

  天子有虎贲,习武训也;诸侯有旅贲,御灾害也;大夫有贰车,备承事也;士有陪乘,告奔走也。今大夫而设诸侯之服,有其心矣。若无其心,而敢设服以见诸侯之大夫乎?将不入矣(韦注:若不见讨,必为篡,不复入为大夫矣)。夫服,心之文也,如龟也,灼其中,必文于外。若楚公子不为君,必死,不合诸侯矣。

叔孙豹以当时列国通行的礼制来衡量楚公子围的行为,反驳了蔡国子家的说法。子家之言表面看来有一定道理,实质上是糊涂人说糊涂话,他既不懂礼制,也不明心理。"服,心之文也。"仪仗陈设反映着一定地位,越于此则反映出一种特殊的心理状态。"如龟焉,灼其中,必文于外。"内心有变化,服饰陈设才显得异样。叔孙豹很懂得这一道理。他并由此而预见到楚公子围可能出现的两种结局。可以看出,叔孙豹不仅在鲁国,在当时整个列国中也是一位十分杰出的外交家。

《左传·襄公二十八年》载叔孙豹对于处理崔杼之尸的态度及如楚过郑途中对郑国伯有的态度,说明其办事干练、坚决、彻底的作风和对盟国的关怀。齐庆氏亡之后,被崔杼和齐庄公逼赶到他国的公子牙之党叔孙还等归齐,求崔杼之尸,将戮之,不得。叔孙豹曰:"必得之。武王有乱臣十人,崔杼其有乎?不十人,不足以葬。"他以为崔氏之亲信之臣不会很多。不到十人,不能葬崔杼,则其尸必可得。后果然有人出之。

宋之盟,鲁襄公同宋公等如楚,过郑,郑伯不在,而伯有往劳于黄崖之地,表现有所不敬。叔孙豹曰:

> 伯有无戾于郑,郑必有大咎(杜注:伯有不受戮,必还为郑国害)。敬,民之主也,而弃之,何以承守?郑人不讨,必受其辜。济泽之阿,行潦之蘋藻,置诸宗室,季兰尸之,敬也。敬可弃乎?

这可以说是给郑国的一个"照会"。他面对庆封那样的大国凶暴权臣尚且赋诗以嘲笑斥骂,对伯有这样狂妄的人,不会有什么客气。叔孙豹的言辞和行为总是伸张着一种正义。

二、叔孙豹注重个人修养,注意维护自己的人格,且有知人之明。本文第二部分提到的鲁襄公二十七年齐庆封对他不敬,他为之赋《相鼠》抨击之,反映出他人格的尊严。鲁襄公三十一年叔孙豹从澶渊之会归鲁之后曾向孟孝伯谈对晋国赵孟的印象,《左传》的叙述很有意思:

> 穆叔至自会,见孟孝伯,语之曰:"赵孟将死矣。其语偷(苟且),不似民主(民之主)。且年未盈五十,而谆谆焉如八、九十者,弗能久矣。若赵孟死,为政者其韩子乎?吾子盍与季孙言之,可以树善(按:指同韩起结好),君子也。晋君将失政矣。若不树焉,使早备鲁(鲁国预作安国之计),既而政在大夫,韩子懦弱,大夫多贪,求欲无厌,齐楚未足与也,鲁其惧哉(言齐楚二国不足与相交,如晋国再不能依靠,则国危)!"孝伯曰:"人生几何,谁能无偷?朝不及夕,将安用树?"穆叔出,而告人曰:"孟孙将死矣。吾语诸赵孟之偷也,而又甚焉。"又与季孙语晋故,季孙不从。

此时叔孙豹的年龄应在六十五岁上下,也可能将近七十。他看到四十多岁的人抱着一个混日子的态度,知其执政时间不会长;他分析赵孟之后晋国的执政者,必为韩起,认为他是一个君子,应早些结好,一方面为鲁国计,一方面也可为韩起之外援。他对晋国发展的趋势比晋国一些卿大夫还看得清楚;对于晋国将来的变化及同鲁国关系的认识,也极为透彻而全面。但是他给孟孝伯谈了之后,孟孝伯的态度比晋国的赵孟更为消极。他认为这样对人生失去信心的人,精神已经垮了,因而不会活得长。可见,叔孙豹一生都保持敏锐的目光、蓬勃的朝气和勤于政事的作风。比起赵孟、孟孝伯来,实际上他在思想、精神上更为年轻。他对赵孟、韩起、孟孝伯及郑国伯有的评论,反映出他的知人之明。

三、叔孙豹时时注意维护国家的利益与尊严,是一位真诚无畏的爱国者。首先,他在大国君主、权臣面前没有丝毫的自卑,而始终保持着依礼而行、不卑不亢的作风。国家事务交涉中,他常常含蓄而巧妙地同大国君臣据理力争,本文第二部分已经说过。再如鲁襄公二十九年春襄公在楚国时,楚康王卒,大敛停柩。"楚人使公亲襚(让鲁襄公为死者穿衣)。公患之,穆叔曰:'祓殡而襚,则布币也。'乃使巫以桃、茢先祓殡。楚人弗禁,既而悔之。"楚人让鲁襄公为楚康王之尸穿衣,是为了降低鲁襄公的身份,抬高楚国的地位。^①但楚强而鲁弱,时鲁襄公又在楚国,楚人坚请这样作,鲁国不敢不从。但叔孙豹随机应变,先行祓除殡柩,去其不祥,然后以献币帛之礼置衣于柩东。因为叔孙豹并未同楚人商量,楚人尚未弄清楚其意图,故未禁止其祓殡等活动;及进行完毕,悔之已晚。但因为他们提出的要求本不合于礼,故亦无可如何。

其次,为了国家的尊严和利益,他在关键时刻能挺身而出;能忍辱负重,甚至不惜牺牲自己的生命。他虽然由于其兄叔孙侨如的愚昧狂妄,恐祸及己而曾经奔齐,但在齐国之时亦能为鲁国做事。《左传·成公十六年》载其应鲁国之将军子叔声伯之请,请于齐,让齐乞晋师往迎鲁军,以保鲁军及襄公的安全,是其证。鲁襄公七年,卫孙文子来聘,与襄公盟时紧随襄公登阶。这等于将鲁君等同于卫国的卿大夫。故叔孙豹趋进曰:"诸侯之会,寡君未尝后卫君。今吾子不后寡君,寡君未知所过。吾子其少安!"(《左传》)真是句句如铁,掷地有声。

---

① 《礼记·檀公下》记此事云:"襄公朝于荆,康王卒,荆人曰:'必请袭!'"郑注:"欲使襄公衣之"。"袭"即"襚"。

再如鲁襄公二十七年夏叔孙豹、晋赵武、楚屈建等会于宋,季武子以襄公之命命叔孙豹"视邾、滕",谓其外交中可按邾、滕二国之做法行事(因为以邾滕二小国之级别,承担的赋贡少)。但盟会中齐以邾为属国,宋以滕为属国,邾、滕二国未单独与盟。在这种情况下,如以君命为重,则亦当作晋的属国而不与盟。但叔孙豹不是这样愚忠的人物。他说:

邾、滕,人之私也。我,列国也,何故视之?宋、卫,吾匹也。

他既不能等同于晋、齐、楚这样的大国,也不把自己置于大国之属国的地位,而同宋、卫这样较弱的独立小国为比照行事。他宁可违背君命,也不能失去国格,体现着自己的独立见解和为社稷而君命有所不受的思想。

最能反映叔孙豹思想、品质和政治见解的是《左传·昭公元年》的一段记载。当年正月叔孙豹同楚、齐、宋、卫、陈、蔡、郑、许、曹会盟于东虢。三月,鲁季武子伐莒,莒人告于参加会盟尚未返国的诸侯使臣。楚国的公子围对晋国说:弭兵之会盟人还没有走完,鲁国就用兵伐莒,应该杀鲁国之使臣叔孙豹。晋国的乐王鲋借此向叔孙豹索贿,答应在晋国赵文子面前为之求情。乐王鲋不好直接索要财货,而提出要叔孙豹的衣带。叔孙豹不给。他的家臣说:带不过是护身之小物,给乐王鲋而能保命,为什么不给?叔孙豹说:

诸侯之会,卫社稷也。我以货免,鲁必受师,是祸之也,何卫之为?人之有墙,以蔽恶也。墙之隙坏,谁之咎也?卫而恶之,吾又甚焉。虽怨季孙,鲁国何罪?叔出季处,有自来矣,吾又谁怨?

他知道晋、楚如不杀他,必然会伐鲁。季孙的作法不对,但不能因此而使鲁国受祸。所以他抱着死而无怨的态度。下面叔孙豹接着说,乐王鲋如此索贿,不给他东西,他也没个完,因而"裂裳帛而与之",并且说:

"带其褊矣。"(意思是说:"我的带恐过于狭小,所以撕下裳帛奉上。"其中含有讽刺意义。)晋国的赵孟听到这件事后评价叔孙豹说:"临患不忘国,杰也;思难不越官(按:谓不推卸责任),信也;图国忘死,贞也;谋主三者,义也。有是四者,又可戮乎?"因而说服楚国免叔孙豹一死。《左传》还记有一大段说辞,实际上也是对叔孙豹的评价。这件事《国语·鲁语下》《晋语八》也有记载。《鲁语下》记晋乐王鲋求货,叔孙豹不予,其家臣劝之,叔孙豹说:

> 承君命以会大事,而国有罪,我以货私免,是我会吾私也。苟如是,则又可以出货而成私欲乎?虽可以免,吾其若诸侯之事何?夫必将或循之(谓必将有人学着自己的作法成其私欲),曰:"诸侯之卿有然者故也。"则我求安身而为诸侯法矣。君子是以患作,作而不衷(通"忠"),将或道之(犹"由之"),是昭其不衷也。余非爱货,恶不衷也。且罪非我之由,为戮何害?

真抵得上一首《正气歌》。他宁可选择死,也不愿用贿赂的方式求免,他担心自己以贿赂的办法求得活命,后面会有人跟着这么做,并且说:"诸侯之卿有这样作的。"这种廉洁正义、守身如玉的精神在今天仍有很大的教育意义。《晋语八》所记,亦与之互有详略。在"乐王鲋求货焉不予"一句之后有赵文子分析楚令尹公子围的企图,劝其逃走的一段话。叔孙豹回答说:

> 豹也受命于君,以从诸侯之盟,为社稷也。若鲁有罪,而受盟者逃,鲁必不免,是吾出而危之也。若为诸侯戮者,鲁诛尽矣,必不加师,请为戮也。夫戮出于身实难,自他及之何害?苟可以安君利国,美恶一也。

这就是说,如果被杀戮的原因是出于自身,这便是患难。而如果是由别的事牵扯到自己,这何伤于义?如果能安君利国,美生恶死,在我都是一样。语言中闪耀着忘身赴义的爱国主义的思想光芒。

叔孙豹回国之后,季武子来慰劳,从早上等到日中之时,叔孙豹不出来见。家臣劝他出去见,他说:"吾不难为戮,养吾栋也。夫栋折而榱崩,吾惧压焉。故曰虽死于外,而庇宗于内可也。今既免大耻,而不忍小忿,可以为能乎?"意思是说,他不怕被杀,为的是扶持作为国家栋梁的季氏。国家的栋梁折断,椽子也就垮了,自己的家族也会遭到覆灭。所以,即使死于国外,只要能内保宗族,也愿意那样作。现在既然已免于死,如果不忍小愤,也不能和睦宗族,安定国家。① 因而他最后出来见了季武子。由叔孙豹的这一席话可以看出他为了鲁国的政治稳定,顾全大局,任劳任怨,不惜一死,也不以个人的荣辱为意。

四、叔孙豹的审美思想与所张扬"三不朽"说的意义

叔孙豹在美学方面也有一些值得重视的看法。《左传·襄公二十七年》:

> 齐庆封来聘,其车美。孟孙谓叔孙曰:"庆季之车,不亦美乎?"叔孙曰:"豹闻之:'服美不称,必以恶终。'美车何为?"

这段文字反映了对美的两种不同的认识:一种只从物之外形、色彩言之,一种同时考虑到应用是否得当的问题。叔孙豹并不否认"美"的客观性,所以说到"服美",这同孟孙说的"庆季之车,不亦美乎"对"美"的理解并无不同。但他同时说到"称"(相称、适当)的问题。所服"美"而"不称",则结果只能是"恶"。对于同礼仪、伦理、风俗相联系的服饰、

---

① 《左传·昭公元年》记此事,详略互异。其文曰:"叔孙归,曾夭御季孙以劳之。且及日中不出。曾夭(季氏家臣)谓曾阜(叔孙氏家臣)曰:'旦及日中,吾知罪矣。鲁以相忍为国也。忍其外,不忍其内,焉用之?'阜曰:'数月于外,一旦于是,庸何伤? 贾而欲赢,而恶嚣乎?'(意谓作商贾想赢利,还害怕市肆的喧嚣)阜谓叔孙曰:'可以出矣。'叔孙指楹曰:'虽恶是,其可去乎?'乃见之。"

用具等的观赏在不同情况下,会产生不同的心理反应。美究竟是主观的还是客观的,叔孙豹并没有去作空论,但他的简要的评说,对我们有很大的启示。实际上他的话已经回答了这个问题。《左传·昭公元年》记其评楚公子围:"公子美矣,君哉!"①则更明确地表现出叔孙豹认为服饰、礼仪等不仅具有装饰性,还具有象征性;不仅是外表上的附加,也是心灵的反映。所以,美的事物本身是一种客观存在,但人们的审美活动不可能不具有社会性,也不可能不带有主观性。

叔孙豹这里也提出美的对立面恶(丑)及美恶转化的问题。美作为一种作用于人精神、意识的东西,是人们所普遍追求的。但是,如果过当,则不但会失去美,而且结果只能获得"恶"(丑)。十八世纪英国的美学家、艺术理论家、画家荷迦兹在他的论著《美的分析》中,将"适宜"作为美的六条原则之一。他认为适宜可以产生美,不适宜就会变成丑。② 可以说,所有的美都是社会实践的产物。所以,叔孙豹对美的认识,应该说是十分深刻的。他比荷迦兹要早二千余年。

《左传·昭公元年》记叔孙豹评楚王子围的事,有意思的是,同时还记了其他多人的评论。这可以使我们有比较地看出在当时各国行人、大臣中,叔孙豹的思想作风、审美意趣实为出类拔萃。

> 三月甲辰,盟。楚公子围设服离卫。叔孙穆子曰:"楚子美矣,君哉!"郑子皮曰:"二执戈者前矣。"蔡子家曰:"蒲宫(按:楚之离宫名)有前,不亦可乎?"(言如公子围在楚宫时亦有二戈前导,则在会盟时设此仪仗,不是也可以吗?)楚伯州犁曰:"此行也,辞而假之寡君。"(按:此是为公子围解脱,假说向楚王说明,暂借楚王的仪仗。)郑行人挥曰:"假不反矣。"

后面还有伯州犁的反唇相讥及郑行人子羽、陈公子招、卫齐子、宋合左

---

① 《国语·鲁语下》记叔孙豹之语是:"楚公子甚美,不大夫矣,抑君也。"更为明白。
② 北京大学哲学系美学教研室编《西方美学家论美和美感》,商务印书馆 1980 年版,第 102 页。

师之语，为省篇幅，今不具录。最后是宋乐王鲋之语："《小旻》之卒章，吾从之。"《小旻》卒章云："不敢暴虎，不敢凭河，人知其一，莫知其他。战战兢兢，如临深渊，如履薄冰。"意谓自己不敢这样公开地谈楚国令尹的这一类事。

在上面这段文字之后，特别记述了盟会仪式结束退下来之后，郑国行人子羽向子皮评说各人言辞的一段话：

  叔孙绞而婉，宋左师简而礼，乐王鲋字而敬，子与子家持之，皆保世之主也。齐、卫、陈大夫其不免乎？国子代人忧，子招乐忧，齐子虽忧弗害。夫弗及而忧，与可忧而乐，与忧而弗害，皆取忧之道也，忧必及之。《大誓》曰："民之所欲，天必从之。"三大夫兆忧，忧能无至乎？言以知物，其是之谓也。

关于评叔孙豹的"绞而婉"，杜预注："绞，切也。讥其似君，反谓之美，故曰婉。"也就是说，只有叔孙豹的话既贴切，又含蓄顺耳，可使人心知其意，又抓不住把柄。因为公子围为楚之令尹，议论其有篡夺之谋，乃是有责任之事，不只会影响此次会盟以及同楚国的关系。其他人的话，有的过于明显，甚至同楚伯州犁争辩，缺乏政治头脑；有的失去是非观念，没有一点正义感。前一种随意公开议论大国权臣篡夺之谋，会给个人和国家招致祸患；后一种对他国情势完全失去思考，在各国行人面前失去是非观念，也不利于主动调整本国的对外政策而免于灾祸。叔孙豹言辞的"切而婉"，既反映了他高超的语言表现力，也反映出他对"美"的一种理解。这些都是值得注意的。

叔孙豹在中国文学思想史上特别值得一提的是他所主张的"三不朽"说。《左传·襄公二十四年》云：

  二十四年春，穆叔如晋。范宣子逆之，问焉，曰："古人有言曰：'死而不朽'，何谓也？"穆叔未对。宣子曰："昔匄之祖，自虞以上为陶唐氏，在夏为御龙氏，在商为豕韦氏，在周为唐杜氏，晋主夏盟为范氏,其是之谓乎?"穆叔曰:"以豹所闻,此之谓世禄,非不朽也。鲁有先大夫曰臧文仲,既没,其言立,其是之谓乎?豹闻之:'太上有立德,其次有立功,其次有立言。'虽久不废,此之谓三不朽。若夫保姓受氏,以守宗祊,世不绝祀,无国无之。禄之大者,不可谓不朽。"

自然,这里所谓"立言"主要是就具有教化意义的言辞而言,但是,由于先秦之时一些概念的包容性较大,不少理论范畴由之生发、引申、分化出来,故对后来文章、文学价值的认识与评价,具有重要的启发与指导意义。同时,叔孙豹作为鲁国负责外交事务的贵族官员,对《诗》的阐释与鉴赏有相当的修养,又极其重视辞令,他所谓"立言"中,未必不包括诗、文在内。可以说,曹丕在《典论·论文》中提出的"盖文章经国之大业,不朽之盛事",实由此而来。

叔孙豹是春秋时代行人的代表人物。郑国的行人子羽评其言辞"绞而婉",可以看出他在辞令方面的高超水平。叔孙豹对《诗》的阐释,有些也十分精到,较后世经学家的看法,更合于作品的本意。他赋诗、诵诗、引诗不限于"诸侯交接"时的"专对";对《诗》的功用的发挥,也不限于后来孔子归纳的"兴、观、群、怨",而更注重其刺、诫的作用。因而,他的诗教思想与后来孔子主张的"温柔敦厚"也不同,而更合于《诗》的实际。他对美有着深刻的认识,至今不失其启发意义。他提出的"三不朽"之说,是曹丕"不朽之盛事"说的先声,但比起曹丕的提法来,更侧重于道德与人格,而较少政治的因素,因而,从文学健康发展的方面说,更具有本诗意义。

叔孙豹同屈原都是贵族出身,都负责国家的外交事务,都娴于辞令,都有着深刻的政治见解和高尚的品格,也都是无畏的爱国者。叔孙豹曰:"罪非我之由,为戮何害?"屈原曰:"亦余心之所善兮,虽九死其犹未悔!"他们都以光辉的爱国思想而光耀千古。没有明确的史料证明屈原曾受过叔孙豹的影响,但我们弄清了叔孙豹的事迹、行为、品格、思想,对于认识屈原这样伟大的爱国诗人产生的文化背景有帮助。

因为八十多年前胡适曾说过:"传说的屈原,若真有其人,必不会生在秦汉以前。""但这时候,屈原还不过是一个文学的箭垛。后来汉朝的老学究把那时代的'君臣大义'读到《楚辞》里去,就把屈原用作忠臣的代表,从此屈原就又成了一个伦理的箭垛了。"①说不定还有人记着这些话。

(原载《文学评论》2007 年第 4 期)

---

① 胡适《读楚辞》,原刊于《努力周报》增刊《读书杂志》第 1 期(1922 年 9 月),又收入《胡适文存》第二集,黄山书社 1996 年版,第 66 页。

再论"牛郎织女"传说的孕育、形成与早期分化

一、"牛郎织女"传说的孕育

"牛郎织女"是中国文学和文化史上一个影响深远的传说故事。但是,历代文献中关于它早期流传的情况记载甚少,即使在南北朝以后,虽然很多诗赋中都提到"牵牛""织女""鹊桥""七夕"之类,但绝大多数是作为典故、诗料应用,或侧重于写民间乞巧的活动,直接写这个传说故事的诗文很少。半个多世纪以前,范宁先生发表了《牛郎织女故事的演变》一文,认为"牛郎织女"的故事到六朝时才转变为悲剧的性质,乌鹊架桥以会牛女的情节,只有南朝梁庾肩吾《七夕诗》中"寄语雕凌鹊,填河未可飞","算是比较可靠的最早记载"。① 我曾写了《论牛郎织女故事的产生与主题》和《连接神话与现实的桥梁——论牛女故事中乌鹊架桥情节的形成及其美学意义》两文,②对有关问题加以讨论。近日见到台湾学者洪淑苓的《牛郎织女研究》一书,觉得此书在总的看法上受范宁先生论文影响较大。如其中说:"牵牛织女神话进入南北朝之后,已经呼之欲出。"③这同范宁先生的结论基本一致。虽然这部书引述了很多材料,理论分析中也有很多十分精彩的地方,但对

---

① 《文学遗产增刊》第一辑,作家出版社 1955 年版。
② 拙文《论牛郎织女故事的产生与主题》,《西北师大学报》(社会科学版)1990 年第 4 期;《连接神话与现实的桥梁——论牛女故事中乌鹊架桥情节的形成及其美学意义》,《北京社会科学》1990 年第 1 期。
③ 洪淑苓《牛郎织女研究》,台湾学生书局 1988 年版,第 45 页。

"牛郎织女"孕育、形成和发展情况的看法,与实际情况有一定距离。我全面搜集有关"牛郎织女"传说的材料,去伪存真,以时为序加以考查研究,觉得这个传说的产生不是偶然的,它其中的两个主要人物深深地扎根于中国古代文化的土壤之中,具有高度的概括性,反映了先民对在农业生产发展方面作出了突出贡献的人物的赞扬;在它的情节不断丰富发展的当中,又先后形成反对婚姻门当户对的主题,反对以沉重的聘礼、奢靡的迎娶仪节破坏青年男女的婚姻的主题,和反对封建礼教、门阀制度的主题,表现了劳动人民忠于爱情、反抗强权、争取自由幸福生活及歌颂勤俭持家的思想。它经过漫长时间的孕育,在人物身份、情节、主题上经过几次较大的转变。

最早,织女和牵牛分别是秦人和周人的远祖中作出了杰出贡献、有重大影响的人物,他们的业绩反映了我国远古时代农业和手工业方面的重要发展进程:女修以纺织布帛而留名后世,[1]叔均以用牛力于农耕而受到后人永久的纪念。[2] 秦人和周人概括他们的事迹分别将他们命为星名。应该说,"牵牛""织女"两个星座的命名是很早的。《夏小正》"七月"云:"汉案户。汉也者,河也。案户也者,直户也,言正南北也。寒蝉鸣……初昏,织女正东乡。"[3]牵牛、织女同神农氏之子柱等作出了突出贡献的卓越人物一起永垂长天,使人们惦记着他们的业绩,于是形成了牵牛、织女标识性的形象。西周末年谭(古国名,在今山东历城东南)大夫作的《大东》一诗将这两个星名写入诗中,已经将它们分别同牵牛驾车的人及织布的女子联系起来。《诗经·小雅·大

---

[1] 《史记·秦本纪》:"帝颛顼之苗裔孙曰女修。女修织,玄鸟陨卵,女修吞之,生子大业。"中华书局,1959年版,第173页。大业为秦人之祖。秦人为纪念女修而将天汉边上最亮的一组星称为织女星。

[2] 《山海经·海内经》:"后稷是播百谷。稷之孙曰叔均,始作牛耕。"《大荒西经》:"有西周之国,姬姓,食谷。有人方耕,名曰叔均。帝俊生后稷,稷降以百谷。稷之弟曰台玺,生叔均。叔均是代其父及稷播百谷,始作耕。"又《大荒北经》云:旱魃助黄帝战蚩尤,下至人间后不得复上,"叔均言之帝",而"置之赤水之北",因而"叔均乃为田祖"。见袁珂《山海经校注》,上海古籍出版社1980年版,第469页、392—393页、430页。周人为纪念叔均而将天汉东侧的一组星名为牵牛星。周人发祥地豳、邰(今陕西中部靠西直至甘肃庆阳马莲河流域)皆在秦人发祥地西犬丘(今甘肃天水西南、礼县以东)东面。

[3] 《大戴礼记解诂》卷二,中华书局1983年版,第41—42页。

东》中说：

> 维天有汉，监亦有光。跂彼织女，终日七襄。虽则七襄，不成报章。睆彼牵牛，不以服箱。①

这八句诗中有三点应该注意：

（一）用"终日七襄"写织女。《毛传》："襄，反也。"郑玄《笺》云："襄，驾也。驾谓更其肆也。从旦至莫（暮）七辰，辰一移，因谓之七襄。"《说文·衣部》："襄，汉令，解衣耕谓之襄。"而《说文·马部》："驤，马之低仰也。"②字从"马"，而义从"襄"。则"襄"有反复、上下之义。然而"襄"字从"衣"，我以为本指织布中卷起一段已织好的布帛，重新展出一段经线的过程，这个动作在织布中是反复进行的。也就是说，"襄"乃是指织布中的一种行为，在这里用为量词。③"不成报章"的"报"为反复之意。《毛传》："不能反报成章也。"此言虽然几经布线，但没有织出连续的图案来。那么，诗中也是从星名所标示的特征，把它看作织布之女。

（二）诗中说牵牛星"不以服箱"，实际上也是由"牵牛"的字面意思联想到了相关行为的人。

（三）在说"织女"和"牵牛"的当中，说到"汉"（天汉），可看出在当时民间传说中，已以"天汉"将此二星联系起来。这是"牛郎织女"传说中主要人物的孕育阶段，首先是由历史人物产生星座名，同时又成为人间所信奉的神灵；另一方面，又由星座名想到现实中相应的行为和相关的人。

这是"牛郎织女"传说孕育、形成与发展演变的第一阶段。时间大约在商代以前至西周中晚期。关于这个阶段上的有关问题，我在《论

---

① 《毛诗正义》卷一三之一，十三经注疏本，中华书局 1980 年版。"皖"原作"睆"，据阮元校改。
② 《说文解字》，中华书局 1963 年版第 172 页上，200 页上。
③ 高亨《诗经今注·大东》注中以为"襄可能是织布机的古名"（上海古籍出版社 1980 年版，第 312 页），联系其上数词"七"看，恐非是。

牛郎织女故事的产生与主题》《汉水与西礼两县的乞巧风俗》《汉水、天汉、天水——论织女传说的形成》《先周历史与牛郎织女传说的起源》等文中已有论述,①此不赘述。

牵牛和织女作为星名长久流传,后来人们对它们的命名本义渐渐淡忘。西周时代已有自由耕种的农民。广大的农民通过男耕女织的生产劳动,解决衣食问题,长期自给自足;其它方面的物质需求,主要通过以物易物的方式进行交换而达到,如《诗经·卫风·氓》所写"抱布贸丝"那样。这是孕育以牵牛、织女为主要人物的农民家庭故事的温床。

《墨子·杂守》云:"亭三隅,织女之。"孙诒让《墨子闲诂》引陈奂说:"织女三星成三角,故筑防御之亭,以象织女处隅之形。"又引《六韬·军用》:"两镞蒺藜,参连织女。"②皆以织女星拟三角形。《夏小正》所谓"织女正东乡",正是指其两小星向东张开,如面东之势;而"东乡"("乡"通"向")的说法,已有拟人的倾向。因牵牛星在其东,两星隔着银河,这就形成了孕育牵牛织女神话的基因。以后人们由星名的含义,进一步联系到现实生活中男耕女织的生活,给两个星名附加上了新的人物身份,成为广大男女农民的代表。随着封建社会的发展,"牛郎织女"故事的情节在孕育之中。这个过程大约从春秋初期开始,至战国初期,有三百多年。这是"牛郎织女"传说孕育、形成、发展与演变的第二个阶段。在这个阶段中,只能说形成了一个至少同一头牛、同天汉有关的传说,男的以耕地种田为主、女的以织布为主的农民家庭,女的是天帝的女儿或孙女,男的则是一个农民家庭的次子(这两点是由人物形象的母体决定的。以先秦时人物命名之通例观之,"叔均"的"叔"指在弟兄中非长子)。

这里特别要说一说朝鲜德兴里古墓出土的一幅壁画。这幅画的正中为两条微弯的平行双线条,作相反的S形,为天河,其左侧一人牵

---

① 分别见《西北师大学报》(社会科学版)1990年第4期,2005年第6期;《学林漫录》第18辑,中华书局,2006年版;《人文杂志》2009年第1期。

② 《墨子闲诂》卷一五,中华书局1986年版,第573页。

牛,旁有"牵牛之像"四字;其右侧一女子,其后有一犬,尾巴卷起,抬头看女子,女子前上方有"织女之像"四字,"织女"二字残损严重,较模糊。墓葬被考定为高句丽永乐十八年(409)所下葬,其时间相当于中国东晋义熙五年。① 壁画的织女后有一犬,我以为这是表示织女同犬丘有关。这是传说中织女同秦人有关的又一个重要证明。《史记·秦本纪》:

> 非子居犬丘,好马及畜,善养息之。犬丘人言之周孝王,孝王召使主马于汧渭之间,马大蕃息。……孝王曰:"昔伯翳为舜主畜,畜多息,故有土,赐姓嬴。今其后世亦为朕息马,朕其分土为附庸。"邑之秦,使复续嬴氏祀,号曰秦嬴。

其下又说到,周宣王之时召秦庄公兄弟五人,使伐西戎,破之——

> 于是复予秦仲后,及其先大骆地犬丘并有之,为西垂大夫。庄公居其故西犬丘。②

秦先民所居犬丘之地,有西犬丘,有东犬丘。秦人总的迁徙与发展方向是由西向东。东犬丘即陕西兴平县的槐里,③西犬丘即在今甘肃天水西南、礼县东部一带。是先有西犬丘,后有东犬丘。上引《秦本纪》文字中上言"犬丘",下言"居其故西犬丘",则其上所言"非子居犬丘"的"犬丘"也指西犬丘,且表明西犬丘为秦人故地。《山海经·海内北经》云:

> 犬封国曰犬戎国,状如犬。有女子,方跪进杯食。④

---

① 见《朝鲜画报》1979 年第 11 期《德兴里古坟壁画》。
② 《史记》卷五,第 177、178 页。
③ 《史记·周本纪》司马贞《索隐》引宋忠曰:"懿王自镐徙都犬丘,一曰废丘,今槐里是也。"第 141 页。废丘为秦所更名,汉始置槐里县,隋废。故城在今兴平县东南。因北周大象二年(580 年)曾移始平县于附近,故典籍或言东犬丘在始平县东南。其实指同一地。
④ 《山海经校注》卷七,第 309 页。

这是就《山海经图》上的图画而言,反映了十分古老的传说。谈犬封国而只述及一女子,可知其为犬封国的始祖或传说中很重要的人物、祭祀的对象。所谓"犬封"之"封"与"邽"字同声旁,上古音同。《秦本纪》武公十年"伐邽",裴骃《集解》引《地理志》"陇西有上邽县",应劭曰:"即邽戎邑也。"①上邽之地即今天水,西南与秦西犬丘相接。我以为,《山海经·海内北经》所说"犬封国"的这个女子,即秦人传说中的女修。至于究竟是跪进杯食,还是跪而持梭,写经文者依画而说,是否有误解,也难说。汉代画像石上的织女像多作跪而织的样子,它们之间应该是有继承关系的。但无论怎样,5世纪初朝鲜的壁画上织女后有一犬,将战国以后形成的织女的传说,同秦人的祖先联系起来,又为织女乃秦人之祖的结论提供了一个非常有力的证据。从我国中原地区传到朝鲜,应有一个过程。所以,这幅画所反映的是我国汉魏以前的传说,而传递的文化信息、所反映的时代则更早。

二、《诗·秦风·蒹葭》的本事与牵牛织女早期传说

下面谈一谈与之相关的《诗经·秦风·蒹葭》的本事与主题问题。

对《秦风·蒹葭》主题和内容的理解,在《诗经》中分歧最大。此诗《毛诗序》认为是秦襄公时的作品,三家诗无异义,郑玄《笺》、孔颖达《正义》及此后各家也少有持异说者。但《诗序》说:"《蒹葭》,刺襄公也。未能用周礼,将无以固其国焉。"②郑玄以来学者多从之。然而从诗本文一点也看不出有刺的意思,更不用说"用周礼"之类。故有不少学者不信《序》说。朱熹《诗集传》云:

言秋水方盛之时,所谓彼人者,乃在水之一方,上下求之而皆

---

① 《史记》卷五,第182页。
② 《毛诗正义》卷六之四,第372页上。

不可得。然不知其何所指也。①

还有些学者提出其它解说，如秦穆公访贤得贤说，②思慕隐居贤人说，③言不可远人以求道说，④怀人说，⑤惜招隐难致说⑥等。甚至有的人附会是百里奚荐蹇叔之作，言"蒹葭，自喻也；白露，喻蹇叔也"。⑦ 真是人言人殊。而各种解说层出不穷，其原因乃在旧说不能令人信服，既不合于诗意，也反映不出诗的文化蕴涵，不能解释何以在粗犷质朴的《秦风》中有这样一篇秀婉隽永、飘渺含蓄的文字。其比较可取的，是引申朱熹《诗集传》各家。如王照圆《诗说》云：

> 《蒹葭》一篇最好之诗，却解作刺襄公不用周礼等语，此前儒之陋，而《小序》误之也。自朱子《集传》出，朗吟一过，如游武夷、天台，引人入胜。⑧

陈子展先生《诗三百解题》云：

> 不错，我们不能确指其人其事。但觉《秦风》善言车马田猎，粗犷直质。忽有此神韵缥缈不可捉摸之作，好像带有象征的神秘的意味，不免使人惊异，耐人遐思。在《三百篇》中有《汉广》和这诗相仿佛。可是《汉广》诗人自己明说是求汉上游女而她不可求；这诗所求的是所谓伊人，伊人何人竟不可晓了。可晓的是诗人渴

---

① 《诗集传》卷六，中华书局上海编辑所，1958年版，第76页。
② 王质《诗总闻》，丛书集成本，1713册，第114页。
③ 丰坊《诗说》，丛书集成本，1711册，第27页。姚际恒《诗经通论》卷七，续修四库全书，62册，上海古籍出版社，2002年版，第100页下。郝懿行《诗问》卷二，续修四库全书，65册，第240页下。
④ 季本《诗说解颐》卷一一，文渊阁四库全书本，79册，第136页下。
⑤ 汪梧凤《诗学女为》卷一一，续修四库全书，63册，第677页下。
⑥ 方玉润《诗经原始》卷七，中华书局，1986年，第273页。
⑦ 牟庭《诗切》，齐鲁书社影印，1983年，第1107页。
⑧ 引自洪湛侯《诗经学史》，中华书局，2002年，第371页。

想求见伊人而伊人竟不得而见。①

我以为这首诗之所以在秦风中独具一格,因为其并非写实之作,而是有自古相传的优美的神话传说为背景,为本事。诗中表现诗人所求,也是神女,是同秦人早期居地中汉水有关的一个神女,但却不是郑交甫所遇汉上游女,因为这不仅时代不相值,除了同汉水有关这一点之外,地域也不相合。

诗中所言这个"伊人","在水一方",却怎么也不能靠近。《毛传》云:"一方,难至矣。"朱熹《诗集传》云:"伊人,犹言彼人也。一方,彼一方也。"台湾学者朱守亮《诗经评释》云:"一方即一旁,在水之另一边。言隔绝也。"②那么,诗中言"在水之湄""在水之涘",也是言在对岸的水之湄、对岸的水之涘。所以"宛在水中央""宛在水中坻""宛在水中沚",是言好像在水中央,好像在水中坻,好像在水中沚。③朱熹《诗集传》云:"在水之中央,言近而不可至也。""跻,升也,言难至也。"④我觉得这同《古诗十九首·迢迢牵牛星》一首中说的"盈盈一水间,脉脉不得语"的情形一致:《迢迢牵牛星》一诗从织女方面言之,《蒹葭》一诗从牵牛方面言之。

其次,诗中反复言"蒹葭苍苍""蒹葭凄凄""蒹葭采采",言芦荻正盛之时。下又三言"白露",正当初秋时节,也即《礼记·月令》所谓天河呈正南正北横贯天空之时,此时"织女正东乡"。这与后来传说的牛郎、织女相会在七月七日初秋时节的情形也相一致。

再次,织女本是由秦人祖先女修演变而来。而据近年考古发掘情况和专家们的研究,秦人早期生活于今甘肃省天水市秦州区西南、礼县东部冒水河(古卭水)流域及大堡子山一带。这一带古有天水湖,是

---

① 《诗三百解题》,复旦大学出版社2001年版,第468页。
② 转引自张树波《国风集说》(下),河北人民出版社1993年版,第1060页。
③ 马瑞辰《毛诗传笺通释》引《说文》"央、旁同意",并云:"《诗》多以中为语词,'水中央',犹言水之旁也,与下二章'水中坻'、'水中沚'同义。若如《正义》以'中央'二字连读,则与下章坻、沚句不相类矣。"中华书局1989年版。
④ 《诗集传》卷六,第76页。

先秦时秦人的"天水",也是天水最早的治地。在峁水河下游及同汉水交汇处为峡谷地带,同《蒹葭》诗中所写"溯洄从之,道阻且长""道阻且跻""道阻且右"的环境相合。

第四,牵牛织女故事同汉水有关,①而汉水也正从这一带流过。秦人将天汉边上最亮的一颗星命名为织女,正反映了秦民族同汉水的关系。周人发祥于陕西西部、甘肃东部,据李学勤先生的看法,最早应发祥于甘肃庆阳的马莲河流域,其后东迁,则距汉水也不是太远(今日之西汉水、东汉水本为一水,大约在西汉时代由于地震而中断,发源于甘肃的部分在略阳改为向南流入长江,发源于陕西宁羌的一支仍按旧河道经襄樊流入长江。故西汉以前所谓"汉水"包括今所谓西汉水和东汉水)。《蒹葭》一诗创作于汉水与峁水(冒水)相交的地方,同织女传说产生的背景相一致。

根据以上几点,我以为《秦风·蒹葭》一诗是诗人以牵牛(牛郎)的口吻表现对织女企慕和追求的情节的。其构思、表现方式同《楚辞·九歌》中的《湘夫人》相近。

那么,这是在怎样的创作动机和创作心态下写的呢?诗人为什么要写这样一首诗?

我以为这同秦民族祭祀女修之神(或曰织女星)、歌舞以乐神的活动有关。《汉书·礼乐志》曰:

高祖时,叔孙通因秦乐人制宗庙乐。大祝迎神于庙门,奏《嘉至》,犹古降神之乐也。皇帝入庙门,奏《永至》,以为行步之节,犹古《采荠》《肆夏》也。干豆上,奏《登歌》,独上歌,不以管弦乱人声,欲在位者遍闻之,犹古《清庙》之歌也。《登歌》再终,下奏《休成》之乐,美神明既飨也。皇帝就酒东厢,坐定,奏《永安》之乐,美

---

① 参拙文《汉水与西、礼两县的乞巧风俗》,《西北师大学报》(社会科学版)2005 年第 6 期;杨洪林《汉水、天汉文化考——兼论〈牛郎织女〉故事的源流》,见陶玮选编《名家谈牛郎织女》,文化艺术出版社 2006 年版。

礼已成也。①

汉高祖刘邦所定宗庙乐史书明言是"因秦乐人制",则秦本有宗庙祭祀之乐。文献载秦有《祠水神歌》②,则祀神以歌乐之俗,秦亦有之。《史记·秦本纪》言:戎王使由余观秦,缪(穆)公欲留之,乃"令内史廖以女乐二八遗戎王,戎王受而说之,终年不还"③。又可见秦乐是有乐有舞,不然不至用十六人。李斯《上书秦始皇》中说:"夫击瓮叩缶、弹筝搏髀而歌呼呜呜快耳者,真秦之声也。"④加之《史记·蔺相如列传》中说到蔺相如让秦王击缶的事,有的学者遂以为战国以前秦人之音乐无可称。其实此所谓缶、瓮,也是乐器,犹中原的钟、鼓,为敲击乐器,声音悠扬清脆,自有其特色。《吕氏春秋·侈乐》批评过分排场的音乐,云:"为木革之声则若雷,为金石之声则若霆,为丝竹歌舞之声则若噪。以此骇心气、动耳目、摇荡生则可矣,以此为乐则不乐。故乐愈侈,而民愈郁,国愈乱,主愈卑,则亦失乐之情矣。"⑤这自然也反映了秦人传统的音乐观。由文献所载秦地一些音乐人才的事迹看,秦地的音乐水平是很高的。《列子·汤问》云:"薛谭学讴于秦青,未穷青之技,自谓尽之;遂辞归。秦青弗止;饯于郊衢,抚节悲歌,声震林木,响遏行云。薛谭乃谢求反,终身不敢言归。"张湛注:秦青、薛谭二人,"秦国之善歌者"⑥。可知秦地有水平相当高的音乐家、歌唱家。那么,《蒹葭》一诗产生于秦,如果同祭祀和民间音乐联系起来考虑,便不会感到奇怪。

《史记·封禅书》言:

---

① 《汉书》卷二二,中华书局1962年版,第1043页。
② 《太平御览》卷五七一引《古今乐录》:"秦始皇祠水群神,有黑头公从河中出,呼始皇曰:'来,受天之宝!'乃与群臣作歌。"中华书局,1960年版,第2581页下。又《绎史》卷一四九注引《古今乐录》更详:"秦始皇祠水洛水,有黑头公从河中出,呼始皇曰:'来,受天之宝!'乃与群臣作歌曰:'洛阳之水,其色苍苍。祠祭大泽,倏忽南临。洛滨酾祷,色连三光。'"文渊阁四库全书本,368册,第368页下。
③ 《史记》卷五,第193页。
④ 《文选》卷三九,中华书局1977年版,第545页上。
⑤ 陈其猷《吕氏春秋新校释》卷五,上海古籍出版社2002年版,第269页。
⑥ 杨伯峻《列子集释》卷五,中华书局1979年版,第177页。

及秦并天下,令祠官所常奉天地名山大川鬼神可得而序也。……而雍有日、月、参、辰、南北斗、荧惑、太白、岁星、填星、辰星、二十八宿、风伯、雨师、四海、九臣、十四臣、诸布、诸严、诸逑之属,百有余庙。西亦有数十祠。于湖有周天子祠。于下邽有天神。沣、滴有昭明、天子辟池。于杜、亳有三社主之祠、寿星祠;而雍菅庙亦有杜主。杜主,故周之右将军,其在秦中,最小鬼之神者。①

此是说秦并天下后的祭祀情况,但应与秦人传统风俗及宗教活动大体一致。由此看来,秦人祭祀星辰之神多种,同楚人差不多。其中未明列织女、牵牛,但有二十八宿,二十八宿中的牛宿和女宿,就是由牵牛星、织女星分化出来的。日人新城新藏《东洋天文学史研究》一书云:

比较下,后代所设立之牛、女、虚三宿,系沿着黄道不甚显著之星象,此恐于设定当初,今日所称河鼓、织女、瓠瓜之星,原各为牛、女、虚宿。惟厥后似在或时,改良整理之时,遂变为黄道方面之星象焉。……即有以河鼓与牵牛因训音而转讹之说,夫恐当整理之时,以同星之同音异字之名称,分离为二星之名欤。……夫恐当初设定二十八宿之时,务须以显著之星象为标准点。故所撰之星象自然散及黄道之南北,颇无规则。厥后因天文观象之进步,以及缘由于岁差之变动等,自然势必采用黄道附近之星象。更因如牛、女、虚三宿,特远离黄道,故于春秋末叶,乃至战国时代之间,曾经一次整理之后,遂致有如上之形象者欤。②

因为织女星一大二小星中织女一为零等星,为全天第五最亮星,在北方高纬度夜空则是最亮的一颗星,而且由于织女星纬度较高,一年中

---

① 《史记》卷二八,第1371页、1375页。
② 新城新藏《东洋天文学史研究》,沈浚译,商务印书馆1929年版,第267页。

大多数的月份都能看见,牵牛三星之主星为一等之标准星,也是亮星,故织女星、牵牛星为人们所熟知,最初以之为确定岁星进程的标志。而二十八宿中的牛宿,即玄武七宿之第二星,有星六,而均亮度低;其东北为女宿,即二十八宿玄武七星之第三星,有星四,亦亮度低。这两个星宿最初都不可能被先民作为纪时的依据。只是后来随着二十八宿系统的建立,由于原来的牵牛星、织女星位置比较靠北,离赤道远,后来的天官才在临近赤道的星宿中,找到另两组星作为牛宿、女宿。为了区别,原先的牵牛就被改称为"河鼓"或曰"天鼓",或曰"三将军"。织女星名称则因社会基础更广,故未变,而称二十八宿中相应的星座为"须女"或"婺女(务女)"。《史记·天官书》云:"牵牛为牺牲,其北河鼓。""婺女,其北织女。织女,天女孙也。"①但民间仍称靠近银河者为牵牛,故常相混。南阳汉画像石中也有牛宿、女宿图,却同《史记·天官书》中说的恰恰相反:右上角牵牛星画有三星,其下一人牵牛,为牵牛星;左下角在相连四星中一女子作坐式,为织女星。则是仍以原牵牛星为牵牛星,而以二十八宿中四星组成的女宿为织女星。但孝堂山郭氏墓石祠石刻画上,织女却是三星。虽然负责观测天象的天官将牛宿、女宿同牵牛星、织女星作了区分,但由于民间根深蒂固的群体记忆,互相干扰,使得很多文献混淆、抵触,难以严格区分。

这里应该特别注意的是秦在雍(春秋时的秦都,即今陕西凤翔县西南七里城)所营建的祠庙中,设有社主,并言为"周之右将军"。② 社即土地神,同叔均所封之田祖性质相近。秦人以畜牧为主,有社神而无田祖,故混而为一。为什么传说中叔均又为"周之右将军"呢?因叔均非周王族直系,不得称"公",故称为"将军";又因其非长子,而周人

---

① 刘宋裴骃《集解》引徐广曰:"孙,一作名。"唐司马贞《索隐》:"织女,天孙也。案《荆州占》曰:'织女,一名天女,天子女也。'"清梁玉绳《史记志疑》卷一五曰:"《星经》及《晋》《隋志》亦云天女,此孙字误。然因此之误,而后世遂有'天孙'之号。"《史记》卷二七,第1310、1311页。

② 《史记·封禅书》,第1375页。今本"社"作"杜",情形同于本页上行之"杜"误作"社"。司马贞《索隐》以西周时宣王所杀杜伯国之杜伯当之,误。杜伯并非什么"右将军",且杜伯国之杜祀在"雍州长安县西南二十五里"(见同页《史记正义》引),两不相关。且秦人也无由祀杜伯。

以左为上,故称为"右将军"。《史记·天官书》:"牵牛为牺牲,其北河鼓。河鼓大星,上将;左右,左右将。"①言河鼓星之大星为上将,左、右两星分别为左将军与右将军。或以牵牛指河鼓星中之一星,故曰"右将军"。则秦所谓"社主",是指牵牛星。《史记·天官书》以右将军指牵牛星座中右侧一星。这样看来,周人祭田祖的风俗也被秦人所接受,只是它反映着叔均传说在国家仪式和上层社会中保留的情况,同民间传说已分道扬镳,后来就变得完全没有关系了。到清代邹山撰《双星图》传奇,写牛郎星君奋义兴师,同王良、造父一起打败蚩尤,建立奇功,天帝嘉之,遂允每年七月七日与织女相会,就将牛郎写成了一位将军。② 由这也可以看出,后代传说中的牛郎,就是由周人的田祖,即汉代以前所传"周之右将军"叔均而来。

以《楚辞·九歌》中所反映楚人祭祀天神、地祇的状况言之,古人质朴,民间对上层社会的生活无法想象,其设想神灵的喜好,往往是凭借了自己的情感经历,所以祭神歌舞中常设想其相互恋爱的情形,也常有表现人神相恋的情节。具体表现,或所祀之神一为天神,一为地祇,演唱时由巫觋以其中一方的语气表现对另一方的爱恋,如《楚辞·九歌·山鬼》;或由巫觋直接向被祀神灵表现爱慕之情,如《九歌》中的《湘君》《湘夫人》。湘君是湘水之神,属地祇;湘夫人为天帝之女,属天神。《湘君》一篇是祭祀湘君时所演唱,故演唱时由女巫以湘夫人的口吻表示对湘君的追求;《湘夫人》篇是祭祀湘夫人时所演唱,故演唱时由男巫以湘君的口吻表现对湘夫人的企慕之情。看来秦人祭女修或曰织女,用的是第一种模式。《蒹葭》诗实际上就反映了传说中牵牛寻求织女的情节。晋傅玄的《拟四愁诗》中说:"牵牛织女期在秋,山高水深路无由。"刘宋时谢灵运《七夕咏牛女诗》中写牵牛织女相会说:"凌峰步曾崖,凭云肆遥脉。"唐代成纪(今甘肃秦安)人李翱《百步桥》云:

---

① 《史记》卷二七,第 1310—1311 页。
② 《古本戏曲丛刊》五集,上海古籍出版社 1986 年版。

亘险凌虚百步桥,古应从此上干霄。不辞宛转峰千仞,且喜分明路一条。银汉攀援知必到,月宫斟酌去非遥。牵牛漫更劳乌鹊,岁岁填河绿顶焦。

所写均与《蒹葭》诗意相合。

我不是肯定《蒹葭》就是用于祭祀、歌舞乐神之词,但它至少是受了牵牛织女传说和祭祀歌舞的影响,并以之为题材而创作的。至于什么刺襄公说、追求贤人等说都不过是未弄清其文化背景情况下的猜测而已。

三、《周易》卦爻辞与七月七日牛女相会

自古相传牵牛织女相会时间在农历七月七日。"七月七日"这也是构成"牛郎织女"传说的重要因素。确定在七月,这同七月间银河是从北向南横亘夜空有关。《夏小正》云:七月"汉案户","初昏,织女正东乡"。因上古草木多,人口稀少,古人建房皆坐北向南,以向阳为上(以后人口渐多,聚落稠密,但上房、正屋及帝王、官府之殿堂仍以坐北向南为正,即此遗俗)。所谓"汉案户",是言天汉正对门户,也就是说,是由北向南的方向。而在此时,织女星座,两小星向东开张,牵牛星在天汉以东,如两星相对。这是形成牵牛、织女七月相会情节的基础。

至于确定在七月之七日,这又同商周时代即形成的"反复其道,七日来复"的意识有关。《周易·复卦》云:

出入无疾,朋来无咎。反复其道,七日来复。

《彖传》曰:"反复其道,七日来复,天行也。利有攸往,刚长也。复,其见天地之心乎?"[①]朱熹《原本周易本义》云:"反复其道,往而来复,来而

---

① 《周易正义》卷三,十三经注疏本,第38下—39页上。

复往之意。七日者,所占来复之期也。"①又《既济》云:

> 初九,曳其轮,濡其尾,无咎。……六二,妇丧其茀,勿逐,七日得。②

从这当中,可以看出"七日"这个数字在古人观念中的特殊含义。《周易》中本意是指"七天",但"七"既有反复来往、回来之义,则古人自然也可确定初七为牵牛织女相会之日。

《象传》所谓"七日来复,天行也"之意,是说不过七日当开始回转,这是天的运行法则。但是,如汤炳正先生所说,"古代神话传说之演化,往往以语言因素为媒介,由这一神话形态转变为另一神话形态"③。实际上文人之作同神话传说之间的演化,也存在这种情形。汤先生举的例子是中原之地"月中有兔"的神话传到楚地后,因楚人称虎音近于"兔",而演化为月中有虎的神话。所以,"七日来复,天行也"也不能说同牵牛织女的传说无关。《象传》说的"复,见天地之心",似也同牵牛织女经天上的主宰者同意后每年相会一次的情节有关。所以说,从《周易·既济》也可以看出些当时牵牛织女传说的蛛丝马迹。又《离卦》云:"畜牝牛,吉。"④《离卦》之"离",孔颖达疏解作"丽"。唐李鼎祚《集解》引东汉荀爽曰:"阴离于阳,相附丽也。亦为别离,以阴隔阳也。"⑤古以男为阳,女为阴。织女应随牵牛,而今男女分离,与卦辞合。女既离男而去,则男(牵牛)以畜牛为吉。宋代李衡《周易义海撮要·复卦》云:

> 复卦初爻体震。震,阳卦,有阳息之象焉。故称"七日来复",喜之也。兑在西方,月生于西。……震在东方,日生于东,震象得

---

① 《原本周易本义》卷一,文渊阁四库全书本,12册,第646页上。
② 《周易正义》卷六,第72页中—下。
③ 汤炳正《〈天问〉"顾菟在腹"别解》,收于《屈赋新探》,齐鲁书社1984年版。
④ 《周易正义》卷三,第43页上。
⑤ 《周易集解》卷六,文渊阁四库全书本,7册,第708页下。

七,故曰七日,喜于近也。……"无疾"者,动以顺时也。①

而据《兑卦》,兑为泽,为少女,震为长子,为萑苇,"其于稼也,为反生"。② 从《周易》这些卦辞的含义中,似乎也透漏出一点牛女传说的消息。

《周易》卦爻辞中写到一些历史传说,有的点出了具体人名,有的概括其意,述及有关事而不及其人。如《大壮·六五》,只"丧羊于易,无悔"六字,《旅·上九》言"丧牛于易,凶"③,显然是言商先公王亥之事(见《山海经·大荒东经》《楚辞·天问》等),但并未点出王亥之名。此类约而用事的情况在《周易》卦爻辞中极普遍,有很多今天已失其本事,无从探索。但从《诗经·大东》看,西周之时已有"牵牛""织女"二星名,人们也将它们同天汉联系起来论说。因此,以上所论《周易》的卦爻辞如果说不是牵牛织女传说的反映,至少反映了故事形成中预有的情节模式。

又《周易·遁卦》云:

> 初六,遁尾。厉,勿用,有攸往。……六二,执之用黄牛之革,莫之胜说。④

朱熹《原本周易本义》云:"遁而在后,尾之象,危之道也。占者不可以少有所往,但晦处静候,可免灾耳。"⑤这如理解为织女被迫胁而遁,已隔天汉,牵牛尾之,而不能越河而有所往,只能静候,也可以通。古人行事求占卜,此类卦爻辞,人皆能熟知。但究竟它们无形中反映出了当时流传的牵牛织女故事的情节,还是成了牵牛织女故事发展的预设程序,则难以肯定。同样,"执之用黄牛之革",同牛郎追织女而上天时

---

① 《周易义海撮要》卷三,文渊阁四库全书本,13 册,第 357 页上。
② 《周易正义》卷九,第 95 页上。
③ 《周易正义》卷四,第 48 页下;卷六,第 68 页下。
④ 《周易正义》卷四,第 48 页上。
⑤ 《原本周易本义》卷二,第 649 页下。

用黄牛的皮的情节,也应有一定的关系。

由以上的论述可以知道,"牛郎织女"传说孕育于中国文化的土壤,无论它的人物、情节还是传说要素,都同中国文化息息相关,深深地打上了中国文化的烙印。反过来说,它的人物、情节和传说要素的形成是受到三个方面的制约的:

(一)最早人物原型身份特征的制约。在关于这两个人物的最原始的传说中说"帝颛顼之苗裔孙曰女修,女修织"云云,则织女的原型本是传说中古帝颛顼之裔孙。牵牛的原型则是人间以农耕而享祀于后代的后稷之孙,"稷之孙曰叔均,始作牛耕"。这也就确定了织女本天帝之女或孙,而牵牛为人间农民的身份特征。

(二)牵牛星、织女星和天汉在天空所处位置及其一年中变化情况的制约。

(三)先秦时代人们思想意识、原始宗教、有关传说及有关习俗的制约。

从西周末年到战国初期是"牛郎织女"传说形成与发展演变的第二个阶段。在这个阶段中,牵牛、织女两个人物一为具有高贵地位、以纺织为技能特征的神女,一为以牛耕助力的农民身份,被分在天汉两侧。也就是说它的主要人物、悲剧基调和表现忠贞爱情的主题已大体确定。

四、《牛郎织女》传说悲剧情节的形成

战国中期至东汉末年是"牛郎织女"传说的故事情节形成、发展的阶段,也是其孕育、形成、发展与演变的第三个阶段。

1975年在湖北云梦县睡虎地秦墓中出土战国末至秦始皇三十年期间竹简。其中有《日书》两种。《日书》是在民俗、民间信仰和禁忌的基础上形成的,是以往经验、经历(自然有不少只能说是一些偶然的经历)和禁忌的总结,有的是由历日干支和相对应的十二生肖附会而产生,但都是约定俗成的产物,反映着秦以前人们的认识状况及风俗、传

说,总之,它是在长期历史过程中形成的。秦简《日书》甲种第 155 简正云:

> 丁丑、己丑取妻,不吉。戊申、己酉,牵牛以取织女,不果。三弃。

又第 3 简简背云:

> 戊申、己酉,牵牛以取织女,而不果。不出三岁,弃若亡。①

看来当时民间牵牛织女故事已广泛流传,其形成的时间至迟应该推到战国中期。简文中所谓"不果",是指有始无终,两人分离。简文中反映当时流传的大体情节是:戊申、己酉之日,牵牛娶织女。但他们的婚姻未能到底,未过三年,便被抛弃。第 155 简上作"三弃",第 3 简背面作"不出三岁,弃若亡",大约上面的"三弃"两字是"不出三岁,弃若亡"的节抄,句子不完整(当然也有可能是传闻之异,两述之)。

秦简中反映的有关传说中,最关键的究竟是谁弃谁,说得不清楚。学者们一般理解它同《诗经》中的《卫风·氓》《邶风·谷风》《邶风·日月》《王风·中谷有蓷》《郑风·遵大路》等诗的情节一样,是属于男子变心的弃妇类型。这样解释自然也说得过去。但细审文中主语是牵牛,其言"不吉",应是对取妻者牵牛来说不吉;那么,所谓"不果",也是对牵牛来说婚姻未能到底。如果这样理解,"不出三岁,弃若亡",是说结婚后未过三岁,织女弃家而去,使牵牛如同没有妻子一样("亡"古通"无")。这样看来,秦以前所流传"牛郎织女"故事的基本情节和汉代以后所流传完全一样。东汉时代的《古诗十九首·迢迢牵牛星》云:"终日不成章,泣涕零如雨。河汉清且浅,相去复几许?盈盈一水间,脉脉不得语。"蔡邕的《青衣赋》云:"悲彼牛女,隔于河维。"曹丕《燕歌

---

① 《睡虎地秦墓竹简》,文物出版社 1990 年版,第 206、208 页。

行》第一首云:"牵牛织女遥相望,尔独何辜限河梁?"①看来汉代流传的"牛郎织女"的故事男女双方都不愿意分开,都希望能够永远在一起,不存在一方抛弃了一方的问题。汉末阮瑀的《止欲赋》云:"伤匏瓜之无偶,悲织女之独勤。"②第一句是用了《诗经·豳风·东山》中的典故。《东山》是写一个青年男子离家三年回家途中思念家中的诗。其中思念妻子的部分:"有敦瓜苦,烝在栗薪。自我不见,于今三年。"又回忆当初结婚时情景说:"其新孔嘉,其旧如之何?"③言刚结婚之时十分美满,现时男子久在外而无偶,女子亦一人而劳苦。后曹植将这两句加以变动,写入其《洛神赋》中"叹匏瓜之无匹兮,咏牵牛之独处",④明确咏叹"牵牛之独处"。阮瑀从织女方面言之,曹植从牵牛方面言之。曹丕《燕歌行》所说"牵牛织女遥相望,尔独何辜限河梁","何辜"犹言何罪,这就从侧面反映出他们的被分在天河的两侧是因为受到某种强权惩罚的原因。能惩罚星君、天仙者,大约非天帝、王母莫属了。又曹植《九咏》:"临回风兮浮汉渚,目牵牛兮眺织女。交有际兮会有期,嗟痛吾兮来不时。"⑤《文选》曹丕《燕歌行》李善注引曹植《九咏注》:"牵牛为夫,织女为妇,织女、牵牛之星,各处一旁,七月七日得一会同矣。"⑥这些都反映了东汉时流传的"牛郎织女"故事的状况。结合汉魏时传说来看,在战国时的传说中,应是织女被迫离牵牛而去。

按我上面的理解,战国之时民间流传的"牛郎织女"传说,已同元代以后小说戏剧中的基本情节相一致。这个故事在战国秦汉时所流传的有些情节现在了解得不是很清楚,但从秦简所载,结合有关文献来看,有同后代情节相合的空间。比如:

---

① 逯钦立《先秦汉魏晋南北朝诗》,中华书局1983年版,第331页;《全上古三代秦汉三国六朝文》,中华书局1958年版,第853页下;《文选》卷二七,第391页上。
② 《全上古三代秦汉三国六朝文》,第973页上。
③ 《毛诗正义》卷八之二,第396页下,第397页上。
④ 《文选》卷一九,第271页上。
⑤ 《全上古三代秦汉三国六朝文》,第1131页上。
⑥ 《文选》卷二七,第391页上。

(一) 后代传说中都说生有两个孩子，战国时传说中说"不出三年，弃若亡"。则其分离时已在一起生活将近三年。一般说来，正好可以生两个孩子。

(二) 后代传说中是由于王母或玉帝的干预，使他们夫妻分离。这在目前所知的先秦文献中尚不得见。但在男权社会中，男女双方在婚后由女方将男子抛弃的事，似乎极为罕见，《诗经·国风》中有很多篇是写男女婚姻的，但在整个《诗经》中还找不到一首反映女子抛弃了男子的作品。男女婚姻悲剧中，除了男子抛弃女子的之外，便是家长对青年男女婚姻的干预。《诗经·鄘风·柏舟》中有少女追求爱情的心声的流露：

> 泛彼柏舟，在彼中河。髧彼两髦，实维我仪。之死矢靡它。母也天只！不谅人只！
>
> 泛彼柏舟，在彼河侧。髧彼两髦，实维我特。之死矢靡慝。母也天只！不谅人只！①

我想，先秦时所流传牵牛织女的传说中，造成双方悲剧的原因，应与此相同，也应是女方家长从中作梗的原因。

(三) 因为天上的牵牛星和织女星是分在天汉的两边的，所以民间传说中，牵牛和织女这一对夫妇也被分在天河的两岸，这种情节设计的走向是由原始素材所决定的。特别要引起我们注意的是，先秦时传说中也有这一对夫妻过桥相会的情节，何以见得？《三辅黄图·咸阳故城》中说：

> 始皇穷极奢侈，筑咸阳宫，因北陵营殿，端门四达，以则紫宫，象帝居。渭水贯都，以象天汉；横桥南渡，以法牵牛。②

---

① 《毛诗正义》卷三之一，第312页下—313页上。
② 陈直《三辅黄图校证》卷一，陕西人民出版社1980年版，第6页。

其中说秦始皇时引渭水入咸阳以象征天汉，在水上架桥取法牵牛渡河会织女相会之义。这自然是依据了民间广泛流传的牵牛织女相会的情节。在当时传播媒体很不发达的情况下，民间传说的形成是很缓慢的，不可能在短时间中即成为人们所熟知的故事。秦朝宫殿群的设计、修建中联系了牵牛渡河会织女的情节，可见这个情节在当时已广为人知。女的离开了男的，但后来又愿意相会，也可见其离开是被迫的。

《白孔六帖》卷九五引《淮南子》云："乌鹊填河成桥而渡织女。"①民间传说中很早就形成牵牛、织女相会的情节，也同传说所凭借的牵牛织女二星的变化有关。七月"初昏，织女正东乡"的记载已见于《夏小正》。由秦始皇时"横桥南渡，以法牵牛"的说法及《淮南子》佚文可知在汉初以前的传说中，已有乌鹊搭桥以渡牵牛、织女的情节。《三辅黄图》中言"法牵牛"，《淮南子》言渡织女，各举其一端。联系东汉时一些文人诗赋来看，上面的推断大体是不错的。

（四）上面说到先秦时所流传牵牛织女的悲剧应是由织女一方的家长（天帝或王母）所造成。传说中织女是同天帝有关的，而牵牛就其原型叔均而言，也只能算一位地祇，或人间的祖先神。同人间的婚姻状况联系起来看，这就像地位很悬殊的男女相恋爱一样，是不合于古代贵族与贵族通婚，平民与平民通婚的家族门第观念的。这就形成了矛盾冲突，产生了具有戏剧性的故事。

那么，在较早的传说中，织女一方的家长迫使他们分离的具体情节如何呢？《太平御览》卷三一引《日纬书》云：

> 尝见道书云：牵牛娶织女，天帝赐钱二万备礼，久而不还，被驱在营室是也。②

---

① 《白孔六帖》卷九五，文渊阁四库全书本，892册，第537页下。也见宋陈元靓《岁时广记》卷二六引，续修四库全书，885册，第353页上。
② 《太平御览》，第149页下。《纬书》出现在西汉末和东汉时代，所载传说之产生当在西汉末期以前。

纬书大量出现在西汉末年至东汉时代。一般说来民间传说的产生总在被载之竹帛之前，故所记的传说产生在西汉时的可能性为大。关于这个传说情节的理解，侯佩锋同志有《"牛郎织女"神话与汉代婚姻》一文，谈得很好。① 重点论述了两汉时嫁娶奢靡之风的盛行。《盐铁论》的《国病》《散不足》等篇将嫁娶之侈靡无度作为严重的社会问题指出。东汉之时，"贵戚近亲，奢纵无度，嫁娶送终，尤为僭侈"。② 侯佩锋的看法是很正确的。其需要补充者，西汉时赵共王刘充拟用聘金二百斤娶妻，可看出西汉迎娶财礼之重。达官贵族、富商大姓大体与此相近。汉初陈平"好读书"，且"为人长大美色"，然而至当娶妇之年，"富人莫与者"。③ 可见此风气在汉初以前已成（陈平卒于公元前178年，以其卒时年五十至六十岁计，当生于秦始皇前期）。尤其《汉书·地理志下》特别谈到秦地"嫁娶尤崇侈靡"，④《太平御览》卷五四一引汉中南郡人李固助展允婚教曰："允，贫也，礼宜从约，二三万钱足以成婚。"⑤ 用二三万钱还算是破规程而从简约，可看出当时一般人家嫁娶财礼之重，则展允虽职务低而毕竟为小吏（议曹吏），却五十岁"妃匹未定"，汉代由于财礼之重使很多青年男女不能结合的状况也就可以想见。那么"牛郎织女"传说在汉代以前所形成的女方家长干预、破坏男女双方的婚姻，除门第不当这个理由之外，男方办不起财礼也是一个很重要的原因。这就弥补了秦简"牵牛以娶织女而不果"在根源方面文献记载的缺失。聘礼要求太重，迎娶宴席场面太大，不仅对男方和男方家是一个大的负担，甚至造成迎娶妻媳的很大障碍，对女方（被娶的姑娘）也是情感上的折磨。所以，"牛郎织女"故事的主题从战国到西汉主要是反对门第观念和聘礼沉重的"买卖婚姻"陋习。

大约到了东汉时代，"牛郎织女"传说才逐渐转变为反对"门当户对"的门第观念，和反对封建礼教对男女双方婚姻的破坏与迫害的主

---

① 侯佩锋《"牛郎织女"神话与汉代婚姻》，《寻根》2005年第1期。
② 《后汉书·章帝纪》，中华书局1965年版，第134页。
③ 《汉书·宣元六王传》，第3313页；《汉书·陈平传》，第2038页。
④ 《汉书》卷二八下，第1643页。
⑤ 《太平御览》，第2454页上。

题。《礼记·内则》云:"聘则为妻,奔则为妾。"①在汉武帝独尊儒术以后,封建礼教对青年男女婚姻方面的迫害越来越严重,至东汉时形成了对妇女的思想、行动进行严格箝制的种种规定,这是"牛郎织女"传说主题转变的社会根源。

牵牛、织女努力的结果,是争取到乌鹊的同情,在每年七月七日为他们在天汉上搭桥。唐代韩鄂《岁华纪丽》卷三引《风俗通》:"织女七夕当渡河,使鹊为桥。"②三国时吴陆玑《诗疏》中说:"俗说鹊梁蔽形,鹳石归酒。"③也提到鹊桥。看来《风俗通》中这段佚文是可信的。东汉崔寔《四民月令》七月云:"七日……作干糗。采葸耳,……祈请于河鼓织女。"注云:"此言二星神当会。"④与《淮南子》《风俗通》佚文所述一致。

汉代画像石中有些牵牛、织女的画。江苏徐州出土的汉墓画像石上有一幅画下面画着星座,上面一人牵着牛,显然为牵牛星。虽然画面上看不出故事情节,但联系以上材料可知"牛郎织女"的传说在当时民间的流传已很广泛,尤其在北方已成为人们常常想到、提到的话题。

五、由萧史弄玉故事和宝夫人叶君相会故事看牛女传说早期的影响

但是,在这样漫长的时间当中,"牛郎织女"的传说不可能不受社会文化变迁的影响而产生变化甚至分化。以上考察的是"牛郎织女"传说的主体部分,包含着它的主要情节及未经变化的人物身份与特征。至于分化为另外的传说故事而在情节、人物方面变化较大的,则不在考察的范围之中。但是要全面了解"牛郎织女"传说的形成、流传与影响,对在它的影响下产生的和由它演变出来的故事,也不能不了解。本文以上四部分中,第一、第四部分是用雾中看山、管中窥豹的办

---

① 《礼记正义》卷二八,十三经注疏本,第1471页。
② 《岁华纪丽·七夕》,丛书集成本,172册,第77页。
③ 《陆氏诗疏广要》卷下之上,文渊阁四库全书本,70册,第1075页。
④ 《全上古三代秦汉三国六朝文》,第731页上。

法,第二部分《〈诗·秦风·蒹葭〉的本事与牵牛织女早期传说》、第三部分《〈周易〉卦爻辞与七月七日牛女相会》与本部分是用镜中看花或由影测形的办法。

刘向《列仙传》卷上载有关于秦国凤女祠的故事,我以为是牵牛织女传说分化的结果。故事如下:

> 萧史者,秦穆公时人也。善吹箫,能致孔雀、白鹤于庭。穆公有女,字弄玉,好之。公遂以女妻焉。日教弄玉作凤鸣。居数年,吹似凤声,凤凰来止其屋,公为作凤台,夫妇止其上,不下数年。一旦,皆随凤凰飞去。故秦人为作凤女祠于雍,宫中时有箫声而已。

> 萧史妙吹,凤雀舞庭。嬴氏好合,乃习凤声。遂攀凤翼,参翯高冥。女祠寄想,遗音载清。

此为刘向据西汉以前传说所撰,后面的八句是晋人所作的赞。① 秦穆公时,秦已迁于雍。这个故事的最大特征是:女为秦国君之女,而男为替贵族服务的下层人物乐师。所谓"萧史",并非其姓名,是因掌吹箫之事,"萧"实因"箫"而来,"史"指执掌音乐、绘画之事的人(也指小佐史)。这也是破除了门第观念的婚配。这个故事被写入《列仙传》,已被根据神仙家的思想作过改造,故其中已看不出什么矛盾,而只有神仙的超脱与遐思。推想原来的情节,未必如此单纯。

《史记·秦本纪》载,女修所生之子大业取少典之子女华,生大费。

---

① 《列仙传·神仙传》,上海古籍出版社1990年版,第11页下—12页上。这个故事又见于《水经注·渭水》,上海古籍出版社1990年版,第356页。《隋书·经籍志二》"杂传类"著录曰:"《列仙传赞》三卷,刘向撰,郭璞、孙绰赞。《列仙传赞》二卷,刘向撰,晋郭元祖赞。""杂传类"小序又称:"汉(据葛洪《神仙传序》应作"秦")时阮仓作《列仙图》,刘向典校经籍,始作《列仙》《列士》《列女》之传。"《隋书》卷三三,中华书局1973年版,第979,982页。晋葛洪《神仙传序》云:"秦大夫阮仓所记,有数百人,刘向所撰又七十余人。"《列仙传·神仙传》,第4页下。其《抱朴子·论仙》亦云:"刘向博学……其所撰《列仙传》,仙人七十有余。"见王明《抱朴子内篇校释》卷二,中华书局1985年版,第16页。则今存《列仙传》为西汉末年刘向所撰似无疑。

大费"与禹平水土",已成,舜"妻之以姚姓之玉女",赐嬴姓。大费"佐舜调驯鸟兽,鸟兽多驯服"。"大费生子二人,一曰大廉,即'鸟俗氏'。"其玄孙孟戏、中衍,"鸟身人言"。中衍之玄孙曰中潏,"在西戎,保西垂,生蜚廉"①。《离骚》"后飞廉使奔属"下洪兴祖《补注》引汉应劭曰:"飞廉,神禽,能致风气。"并引晋灼之说,其"头如雀"②。由这些看来,秦人是以鸟为图腾的。这应同"女修织,玄鸟陨卵,女修吞之,生大业"的传说有关。《史记·封禅书》云:"秦襄公既侯,居西垂,自以为主少昊之神,作西畤,祠白帝。"③《左传·昭公十七年》载郯子云:"我高祖少昊挚之立也,凤鸟适至,故纪于鸟,为鸟师而鸟名。"④春秋时郯国在今山东(当郯城县西南二十里)。顾颉刚先生认为鸟为东方滨海鸟夷的图腾,秦人本东方鸟夷,因造父封于赵而迁于西。⑤ 无论怎样,秦先民以鸟为图腾是可信的,史书载其为"鸟俗氏""鸟身人言",即是明证。我以为秦穆公女弄玉的传说实际上是牵牛织女传说的最早的分化,只是由于神仙家的改造,使它同牵牛织女传说失去了更多的共同点。所谓萧史之善吹箫,"能致孔雀、白鹤于庭",善"作凤鸣",弄玉从而学数年,亦"吹似凤声,凤凰来止"等,也不过是古老传说模糊记忆的反映。"萧史"其称呼实也是由以上情节而来,是先有对传说的模糊记忆,后有人物。

所以,我以为传说中秦穆公所作"凤女祠",实即秦人的女修祠,也即织女祠。秦穆公之女同其丈夫不可能"皆随凤凰飞去",这只能是一个传说故事。但这当中传达的某些文化的信息,值得重视。尤其一个国君的女儿喜欢上了一个毫无地位的"下人",并结为夫妻,与"牛郎织女"传说的情节基本一致,所表现出的破除家族观念追求婚姻自由与幸福的思想,也正是"牛郎织女"传说的基本精神。由此可以看出二者

---

① 《史记》卷五,第173、174页。
② 洪兴祖《楚辞补注》,中华书局1983年版,第28页。
③ 《史记》卷二八,第1358页。
④ 《春秋左传集解》,上海人民出版社1977年版,第1420页。
⑤ 顾颉刚《〈庄子〉和〈楚辞〉:昆仑和蓬莱两个神话系统的融合》,《中华文史论丛》1979年第2辑。

之间的关系。另外,夫妻二人最后都上了天,而且是乘凤鸟,也可以看出其由"牛郎织女"传说变异改造而成的迹象。

《史记·秦本纪》载秦文公十九年得陈宝,司马贞《索隐》引臣瓒曰:"陈仓县有宝夫人祠,岁与叶君神会,祭于此者也。"①宝夫人有祠而叶君没有祠,似叶君为凡人(君为男子之称),这同《楚辞·九歌》中湘君为湘水之神为地祇,而湘夫人为天神的情形相似。但这个传说同湘君、湘夫人没有关系,而显然同"牛郎织女"传说有关,应该是由牛女传说分化、演变而成。文献上再没有关于这个故事的其它记载,而只有他们一年相会一次的传说。故事的传说地在今陕西宝鸡,正是古代周秦文化交融之地。牵牛织女的传说流传到晋代,由于受到汉晋时代"以孝治天下"统治思想的排挤而发生了分化是完全可能的。但我们多少还可以找到一些同牵牛织女传说相关的证据。宝夫人为天神而叶君为凡人或地祇,他们一年会一次这些不用说。据《史记·秦本纪》载,秦文公二十七年还扩建了牛神庙。《史记·秦本纪》载秦文公"二十七年,伐南山大梓,丰大特"。《集解》引徐广曰:"今武都故道有怒特祠,图大牛。"②"特",《说文·牛部》中的解释是"朴特,牛父也",段玉裁注:"朴,大也。"③那么,"大特""怒特"都是指大公牛,而其地在武都(按:西汉时期武都郡在今西和县洛峪镇,东汉时郡治下辨,即今成县以东,县治仍在洛峪)。则秦文公伐南山大梓,是为了扩建("丰")牛神庙。这个牛神,也应是周文化的遗存,同牵牛传说有关(今宝鸡一带先为周所有,秦文公移秦人于此,"收周余民有之"④)。则这个神牛同牵牛织女传说中的牛有关,也就显而易见。那么,宝夫人和叶君的故事是牵牛织女传说的分化,也就很容易明白了。

由上面的考述可以看出,牵牛织女的传说一方面主流部分在民间流传,另一方面由于种种原因,也产生了分化和演变。在魏晋以后一

---

① 《史记》卷五,第 180 页。
② 《史记》卷五,第 180 页。
③ 徐铉本《说文解字》,二篇上;《说文解字注》,上海古籍出版社 1988 年版,第 50 页下。
④ 《史记·秦本纪》,第 179 页。

千多年中"牛郎织女"的传说由于其反封建礼教和揭示了道教尊神王母或玉帝的不近人情,而一直受到挤压、覆盖和冷淡,文人笔下很少有具体的论述,我们反倒在这些很早由"牛郎织女"传说分化出来的故事中,看到了它的一些早期传播的情形。联系《三辅黄图》中"横桥南渡,以法牵牛"的记载来看,牛郎、织女一年相会一次的情节其形成是很早的。

这里再谈谈"牛郎织女"传说中乌鹊架桥的问题。我在《连接神话与现实的桥梁——论牛女故事中乌鹊架桥情节的形成及其美学意义》[1]一文中已经论述过,乌鹊架桥的情节在秦汉以前已经形成,也谈到古人意识中当时只有鸟类可以上天,因而用鸟来表现人们最好的愿望,及古人注意到鹊筑巢时在巢中巧作横桥的事。现在看来,"牛郎织女"故事中乌鹊架桥的情节,也还反映着秦人的遥远的记忆:鸟同秦人有着密切的关系,在秦人看来是一种灵物,所以可以助人成事。凤凰、乌鹊,都是来于同一传说因子;传说中秦穆公之女弄玉同其夫萧史"随凤凰飞去",同牛郎、织女在鹊桥上相会,实际出于同一想象。

由《列仙传》中萧史与弄玉的故事,我们从侧面窥视到当时"牛郎织女"故事流传的一些情况,也看到了它最早的影响与分化。

本文的四、五两部分谈的是"牛郎织女"传说形成与发展演变的第三个阶段。在这个阶段的末期,"牛郎织女"传说的基本情节、基本要素已大体形成。由于它孕育和形成历时甚久,所以它的原始情节在发展中产生了分化,形成了另外的故事,但作为故事主体流传在民间的却随着社会的发展,不断融入广大人民群众新的要求与愿望,它的情节变得越来越确定,主题变得越来越明晰。我们之所以说第三阶段至汉末为止,因为在汉末时人的诗文中所反映"牛郎织女"的传说,其悲剧的主题已经形成,七月七日鹊桥相会的情节也已经形成。文人之作和民间歌谣等都从不同方面透露出这个故事在民间流传的情况。

从魏晋到宋代是"牛郎织女"传说进一步扩散和在情节上产生分

---

[1] 《北京社会科学》1990年第1期。

化,人物形象和故事的情感基调被曲解,以及主题上被多角度解读的时期,是"牛郎织女"传说形成、发展与演变的第四个阶段。元代以后民间艺术逐渐被一些文人所重视,所以,"牛郎织女"在民间流传的情况在民间艺人和个别文人的笔下得到反映。也就是说,虽然经过了长时间封建统治阶级及其文人的挤压、曲解、以相近情节的故事替代,它的主流部分也由于时代风气的变化、民族风俗的不同、各地自然状况经济特点、社会心理的差异,细节和一些情节上有所变化,也打上了不同时代的烙印,带上了各个民族的特点,甚至同当地的某些故事粘合起来,同当地的某些山川风物联系起来,带上了浓厚的地方特色;元明以后文人和民间艺人的重写或记述,也往往带上了种种的缺陷。但它的主要情节、主要人物和情节的各要素,在主流传说中仍然保留了下来。明代出现了杂剧《渡天河牵牛会织女》、小说《新刻全像牛郎织女传》,清代产生了《双星图》传奇,此后的各种梆子戏、皮黄戏及南方的绍兴戏、黄梅戏都有《天河配》《鹊桥相会》《牛郎织女》之类的剧目。至二十世纪初更出现了多种民间传说的采录本和各种戏剧改编本。这可以看作"牛郎织女"传说形成、发展演变的第五个阶段。

可以说,从"牛郎织女"的孕育、形成的过程可看到中国文明的进程,而从它的流传、分化、演变的情况可看出中国古代社会意识形态的发展变化。这个古老的传说既体现了我国几千年中广大人民群众的,尤其是广大农民的愿望,也打上了古代几个大的历史阶段中意识形态与文化特征的烙印。

(原载《中华文史论丛》2009 年第 4 期)

由秦简《日书》看牛女传说在先秦时代的面貌

一、秦简《日书》有关牛女文字的断句、释文商讨兼论日书的形成

1975年12月在湖北省云梦县城关西部睡虎地的第十一号墓葬中出土了一批竹简,其中有423支为《日书》竹简,可分为甲、乙两种。甲种中有两简明确提到牵牛娶织女之事。其一五五简正面文字,先说娶妻的吉日,然后说:

> 戊申、己酉,牵牛以取织女,不果,三弃。

其第三简简背文字云:

> 戊申、己酉,牵牛以取织女,而不果。不出三岁,弃若亡。

两处"牵牛"二字均为合文。"取"古通"娶"。关于第二段文字,《睡虎地秦墓竹简》标点作:

> 戊申、己酉,牵牛以取织女而不果。不出三岁,弃若亡。[①]

[①] 睡虎地秦墓竹简整理小组《睡虎地秦墓竹简》,文物出版社2001年版,第248页。第三简简背"牵牛"二字为合文,该书释文未注出。

翻译作：

> 戊申日、己酉日,是牵牛星迎娶织女而失败的日子,假如在这个日子中结婚,婚后不到三年,妻子就会被丈夫休弃,或者妻子离开丈夫而逃走。①

关于第一段,虽然因为"不果"前没有"而"字,只能断开,但同样理解为只是指娶亲未成。后来有的论文谈到这两简,其理解也与之相近。如李立《云梦秦简"牛郎织女"简文辨正》不同意王晖、王建科《出土文字资料与古代神话原型新探》一文所主张的牛郎织女故事"其原型是牛郎多次抛弃织女的婚姻悲剧"的观点,②其总体看法是正确的,但对简文的理解与前此之说相近。李立认为"上述简文在意义上基本相同,其不吉包括两层意思,即'不果'和'三弃'、'不出三岁,弃若亡'";同时认为"'不果'和'三弃'、'不出三岁,弃若亡'在意义上相差很大,且具有不同的性质。前者只是'不果',而后者则是抛弃了乃至更严重的'弃若亡'。前者'不果'一般可以有两种解释:一种解释是没有成功,没有实现;一种解释是不果断、不果决。显然,不论哪一种解释,前者'不果'与后者'三弃'、'不出三岁,弃若亡'之间,都不能构成直接的因果关系"。③其实,"不果"同后面说明在此两日娶妻会造成不吉后果之词之间,并不存在矛盾,问题在于对"不果"的理解上。"不果"是言其婚姻没有到头,而不是说娶亲没有成功,也不是说"牵牛娶织女不果断"。所以我认为此前各家对这两简的理解有欠确切。首先,从标点方面说,"而不果"一句应断开,不要与前面的"牵牛以取织女"作一气读。如果娶亲无结果,就不会引出"不出三岁,弃若亡"的情节来。

《日书》在当时是用以指导人的生活行为,古人认为具有预见性,

---

① 吴小强《秦简日书集释》,岳麓书社 2000 年版,第 117 页。
② 李立《云梦秦简"牛郎织女"简文辨正》,《长江大学学报》2008 年第 6 期;王晖、王建科《出土文字资料与古代神话原型新探》,《北京师范大学学报》2005 年第 1 期。
③ 李立《云梦秦简"牛郎织女"简文辨正》。

即如第一简简背上文字说的"冬三月季丙丁,此大败日,取妻,不终",第一〇简简背的"戌兴(与)亥是胃(谓)分离日,不可取妻。取妻,不终,死若弃",第四简简背文字说的"壬辰、癸巳,囊(攮)妇以出,夫先死,不出二岁"等,都是预言不利于将来。所以,"戊申、己酉,牵牛以取织女,而不果",是说这两个时日是传说中牵牛娶织女的日子,他们的婚姻后来发生了变故,不能到头。"不果"同上引第一简简背、第一〇简简背上说的"不终"意思一样。将"牵牛以取织女而不果"作一气读,则意思便成了"牵牛娶织女未能娶成"。所以,"而不果"一句应断开。

"三弃"和"不出三岁,弃若亡"是说的在戊申、己酉这两个日子娶妻会造成的不良后果。但为什么会出现这种后果,而且预见的情形这样具体?因为这是参照民间传说中牵牛织女的传说确定的。所以,从《日书》的体例上看,是说在这两日娶妻会造成的恶果,是对"不果"的一种具体说明,并不是与前面述事依据之词相连的。另一方面这也反映了"牵牛织女"传说在先秦时期流传的一些细节。

关于"不出三岁,弃若亡"的理解,此前各说也都有误。吴小强先生译作"婚后不到三年,妻子就会被丈夫休弃,或者妻子离开丈夫而逃走",简文中只一句而这里列出两种情况,有"增字解经"之嫌。王晖、王建科二位解释为"牵牛娶织女时间不长便弃之","不到三年,牵牛便抛弃了织女",①从逻辑上来说顺当了,但从理解上来说就完全错了。因为《日书》此条言"娶妻"而非言"嫁女",是从男方之利害言之,故解作女子弃丈夫而去始合文意。他们的这种看法被李立先生看作"否定或颠覆这一神话人物形象、情节架构、价值体系与道德模式",因而李立从《日书》中"矫言"的不可信、从《易林》繇词所载神话并不反映汉代民间流传的情况,而只是由五行理论推出来反驳他们的这种观点。其实他们这种说法本不能成立,李立在基本认可他们对两段简文的解释的基础上从外在的方面找一些理由来驳斥,所列理由也软弱无力,不能说明问题。同时,否定《日书》在反映民俗传说方面的作用也是欠妥的。

---

① 王晖、王建科《出土文字资料与古代神话原型新探》。

王晖、王建科二位说"'三弃'是说织女被牵牛(牛郎)抛弃了三次",又说:"'三弃'极言牵牛抛弃织女次数之多。"①关于第一五五简上的文字,标点正确,但吴小强先生也译作:

> 牵牛星在这个日子迎娶织女星,结果没有娶成,假如在这个日子娶媳妇,丈夫会三次抛弃妻子。②

其理解之误同上。另外,同一书中关于同一日吉凶性质的论述应是一致的,尤其是在所依据的传说事例也完全相同的情况下,不可能导出两种结果。据这个翻译,一处为妻子会被丈夫休弃或者妻子离开丈夫而逃走,一处为丈夫会三次抛弃妻子,是欠妥的。同时,即使按"三弃"的文意解释,此条是言娶妻,从丈夫一方言之,译作"丈夫会三次抛弃妻子",也显然有误。

《日书》中述例文字是否反映了当时的民俗传说或社会意识?我以为《日书》中各种吉凶的确定,并非由日者(古代以占候卜筮为职业的人)所任意编造,相当程度上是人们以此前流传的各种传说和历史上一些突出事件及现实生活中某些偶然事件为依据,形成吉凶禁忌习俗,日者在此基础上加以归纳,然后根据天干、地支、建除和五行理论加以推衍而成。所以,有的条目举出所依据之事例,有的没有。没有举出事例的,应是由推衍而来。比如第二简简背上文字所说:

> 癸丑、戊午、己未,禹以取梌(涂)山之女日也。不弃,必以子死。

这是因为传说中癸丑、戊午、己未三个时日是禹娶涂山氏女的日子。③

---

① 王晖、王建科《出土文字资料与古代神话原型新探》。
② 吴小强《秦简日书集释》,第 108 页。
③ 据最早文献记载禹娶涂山氏女之后,仅辛、壬、癸、甲四天时间,便离之而去。《尚书·益稷》载禹之语:"予创若时,娶于涂山辛、壬、癸、甲。启呱呱而泣,予弗子,惟荒度土功。"有的论神话之书在"娶于涂山"下加句号,以"辛壬癸甲"属下句,以为启之生日,误。辛、壬、癸、甲俱为天干,并非天干、地支结合记日之称。涂山氏生子也不至于难产至四天之久。

但人们知道的事实是禹后来离开了涂山氏女。禹又有后代，并建立了夏朝。于是，人们便认为，如果禹不离开涂山氏女，开四百年夏代历史之事也便没有了。因为战国以后，禹成了圣君典范，所以民俗推理中首先肯定禹的一切行为都是正确的。关于禹的功业，除治水之外，最重要的便是与其子启建立了夏朝。根据战国时民俗观念，禹当时离开涂山氏女是对的；反过来说，如果当时禹不离开涂山氏女，便不会有禹以后的四百年夏朝。《日书》正是根据这个观念来确定传说中相关时日的吉凶的。但《日书》是上至王侯贵族，下至一般老百姓都用，能坐拥天下为君者毕竟是极少数，故秦简《日书》中就变为"不弃，必以子死"，言在癸丑、戊午、己未三个时日娶的妻，必定要中途离弃，如其不然，儿子会死去。① 因为禹如果未能开夏代四百年天下，可能之一是其子早死。秦简《日书》中对禹的婚姻的解读只是从家庭婚姻方面说的，无论从嫁、娶的哪一方来说，刚成婚就离异总是不吉利的。但随着禹这个人物的圣君化以及后人对夏、商、西周三代社会政治的理想化，以及人们在婚姻关系上延及于政治地位范围的功利化，人们对禹娶涂山氏女这个日子的吉凶认识又发生了变化，因而有些地方的婚嫁习俗中在依此以判断时日吉凶的观念上亦发生了变化。《水经注·淮水注》引《吕氏春秋》文云："禹娶涂山氏女，不以私害公。自辛至甲四日，复往治水。故江淮之俗，以辛、壬、癸、甲为嫁娶日也。"② 这实际也就是南北朝之时江淮一带民间"日书"的内容，只是可能未被著之于书册而已。

再如第一四六简正面：

庚寅生子，女为贾，男好衣佩而贵。

---

① 睡虎地《日书》中关于禹娶妻之日同《尚书·益稷》所载只有癸丑这一日可以相合，戊午、己未距癸丑五六天，相距较远。同时，天干、地支结合记日和只用天干记日的现象在甲骨文中都已出现，但结合十日为一旬的习俗，只用天干记日的情形应产生更早。戊午、己未两个时日可能同其他传说有关，但现无人考知。也可能是凭借建除等规定推衍出的日子。

② 此段文字不见于今本《吕氏春秋》。然而《吴越春秋·越王外传》注、《楚辞补注·天问补注》、《路史·疏仡纪》注引之。

简文中关于这一天所生男、所生女将来结果的预言,都没有说明依据。这一天所生女将来为商贾,依据何事不得而知,可能是推衍出来的。这一天所生男子"好衣佩而贵",我认为同屈原的传说有关。《离骚》中说"惟庚寅吾以降",又说:"高余冠之岌岌兮,长余佩之陆离。"《涉江》篇说:"余幼好此奇服兮,年既老而不衰。带长铗之陆离兮,冠切云之崔嵬。"屈原为楚人,秦代楚地《日书》中依据有关传说而将其生平特征作为他生日这一天生人特征的依据,是完全可能的。但有些习俗形成后老百姓并不能记得其所依据,或者《日书》中无引经据典之习惯,或整理此《日书》(甲种)者认为屈原之事不宜列入《日书》文本,因而未写入,也都有可能。

上面论述这些,是要说明《日书》的内容不是日者们随意造作的,它是依据同某些日子相关的历史事件、传说中的相关情节以及身边发生的一些偶然事件进行归纳,又联系干支、建除、五行理论等加以推衍而成的。

由此可以说,睡虎地《日书》(甲种)中关于牵牛、织女的两条文字,反映了秦代以前民间"牵牛织女"传说的大体情节、人物特征及其某些细节。我这里说"秦代以前",因为《日书》以牵牛娶织女之日为选择嫁娶之日中要回避的日子,说明牵牛织女的故事在民间流传已十分广泛,而且确实是一个悲剧,因此才写入《日书》,并将其传说中的成婚之日作为娶妻的禁忌日。吴小强先生《秦简日书集释》在"娶妻·作女子"部分的论述中说:

> 《日书》"取妻"章以传说中的牵牛星娶织女星的爱情悲剧发生日子为婚嫁禁忌,这是民间"牛郎织女"故事在战国时期已经流传开来的可靠证据。①

这个看法是十分正确的。可惜的是释文存在问题,有些学者的讨论文

---

① 吴小强《秦简日书集释》,第111页。

章也颇多失误,有些根本问题未能解决,因而未能引起学者们的广泛注意。

二、秦简《日书》所反映牵牛织女传说的基本情节

秦简《日书》(甲种)究竟反映了先秦时代所流传"牵牛织女"传说的哪些信息,这也是应认真研究的。此前的论文似乎都没有说清楚。李立先生的结论是正确的,但缺乏细致的论证。

秦简《日书》中有关牵牛织女的两简文字有差异。如何解释这个现象,也是学者们未能解决的一个问题。到目前为止,都是就字面意思分别作解,同时也未考虑到简文是从男方的立场言说这一因素。因这两简所列日子完全相同(都是说的戊申、己酉),所标事项也完全相同(都是说娶妻之事),其所依据事例也相同(都是以"牵牛以取织女,而不果"这一传说),所以其不吉的具体表现应一致,而不应有所不同。

我以为应将这两段文字互校读之,可以解决这个问题。文字抄录中由于种种原因致误的情形在古文献中常有。如《新序·杂事五·卞和献宝》一篇:"武王薨,共王继位。"但楚共王在武王六世之后,相距约百年,文字显然有误。《韩非子·和氏》记同一事,作"武王薨,文王继位",可纠《新序》之错。《新序》同篇末尾:"故有道者之不戮也,宜白玉之璞未献耳。"联系上文,意思不合。《韩非子·和氏》"宜"作"特",文意通畅。则《新序》中此"宜"字应作"直",义同于"特",以形近致误耳。如不以校读之法,殊难得其确解。今只比较《日书》此两简后面叙事的部分:

牵牛以取织女,不果,三弃。(第一五五简正面)
牵牛以取织女,而不果,不出三岁,弃若亡。(第三简背面)

第一,上一简的"不果"同下一简的"而不果"一样,都是指没有好的结

果,即后来双方分离两处。第二,"三弃"一语意思不明。根据上面所谈的道理,应是"不出三岁,弃若亡"的差错或省略(意同"三岁而弃")。所谓"弃若亡"是说弃之而去,如同没有一样("亡"通"无")。这是从娶妻的男方角度言之,所以"弃若亡"是指女方弃丈夫而去,不含丈夫弃妻的意思在内。

以上两点是从《日书》中文字本身可以看出的。

现在还有一个问题:在当时的传说中,牵牛、织女的分离,即织女的离家而去的结局,是怎么形成的?这从《日书》文本看不出来,得联系当时的社会状况来分析。

从《诗经》中大量反映婚姻家庭的作品看,男女婚姻中途发生变故,全是由于男子的变心引起,没有女子主动同丈夫离异的情形。这是由男权社会中男子的社会地位、经济地位决定的。妻子离丈夫而去,只有家长、家族干预这一种可能。至战国时代,由于儒家著作的一步步被经典化和经师、儒生思想的逐渐僵化,家长、家族势力对男女婚姻的干预越来越强。所以,在战国以前"牵牛织女"传说中,织女被迫离开了牵牛,其悲剧的形成不在他们自己,而是由于外力的干预,明确说是由于家长、家族方面的干预。这是我们应明白的第三点。

那么,是谁迫使织女离开了牵牛?这个问题从《日书》文本及当时社会状况也难以推知。我们可以依据较早的其他文献来考求。《史记·天官书》中说:

> 织女,天女孙也。

《史记·天官书》是司马迁父子根据此前有关文献写成,其中的不少思想、提法,实反映着汉初以前人们的认识。所以,所反映社会意识方面同秦简《日书》大体上是一致的。文中所说的"天"指天帝,"女孙"即孙女。这是说,织女是天帝的孙女。看来后代的传说同早期文献里关于织女身份的记述是一致的。那么,我们可以肯定:使织女同牵牛分离的,或者是天帝,或者是与天帝有关的其他人。无论怎样应是代表着天帝的意愿。又《日书》(甲种)第四简背面有一段文字：

直牵牛、女女，出女，父母有咎。

原文"牵牛"为合文。第一个"女"字下有一重文号，作"女 ="。应特别指出的是："女女"之后应断开，"直牵牛、女女"为一句。《睡虎地秦墓竹简》将"直牵牛、须女出女"连读也误。《睡虎地秦墓竹简》释文"女女"作"须女"，注云："须女简文写作'女 ='。"我认为还有一个可能是二十八宿中的女宿在日者和民间有可能就叫"女女"，如同牛星也称作"牛牛"一样。① 这里是说值("直"通"值"，适值)牵牛、须女二星之时嫁女的话，父母会有过失。不是言值牵牛、须女嫁女时父母会有过失。秦汉以后的牛星(也叫牵牛)同上古时所说的牵牛星不是一回事，秦汉以后所说须女星同上古时所说的织女星也不是一回事。但二者之间有联系，所以在后代诗文中常混淆不清。古人为了根据日月五星的运行以说明节气的变化和记述时间，把黄道附近一周天按照由西向东的方向分为十二个等分，称作十二次，依次分别叫做"星纪""玄枵""娵訾"等。在斗宿、牛宿、女宿时均称作星纪宫，则在每一宿之时间，大体在十天左右，不等。因牵牛星和织女星都是天上最亮的星(织女星为零等星，牵牛星为一等星)，故最早根据日月五星观察节气运行时，应是以牵牛星和织女星为准。后来因为这两颗星不在黄道附近，因而另确定牛星和女星(又称婺女、须女)，而将原来的牵牛星改称"河鼓"。② 但在民间仍称原来的牵牛星为"牵牛"。简文是说，当太阳运行至二十八宿中牛宿与女宿之时日，如果出嫁女子，父母会有过失的。由此看来，在先秦时的民间传说中，牵牛、织女是自己走到一起的，所以在《日书》中才会说，当牵牛(指牛宿)、须女(由织女星而来)之时，父母不能

---

① 参戴敦邦《仙道画集》，上海古籍出版社 2003 年版，第 31 页："北方牛牛星君，天界神将。牛为北方玄武七宿之二。"则正是指牛宿之神而言，反映了民间的称谓习惯。

② 因一般人不理解"河鼓"之意，致有误作"黄姑"者。如萧衍《东飞伯劳歌》："东飞伯劳西飞燕，黄姑织女时相见。"李白诗《拟古》也承其误："青天何历历，明星如白石。黄姑与织女，相去不盈尺。银河无鹊桥，非时将安适。"俱以"黄姑"代指牵牛星或牵牛。

嫁女；而且，如在这个时日出嫁姑娘，父母会有过错。这同后代流传的"牛郎织女"传说中家长迫使其分离的情节也还可以相合。这是我们要指出的第四点。

还有第五点：天帝为什么要强迫自己的孙女同牵牛分开呢？我以为除身份地位不相匹配之外，没有别的原因可以解释。当然这只是推测，但从秦简《日书》和《史记·天官书》所提供的材料看，至少当时的传说已为故事朝这方面发展埋下了伏笔。

由上面的分析可以看出，战国时有关牵牛织女的传说已具备后代所流传的情节要素，而且后代传说中有些细节也是在早期传说基础上生发出来的，比如上面说到的后代传说中牛郎织女的婚姻是自己作主形成这一点。还有，后代传说中牛郎、织女婚后生有一子、一女（如清代杨家埠年画、杨柳青年画中，牛郎追织女的画面，便是用担子挑了一儿一女）。《日书》中说的"不出三岁，弃若亡"，本是《日书》根据上面所列象征性事例指出的凡在戊申、己酉这两天结婚会出现的结果。但这个断语总有一个依据。这个依据就是当时流传的牵牛、织女故事中织女同牵牛生活了多少时间这个细节。"不出三岁"而"弃若亡"，说明他们共同生活两年多时间。从一般的妊娠期限说，两年多正好可以生两个孩子。

秦简《日书》中关于牵牛织女早期传说的资料，除了上面引述的两条之外，我以为还有二三处，只是并非直接诠述，而是间接反映。比如秦简《日书》第七十六简正面文字：

> 牵牛，可祠及行，吉。不可杀牛。以结者，不择〔释〕。以入〔牛〕，老一。

这是说，一年中日值牵牛宿之时，可以举行祭祀活动及远行，都吉利。不能杀牛。这个时间结交的朋友，永远不会分手（"择"借作"释"）；买进来的牛，至老死跟定一个主人。我以为星纪牵牛之时不能杀牛，买来的牛会至老死忠于主人，连这一个时日结交的朋友也永远是朋友，这似乎反映了早期牵牛织女传说中牛的地位和形象特征。"牛郎织女"传说中老牛对牛郎是十分忠实的,而且在这个故事中是推动情节发展的关键。顾名思义,"牵牛"一定是同牛有关的,但在有关"牛郎织女"的传世文献里,牛的出现很迟。这段简文为我们提供了一条重要的信息。

再如《日书》乙种"家(嫁)子□"部分第一条:

正月、五月,正东尽,东南夬丽……

"夬丽"即分离。《说文》:"夬,分决也。""丽"之与"离"通,常见于先秦典籍。《文选·潘安仁·为贾谧作赠陆机诗》李善注:"离与丽古字通。"上面这段简文,吴小强先生的译文是:"正月、五月、九月,女孩子出嫁到正东方,夫妻白头到老,共度终生。女孩子嫁到东南方,夫妻被迫分离……"①我以为这也同牵牛织女的传说有关。因为古时织女星在天河之西北,而牵牛星正在其东南。晋代陆机《拟迢迢牵牛星》:

昭昭清汉辉,粲粲光天步。牵牛西北回,织女东南顾。

这就说得十分明确。又更早的班固《西都赋》:"临乎昆明之池,左牵牛而右织女。"古人一般言左右是以面南时的左右言之,则牵牛在东,织女在西。南朝刘宋时谢灵运《七夕咏织女诗》:

徙倚西北庭,竦踊东南觊。纨绮无报章,河汉有骏轭。

这是写织女徘徊于西北的庭院中,而起身朝东南方向望牵牛。北宋李复《七夕和韵》:

东方牵牛西织女,饮犊弄机隔河渚。

---

① 吴小强《秦简日书集释》,第243页。

也是写的这个事实。①

当然,"牛郎织女"传说在后代的发展,也还会受到当时存在的其他一些观念的制约与引导。这类社会观念,有的在战国之时已经形成。比如关于牛郎织女七夕相会的时间,为什么一定是七月初七?《周易·复卦》:"反复其道,七日来复。"这是说反复来往于一条路上,当七日则至(复,回来)。又《既济卦》:"妇丧,其茀。勿逐,七日得。"这是说:妇人不见了,隐蔽了起来,不必追寻,当七日会来。② 这似乎透露出了"牛郎织女"早期传说的另一细节。我们至少可以认为,后来"牛郎织女"传说的发展,正是在这些已形成的思维习惯基础上进行的。③

以上我们主要依据秦简《日书》(甲种)中有关文字对"牛郎织女"早期传说的情况作了一些揭示与推测,可以肯定地说:"牛郎织女"传说在战国时代已大体形成同后代基本相同的情节,主要人物的身份特征也基本确定,甚至有的后代传说中的细节也已形成,至少已形成了规定后代某些情节发展的因素。

特别要指出的是:我们对"牛郎织女"在先秦传说中某些未知内容的推测,也是在秦简《日书》所提供信息的基础上进行的。

三、秦简《日书》有关文字在推翻某些权威说法方面的意义

秦简《日书》在"牛郎织女"传说形成问题上的意义不仅仅是使我

---

① 由于古今天象的变化,现在牵牛星已稍偏西,由原来的二星宿主要是东西相对,变为了主要是南北相对。元赵孟頫《七夕二首》之二:"牵牛河东织女西,相望千古几时期。"这是承袭古说。

② 茀(fú):《说文》:"茀,道多草不可行。"此为本义。《诗经·卫风·硕人》:"翟茀以朝",《毛传》:"茀,蔽也。"与上一义相通。王弼于《周易·既济》注作"首饰",缺乏依据。

③ 在《周易》原文中,"七日"应指天数,而在"牛郎织女"传说中,"七日"指初七日。由传说到文本及由简册之文到传说之间会有些误解、误读及有意曲解的情况,这个现象汤炳正先生的《〈天问〉"顾菟在腹"别解》一文有所论述。参汤炳正《屈赋新探》,齐鲁书社 1984 年版。

们明白了一些未能了解的事实,更重要的是帮助我们推翻了几十年来根深蒂固的一种错误观念,使我们从根本上改变以往在这方面的错误认识。

"牛郎织女"传说是中国四大民间传说中孕育时间最久、产生最早、流传最广、影响最大的一个。它的孕育、形成与发展与我们民族的社会进程基本上是一致的。突出地反映了我们民族在很长时间中保持的"男耕女织"的经济特征,生动地表现了广大劳动人民反对门第观念、追求婚姻自由的思想,是我国民间传说中最伟大的作品。但关于它的形成状况的研究,却开始得很迟,而且在一些关键问题上分歧也较大。日本学者长井金风《天风姤原义——牵牛织女由来》一文刊于日本鸡声堂书店1917年4月出版《艺文》第8年第4号,时间很早;由《周易·姤卦》的卦爻辞来看牵牛织女传说的影子,有一定启发性,但并未能确证哪些同"牛郎织女"传说有直接关系,最多是揭示了同这一传说有关的一些社会意识在《周易》中的反映。钟敬文先生以"静闻"为笔名所写作的《安陆传说·牛郎和织女》一文,"附记"中说"这个传说在汉朝已很盛行,《淮南子》中便有'七夕乌鹊填河成桥渡织女'的话",并引了《古诗十九首》中《迢迢牵牛星》一诗,说"此诗便是取材于这件故事的"。日本的出石诚彦《牵牛织女传说的考察》一文对"牛郎织女"传说有关文献作了较全面的清理,指出了牵牛织女传说同汉水的关系,提出了一些很有启发性的看法,是"牛郎织女"传说研究上第一篇有分量的论文。[①]茅盾的《中国神话研究ABC》也是论述到"牛郎织女"传说的最早的论著之一,其中说:

> 白居易《六帖》引乌鸦填河事,云出《淮南子》(今本无之),则在汉初此故事已经完备了。[②]

[①] 出石诚彦《牵牛织女传说的考察》,日本早稻田大学文学部《文学思想研究》第8期,1928年11月;又收入作者的《中国神话传说的研究》,东京中央公论社1943年版。

[②] 茅盾《中国神话ABC》完成于1929年,1930年由世界书局出版。收入《茅盾文集》时改名为《中国神话研究初探》。

文中虽无详细论证，但说"在汉初此故事已经完备了"，其推测与事实应是大体相近的。但是，也正因为茅盾先生此书缺乏充分的论证，所以后来的研究中国神话传说者并不注意，加之《六帖》中所引《淮南子》文字也不见于今本《淮南子》一书，故一般认为难以为据。

此后相当长时间中虽然关于"牛郎织女"传说与七夕风俗的论文也不少，但没有人对"牛郎织女"传说的形成时代进行探讨。1955年范宁先生在《文学遗产增刊》第一辑发表了《牛郎织女故事的演变》一文，是此前二十余年中唯一研究"牛郎织女"传说的形成与演变的论文，也是上世纪八十年代以前这方面影响最大的一篇论文。论文说：

> 纬书《春秋元命苞》(《初学记》卷二引)说："织女之为言，神女也。"才把一颗星看做一位女神；还不曾说她是牵牛妇。只是班固(三二—九二)《西都赋》说："临乎昆明之池，左牵牛而右织女，似云汉之无涯。"李善注引《汉宫阙疏》说："昆明池上有二石人牵牛织女像。"这样牵牛织女就成了两个具体的人物了。但从潘安仁《西征赋》说，"仪景星于天汉，列牛女以双峙"，看来这种建筑完全是根据《诗经·小雅·大东》篇所歌咏的情况，想象出来的。《诗》三家和毛郑的注释都不曾引用牛女故事，连解释诗而喜欢引用民间故事的焦氏《易林》也不曾提到它，可见昆明池上那两个石人，似乎还不是夫妇。①

他认为汉代之时，牛女故事尚未形成。

范先生文中也引了《三辅黄图》中文字："秦始皇并天下，都咸阳。营殿端门四达以则紫宫，渭水贯都以象天汉，横桥南渡以法牵牛。"但范先生的解释是："把牵牛和桥联系在一起，是因为牵牛在天上'主关梁'，并非用作渡河去与织女会面。"范先生根据《文选·洛神赋》李善

---

① 《文学遗产》编辑部编《文学遗产增刊》第一辑，作家出版社1955年版。为全文体例一致及方便读者，本文引用原文时在所提及书名上皆加了书名号。

注引曹植《九咏注》及蔡邕《青衣赋》和崔实《四民月令》之说推断："看来牛郎织女故事的产生可能在西汉,但完成却在汉末魏晋之间。"并说："在这时期以前,就我们现有的确凿可据的材料说,织女并不和牛郎发生夫妇关系。"

不仅这样,范先生还根据张华《博物志》所载有人乘槎至天河上,"遥望室中多织妇,见一丈夫牵牛渚次饮之",于是说："不过无论如何,牛郎织女的生活是和平的,宁静的。同时他们的生活是富裕的,也是美满的。至少从这一幅男耕女织的画面上,看不出他们生活中的不幸。"范宁先生竟从上面这两句话中看出这么多内容,却不引述《古诗十九首》中《迢迢牵牛星》这首表现牵牛织女爱情悲剧的汉代五言诗,对《西都赋》《汉宫阙疏》《三辅黄图》中同后代"牛郎织女"传说相吻合的记述也武断地曲解,认为从中看不出牛郎和织女是夫妻关系,更不含有悲剧的因素。范宁先生这篇论文影响很大,最突出的一个例证便是新编《辞源》"织女"条全用了范先生之说。该条目文字如下:

> 织女,星名,在银河西,与河东牵牛星相对。《诗经·小雅·大东》:"跂彼织女,终日七襄。"《春秋元命苞》(《初学记》卷二)、《淮南子·俶真》始谓为神女,班固《西都赋》"临乎昆明之池,左牵牛而右织女",以牵牛织女并称。至《文选·洛神赋·注》引曹植《九咏注》"牵牛为夫,织女为妇,牵牛织女之星各处河鼓之旁,七月七日乃得一会",始明言牵牛织女为夫妇,以后逐渐形成牛郎织女七夕相会的民间故事。

同样没有引《迢迢牵牛星》一诗。这首诗说:

> 迢迢牵牛星,皎皎河汉女。纤纤擢素手,札札弄机杼。终日不成章,泣涕零如雨。河汉清且浅,相去复几许?盈盈一水间,脉脉不得语。

这首诗把牵牛、织女一对夫妇强行分在天汉两侧不得相会,因此使织女无心织布而整日哭泣、泪下如雨的情节写得明明白白,依此而看《西都赋》中"临乎昆明之池,左牵牛而右织女",及蔡邕《青衣赋》"悲彼牛女,隔于河维",《三辅黄图》中"渭水贯都以象天汉,横桥南渡以法牵牛"等,可以肯定牵牛织女传说的基本情节与悲剧性质在秦代以前已经形成,为什么范宁先生回避了《迢迢牵牛星》一诗,从而对《西都赋》《青衣赋》《三辅黄图》等的文字作了曲解?原因是范先生首先肯定自己的看法是正确的,由此,与之不合的材料,便被断为靠不住。范宁先生于1946年在昆明的《边疆人文》第三卷三、四期合刊上刊过《七夕牛女故事的分析》一文,因这个刊物无从查找,不知两文看法有无差别,范先生是将旧文重刊,或第二篇文章是对早年看法的回护,不得而知。《辞源》"织女"条的撰稿人完全采用了范先生的方法。因为难以举出铁证说《迢迢牵牛星》一诗是汉代的①,所以范先生的说法至今被有的人奉为圭臬。在一本2008年出版的《牛郎织女传说·研究资料选编》的"前言"中,编者尚说:

> 1925—2008年间,国内的牛郎织女传说研究论文不少于120篇(不含七夕风俗类专题及相关诗词研究),其中1955年范宁的《牛郎织女故事的演变》是文献资料梳理较为完备的一篇。②

这不能不叫人感到学术研究前进之艰难。当时《云梦睡虎地秦墓》(其中有《日书》的释文)已于1981年由文物出版社出版,《睡虎地秦墓竹简》于1990年由文物出版社出版,吴小强先生的《秦简日书集释》也已于2000年出版。我在《汉水与西礼两县的乞巧风俗》一文中已引述了

---

① 《迢迢牵牛星》一诗,隋代杜台卿《玉烛宝典》引作"古乐府"。《玉台新咏》则列入"枚乘诗"之中。而且本诗在《古诗十九首》中同风格相似的四篇篇幅都较短,语言通俗,几处用叠字作形容之词,民歌特征较为明显,应为西汉所传乐府诗,故被误传为枚乘之作。参拙文《〈迢迢牵牛星〉〈兰若生春阳〉二诗关系浅谈》,《中国典籍与文化》2010年第2期。
② 《中国牛郎织女传说·研究卷》,广西师范大学出版社2008年版,施爱东《前言——牛郎织女研究简史》,第1—2页。

秦简《日书》中关于"牛郎织女"传说的两段文字，并作了简单分析①，可能是编者没有看到，加之学界至今在对这两简文字的解说上还存在不少问题，我觉得有必要专门写一文论此。无论如何，所出土公元前3世纪中叶的简文，比权威学者的主观推断更为可靠。当然，首先对它要有一个正确的释读。我个人人微力薄，处于西北偏僻之地，说话的力量十分有限。今借秦简《日书》为杠杆，以撬起太阳。

又，范先生以焦氏《易林》中没有提到"牛郎织女"的传说，为其情节完成于汉以后的重要依据。其实这只是一个默证，并不能说明问题。而且，我认为恰恰《易林》中有几处就反映了"牛郎织女"的传说。《大畜之益》前二句为："天女推床，不成文章。"明言"天女"，据《史记》《汉书·天文志》指织女无疑。"床"指织机的机床。所谓"不成文章"，正是《迢迢牵牛星》中"终日不成章，泣涕零如雨"之谓。又《屯之大畜》一首：

　　夹河为婚，期至无船。
　　摇心失望，不见所欢。

联系《大畜之益》看，也应是由"牛郎织女"的故事而来。

古代文献中还有些可以与秦简《日书》相照应的材料，我在《再论〈牛郎织女〉传说的孕育、形成与早期分化》一文中已论及，可以参看②。不再烦叙。

（原载《清华大学学报》2012年第4期）

---

① 参拙文《汉水与西礼两县的乞巧风俗》，见《西北师大学报》2005年第6期。
② 拙文《再论〈牛郎织女〉传说的孕育、形成与早期分化》，《中华文史论丛》2009年第4辑，《新华文摘》2010年第9期转载。

第二辑

屈原与楚辞

- 屈氏先世与句亶王熊伯庸
- 屈原的冠礼与早期任职
- 《战国策·张仪相秦谓昭睢章》发微
- 《离骚》的比喻和抒情主人公的形貌问题
- 《离骚》中的龙马同两个世界的艺术构思
- 屈赋风格、情调上的继承与创造
- 《楚辞》中提到的几个人物与班固、刘勰对屈原的批评
- 再论《惜往日》《悲回风》的作者问题
- 论《惜誓》的作者与作时

屈氏先世与句亶王熊伯庸
——兼论三闾大夫的职掌

一、王逸说之可疑

关于屈氏之始，王逸《离骚章句》云："其（按：指若敖）孙武王求尊爵于周，周不与。遂僭号称王，始都于郢。是时生子瑕，受屈为客卿。因以为氏。"既说屈瑕是楚武王之子，又说"为客卿"，则自相矛盾。客卿产生于战国而不见于春秋，王逸说屈瑕为客卿，明显有不实之处。所以林宝《元和姓纂》修正其说，云："楚武王子瑕食采于屈，因氏焉。"其后宋郑樵《通志·氏族略》、明董说《七国考》、清张澍《世本》按语以及《姓氏寻源》《姓氏辨误》等书说屈氏本源皆从《元和姓纂》。然而，王逸所谓屈瑕是楚武王之子，为屈氏始封君的说法，虽经后人弥罅补漏，仍有一大疑窦：从《左传》看，屈瑕根本不是楚武王之子。《左传》中屈瑕见于桓公十一、十二、十三年，称之为"屈瑕""楚屈瑕""莫敖"，并无王子或公子之称，更没有说他是楚武王之子。《左传》中说屈瑕称楚武王为"王"，武王夫人邓曼对楚武王称屈瑕为"莫敖"，仅是君臣之分，看不出有父子、母子关系。屈瑕兵败，便缢于荒谷，不敢回命，也不像王子的身份。

林庚先生曾说："王逸对于人物的注释一向就非常不认真。"他举了王逸以謇修为伏羲之臣，将"夏康娱以自纵"一句中的"夏康"二字连读,以为启子太康,以堵敖为与屈原同时之楚贤人等五例。① 我以为王逸以屈瑕为楚武王之子,也是一例。屈瑕是楚武王时人,屈瑕以前的屈氏人物《左传》中没有叙及,是因为《左传》记楚事起于楚武王。屈瑕是楚武王时人而屈氏又是楚宗族,王逸大约就根据这一点断定屈瑕为楚武王之子。然而,不但王逸以前的典籍都没有说过屈瑕是楚武王的儿子,而且古今任何记载都没有能指出屈瑕受封的这个屈在什么地方。因此,杜预注《左传》,虽对于人物每喜考核其世系,于屈瑕仍不取王逸之误说。另外,按王逸之说,似乎莫敖当由王子担任,然而《左传》所记屈瑕以后的莫敖没有一个是王子,楚国的习惯莫敖似并不由王子担任。我们有理由认为屈氏在屈瑕以前就已经存在了,而并非由于屈瑕受封于屈,因以为氏。

二、句亶王熊伯庸

《世本》云:

> (熊渠)有子三人,其孟之名为庸,为句亶王。其中之名为红,为鄂王。其季之名为疵,为就章王。②

孟即伯,中即仲,孟仲叔季也就是伯仲叔季。《史记·楚世家》说熊严"有子四人,长子伯霜,中子仲雪,次子叔堪,少子季徇",可见楚人很早就有在名字前面依排行加伯仲叔季的习惯。"孟之名为庸"即伯庸。《大戴礼·帝系》和《史记·楚世家》"庸"作"康",这一则因为"庸""康"形近易混,再则古韵"庸"在东部,"康"在阳部,旁转可通。《史记·卫康叔世家》:"康叔卒,子康伯代立。"孙诒让《邶墉卫考》云:"康伯即庸伯也。

---

① 林庚《彭咸是谁》,见《诗人屈原及其作品研究》,古典文学出版社 1957 版。
② 《太平御览》引,见《张氏丛书》本《世本》。《楚世家》索隐亦云:"《世本》康作庸,亶作袒。

庸康声类同,古多通用。史籍讹掍,遂并康叔康伯为一。"①《天问》"康回冯怒",丁晏《天问笺》云:"康回当作庸回,字形相近误也。《左传》文十八年:'靖谮庸回,天下之民,谓之穷奇。'杜注:'庸,用也。回,邪也。''靖谮庸回'犹《尧典》之'靖言庸违'也。"又《汉书·王尊传》《论衡·恢国》《潜夫论·明暗》并作"庸回",则"庸"讹为"康",古例恒见。伯庸《楚世家》作"熊毋康",《帝系》作"无康"。上古无轻唇音,"无""毋"之声纽与"伯"同,无、毋古韵在鱼部,伯古韵在铎部,又平入相转。所以,"无康""毋康",推其本源,当作"伯庸"。

熊伯庸字当作"庸"而不作"康",还有与之相关的史实为证。《楚世家》云:

熊渠生子三人,当周夷王之时,王室微,诸侯或不朝,相伐。熊渠甚得江汉间民和,乃兴兵伐庸、杨粤,至于鄂。熊渠曰:"我蛮夷也,不与中国之号谥。"乃立其长子康("庸"之误)为句亶王,中子红为鄂王,少子执疵为越章王。皆在江上楚蛮之地。

这里把熊渠征伐和分封三子的事联系起来,值得注意。《索隐》说,粤"今音越,谯周亦作'杨越'"。根据《史记》的记载,分明是熊渠伐庸取胜,以"庸"名其子,以旌其功。《左传·桓公二年》:"晋穆侯之夫人姜氏,以条之役生大子,命之曰仇。其弟以千亩之战生,命之曰成师。"《左传·定公八年》:"苦越生子,将待事而名之。阳州之役获焉,名之曰阳州。"这些都反映了古人取名之一法。以他国国名为名者,春秋时在诸侯之中屡见。如卫宣公名晋,卫成公名郑,鲁定公名宋,陈惠公名吴,晋悼公名周等。《左传·桓公六年》申繻论命名曰:"不以国","以国则废名"。这是说不以本国的国名作人名。熊渠以被降服国家的国名作儿子的名字,正表现了他克敌得地的心情。以后熊渠又伐杨越(西周时在今湖南东部,春秋时向东南移至今江西一带。当时楚都于

---

① 孙诒让《籀膏述林》卷一。

丹水之阳,地在今河南省西南部),南征到达鄂(今武昌)。武功赫赫,军威远播,其气概之不凡可以想见。所以他封长子庸在近庸之地,为句亶王(《世本》作"句袒王",亶、袒皆从旦得声,古音同),以纪其最初向西南用兵之功;封中子红为鄂王,以纪其兵至于鄂;封少子疵为越章王,以纪其伐杨越之功。司马迁写《楚世家》记楚武王以前事最详细的就是熊渠的征伐和分封三王,其它只记其世次而已。可见熊渠征伐和分封三王在楚国历史上确实是了不起的事件。以熊渠三子之名号与熊渠征伐的国名地名相对照,它们之间的明显关系,不能认为是偶然的巧合。

屈原所说的伯庸,即见于《世本》和《史记·楚世家》的句亶王熊伯庸。

《左传·僖公二十六年》:"夔子不祀祝融与鬻熊,楚人让之。对曰:'我先王熊挚有疾,鬼神弗赦,而自窜于夔,吾是以失楚,又何祀焉?'"有人以为这里说的熊挚即熊伯庸。① 如果这样,屈氏从伯庸时就移居于夔,这似乎与屈原家在秭归正合(秭归即古夔国地),可以助成上面的结论。但经我们细心考察,事情不是这样,自窜于夔的熊挚不是熊伯庸。《楚世家》说:"(熊渠)后为熊毋康。毋康蚤死。熊渠卒,子熊挚红立。"这里明言"熊毋康"(即熊伯庸)早死(言未及继位而死。这同"鬻熊子事文王,蚤卒"之义同),故熊红立。那么,熊伯庸不存在因"有疾""自窜于夔"而"失楚"的事。上面引文中"熊挚红"的"挚"字,泷川资言《史记会注考证》说:"挚字当衍。熊红即鄂王也。"那么,熊渠的伯、仲二子都不名挚,只有少子《史记》作"执疵"。"挚"由"执"得声,可通假。且其名为"疵"(《说文》:"疵,病也"),也似有什么恶疾。所以,《左传》中所说的挚,当是执疵。楚国有在王位继承上发生争执的时候由少子继承王位的习惯。② 本来熊伯庸是当然的继承者,但他死了,这

---

① 《史记正义》引宋均《乐纬注》云:"熊渠嫡嗣曰熊挚,有恶疾,不得为后,别居于夔。"并参《汉书·古今人表》卷九。

② 《左传·文公元年》令尹子上说:"楚国之举,恒在少者。"《左传·昭公十二年》叔向说:"芈姓有乱,必季实立,楚之常也。"

就在王位继承上发生争执。结果执疵因有疾未能援例取得王位,因而自窜于夔。又谯周说:"熊渠卒,子熊翔立。卒,长子挚有疾,少子熊延立。"①熊翔即熊红,梁玉绳疑是即位后改名。谯周以挚为熊红的儿子,也可备一说。以上两种可能,无论哪一种,有疾、自窜于夔的都不是伯庸。《史记》说:"挚红卒,其弟弑而代立,曰熊延。"既曰卒,又曰被弑,显然记载上有错误。梁玉绳以为"有脱文",也看出了这里有问题。

屈原说:"朕皇考曰伯庸。"王逸注:"父死称考。"并引《诗·周颂·雝》"既右烈考"一句为证。按,《雝》诗《毛诗序》说为"禘太祖也",鲁韩二家之说同。《雝》中有"假哉皇考"一句,皇考指太祖。末尾的"既右烈考"乃承上文"克昌厥后"一句,指祭主前一代的君王。王逸要说明《离骚》中"皇考"的含义,却引了"烈考"一句而不引"皇考"一句,正见他有成见在胸。这就像主张伯庸是屈原父亲的人常常引《礼记·曲礼下》"祭王父曰皇祖考……父曰皇考"为证,而不引同书《祭法》"大夫立三庙二坛:曰考庙,曰王考庙,曰皇考庙"的情形一样,都是片面的。看来"皇考"可指父,可指曾祖,可指太祖。《离骚》中说的皇考,从"皇览揆余初度兮"一句看,能单独用一个"皇"字指称,理解为太祖即最初受封之君,要合情理些。

也许有人会说,皇览二句是屈原说他父亲为他取名的事,所以用"览"字,如果是太祖,怎么会"览"? 而且《礼记·内则》说,子生三月,"父执子之右手,咳而名之"。可见皇考为屈原父亲。其实,这些都只是从一般情况来说的,未能深考《离骚》本文和详研历史事实。首先,上引《礼记·内则》中那段话并不是概括了当时给孩子取名的一切情况。在《内则》里又有这样的记载:"凡父在,孙见于祖,祖亦名之。"可见并不都由父亲取名。《礼记》是集列国礼俗制度编成,既不限于一国,又不一定是战国后期礼制之反映,所以不能根据其中的一句话来定是非。《史记·日者列传》记司马季主说:"产子,必先占吉凶,后乃有之。"司马季主是楚人,时在汉初,去屈原时代未远,他的这个说法当

---

① 《史记·楚世家》司马贞《索隐》引。

是反映了六国末期楚国的礼俗。又《白虎通·姓名篇》:"故《礼服传》曰:'子生三月,则父名之于祖庙。'于祖庙者,谓子之亲庙也,明当为宗庙主也。"据此看来,则即使父亲取名,也是在祖庙之中。至于占吉凶,更不用说是要祈求于先祖神灵了。这样看来,刘向说"兆出名曰正则兮,卦发字曰灵均"(《九叹·离世》),不是没有道理的。陈直、闻一多皆以为刘向读"肇锡余以嘉名"的"肇"为"兆"。① 那么,"皇览揆余初度兮,肇锡余以嘉名"是说:在祖庙中太祖的神灵观察了新生的我,通过龟筮卦象表明意旨,赐给我嘉美的名字。"览"不一定专指人观看,《九歌·云中君》"览冀州兮有余"就是说的神灵。

刘向《九叹·逢纷》说:"伊伯庸之末胄兮,谅皇直之屈原。"刘知几认为《离骚》首二句"上陈氏族,下列祖考"(《史通·序传》)。洪兴祖在"帝高阳之苗裔兮"一句下引刘说,在第二句下批评《文选》五臣注说:"又以伯庸为屈原父名,皆非也。"可见洪氏也不取王逸误说而以二刘之说为是。以前有的学者认为洪兴祖主张伯庸指屈原父亲,实在未审文意。② 清末王闿运《楚辞释》说:"皇考,大夫祖庙之名,即太祖也。伯庸,屈氏受姓之祖。若以皇考为父,属辞之例,不得称父字,且于文无施也。"陈直《楚辞拾遗》引丹阳吉曾甫说,也以为"伯庸为屈子之远祖"。闻一多《离骚解诂》引《九叹·愍命》中一段:"昔皇考之嘉志兮,喜登能而亮贤。情纯洁而罔秽兮,姿盛质而无愆。放佞人与谄谀兮,斥谗夫与便嬖。亲忠正之悃诚兮,招贞良与明智。……逐下袟于后堂兮,迎宓妃于伊雒。刺谗贼于中廇兮,选吕管于榛薄。丛林之下无怨士兮,江河之畔无隐夫。三苗之徒以放逐兮,伊皋之伦以充庐。"认为:"据此,则原之皇考,又似楚先王之显赫者。夫原为楚同姓,楚之先王即原之远祖,固宜。"

以上诸说虽未能指出伯庸具体为何人,但都以为是屈氏受姓之祖

----
① 见陈直《楚辞拾遗》,1934年《摹庐丛书》石印本;闻一多《离骚解诂》,《闻一多全集》第二卷《古典新义》,开明书店1948年版。
② 如胡文英《屈骚指掌》说:"洪氏以为屈原父字。"以为洪氏驳五臣注是依王逸的观点说的,没有联系第一句后的补注来看。

或远祖,而且不依王逸所谓屈氏始封君为屈瑕的误说而指为屈瑕。闻氏因不知屈氏始封君亦曾被封为王(句亶王),故作调停之说,但他仍肯定了伯庸为屈氏远祖,且是一位王者。

此外,饶宗颐、谭戒甫二先生也认为伯庸不是屈原父亲。陆侃如、冯沅君的《中国诗史》则引了《九叹》的说法而对王逸之说提出了怀疑。

饶宗颐《楚辞地理考》附《伯庸考》以为伯庸为"楚之太祖",当是祝融或熊绎,根据是"'融''庸'音同,字通","'融'、'庸'、'盈'、'绎'四字,俱隶喉音喻纽,以声类求之,实同一名"。饶氏说:"熊绎亦作熊盈,盖取远祖伯庸之名以为名。"又说:"《离骚》称'皇考伯庸',苟谓为熊绎,似亦无不可。"①关于饶说,我的看法是:一、《左传·僖公二十六年》说到楚成王以夔子不祀祝融与鬻熊而问罪的事,《礼记·丧服小记》:"王者祀其祖之所自出,以其祖配之。"鬻熊为楚祖(见《楚世家》楚武王语),祝融为祖之所自出,可见楚人早先以祝融与高阳为一人。《史记集解》引虞翻说:"祝,大;融,明也。"高则大,阳则明。高阳实即祝融。《离骚》头一句已提了高阳,第二句的"伯庸"自然是另一个人。高阳与祝融在以后的传说中分化为二人,但根据分化以后的情况,祝融既不是楚之太祖,也不是屈氏始封君,②说《离骚》中伯庸是指祝融,不合春秋战国时代有关祝融传说的实际情况。二、说伯庸是熊绎,但熊绎被封不过是承袭了鬻熊的功德,③同时也不见楚人把熊绎列为太祖祭祀的事。饶先生本人也未肯定究竟是祝融还是熊绎,可见也觉得理由不够充分。

谭戒甫《屈赋新编》以为伯庸是楚武王熊通。他说:"本来屈原排列自己祖先的世系,当然要从屈瑕开始,所以《离骚》起首两句中的'苗裔'和'朕'都是指屈瑕说的。古称我为朕,称亡父为皇考,故下面紧接'曰伯庸',又可知伯庸即是熊通。""因为通、庸二字,古时读音是大致

---

① 饶宗颐《楚辞地理考》卷上,商务印书馆1940年版。
② 参看《大戴礼记帝系》《世本》《史记·楚世家》所记楚世系。
③ 《楚世家》:"鬻熊子事文王,……当周成王时,举文武勤劳之后嗣,而封熊绎于楚蛮。"《汉书·艺文志》说鬻熊是"周封为楚祖"。

相同的。"①依谭先生之说,"朕"代屈瑕。《离骚》为屈原所作,而作为第一人称代词的"朕"却代屈瑕,这是说不过去的。

所谓伯庸是"祝融""熊绎""熊通"的说法都难以成立。今定被屈原称为"皇考"或"皇"的伯庸,即是熊渠的长子熊伯庸,于名、于事、于封号、于楚国的历史皆无不合。

这个观点,还可以从屈氏始封地的地望得到进一步的证明。

三、句亶王与屈氏的关系

前面说了,句亶王熊伯庸被封在近庸之地。《水经注》:"堵水又东北迳上庸郡,故庸国也。"《括地志》:"房州竹山县,本汉上庸县,古之庸国。"《大清一统志》:"上庸故城在今郧阳府竹山县东南。"其地在今湖北省西北角。熊渠之时楚都在丹淅,当庸之东北面。句亶王熊伯庸的封地,当在庸以北的汉水边上。因为庸国建在山区,熊渠不会将其子封在庸或庸以南的山林地带。汉水边地势较庸为平旷,且近丹阳,攻守便于照应。

下面通过对这一带水名、地名的考察来探索熊伯庸封地的地望及其与屈氏的关系。

《汉书·地理志上》:弘农郡"上雒……又有甲水,出秦领山,东南至锡入沔"。《水经注》卷十一:"甲水出秦岭山,东南流迳金井城南,又东迳上庸郡北。……又东,右入汉水。"②这就是说,在春秋时甲水是由锡穴流入汉水的。同夏水流入汉水之后古人称汉夏合流为夏水一样,③甲水入汉之后,锡穴以东有一段当时也叫做甲水。所以,今郧县

---

① 《屈赋新编》上册,中华书局1978年版,第207页。
② 《永乐大典》本《水经注》"出"字前多"山口"二字,本文据杨绍兰《汉书地理志校注》所引。
③ 《永乐大典》本《水经注》卷十三:夏水"自堵口下沔水,通兼夏口而会于江,谓之夏汭也。故《春秋左传》称吴伐楚,沈尹射奔命夏汭也。"杜预曰:"汉水曲入江,即夏口矣。"夏口也即汉口、沔口。

以东有一个地方,春秋时叫"句澨"。① 澨,《说文》释为"埤增水边土人所居者",即今所谓堤防。《左传·成公十五年》鱼石等人"出舍于睢上",后欲从华元归,元"决睢澨",就是决睢水之堤。以某澨为地名者,皆指某水边之地。如春秋时楚国还有个漳澨,②杜预注云:"漳水边。""句""甲"均见纽字,为一音之转,句澨即甲水边。《大清一统志》:"甲水……又东入湖北郧阳府郧西县界入于汉。一名吉水,亦名甲河。""吉""夹"也都是见纽字,与"甲"双声。"甲""夹"古韵又同属叶部。此三字皆一音之转。今甲水(今名金钱河)流入汉水的地方名叫夹河,地名即由水名而来。

句亶王的"句"也就是句澨的"句",甲水的"甲",句亶同句澨一样是甲水边上的地名。伯庸正由于被封在甲水边上的句亶,才号曰句亶王。

屈氏由句亶王而来,句亶王的封号又与甲水有关,故屈氏即甲氏。《史记·高祖本纪》《刘敬叔孙通列传》《汉兴以来将相名臣年表》《汉书·高帝纪》《郦陆朱刘叔孙传》提到了楚之大族"昭、屈、景"或"昭氏、屈氏、景氏、怀氏"。《庄子·庚桑楚》中却说:"是三者虽异,公族也。昭景也,著戴也;甲氏也,著封也。"怀氏得姓在怀王之后,③《庄子》中说的"昭景甲",即《史记》等书中说的"昭景屈"。马叙伦《庄子义证》说:"甲借为屈,音同见纽。"甚是。郭沫若先生、姜亮夫先生亦并以为《庄子》中所说的甲氏即屈氏。④

句亶、句澨的"句"是由于语音演变,后人仅记其音,而在写法上与水名分化开来。春秋时晋国有地名屈,也叫北屈,⑤后来音变,字作

---

① 《左传·文公十六年》:"楚师次于句澨。"杜注:"楚西界也。"清代《钦定春秋传说汇纂》谓在今湖北省均县废治西。
② 《左传·宣公四年》:"师于漳澨。"
③ 此怀姓,据《姓谱》为"楚怀王之后"。
④ 见郭沫若《屈原研究》,《沫若文集》12卷,第336页;姜亮夫《屈原赋校注·史记屈原列传疏证》第3页。
⑤ 《左传·庄公二十八年》:"蒲与二屈,君之疆也。"杜注:"二屈,今平阳北屈县。或云'二'当作'北'。"又《左传》:"主蒲与屈。""夷吾居屈。"韦昭《国语》注:"二屈,屈有南北,河东有北屈。"

"吉"。《太平寰宇记》提到"北屈故城在今慈州吉乡县北二十一里"。吉乡县今名吉县。由此也可以看出湖北省西北角的吉水其名由"屈"转变为"吉"的过程。

句亶王的封地既近庸，又在甲水边上，那么其地当在锡穴以东，句澨以西。这个地域与以后麇国的地域大体相合。甲水由锡穴入汉，而古麇国正在锡穴一带。《左传·文公十一年》："潘崇复伐麇，至于锡穴。"杜注："锡穴，麇地。"又《元和郡县志》："今均州郧乡县，本汉锡县，古麇国之地。"《大清一统志》："锡县故城在今兴安府白河县东。"今湖北房县西北渚河南岸有地名屈家坡，传说有古遗址。又传说郧阳县挂剑山曾是屈原去过的地方。① 两处俱在古屈地一带。

"麇""屈"皆见纽字，古韵"麇"在文部，"屈"在没部，为平入相转。"麇"本是一种动物名称，即麏。虽说原始社会有以动物为图腾的，但中国古代却未见以动物名为国名的。麇国的"麇"《公羊传》作"圈"，可见其写法并不固定。"麇""圈"均为"屈"之音转。故《风俗通义》说圈氏为"鬻熊之后"。② 麇国最早见于《左传·文公十年》，已在句亶王之后二百多年。王国维据《楚公逆镈》推断：熊红"虽嗣父位，仍居所封之鄂，不居丹阳，越六世至熊咢犹居于此"。则楚人在熊渠之后势力逐渐南移。这样，锡穴一带便被别的部族所占，这新的占据者仍因其地而号曰"麇"。"麇"即甲水之"甲"。

《吴越春秋·句践阴谋外传》记范蠡向越王句践进楚之善射者陈音。陈音向越王说：

> 弧父者，生于楚之荆山，生不见父母。为儿之时，惯用弓矢，所射无脱。以其道传于羿，羿传逢蒙，逢蒙传于楚琴氏。琴氏以弓矢不足以威天下。当是之时，诸侯相伐，兵刃交错，弓矢之威，不能制服，琴氏乃横弓着臂，施机设枢，加之以力，然后诸侯可服。

---

① 依次见何光岳《楚源流史》，湖南人民出版社1988年版，第347页；陈子展《〈楚辞·九章〉之全面观察及其篇义分析》，刊《古典文学论丛》，上海人民出版社，1980年版，第58页。
② 《元和姓纂》卷六引。《齐东野语》卷五亦云："《风俗通》纪楚鬻熊之后为圈……"

> 琴氏传之楚三侯，所谓句亶、鄂、章，人号麇侯、翼侯、魏侯也。自楚之三侯传至灵王，自称之楚。累世盖以桃弓棘矢而备邻国也。

这段记载谈楚先王事与《左传·昭公十二年》"辟在荆山，筚路蓝缕以处草莽……唯是桃弧棘矢以共御王事"的记载大体相同。楚早期处于山林地带，所以弓箭特别发达。至汉代独有楚之南郡设有发弩官（《汉书·地理志》）。文中所言三王的别称，当不是向壁虚造。这里说句亶王人号之曰"麇侯"，"麇"当是"麇"字之误，①而"麇侯"是"屈侯"的音转。《楚世家》在熊渠分三子为王之事下接着说："及厉王之时，暴虐，熊渠畏其伐楚，亦去其王。"去王之后应该是称为侯的。句亶王则应称为句亶侯或屈侯。《路史》就说屈氏始封之君"号屈侯"。

屈氏的实物，罗振玉《贞松堂集古遗文》卷十一曾著录过一件屈叔沱戈，叔沱，我以为是屈到之父屈荡（见《左传·宣公十二年》）之字。又1984出土《楚邢客铜量》铭文有"罗莫嚣臧无、连嚣屈走"，1975年湖北随县涢阳又出土一件屈子赤角簠，《江汉考古》1980年第2期发表了这件铜簠的铭文照片，文曰："隹正月初吉丁亥屈子赤角朕中妳璜食簠其眉寿无疆子子孙孙永保用之。"据铭文可知，这件铜簠是名叫赤角的屈子为其次女铸造的陪嫁物。一起出土的尚有几件曾国和息国的铜器，湖北省博物馆程欣人同志根据这批铜器的特征和息国只存在到春秋早期的情况，断定其铸造年代为春秋之初。② 屈子赤角，我以为即屈御寇之子息公子朱。赤角是名，子朱是字。③ 大约是楚威王、怀王时人。

关于句亶其地，《史记·楚世家》集解引张莹说："今江陵也。"此说别无依据，大概是由《楚世家》说的三王之封"皆在江上楚蛮之地"一语推测而来。其实先秦时代常常江汉连称，是古人亦以汉属南方。司马迁不知三王的封地究竟在何处，故以"江上楚蛮之地"一语概言之。他又说熊渠"甚得江汉间民和"。可见在司马迁概念中"楚蛮之地"也包

---

① 《文选·七启》注引《吴越春秋》也作"麇侯"，似在唐以前已误。
② 程欣人《随县涢阳出土楚、曾、息青铜器》，《江汉考古》1980年第1期。
③ 详见拙文《楚屈子赤角考》，《江汉考古》1982年第1期。

括汉水流域在内。

应劭《风俗通义·姓氏篇》说"屈侯氏"为"魏贤人屈侯鲋之后。《史记》汉中有郎中令屈侯豫"。张澍《姓氏寻源》卷四十一说："《路史》云：'屈武王子瑕邑，号屈侯，后以为氏。'其说之误，第一部分已言之。实际上，屈瑕、屈侯鲋都是熊伯庸之后。屈氏是以邑为氏，屈侯氏是以爵为氏。因为年代久远，故旁支流散别国。①

四、楚三王的封号与封地的关系

熊渠因为兵至于鄂，封中子红为鄂王。《九州纪要》曰："鄂，今武昌也。鄂王城在武昌县西南二里。"《水经·江水》："江之右岸，有鄂县故城。"郦道元注："《世本》称熊渠封其中子之名为红，是鄂王。"（按"红"字后当脱"者"字）《史记正义》引《括地志》："武昌县，鄂王旧都，今鄂王神即熊渠子之神也。"《元和郡县志》《太平寰宇记》所记大体相同。② 唐宋时武昌即今鄂州市。宋政和三年在鄂州的武昌、嘉鱼二县间出土楚公钟，铭曰："隹八月甲申楚公逆自作夜雨雷镈。"③王国维考证楚公逆即熊咢，认为熊红被封在鄂，继位后仍居于鄂，直至熊咢之时仍在鄂。④ 鄂王的封号与其封地的地名有关是很清楚的。

戴震《屈原赋通释》上："夏水沔水合流，迳鲁山东南注于江，为夏浦。《春秋传》谓之夏汭，或曰夏口，或曰沔口，或曰鲁口，今湖北汉阳府汉阳县东汉口是。鲁山亦谓之翼际山……"汉口、武昌二地相邻，是则鄂王的封地也靠近翼际山。据《吴越春秋》，春秋战国时代俗称鄂王为翼侯。翼际山同翼侯的称谓或者也有关系。

---

① 《左传·成公二年》载屈巫臣奔晋，后又留其子于吴。据《韩非子·外储说左上》有宋人屈榖。可见屈氏有居于别国并任职的情况。
② 《元和郡县志》："今鄂州武昌县旧名鄂，熊渠封子红于此，汉以为县。"《太平寰宇记》："鄂王城在今鄂州西北一百八十里，楚子熊渠封中子红于鄂，僭称王居此城，今武昌是也。"
③ 《薛氏钟鼎彝器款式》卷六，第6页。
④ 《夜雨楚公钟跋》，《观堂集林》卷十八。

越章王的"越"《大戴礼》作"戚",《世本》作"就",字之误也。越字帛书破损修整,将走字移在戉字下,似"戚"。"就"与"戚"古音同(《礼记·曲礼上》:"以足蹙路马刍,有诛。"《释文》:"蹙本又作蹴。""蹙"由"戚"得音,"蹴"由"就"得音,蹙、蹴同字,则戚、就音同)。越章王的封地,当在漳水下游。再往南便是杨越之地。"越章"是合"杨越"与"漳水"(即章水,水旁为后加)而名之。清代宋翔凤《楚鬻熊居丹阳武王徙郢考》也说:"杨越即越章也。"并以为越章之"章"与章水有关。但宋氏把这个"章"当作九江府湖口县的章水(即汉代豫章水),因而以为越章王被封在豫章,说:"疑汉丹阳县在今当涂,乃春秋之豫章。"①按当涂在今安徽省芜湖市东北,位长江下游。熊渠征杨越,最远至于鄂,怎能将其幼子远封两千多里以外的地方?所以宋氏解释越章与杨越的关系虽是而考越章的具体封地则非。

总之,鄂王被封在鄂,越章王被封在近杨越之地的漳水边,是很明白的。看来熊渠所封三王的封号都与所封之地的地名有关。那么,句亶王是被封在锡穴以东、句澨以西的句亶,便又得到一个旁证。

五、三王遗迹与三闾

春秋楚之三户当与楚三王有关。《左传·哀公四年》记晋士蔑执蛮子与其五大夫,"以畀楚师于三户"。《水经注》卷八:"丹水又迳丹水县故城西南。县有密阳乡,古商密之地,昔楚申息之师所戍也,春秋之三户矣。"《史记·越王句践世家》附《史记正义》引《吴越春秋》:"(文种)为宛令,之三户之里,范蠡从犬窦蹲而吠之。"又引《会稽典录》言范蠡"本是楚宛三户人,……文种为宛令,遣吏谒奉"。由此可知,三户属宛而不在宛,在丹水以北的古商密,其地正当古之丹阳。丹阳为通称,三户为邑名。名为三户,是因为那里有熊渠和句亶、鄂、越章的庙堂。三王为三族之祖,故名其地为三户。六国之末楚南公说:"楚虽三户,

---

① 《过庭录》卷九《楚鬻熊居丹阳武王徙郢考》,《皇清经解续编》卷四一一。

亡秦必楚。"这里"三户"实际上是用了楚人熟知的一个现成词,表示了双关的意思,是说楚虽只有三族,但亡秦的必然是楚人。"三户"表面上是言其少,实际上是指由这最早的三族发展而来的全部楚王族,言其势力强大,不可轻视。关于三户得名于三族之说,钱穆早就指出。他说:"三户之为地名,本由楚起丹阳,以其三族而名发迹之地。"①只是因为他以此三族指"昭景屈",结果便说不通,饶宗颐先生有文驳之。

《水经注》卷八:"丹水又东南迳一故城南,名曰三三城,昔汉祖入关,王陵起兵丹水以归汉主,此城疑陵所筑也。"②"三三"于义不通,当是"三王"之误。

《水经注》在上文所引那段文字下便说到我们前面说过的三户:"丹水又迳丹水县故城西南,县有密阳乡,古商密之地……春秋之三户矣。杜预曰:'县北有三户亭。'《竹书纪年》曰'壬寅,孙河侵楚入三户郛'者是也。"三户郛即三户亭,亦即前面说的三户。看上所引《水经注》与《左传》杜注,三户郛在三王城以东,二地相去不远,年代久远,城址迁徙,新城旧城,往往是名称上有些关联,而叫法又有区分。三户郛(三户亭、三户)、三王城大概是旧城新城的关系,它们都与楚三王有关。

据《湖北通志》所引《荆门州志》,当阳县"楚三王墓在湮沈湖侧。今两河口柏木港、花栗园诸处皆传有华表出地尺余。明崇祯元年耕夫偶启一圹,见墓门扃闭"。这里说的"楚三王墓"所在地,古代正是越章王的封地。越章王是楚三王之一,因年代久远,传说中便笼统地称为"楚三王墓"。当然,墓葬不一定是真正的越章王,也可能是楚三王以后其它楚贵族的,因同当地楚三王的传说结合在一起,便传为"楚三王墓"。

《太平寰宇记》房县:"三王冢在县南。有大坟三,号三王冢。"房县在古庸国以东,两地相去不甚远。因为庸国之地曾属句亶王统治,故

---

① 《先秦诸子系年》卷三《楚虽三户亡秦必楚辨》,商务印书馆1936年版。
② 此据《永乐大典》本。有的本子"三三"作"三户",是据下文误改。文中明言先过三三城,再过三户。

房县也有关于楚三王的传说。这三个墓很可能也是出于依托。

《楚辞·渔父》中记屈原曾任三闾大夫。王逸《离骚序》说："屈原与楚同姓,仕于怀王,为三闾大夫。三闾之职,掌王族三姓,曰昭屈景。屈原序其谱属,率其贤良以厉国士。入则与王图议政事,决定嫌疑,出则监察群下,应对诸侯。"这后面几句实际上是用《屈原列传》中说明屈原任左徒之职时情况的文字来解说三闾之职。所谓"王族三姓曰昭屈景",也是由《史记》、《汉书》中关于楚大姓昭屈景的说法而来。其实,昭屈景这三姓有的产生早(屈氏),有的产生迟(昭氏),有的则是否是楚王族,尚难以肯定。① 这三氏同时存在是在战国时代,自商周经春秋战国,楚王族中有不少氏,仅《潜夫论·志氏姓》所列就有四十四氏(其中个别的也可能并非熊姓)。这些姓大多见于先秦典籍,像楚季氏、庄氏、婴齐氏、沈氏、子庚氏、子南氏、子午氏、子西氏、公田氏、鲁阳氏,据前人记述,分别为若敖、穆王、庄王、平王、恭王之后。② 可见楚王族在春秋战国时不止昭、屈、景三氏。战国时代,楚国和其它国家也没有因某几个氏成了大族而设专职统管的事。至于以昭屈景三氏代表楚王族,更说不通。我以为三闾当同楚王族最早的三王有关。因为三王是楚国早期历史上最盛阶段分出的三族的祖先,举这三族也可以概括楚王族。

宋程公说《春秋分记》四十二"公族大夫"条曰:

> 宣二年传:自骊姬之乱,晋无公族。成公即位,宦卿之适而为之田,以为公族。宦其余子以为余子;其庶子为公行。杜预注:"皆官名。"又成十八年传:荀家、荀会、栾黡、韩无忌皆为公族大夫,使训卿之子弟共俭孝弟。公族大夫掌公族及卿大夫子弟之官。凡卿之适子属焉。《晋语》云:乐伯请公族,悼公曰:"荀家惇惠,荀会文敏,黡也果敢,无忌镇静。使兹四者为之。膏粱之性难

---

① 邓名世《姓氏书辨证》十:"楚昭王熊轸有复楚之大功,子孙繁衍,以谥为氏。"景氏,《通志·氏族略》四就说:"一说出自姜姓齐景公之后,以谥为氏。"

② 参看《潜夫论·志氏姓》及汪继培笺。

正也,使惇惠者教之,文敏者道之,果敢者谂之,镇静者修之。"使兹四者为公族大夫,是公族专主教诲也。襄十六年传:晋平公使祁奚、韩襄、乐盈、士鞅为公族大夫,说者谓奚去中尉而为公族,去剧职,就闲官。

程氏所引《左传·宣公二年》文字本为:"初,骊姬之乱,诅无畜群公子,自是晋无公族。及成公即位,乃宦卿之適(嫡),而为之田,以为公族,又宦其余子,亦为余子,其庶子为公行。晋于是有公族、余子、公行。赵盾请以括为公族……公许之。"《史记集解》引服虔注:"公族,公族大夫。"又《礼记·文王世子》云:"周公践阼,庶子之正于公族者,教之以孝弟睦友之爱,明父子之义,长幼之序。"则公族(公族大夫)本为掌王族子弟之教育者。对于公族大夫,程公说据先秦典籍提出三点看法:一、"掌公卿及卿大夫子弟之官,凡卿之适子属焉";二、"专主教诲";三、是一个"闲官",任要职的官员去职之后有时被委以此任。这三点,都与屈原的情况相合。首先,屈原任左徒之职据《史记》的记载是在被疏之前,曾任三闾大夫见于《楚辞·渔父》,则是在去左徒之职之后。这正是所谓"去剧职,就闲官"。其次,从屈原的作品可以看出,"惇厚"(朴实宽厚)、"文敏"(聪慧文雅)、"果敢"、"镇静"(庄重)四者,屈原兼而有之。他被疏以后解去左徒之职而任以公族大夫这样的闲官,是很自然的。再次,王逸说屈原任三闾大夫时"序其谱属,率其贤良以厉国士",其职守也同公族大夫相合;因为"凡卿之适子属焉",所以才有"序其谱属"之事,这些子弟将来大都是要任卿大夫之职的,所以说"以厉国士"。由以上事实可以看出,三闾大夫即中原国家的公族大夫。

楚国有些官号与中原国家不同。如"令尹""莫敖"等。其公族大夫称之为三闾大夫,也是属于这种情况。楚国公族及卿大夫的祖先如果追溯得远一点,基本上都出自楚三王。"三闾"在这里实际上是公族的代名词。

关于三闾大夫的职守,在可靠的屈原作品中也有反映。《离骚》云:

> 余既滋兰之九畹兮，又树蕙之百亩。畦留夷与揭车兮，杂杜衡与芳芷。冀枝叶之峻茂兮，愿竢时乎吾将刈。虽萎绝其亦何伤兮，哀众芳之芜秽。

前六句说自己曾培养人才以寄托自己的政治希望。末二句中"萎绝"指受到摧残而枯萎断绝，"芜秽"是说同杂草臭物混同为一。"虽萎绝其亦何伤兮，哀众芳之芜秽"，言如果是因为受到打击而失去了政治生命倒没有什么值得遗憾，痛伤的是自己培养的这一批人才受到腐朽势力的拉拢而变质。

王逸对"三闾大夫"的解释中，所谓"入则与王图议政事"云云及"昭屈景"的说法皆本之《史记》，我想他说的"屈原序其谱属，率其贤良以厉国士"当也是有所本的。王逸是把前人关于屈原任三闾大夫的记载同《史记》关于任左徒时情况的记载杂糅在一起。实际上他所说的那段话中只有"屈原序其（按指公族及卿大夫）谱属，率其贤良以厉国士"才是三闾大夫职责的正确解释。

另外，王逸关于"昭屈景"的说法虽然错误。但他认为"三闾之职掌王族三姓"，则不为无据。这"王族三姓"本指熊渠所封楚三王的后代。王逸这个说法当是根据前人记载。但其错误在于自我作古，以《史记》《汉书》中所说六国末的楚大族实之。结果造成了以后一千多年不解的误会，直至今日。现在我们弄清楚了屈原《离骚》中说的皇考伯庸究竟为何人，弄清楚了屈氏与楚三王的关系，再联系先秦的有关记载来考察，"三闾"的问题就随之解决了。

钱穆曾主张三闾为邑名，即春秋之三户，说屈原被放在那里当邑大夫。但是，屈原被解去左徒之职的时候，"商於之地六百里"尚属秦国（楚怀王十六年张仪欺骗怀王说秦要归还商於之地六百里，结果并未归还。见《史记·楚世家》。《集解》："商於之地在今顺阳郡南乡、丹水二县"），接着秦发兵击楚，"大破楚师于丹淅，斩首八万，虏楚将屈匄，遂取楚之汉中地"。说屈原是在那里当邑大夫，不太可能。钱氏的根据是《九章·抽思》"有鸟自南兮，来集汉北"二句，但这是说的怀王

二十四、五年屈原被放汉北后的事，楚人所谓"汉北"不是指汉水中游的北部，而是指汉水下游的北部，即今天门、应城、汉川之地。关于这个问题，将另为文详论之。

（原载《文史》第 25 辑，中华书局 1985 年 10 月）

屈原的冠礼与早期任职

一、《橘颂》为屈原冠礼之作

屈原《橘颂》究竟是什么时候所作？是少年时代的作品，还是楚怀王朝初任职时的作品？是怀王时被放汉北时所作，还是顷襄王时被放江南之野时所作？学者们意见不一，在《九章》各篇中，争论最大。各家提出种种猜想，大体都据诗中表现的情绪与思想推度之，没有较为明确、较为确定的证据。

我以为这是屈原行冠礼时所作，具体时间，应在前334年（屈原生于前353年，即楚宣王十七年）。《仪礼·士冠礼》记先秦时士冠礼始加冠之祝辞曰：

令月吉日，始加元服。（郑玄注："元，首也。"）弃尔幼志，顺尔成德。寿考惟祺，介尔景福。

其再加冠之祝辞曰：

吉月令辰，乃申尔服。敬尔威仪，淑慎尔德，眉寿万年。永寿胡福。

其三加冠之祝辞曰：

以岁之正，以月之令。咸加尔服，兄弟具在，以成厥德。黄耇无疆，受天之庆。

其所记醴辞曰：

甘醴惟厚，嘉荐令芳。拜受祭之，以定尔祥。承天之休，寿考不忘。

其所记醮辞曰：

旨酒既清，嘉荐亶时。始加元服，兄弟具来。孝友时格，永乃保之。

其所记再醮之辞曰：

旨酒既湑，嘉荐伊脯。乃申尔服，礼仪有序。祭此嘉爵，承天之祜。

其三醮之辞曰：

旨酒令芳，笾豆有楚。咸加尔服，肴升折俎。承天之庆，受福无疆。

其命字之祝辞曰：

礼仪既备，令月吉日。昭告尔字，爰字孔嘉。髦士攸宜，宜之于假，永受保之。曰伯某甫仲叔季，唯其所当。

这是《仪礼》所记中原地区士冠礼整个仪式中的各种祝辞，共八段。

对照这些冠礼祝辞,屈原《橘颂》有六点很值得注意:

第一,《橘颂》在《九章》中为唯一的四言之作,最为特殊。而且"这里面找不出任何悲愤的情绪",①不少学者据此断之为诗人青少年时代作品。诗人当时年轻,应当是重于学习仿效而欠创新的。确实,大家都从中看出了一些迹象,也道着了部分真理。但是,还说得不确切,还未能发现关于此诗写作动机的一些最关键的东西,因而结论还不能令人十分信服;关于诗产生的具体时间和有关背景,也还不能作出较确定的说明。我以为《橘颂》一诗是屈原行冠礼时有意仿效士冠礼祝辞所写成。在当时,楚国已有五言的民歌(如:《沧浪歌》"沧浪之水清兮,可以濯我缨;沧浪之水浊兮,可以濯我足"),而祝辞却仍保持着较古老而庄重的四言形式。因为正式的仪式所用祝辞受传统礼仪的制约,惰性较强,所以皆承《诗》"三颂"的格式,无多变化;而诗人的抒情叙事之作则变化较为自由,语言形式发展较快。《楚辞·九章》中的其他篇反映着当时楚国诗歌发展的进程,而《橘颂》则是前一个时代诗歌式样的遗留。这种情况在屈原的其他作品中也有反映。《大招》《招魂》都是屈原作品,但招魂词这种形式却是以前所有的,屈原按照过去楚王族所用招魂词形式而创作了这两篇作品。《大招》创作于屈原青年时代(楚威王逝世时),故抒情性差,而主要为招魂言词。《招魂》作于三十岁以后,故在形式上多有变化,特别是有了一段抒写个人情感与回忆的乱辞。开头叙说上下四方之凶险的部分和乱辞的句式也稍有变化。但从"天地四方,多贼奸些"开始至篇末基本上同《大招》一致,也基本上同《橘颂》一致。

第二,士加冠意味着从此要承担社会的责任,标志着脱离父母监护下的生活而从事社会活动的开始。也就是说,以后将独立地步入人生。所以士冠辞中讲到"敬尔威仪,顺尔成德""以成厥德"等。因为只有不断加强修养,增其内秀,美其德行,才能有为于此,故《橘颂》一诗

---

① 郭沫若《屈原研究》,见《郭沫若全集·历史编》第四卷《历史人物》,人民出版社 1982 年版,第 32 页。

也突出地体现了这一点。"精色内白,类任道兮,纷缊宜修,姱而不丑兮""深固难徙,廓其无求兮,苏世独立,横而不流兮。闭心自慎,终不失过兮,秉德无私,参天地兮"等,都是诗人精神、品质的写照。《士冠礼》所载冠词与《橘颂》都说到"德"("以成厥德"、"秉德无私"),并非偶然。显然,这是诗人在举行冠礼之后抒写怀抱之作。

第三,古之冠辞亦称为"颂"。《孔子家语·冠颂》云:

> 明年夏六月,既葬(按:指葬武王),冠成王而朝于祖,以见诸侯,以为君也。周公命祝雍作颂,曰:"祝王达而未多。"祝雍辞曰:"使王近于民,远于年,啬于时,惠于财,亲贤而任能。"其颂曰:"令月吉日,王始加元服。去王幼志,□服衮职。……

那么,前引《仪礼》中的《冠辞》,也可以称之为《冠颂》。冠礼为人生之大事,而对于从小具有远大志向的人来说,更是树立目标、实现志向的开始,所以特别受到重视。屈原的《橘颂》借物写志,不是宾祝的祝颂辞,但却是仿士冠颂而作,故亦称之为"颂"。这是《橘颂》的题目同《九章》中其他八篇完全不同而名之为"颂"的原因。

第四,《橘颂》开头云:"后皇嘉树,橘徕服兮,受命不迁,生南国兮。"表现出一种"天将降大任于斯人"及"天生我材必有用"的味道。钱澄之《屈诂》注"受命不迁"等句云:"受命不迁,得之天也;深固难徙,存乎志也。惟有志乃能承天。"《橘颂》所包含的这层意思同《仪礼》所录士冠辞中"受天之庆""承天之休""承天之祜""承天之庆,受福无疆"等的意思大体一致,而更表现出诗人的自信。

第五,《仪礼》录《士冠辞》云:"弃尔幼志,顺尔成德。"《孔子家语》录《成王冠颂》中也有"去王幼志"之语。《橘颂》则云:"嗟尔幼志,有以异兮。"这不是语言上的偶然巧合。所谓"幼志",在当时是有固定的意义的,乃指未成人时的种种愿望。《士冠辞》指出"弃尔幼志",意思是自此已为成人,应树立大志。而屈原说"嗟尔幼志,有以异兮",是因而进之,来表现自己从小已树立为国效力的大志。这一句虽然表现了全新的思想,也反映了屈原继承中的创造性,但显然是来于冠辞的成句。这是《橘颂》作于诗人举行冠礼之时的又一个可靠证据。

第六,《橘颂》全诗的语言,也体现出因《士冠辞》而成文的痕迹,如"后皇嘉树,橘徕服兮"二句。因为冠礼也称为"嘉礼","嘉"字为冠礼中最常用的吉祥词语,在《仪礼》所引录《士冠辞》中出现五次(如"祭此嘉爵")。《橘颂》首句称象征诗人品格的橘树为"嘉树",与此相类。

"服"字在《士冠辞》中出现六次,而且都用为韵脚字。看来,此字也是在冠礼中所习用者。当然,《橘颂》中"服"字之义,与"士冠辞"中的不一定一致。但这个字在冠礼仪式中的反复出现,特别是作为韵脚字出现,在人们头脑中形成了很深的印象,因而从潜意识上影响到诗人遣词命义以至叶韵,对屈原这首抒情小诗的构思和形成都有不小的影响。

有些作品影响及人,往往微妙而难以理论。有辞似而意反者,有意似而辞异者,鬼使神差,连作者也难以说清其间的关系。但从创作心理上说,它们之间确实有某种联系,却是不可否认的。《橘颂》同《士冠辞》间的关系,正是如此。

由以上六点可以肯定,《橘颂》是屈原举行冠礼时明志之作。

二、《橘颂》作于楚威王六年

关于屈原的生年,虽然都依据"摄提贞于孟陬兮,惟庚寅吾以降"等文字,但学者们的看法尚不一致。大体说来,有十种说法:

1. 清刘梦鹏首先根据屈原生平确定生于楚宣王四年乙卯(前366)夏历正月。①

2. 清邹汉勋根据历史年表,参照《史记》所载屈原活动年代用殷历推算,生于楚宣王二十七年戊寅(前343)正月二十一日;②刘师培用

---

① 刘梦鹏《屈子纪略》,见刘氏《屈子章句》附,清乾隆五十四年藜青堂本。
② 邹汉勋《屈子生卒年月日考》,见《邹叔绩遗书》。

夏历推算,结果完全相同。①

3. 清陈玚用周历推算,结果同邹汉勋基本一致,为楚宣王二十七年戊寅正月二十一日或二十二日。②

4. 清曹耀湘推算生于楚宣王十五年丙寅(前335)夏历正月。③

以上五家四说,刘梦鹏之推定无多证据。其他都据干支历史年表推算。然而顾炎武《日知录》卷二十已指出:"古人不用干支名岁","后人谓干支岁,癸亥岁,非古人"。今所见战国时代历史年表乃是东汉人废止岁星纪年后按当时干支纪年逆推排定,同战国时代岁星纪年的岁名并不一致。所以,这些结论均不可靠。

5. 郭沫若从《吕氏春秋·序意》里记载的"惟秦八年,岁在涒滩(太岁在申曰涒滩)"推算,楚宣王二十九年(前341)应当是寅年;但这年无庚寅,因之郭沫若以为在这一百多年中太岁超了一次辰,故减去一年,为前340年。根据新城新藏《东洋天文史研究》所附《战国秦汉长历图》,这年正月初七为庚寅日。④

6. 浦江清以《史记·历书》和《汉书·律历书》都记载的汉武帝太初元年太岁在寅(摄提格)的史事为起点,根据岁星一周天的年月,推算为前341年。但因这一年正月没有庚寅日,因而它提出岁星纪年有两种方式,一种是以岁星在星纪宫为摄提格,另一种是以岁星在娵訾宫为摄提格;据《吕氏春秋·序意》所载"惟秦八年,岁在涒滩"的记载看,战国时都是以岁星在娵訾宫为摄提格,因而挪后两年,定前339年夏历正月十四为屈原生日。⑤

7. 林庚从朱熹之说,认为"摄提"非"摄提格",不是指年而是星名。正月(寅月)、"庚寅"应指正月中有特殊意义的一天。林氏认为应指"人日"(正月初七),而根据新城新藏的《战国秦汉长历》,只有前335

---

① 刘师培《古历管窥》,刊1911年《国粹学报》。
② 陈玚《屈子生卒年月表》,光绪二十七年丙子黎阳端木垺刊本《楚辞》附录。
③ 曹耀湘《屈子编年》,见其《读骚论世》,1915年湖南官书局拍印本。
④ 郭沫若《屈原研究》,《郭沫若全集·历史编》第四卷,第17—18页。
⑤ 浦江清《屈原生年月日的推算问题》,《历史研究》1954年第1期。又见《楚辞研究论文集》,作家出版社1957年版。

年(楚威王五年)的正月初七日为庚寅日。故定前335年正月初七为屈原生日。①

8. 汤炳正据《史记·天官书》"岁星一曰摄提"的记载和1976年陕西临潼出土利簋铭文,确定《离骚》中"摄提"即指岁星。岁星的会合周期如在夏历正月,则这个月一定是建寅之月。而这一年也就是后代说的"太岁在寅"之年。又据1972年临沂银雀山汉墓出土的《元光历谱》和1973年长沙马王堆三号汉墓出土的帛书《五星占》,周显王三年(前366)正月,岁星(木星)的位置恰恰是晨出东方,即所谓"摄提格"之年。根据木星同太阳的会合周期,楚宣王二十八年(前342)正月,木星亦晨出东方。据《战国秦汉长历》而这一年的正月二十六日又恰是庚寅日。因此,推断前342年夏历正月二十六日为屈原生日。②

9. 陈久金《屈原生年考》在汤炳正先生研究的基础上作了更为严密的论证,确定为前341年正月。③

10. 胡念贻在太初元年为岁在星纪基础上重作推算,比起浦江清的结论来,多加了岁星一个周天(11.8622年)的时间,为前353年;这年正月二十三为庚寅。④

以上的六说,郭沫若之说因为前340年岁星事实上不在星纪宫,故不能成立。林庚之说是依据了魏晋之后才有的"人日"风俗所确定。当时张汝舟已指出其不可取。⑤汤炳正、陈久金的推算依据了地下出土的天文资料,较以往各说都严密而可信程度大,唯前342年岁星在十一月下旬才进入星纪宫,那年不是寅年;而前341年正月无庚寅日。浦江清依据汉武帝太初元年太岁在寅的可靠记载推算,唯因无形中受此前学者所推屈原生年皆在前343年到339年之间的影响,只在这几

---

① 林庚《屈原生卒年考》,见《诗人屈原及其作品研究》,古典文学出版社1957年版。
② 汤炳正《历史文物的新出土与屈原生年月日的再探讨》,《四川师范学院学报》1978年第4期;又见《屈赋新探》,齐鲁书社1984年版。
③ 陈久金《屈原生年考》,《社会科学战线》1980年第2期。
④ 胡念贻《屈原生年新考》,《文史》第五辑;又见《先秦文学论集》,中国社会科学出版社1981年版。
⑤ 张汝舟《谈屈原的生年》,《光明日报》1951年10月13日;又见《楚辞研究论文集》。

年的范围中确定之,故在前104年基础上直接加了二十个岁星周期的时间(11.6822×20);又因这年没有庚寅日,因而据钱大昕《太岁太阴辨》,"疑心上面所推的元前三四一年是太阴在寅,欲求太岁在寅还要移后两年,应该是元前三三九年"。但浦先生以岁星在娵訾宫为摄提格并不可信,证之以《汉书·天文志》"太岁在寅曰摄提格"一句,引石氏《星经》"在斗,牵牛",及甘氏《星经》"在建星婺女",均是言在星纪宫的位置,非娵訾宫的位置,故其前提不能成立。

胡念贻在浦江清研究的基础上,更向前推岁星一周天时间,为前353年,此年正月二十三日为庚寅。且无论周正或夏正此年正月都有庚寅日。这样看来,以屈原生于前353年即楚宣王十七年最为可信。

古代举行冠礼一般在二十岁之时。《礼记·曲礼上》:"人生十年曰幼,学;二十曰弱,冠。"孔颖达《疏》云:"幼者,自始生至十九岁时。'二十曰弱,冠者',二十成人,初加冠,体犹未壮,故曰弱也。"唐贾公彦《仪礼正义》卷三引郑玄《三礼目录》云:"童子任职居士位,年二十而冠。"此亦据《曲礼》之义为言也。

但古代又有"十九而冠"之说,《说苑·修文》云:"冠礼,十九见正而冠。古之通礼也。"实则,这是汉代人误解典籍而造成的错觉。《荀子·大略》:"天子诸侯十九而冠。"又《说苑·建本》:"周召公年十九,建正而冠。"是"十九"为天子诸侯之子行冠礼之时。故一般士人、卿大夫之子皆二十而冠,如《礼记》之文与郑玄之注。

根据这一点,我们就推得楚威王六年(前334)屈原二十岁(古人言年岁,生下的当年为一岁,次年为二岁,用虚岁);也就是说,《橘颂》就是在这一年写的。

这里要解释一下"见正而冠"的意思。《韩诗外传》卷七云:"十九见志,请宾冠之,足以成其德。"则"见正"即"见志"也。又《说苑·建本》:

> 魏文侯问"元年"于吴子,吴子对曰:"言国君必慎始也。""慎始奈何?"曰:"正之。""正之奈何?"曰:"明智。""智不明何以见正?""多闻而择焉,所以明智也。……"

则"见正"即见其志趣已正之意。天子诸侯之子志趣已正,则可以任家国之事。那么,屈原在行冠礼之时写《橘颂》以明志,也是同先秦人们对冠礼的普遍看法有关。这对于我们认识《橘颂》的创作心理,也大有益处。

《韩诗外传》言"十九见志,请宾冠之,足以成其德",实指出古人冠礼的两个主要的宗旨:一是"见志",一是"成德"。屈原的《橘颂》中这两方面都有突出的表现。关于第一点,"嗟尔幼志,有以异兮","深固难徙,更壹志兮"即是;关于第二点,"秉德无私,参天地兮"即是。则屈原于二十岁之时所定志向,可谓大矣,于个人在品德修养方面所定目标,可谓高矣,这也就可以使我们更深刻地理解诗人何以在《离骚》等作品中反复申说"汨余若将不及兮,恐年岁之不吾与;朝搴阰之木兰兮,夕揽洲之宿莽"的深刻含义了。

三、屈原的青少年时代

东方朔《七谏》之《初放》云:"平生于国兮,长于原野。言语讷涩兮,又无强辅。"洪兴祖《考异》:"一本'国'上有'中'字。"王逸注:"平,屈原名也。""高平曰原,坰外曰野。言屈原少生于楚国,与君同朝,长大见远,弃于山野,伤有始而无终也。"王逸此注有两处错误:

第一,"国"不是笼统指楚国而是指都城,即郢都。《吕氏春秋·明理》:"有狼入于国。"注:"国:都也。"《礼记·曲礼上》:"入国而问俗。"注:"国中,城中也。"《文选》所载宋玉《对楚王问》云:"客有歌于郢中者,其始曰《下里》《巴人》,国中属而和者数千人。其为《阳阿》《薤露》,国中属而和者数百人。其为《阳春》《白雪》,国中属而和者,不过数人而已。"又《庄子·秋水》:"惠子相梁,庄子往见之。或谓惠子曰:'庄子来,欲代子相。'于是惠子恐,搜于国中三日三夜。"此"国中"亦指大梁甚明。以上楚语之习惯用法。则东方朔所谓"生于国中",是言生于郢都,非笼统言生于楚国也。

第二,"长于原野"是指青少年时代在原野之地度过,非指见弃于原野之事。

屈氏的始祖熊伯庸于西周之末被封于屈（庸以北汉水边上，"屈"亦作"甲"）。后楚人势力南迁，屈氏亦随之南迁。至屈原父亲时，仍居之都城，故生屈原于郢都。因为屈氏作为王族已十分疏远，可以说已经成了没落贵族。大约在他小时，他家曾因父亲的职务变动而迁往原野，过了若干年才又返回郢都。屈原长大成人，因其才华出众，被召入兰台之宫，后又被任命为左徒。屈原在其《惜诵》一诗中说的"思君其莫我知兮，忽忘身之贱贫"，便反映了他的身世。

屈原既生于郢都，而后来其家被迁于"原野"，属于"贱贫"之列，则其父开始应是在都城任职，可能是因为犯了什么过错，曾被迁于"原野"。根据当时楚国种种情形及屈原赋中所透露的信息看，是被迁之于云梦一带楚王游猎区，负责山林泽薮的事务。因为当时楚国迁放大臣，是在汉北云梦之地①。后来屈原被怀王遣放于汉北之地，原因与此相同。

东方朔《七谏》之《初放》一章，透露了屈原初放之地同其少年时代生活之地的关系：

> 平生于国兮，长于原野。……见怨门下。王不察其长利兮，卒见弃乎原野。……斩伐橘柚兮，列树苦桃。便娟之修竹兮，寄生乎江潭。上葳蕤而防露兮，下泠泠而来风。

其中说屈原"长于原野"，初放亦在"原野"。所写景色"高山崔巍兮，水流汤汤"，及设喻诸物如"橘柚"，所叙地名如"江潭"，也都是同云梦之地相合的。

屈原《哀郢》写其由郢都东行的情景，其中说：

> 登大坟以远望兮，聊以舒吾忧心。哀州土之平乐兮，悲江介之遗风。

---

① 见拙文《汉北云梦与屈原被放汉北任"掌梦"之职考》，收于拙著《屈原与他的时代》，人民文学出版社 2002 年版，第 325—337 页。

王逸注第四句云:"闵惜乡邑之饶富也。"这个解释似是而非。谭其骧《云梦与云梦泽》一文详细考述了从先秦到秦代云梦泽及周围一带地理的变化情况。关于战国时云梦泽一带,他说:

> "方九百里"的云梦泽,北以汉水为限,南则"缘以大江",约当今监利全县、洪湖西北部、沔阳大部分及江陵、潜江、石首各一部分地。云梦泽以东,大江西北岸,又有一片由大江在左岸泛滥堆积而成的带状平原,其北部是春秋州国的故土,于战国为州邑,也就是《楚辞·哀郢》的"州土"(州城故址在今洪湖县东北新滩口附近)。

我以为,《哀郢》中的那几句是诗人船过夏口附近西望而悲叹州土的平乐及江汉间淳厚风俗将不复存,乃是回忆他快乐的青少年时代——人们在受到挫折之时,总会忆及童年和青少年时代尚未承担家庭与社会责任时无忧无虑的生活,即使那段生活在实际上是艰苦的,也因为已经过去而在记忆中变得十分值得留恋。

云梦西北为平原之地,再北、再西则有丘陵。《离骚》中叙及他出仕以前汲汲自修的情况时说:

> 纷吾既有此内美兮,又重之以修能。扈江离与辟芷兮,纫秋兰以为佩。汩余若将不及兮,恐年岁之不吾与。朝搴阰之木兰兮,夕揽洲之宿莽。

诗人用比喻的方法写其品德学识上的自修,但引物取喻,不是随便产生的,它总有环境、经历、心理体验、认识积累以至潜意识上的原因。诗人写到阰(小山),写到洲,也同云梦游猎地状况相符合(云梦游猎区地理状况之考述详《汉北云梦与屈原被放汉北任"掌梦"之职考》)。

而屈原以橘自喻,也是与其个人经历有关的。《吕氏春秋·本味》云:

> 果之美者，江浦之橘，云梦之柚。

上文实为互文，意谓果之美者为江浦云梦之橘柚。因为云梦之地本即在江浦。春秋以前，云梦在汉北，以后其西部逐渐变高而成陆地，云梦泽渐次向东南移，其西与西北成丘陵林莽、禽兽出没之地，而其北部云梦城一带，则为平原。

《战国策·赵策二》记苏秦以合纵说赵王云：

> 大王诚听臣，燕必致毡裘狗马之地，齐必致海隅鱼盐之地，楚必致橘柚云梦之地，韩魏皆可使致封地汤沐之邑。

此亦把楚云梦之橘柚作为楚国能与六国争胜的特产，而"橘柚云梦之地"也被看作六国垂涎之土。屈原少年时代生活在云梦之地，所以把自己比作橘树，比作一棵生长在云梦之地的橘树。

屈氏毕竟是王族，昭、屈、景在当时也仍然是大姓。所以，屈原家大约在他十多岁以后便回到了郢都，他有可能同其他贵族子弟一样入太学受到三闾大夫的教育。《礼记·内则》云："十岁出就外傅，居宿于外，学书计。"《礼记》虽然不一定是根据楚国的礼俗编成，但其中也反映了一些战国时普遍的习俗礼仪。事实上，从屈原的思想行为及《离骚》开头部分写的"纷吾既有此内美兮，又重之以修能，扈江离与辟芷兮，纫秋兰以为佩"等来看，他从小就汲汲自修，不断在学业上、思想上充实自己。他之所以能这样，只有一个解释，便是具有很好的家庭教育。家庭教育是一个人发展的基础，是形成心理特征、意志萌芽的最主要的温床。他的父亲屈昜在怀王初年任大莫敖之职（大莫嚣屈昜见《包山楚简》第7简。莫敖，出土楚简中皆作"莫嚣"），也一定是一位具有很好的文化修养的人。

屈原在青少年时代受过良好的教育，这从他青年时代写成的，表现着文学才华和人生远大志向的《橘颂》中可以看出：

> 曾枝剡棘，圆果抟兮，青黄杂糅，文章烂兮。

这是写橘，还是写人？很明显，它是诗人借橘而自道。王逸说："屈原自喻才德如橘树，亦异于众也。"蒋骥《山带阁注楚辞》云："不迁，喻其不适于他邦；难徙，喻其不逐于污俗；花叶以喻文艺，枝棘以喻廉隅，圆果以喻实德，文章喻实德之发于经纬，内白喻实德之蕴于幽独，宜修以喻己之修为。"逆诗人之志而阐发精微，颇有助于理解。即《橘颂》一诗的表现方式，也完全学习了《鸱鸮》全诗取喻的办法，可见，诗人是熟悉《诗》的。又诗中所举伯夷，也是见之于《尚书》的伯夷，而不是孤竹君之子。《国语·郑语》："伯夷能礼于神以佐尧。"则伯夷是由尧而入于舜时的人物。《尚书·舜典》：

> 帝曰："咨四岳，有能典朕三礼？"佥曰："伯夷。"帝曰："俞，咨伯。汝作秩宗（注：秩，序；宗，尊。主郊庙之官）。夙夜惟寅，直哉惟清。伯稽首，让于夔龙，帝曰："俞，往钦哉！"

又《吕刑》："伯夷降典，折民惟刑。"又云：

> 王曰："嗟，四方司政典狱，非尔惟作天牧。今尔何监，非是伯夷播刑之迪？……"

伯夷乃是尧的臣子，曾制定典礼刑法，助舜理天下。屈原自小以伯夷为榜样，很有些像后来三国时的诸葛亮从青年时即以管仲、乐毅自喻。《离骚》中写到政治上受到打击后往往就正于舜，恐亦同他一直以伯夷自喻的意识有关。

由以上两例可以看出，屈原二十岁时已对《诗》《书》等典籍精熟深究，并且有所体会。

云梦之橘，是楚国的丰饶土地和灿烂文化的象征，屈原用以自喻，既表现了他的人格与志向，也包含着个人的经历和生活体验在内。

四、屈原为左徒之前的任职与《大招》之作

左徒乃是负责国家外交大事的大夫,屈原虽然少有才华,早露锋芒,但不可能一任职就到这么高的位置。在此之前,必然有一段任较小官职的时期。屈原任左徒之职在怀王十年,当时三十五岁,无论在政治上,还是在能力上,都趋于成熟。在此之前,必然是经历了一段时间的锻炼的。他虽然自小胸怀大志,具有爱国思想,但要面对现实提出一些具体的方略,采取一些重大步骤,非有一个对现实进行观察、思考、研究的阶段不成。

根据屈原从小在《诗》《书》典籍上所获得的修养及后来被任以必须熟知历史兴亡、各国之历史、现状并须善于辞令的左徒之职看,他应是在楚兰台讲习学问,并充当文学侍臣的。他在怀王十六年以前深受信任,也反映出此前他同君王的关系是比较密切的。这也是常常接近君王的文学侍臣所具有的特征。

这在《文心雕龙》中还可以找到证据。其《时序》篇云:

> 唯齐楚两国,颇有文学。齐开庄衢之第,楚广兰台之宫,孟轲宾馆,荀卿宰邑。故稷下扇其清风,兰陵郁其茂俗。邹子以谈天飞誉,驺奭以雕龙驰响,屈平联藻于日月,宋玉交彩于风云。

从这段文字看,屈原、宋玉都曾供职于兰台之宫。宋玉一直任文学侍臣的小官,这是从他的很多作品都可以看出的。《九辩》第一章中说:"贫士失职而志不平。"第五章云:"愿衔枚而无言兮,尝被君之渥洽。"又《文选》载宋玉《风赋》云:

> 楚襄王游于兰台之宫,宋玉景差侍。

那么《文心雕龙》言屈原曾在兰台之宫供职,亦应非向壁虚造。又《楚辞章句·九辩序》云:"宋玉者,屈原弟子也。闵惜其师忠而放逐,故作

《九辩》以述其志。"我以为这里所谓"师",所谓"弟子",是因为屈原是兰台前辈,后宋玉也至兰台,故以为师。这同司马迁在《屈原列传》中说的宋玉、唐勒、景差之徒"皆祖屈原之从容辞令"的说法一致。

关于兰台之宫的性质,从《文心雕龙》所说来看,应同齐之稷下一样,是聚集文人学士讲学论艺,读书作赋的地方。西汉时称宫中藏书处为"兰台"。而汉初在文化方面是承袭楚俗的。则刘勰在《文心雕龙》中所说,应属可信。又《史记·楚世家》:"王缙缴兰台,饮马西河。"看来有时文人们也要陪君王娱心助兴,谈艺论文。

顷襄王是喜好淫逸享乐的君王,而楚怀王也有时附庸风雅,召集文人献赋吟诗。《七国考》引《拾遗记》云:

> 楚怀王之时,举群才赋诗于水湄,故云《潇湘洞庭之乐》,听者令人忘老,虽《咸池》《箫韶》不能比焉。

屈原在兰台之宫供职,当是在举行冠礼之后,也就是说在前334年(楚威王六年)之后。

屈原在怀王十年任左徒之职以前除了供奉兰台之宫以外还任过什么职,已无从考知。

自然兰台之宫有地位高的硕学宿儒、通人大家,也有后学晚辈、生徒之属。例之以齐稷下,应有不同等级。屈原在此,不断学习,在研讨撰述之中,必然会越来越得到提高,同时也崭露头角,受到君王的重视。

屈原在兰台之宫一段时间的作品,已无从考稽。从有关记载和作品内容分析,《大招》应是屈原在这个时期的作品。王逸《大招序》云:

> 《大招》者,屈原之所作也。或曰景差,疑不能明也。

这篇赋形式上不及《招魂》有创造性,应是反映了较早的楚宫招魂词形式。所以,不当产生在《招魂》之后,而只能在《招魂》之前。因此,不应该是景差所作,而应是屈原所作。从王逸先言"屈原之所作也"看,似当时人们一般认为是屈原所作。

这篇作品是什么情况下写的呢？前329年楚威王卒，《大招》应是招威王之魂而作。其年屈原二十五岁，应已在兰台之宫，则王逸之说，应非无据。又，此篇艺术上较弱，且传世《楚辞》之书皆列在《招魂》之后，却名之曰"大招"，而不名"小招"，一则春秋战国时区分相同篇名往往在前者或加"小"或不加，在后者加"大"以别之。如《诗》之《小雅》和《大雅》，《叔于田》和《大叔于田》。二则《招魂》是屈原招怀王之魂所作，《大招》是招怀王之父威王所作，故按君王之辈分，名招威王之魂者曰"大招"。

《大招》中的描写，大约也只有同君王比较亲近的人才能知道，才能描写得出。特别是《大招》除却前一部分按招魂词的固定规格说了魂不能向东，不能向南，不能向西，不能向北之后主要是写饮食佚乐的内容。第一段是说楚宫的美味佳肴。第二段是音乐舞蹈美女之乐，其前半云：

代秦郑卫，鸣竽张只。伏戏《驾辩》，楚《劳商》只。讴和《阳阿》，赵萧倡只。魂乎归徕！定空桑只。二八接舞，投诗赋只。叩钟调磬，娱人乱只。四上竞气，极声变只。魂乎归徕！听歌撰只。

下接佳丽之美的描述。其所谓"定空桑（瑟名）"云云，似是以一个精于诗赋的文学侍臣角度评论之。写到各种歌曲之名，也同兰台之宫文学侍臣的身份相符。

第三段写居室之美。其前半云：

夏屋广大，沙堂秀只。南房小坛，观绝霤只。曲屋步壛，宜扰畜只。腾驾步游，猎春囿只。琼毂错衡，英华假只。茝兰桂树，郁弥路只。魂乎归徕！恣志虑只。

所谓"腾驾"亦即《九歌·湘夫人》所说的"将腾驾兮偕逝"的"腾驾"。写到田猎中之文事，也同兰台文士陪王逸豫游乐、随时写诗献赋的情形一致（即所谓"绩缴兰台之宫"）。

然后写宫中珍禽异鸟,接着写:"室家盈廷,爵禄盛只","三圭重侯,听类神只。察笃夭隐,孤寡存只。魂兮归徕,正始昆只"等等,由玩乐而入于政事,颇有微言相讽之意。

至最后一段,则直接夸楚国之强大和表现作者对于美政的看法,流露出一定程度上的政治改良的设想。如所谓"发政献行,禁苛暴只。举杰压陛,诛讥罢只。直赢在位(按指正直而有才干的人在位),近禹麾只。豪杰执政,流泽施只。魂乎归徕,国家为只。雄雄赫赫,天德明只。"都可以看出作者是一个有一定政治理想,并且具有改良思想的人。此篇末尾云:"魂乎归徕,尚三王只!"这同《离骚》中步武"前王",称述"三后",《抽思》中"望三王("王"原误作"五")以为像"的情形一样,都反映出屈原作为楚三王的后代,追念楚国最强盛的时代,既要尊称国君先祖,又要光耀自己始祖的心情。

根据以上理由,我以为《大招》为屈原在二十五岁任职兰台之宫时招楚威王魂所作,时在前329年。

总结以上考述,得出如下几点结论:

一、《橘颂》是屈原二十岁举行冠礼时的作品。屈原生于公元前353年,故《橘颂》作于前334年,即楚威王六年。

二、屈原生于郢都,后来随家至云梦之地,在那里长大。他父亲屈易任大莫敖之职,是一个具有很好的传统文化修养的人,屈原从小受到良好的教育,熟读《诗》《书》等典籍及楚国文献,因而从小有远大的志向,也有着强烈的爱国感情。

三、屈原当在举行冠礼之后入兰台之宫讲习《诗》《书》,并为楚王的文学侍臣,故有机会进一步学习和提高,并且对楚国的现状有了更深刻的认识。

四、《大招》是屈原在兰台之宫任职时为招楚威王之魂而作,时在前329年楚威王逝世之时。

(拙著《屈原与他的时代》,人民文学出版社1996年版。此前曾分为两部分刊于《文史知识》1996年第1期与《云梦学刊》1995年第1期。)

《战国策·张仪相秦谓昭雎章》发微

一、《张仪相秦谓昭雎章》的校勘与系年

屈原在楚怀王十六年被疏而去左徒之职。楚受欺于张仪,怀王十七年在丹阳、蓝田两战中遭受到惨重的失败,因此,怀王才又任用屈原出使齐国。这在《史记·楚世家》及《屈原列传》中都有反映。《屈原列传》在叙完怀王十七年的丹阳、蓝田之战后说:

> 明年,秦割汉中地与楚以和。楚王曰:"不愿得地,愿得张仪而甘心焉。"张仪闻,乃曰:"以一仪而当汉中地,臣请往如楚。"如楚,又因厚币用事者臣靳尚,乃设诡辩于怀王之宠姬郑袖。怀王竟听郑袖,复释去张仪。是时屈平既疏,不复在位,使于齐。顾反,谏怀王曰:"何不杀张仪?"怀王悔,追张仪,不及。

《楚世家》中记载:

> 十八年,秦使使约复与楚亲,分汉中之半以和楚。楚王曰:"愿得张仪,不愿得地。"张仪闻之,请之楚。……至,怀王不见,因而囚张仪,欲杀之。仪私于靳尚。靳尚为请怀王曰……又谓夫人郑袖曰……郑袖卒言张仪于王而出之。仪出,怀王因善遇仪。仪因说楚王以叛从约而与秦合亲,约婚姻。张仪已去,屈原使从齐

来,谏王曰:"何不诛张仪?"怀王悔,使人追仪,弗及。

由上面两条材料可以看出:

(一)秦国在蓝田之战以后,提出要割让在楚怀王十七年丹阳之战时占去的楚国汉中之地,以与楚国和好。时在楚怀王十八年。

(二)屈原在怀王十六年被疏,到十八年虽然仍未恢复左徒之职,但已代表国家出使齐国。这是楚国在怀王"贪而信张仪,遂绝齐"之后转变政策,与齐国重新结好的表现。

(三)楚怀王提出要秦国交出张仪,而张仪到楚国后又把他放掉。当时屈原出使齐国,不在郢都。到屈原由齐国回来时,张仪刚离开郢都。

关于这件事开始阶段的情况,《战国策·楚策一》的《张仪相秦谓昭雎》章有所反映。下面就是这段文字:

> 张仪相秦谓昭雎曰:"楚无鄢郢、汉中,有所更得乎?"曰:"无有。"曰:"无昭滑①、陈轸,有所更得乎?"曰:"无所更得。"张仪曰:"为仪谓楚王:逐昭滑、陈轸,请复鄢郢、汉中。"昭雎归报楚王,楚王说之。
>
> 有人谓昭滑曰:"甚矣,王不察于名者也。② 韩求相工师籍而周不听,③魏求相綦母恢而周不听。何以也?周曰:'是列县畜我也。'④今楚,万乘之强国也;大王,天下之贤主也。今仪曰逐君与陈轸而王听之,是楚自待不如周,⑤而仪重于韩魏之王也。且仪之

---

① 引文据嘉庆八年黄丕烈刊刻的姚宏本校改。原来文中六处皆作"昭雎"。鲍彪续注,吴师道补正本指张仪所欲逐者的三处皆作"昭过"。今考证作"淖滑",详本文第四部分。

② 原作"楚王不察于争名者也",《四部丛刊》影印元至正年刊刻的鲍注吴校本无"争"字,是。今据删。此句之前为叙述文字,提到怀王均作"楚王";自此句起为言于淖滑者的言辞,提到怀王六次,五次作"王"或"大王",则此句"楚"字乃涉上而衍,今删。

③ "师"原作"陈"。鲍彪注:"《周策》'陈'作'师'。求周使相之。"金正炜《战国策补释》曰:"按《周策》'陈'作'师'。古书'师'作'帀',因致误'陈'。"今据改。

④ 原作"周是列县畜我也",一作"周曰:是列县畜我也"。鲍本同一本。金正炜《战国策补释》曰:"按此当有'曰'字,涉下'是'字上体而误脱也。"今据补"曰"字。

⑤ "待"原作"行",鲍本作"待"。吴师道《补》曰:"当是待字。"按:据文意当作"待",乃形近致误。今改作"待"。

所欲有功名者秦也,①所欲贵富者魏也。欲为攻于魏,必南伐楚,故攻有道,外绝其交,内逐其谋臣。陈轸,夏人也,习于三晋之事。故逐之,则楚无谋臣矣。今君能用楚之众,故亦逐之,则楚众不用矣。此所谓内攻之者也,而王不知察。今君何不见臣于王,请为王使齐。齐交不绝,②仪闻之,其效鄢郢、汉中必缓矣,是昭雎之言不信也,王必薄之。"

按秦得汉中之地在楚怀王十七年(见《史记》之《楚世家》、《屈原列传》)。提出割汉中之地(即"汉中之半")归还楚国,当在十七年之后,而张仪在秦武王元年(即楚怀王十八年)底即已离开秦国,到了魏国。所以文中反映的事情当发生在楚怀王十八年前半年。鲍彪在"张仪相秦"句下注:"复相时。"又说:"秦惠王十三年(按即楚怀王十七年)取汉中,故至是许复之。"也注意到了这些方面。清人林春溥《战国纪年》、顾观光《国策编年》、于鬯《战国策年表》也都系此章于楚怀王十八年。

又:《楚世家》和《屈原列传》中反映的秦国归还汉中之地以与楚和好,未附加任何条件,而《张仪相秦谓昭雎章》反映的是以赶走昭滑、陈轸为条件的。按情理,附加条件的交涉应在前,未附加条件的交涉应在后。秦国刚刚击败楚国,估计楚国会服从,所以才图谋趁此时清除楚国朝廷中的抗秦力量;其目的未能达到,而楚国反而派人使于齐,恢复齐楚邦交,秦国由于战略上的需要,才放弃这个条件而与楚和好。从这一点说,《张仪相秦谓昭雎章》反映的秦国企图从楚国赶走淖滑、陈轸的事应在派使臣到楚国交涉割汉中之地以和好之前。

《战国策·张仪相秦谓昭雎章》所反映同《史记》中《楚世家》《屈原列传》所反映的,是一件事情的前后两个阶段。

此外,我以为这篇文字开头的"相秦"二字乃是注入阑文者。据

---

① "欲"原作"行"。鲍彪注云:"欲立功名于秦,取富贵于魏。"金正炜《战国策补释》云:"'行'字疑本作'欲','欲'与'行'草书相似,又涉上'待'误为'行'而讹也。"今据改。

② 原作"请为王使齐交不绝,齐交不绝……"鲍本"齐交不绝"四字不重。按:如四字重,则语意不通;四字皆不重,"请为王使齐交不绝",亦不成句。所衍者应为前面的"交不绝"三字,今删之。

《史记·六国年表》，张仪复相秦在秦惠王初更八年，即楚怀王十二年（前317年）。注文在于说明此事发生在张仪相秦之时。

二、其中的"有人"即为屈原

《战国策》中这段文字，特别值得注意的是其中"有人曰"的这个人。事实上这一章主要在于记述这个人议论、分析的那一段，开头一段文字不过是交代背景而已。

这个人听到秦国企图从楚国朝廷中赶走淖滑（昭滑）、陈轸，即向淖滑指出其问题的严重性，并提出应对之策，要淖滑引他面见楚王，"请为王使齐"，以恢复齐楚邦交。这与屈原在怀王十八年使齐之事正合：《张仪相秦谓昭雎章》只反映了谋求使齐时的情况，《屈原列传》与《楚世家》则记载了返回时遇到的事情。

从路途远近看，由郢都（纪南，纪郢，《公羊传·宣公十二年》称之为"南郢"，近年出土楚简中称之为栽郢）至齐国的都城临淄往返所需的时间，大约是由秦国都城咸阳至郢都往返所需时间的二倍。秦国听到楚国派人使齐结好，因而放弃逐淖滑、陈轸的条件，派使臣往郢都与楚结好。使臣由咸阳至郢都，再由郢都带着怀王"愿得张仪，不愿得地"的意见返回咸阳。张仪又由咸阳至郢都，在郢都活动、得释、离去。这恰等于由郢都至临淄，再由临淄返回的时间。屈原由齐返回，正在张仪离开后不久，则《张仪相秦谓昭雎章》所记这个人要求使齐的时间与屈原在十八年的使齐时间正合。

我们说屈原在十八年初使齐与《张仪相秦谓昭雎章》记载的这个人的使齐时间相合，还有《新序·节士》篇关于屈原事迹的一段文字可以证明。《节士》中说：

> 怀王大怒，举兵伐秦，大战者数。秦大败楚师。是时怀王悔不用屈原之策，以至于此。于是复用屈原。屈原使齐，还，闻张仪已去……

文中"大战者数"主要指丹阳、蓝田两大战役（据《史记·秦本纪》，这年中秦楚还有其他战事）。

《张仪相秦谓昭雎章》说这个人要求淖滑领他去见怀王，要求派他使齐结好，与《新序·节士》说的怀王悔悟，"复用屈原，屈原使齐"，完全相合。《张仪相秦谓昭雎章》反映的这个人的使齐，应同屈原的使齐是同一回事。

根据以上理由可以确定：《张仪相秦谓昭雎章》说的这个要求使齐恢复齐楚邦交的人，或者是屈原，或者是同屈原一起使齐的人。

但是，根据下面的理由，我认为这个人就是屈原。

首先，怀王十六年屈原被撤去左徒之职，即不能参与军国大事的决策，自然不能轻易见到怀王。不过，这次只是被疏，并未被放（《史记·屈原列传》中说"王怒而疏屈平"）。因而，他可以要求别人替他表白，让楚王见他，听取他的陈说。《张仪相秦谓昭雎章》说的这个人有使齐的能力和愿望，而自己无法向楚王面陈，同怀王十八年时屈原的处境完全一样。

其次，《新序·节士》说到屈原在被疏以前"为楚东使于齐"，可以说齐楚联盟就是屈原缔结的。怀王十六年楚国单方面与齐断交，继又派人辱骂齐王（《史记·楚世家》）。十八年初，楚已屡遭失败，处于极不利的形势之下。在这个时候同齐国复交是有很大困难的。恐怕只有曾经出使齐国而且坚定地主张齐楚联盟的屈原，才能挑起这副担子，因而主动提出去完成这个使命。

再次，这个人的言辞所反映的思想，除外交观点同屈原的一致之外，还表现出了一定的爱国思想。他认为外交上要维护国家的声誉，要顾及国威，不能被人"列县畜之"。这同《离骚》中"恐皇舆之败绩"等诗句表现的思想一致。他一方面说"大王，天下之贤主也"，另一方面又抱怨说"王不知察"、"王不察"。这正是希望怀王成为明主，又怨其糊涂，与《离骚》中"哲王又不寤""怨灵修之浩荡兮，终不察夫民心""荃不察余之中情兮"等句表现的思想感情一致。对楚国的热爱同对国君的忠诚结合在一起，不怕犯颜直谏，这在一般朝秦暮楚的文士是办不到的。

第四，这个人从秦楚两国对峙的实际情况出发，进行精辟的分析，揭穿敌人阴谋，提出应对之策，表现了敏锐的政治眼光和透彻的分析能力，同《史记·屈原列传》中说的屈原"明于治乱，娴于辞令"的特点相合。

这一切，都不能认为是巧合。《张仪相秦谓昭雎章》说的那个要昭滑领他面见楚王，要求使齐的人，我认为就是屈原。

三、有关几个地名及其他地望问题

关于《张仪相秦谓昭雎章》这篇史料，还有几个问题需要谈谈。

篇中说"请复鄢郢、汉中"，关于"鄢郢"，清人张琦《战国策释地》、程恩泽《国策地名考》都作为"鄢"和"郢"两个地方分释，所以三十年代出版的"国学基本丛书"本及1978年上海古籍出版社出版的汇注本《战国策》等均标点为"鄢、郢、汉中"。但是郢都在怀王之时并未被秦国占领过，所以有人怀疑这篇史料的可靠性。

按：楚国自文王建都郢（纪南）以后，曾屡次迁都，凡建都之地，都被称为"郢"，如陈之被称为"郢陈"，考烈王徙都寿春亦命曰"郢"等。并不是只纪南称为"郢"。《史记·楚世家》灵王十二年："于是王乘舟将欲入鄢。"《集解》引东汉服虔之说："鄢，楚别都也。"唐余知古《渚宫旧事》卷一："昭王迁都，惠王因乱迁鄂。""鄂"在这里就是指"鄢"。吴师道《战国策补正》："惠王迁鄢，在宜城。"这就说明了鄢为什么叫做"鄢郢"。

楚国在相当长的时间中处于相对独立的发展状态之中，比起中原国家来，较为封闭，因而一般人把都城的名称看得庄严神圣，都城迁徙之后，仍习惯地用旧名称新地。楚人始居丹阳，"后徙枝江，亦曰丹阳"（杜佑《通典》），楚人强烈的民族感情和希求政治稳定的心理状态，在对都城的称谓上早就表现了出来。从"丹阳"之名的沿用及楚都迁陈后称陈为"郢陈"，迁寿春后又称寿春为"郢"的例子看，"鄢郢"是先秦时楚人对"鄢"的一种称谓。虽然"鄢郢"并称有时也分指鄢和郢两个

地方,但不少情况下确是只指鄢。如《战国策·齐策三》:

> 安邑者,魏之柱国也;晋阳者,赵之柱国也;鄢郢者,楚之柱国也。

把"鄢郢"同魏都安邑,赵都晋阳相提并论,则指一个地方,是很清楚的。

再如白起攻楚,在顷襄王二十年攻占了鄢、邓、西陵等楚都以北的五城,至二十一年又发兵南下,烧了夷陵(在今湖北宜昌县以东,当江陵之西)的楚先王墓,顷襄王匆忙逃往陈,白起便轻易地占领了郢都。这个情况《史记》中记载得很清楚。《秦本纪》:"(昭襄王)二十八年,大良造白起攻楚,取鄢、邓。……二十九年,大良造白起攻楚,取郢为南郡,楚王走。"《六国年表》:楚顷襄王二十年,"秦拔鄢、西陵"。二十一年,"秦拔我郢,烧夷陵,王走陈"。《白起列传》:"后七年,白起攻楚,拔鄢、邓五城。其明年攻楚,拔郢、烧夷陵。"拔鄢、邓、西陵是同一战役的事,烧夷陵、拔郢也是同一战役的事。而《战国策·秦策三》所收蔡泽的上书中说:"白起率数万之师,一战举鄢郢,再战烧夷陵。"所谓"一战"指顷襄王二十年的事,"再战"指顷襄王二十一年的事,则这里"鄢郢"分明是指"鄢"。又《史记·平原君列传》毛遂对楚王说:"白起,小竖子耳,率数万之众,兴师以与楚战,一战而举鄢郢,再战而烧夷陵,三战而辱王之先人。"所谓"辱王之先人"指占领郢都,毁辱楚之宗庙。则"一战而举鄢郢",也是专指拔鄢。所以,杨倞注《荀子·议兵》"然而秦师至,鄢郢举"曰:"鄢郢,楚都,谓白起伐楚,一战举鄢郢也。"则以上文献中"鄢郢"单指鄢,是很清楚的。因为白起取郢未费吹灰之力。秦兵南下火烧夷陵,顷襄王等便弃城逃窜,并未招架。所以史籍中提到第二年战役时,有的说是"拔郢、烧夷陵",有的则只提"烧夷陵"之事。

王逸是宜城人,他生活的时代去六国之末较近,而又潜心研究《楚辞》,故他对于鄢的称谓是清楚的。他的《九思·遭厄》中说:"攀天阶兮下视,见鄢郢兮旧宇。"又《守志》:"朝晨发兮鄢郢。"则在王逸思想上

"鄢郢"是指一个地方,而且是楚故都。又习凿齿《襄阳耆旧传》:"宋玉者,楚之鄢郢人也。"郦道元《水经注·沔水注》:"城故鄢郢之故都,城南有宋玉宅。"也反映了南北朝以前人的看法。

关于鄢在先秦时亦称为"鄢郢",姜亮夫先生亦有详细论证。姜先生的结论是:"楚又曾徙都鄢,故称鄢曰鄢郢,惟时至暂。""楚四徙都,皆以郢命新都,此其旧习如是也。则鄢郢犹言鄢都矣。"①这个结论是完全正确的。

《史记·张仪列传》中说丹阳之战中秦国"遂取丹阳汉中之地",然后说:

> 楚人复益发兵而袭秦,至蓝田,楚大败,于是楚割两城以与秦平。

蓝田其地,据谭其骧主编《中国历史地图册》第一册,在今钟祥西北、双河以东汉水边上,当鄢郢以南约一百来里处。《史记·正义》《通鉴·周纪三》胡三省注、张琦《战国策释地》皆以为今陕西蓝田,误。楚国先败于丹阳,再败于蓝田,不可能第二战反而深入秦国腹地。上引这段文字乃是言楚兵由郢都出发,方至蓝田,即遇进击之秦军,被打败。《战国策·魏策四·献书秦王曰章》云:"秦攻蓝田、鄢郢。"则此蓝田属楚不属秦,其地应在今湖北省。

关于汉中之地的地望,旧以为即后来陕西省之汉中府(如蒋骥),亦误。战国末期秦国汉中郡为今陕西汉中至今湖北郧县以西之地,故"汉中之半"正指"商於之地"和"上庸六县"。

秦国在此前既然已经占领了楚国的丹阳、汉中之地,则所割两城自然在丹阳、汉中之南。鄢郢应即其中之一。

张仪在蓝田之战后通过昭雎向楚王提出,秦国归还在蓝田之战割

---

① 姜亮夫《楚郢都考》,见《楚辞学论文集》,上海古籍出版社 1984 年版,第 218、219 页。

占去的鄢郢、汉中之地，要楚国逐出淖滑（昭滑）、陈轸，这在史实上并无矛盾，应该是可信的。

在地名鄢郢、蓝田、汉中的解释上造成的错误，是这篇宝贵的史料一直未能引起人们注意的原因之一。

四、淖滑事迹与人名考辨

黄丕烈刊刻的姚宏校正续注本《战国策》在《张仪相秦谓昭雎章》中六次出现"昭雎"。按文意，一个是替秦国说话的，一个是秦国要设法从楚国朝廷中逐出去的，六处"昭雎"分明指两个人。鲍彪注本中以秦国要逐出的为"昭过"（共三处）。黄丕烈《战国策札记》说：

> 三"雎"字皆作"过"者为是。下文三"君"字皆称"过"也，故下文云："是昭雎之言不信也。"若谓"雎"，何得云尔？可为明证。作"雎"者，相涉致误耳。

也赞同此处鲍本的文字。但是，史籍中不见有"昭过"。加上鲍彪本《战国策》擅改之处较多，所以人们对鲍本此三处"昭过"也有些怀疑。

按：鲍本以为秦国要从楚朝廷逐出的不是昭雎，是对的，而且字作"昭过"也是其误有因："过"应作"滑"，因形近而误（繁体）。这两字的右上部相同，"过"字的走之旁（隶书）残损，留下痕迹，便似三点水。而淖氏之误作昭氏，在战国秦汉文献中不止一处。

《楚策一》范蠋说：

> 且王尝用滑于越而纳句章。昧之难，越乱，故楚南察濑湖而野江东。

"滑"即《过秦论》中提到的合纵派代表人物"昭滑"。《楚策》此文鲍本作"召滑"。《史记·甘茂传》讲同一件事，也作"召滑"，《韩非子·内储说下》记同一句话作"邵滑"。《战国策·楚策四·齐明说卓滑以伐秦章》中作"卓滑",《赵策三·齐破燕赵欲存之章》作"淖滑"。"卓""淖""昭"古韵平入相转,又都是章纽字,古音相同。"邵""召"二字古通,故"召公"也作"邵公","召南"也作"邵南"。《战国策》中的写法应更接近于本来的写法。秦汉之间"淖"同楚三大姓"昭、景、屈"的"昭"相混,故又写作"昭"。或疑是楚悼王之后,"悼、淖同音,而悼字不祥,故改为淖"。①

从先秦史籍中可以看出,淖滑主要活动在楚怀王之时,怀王十九年他受命到越国去,经营五年,终于在楚怀王二十三年趁越国有昧之难而灭越。② 他屡次领兵作战,是楚国的一位将才。关于淖滑在外交上的主张,贾谊《过秦论》有反映:

> 孝公既没,惠王、武王蒙故业,因遗策,南兼汉中,西并巴蜀,东割膏腴之地,北收要害之郡。诸侯恐惧,会盟而谋弱秦。……以致天下之士,合从缔交,相与为一。……于是六国之士,有宁越、徐尚、苏秦、杜赫之属为之谋,齐明、周最、陈轸、昭滑、楼缓、翟景、苏厉、乐毅之徒通其意……尝以十倍之地,百万之众,叩关而攻秦。

那么,淖滑(此文中作"昭滑")与屈原、陈轸一样,是一个主张联齐抗秦的人物。由这来看,秦国要把他从楚国朝廷中赶走,而屈原希望他识破秦国的阴谋,推荐自己使齐,就是很自然的事了。

以前不少楚辞专家都以昭雎为屈原的同志,认为他是主张联齐抗秦的人物,③其主要根据就是与屈原共同谏阻怀王入秦之事。其实《楚

---

① 参何光岳《楚源流史》,湖南人民出版社1988年版,第360页。
② 吕祖谦《大事记题解》卷四,《四库全书》本;黄以周《儆季杂著·史说·史越世家补并辨》,光绪二十年江苏南菁讲舍刊本。
③ 刘永济《屈赋通笺·叙论》说:"《楚世家》载昭雎谏怀王,亦有深善齐韩、以求复侵地之议,武关之会,昭雎曾与屈子同谋,及怀王入秦不返,又独排群议而奠嗣君,则亦君子俦也。"郭沫若《屈原研究》说:"总之,昭雎不能说就是屈原,他与屈原同时而且大约是同志,所以他们说话相同。使齐时他是做了屈原的副使或随员,也是说得过去的。"

世家》中"昭雎曰：王毋行，而发兵自守耳。秦虎狼，不可信，有并诸侯之心。"这个"昭雎"也是淖滑（昭滑）之误。

从先秦史籍来看，昭雎是一个亲秦人物。《楚策三》记载"楚王令昭雎之秦重张仪，未至，惠王死。武王逐张仪"（事在怀王十八年）。《四国伐楚章》记载秦齐韩魏四国伐楚（怀王二十八年），楚令昭雎将兵拒秦，"楚王欲击秦，昭侯不欲。"《楚策二·齐秦约攻楚章》记载他设诡辩要景翠劝怀王重赂景鲤、苏厉，使人秦结好，给齐以压力（当在楚怀王二十九年）。顷襄王前期，昭雎为令尹，而屈原被放于江南之野，一直未能回到朝廷。昭雎是一个不顾国家利益，为了争权而亲秦的人物。

楚怀王十六年以后，由于上官大夫、靳尚等亲秦人物得势及秦国的离间，楚国朝廷中坚持联齐抗秦外交路线的人是很少的。见之于记载的，屈原、昭阳而外，也仅淖滑、陈轸、景翠数人。昭阳、景翠为两朝老臣，尽管当时可能失去信任，但不至于见不到楚王。文中既然只提到淖滑、陈轸，则当时屈原肯定是已经被疏而离开左徒之职，这个失去了权力但仍抱着一颗爱国之心的人物，便非屈原莫属。

关于文中有关人物的情况未能弄清，是这篇史料以前未引起注意的原因之二。

五、这篇史料未标出主名的原因

这段关于屈原事迹的史料两千多年来未引起人们的注意，主要的原因还是由于其中没有标明"屈原"二字。关于这个问题，应该从《战国策》一书的性质来认识。

现在学者们已经公认：《战国策》并非记言的"左史"或记事的"右史"编成的史书，它是纵横家传抄、汇编，用以练习游说才能的手册。刘向校录此书时发现它有多种本子，编排形式、书名各有不同，就是证明。原名有所谓"短长""长书""修书"等，都是"权变之书"的意思（《史记·田儋列传》："蒯通者，善为长短说，论战国权变为八十一首"）。里面所收,有的是游说辞底稿或追忆稿,有的是上书、书信,只是一般在开头结尾加上了说明背景及有关事件发展与结果的文字,以便读者了解事件的因由和显示文辞的效果。

《战国策》中所收文辞,有不少没有标出主名。仅《楚策》而言,就有六篇(两篇以"或"代之,一篇以"有人"代之,一篇以"客"代之,另两篇只作"为甘茂谓楚王曰""谓楚王曰",主语缺)。还有两篇托为"苏秦",考其史实,实系他人的上书或书信。看来有些文辞在传抄出来之时,上面并未标明主名,其主名是传抄者后来在补充说明背景及有关事件的结果时加上去的。有的主名于理解文辞内容及叙述背景等关系不大,或因为其他原因,没有标出。

1973年马王堆汉墓出土的《战国纵横家书》,共有二十七篇,其中二十一篇开头就未具主名,只作"谓燕王曰""谓齐王曰""自赵献书燕王曰"等,但是这些书信见之《战国策》《史记》的却都标上了主名,有的还被标错(从内容看是苏秦的,却被归之苏代名下)。这就更有力地说明了这些材料并非在开始传抄之时便标明了主名。

《战国策·张仪相秦谓昭雎章》所录屈原那段文字,应是给淖滑的一封信。整个这一章叙事部分文字不多,同时,就这篇文章而言,叙事部分写出不写出主名关系不大。屈原在后期被放逐而死,在一般人眼里他的地位是不高的,他的作品的命运也不会好。何况他独立不迁、坚持斗争的精神,同那些朝秦暮楚、反复无常、只靠一条舌头猎取功名富贵的策士们格格不入,策士们大概也不愿标出他的名字。

总之,我认为:《战国策·张仪相秦谓昭雎章》是先秦时代关于屈原的重要史料,一切借《战国策》不载屈原之事鼓吹"屈原否定论"者可以休矣。

(原载《古籍整理与研究》总第6期,中华书局1991年6月)

《离骚》的比喻和抒情主人公的形貌问题

一、《离骚》的抒情主人公形貌是否统一

在我国,如果看到画上一个上衣下裳①、头戴峨冠、腰佩长剑、形容憔悴的老者的像,连小学生都可以认出来:"屈原!"屈原生活在两千多年以前,为什么人们对他这样熟悉?这就是因为他自叙生平的伟大政治抒情诗《离骚》及《涉江》等《九章》中表现的抒情主人公即诗人自己的形象,不仅在思想与精神上,在外部形貌上也有着突出的特征——

> 高余冠之岌岌兮,长余佩之陆离。芳与泽其杂糅兮,唯昭质其犹未亏。……
> 苟余情其信姱以练要兮,长顑颔亦何伤?
> 余幼好此奇服兮,年既老而不衰。带长铗之陆离兮,冠切云之崔嵬。被明月兮珮宝璐。

这种外貌特征同心怀美政、为实现政治理想顽强斗争九死未悔的伟大精神相映照,形成了屈原的光辉形象。宋元以来屈原的各种石刻、石

---

① 古所谓"裳"类似后代的裙子,在腰间用带束起。我国秦汉以前无论男女,皆上衣下裳。

雕、木刻及画像,虽然风格各异,但所表现的人物,无论在形貌还是情态上,都体现着大体一致的特征。屈原那光耀日月的诗篇,使历代的画家、巧匠、诗人、作家都认识了他,了解了他。

可是,自南宋朱熹发其端,有的学者却要在《离骚》鲜明的主人公形象背后,找出一个妇人女子的身影,作为抒情主人公形象的象征,甚至作为抒情主人公形象的替身。这在客观上起了破坏《离骚》的完整艺术形象,干扰对《离骚》进行艺术鉴赏的作用。八百年来,其说影响甚大,入人心至深。按此种解说以读《离骚》,则如有的学者所指出的,《离骚》抒情主人公外部形貌前后并不统一,所谓"扑朔迷离,自违失照"。

近年有的学者从不同的方面进行探索,试图对它作出一个合理的解释。主要有三种意见。

一种是从作品反映的事实背景,或者说从历史方面来探讨的。潘啸龙同志《论〈离骚〉的男女君臣之喻》一文说,《离骚》前半篇中提到的"灵修""美人"与楚怀王有些相像,至于后部分写的"宓妃","将她当作继怀王被拘以后上台的顷襄王的象征,恐怕倒很合适的"。因而说:"其前半篇的'男女君臣之喻',暗示诗人在怀王时期的经历;后半篇的'求女'不遇,则诗人认为当时的楚国已无明君,顷襄王不过是信美无礼的'宓妃'者流。"①但问题在于:《离骚》前半的结尾处,作者的自我形貌突然发生变化,"摇身一变为男士",在诗中却看不出什么事件上、时间上、形象上、因果关系上的必要暗示。即使在结构上,也看不出层次变化的迹象。就前半篇来说,在被认为是表现了女性特征的"制芰荷以为衣兮,集芙蓉以为裳"两句的后面,紧接着又是"高余冠之岌岌兮,长余佩之陆离",表现着典型男性装束的特征。就后半篇来说,"求女"提到的女子多,也难以认为是影射同一国君。

第二种是从思想方面提出的。这种意见认为,屈原在《离骚》中"有时是君夫臣妇,有时又变为臣夫君妇。而把自己比作夫,是对儒家

———————
① 《文学遗产》1987年第2期。

在君臣方面的伦理道德观念的有力挑战"。这是夏太生《论〈离骚〉人物性别的寓意问题——并评游国恩先生的"楚辞女性中心说"》一文的观点。① 文章只是对为什么有时以男性身份出现而把君比作"女"作了一种解释(该文也是把"求女"解释为求君),却未能从艺术构思的角度上说明诗人何以要这样处理。因为,无论怎样说,无端变来变去,至少也是一个疏漏。

第三种是从句子结构上考虑,对"众女嫉余之蛾眉兮"一句提出新解,以为"余之蛾眉"是"我所爱的美女"的意思。如易重廉《关于〈离骚〉整体结构的思考》一文说:"此'蛾眉'还是谓美女之美。'众女'嫉恨我们的主人公未婚的那位美女,所以造谣说主人公'善淫',希望借此来破坏这桩婚姻。"② 此说认为《离骚》全篇喻国君为美女,抒情主人公为男性,诗中说的"众女嫉余之蛾眉"的"蛾眉"也是国君而不是指抒情主人公自己。但是,细审全诗,这个解释同其他几处均龃龉难合。"众女嫉余之蛾眉兮,谣诼谓余以善淫",从语法上说,上下两句,宾语一致,文意并无转折。从情理上说,因为嫉妒"余"之美貌,才造谣而中伤之;如果是因甲之美貌而造谣中伤乙,岂非手痒而搔足,疽发而剖胸乎?况且,与屈原同列之旧贵族虽因屈原主张政治改革,必欲置之死地而后快,但又怎敢嫉妒国君?而且,同上一说一样,比国君为女子,未免违背当时普遍的君臣观念。

所以,《离骚》的所谓"男女君臣之喻"问题,真使人感到迷惑不解;沿着这条路子所作的各种探索,均到了"山重水复"的境地。

二、"男女君臣之喻"说不能成立

所谓《离骚》抒情主人公形貌前后不一致,是由于承认这两个观点皆成立而产生的:一、《离骚》中存在着系统的"男女君臣之喻";

---

① 《求是学刊》1987年第3期。
② 《中国文学研究》1988年第3期。

二、《离骚》中的"求女"即求君(求楚王之容纳或另求明君)。但我们细读《离骚》之文,所谓贯穿全篇的"男女君臣之喻",是根本不存在的。

主张《离骚》一诗诗人以女子自喻者,其根据主要有三条,但这三条实际都站不住脚。

第一,"曰黄昏以为期兮,羌中道而改路"两句,朱熹《楚辞集注》说:"黄昏者,古人亲迎之期,《仪礼》所谓'初昏'也。"后之主张屈子以女子自喻者,多在这二句上大作文章。但这两句是衍文,洪兴祖《补注》已指出。洪云:

> 一本有此二句,王逸无注,至下文"羌内恕己以量人"始释"羌"义。
> 疑此二句后人所增耳。《九章》曰:"昔君与我诚言兮,曰黄昏以为期。羌中道而回畔兮,反既有此他志。"与此语同。

除了洪兴祖所举两条理由外,还有一条理由:《离骚》全诗,除乱辞之外皆四句为一节;但是,"曰黄昏"二句却同上下都连不起来,孤零零两句,全面来看,显然是衍文。

第二,"恐美人之迟暮"一句。朱熹是"男女君臣之喻"的发明者,连朱熹都认为,从上下语气上看,这"美人"乃是"托意于君",全句言"唯恐其君之迟暮,将不得及其盛时而事之也"。但后来之主张"女性中心说"或曰"男女君臣之喻"者,解此"美人"为诗人自喻。比如游国恩先生说:"《楚辞》中的'美人'二字凡四见:一是《离骚》的'恐美人之迟暮';一是《思美人》的'思美人兮擥涕而伫眙';其余两处便是《抽思》的'矫以遗夫美人'及'与美人抽怨兮'。这四个'美人',后面三个都是指楚王——大概指楚怀王。而第一个却是指他自己。"①游先生没有提出只有《离骚》中的这个"美人"需理解为诗人自己的理由,所以,根据

---

① 《楚辞女性中心说》,见游国恩《楚辞论文集》,古典文学出版社1957年版。

《九章》中三处"美人"的含义及《离骚》的上下文,此处"美人"仍应理解为指楚怀王。《离骚》作于屈原被放汉北期间,正与《思美人》《抽思》在大体相近的心境和生活环境中写成。这三篇中四处"美人"之义,应该是一致的。

第三,"众女嫉余之蛾眉兮,谣诼谓余以善淫",朱熹以来,一些主张"男女君臣之喻"的学者均抓住这一条,向上向下牵合,以求贯通。事实上,这两句不过是随文设喻,是说:同列臣僚像众女嫉妒美女一样嫉妒我,造谣说我行为不轨。二句之意,如此而已。因为这两句在确定《离骚》究竟是否有系统的"男女君臣之喻"的问题上至为关键,故下面对它作一较细致的考察。

首先,从上下文来看,这两句诗上接十四句写抒情主人公取法前修,依彭咸之遗则,而不被理解的情况。显然,抒情主人公是一个思想纯洁、精神高尚的男性长者;从其哀民生而垂涕,因好修被解替,又可见其忧国忧民的政治家形象;而其上下求索,九死未悔的精神,更显示了一个伟岸丈夫的阳刚之美。这些都不可能叫人想到柔弱女子的婀娜姿态。可见,在此二句之前的一大段文字中,没有使这二句的喻意延伸扩展的条件。

一首诗从阅读的顺序来说,限定、伏笔、特征性描写只能向后贯穿,影响及对下文的理解。所以我们要特别着重看看"众女"二句以下几节是怎么写的——

> 固时俗之工巧兮,偭规矩而改错。背绳墨以追曲兮,竞周容以为度。忳郁邑余侘傺兮,吾独穷困乎此时也!宁溘死以流亡兮,余不忍为此态也!鸷鸟之不群兮,自前世而固然。何方圜之能周兮,夫孰异道而相安?屈心而抑志兮,忍尤而攘诟,伏清白以死直兮,固前圣之所厚。
>
> 悔相道之不察兮,延伫乎吾将反。回朕车以复路兮,及行迷之未远。步余马于兰皋兮,驰椒丘且焉止息。进不入以离尤兮,退将复修吾初服。制芰荷以为衣兮,集芙蓉以为裳。不吾知其亦

已兮,苟余情其信芳。高余冠之岌岌兮,长余佩之陆离。芳与泽其杂糅兮,惟昭质其犹未亏。

抄了这么一大段,就抒情主人公而言,可以说是"言与行其可迹兮,情与貌其不变"(《九章·惜诵》),看不出一点以女子自喻的痕迹。"宁溘死以流亡",羡"前圣之所厚",步马兰皋,驰车椒丘,显然是男性,是一个坚强不屈的政治家的形象。在形貌方面,则峨冠岌岌,更不用说是一个被废大夫的装束。所以肯定地说,"众女"二句的比喻意义也并没有向下延伸。

其次,从比喻的形式上来分析,这一节诗抄全是:

怨灵修之浩荡兮,终不察夫民心。众女嫉余之蛾眉兮,谣诼谓余以善淫。

"灵修"指君王;"民心"即人心,指抒情主人公的内心,亦即忠正纯美的品质。四句之中,前二句是正面述说,后二句是比喻。"蛾眉"正与"民心"相应,喻忠正纯美的品质。这里用暗喻的方式,把那些嫉贤妒能者(从本质上讲是破坏改革的旧贵族)比作心胸狭隘、嫉妒成性的"嫫母"。《九章·惜往日》:"妒佳冶之芬芳兮,嫫母姣而自好","虽有西施之美容兮,谗妒入以自代","心纯庬而不泄兮,遭谗人而嫉之"。此皆可作为《离骚》中"众女"二句之注脚。同一个意思,在《离骚》中还以其他的形式表述过。如"世溷浊而不分兮,好蔽美而嫉妒","世溷浊而嫉贤兮,好蔽美而称恶","何琼佩之偃蹇兮,众薆然而蔽之;惟此党人之不谅兮,恐嫉妒而折之"。这些句子说的"嫉贤""嫉美",便是"众女"二句中的"嫉余之蛾眉";"蔽之""折之""称恶",便是"众女"二句中的"谣诼"谓其"善淫";"众""党人",也便是前文之"众女"。相同的意思,以不同形式反复申说,从中根本看不出是诗人全然以女子自喻,看不出以男女情爱象征君臣关系的迹象。简言之,这两句诗只是比喻党人的嫉妒成性,毫不牵扯到楚怀王,不牵扯到诗人同怀王的关系。

这节诗从结构方式上说，前两句为正面述说，后两句是对前两句的进一步申说，却用比喻的方式表现之。这种结构方式在《离骚》中不是个别的。如：

纷吾既有此内美兮，又重之以修能。扈江离与辟芷兮，纫秋兰以为佩。

民好恶其不同兮，唯此党人其独异。户服艾以盈要兮，谓幽兰其不可佩。

这两节诗中每节的前两句对所表现思想和情感类型有所限定，故读后两句，不会因为它用了比喻的形式而发生误解。特别，屈原在这种诗节结构中，往往使后二句中某一个或几个词语同前二句中的某个词语形成对应关系，虚实相映，显得既含蓄又耐人寻味。如上引两节中，"江离""辟芷""秋兰"同"修能"相对应，"服艾盈要"同"独异"相对应。同样，"怨灵修之浩荡兮，终不察夫民心。众女嫉余之蛾眉兮，谣诼谓余以善淫"，"蛾眉"同"民心"相对应。因为"独异"者是"党人"，所以"户服艾以盈要，谓幽兰其不可佩"便决不能理解为是说的采佩花草的事；同样的道理，"不察民心"的是"灵修"（君王），那么，"蛾眉"也绝不能被理解为是说女性的事。

正由于这样，王逸、五臣、洪兴祖、林云铭、蒋骥、戴震、胡文英等都看"众女"二句为随文设喻。王逸解释此二句说："言众女嫉妒蛾眉美好之人，潜而毁之，谓之美而淫，不可信也；犹众臣嫉妒忠正，言己淫邪不可任也。"李周翰曰："众女，喻谗臣也。蛾眉，美女，喻忠直也。言谗邪之人，妒我忠直，皆潜毁之，谓我善为淫乱。"洪兴祖说："诗人称庄姜之贤，曰'螓首蛾眉'，盖言其质之美耳。……言众女竞为淫言，以潜愬我；彼淫人也，而谓我善淫，所谓'恕己以量人'。"胡文英《屈骚指掌》说："蛾眉，谓己之才美出众也；诼，以言语诼害人也。言此皆妒我者谓有此耳，非臣之实有是不善之行也，君奈何不察而信之哉！"林云铭《楚辞灯》云："喻党人知原清白，无可行谗，而以造令自伐污之。"林云铭更同《史记·屈原列传》中的有关记载联系起来,其比喻之蕴含更为清楚。

由以上分析可知,主张《离骚》系统以女子自喻的三条主要根据,都是不能成立的。清代画家门应兆所作《补绘离骚图》,《众女嫉妒余之蛾眉》一幅,屈原形象同其他各幅一样,也是以男性形貌表现之。这些都是从作品本身出发得到的印象,非微言奥义之属,却合乎情理。

三、朱熹"夫妇君臣"说剖析

前此的治骚者对于《离骚》比喻特征和形象塑造手段的探讨之所以在万山圈子里打转,归根结底是受了朱熹《楚辞集注》的羁绊。"男女君臣之喻"是由朱熹的"夫妇君臣之喻"说发展而来,以"求女"为"求君"也是《楚辞集注》所发明。因朱氏之影响极深,所以,我们得把朱熹提出此说的历史根源、思想根源、论证方法以及此说形成的历史过程作一回顾和分析。

朱熹作《楚辞集注》之时,南宋王朝受到金人的严重威胁,朝廷内部主战派同主和派之间斗争激烈。内戚韩侂胄专权,排除异己。朱熹属主战派,希望革除弊政,有所振兴,故常謇謇直言,以至指斥君过,① 因而屡不得志。宁宗时被赵汝愚荐之朝廷,因上疏斥言左右窃柄之失,被韩侂胄借"内批"逐出朝廷。第二年,赵汝愚罢相,贬逐永州,"暴死"于船上。韩又深恐赵、朱在朝野尚有影响,因而一方面严厉打击同情赵、朱者,一方面又收买朱氏门生,指斥朱氏理学为"伪学"。朱熹为楚人,很早就对楚辞产生了兴趣,并受其影响(读朱氏之诗可知)。当其被逐出朝廷报国无门之时,不能不联想到屈原的境遇。旧以为只是"有感于赵忠定之变"而作,失之片面。关于这个问题,林维纯同志的《略论朱熹注〈楚辞〉》一文已有详细论述(《文学遗产》1982年第3期),

---

① 如宋孝宗即位时朱熹上封事言:"修攘之计不时定者,讲和之说误之也。夫金人与我有不共戴天之仇,则不可和也明矣。愿断以义理之公,闭关绝约,任贤使能,立纪纲、厉风俗,数年之后,国富兵强,视吾力之强弱,观彼衅之浅深,徐起而图之。"隆兴十五年入奏曰:"陛下即位二十七年,因循荏苒,无尺寸之效可以仰酬圣志。"

可以参看。可以说,朱熹之注《楚辞》,主要是在写心,是在表现自己的悲哀与愤激。

但朱熹这位专讲礼仪心性的大儒,为什么说屈原是以"男女情爱"喻君臣关系呢?从文化心理的背景上看,前人常将"放臣、屏子、怨妻、去妇"相提并论;从朱熹更深的思想根源上说,他注《楚辞》的目的,除抒发自己的情感之外,还要"增夫三纲五典之重"(朱熹《楚辞集注后序》)。所谓"三纲",其前两"纲"便是"君为臣纲,夫为妻纲"。所谓"五典",也叫"五常",即"君臣、父子、兄弟、夫妻、朋友"。君臣关系是不能看作兄弟和朋友关系的;比作父子虽好,但在屈赋中找不到可以牵合处,因而朱熹便想到把它比附为夫妻关系。

这便是朱熹提出"夫妇君臣之喻"的历史根源和思想根源。

下面具体看看他在《楚辞集注》中是如何牵合、创造出"夫妇君臣说"的理论的。

朱熹在《九歌序》中说:屈原"因彼事神之心,以寄吾忠君爱国眷恋不忘之意"。他本着这种基本想法,对《九歌》各篇祠神之词都加以附会的解释。不仅《东皇太一》《东君》等篇从"人臣尽忠竭力,爱君无已""臣子慕君"的方面去解释,把明明白白表现着男女爱情的篇章,也说成是表现了"臣子慕君"的"深意"。如《湘君》篇题解云:"此篇盖为男主事阴神之词,故其情意曲折尤多,皆以阴寓忠爱于君之意。"《山鬼》"子慕予兮善窈窕"下注云:"以上诸篇,皆为人慕神之词,以见臣爱君之意。此篇鬼阴而贱,不可比君,故以人况君,鬼喻己,以鬼为媚人之语也。"《山鬼》题解对每一句都从君臣大义的方面探求微奥,甚至说:"'子慕予之善窈窕'者,言怀王之始珍己也;'折芳馨而遗所思'者,言持善道而效之君也。"《九歌》在内容上多表现着男女情爱,朱熹把这个客现的主题作为"表",而空想出一个"忠君爱国之义"作为"里",以寄托他"忠君爱国之诚心",体现他"增夫三纲五典之重"的宗旨(引文见《楚辞集注序目》)。处朱子当时境况之中,是可以理解的(朱熹之注《楚辞》,一则由于其政治上遭受打击,自觉报国无门,欲抒发其满腔忧愤;二则当南宋外受制于金人,内则外戚擅权,纲纪颓败的情况下,欲有补于世道人心)。

问题在于:朱熹为什么又要将这种以"男女之情"喻"君臣之义"的看法贯穿在对《离骚》等其他屈原作品的解释中去?可能觉得加在《九歌》解释中的"爱君无已""臣子慕君"等过于牵强,附着无力,而《离骚》表现的这种思想感情却是明明白白的,只要证成《离骚》也以"男女情爱"为喻以表现"忠君爱国"的思想,那么,《九歌》《离骚》皆以男女夫妇之情为表,以"忠君爱国之义"为里,便可以成为《九歌》解释上一个不待言的旁证。真真假假,交错牵连,足以迷阅者之目,乱识者之志。

正因为朱熹在《离骚》解释中认定以"夫为妻纲""妇悦其夫"为"表",解释中便难免牵强与武断,如"曰黄昏以为期兮"二句,他说:"洪说虽有据,然安知非王逸以前此下已脱二句耶?"就明显是强词夺理。如果洪兴祖仅因为这二句不成一节而为衍文,以朱氏此语自可以驳倒。"羌"字王逸未注,至下面再出现才注,正说明这二句是王逸之后窜入,而不能说明在王逸之前此二句下脱二句。显然,是《抽思》中"曰黄昏以为期,羌中道而回畔兮"(一节诗之二、三两句)窜入此处,抄者看见"兮"在下句,不合《离骚》句例,"畔"字亦同上下韵脚皆不谐。因而移"兮"字至上句末。改"回畔"为"改路",以就上一节之韵。以朱熹之博学与通达而置此种种情理于不顾,可见朱氏此说之立,非单纯为了解释屈骚的文意。

由于历来对《离骚》的解释不一致,或未得其确解,故个别地方也确实为朱熹的附会提供了条件。最突出的例子便是《离骚》《九歌·山鬼》都出现了"灵修"。朱熹注云:"言其明智而修饰,盖妇悦其夫之称。亦托词以寓于君也。"这样,朱熹将《离骚》与《九歌》一例看待,似乎并非没有道理。事实上,我们以前对《山鬼》篇包含的传说本事,并未完全了解。郭沫若证《九歌》中"山鬼"为巫山神女。① 《文选·江淹〈杂体诗〉》注引《宋玉集》:"昔先王游于高唐,怠而昼寝,梦见一妇人,自云:

---

① 郭沫若《屈原赋今译·山鬼》注云:"'采三秀兮於山间',於山即巫山。凡《楚辞》'兮'字具有'于'字作用。如'於山'非'巫山',则'於'为累赘。"

'我，帝之季女，名曰瑶姬，未行而亡，封于巫山之台。闻王来游，愿荐枕席。'"《襄阳耆旧传》记载略同（此云"封于巫山之台"，"封"即葬也）。因为"未行而亡"，故称"鬼"（至后世犹称未婚男女死者曰"死鬼"，也或者是古代习俗之遗留）。同时，根据闻一多考证，巫山神女同涂山氏女为同一传说之分化。① 涂山氏女的候大禹而哀歌，巫山神女的盼灵修而离忧，情节与意境皆大体相同。从宋玉《高唐赋》《神女赋》可知，楚人传说中巫山神女是侍楚王而与欢，那么，山鬼传说中也应当同君王有关。《山鬼》中说"留灵修兮憺忘归"，正反映了这首诗的底蕴。《山鬼》中"灵修"仍是对君王之称，并非一般的"妇悦其夫之称"。很多人因为这一点而相信《离骚》中确实贯穿着"夫妇君臣之喻"，是一个误会。

由于朱熹在儒学上的地位，及《楚辞集注》一书确实也包含着不少精辟的见解，故少有人对"夫妇君臣"说有所怀疑。在艺术欣赏之时由于诗本身的感染力，读者往往忘却这种解释，但在理智思考、学术讨论之时，又摆脱不了它的影响。《离骚》研读中的这种形象分离现象，数百年来人们习以为常，未察其非。

四、"女性中心"说也不能成立

20 世纪 40 年代中期，孙次舟造出"屈原是文学弄臣"的谬论。造成这个谬论的主要根源自然应从孙本人的思想中去找，但朱熹的"夫妇君臣之喻"不能不说是起了启其渫念的作用：由妻妾而想及弄臣。闻一多说，孙次舟以屈原"由文人而后变为弄臣"，这样说是一种"罪过"。但遗憾的是闻先生又以屈原是由弄臣而变为文人，"是反抗的奴隶居然挣脱枷锁，变成了人"。② 尽管贴上了"奴隶反抗"的标签，但因为毫无根据，因而仍不能改变其亵渎的性质。《史记·屈原列传》一开头

---

① 见闻一多《高唐神女传说之分析》，开明书店版《闻一多全集》二。
② 孙次舟、闻一多之说并见闻一多《屈原问题——敬质孙次舟先生》，开明书店版《闻一多全集》二。

便明白指出三点：一、"楚之同姓也"——是贵族；二、"为楚怀王左徒"——是重臣；三、"入则与王图议国事，以出号令；出则接遇宾客，应对诸侯"——负重任。这些最基本的材料是无论怎样的研究也不能不加注意和重视的。

50年代，游国恩先生写了《楚辞女性中心说》，论点是："屈原《楚辞》中最主要的比兴材料是'女人'，而这女人是象征他自己，象征他自己的遭遇好比一个见弃于男子的妇人。"一方面，这是对所谓"弄臣说"的否定，另一方面，又是对"夫妇君臣"说在新情况（新的时代、新的立场、新的思想方法、新的学术空气）下的一个新的认定（因为在新的时代"三纲五常"已变为反动的东西，而男女情爱则得到了更多的肯定），并且又有所发展。自此，"女性中心"说或曰"男女君臣之喻"说被更多的人所接受。

游先生列举了九条证据，有的同朱熹的一样，有的是新提出的。其中第一条"美人"，第四条"昏期"，第六条中"众女嫉余之蛾眉兮，谣诼谓余以善淫"，本文第二部分已作辩驳。第九条中还说到"惟其以女子自比，所以常常喜欢哭泣""喜欢陈词诉苦""喜欢求神问卜""喜欢指天誓日"，举陈词重华、灵氛占卜、巫咸求神及"长太息以掩涕兮，哀民生之多艰""指九天以为正兮，夫唯灵修之故也"等句为证。似皆脱离了时代与诗人所处具体环境，脱离了楚国风俗地域的特征而言之，不必详为辩说。下面对其他五条略作评析，以塞其疑窦。

第二条，香草。游先生说："女人最爱的就是花，所以屈原在《楚辞》中常常说装饰着各种香花（其他珠宝冠剑准此），以比他的芳洁；又常常以培植香草来延揽善类或同志。"我们说《离骚》用香花香草比喻纯洁高尚的品质，本取其芳洁；用培养花草比喻培养人才，取这些花草有芳洁的美质，而又具杀伤虫蛇、祛除瘴气的功用，不必皆同女性联系在一起。至于说屈原何以用了这样的一种比喻象征形式，则须从当时楚人的审美兴趣以至生活习俗去考察和认识。南方的楚国炎热卑湿，多虫蛇瘴气，故古代楚人有佩带香花香草的习俗，用来佩带的花草采摘下来之后即可佩带，而有的还要在酒里密闭浸渍数日然后佩之于身，使香味借酒气而挥发。佩带香花香草既可以避免蚊虻虫蛇着身，也可驱潮发散及避免为瘴气所中。这些花草往往有败毒杀菌作用。如宿莽，即水莽草，叶有毒（种子则有剧毒）。故《周礼·秋官·翦氏》言："除蠹物，以莽草薰之。"《本草纲目》言："芒草，可以毒鱼"，"人食之则无妨"。再如"荪"，即溪荪，俗称石菖蒲，《本草纲目》言其"并可杀虫"。大半生在楚国度过的荀况说："兰茝槀本，渐于蜜醴，一佩易之。"（《荀子·大略》）《晏子春秋·杂上》说："今夫兰本，三年而成，湛之苦酒，则君子不近，庶人不佩。"我国民间五月五日采草药、插柳、戴装有香料的荷包，耳中点雄黄酒，日本从古以来保持的五月五日煮菖蒲水为孩子洗浴的风俗（据说可以避邪），都是这种习俗的遗留。我们揭开了这一奥秘，一切都清楚了。屈原作品不仅"书楚声，纪楚地，名楚物"，而且反映现实、抒发感情的方法和艺术构思的风格，都深深地打上了楚文化的烙印，体现着楚国山川风物对诗人的熏染陶铸。如将此看作只是表现了女人的特征，就完全掩盖了其中所包含的丰富的文化蕴涵。

顺便说明一下：屈原在《离骚》中写佩带或培育那些花叶芬芳有着祛瘴除秽、杀伤虫蛇之力的花草，除比喻高洁纯正的情操品质之外，也还暗寓其铲除邪恶的思想。因此，它不仅同"内美""修能""昭质""清白"之本质相应，也同"亦余心之所善兮，虽九死其犹未悔""虽体解吾犹未变兮，岂余心之可惩"的不屈精神相应。诗人还写到恶草，这些恶秽之物正是毒虫所依，瘴气所钟，乃是保守的旧贵族和一切邪恶的象征。所以说，《离骚》中花草的比喻象征，有着周遍、完美、充实的蕴涵，而我们以往对它的理解有些片面。

第三条，荃荪。游先生云："我以为这是表示极其亲爱的意思，犹之乎后世江南人呼情人为'欢'及词家常用的'檀郎'之类。"但并未列出证据。所以，联系全诗看，还是应以王逸解释为是。

第五条。女媭。游先生认为女媭是一个假设的老太婆，"只是师傅保姆之类罢了"。但这并不能证明诗人以女子自喻。因为，屈原虽被削职,如果身边更无亲人,则有一个老太婆照料生活,也并不为过(事实上,女媭为屈原之姊)。游先生解"灵修"字面的意思为"先夫",实际的意思为"先王"。然《楚辞》中"修"用于人,只表示贤圣(如"固前修以菹醢"),并无其他的意思;"灵修"也是君王、王子之称(说已见第三部分),并非妇女称夫之谓。

第七条,关于求女。游先生的解释是:"因为他既自比弃妇,所以想要重返夫家,非有一个能在夫主面前说得起话的人不可。"这样解释可以消除朱熹解说中抒情主人公前为女后为男的矛盾,但有些牵强。因为,既是"求女",理解抒情主人公为男性更顺当些。而且,"吾令鸩为媒兮,鸩告余以不好","凤皇既受诒兮,恐高辛之先我","及少康之未家兮,留有虞之二姚"等,都分明是"求爱"而不是为了寻找"媒理"。看来诗人所表现的,主要是寻求知音、寻求理解的心情(详后)。

第八条,媒理。游先生说:"惟其他自比为女子,为弃妇,所以《楚辞》中的'媒'、'理'二字也特别多。"按:全部屈赋中的"媒""理",有用本义者,有用引申义者,过去学者们多混同为一,不加分别。《离骚》中的求女部分(只一条)及《九歌》中,是用其本义;《离骚》中的另外一例及《九章》中各例,都是用引申义。今将《离骚》中用引申义的一例抄在下面:

> 汤禹俨而求合兮,挚咎繇而能调。苟中情其好修兮,又何必用夫行媒?说操筑于傅岩兮,武丁用而不疑。吕望之鼓刀兮,遭周文而得举。宁戚之讴歌兮,齐桓闻以该辅。……

很清楚,诗中言"何必用夫行媒",乃以"中情好修"为前提,而不是以"明眸皓齿"为前提。同时,诗人这里具体说明不必用"行媒"时所举,全是明君不因引荐而直接举拔贤人于尘肆之中的事例。也就是说,诗人这里所说"行媒"是指向国君举荐贤才的人,而不是指通言于男女婚姻者。王逸注此处"行媒"云"喻左右之臣也";解释"又何必用夫行媒"

全句云:"言诚能中心常好善,则精感神明,贤君自举用之,不必须左右荐达也。"这里王逸、朱熹对文意的理解基本上是正确的。诗人所谓"行媒"只是"引荐人"的意思。《抽思》中的"又无良媒在其侧""理弱而媒不通""又无行媒",《思美人》中"令薛荔以为理""因芙蓉而为媒",其"媒""理"俱是这个用法。其或作"行媒",或与"理"相对成文,也说明这一点。至于《抽思》中"昔君与我成言兮,曰黄昏以为期"二句,洪兴祖引了《战国策》为证,说道:"黄昏,喻晚节也。""此言末路之难。"极为确当。所以,以屈赋中多用"媒"字为"女性中心说"之根据,也是一个误会(《抽思》中"成言",汲古阁刊本《楚辞补注》作"诚言",据洪引一本改)。

可见,支持"女性中心"说的证据,皆不能成立。"女性中心"说是在传统解说存在矛盾需要消除和40年代出现了一些错误说法、错误观念亟待纠正的情况下提出的。但它并不符合楚辞的实际,自然也不符合《离骚》的实际。它反映了在科学研究中要从谬误中挣脱出来向前跨进一步,是何等不容易。

五、"求女"表现了寻求知音的心情而不是"求君"

游国恩先生解释"求女"为寻求可通君侧的人,是"女求女";朱熹的解释却是"求贤君",是"男求女"(《楚辞集注》"哀高丘之无女"句注,《楚辞辩证·上》)。虽然朱氏解"夫妇君臣之喻"的部分是指诗人同楚王的关系,而作为男子来"求女"是比喻另求明君。但无论怎样,毕竟抒情主人公的形貌前后不一。本文的二、三、四部分已经论证了,"夫妇君臣说"、"女性中心说"或曰"男女君臣之喻说"都是不能成立的;"众女嫉余之蛾眉兮"二句只是随文设喻,指斥党人的嫉妒成性,我们不能随意引申。本部分要说的是:所谓"求女"为"求君"的说法,也不合"离骚"的文意。

清代徐文靖《管城硕记》中说:

"哀高丘之无女"，哀所遭之寡偶也。即《孟子》"愿为有室""愿为有家"之意。……若以求宓妃、佚女、二姚皆求贤君之意，夫不求宓牺而求其女，不求高辛而求其妃，不求少康而求其二姚，可谓求贤君乎哉？

寥寥数语，可谓快刀斩乱麻。徐文靖认为，诗人以对配偶的追求，比喻对可以同心同德、扭转危局的臣僚的寻求与争取。王逸在"哀高丘之无女"句下注云："无女，喻无与己同心者。"注"相下女之可诒"句为"冀得同志"。徐文靖之说虽受之王逸，但不仅从上下文意推求诗心，而且从"何以如此"和"何以不如彼"两方面论述之，其论点论据更为明确和充分。

或以为，屈原著《离骚》时已被放逐，自身也失去立于朝堂的资格，还求什么贤臣、寻什么同志？或认为，当时楚朝廷被顽固的奴隶主贵族所把持，兰芷不芳，荃蕙为茅，只屈原孤身一人流落草野，还有什么贤臣可求？这些说法看似有理，其实并不符合当时楚国的历史与怀王之时屈原的思想。这方面还有些史实尚未被学者所注意，也尚未被历史学们家揭示出来。

《离骚》作于楚怀王二十四五年诗人被放汉北后的两三年中。首先，当时诗人为国效力、改革政治的念头并未完全死去。《离骚》中写到诗人曾打算远走高飞，写到后来决定"依彭咸之遗则"，暂作退避山野之打算。这同女媭骂詈、陈辞重华、灵氛占卜、巫咸降神等一样，都不过是表现矛盾、苦闷、彷徨的心情，表现了内心如大潮翻滚般的不平静，并非死了再回朝廷之心（事实上他几年以后即回朝廷，因而有同昭滑一起阻谏怀王赴武关之会的事）。同时，他在《离骚》中回忆以前滋兰树蕙、培育人才的事时说："冀枝叶之峻茂兮，愿竢时乎吾将刈。虽萎绝其亦何伤兮，哀众芳之芜秽！"他想，即使自己由于失去君王的宠信萎绝而死，只要自己培育的人才能实现政治理想，他也是高兴的，伤心的是这些人也都随波逐流，不能够坚持当日的操守。可见，他希望有人在他离开朝廷之后也能采取正确的治国方略和外交路线。

其次,当时楚国朝廷中也并非铁板一块,也还有在对外政策等方面同屈原意见一致的人。昭阳、景翠、昭滑便是以前被学者们忽视了的人物。昭阳在怀王六年已为大司马,怀王八年前后任令尹。怀王十年屈原任左徒之职,不能说同令尹昭阳没有关系。十一年五国伐秦,楚为纵长。至十六年,怀王"乃置相玺于张仪",虽未成,而终究由昭鱼代之为令尹。① 可见,昭阳是屈原的支持者,因而在政治上几与屈原同浮沉。但他毕竟不像屈原直接主持制定宪令、改革法度,而引起那些旧贵族的极端的仇恨,必欲赶出朝廷而后快,故作为一个老臣,还是留在朝廷的。

景翠也是由威王朝到怀王朝的老臣。怀王十七年丹阳之战以前,景翠曾率军围了秦之盟国韩国的雍氏;怀王二十一年,韩已背秦而和于楚,秦攻韩之宜阳,次年拔之。景翠以执珪之爵、上柱之官救之,秦国恐惧,献煮枣之地。②

关于昭滑,贾谊《过秦论》中说:

> 于是六国之士,有宁越、徐尚、苏秦、杜赫之属为之谋,齐明、周最、陈轸、召滑、楼缓、翟景、苏厉、乐毅之徒通其意……尝以十倍之地,百万之众,叩关而攻秦。

其中提到楚国主张合纵抗秦的人物有两个:陈轸与召滑。召滑即昭滑,先秦典籍中也作"邵滑""淖滑""卓滑"。我考定《战国策·楚策一》中《张仪相秦谓昭睢章》反映了屈原谋求使齐的事。怀王十八年,屈原已被疏而去左徒之职,秦国在丹阳、蓝田两战大败楚国,张仪通过昭睢向楚王提出:只要楚国从朝廷中逐出昭滑、陈轸,秦国便归还楚国的汉中之地。屈原闻讯,写信给昭滑,由昭滑向怀王举荐屈原出

---

① 参拙著《屈原与他的时代》之《屈原时代楚朝廷中两派斗争的主要人物》,人民文学出版社 2002 年版,第 258 页。
② 见同上,第 261 页。

使齐国以恢复齐楚邦交,粉碎秦国阴谋。今将屈原这封信录之如下:

> 甚矣,王不察于名者也。韩求相工师籍而周不听,魏求相綦母恢而周不听。何以也?周曰:"是列县畜我也。"今楚,万乘之强国也;大王,天下之贤主也。今仪曰逐君与陈轸而王听之,是楚自待不如周,而仪重于韩魏之王也。且仪之所欲有功名者秦也,所欲贵富者魏也。欲为攻于魏,必南伐楚。故攻有道,外绝其交,内逐其谋臣。陈轸,夏人也,习于三晋之事,故逐之。则楚无谋臣矣。今君能用楚之众,故亦逐之。则楚众不用矣。此所谓内攻之者也,而王不知察。今君何不见臣于王,请为王使齐。齐交不绝,仪闻之,其效鄢郢、汉中必经缓矣,是昭雎之言不信也,王必薄之。①

可见屈原在第一次被疏之后,即是通过昭滑达到被重新起用的目的的。

怀王二十三年齐宣王欲为纵长,遗书楚王,②昭滑曰:"王虽东取地于越,不足以刷耻于诸侯。"③怀王三十年,同屈原一起谏阻怀王赴武关之会的"昭子",也是昭滑。今本《史记·楚世家》误作"昭雎",同《战国策·张仪相秦谓昭雎章》将秦国所反对的及秦国所亲信的两个人俱作"昭雎"的情形一样。

由以上事实来看,从楚怀王前期至楚怀王末年,昭滑同屈原一致执行联齐抗秦的策略,常常互相支持或者协同行动。他以五年之力而

---

① 今本《战国策》中《张仪相秦谓昭雎章》多有讹误,如鲍本将"昭滑"误作昭过(汉隶"滑""过"形体相近)。他本则均误作"昭雎"。今人标点又将"鄢郢"误点作"鄢、郢"等。关于此篇及有关史实的考订,见拙文《〈战国策·张仪相秦谓昭雎章〉发微》,刊《古籍整理与研究》总第6期,中华书局1991年6月版;拙著《屈原与他的时代》。

② 此事《史记》旧刻本或作"二十六年",或作"二十年"(中华书局校点本从之),俱误。盖"三"字行书误为"六"(第一横书写较短则误识为点,第三横起笔、收笔较重则误识为两点)。因为此条明显不当作"二十六年",故校者以为衍"六"字而删"六"成"二十年",又造成"二十年"之误。

③ "滑",今本《史记》误作"雎"。昭雎为亲秦人物。昭滑自怀王十八年相越(从屈原被重新起用后开始),见《韩非子·内储说下》《战国策·楚策一》《史记·甘茂传》。

灭越,体现了在遏制强秦东渐的同时,首先统一南方,为争取统一全国奠定基础的战略,这也正是屈原的政治主张。

关于陈轸,《史记·楚世家》载怀王十六年秦国趁屈原使齐之时由张仪向楚王献商於之地六百里,楚群臣皆贺,独陈轸不贺,并且尖锐地指出北绝齐交错误的严重性,可以说是第一个站出来捍卫屈原所主张的正确外交路线的人。马王堆汉墓出土《战国纵横家书·苏秦谓陈轸章》载:当怀王十七年秦败屈匄之后,苏秦对陈轸说:"秦韩之兵毋东,旬余,魏是(氏)转,韩是(氏)从,秦逐张义(仪),交臂而事楚,此公事成也。"反映着陈轸的愿望仍然是联合韩魏等国而解散"连横"。

再如范蜎。《史记·樗里子甘茂列传》载,怀王二十四年,秦楚合婚,怀王欲相甘茂于秦,问于范蜎。范蜎曰:

> 甘茂诚贤者也,然不可相于秦。夫秦之有贤相,非楚国之利也。且王前尝用召滑于越,而内行章义之难,越国乱,故楚南塞厉门而郡江东。计王之功所以能如此者,越国乱而楚治也。今王知用诸越而忘用诸秦,臣以王为钜过矣。①

秦来楚迎妇,是在秦昭王初立,国内不稳定,急欲缓和秦楚关系之时。屈原正是在此时被放于汉北的。范蜎虽无力回天,然犹尽力遏阻怀王的亲秦。那么,范蜎也至少在屈原争取和团结的范围之内。

由昭阳、景翠、昭滑、陈轸、范蜎的事迹可知,屈原被放汉北之后,楚国朝廷中不是再没有一个头脑清醒、对楚国的现状与危机有所认识的人,只是由于亲秦派力量的强大和顽固旧贵族的打击、拉拢,使他们无能为力,或者被迫采取了明哲保身的态度而已,而且大多已经没有什么权力。有的同志认为当时楚国朝廷根本没有什么可以争取或可以寄托希望的人可言,乃是因为对有关史实尚未弄清的缘故。

---

① 此事又见于《战国策·楚策一》,范蜎作"范环",环乃"蠉"之误,"蜎""蠉"同字(均音 yuān)。

当然,这样说并不等于说诗人写求女就是影射着对昭阳、景翠、昭滑、陈轸等人的争取和联系。虽然其中也可能包含这个意思,但如果把它看作是在寻求知音,寻求一种理解,可能更合理。因为诗人以他敏锐的政治眼光、修洁正直的品性和强烈的爱国之心犯颜直谏(不仅仅在对外政策上,还有治国以及君王的操守等等方面。读《离骚》中陈辞一段可知),而被放汉北,报国无门,满腔悲愤无可告诉,他首先需要的是理解。向重华陈辞,实际上就是为了判明是非,得到理解。然而,诗人除了在古代圣贤那里得到肯定之外,在现实社会中,似乎大家都对他漠然置之,不予理睬。他同个别可以联结的人之间也无法接触、联系(即求女一段所表现)。于是他决定远走他方。最终虽然留了下来,但乱辞中说:"已矣哉!国无人莫我知兮,又何怀乎故都?既莫足与为美政兮,吾将从彭咸之所居。"所谓"国无人莫我知兮",即是说"国无贤人,无人可以理解我"。完全可以想到,屈原在推行政治改革、实现美政理想方面,其阻力比推行联齐抗秦的外交路线要大得多。屈原的悲剧,完全是历史的悲剧。

　　所以,我认为《离骚》中所写求女并非另求贤君,也并非直接求合于楚王。那么,《离骚》中既不存在前半部分以楚王为男、己为女的系统的比喻,也不存在后半部分以楚王为女、己为男的比喻。也就是说,它不存在抒情主人公形貌不一致的问题。

六、关于"男女君臣之喻"比兴传统的形成与发展

　　《离骚》中既不存在贯穿全篇的"男女君臣之喻",那么,该如何看待传统诗歌中"男女君臣之喻"的形成与发展问题?因为在论及古代诗歌中这类现象时往往要追溯到《离骚》。

　　首先,屈赋中只是随文设喻,将自己的遭受谗害比作美女之见妒,并不牵扯到君臣关系,更未将这种比喻关系贯穿全篇;以美女之见妒喻贤人之见嫉,在当时是通用的比喻,并不是什么创造。《荀子·君

道》云：“好女之色，恶者之孽也；公正之士，众人之瘅也。”已是当时的成语。至于《离骚》中称国君为"美人"，不过因为先秦时"美""丽""艳"通用于男女，①指称国君，不过言其聪明圣哲罢了（一处即作"哲王"），并非虚拟站在女人的立场上看他。这种比喻在奴隶社会、封建社会中乃是基于社会生活和人们普遍心理状态的基础之上的，正所谓"附理者切类以指事，起情者依微以拟议"（《文心雕龙·比兴》）。王逸《离骚序》云：“《离骚》之文，依《诗》取兴，引类譬喻，故善鸟香草，以配忠贞；恶禽臭物，以比谗佞；灵修美人，以媲于君；宓妃佚女，以譬贤臣；虬龙鸾凤，以托君子；飘风云霓，以为小人。"其中所说"灵修美人，以媲于君""宓妃佚女，以譬贤臣"，也只是一系列比喻中的两种（注意这两种比喻在《离骚》中难以按"男女君臣之喻"的说法而"配套"）。王逸并没有说诗人将自己比作女（妻），将国君比作男（夫）。所以，凡从贤士受谗毁若美女之见妒方面设喻者，均与《离骚》的命义相合，其他则否。如果以女喻臣，以男喻君，但仅仅是随文设喻，也可以看作是上一种比喻的引申用法，是另有其伦理和哲学上的基础的。《易象传·坤第二》：“阴虽有美，含之以从王事，弗敢成也。地道也，妻道也，臣道也。"乾为君道、夫道，坤为臣道、妻道。由董仲舒提出后历代封建地主阶级奉为万代不变之伦理的"三纲"，其中两"纲"便是"君为臣纲""夫为妻纲"，也是相提并论的。"五典"（也叫"五常"）中也有"君臣""夫妇"。这些才是"男女君臣之喻"的真正根源。

其次，汉代经师们对《诗经》中一些诗的穿凿附会，增加了一些学者和诗人"男女君臣之喻"的意识。如《毛诗序》把不少反映婚姻家庭的作品纳入"美刺"的范畴，大谈其政治教化上的意识，有些可以说是探求"旁义"，有些则完全是强加上了"君臣上下"一类的主题。如《卫风·木瓜》，被说成是"美齐桓公"，诚不知其何所见而云也，然而东汉郑玄、唐孔颖达皆奉之为圭臬。虽然朱熹《诗集传》就诗论诗，"疑亦男

---

① 参钱钟书《管锥编》第1册，中华书局1979年版，第173页。又《战国策·齐策一》："吾孰与城北徐公美？"

女相赠答之词",而何楷《诗经世本古义》、牛运震《诗志》、庄有可《毛诗说》、陈奂《诗毛氏传疏》、王先谦《诗三家义集疏》、方玉润《诗经原始》等仍坚守不变,并从而力辟朱说之非。可见传统诗教的根深蒂固。汉以后一千多年中文人既不能不习"五经",则这种思想对于古人诗歌创作特别是诗评和文论的影响,也就不言而喻。当然这些诗评和文论,又会影响到创作。

再次,汉魏六朝不少写弃妇、思妇之作,被一些学者强加上了"思君念国"之类的主题,更造成了"男女君臣之喻"的作品上承《楚辞》源阔流大的假象。如张衡的《同声歌》,《乐府解题》以为"以喻臣子之事君也"(《乐府诗集》卷六十七引)。然而其中甚至写到床笫交接时新妇的心态,以及铺展春宫图于枕上,试素女术于华灯之下的情景,张衡总不至于这样卑猥自污,并亵渎"君臣大义"而玷污君上。对汉诗的这种凿空曲解,陈沆的《诗比兴笺》可谓集大成者。如汉乐府《上邪》,明是写男女情爱表示决心,而彼云:"此忠臣被谗自誓之词欤?抑烈士久要之信欤?凛凛然,烈烈然。"《有所思》写女子对不忠实的男子表示决绝,也至为明显,而彼云:"此疑藩国之臣不遇而去,自摅忧愤之词也。"《古诗十九首》中八首及另外一首古诗,《玉台新咏》列为枚乘之作,《诗比兴笺》则一一与枚乘生平相比附,并且差不多篇篇引屈赋句子加以印证,得出"三谏而不听,则以去争之,冀幸君之一悟""放臣寄托之情""倡女者,未嫁之名,以譬己未遇时;荡子行不归,则譬仕吴不见用"等结论。连《迢迢牵牛星》一首,也作了这样的猜测:"殆吴攻大梁,乘在梁城遗书说吴之时欤?故云'札札弄机杼,终日不成章'。言徒劳笔舌,无益危亡也。"前人对汉魏六朝时代的不少作品都刻意深求,在字里行间去发现作者所隐藏的本意(当然在唐以后作品的研讨上也存在此问题)。朱自清《古诗十九首解》中评古人的一些解释说:

> 有些并不根据全篇的文义、典故、背景,却只断章取义,让比兴的信念支配一切。所谓"比兴"的信念,是认为作诗必关教化;凡男女私情,相思离别的作品,必有寄托的意旨——不是"臣不得

于君"、便是"士不遇知己"。……于是他们便抓住一句两句,甚至一词两词,曲解起来,发挥开去,好凑合那个传统的信念。①

这是对"泛男女君臣之喻"说的一个有力的揭露。

由于前两个原因,魏晋以后以男女私情寄仕途、政治上的感慨之作,逐渐增加,由于第三个原因,一些诗论、诗话、笺释中所确定的数目,比实际的数目更多。同时,人们确定这些作品时,往往以《离骚》来印证;评论这些作品的继承渊源时,也是挂在屈原名下。实质上这当中不仅曲解了不少作品,也掩盖了一些文学现象。只有撕去贴在这些被曲解的作品上的"男女君臣之喻"的标签,"男女君臣之喻"表现手法的形成和发展情况才可得以清楚地显现。

考察全篇以男女喻君臣的作品的产生,可追溯至张衡。其《四愁诗》在《文选》中有一个小序(为后人增损有关史料而成,非张衡所自作),中云:"时天下渐弊,郁郁不得志,为《四愁诗》。屈原以美人为君子,以珍宝为仁义,以水深雪雾为小人。思以道求相报,贻于时君,而惧谗邪不得以通。"其说或者是也。不过《四愁诗》明显受《诗经·蒹葭》的影响,其中到底表现什么,实难以确定。他的《定情赋》似乎有所寄托。其后有繁钦的《定情诗》,曹植的《美女篇》《种葛篇》和《杂诗》的《南国有佳人》《揽衣出中阁》(《浮萍篇》和《七哀》也可能含有讽刺之意),阮籍《咏怀》中的个别篇章,等等。可见全篇用"男女君臣之喻"的作品,东汉方起于青苹之末,侵淫飘荡乎魏晋,其发展实得力于"君臣夫妇"纲常伦理的说教。钟嵘《诗品》说曹植"其源出于《国风》",阮籍"其源出《小雅》",可见在南北朝以前作诗、论诗者尚未先在心里横了一条《离骚》男女君臣之喻"的信条去说话。至清代何焯《义门读书记》谓阮籍《咏怀诗》"其源本诸《离骚》",刘熙载《艺概》亦谓曹植"出于《骚》"。这除了曹、阮二人确实从《楚辞》中有所吸收之外,恐怕也同诗论及《楚辞》评注阐说的演变有关。

---

① 朱自清《古诗歌笺释三种·古诗十九首释》,上海古籍出版社1981年版。

说到隋唐以后,以男女为喻的作品,其所表现并不限于君臣,它们的情况比朱熹从《离骚》《九歌》中得出的结论要复杂得多。张籍的《节妇吟》,是著名的以男女为喻的例子。诗题下注明是寄给藩镇李师道的。李拉拢张籍,张以此诗拒绝之。"恨不相逢未嫁时",事实上是将节度使(并非是"君")也比作"可以为夫"的人,同朱熹在《楚辞集注》中所标榜并不完全一致。至于朱庆余的《闺意献张水部》,就更是以"夫"比喻师友了:

  洞房昨夜停红烛,待晓堂前拜舅姑。妆罢低声问夫婿:"画眉深浅入时无?"

张籍是应用这种比兴手法的行家,他居然受之无恐,并且写了一首《酬朱庆余》作答。可见,在他们心目中,都没有固定的"男女君臣之喻"的观念。唐代诗人以男女情事为题材者,无论数量质量,均以李商隐为冠。李商隐的这类诗中,自然不无寄托政治上遭遇感慨之作,但大部分恐当从爱情诗的方面去认识。清张采田的《玉溪生年谱会笺》认为有近五分之一的诗篇与令狐楚有关,把很多美丽的情诗都解作"寓意令狐"之类,实在是对这些作品的糟蹋。退一步说,即使是"寓意于令狐",也同朱庆余的《闺意献张水部》一样,并非以"男女"喻"君臣"。至于张九龄《杂诗》之"汉上有游女""湘水吊灵妃"等,虽有所寄托,却是通过对女性的怀想来表现,也与朱熹所标榜相龃龉。则朱熹的"夫妇君臣"说,实未成为铁打的法则。所以如此者,文学以形象反映生活,诗则更重视以情动人,任何预定教条都无所适其用。

  古代以男女喻君臣的诗歌也受了楚辞的影响,这是没有疑问的。但全篇以一个完整的形象自喻或喻君的表现方法,其思想根源并不在楚辞,其形式的根源也不是单一的。即使有的只是学习了《离骚》的结果,也不能忽视《易传》中乾为君道、夫道,坤为臣道、妻道这个理论,和宋以后笺注、诗论家的作用:先入为主的心理暗示和认识定向这两方面的作用,是绝对不应低估的。所谓"仁者见仁,智者见智",就说明了这个道理。

总的来说，由后代"男女君臣之喻"的作品，不能证明《离骚》中存在着系统的或者说首尾一贯的"男女君臣之喻"，这是我们应该清楚的。

七、《离骚》抒情主人公研究带来的启示

对《离骚》中抒情主人公形象塑造手段和形貌的认识，一千八百年来走了一个"S"形。学者们在这个问题上认识的转变，都不是孤立的现象，而是同楚辞研究的其他方面的问题联系在一起的。所以，我们还不能简单地把它看作只是走了一段大大的弯路。从屈赋研究整体上来说，每一转变都是一个推进。排除了朱熹为借以抒怀明志而附会的因素之外，总的趋向是：都想从总体上把握屈赋的内涵，希望能找到一个"一以贯之"的东西。使一些无法弄清的疑难迎刃而解。

我们说，王逸对《离骚》中抒情主人公形貌，对诗中喻意的理解（把"众女嫉余之蛾眉兮，谣诼谓余以善淫"二句看作随文设喻；以"恐美人之迟暮"的"美人"指楚王等），是正确的。但是，他解《九歌》各篇，均直接把诗人屈原的身份牵扯进去（如《云中君》"思夫君兮太息，极劳心兮忡忡"句注云："屈原陈序云神，文义略讫，愁思复至，哀念怀王暗昧不明，则太息增叹，心每忡忡。"《湘君》"沛吾乘兮桂舟"注："吾，屈原自谓也。""驾飞龙兮北征"句注："屈原思神略毕，意念楚国，愿驾飞龙北行，亟还归故居也。""横大江兮扬灵"句注："屈原思念楚国……扬己精诚，冀能感悟怀王使还己也。""女嬃媛兮为余太息"句注："女谓女嬃，屈原姊也……"等等）却是完全错误的。朱熹从人神恋爱的方面去解《九歌》抒发男女情爱的诗篇，而以为其中寄托了诗人"忠君爱国眷恋不忘之意"，比起王逸来，是一个进步。但是，他又以"夫妇君臣"的眼光来观察《离骚》，以为《离骚》以同样的方式寄托"忠君爱国眷恋不忘之意"，从《离骚》的解释上来说，又是一个倒退。同时，朱熹以《离骚》中诗人以女子自喻，但又以"求女"为"求贤君"，也是矛盾的。

近四十年来对《离骚》在抒情主人公形貌表现方式方面的研究，看来同样是一个"S"形。50年代游国恩先生的《〈楚辞〉女性中心说》消除了朱熹涂在上面的"三纲五常"色彩，并试图从理论上纠正孙次舟等的谬说，但以"诗人自喻为女子"贯穿全部的屈赋说解，等于将"夫妇君臣说"的范围进一步扩展。解释"求女"为求妾媵，虽消除了抒情主人公形貌前后不一的矛盾，然而，同诗中引述的一系列神话传说相龃龉，用以证明"女性中心说"的其他证据也均难以成立。

70年代末，钱锺书先生的《管锥编》问世，使《离骚》解说中旧说所包含的矛盾明白显露出来。可以说，《管锥编》客观上是对"夫妇君臣"说、"女性中心"说的一个局部的否定。

俞平伯先生写于上世纪20年代的《邶风·谷风故训浅释》一文说，读书中产生误解是难免的，微浅则不足为病。"作者之原意如何是一回事，我们心中的作者之意如何又是一回事。其吻合之程度，有疏有密。"说到"何疏何密"的考量问题，俞先生说：

> 因为作者的"当时之感"既已付诸渺茫，则所谓吻合的程度是形况而非实有，事本显然，一览即知。但我们虽不能直接考量，却未始不可间接以推知之。推知之道，即是从文意之短长以定其正误。即先假定作者之意总在长的一面，其意义长即姑擅定为愈密合于原意……故解《诗经》者决不求其别具神通生千载之下，去逆千载以上人之志，只求其立说之不远乎人情物理，而又能首尾贯串，自圆其说，即为善说《诗》者。①

我们今天既不能质屈子于汨罗波涛之上，则判定屈赋说解上的曲直，也就只有按这个办法来办。根据本文第二部分的分析可知，"夫妇君臣"说、"女性中心"说或曰"男女君臣之喻"说皆不合于《离骚》的实际，就《离骚》中诗人自我形象的看法来说，王逸、洪兴祖是正确的。

---

① 原刊《小说月报》第19卷第一号，收入《古史辨》第三册。

这一千多年来治骚者对屈原的研究，都希望从整体出发来认识，却都出现了偏差，原因何在呢？主要在于忽视了《九歌》同《离骚》等在性质和创作目的上的区别，忽视了它们在题材、形式等方面各自的特征，而简单地一例看待，一法炮制之。《九歌》，据王逸说，是屈原被放窜伏沅湘之间，见俗人祭祀歌舞之乐，其词鄙陋，"因为作《九歌》之曲"。按朱熹的说法，是屈原就原来民间之作"颇为更定其词"，去其泰甚。无论怎样，《九歌》在形式上内容上都受沅湘民间祭祀歌舞词形式的制约，至少是民间祭祀歌词的仿作。因此，屈原的《九歌》同样是通过祭祀歌词的形式，反映沅湘之地人民的内心世界，特别是爱情生活。而《离骚》却是诗人直接抒发情感的作品，虽然其中用了大量的比喻象征，但诗人不需要采用全篇以一个被抛弃的女子自喻的表现方法，或者前半以自己为女子、以国君为男子，后半以自己为男子、以国君为女子的表现方法。《九歌》中的祭神是实际的目的，而男女情爱是没有文化、对上层统治阶级的生活很不了解的底层人民对神灵的生活与情绪的设想（神灵世界多半是统治阶级上层社会的曲折反映），实际上也就表现了劳动人民自己的生活情感与愿望。《离骚》的创作目的和诗人要抒发的情感是一致的。要明白《离骚》的表现方法，可以看《九章》，它们的性质是完全相同的。《九章》中看不出"女性中心"或"男女君臣之喻"的痕迹，则《离骚》解说中的那些说法，也就难以成立了。

从整体着眼，是研究、赏析任何一种艺术品的一个原则。但是如果忽视了不同的作品各自的特征（形式、题材、创作动机、创作环境等），而把它们同等看待，也不能不出现错误。这是对《离骚》抒情主人公形貌和形象塑造手段的认识上一千多年来的一个教训。

此外，不少关于古代文学的论著把"男女君臣之喻"的根源全部归结到《离骚》，或追溯至《楚辞》而止，是不全面的。东汉后写过一些兴寄深长、旨意渊深的佳作的诗人，都受过屈赋的陶冶，这是事实。但它影响及这些人的，主要是那充沛的感情和以己之翰墨写己之幽愤，"凭心而言，不遵矩度"（《汉文学史纲要》）的创作风格。若就整个情况而言，那就一方面如刘勰说的"才高者范其鸿裁，中巧者猎其艳辞，吟讽者衔其山川,童蒙者拾其草芥",①决定于读者自己的鉴赏能力和创作水平。另一方面,也必须看到一些诗论、文论和《楚辞》注家思想对读者的影响。这就又回到了本文所重点讨论的问题上去了。

  文学各方面的发展演变都是在开放的系统中进行的。认识一种风格、创作方法、表现手段,得看到它的各个方面,并且在发展中考察各种因素间的相互影响。这也是我们在文学史、文学理论的研究中应该注意的问题之一。

(原载《中国社会科学》1992 年第 4 期)

---

  ① "范"原作"菀",唐写本作"苑"。据郭晋稀师《文心雕龙注译》校改。

《离骚》中的龙马同两个世界的艺术构思

《离骚》中写了两个世界：现实世界和由天界、神灵、往古人物以及人格化了的日、月、风、雷、鸟雀所组成的超现实世界。如果对《离骚》作线型的结构分析，自然，从现实世界腾飞而至于天界，风雷云霓日月皆为其所驱使，叩天阍，求仙女，饮马咸池，表现了诗人在现实世界中怀一颗忠诚、正直的爱国之心，在一再受到打击、挫折的情况下难以抑制的激情在内心的冲荡。但同时，诗人所展现的虚幻世界又是对现实世界表现上的一个补充，诗人借以更充分地表现他那整个天地之间都难以容纳的忧愁、哀伤、悲愤。《聊斋志异》中的《席方平》稍得其法，但却不及《离骚》的场面宏大、气势雄伟，主人公在虚幻世界中所显示的形象特征，所表现的精神气势，也不能同《离骚》相比。但《席方平》对于我们理解《离骚》作者的构思，有一定的启发意义。我们认识到了神仙世界是对现实世界表现上的补充这一点，便可以看到它篇章结构上的立体性，看出其大开大阖、纵横相通的特征，看到其内容表现的集中和突出。《离骚》是抒情作品，诗中片断的飘忽不定的情节完全是根据诗人情绪、情感的变化而变化的。但是，在沟通现实世界同超现实世界方面，又有着自然、巧妙的安排，使二者既互相连属，又互相映照，融为一体。以前注解、研究《离骚》者，似乎很少注意到这个问题，由此产生了一些误解和疑问。本文试图就这个问题作一探讨，因为这方面旧注的影响太深，所以我们必须从有关误解和疑问的根子上谈起。

一、龙与马的血缘关系

据清人王邦采之说，《离骚》可分为三大部分。其第三部分表现诗人将要离开楚国时写道："为余驾飞龙兮，杂瑶象以为车"，"驾八龙之婉婉兮，载云旗之委蛇"。至诗的末尾则又说："仆夫悲余马怀兮，蜷局顾而不行。"论者以为忽而为龙，忽而为马，前后抵牾。

《离骚》中的"龙""马"，过去治骚者大体皆随文作解，或不加注。《离骚》一诗本变幻莫测，出神入化，大部分读者亦将龙、马的变化看作不须探求的细节而轻轻放过。也有个别学者对有的地方提出新解，以求贯通。而所谓"前后抵牾"的问题，则是近十多年中才提出的。事实上，这当中包含着一系列很有趣的文化信息。下面我们先说龙与马的关系问题。

《文选·东京赋》曰："龙辂充庭。"薛综注："马八尺曰龙。"《后汉书·冯衍传下》："驷素虯而驰骋兮。"李贤注引《尔雅》：

马高八尺为龙。

又《班固传》"登玉辂乘时龙"注引《尔雅》说："马八尺以上曰龙。"李贤所引《尔雅》，乃唐以前古本。今本作"马八尺为駥"，乃系后人臆改，其郭璞注引《周礼》之文亦被篡改。《周礼·夏官·廋人》原文作：

马八尺以上为龙。

《文选·南都赋》"马鹿超而龙骧"，江文通《别赋》"至若龙马银鞍，朱轩绣轴"，李善注引《周礼》文皆与今本同，作"马八尺以上为龙"。《后汉书·马融传》"六骕骦之玄龙"，注引《周礼》作"马高八尺曰龙"，句异而意同。据薛综、李贤五处所引及《周礼》原文，古本《尔雅》应作"马高八尺为龙"。李贤注《班固传》引《尔雅》误涉《周礼》，注《马融传》引《周礼》误涉《尔雅》，亦因两书文异而意同。《周礼》所谓"八尺以上"也是指"高八尺以上"。因为马头高于身，不与尾平，又时时摆动。量长度比较困难，而只要马站住，量由地面至马背之高度则极为容易。

今本《尔雅·释畜》作"马八尺为駥"者，乃是涉同篇"绝有力，駥"一条而误。既曰"绝有力为駥"，不会又曰"八尺为駥"也。《释畜》所记牛、羊、彘、狗、鸡，体之最大者同"绝有力"者说法皆不相类，可为旁证。

古人相马称为"龙"者，不过是说特别高大，为罕见的骏马而已。《礼记·月令》：孟春之月，"天子居青阳左个，乘鸾路，驾仓龙，载青旂……"郑玄注："马八尺以上为龙。"则此"仓龙"是指青色的骏马。《吕氏春秋·本味》云："马之美者，青龙之匹，遗风之乘。"高诱注："匹、乘皆马名也。《周礼》：'七尺以上为龙。'"（按《周礼·夏官》原文为："马八尺以上为龙，七尺以上为騋，六尺以上为马。"）《吕氏春秋》十二纪中言天子四季所乘，春"驾苍龙"，夏"驾赤骝"，秋"驾白骆"，冬"驾铁骊"。以苍龙同赤骝、白骆、铁骊并提，则显然指青色骏马。王嘉《拾遗记》中说，周穆王巡行天下，"驭八龙之骏"，名曰："绝地、翻羽、奔霄、超影、逾晖、超光、腾雾、挟翼。"这种以"龙"称马的习惯，一直沿续到汉代以后，《汉书·百官公卿表·上》太仆属官有"龙马"等五监长丞。《焦氏易林》卷一："龙马上山，绝无泉水。喉焦舌干，舌不能言。"刘歆《遂初赋》："历冈岑以升降兮，马龙腾以起攎。"《西京杂记》卷二载，汉文帝自代还，"有良马九匹"，"一名龙子"。曹植《七启》："仆将为吾子驾云龙之飞驷。"《文选》李善注："马有龙称，而云从龙，故曰'云龙'也。《周礼》曰：凡马八尺以上为龙。"又颜延年《赭白马赋》："骥不称力，马以龙名。"李善注亦引《周礼》文同上。至于以龙喻马者，则其例更多（如《后汉书·马皇后纪》："车如流水，马如游龙。"北齐《琅琊王歌》："憐马高缠鬃，遥知身是龙。"唐太宗《咏饮马诗》："腾波龙种生"之类）。

龙与马的这种关系是怎样形成的呢？从龙的形象的发展变化中，可见其端倪。汉代以前，各种铜器、石刻等上面刻的龙，同马的形象极为相近，实即夸张表现的腾空奔驰的马。《艺文类聚》卷十一引《尚书·中侯》云:"帝尧即政,荣光出河,休气四塞,龙马衔甲,赤文绿色。"注:"龙形象马。甲所以藏图也,其文赤而绿。"《礼记·礼运》:"河出马图。"孔颖达疏:"龙而形象马,故云马图。"其中透出了传说中龙同马的血缘关系。

古人给骏马取的名,如"遗风"(比风还快,把风丢在后面)、"越影"("影"借为"景",指日光)、"逾晖""超光"等,一些现代物理学上的概念(如"超光速"),在这里都被用上。至于"绝地"(把大地一下子跑出头)、"奔霄""腾雾""翻羽""挟翼",更不用说表现着怎样的愿望。古代没有更理想的交通和通讯工具,有时一份军机文书送到的迟早关系到整个战争的成败或一城人的生死安危,一个消息送到的迟早,关系到国家社稷的存亡。至若齐顷公逃命于华不注,重耳脱身于寺人披,都巴不得马能腾空而起。所以王侯将相为求名马不惜万金。上古时代人们将腾空而飞的愿望、幻想倾注于对稀世神骏或者马图腾的描绘,是十分自然的事。艺术家要表现天马神骏超光逾晖的气概,宗教又要借这个已经神化了的形象烘托神仙天界的神秘与不凡,龙的形象便离马越来越远,慢慢地变为蜿蜒于云雾之中,见首难见尾的鳞身蛇状之物了。

我们从上古文献考究龙马一体的渊源,发现龙与马的关系中还包含着中华民族史前的一些奥秘。中华民族号为"龙的传人"。"伏羲龙身",①"有龙瑞,以龙纪官,号曰龙师"。② 古代典籍言"仇夷山……伏羲生处"。③ 仇夷山即仇池山,为白马氏发祥之处,古亦以养马出名,故其山之东侧《水经注》名为"洛水"者,俗名"养马河",史书称之为"骆谷"。"洛水"之"洛"亦"骆"字之借。《说文》:"骆,马白色黑鬣尾也。"则仇池山侧"骆水""骆谷"皆得名于"白马氏"。伏羲生于仇池,又是"龙身",所谓"龙",本是伏羲氏之图腾。氏族以白马为图腾,与之不无关系。《水经注》卷二十云:

---

① 《路史·后纪一》罗苹注引《玄中记》。
② 司马贞《补三皇本纪》。
③ 《太平御览》卷七八引《遁甲开山图》。又《路史》:"伏羲生于仇夷,长于成纪。"

今西县嶓冢山,西汉水所导也。然微涓细注,若通幂历,津注而已。西流与马池水合,水出上邽西南六十余里,谓之龙渊水,言神马出水,事同余吾、来渊之异,故因名焉。《开山图》曰:陇西神马山有渊池,龙马所生,即是水也。其水西流谓之马池川,又西流入西汉水。

"神马"又曰"龙马","马池川"又曰"龙渊水",均同伏羲仇池及古代白马氏的民族生成史实有关。嶓冢、仇池,俱在陇南。西汉水发源于嶓冢山,西流与龙渊水合,又西南经仇池山西侧,东折与骆水合。几千年来源源不绝的流水,把这些看似没有关系的神话传说联系了起来。

由此看来,传说中的龙是由马演化而来,过去多以为是神化了的蟒蛇,近年来又有人提出由鳄鱼而来,皆是就唐宋以后特别是明清时代龙的形象推断得出,尚未得其本源也。

由于龙与马的这种血缘关系,虽然至春秋战国时代二者分化已较明显,但龙的形象仍保持着马的一些特征,同时,对骏马,特别是在以赞扬的口气提到时,仍常称之为"龙"。

而在神话的世界中,龙与马又形成了另外两种特殊的关系。一种是神化了的马,可以腾空,踏云乘风而行,如《太平御览》卷八九六引孙氏《瑞应图》曰:

龙马者,仁马,河水之精也。高八尺五寸,长颈,骼上有翼,旁乘毛,鸣声九音。有明主则见。(明陈仁锡《潜确类书》卷一一一引"仁马"作"神马","旁乘毛"作"旁有垂毛")。

又《初学记》卷二十九引黄章《龙马赋》:

夫龙马之所出,于太蒙之荒域。……生河海之滨涯,被华文而朱翼。

不但高大而已,还长着双翼,故可以奔腾于云霞之上。

另一种是马与龙可以互变:在地上为马,腾空则变为龙,如《西游记》中所写龙王三太子变为马,驮唐僧取经,后至孙悟空被除名归花果山,唐僧被妖怪所擒,沙僧、猪八戒被俘,无计可施之时,它又挣断缰绳腾空而起化为白龙,与妖怪打斗。《晋书·元帝纪》载太安之际童谣云:"五马渡江,一马化为龙。"虽另有喻意,但也可见龙马互变的传说作为民族的集体记忆,产生是很早的。

关于《离骚》中的"飞龙""龙",个别地方前人已提出过合理的解释。清人夏大霖《屈骚心印》说:"飞龙,良马之称。"王树楠《离骚注》说:"马八尺以上为龙,八龙犹八骏也。"郭沫若《屈原赋今译·离骚》自注:"原文为'为余驾飞龙',龙乃马名,马八尺以上为龙,《尔雅·释畜》作駥。知必为马名者,下文言'仆夫悲余马怀兮,蜷局顾而不行。'因明言是马。又下文'驾八龙之蜿蜿',亦同此解。"闻一多《离骚解诂》一书更说:"古图画龙形似马,传说中龙与马亦往往不分二物,故凡言驾龙乘马者,皆谓马也。"闻一多先生毕竟是对中国文化有着深透了解的学者,他不仅作出了正确的解释,而且点出了二者称谓互代的历史根源。但是,以上这些卓见很少为人注意。这当是因为下面的两个原因:一是王逸、洪兴祖、朱熹等旧注的传统解释在人们头脑中已根深蒂固,二是以前在这方面提出了一些精到见解的学者未对有关问题进行全面深入的探讨,解决问题不彻底,甚至有自相矛盾之处。如王树楠,注"八龙""犹八骏",但注此前"飞龙"时却引《墨子》"黄帝会鬼神于泰山,驾象车六蛟龙",并以为《上林赋》中"六玉虬"也本于《墨子》。郭沫若的看法体现在译文中,附注简单。至于闻一多之说,因其书至1985年12月才由上海古籍出版社出版,远不及闻氏《古典新义》等广为人知。所以,目前流行的各种楚辞注本及一些文学作品选注本,皆未采用以上几家之说。《文选·甘泉赋》:"駟苍螭兮六素虬。"吕向注:"駟,驾也。苍螭,苍龙也。素虬,白龙也。凡称龙者,皆马也。言龙者,美之也。"真是精到不过。可惜人们都未同《离骚》中的"龙马"联系起来考虑。

关于"驾八龙之婉婉"的"婉婉"一词,王逸注:"龙貌。"后之注骚者,率皆遵此,或有据唐宋以后龙的形象引伸为"蜿蜒"者。然《大招》"虎豹婉只",王注云:"婉,虎行貌也。""蜿""婉"同。《集韵》引《广雅》文:"蜿蜒,动也。"《文选·上林赋》:"象舆婉僤于西清。"李善注:"婉僤,动貌也。僤音善。""蜿蜒""婉僤""婉婉"义皆相近。《大招》用以形容虎豹行走之貌,司马相如用以形容象舆行走的状态,都同《离骚》中用以形容驾着八骏的车,情形相似。"蜿蜒"实际上是曲折而行的意思,所谓"象舆婉僤",言象牙装饰的舆车各处绕来绕去地走;所谓"虎豹婉只",言虎豹各处乱窜。"八龙婉婉",言八匹骏马前后相连,迤逦而行。

总的说来,《离骚》中"为余驾飞龙兮",犹言"为我的车驾上飞龙之马";"驾八龙之婉婉",犹言"车前驾着八匹神骏,迤逦而行"。

这样看来,《离骚》第三部分中论者以为前后矛盾者,其实并不矛盾,只是所含的古代文化信息未被我们破译而已。

二、龙马与《离骚》中的两个世界

《离骚》第三部分"龙"与"马"的问题解决了,第二部分还有一个疑团,也必须加以廓清。

第二部分在陈辞之后说:"驷玉虬以乘鹥兮,溘埃风余上征。"鹥是一种成群而飞的五彩鸟,形体不大,但群飞时遮天蔽日(也因此才称为鹥鸟、翳鸟),诗人这里想象让群飞的鹥鸟把自己托起,如同舆车一样,再有四匹"玉虬"作为前导。鸟可以由地上飞向高空,鹥鸟又成群而飞,故想象以鹥鸟为车,同后来牛郎织女故事中以鹊为桥的想象一样,从连接现实世界同超现实世界的方面来说,都十分绝妙。但这作为前导的"玉虬"是什么呢?王逸注:"有角曰龙,无角曰虬。"后之注骚者,或径抄王注,或不加注,令读者以常义视之。其实,这个"玉虬"乃指白色神骏。本文第一部分所引冯衍《显志赋》云"驷素虬而驰骋兮",《后汉书》注引《尔雅》"马高八尺为龙",即释"素虬"为白马。"素"即"玉"

色，而"虯""虬"同字（《离骚》"玉虬"的"虬"，钱杲之《离骚传》、洪兴祖《楚辞考异》、朱熹《楚辞集注》皆引一本作"虯"）。"玉虬"即"素虯"也。冯衍"驷素虯"，实由屈原"驷玉虬"而来。冯衍之前，司马相如《上林赋》中以"玉虬"指马，更为明白：

  天子校猎，乘镂象，六玉虬，拖蜺旌，靡云旗，前皮轩，后道游，叔孙奉辔，卫公参乘，扈从横行，出乎四校之中。

汉天子校猎，自然不会是乘驾神物，而只能是马。读其上下文字可知，此也是由《离骚》化出。《广雅》的编者三国时张揖注云：

  六玉虬，谓驾六马。以玉饰其镳勒，有似虬龙也。无角曰虬。

张揖注第一句是也，后两句为蛇足。他释称马为"玉虬"的原因是用玉装饰了镳勒，这样便掩盖了龙的形象同马的关系，以及名义上存在着的纠葛，其理由也颇为牵强。洪兴祖注《离骚》，亦看出"玉虬"是指马，但解释何以称作"玉虬"时，却上了张揖的当，因而虽对"玉虬"作出了正确的解释，以后却仍然没有人采纳，真所谓"失之毫厘，谬以千里"。现在我们扫除迷雾，揭出洪氏真知中所包含谬误的来龙去脉，即可知道：在两汉赋中仍以"玉虬""素虯"称白色骏马。其本义渐晦，原因在于魏晋以后训诂家的自我作古。

  正由于《离骚》中"驷玉虬以乘鹥"的"玉虬"指马，故下文云"饮余马于咸池兮，总余辔乎扶桑"，又说："朝吾将济于白水兮，登阆风而绁马。"

  《离骚》的第一部分没有出现"龙""飞龙""玉虬"之类的字眼，有关的句子只有"步余马于兰皋兮，驰椒丘且焉止息"。所以，第一部分中也不存在什么问题。

  这样看来，屈原在《离骚》全篇所写其乘驾，皆为神骏。

  写到骏马之时同一篇中有时称作"龙"，有时称作"马"，这种情况在先秦散文中也是有的。《韩非子·外储说右下》：

> 延陵卓子乘苍龙挑(翟)文之乘,钩饰在前,错(策)錣在后,马欲进则钩饰禁之,欲退则错(策)錣贯之,马因旁出。造父过而为之泣涕。

前云"苍龙翟文之乘",后曰"马",显然一物而非二。前云"苍龙翟文之乘"者,要表明是骏马;后言"马"者,因前已点明非同凡马,此处只就作为一般的马也无法发挥其能力言之,互文见义也。

《离骚》中除以饱满的政治热情展现了造成诗人悲剧的现实世界之外,还描绘了一个瑰玮宏大的超现实世界。它不仅是现实世界夸张的、浪漫主义的重现,也是现实生活的延伸——这个延伸不是时间的,也不是空间的,而是心理感觉上的,是在诗人激情汹涌的脑际的延伸和扩展。诗人内心的斗争、苦闷、愿望等,在现实社会中被压抑而不能倾吐,都在这梦境一般无拘无束的虚幻世界中抒发了出来。陈辞重华、上叩帝阍、天上三日游、求女以及转道昆仑、发轫天津等,主要是诗人思想和情感的形象地外化。

《离骚》之后,也有不少作品以超现实的虚幻作为现实世界的补充或扩展,以表现至爱、至恨与其他非常之情,但是,它们用以联结或沟通现实世界与超现实世界的办法,多是入梦、离魂或借助神仙之力。大体上是仙凡异路,阴阳阻隔,寤梦之间,甚于天堑。《离骚》创造的两个世界之间,却没有截然的界限,大体上只是从空间方面以天上、地上为别。诗人这样构思,除了可以更自由地表现思想和激情,自由地上下求索,观览四荒,以至于高陟云际,临睨旧乡,以地上的景象,动云外之情怀,还因为这种安排是深深地根植于神话、传说、历史、原始宗教等传统文化的土壤之中,也同人们对宇宙天地的最基本的认识一致。日、月、云、霓、风、雷都在天上,很多优美的神话都以那高远广袤的天空作为背景。人们仰望那白云飘忽或碧澄深邃的蓝天,产生过很多遐想,不但上古传说中的很多古人化为了星辰(如轩辕、傅说、造父等),

神话和原始宗教也都以天上为神灵的世界。天上和人间，只以人们常常看到的云层为界。所以，《离骚》的抒情主人公活动环境在两个世界的转换，只体现着上下空间的变化。虽然创造了完全不同的两种境况，但事实上是将整个天地之间、六合之内作为抒情主人公活动的舞台。

《离骚》中由现实世界向超现实世界的转换，也特别注意根据人们的传统意识的文化心态，进行引导和暗示，使之过渡自然，宛如由陆到水，由水到陆。如诗中写诗人受了不能理解自己的惟一亲人女嬃的数落，感到在混沌人间的巨大悲哀和无比的孤独，便"济沅湘以南征"，"就重华而陈辞"，由现实世界进入幻想世界。如果说"济沅湘以南征"毕竟还在地上，"就重华而陈辞"可以理解为是对着先圣的祠堂或陵墓倾诉，那么，陈辞之后"驷玉虬以乘鹥兮，溘埃风余上征"便由地上奔向太空，由人间进入了天界。向重华陈辞，事实上成了由现实世界向超现实世界的过渡。诗人在巡行太空，上县圃，叩帝阍，登阆风，求宓妃，皆无所成，再一次认定"世混浊而嫉贤兮，好蔽美而称恶"的状况，在似梦非梦之中，意识到仍处于奸人当道、政治黑暗的楚国现实生活之中，因而，下面又有灵氛占卜、巫咸降神的情节，由虚幻神灵的世界转入现实世界。至决定离开楚国之时，说"折琼枝以为羞兮，精琼爢以为粻"，又以带有幻想性质的描述，作为由现实转入神话境界的暗示和引导，接着说："邅吾道夫昆仑。"昆仑为人间之山，同时传说中又是神仙所居，故诗人以此作为天上同人间的门路，使之起转换的中介作用。以下说"朝发轫于天津"，便明明白白由人间转入天界了。

《离骚》中的神骏（龙马），其作用正是为了沟通现实世界同超现实世界。马在现实生活中驾车的作用，和长时间中人们意识中积累的有关它的一系列传说、幻想，使它成了上下于人间同神灵世界的最理想的媒介。它的行动完全体现着抒情主人公的情感节奏：诗的抒情主人公愁绪萦怀，犹豫无定，则缓辔按节，漫步兰皋；抒情主人公义愤难平，情不能遏，则驰椒丘而不止；至抒情主人公要继续为理想而追求、奋斗之时，则腾云乘风，把诗的主人公带向一个神奇的世界。可以说，

《离骚》中的神骏在全诗的构思中起着十分关键的作用,是诗人创造的一个成功的艺术形象。

从文学的角度来说,在一种语言中是没有完全意义上的同义词的。有些词虽然基本概念相同,但其感情色彩和所蕴涵的文化因素并不一致。不同的词产生在不同的历史条件下,有不同的发展演变过程,与不同的意识和文化系统联系。所以说,即使是同义词,构成它们的词素不同,在读者头脑中唤起的表象运动和情感反应也不一样。诗人在一系列同义词中选择具有何种感情色彩和文化蕴涵的词,反映出诗人下笔当时,该词所表示之物是以怎样的形象意态出现在诗人的头脑中的。高超的诗人,正是利用同义词的这种性质,在传达基本思想的同时,尽可能准确、完满地把其他一些思想信息也传达给读者,以引导、提示读者进行生动、成功的形象再创造。《离骚》中,"龙""飞龙""玉虬"都是诗人乘驾的马,但是,称"马"则只表示它是驾车之动物,而称作"龙""飞龙""玉虬"则表示是非同寻常的神骏,而且使人联想到周穆王的八龙之骏,以及周穆王游历天下,及其登昆仑会西王母等等的神话传说。所以,这些词不仅表示的意思比"马"要丰富全面,在烘托诗人所创造的巡行太空、遵道昆仑、登临阆风以及求女的奇幻意境上,也远非一个"马"字所可代替——这些文化蕴蓄,需要很多文字才能说得清楚。然而,如果用附加说明的办法来完成,那就不仅不是诗,连一篇好的散文也算不上了。至于"飞"字所唤起的联想,"玉"在表现色彩上的作用,就更是不用说的了。

正由于这些,同样是写"马",当诗人要表现出其摆脱小人得势、是非不分的混浊环境,而超然高举的精神时,使用"龙""飞龙""玉虬"的说法,如只就一般乘驾而言,只起着指示行程的作用("饮余马于咸池","登阆风而绁马"),或写在现实生活中的乘车彷徨("步余马于兰皋兮,驰椒丘且焉止息"),或表现对故土的依恋("仆夫悲余马怀兮,蜷局顾而不行")时,则称作"马"。不同的说法,所表现的情绪、所渲染的气氛、所造成的意境皆不相同。

现在就明白了:《离骚》中写驾车之物,何以忽而为"龙""飞龙"

"玉虬",忽而又称为"马"。清人毛先舒《诗辩坻》说:

> 盖作者有情,故措词必有义。倘词义闪烁无端绪,则中情必有诡,不足录也。《离骚》断乱,人故不易学,然讲之亦仍自义相连贯。

屈原有深厚的文学、文化修养,又有纯正真挚的感情,所以其措辞用字都同抒发感情、创造意象以至全篇的构思密切相关,体现出高超的艺术表现手段。《离骚》中以龙马神骏和鸷鸟来连接、沟通现实世界和超现实世界,便是一个很典型的例证。

三、一个有关的疑问悬解
——谈"麾蛟龙使梁津"

《离骚》中是不是写到作为神物的"龙"呢?是写到了的。这便是"蛟龙"。关于《离骚》中写到蛟龙的一段文字,亦有学者攻瑕蹈隙,有所评说。

《离骚》末尾一段云:"麾蛟龙使梁津兮,诏西皇使涉予。"王逸注:"小曰蛟,大曰龙。"这样说并不算错,但就《离骚》中具体文意而言,还嫌不够确切和透彻,没有能指出理解上的关键。诗中此处曰"蛟龙",并不是说蛟和龙,而是以"蛟"来限定"龙"的含义,以区别于前面写到的"飞龙""八龙""玉虬"。《山海经·中山经》:翼望之山,"贶水出焉,东流注于汉,其中多蛟"。郭璞注:"似蛇,而四脚小,头细,颈有白瘿,大者十数围,卵如一、二石瓮,能吞人。"就魏晋时"四神"像砖看,当时龙的形象尚未完全脱去马的特征(四足,站立如畜兽,身子不过较一般四足兽略长),但传说中的蛟却身长"似蛇","头细",宛然明清时代的龙的形象。"能吞人",其卵大如可容一、二石之陶瓮,则其身之长大,可以想见。又《九歌·湘夫人》:"麋何食兮庭中?蛟何为兮水裔?"王逸注:"麋当在山林,而在庭中;蛟当在深渊,而在水涯。"洪兴祖《补注》:"蛟在水裔,犹所谓神龙失水而陆居也。"则传说中的蛟龙应生活在深渊之中,这也同后来龙的传说(如洞庭龙君、四海龙王之说)一致。近年发现春秋战国以前的蛇状图案或饰物,乃是蛟,不是龙。看来,龙形象的发展过程,是由马向蛟逐渐靠拢的过程。"蛟龙",可以指蛟(以其与龙有相似处),也可以指与蛟相近的作为神物的龙。《庄子·秋水》:"夫水行不避蛟龙者,渔父之勇也。"《管子·形势》:"蛟龙得水而神可立也。"正由于蛟龙为水中之神者,屈原才使它浮于水上以为桥梁。

屈原说"麾蛟龙使梁津",而不曰"飞龙""玉虬";驾车言"飞龙""八龙""玉虬""马",而不曰"蛟龙",可见在诗人是判若云泥,两不相混。

这里附带谈谈与之相关的另外一个问题,有的先生指出:飞龙为驾,凤凰承旂,却不能飞渡流沙赤水,而要"麾蛟龙使梁津",难道有翼能飞之龙反不如无翼之蛟龙?而如果释"驾龙"为驾马,则蛟龙又是什么?

关于诗中"飞龙""八龙"同"蛟龙"的区别,前面已经谈过。同时,我们释《离骚》中的"龙""飞龙"为神骏,既是马,又不是凡马。但上面的考证尚不能尽释此处提出之疑问。因为,既然所乘神骏可以"溘埃风余上征",则流沙、赤水,亦应不成障碍。我们说,这问题出在对有关的几节诗理解的偏差上。今将《离骚》中有关文字按四句一节的格式抄录在下面:

　　朝发轫于天津兮,夕余至乎西极。凤皇翼其承旂兮,高翱翔之翼翼。

　　忽吾行此流沙兮,遵赤水而容与。麾蛟龙使梁津兮,诏西皇使涉予。

　　路修远以多艰兮,腾众车使径待。路不周以左转兮,指西海以为期。

　　屯余车其千乘兮,齐玉轪而并驰。驾八龙之婉婉兮,载云旗之委蛇。

人们谈到的"前后失照",即在以上四节之中。今疏说如下。

胡文英《屈骚指掌》云:"夕至西极,预期之辞也。"此说是。在到西海之前,诗的抒情主人公徙倚流连,不忍遽然远去,曾只身漫步在流沙赤水之滨。因为此一带路途多艰,且亦迂回,故传令众车由较捷近之路先往西海等待,约定在那里相会("腾众车"之"腾",传告也)。所以下文云"屯余车其千乘"。屯,聚集也。至西海之后会齐了众车,才"齐玉轪而并驰"。在到达西海之前,是诗人独自漫步徘徊的。从这几节诗的意思表达上说,"路修远以多艰"一节,是对"忽吾行此流沙兮,遵赤水而容与,麾蛟龙使梁津兮,诏西皇使涉予"一节的补充说明:因为已令众车由径道先行,自己独身漫步,才使蛟龙为梁津,命西皇关照自己渡此艰险之水。

这从诗中上下文的具体描写上也可以看出。诗中写开始驾上八龙之骏时,"扬云霓之晻霭兮,鸣玉鸾之啾啾"。"凤皇翼其承旂兮,高翱翔之翼翼"。场面宏大,仪仗庄严,颇有乘雾奔霄的气势。但下面两节写诗人在流沙赤水之滨,却没有此类描写,而只用了"行""遵"二字,遵流沙赤水而行,其形象与"行吟泽畔"无二。而至"屯余车其千乘"以后,又写"驾八龙之婉婉兮,载云旗之委蛇",并且"奏九歌而舞韶","神高驰之邈邈",与前未曾腾传众车使"径待"时的景象一样。可见,诗人写"行流沙""遵赤水""麾蛟龙使梁津"一段,是表现踽踽独行的状况。至升至高空后看到楚人发祥之地("旧乡"),望到先王先祖的神光之时,一腔热血涌上心头,方悲痛而不忍离去。① 则流沙赤水之行吟,不过是因为情绪惆怅,暂慰情怀而已。

黑格尔《美学》第三卷第三章在论述"抒情艺术品"时说,抒情诗人——

> 他片时间可以想起一些极不同的场合中的极不同的事物,凭

---

① 参拙著《屈骚探幽》中所收《〈离骚〉的开头结尾与创作地点的关系》,巴蜀书社2004年版,第95、96页。

自己的思想线索的指引东奔西窜,把各色各样的事物联系在一起,但是他并不因此就离开他所特有的基本情调或所思索的对象。

又说:

尽管在多数情况下很难断定这一点或那一点是不是穿插,但一般说来,只要不是破坏整一性的节外生枝,尤其是出人意料的变化,巧妙的结合以及突如其来的几乎是暴烈的转折都是抒情诗的特点。①

屈原的代表作《离骚》作为诗人大半生政治经历的反映,是在一再受到打击后被放汉北之时,面对楚先王之墓及公卿祠堂抚今追昔心潮激荡的记录,正具备着黑格尔说的这些特点。希望、失望、忧伤、愤恨,一时皆涌上心头。诗人的思绪如翻滚的波涛,如狂风中的云团。及其倾泻于竹帛,如峨眉云海、庐山岭势、洞庭烟霞,毫无人工斧凿的痕迹,简直是浑然天成。

从整体上说,《离骚》中写抒情主人公由现实世界到超现实世界,由超现实世界到现实世界,利用了可以由地面到天空的鸷鸟,可以由人间到神灵世界的神骏为媒介,又注意到过渡当中对读者的心理暗示和引导,所以极为自然。然而,无论在现实世界中,还是在超现实世界中,表现抒情主人公的行动和思想活动时,往往有思想上的跳跃和场面变化较快的情况,也有穿插或倒叙。千回百转,激湍倒流,变化之势,难于描画,正由于这样,这首长诗虽然大开大阖,波澜峰立,极变化之致,却是浑然一体,天衣无缝。以至可以分几部分或几段,古今不少学者反复吟诵,终觉圆转流通,难以划分。当然,诗人在这方面也还采用了一些其他的艺术手法,如汤炳正先生所指出:意分韵连,借韵以

---

① 黑格尔著、朱光潜译《美学》第三卷下,商务印书馆1981年版,第213、214页。

为过渡;意连韵分,凭韵以显变化等。① 但主要归功于诗人在整体构思和结构方面的匠心。

总的说来,《离骚》中的"龙""飞龙""玉虬",都是指白色的神骏,它既可以在地上奔驰或漫步,也可以乘风踏雾,腾骧于太空。有时作"龙",有时作"马",一方面互文见义,另一方面不同的说法也传送着不同的附加意义。至于"蛟龙",则是水中蛇状物,因生活在水中,故诗人令其为津梁。也就是说,"马"同"龙"的叙述上并不存在什么前后抵牾之处,倒是正在这一点上,体现了诗人构思的匠心。

(原载《文学评论》1992 年第 1 期)

---

① 汤炳正《楚辞类稿》二十之《屈赋的意义与韵体的关系》,巴蜀书社 1988 年版。

屈赋风格、情调上的继承与创造

一、南北风气之异与南方文学的特色

一个民族,由于地域、气候、风俗、政治、宗教、历史等等的原因,形成特殊的思想意识、心理特征和审美习惯。这些民族特性渗透在文学艺术之中,形成了文学艺术的民族风格。黑格尔从意识方式的方面比较东西方诗歌发展的基础,[①]是有道理的。他认为东方的意识方式更适宜于诗,而中国则是在东方抒情诗上作出了最突出贡献的国家。这是历史的结论。现在我们要进一步探讨的是:在中国,意识方式、审美习惯、文学特征是不是各处相同,没有差异?

班固在《汉书·艺文志》中曾根据地域特征和民俗的差异,对各地文学的特征略作提示,郑玄《诗谱》也能联系各国自然条件和风俗制度论诗之思想与风格。近人刘师培《南北文学不同论》则对此有集中的论述。他说:

> 春秋以降,诸子并兴。然荀卿、吕不韦之书最为平实。刚志决理,輓断以为纪,其原出于古《礼经》,则秦、赵之文也。故河北、关西,无复纵横之士。韩、魏、陈、宋,地界南北之间,故苏、张之横放,韩非之宕跌,起于其间。惟荆楚之地,僻处南方,故老子之书,

---

[①] 黑格尔著、朱光潜译《美学》第三卷下,商务印书馆1981年版,第27页。

其说杳冥而深远。及庄、列之徒承之,其旨远,其义隐,其为文也,纵而后反;寓实于虚,肆以荒唐谲怪之词,渊乎其有思,茫乎其不可测矣。

刘氏并认为,北方之民"多尚实际",南方之民"多尚虚无"。"民崇实际,故所著之文,或为纪事、析理二端;民尚虚无,故所著之文,或为言志、抒情之体。"① 当然这种不同是由多方面的因素所造成的,有着深远的历史根源。刘氏对此尚未能进一步作深入的阐述,但他从宏观的角度对南北文学不同、流变的论述则是极其精当的。我们看战国时诸子文风:面对现实,循循善诱,以理辩驳,议论风发者,莫过于《孟子》;远虑深谋,缜密推理,浑厚渊博,平心而论,莫过于《荀子》;知微察变,条分缕析,高屋建瓴,峻峭刚强,莫过于《韩非子》。这些产于北方的著作都表现着理性的缜密。而《老子》《庄子》则摆脱对事物的一项项理性分析与对个别事理的辩驳,力求从视、听、味、嗅、触的方面对客观事物得出浑通的、完整的认识,并把它表现出来;通过具体的描述表现自己的感觉与态度。看《老子》第十五章:

豫焉若冬涉川,犹兮若畏四邻,俨兮其若客,涣兮若冰之将释。敦兮其若朴,旷兮其若谷,浑兮其若浊。

文章用了各种比喻来形容善事道者的外部表现和心理状态。文中说:"古之善为士者,微妙玄通,深不可识。夫惟不可识,故强为之容。"所谓"微妙玄通,深不可识",指的是思想方面。但作者不通过分析、综合之法去论证其表现、特征、实质等,而是通过自己对他所产生的感觉的形容,让人们认识他。"夫惟不可识,故强为之容(形容、描摹)",正反映了南方文风的特征。从美学的角度说,描摹出一个人的情绪状态和

---

① 刘师培《南北文学不同论》,程千帆《文论十笺》,黑龙江人民出版社 1983 年版,第 89 页。刘氏此文原刊光绪三十一年《国粹学报》。

给人造成的印象,比进行理论分析更具直观性,更有感染力量。

> 南郭子綦隐几而卧,仰天而嘘,嗒焉似丧其偶。颜成子游立侍乎前,曰:"何居乎?形固可使为槁木,而心固可使为死灰乎?……"

在这里作者描述了一个把死生、美丑、善恶都等同看待的相对主义者的精神状态。下面通过这个人关于风的生动的描述,表现其认为世间一切,包括人在内都是自生自灭、不受任何东西主宰的思想。作者要反映的是哲学问题,却通过形象的描述来表现,而且,语言上带着浓厚的抒情味。

可以说,先秦时我国南方的这种意识方式,更突出地体现着黑格尔说的"未经分裂的、固定的、统一的,有实体性的东西总是起着作用"的特征。在这种意识方式下,写作更依赖于意象思维,更依赖于直观印象和产生于无数次感性认识积累基础之上的突然"彻悟",也更注重在事物触及感官之后心灵产生的微妙颤动,而使理性的分析、推理等退到最幽隐的层面,潜在进行。所以,最真实生动地展现主体的心灵便成了南方诗歌不自觉地追求的目标。

屈原生在南方的楚国,受命不迁,博闻强志,吸吮着南方艺术的乳汁。他的《离骚》等作品便是在这个基础上创造出来的。

二、苦恋之情的升华

《诗经》的《陈风》(陈在春秋末年为楚所灭,此后其地即属楚)与二《南》中可以看作楚辞上源的作品①,以及楚地的佚诗、民歌,大都表现出一种缠绵悱恻、深沉幽远的意境与情调。在表现感情、情绪的方面更显得细致入微,动人心弦。请看《周南·汉广》一章:

---

① 关于《诗经》中《陈风》与《周南》《召南》中部分作品同楚辞关系的考证参拙文《作为楚辞上源的民歌和韵文剖辨》部分,见拙著《屈骚探幽》,巴蜀书社2004年版。

> 南有乔木,不可休思。汉有游女,不可求思。汉之广矣,不可泳思。江之永矣,不可方思。

《韩诗》认为,这首诗中的"游女"指江水女神,诗中包含了人神恋爱的神话。我们看,诗人通过面对茫茫江水、汉水的思念和哀歌,把深切悠长的情景,无可奈何的痛苦和惆怅、迷惘的心情,表现得淋漓尽致。那宽阔而悠长的长江、汉水,一方面表现了面前阻碍的无可克服,另一方面也象征了抒情主人公无穷的思念和忧愁。这首诗的情调,《国风》中作品只有《陈风·宛丘》与之相近。《宛丘》第一章说:

> 子之汤兮,宛丘之上兮。洵有情兮,而无望兮!

看到自己喜爱的巫女在宛丘上摇摆跳舞,一方面对她产生深深的爱,另一方面又明白地知道这个爱是无望的。诗中表现的是一种"爱的折磨",是一种和着甜蜜的苦味,或者说是两种相反情绪的交织、纠缠和相互激发。这完全不同于北方民歌中"静女其姝,俟我于城隅"(《邶风·静女》)的轻快,也不同于"投我以木瓜,报之以琼琚"(《卫风·木瓜》)的大方,不同于"叔兮伯兮,倡予和女"(《郑风·萚兮》)那样的大胆泼辣,也不同于"子惠思我,褰裳涉溱。子不我思,岂无他人"(《郑风·褰裳》)那样的干脆利落。

《诗经》中表现这种"单思"式"爱的折磨"的主题的,还有《陈风》的《月出》和《泽陂》。《月出》第一章云:

> 月出皎兮,佼人僚兮,舒窈纠兮,劳心悄兮!

反复三章。这首诗写一个男子远窥一个月下美人,身不可近,忧心焦躁。用字不多,而表现的情感真切,扣人心弦,同佼人的摇曳姿态一样,令人惊叹。张尔歧《蒿庵闲话》说:

> 《月出》一篇用字多不可解。姑以意强解之：男女相悦，千痴百怪。诗可谓能言丽情矣。

要观望美人，在白天自然并非不可，而月下窥视之时对方并不知觉，这样就可以看到她直率自然的容态，也可以无所顾忌地凝神久视；因为是月下看，自然就有一点朦胧感，而这朦胧感恰恰给这个抱着深切爱悦之心的男子留下了想象的余地，使他把她更加理想化、神圣化。但是，无论觉得她怎样美，却不能亲近，便更增加了诗中主人公的忧愁。

《泽陂》一诗，朱熹《诗集传》说：

> 此诗大旨与《月出》相类。……有美一人而不可见，则虽忧伤而如之何哉！寤寐无为，涕泗滂沱而已矣。

此可谓善说诗矣。原诗第一章云：

> 彼泽之陂，有蒲与荷。有美一人，伤如之何？寤寐无为，涕泗滂沱！

也是反复三章。这首诗同《周南·关雎》的二、三节很相似，但《关雎》的第四节写抒情主人公通过钟鼓去引逗他心爱的人，以表求爱，而《泽陂》则同《汉广》《宛丘》一样，是自知其难以实现，却仍是死死地爱着。

这些民歌的情调同《九歌》中的《湘君》《湘夫人》《大司命》《少司命》《山鬼》等的共同性是不言而喻的。《九歌》本是楚国南郢之邑的祭神歌舞之词，屈原或为改作，或就原作"颇为更定其辞"，应是保持了原来歌词的大体风格。所以说，《九歌》在一定程度上反映了屈原以前楚人抒情诗的大体风貌。

我们说，楚人的生活与情感酿就了《陈风》、二《南》中部分作品和楚地民歌，也酿就了《离骚》中"爱的折磨"的情调。《汉广》《泽陂》中所表现的情调同《离骚》中求女部分所表现的情绪是极其相似的。当然，

《离骚》中的求女是表现对知音的思慕与追求,但全诗表现出对祖国的眷恋与热爱。这种"爱"是深厚的民族感情所造成的,所以《离骚》在大的结构上表现了民族情感压倒个人得失方面的理性认识的结局。

南方民歌中,有的作品表现的是自己抱着深切的爱,对方却全不了解,无动于衷,因而迫切希望对方谙察衷曲,报以青睐。同前一类比较起来,这一类反映的抒情主人公的感情更为强烈,甚至表现出一种焦躁的情绪。

下面看一看公元前 6 世纪的《越人歌》:

> 今夕何夕兮?搴舟中流。今日何日兮?得与王子同舟。蒙羞被好兮,不訾诟耻。心几烦而不绝兮,得知王子。山有木兮木有枝,心悦君兮君不知。

诗中表现的情思不像《汉广》那么悠长,却更为强烈。抒情主人公希望被认识被了解的心情无比焦灼,又难于明白道出。《汉广》一诗中抒情主人公同他所爱慕的女子之间有天堑相隔,而这首诗抒情主人公同被喜爱的人则近在咫尺。问题是他们虽可以耳应目接,却不能意会神交。这样就产生了抱怨的情绪。这里"怨"和"爱"是纠结在一起的。《越人歌》的情调同《九歌·湘夫人》一诗很相近。《湘夫人》篇是祭湘夫人的,全诗以湘君的口气表达了对湘夫人的深沉的爱。"沅有茞兮醴有兰,思公子兮未敢言",同《越人歌》的"山有木兮木有枝,心悦君兮君不知"如出一辙。这种情调,这种急切希望倾诉内心的心情,在屈原的作品中同政治斗争的题材结合起来,就使我国的政治抒情诗具有了《诗经》中的"变雅"所没有的委婉曲折的韵味。看下面屈原的诗句,同上面的情调何其相似:

> 竭忠诚以事君兮,反离群而赘肬。忘儇媚以背众兮,待明君其知之。(《惜诵》)

> 心郁邑余侘傺兮,又莫察余之中情。固烦言不可结诒兮,愿

陈志而无路。(《惜诵》)
  怨灵修之浩荡兮,终不察夫民心。(《离骚》)
  历兹情以陈辞兮,①荪详聋而不闻。(《抽思》)
  愁叹苦神,灵遥思兮。路远处幽,又无行媒兮。(《抽思》)
  申旦以舒中情兮,志沉菀而莫达。(《思美人》)

上面论述的两种情调或两种情绪类型,其"苦恋"的情绪和思想是贯穿了《离骚》《卜居》《渔父》和《惜诵》等《九章》中的屈作的,是屈原作品的基调;而迫切希望被了解,希望得到剖白的机会的心情、心理,则只体现在作于怀王朝的作品中(作于顷襄王朝的《涉江》《哀郢》《怀沙》中则没有)。这从上面所引例子就可以看出。

屈原诗中有的地方还化用了以前民歌当中的句子。如《陈风·东门之杨》:

东门之杨,其叶牂牂。昏以为期,明星煌煌。

《抽思》"昔君与我成言兮,②曰黄昏以为期",正是由彼化出。以上这些事实,虽然体现了屈原对喻体和象征体情感意蕴与社会共鸣性的重视,但从整个楚国抒情诗的发展历史来看,也与屈原学习民歌,吸收民歌的艺术表现手段有关。正是在这一点上,反映出了屈原批判继承的卓越能力。

对屈原作品同作为楚辞上源的民歌在表现爱恋情绪上的不同之处,我们可以通过简单的比较来认识。上面提到的楚歌所表现的是在抒情主人公同爱的对象并无深的关系,只是从外貌、行动、声音以及从侧面别人的议论中得到一些肤浅了解的情况下,单方面产生的爱慕之情。而屈原所表现的则是对民族、对国土、对自己国家人民的热爱和

---

① "历兹情"原作"兹历情",据洪兴祖《考异》引一本改。
② "成言"原作"诚言",据洪兴祖引一本及朱熹《集注》改。

留恋，这种爱恋既形成于长久的多方面的濡染，又基于深刻透彻的理性认识。民族的感情、作为楚国宗族的自豪感、循吏和正直之士的责任感，都使他对楚国的国土和人民无比眷恋。这种浓厚的感情同一般的"单思"性的"苦恋"在性质上有着本质的区别。

关于爱的"阻力"的描述，在作为楚辞上源的民歌中，或属于天然障碍的阻隔，或是勇气不足，或是因为地位悬殊不敢高攀。不是来自自然方面，便是来自本人的条件、心理和意志；这后一种情况或者也包含了阶级社会不合理的等级制度方面的原因，但诗中表现并不明显。所以，同诗中深深的"爱"联结在一起的，是"痴"。但是，屈原的作品中，阻力却在于自己坚持了真理、坚持了正义，因而遭到了邪恶势力的打击排挤和陷害。诗人自己是没有责任的，因为他表明："岂余身之惮殃兮，恐皇舆之败绩。"他将自己的一切都献给了民族和国家；他也不是勇气不足，努力不够，因为他抱定："亦余心之所善兮，虽九死其犹未悔！"他退而静默，进而号呼，奔走先后，指天为证，他为了政治理想，为了民族和人民，尽到了一切努力。然而，不仅是奸佞党人、旧贵族势力打击屈原，必欲将他挤出楚国朝廷而后快，连楚王也不理解他，把他看作"坏人"。这是何等的悲哀！在楚国已无施展才干、实现政治理想的可能，仅由于民族的感情而不愿远走他国。在这种爱的后面，我们看到的难道不是诗人的崇高和伟大吗？

事实上，在屈原的作品中关于"爱"与"割爱"的思想冲突的表现，还要复杂得多，有力得多。诗人不仅大大地深化了爱的内容，爱的意义，足够地表现出了爱的阻力，从而使得抒情主人公思想上"爱"与"割爱"的斗争更加尖锐、激烈，而且通过女嬃、灵氛、巫咸的劝告，更加明白地反映出来：诗人的这种"爱"不但抵抗了国内邪恶势力的打击，也还经受住了好心人的骂詈和劝告；不但抵御了来自国内不同方面的排挤力，也还克服了来自国外的吸引力。"何所独无芳草兮，尔何怀乎故宇？""及年岁之未晏兮，时亦犹其未央。恐鹈鴃之先鸣兮，使夫百草为之不芳。"这是多么富有哲理性的语言啊。然而，在诗人来说，一切的"理"，都服从于他的基于民族感情的"爱"。他明明知道这是一个悲剧,但还是坚持自己的立场,保持了自己纯真的感情,从而以他悲剧的经历,写成了光照千秋的诗篇。

三、点铁成金的化用

屈原不仅在情调、风格上继承了他以前的楚地抒情诗歌,而且在表现手法上也向它们借鉴,甚至"为我所用",点铁成金。《周南》的"采采卷耳""采采芣苢",《召南》中的"于以采蘩""于以采蘋"等同《离骚》的"朝搴阰之木兰兮,夕揽洲之宿莽"这种比喻意象的形成之间未必没有关系;《周南·汝坟》《召南·草虫》同《离骚》《抽思》中所表现的对君王、对知音的企慕之情也颇为相近;《召南·摽有梅》中"摽有梅,其实七兮,求我庶士,迨其吉兮""摽有梅,其实三兮,求我庶士,迨其今兮",那种急迫的心情似乎也同《离骚》"及年岁之未晏兮,时亦犹其未央。恐鹈鴂之先鸣兮,使夫百草为之不芳"出于同一机杼,只是喻体发生变化,且主客之位相反。但这正表现出屈原学习古人取其精神、学其手法,而不照搬现成,作百家衣。屈原是"取镕经意,自铸伟辞"。这方面在《离骚》等作品中有突出的表现。

《抽思》中写诗人被放汉北,思念着君王,思念着郢都,但不能返回,无法见到。诗中说:

> 道卓远而日忘兮,愿自申而不得。望南山而流涕兮,临流水而太息。①
> 曾不知路之曲直兮,南指月与列星。

思念君王,思念郢都,为什么要"望南山而流涕""临流水而太息"呢?因为郢都在汉北其地之西南面。诗人时时南望,数百里外的郢都他不可能看到,而每次看到的是挡住了他的视线的南山。由于深藏心底的

---

① "南山"原作"北山",据洪兴祖《考异》引一本改。

思念,他有时会无形中向南望去,有时又无意识地看到南山而触发了对郢都的思念之情。在这种情况下,南山成了他产生悲伤哀苦情绪的条件反射的刺激物。诗人写他"望南山而流涕"是完全符合人心理变化的规律的。"临流水而太息"一句,同样反映了人情绪产生的心理机制。看见汉水向南流去,想起自己返回无期;时光如水,若将不及,春秋代谢,老其将至,又想起一生的一事无成。这些都可引起诗人的长叹。所以,这种表现,其中实蕴藏着丰富的情感内容。

但是,我们还应看到,从人心理变化的诱发物方面来表现思念、忧伤的情绪,这在春秋时代作为楚辞上源的作品中就已经有了。请看《诗经·召南·殷其雷》:

> 殷其雷,在南山之阳。何斯违斯,莫敢或遑?振振君子,归哉归哉!

第二、三章的第二句和第四句分别为"在南山之侧""莫敢遑息""在南山之下""莫敢遑处",其他各句全同。这首诗的抒情主人公是一个妇女,她的丈夫到南山背后狩猎去了,山上起了阴云,并且由南山后远远地传来了雷声,那是暴风雨的征兆。可能是由于沉重的赋税,他不敢稍有休息。这南山,实际上也是这个妇女情绪产生波动的诱发物。这种表现的方法,可以说是深入到了人的心灵的深处。屈原学习这种手法,用之表现自己强烈的民族感情,可以看出他艺术感受的灵敏和创造上的善于学习借鉴。

《周南·卷耳》这首诗据日本学者青木正儿的研究,后三节与前一节并非同一篇的文字,是被编合者误合为一首的。① 青木氏的说法是有道理的。这首诗的后三节写离家出征的将士乘马登上崔嵬的高冈,极力控制着感情,希望不因登高望远而怀家伤情。然而:"陟彼砠矣,

---

① 青木正儿《诗经章法独是》,见青木氏《支那文学艺术考》,东京弘文堂书房1942年版。

我马瘏矣,我仆痡矣,云何吁矣!"不只本人,连仆人和自己的马也无比伤情,不能前行(诗中"虺隤""玄黄""瘏"是写马因望见家乡而痛伤的状况,"痡"是写仆人内心的惨痛)。那么,这个征人的心情如何,就可想而知了。拿这个结尾来同《离骚》的结尾相比较:

  陟陞皇之赫戏兮,忽临睨夫旧乡。仆夫悲余马怀兮,蜷局顾而不行。

屈原在他的伟大作品《离骚》中,将抒情主人公在将个人政治理想与民族感情分割开的努力已经完成之时,怀乡恋土的激情冲击着他,使他终至留下来的这个情绪变化过程表现得如此真切,真是催人泪下,撕人肝肺。但我们由上面对《卷耳》后三章的分析可以看到,屈原的这种高超的艺术表现是有所继承的。《卷耳》后三章表现的是为国出征同思念家乡、妻子之间的情绪冲突,写抒情主人公在山上似乎看到了想象中的家园,痛伤而窘步。屈原继承了这种表现情绪激变过程的手法,却将思家之情升华为民族感情,将儿女情长,难以为王前驱,转变为将个人得失置之度外,与祖国共存亡的决心。这在思想上来说,是一个质变,而从美学的方面来说,又获得了悲壮崇高的性质。而且,屈原把决心远走他国同爱国恋土的思想斗争放在全诗感情层层推进至于高潮的地方,从整个艺术构思方面来说,也具有了更为感人的力量。

四、不朽的艺术经验

  我们肯定《金瓶梅》在艺术上的成就,不等于压低对曹雪芹在艺术上的贡献的估计。揭示出一部伟大的作品怎样继承前人的创作经验和艺术手法而达到艺术的顶峰,正可以具体说明它的伟大究竟在何处。上面我们对作为楚辞上源的民歌的艺术风格、情调、抒情方法及其对于屈原的影响加以分析,并不是说屈原是有意地模仿楚民歌。我们说,这些抒情民歌反映楚国的传统诗风,反映了楚国抒情诗很早就形成了缠绵悱恻、含意不尽的情调。楚国抒情诗的这种传统风格、情调，就像江汉平原上缓缓流动、悠悠不尽的流水，就像洞庭湖上雾气濛濛中摇晃波动、无边无际的水光，它带着南岳的苍翠秀美之色，又夹着湘水斑竹的呜咽和泪痕。它不同于经过黄河华岳浪洗风染的刚健的秦风，也不同于桑间濮上清朗明快的郑卫新声。楚地诗歌，自来就表现出了它的突出特色。同时，我们的目的主要在于说明，屈原是在这种楚风的熏染中成长起来的，他的作品无形中会带上传统楚风的特色。

但是，我们更重要的是想通过对屈原的作品同他以前的江汉一带抒情诗歌异同之处的分析和比较，来总结屈原在继承和创造方面的经验，揭示出他登上世界诗歌艺术高峰的奥秘。

诗歌风格上的特征，除去内容诸因素之外，主要表现在三个方面。这三方面，实际上是构成诗歌艺术的三个不同结构层次：属于最表层的，是诗歌的外部结构，即诗体形式。诗歌体裁的发展，受到语言发展和整个文学发展水平的制约。因而，诗歌在形式上达到的水平，很大程度上反映着诗歌本身发展的规律。当然，个别杰出的诗人可能在这方面作出大的推进和空前的创造，但他一旦推进到某一程度或创造出某一样式，就会被人们模仿、学习，现成取用，承传下去。

意境、情调、抒情状物的过程，是属于深层的结构。它最不易被观察、总结，最难于掌握和承传。因此，无论是鉴赏还是创作，要正确地把握它都需具备一定的生活经验和艺术修养。但是，诗的民族风格、地域风格也最深刻地体现在这一层次。

语言表现（词汇、各种修辞手法的运用等），从其语言结构的方面来说，是属于表层的，而从其意蕴的方面来说，是属于深层的。其表层的一面与诗的形式有关，其深层的一面与诗的风格、情调、意境有关，故介于二者之间。其学习、掌握的难易上，也处于居中的地位。

屈原继承《诗经》和楚歌的传统而登上世界抒情诗的高峰，汉代的楚辞作家东方朔、王褒、刘向等学习屈原的作品，却使楚辞走上了死胡同。笼统言之，善学不善学之辨也。然而究竟屈原之善学在于何处？

东方朔等人之不善学在于何处？以前人们都未能说清楚。通过以上的分析可以知道，屈原的继承总是同创新，同对于诗歌表现力、感染力的不断追求结合在一起的，同时，也更注意意境、情调、神韵的继承；在语言方面，也更注重于抒情传意功能的发挥，而不只墨守着诗体格式，套用一些词语甚至袭用原句。东方朔等人走了相反的道路，完全违背了屈原的创作精神，抛弃了屈原的艺术经验，取其楱而还其珠，则抢榆枋而控于地，不亦憾乎！

楚辞在风格上由于楚人、楚物、楚事及楚民族的生活状况、风俗习惯、特殊的心理状态等，在语言表现及情调、意境等方面，表现出突出的特征，而以前谈屈原在创作上的继承与创造者，多注重于外部结构；语言方面，一般也局限于"比兴"手法的继承和发展。对意境、情调、抒发感情的高度技巧方面，尚未加以注意。所以，我们认为在这方面揭示出屈原同以前作品的联系与不同，探讨他在这方面的继承与创造，对于认识屈原诗歌的特色，评价屈原在艺术上的贡献及继承他的宝贵艺术经验，都是有好处的。

（原载《江西社会科学》1988年第4期）

《楚辞》中提到的几个人物与班固、刘勰对屈原的批评

《惜往日》《悲回风》所咏叹的伍子胥、介之推、申徒狄，其思想行为与屈原大相径庭；《离骚》《惜往日》都提到伊尹、吕望、宁戚，却用来表现了两种截然相反的思想情绪。本文试就《楚辞》中与这几个人物有关的问题及关于彭咸的事迹作一些探讨，从而对确定《惜往日》《悲回风》是否屈原所作提供一些新的证据。

一、伍子胥与伍子

《九章·惜往日》云："吴信谗而弗味兮，子胥死而后忧。……或忠信而死节兮，或訑谩而不疑。弗省察而按实兮，听谗人之虚辞。"又《悲回风》云："浮江淮而入海兮，从子胥而自适。"王逸以来绝大多数注家解释这两处，或以为是屈原以伍子胥自喻，或以为是屈原要追随伍子胥，以之为楷模。

伍员（子胥）的曾祖父伍参、祖父伍举、父伍奢、兄伍尚及员本人数代为楚臣。他父亲及哥哥因奸臣费无极的谗害被平王所杀。① 他逃奔于吴，后率师伐楚、破郢，鞭打平王之尸，纵使吴军淫辱楚君臣的姬妾。楚昭王出亡，楚国几乎亡国。

屈原是楚宗臣，对楚国有着深厚的爱恋之情。他虽屡受打击而不

---

① 费无极，《史记》作费无忌，此从《左传》。

愿离开自己的祖国,直至一死。试想:以屈原的这种思想,他能以伍子胥自喻、奉伍子胥为楷模吗?

可能有人会说:《涉江》云:"伍子逢殃兮,比干菹醢。"王逸注:"伍子,伍子胥也。"《涉江》是屈原的作品,这又怎么说?我们说,王逸的这条注释是错的。早在宋代就有人论及此事。魏了翁《鹤山渠阳经外杂抄》卷二引宋代李壁《王荆公诗注》卷二《闻吕望之解舟》注附诗后《漫记》云:

> 按子胥挟吴败楚,几墟其国。三间同姓之卿,义笃君亲,决不称胥以自况也。……《九章·涉江》言:"贤不必用兮,忠不必以。伍子逢殃兮,比干菹醢。"此正引奢、尚而言。王逸陋儒,顾以为胥,又谬矣。《悲回风》章云:"吴信谗而弗味兮,子胥死而后忧。"吴之忧,楚之喜也。置先王之积怨深怒而忧仇敌之忧,原岂为此哉?

又其所附诗中云:

> 子胥固激烈,藉棺鞭王尸。于吴实貔虎,于楚乃枭鸱。大夫视国贼,剚刃理则宜。讵忍形咏叹?黼藻严彰施。……《回风》《惜往日》,音韵何凄其!追吊属后来,文类玉与差。

李壁摆脱旧注的影响,深入思考,见解是可贵的。[①] 只是他以"伍子"指奢、尚二人,尚未达乎一间。近人刘永济《屈赋通笺》云:"此伍子当属伍奢。奢因谏平王不应信费无忌之谗而疑忌太子建,为平王所杀,谓之为忠,允无愧色。"[②] 刘先生的结论是合乎情理的。

[①] 《丛书集成初编》所收《鹤山渠阳经外杂抄》卷二在全录李壁《漫记》文字后说明:"右王介甫《闻吕望之解舟》诗李季章注漫记。"明其录李壁(字季章)《王荆公诗注》文字也。文中李壁又以为屈原非投水而死,则根据不足。

[②] 刘永济先生又云:自伍员伐楚后,"吴楚构兵不休,贻害楚国甚大,实乃楚之逆臣,屈子决无以忠许之之理"。

《惜往日》《悲回风》及汉人作品提到伍子胥，或曰子胥（《惜往日》《悲回风》《七谏》《哀时命》《九思》），或曰伍胥（《九怀》），或曰申子（《七谏》。王注："吴封之于申，故号为申子也"），或曰申胥（《九叹》），没有称为"伍子"的。而且，这些作品中谈伍子胥，大多点出"吴"，或提到"沉江""浮江""五湖""抉眼"等。《涉江》中没有提到这些与伍子胥有关的事，却把伍子与拼死切谏、为国殒命的比干相提并论，是伍子非指伍子胥，而是指自知必死而切谏的伍奢。

这样看来，传为屈原的作品中，只有《惜往日》《悲回风》咏叹伍子胥。它们表现的这种思想感情与屈原的不合，因而这两篇绝不是屈原的作品。

关于《九章》中有没有不是屈原所写的作品，以及哪些不是屈原作品，人们看法很不一致。陆侃如、冯沅君《中国诗史》以《惜诵》《思美人》《惜往日》《悲回风》无乱辞及取篇首二、三字标题，断之为伪作；刘永济先生于《思美人》又提出辞意总杂、重复的理由，亦以为伪。刘永济、闻一多还因《橘颂》形式上与《九章》中其他八篇不类，指《橘颂》为伪作①。与此相反，另一些人则遵从刘向以来旧说，认为《九章》中各篇全部是屈原所作。我认为胡念贻先生说得对："判断真伪，在材料不足的情况下，应当首先看作品本身的内容。②"如果从形式上说，《九歌》《天问》也无乱辞；《橘颂》虽与《九章》其他八篇迥异，但与《天问》相同。至于题目，或者诗人认为这几篇取篇首二、三字即可以明意，或者是原本失题，后人学《诗经》的办法所加，也有此种种可能。至于辞意重复或个别作品质量较次，这在创作较富的作家是常有的事。因此，只从形式上提出一些理由，还不能使人信服。近年陈子展先生有《楚辞九章之全面观察及其篇义分析》一文，其中《〈思美人〉解》分三部分分别驳"有疑用篇首语标题为伪作之证者""有疑篇末无乱辞为伪作之证者""有疑文辞总杂、重复为伪作之证者"，言之成理，足以破从形式上

---

① 刘永济《屈赋通笺·叙说》；闻一多《论九章》，《社会科学战线》1981 年第 1 期。
② 《屈原作品的真伪问题及其写作年代》，见胡念贻《先秦文学论集》。

看问题的几种说法。① 《惜诵》《思美人》《橘颂》三篇从内容上找不出可疑的地方,还应看作屈原的作品。②

然而,如果从作品的内容方面来看确实不是屈原的作品,我们也不必强加给屈原。《惜往日》《悲回风》非屈原所作,魏了翁之后,明清及近代都有人从作品本身提出一些内证。③ 这两首诗都咏叹伍子胥,是其非屈作的有力证据之一。

二、介之推与伊尹、吕望、宁戚等

介之推,《左传·僖公二十四年》作"介之推""推";《吕氏春秋·介立》《史记·晋世家》作"介子推";《楚辞》之《惜往日》《悲回风》俱作"介子",与《淮南子·说山》同。盖"介"为氏而名"推","之"为语助。④ "介子"则尊称。汉人混之而误作"介子推"。《史记·仲尼弟子列传》作"介山子然",裴骃《集解》引《大戴记》孔子语,也作"介山子然"。据《史记》此段文字中"介山子然"前所列举蘧伯玉、晏平仲、子产、孟公绰、铜鞮伯华,及《大戴记·卫将军文子》孔子引述祁侯所列举人名看,"子

---

① 《古典文学论丛》,上海人民出版社1980年版。

② 林庚《说橘颂》附《说九章》曾指出:《惜诵》"忽忘身之贱贫"一句与屈原"贵族,少年就已得志"的身份不符。但《惜诵》所言乃被放逐后的情况,故二者并不矛盾。文中又指出"恐重患而离尤"与屈原"虽九死其犹未悔"的精神不一致。然《离骚》就其保持节操言(上句为"亦余心之所善兮"),而《惜诵》就要求返回朝廷会产生的后果言(上句为"欲儃佪而干傺兮")。节操固不能变,但对前途的种种情况作出冷静的分析,则不是不可以的。

③ 明许学夷《诗源辨体》卷二第一二:"《惜往日》云'不毕辞而赴渊兮,惜壅君之不识',《悲回风》云'骤谏君而不听兮,任重石之何益',是岂屈子口语耶? 盖必唐勒景差之徒为原而作,一时失其名,遂附入屈原耳。"清吴汝纶《古文辞类纂评点》论《悲回风》云:"所谓'佳人'乃屈子也,'眇志所惑'则作者自言,盖谏君不听、仁石何益,即'眇志所惑'也。然则此殆吊屈子者之所为欤?"近人陆侃如、刘永济(有《〈惜往日〉〈悲回风〉非屈作之证》,见《笺屈余义》)、闻一多(《论九章》)、林庚(《说橘颂》)、曹道衡(《评〈关于屈原作品的真伪问题〉》)、谭介甫(见所著《屈赋新编》)、胡念贻等都有说。胡念贻《屈原作品的真伪问题及其写作年代》专从内容方面分析,又提出一些理由:《惜往日》"宁溘死以流亡兮,恐祸殃之有再"与诗人死前"定心广志""何所畏惧"的思想情绪不合;以"贞臣"代屈原,斥怀王为"壅君",不是屈原的口吻;"国富强而法立兮,属贞臣而日娭"的溢美之词,不会出自屈原本人。《悲回风》"吸湛露之浮凉兮,漱凝霜之雰雰"等处反映了道家方士的思想等。

④ 刘宝楠《论语正义·雍也》:"古人多用'之'为语助,若舟之侨、宫之奇、介之推、公罔之裘、庚公之斯、尹公之佗与此孟之反皆是。"《左传》中作"之推""推",可见刘说是。

然"应是介之推的字,"介山"表明其所居之地或曰籍贯。又《荆楚岁时记》和《艺文类聚》卷四并引《琴操》作"介子绥",梁玉绳《人表考》云"绥与推音近",其说是也。

《左传·僖公二十四年》云:"晋侯赏从亡者,介之推不言禄,禄亦弗及。推曰:'献公之子九人,唯君在矣。惠、怀无亲,外内弃之。天未绝晋,必将有主。主晋祀者,非君而谁?天实置之,而二三子以为己力,不亦诬乎?窃人之财,犹谓之盗,况贪天之功以为己力乎?下义其罪,上赏其奸,上下相蒙,难与处矣。'其母曰:'盍亦求之?以死,谁怼?'对曰:'尤而效之,罪又甚焉。且出怨言,不食其食。'其母曰:'以使知之,若何?'对曰:'言,身之文也。身将隐,焉用文之?是求显也。'其母曰:'能如是乎?与汝偕隐。'遂隐而死。晋侯求之不获,以绵上为之田,曰:'以志吾过,以旌善人。'"从这段记载看,介之推所以逃走,是因为晋文公没有赏给他禄位。他自己不去说,实质上不是不计较个人得失,而是因为晋文公忘记了他而赌气。他还因此说得到爵位与赏赐的是盗,甚至比盗还厉害,说晋文公赏赐这些人是错的。他认为晋君臣"上下相蒙,难与处矣"。与介之推古怪、孤僻的性格和狭隘的心胸相比,他母亲倒要开通得多。她看透了儿子满腹牢骚的症结所在,几次提出可以向晋文公要求一下,并且说:如果不去说,"就是死了,能怨谁?"

《史记·晋世家》记此事与《左传》略有不同:"文公修政,施惠百姓,赏从亡者及功臣。……未尽行赏,周襄王以弟带难出居郑地,来告急晋。晋初定,欲发兵,恐他乱起,是以赏从亡未至隐者介子推。"以下记介之推的牢骚话与《左传》同。接着说:介之推的从者悬书宫门,"文公出,见其书,曰:'此介子推也。吾方忧王室,未图其功。'"下面关于文公求介之推的记述又同《左传》。据此,晋文公未赏及介之推是因为国家有事,暂时搁置,并非忘记了他。

《左传》《史记》的记载不一定与事实完全相符,但反映了战国秦汉间人的传说。从这些记载看,介之推是不足为法的。传记本身赞扬的是能改正错误的晋文公,而不是心胸狭隘的介之推。介之推仅因晋文公忘记他的功劳(实为因事尚未赏赐他)便怨气冲天,忿忿离去,可见他于个人得失看得太重。以晋文公这样的君主,以狐偃、赵衰这样的同僚,尚以为"难与处矣",如果遇上楚怀王、郑袖、上官大夫、靳尚这样的君臣,那他将怎么样?《庄子·盗跖》说重耳流亡中绝粮,介之推曾割股以食重耳(《韩诗外传》卷十同)。可见在战国时的传说中介之推之功,主要在有恩于晋文公个人。而从《管子》的《戒》《小称》所记管仲评易牙、竖刁的话看,春秋战国间人对损身事君的行为并无好的评价。

然而,《惜往日》《悲回风》却以赞扬的口气提到介之推,以之喻屈原。这同屈原的思想是不一致的。

实际上介之推不一定是《左传》《史记》所说的那样。《大戴礼》中载孔子引述祁傒对晋平公语:"易行以俟天命,居下位而不援其上;观于四方也,不忘其亲;苟思其亲,不尽其乐,以不能学为己终身之忧,盖介山子推之行也。"由这看起来,介之推是一个顺天委命的人;在外十多年,一直惦记着他的母亲;为了养亲而放弃受封的官宦生活。另外,他回家乡介山隐居,也表现了在安静的生活中读书学习的愿望。大概他已厌倦了十九年随人颠沛流离的生活。如果是这样,以屈原的博学和对北方文化的了解,也不至于在他的作品中说:"……介子忠而立枯兮,文君寤而追求。封介山而为之禁兮,报大德之优游。"(《惜往日》)认为介之推的退隐介山完全是晋文公的失误造成。《惜往日》中还说:"思久故之亲身兮,因缟素而哭之。或忠信而死节兮,或訑谩而不疑。……"把介之推也作为忠信死节的人,叫人莫名其妙。读《离骚》及《九章》中另外的几篇就可以知道,《惜往日》《悲回风》中的这种比喻不是屈原会有的。

屈原说:"惜诵以致愍兮,发愤以舒情。所非忠而言之兮,指苍天以为正。""故重著以自明。"(《惜诵》)"结微情以陈词兮。"(《抽思》)可见他竭力要把自己心中所想让楚王知道。他又说:"愿陈志而无路"(《惜诵》),"愿自申而不得","又无良媒在其侧","媒绝路阻,言不可结而诒……申旦以舒中情兮,志沉菀而莫达。愿寄言于浮云兮,遇丰隆而不将。因归鸟而致辞兮,羌迅高而难当。"(《思美人》)可见他所遗憾的是自己要表白冤屈而没有门路,楚王也根本不愿听他的。这同介之推心有所欲而赌气不说,在晋文公寻找他时他隐藏不出的作法截然相反。

屈原在被放逐的情况下仍然说:"羌灵魂之欲归兮,何须臾而忘反?背夏浦而西思兮,哀故都之日远。"(《哀郢》)"惟郢路之辽远兮,魂一夕而九逝。""狂顾南行,聊以娱心兮。"(《抽思》)他身虽放废,心怀社稷,与介之推不考虑文公初立、国家多事,只因个人未得志而逃走的思想也完全两样。

从以上两点看,屈原是决不会以介之推自喻的。

《惜往日》还列举"伊尹烹于庖厨""吕望屠于朝歌""宁戚歌而饭牛"的事例说:"不逢汤武与桓缪兮,世孰云而知之?"表现了怀才不遇的思想。这也不是屈原的思想。《离骚》中有一段说:"汤禹严而求合兮,挚咎繇而能调。苟中情其好修兮,又何必用夫行媒?说操筑于傅岩兮,武丁用而不疑。吕望之鼓刀兮,遭周文而得举。宁戚之讴歌兮,齐桓闻以该辅。"两诗所举事例大体相同,表现的思想却完全两样。《离骚》中这几句是巫咸拿来说明只要"中情好修",就可以遇明君而被重用的道理的,意思是让屈原去另求明君。《离骚》的结尾写诗人并没有离开自己的祖国,表现了诗人伟大的爱国精神,巫咸所说这些话在诗中不过起了反衬的作用。《惜往日》的作者把屈原摒弃了的思想作为屈原本人的思想来写,可见他学屈原的作品只取其字句,未得其精神。

《惜往日》《悲回风》以介之推喻屈原,借伊尹、吕望、宁戚等人表现怀才不遇的思想,是这两首诗非屈原作品的又一条证据。

三、申徒狄与彭咸

依旧注所说,屈原作品中曾引了两个人以明水死之志,一个是申徒狄,一个是彭咸。

《离骚》云:"虽不周于今之人兮,愿依彭咸之遗则。"王逸注:"彭咸,殷贤大夫,谏其君不听,自投水而死。"历来《楚辞》注本大多遵从此说。明代汪瑗的《楚辞蒙引·彭咸辨》和《附说》探索了彭咸传说的源渊,研究了传为屈原的作品中七次提到彭咸的部分的文意,首先提出彭咸并非水死。清人陈远新《屈子说志》又联系屈原生平说道:"此时(按指作《离骚》时)子兰未尝闻,顷襄未尝迁,初无怀石汨罗之想。乃王氏因篇中二言彭咸,遂谓咸谏君而死。是作《离骚》时早以死自命,不待怀沙作赋矣。"俞樾《读楚辞》也说:"当屈子之作《离骚》,尚在怀王时。及怀王死,顷襄王立,屈子尚冀幸君之一悟,俗之一改,岂在怀王时早有死志乎?即谓死志早定,然死亦多术矣,何必定取一投水而死之古人以为法乎?"他们提出的理由是充分的。此外还有一点:如果屈原称说彭咸是为了明水死之志,那么他在投水前不久写的《怀沙》中更应该提到彭咸。可是,《怀沙》中却干脆没有提到这个人。

屈原写彭咸到底表现了什么思想,细读《离骚》本文,自然明白。《离骚》中说:"謇吾法夫前修兮,非世俗之所服。虽不周于今之人兮,愿依彭咸之遗则。"又说:"进不入以离忧兮,退将复修吾初服。"所谓"非世俗之所服""不周于今之人""进不入以离忧",皆指不被奸佞所容;"法夫前修""依彭咸之遗则""修吾初服",皆指退而自我修养。《离骚》中间部分写出了诗人在去留问题上思想情绪的起伏变化。但全诗的主导思想是前后一贯的。"依彭咸之遗则",乃指保持内美、修养人格、永远不与奸人同流合污。诗末尾所说"将从彭咸之所居",也指"苏世独立",暂时退处清洁之地。

《九章》中有五处提到彭咸,汪瑗以为从中皆"未见彭咸为投水之人"。俞樾对此五处也有辨析:"《抽思》篇云:'望三五以为像兮,指彭咸以为仪'……若仪彭咸是效其投水而死,然则像三五又何所取乎?他如《思美人》篇曰:'独茕茕而南行兮,思彭咸之故也。'《悲回风》篇曰'夫何彭咸之造思兮,暨志介而不忘',又曰'孰能思而不隐兮,昭彭咸之所闻',皆无从之投水之意。惟其下文又曰'凌大波而流风兮,托彭咸之所居',意似近之。然其下即曰:'上高岩之峭岸兮,处雌霓之标巅。'既思投水,何又思登山乎?盖登山涉水,皆是彭咸之所居。"俞氏的结论,同我们上面分析《离骚》得出的结论一致。

《抽思》中说,如果君能以楚三王(句亶王、鄂王、越章王。《抽思》中"王"字误作"五"字)为榜样,臣能以彭咸为典范,便没有达不到的目的,一定会英名远播,永垂不朽。《思美人》(作在汉北)说,诗人一想起彭咸就匆匆南行,欲回郢都争取尽忠。此皆可见屈原对彭咸的敬仰。陈远新说:"大抵咸是处有为、出不苟、才节兼优、三闾心悦诚服之人。"俞樾云:"……然则,彭咸必古之贤人,屈子素所师法者。"从屈原作品看,这些说法是可信的。

《楚世家》云:陆终生子六人,"三曰彭祖","彭祖氏,殷之时尝为侯伯。殷之末世灭彭祖氏"。汉人大约据此附会彭咸为"殷贤大夫",并据屈原水死的事实,臆断为"谏其君不听,自投水而死"。然而,"尝为侯伯"不等于任大夫之职。从"灭彭祖氏"的记载看,"彭祖氏"在殷为部族或小国,并非指某一个人。彭祖氏与芈姓同出高阳,殷商"奋伐荆楚"(《诗·大雅·殷武》),也不能放过彭祖氏。邓名世《古今姓氏书辨证》卷十六云:"商末,大彭氏失国,子孙处申,楚文王伐申,取彭仲爽以归,使为令尹,相楚有功,能灭申、息以为郡县,广楚封畛,至于汝水,而陈、蔡之君皆入朝,故仲爽家世为大夫。"此本之《左传·襄公七年》大师子谷之语:"彭仲爽,申俘也,文王以为令尹,实县申、息,朝陈、蔡,封畛于汝。"看来彭仲爽实为楚国春秋时大贤与名臣。可能彭咸就是指彭仲爽(咸为名,仲爽为字)。俞樾云:"彭咸疑彭祖之后,与屈子同出高阳,故一再言之,亲切而有味也。"我以为屈原屡次以彭咸自喻主要表现了他遇不遇皆"好修以为常"的美德以及举贤授能,振兴楚国的愿望。

王逸注的错误显然,后人多不详辨,以讹传讹。洪兴祖《补注》引颜师古语:"彭咸,殷之介士,不得其志,投江而死。"把彭咸说成介之推一类人物。曹耀湘在其《读骚论世》中曾一针见血地指出:"士不得志,忿怒而死,岂得为贤?既诬屈子,又诬彭咸矣。"

再从屈原的一面来说,如他在作《离骚》时(怀王二十四五年被放汉北之后的二三年中)就口口声声要投水而死,实际上却死在二十多年之后,那么,从这点我们应该怎样认识屈原呢?这实际上把屈原打扮成了一个意志薄弱、优柔寡断的人。《离骚》中说:"亦余心之所善兮,虽九死其犹未悔。"屈原在临死前还说:"定心广志,余何所畏惧兮。"(《怀沙》)如果我们以为他二十来年中一直在生和死之间犹豫,那就无形中误解了他在受打击后仍坚持活下去的目的,也贬低了他投水而死的意义。扬雄依附新莽,犹恐惧投阁,自难公正评论屈原。但是,如按王逸、颜师古、洪兴祖的解释,扬雄指责屈原"弃由聃之所珍兮,摭彭咸之所遗"(《反离骚》)。也不是没有一点道理。

屈原的死乃是楚国逐步走向败亡、他的政治理想彻底破灭、客观现实与主观愿望的矛盾无法解决而造成的。屈原绝不会是在二十年之前就有了死的打算,更不会那样早就决定了水死的方式。

有人会说:申徒狄不是水死的吗?既然屈原能拿申徒狄自喻,为什么不可以拿彭咸的水死明志?我们说,申徒狄同伍子胥、介之推一样,在可靠的屈原作品中根本没有提到。在传为屈原的作品中,只见于《悲回风》。此外见于刘向的《九叹》。先有屈原的投水而死,再有《悲回风》这些吊唁之作或仿作,故其中以投水而死的申徒狄为喻。这是《悲回风》非屈作的又一证据。

四、班固、刘勰对屈原的批评

班固《离骚序》云:"今若屈原,露才扬己,竞乎危国群小之间,以离谗贼。然责数怀王,怨恶椒兰,愁神苦思,强非其人,忿怼不容,沉江而死,亦贬絜狂狷景行之士。"刘勰《文心雕龙·辨骚》云:"依彭咸之遗则,从子胥以自适,狷狭之志也。"刘勰对彭咸的理解是依王逸注,所以这里所谓"依彭咸之遗则""从子胥以自适",即班固说的"忿怼不容,沉江而死"。他们都认为屈原是因个人不得志,心怀怨恨,投江而死。

历来人们对班固、刘勰的批评很不满意。首先对班固提出批评的是王逸。他说"昔伯夷叔齐让国守分,不食周粟,遂饿而死,岂可复谓有求于世而怨望哉?"(《离骚序》)以为屈原之词"优游婉顺",并不似

《大雅·抑》诗的激切。就王逸肯定屈原高尚情操这一点来说，他的观点是正确的。但是，如果认为《惜往日》《悲回风》是屈原的作品，认为屈原以伍子胥、介之推、申徒狄为楷模，以百里奚、伊尹、吕望、宁戚怀才不遇的景况自喻，认为《离骚》写彭咸是明水死之志，王逸的评价就与事实有所不符了。

我们认为班、刘对屈原提出那样的批评，一方面同对彭咸的错误解释有关，另一方面同以为《惜往日》《悲回风》为屈原作品有关。

《楚辞》十六卷是刘向编定。刘向将《惜往日》《悲回风》作为屈原作品，与屈原的《惜诵》等合而统称之为《九章》。《汉书·艺文志》云："又屈原赋二十五篇。"据这个篇数看，班固依刘向本也以这两篇为屈作。班氏《离骚赞序》云："又作《九章》以风谏。"篇目有九，更是明证。

班固、贾逵曾作有《离骚经章句》。王逸说他们"以壮为状，义多乖异，事不要括"。看来王逸注《楚辞》时是看到了班固的章句的。班固之前注《离骚》者，于人物解说就有些臆测。如班氏《离骚序》说刘安《离骚传》："又说'五子以失家巷'，谓五子胥也。及至羿、浇、少康、贰姚、有娀佚女，皆各以所识有所增损，然犹未得其正也。"班氏《章句》与刘安《传》相比较，或者更正了一些错误，但对彭咸仍未能作出正确的解释。不然，后来的王逸也不至那样穿凿附会。

至于刘勰，生在王逸之后，他的立论，自然是根据已经固定下来的《楚辞》十七卷本，同时也不能不受王逸注的影响。

屈原作品中抒发悲愤心情的句子很多，不可能每一处都标明"皇舆""灵修""人民"。这些含义不太明确的部分抒发了怎样的感情，需要联系其他部分分析。当然，根据"恐皇舆之败绩"等可以了解他对国家人民的关心，但是，既然诗中也表现了个人不得志的愤懑及多年一直在生死问题上犹豫不决的心情，班固、刘勰为什么不可以从这方面探求一下屈原思想的另一方面呢？

班、刘对屈原是崇敬的，这从《离骚序传》全文及《文心雕龙》可以看出。然而，班固是一代良史，刘勰也有史家作风，他们评论前人从本人作品去认识全人，在评论屈原时注意到了一般人注意不到的问题，是不足为怪的。

　　人们对班、刘的批评不加分析的予以否定，从而遮盖了《惜往日》《悲回风》非屈原作的事实，还有一个原因，就是司马迁对屈原作了极高的评价而无任何批评。司马迁不仅对屈原作品极表赞叹，也对其人格表示十分仰慕。

　　应该承认，班固在不少地方是站在封建统治阶级立场上观察问题的，其世界观不如司马迁进步。同时，班固也没有司马迁那样辛酸的生活遭遇。刘勰也一样，虽前期生活多有磨难，但后期还是很受最高统治者的赏识的。由于立场观点、生活遭遇的不同，人们对同一部作品的感受往往是不相同的。他们所特别注意到的问题，引起共鸣的地方，也不完全一致。

　　不过，我以为在司马迁的时代《惜往日》《悲回风》尚未被归入屈原作品中，所谓"九章"的名目也尚未成立。与司马迁同时的东方朔模仿《惜诵》《涉江》等为赋，名曰《七谏》，赋共七章，即是证明。既然司马迁与班固所见屈原作品不完全相同，所得结论有异，就更是自然的了。

　　总之，班固、刘勰对屈原的批评主要与误认《惜往日》《悲回风》为屈原作品有关。如果因为班固、刘勰的思想比司马迁落后一些，便不加分析地认为他们的批评完全是无中生有，是对屈原的明目张胆的歪曲，也不是实事求是的态度。应将班、刘的批评同扬雄、颜之推这类失节文人毁人遮羞的言词区别开来，因为班、刘毕竟是我国历史上杰出的具有独立见解的史学家和文学批评家。

（原载《西北师院学报》1983 年第 2 期）

再论《惜往日》《悲回风》的作者问题

一、从所表现思想与措词看《惜往日》《悲回风》非屈原之作

《惜往日》《悲回风》两篇中所咏叹的伍子胥、介之推,其思想与屈原大相径庭。在可以确定为屈原的作品中没有写到这两个人物的,更没有称赞他们的地方。《离骚》和《惜往日》中都提到伊尹、吕望、宁戚,但《离骚》中是借以说明只要"中情好修",就会被明君所重用("苟中情其好修兮,又何必用夫行媒"),《惜往日》中却用以表示生不逢时、怀才不遇的思想("不逢汤武与桓缪兮,世孰云而知之"),明显地表现出思想上的差异。班固批评屈原"露才扬己""数责怀王",刘勰批评屈原"从子胥以自适,狷狭之志也",也正是基于《惜往日》中说"吴信谗而弗味兮,子胥死而后忧",以伍子胥为"忠信死节"之臣;说吴王"弗省察而按实兮,听谗人之虚辞",形成伍子胥的悲剧,自称为"贞臣",而称楚王为"壅君";基于《悲回风》中说要"浮江淮而入海兮,从子胥而自适"。因为屈原是不可能赞扬为报父兄之仇而协助敌国攻克楚都,造成楚国宗庙圮毁、君臣离散之灾,又掘楚王之墓而鞭尸的伍子胥的。①《离骚》中虽对怀王的昏聩不明十分气愤,但形诸文字仍然说"哲王又不悟",

---

① 参拙文《〈楚辞〉中提到的几个人物与班固、刘勰对屈原的批评》,刊《西北师院学报》1983年第2期,人大复印资料《中国古代近代文学研究》1983年第5期,收入拙书《屈原与他的时代》,人民文学出版社1996年第1版,2002年第2版。

没有不顾礼数、完全打破君臣关系的情况。

事实上,只从《惜往日》《悲回风》两篇中的措词上已可以断定非屈原所作。今举出五例:

(一)《惜往日》:"不毕辞而赴渊兮,惜壅君之不识。"《悲回风》云:"骤谏君而不听兮,任重石之何益?"这显然是旁人、后人所说的话,而非跳江者的夫子自道。《惜往日》的作者遗憾屈原结束了自己的写作,该说的话没有说完,便投江而死,然而他的死也并未唤醒糊涂的楚王醒悟;《悲回风》的作者说屈原屡次谏君,君王不听,自己背负着石头投江而死,但并无益于情形的转变。这难道是屈原自己说的吗?

(二)《惜往日》中说:"情冤见之日明兮,如列宿之错置。"这完全表现了楚国在屈原死后国势日衰,屈原的话被验证,屈原政治主张的正确性越来越被人们认识的情况下一些人的看法。

(三)《惜往日》云:"临沅湘之玄渊兮,遂自忍而沈流。卒没身而绝名兮,惜壅君之不昭。"曹道衡先生的《评〈关于屈原作品的真伪问题〉》一文中说:"在这段文字中,屈原已经遂自沉而'卒没身',哪里还能赋诗?如非相信有鬼,恐怕没法子叫已死的屈原来写这篇《惜往日》了吧!'遂'和'卒'分明是已经完成了的话。……再说这里的'贞臣'、'壅君'等辞和文句本身,都显然是第三者追述之口气。"[①]

(四)"芳与泽其杂糅兮"一句,《楚辞》中出现三次,在对"泽"字的理解使用上,《惜往日》同《离骚》《思美人》完全不同。《离骚》中说:"芳与泽其杂糅兮,唯昭质其犹未亏。"《思美人》中说:"芳与泽其杂糅兮,羌芳华自中出。"从下句可以看出,这两处中的"泽"与"芳"都是指好的性质。王逸注:"芳,德之臭也。泽,质之润也。糅,杂也。"朱熹《集注》:"芳,谓以香物为衣裳。泽,谓玉佩有润泽也。"此后各家大体依违于以上二说之间。闻一多《离骚解诂》云:"泽所以沐发者也。""草取其芬芳,膏取其光泽,即此所谓芳与泽也。……馨香为草之质,光耀为泽之质。纳芳草于膏泽中糅而合之,膏之光泽与草之芬芳,俱无亏损。

---

① 见《光明日报》1956年4月1日,《文学遗产》专栏。

《思美人》曰:'芳与泽其杂糅兮,羌芳华自中出。'芳谓馨香,华谓光泽,二者俱能秀出,即此昭质未亏之义。"其说虽与王、朱二说不同,然而也以"泽"为美好之物。但《惜往日》中说:"芳与泽其杂糅兮,孰申旦而别之?"言无人对"芳"与"泽"加以明白分辨。显然这里"泽"是作为"芳"的对立面来说的。也正由于这一句对屈原这两个"泽"字理解上的偏差,王夫之以来,一些学者并上两例也从"芳"的反义方面去寻找答案,或解作"垢"(王夫之),或解作"垢泽,指小人污秽者"(鲁笔),或解作"汗气"(陈远新),或解作"瘅",或解作"裹衣"(郭沫若),不一而足。其实,只是《惜往日》的作者误解了《离骚》与《思美人》中有关句子而已,当分别诠释。

（五）"申旦"一词,《惜往日》中的用法也同屈原作品用法不同。《思美人》云:"申旦以舒中情兮,志沈菀而莫达。"王逸未注,则是视为常见义。"申"在《楚辞》中多用为"重"之义,"旦"在楚辞中多用为"晨旦"之义。朱熹注:"申,重也。今日已暮,明日复旦也。"汪瑗注:"旦,天将晓也。申旦,犹言累日也。"说并是。然而《惜往日》云:"孰申旦而别之。"是以"申旦"作"明白""明明白白"解,也显然是误解了屈原的文意,因而也用错了意思。

由以上五点来看,《惜往日》《悲回风》非屈原所作,可以肯定。一些学者陈陈相因,维护旧说,以此两篇为屈原所作,既对屈原生平有关问题与屈原思想的研究造成混乱与障碍,也对楚辞作家与作品其他问题的解决造成了障碍。不能因为王逸以来都如此说,便一定要维护。正如鲁迅《狂人日记》中所说:"从来如此,便对吗?"为了楚辞学的发展,为了靠近真理,我们必须纠正这类"从来如此"的误说。其实,科学所要纠正的正是"从来如此"的各种误说和错误观念。

南宋李壁(1159—1222)的《王荆公诗注》在《闻吕望之解舟》注附《诗后漫记》附诗云:

《回风》《惜往日》,音韵何凄其!追吊属后来,文类玉与差。

李壁推侧这两篇是宋玉、景瑳(《史记》中作"景差","差"为"瑳"之借)所作,真是卓见!近代以来疑《惜往日》《悲回风》非屈原所作的学者更是不少,近人如曾国藩在戊午年(1858)日记中写道:"《九章·惜往日》似伪作,当著论辨之。"后在其《经史百家杂钞》中"宁溘死而流亡兮,恐祸殃之有再"二句下云:"此不似屈子之词,疑后人伪托也。"吴汝纶《古文辞类纂评点》也从词气方面对《惜往日》《悲回风》二篇提出疑问。此后陈钟凡《楚辞各篇作者考》,陆侃如《楚辞·引论》,陆侃如、冯沅君《中国诗史》,刘永济《屈原通笺》及《笺屈余义·〈惜往日〉、〈悲回风〉非屈作之证》,闻一多《论九章》,林庚《说橘颂》附《说九章》,谭戒甫《屈赋新编》,胡念贻《屈原作品的真伪问题及写作年代》等都对《惜往日》《悲回风》的作者提出怀疑,理由也越来越充分。但一语破的,不仅疑其非屈原所作,而且准确地指出作者的,是李壁。李壁的可贵处在于,他不像有的学者把它们看作"作伪""拟托"的结果,而只是指出从文字本身看,与宋玉、景瑳相近,疑为宋玉、景瑳所作。又明许学夷《诗源辨体》卷二云:

> 至于《惜往日》云"不毕辞而赴渊兮,惜壅君之不识",《悲回风》云"骤谏君而不听兮,任重石之何益?"是岂屈子口语耶?盖必唐勒、景差之徒为原而作,一时失其名,遂附入屈原耳。

说这两篇非屈原作品,但并非后人有意作伪,必为"唐勒、景瑳之徒"所作,混入屈原作品中,因而与李壁之说相近。

这里必须谈一谈的是,有个别主张《惜往日》《悲回风》非屈原作的学者认为这两篇是汉代人所作。对此,我们先引闻一多先生《论九章》中的一段话:

> 对于先秦文籍之可疑者,世人动辄斥为汉人赝作。一部分或许真是如此。但大部分恐怕是经过汉人窜乱而已。至于今本《九章》中《思美人》《惜往日》《悲回风》三篇,我们认为时代较晚于前

五篇，但恐怕晚也晚不到汉朝。最具体的证据是在属意和造句上，《九叹》剿袭《思美人》者两处，《七谏》剿袭《惜往日》者四处，剿袭《悲回风》者六处，可见《思美人》至迟在刘向时，《惜往日》《悲回风》至迟在东方朔时，已经是脍炙人口的古代名著了。贾谊《吊屈原赋》云："袭九渊之神龙兮，沕深潜以自珍，弥（偭）融爚以隐处兮，夫岂从蚁与蛭螾。"这与《惜往日》中"惭光景之诚信兮，身幽隐而避（原误备）之，临沅湘之玄渊兮，遂自忍而沉流"四句语言相似。贾谊（前一六九年卒）去东方朔（前一三八年为大中大夫给事中）不远。这里与其说被东方朔所剿袭的《惜往日》曾抄袭过贾谊，倒不如说东方朔抄袭的《惜往日》在前一二十年也被贾谊剿袭过。总之，《思美人》《惜往日》《悲回风》三篇，虽非屈原所作，却也离屈原的时代不远。《惜往日》性质与贾谊《吊屈原赋》相近，大概是屈原死后，一位好抱打不平的无名作家作来凭吊他的文字。

论述十分精到。唯其中提到《思美人》，因为同《惜往日》《悲回风》一样以篇首三字为题的原因，也置于被怀疑的范围之内。但是，取篇名的情形比较复杂，原有题已失去，后人以首三字为题的可能性有；屈原以为"思美人"三字正好可以概括本篇之意因而作为篇名，后来之作《惜往日》《悲回风》者加以效法的可能性也有。因之，这不能作为《思美人》非屈作之理由。抛开这个问题不说，以闻一多的精辟论述同李壁的卓见结合起来，《惜往日》《悲回风》两篇的作者问题，也便可以解决。

我以为《惜往日》为景瑳的作品，《悲回风》为宋玉的作品。下面在李壁、闻一多的基础上再加以论证。

二、从所反映的思想、艺术风格与时代
特征看《悲回风》为宋玉之作

首先，《悲回风》不是楚怀王和顷襄王前期的作品，而是楚都迁陈之后的作品。诗中说："浮江淮而入海兮，从子胥而自适。"前一句显然

是楚都迁于淮河流域以后人的口吻。伍子胥投江而死,尸入于海,但只有淮河流域才言由淮入海。楚都迁陈(今淮阳)以前作家的作品多言"江汉""江夏",而没有以淮河为喻的。所以,是宋玉、唐勒、景瑳之徒所作没有疑问。

其次,所反映思想不像《远游》《惜誓》那样具有明显的道家思想,而在很多方面同宋玉的《九辩》相同或相近。

陆侃如、冯沅君《中国诗史》中说:"篇中'吸湛露之浮凉兮,漱凝霜之雰雰'一段,全为方士口吻,与《远游》'餐六气而饮沆瀣兮,漱正阳而含朝霞'一段相近,所以是同样的不可靠。"陆、冯二氏认为《悲回风》非屈原作是对的,但认为这一段文字全为方士口吻则欠妥。因为"吸湛露""漱凝霜"同《离骚》的"朝饮木兰之坠露"之类,并无大的不同。受《中国诗史》影响以为《悲回风》表现了道家思想的还有胡念贻。他说:

> 《悲回风》"上高岩之峭岸兮"以下就是写的凌空飞渡的事,所以东方朔《七谏·自悲》有"乘回风而远游"一句。东方朔可能是因为见到《悲回风》与《远游》题意相近,因而把"回风"与"远游"两个词儿连在一起的。《悲回风》的意境大部分是萧索、寂寞、枯槁,和《远游》的意境很相像,虽然它的道家方士化的思想和《远游》有某种程度上的差别。这种意境和屈原作品所反映的完全不同。屈原的作品都是表现他是热爱生活的,他写得有生趣,有情感,那怕是写鬼神如《九歌》,绝笔如《怀沙》,都是如此。①

《悲回风》同《远游》在意境上相像,乃是因为作者处于同一时代,反映了同样的社会气息,尚不能说明就是同一作者的作品。胡氏所说"这种意境和屈原作品所反映的完全不同",是正确的。其所指出的东方朔《七谏》有取于《悲回风》,指出《悲回风》同《远游》在思想上有差别,

---

① 胡念贻《屈原作品的真伪问题及其写作年代》,见其《先秦文学论集》,中国社会科学出版社 1981 年版,第 326 页。

也是真知灼见。唯胡念贻受陆、冯《中国诗史》的影响，仍认为《悲回风》有一点道家思想，是其小眚。

《悲回风》同《远游》反映的思想，完全不同，其中并不存在道家、神仙家思想。这只要作具体、深入、细致的分析，而不是人云亦云地承袭前人之说，问题就是很清楚的。请看：

（一）从两篇中提到的人物进行比较，《远游》中提到赤松子、韩众、王乔、王子（王子晋），全是传说中的仙人；也提到傅说，却是从其"托星辰"言之。《悲回风》中则只提到彭咸、申徒狄和介子（介之推）、伯夷，全是楚先贤或古代贤人。①

（二）从提到的类型人物而言，《远游》中提到的"真人""羽人"是庄周、杨朱以来道家向宗教转变过程中产生的理想人物，而《悲回风》中只说到"佳人""孤子""放子"，全为现实社会所有。

（三）从人生理想言，《远游》中提到"登仙""得一""化去""气变""绝氛埃""餐六气""漱正阳""含朝霞""丹丘""不死之旧乡""遐举"，全是神仙和方仙道的一套。《悲回风》中则只有"远志""抗迹""赋诗""谏君"之类，上面那些道家和原始道教的东西全然不见。

（四）从思想范畴言，《远游》中提到"神倏忽而不反，形枯槁而独留"，已为后来道教尸解说之滥觞；提到"虚静""澹无为""精""壹息""审壹气""道""太仪""玄武"，也全是道家和早期道教理论的产物。而《悲回风》中则只有"情""志""远志""眇志""性""愁""文章""统世""从容""老""思心""省想""想感"等，完全属于两种不同的思想类型。

由以上四点看，《悲回风》中毫无道家因素，思想上与《远游》泾渭分明，相去悬绝。陆侃如以来皆曰"有道家思想"，实皮相之论，殊不足取。

我已有文考证《远游》《惜誓》同山东银雀山出土《论义御》皆为唐

---

① 彭咸为楚远祖陆终之后。春秋时楚有名臣彭仲爽（《左传·襄公七年》）。《离骚》中说："愿依彭咸之遗则"，即"法夫前修"之意。前人言彭咸为投水而死者，乃臆说。申徒狄"申徒"为楚官名，即见于《随县曾侯乙墓楚简中的"陞徒"》。《史记·留侯世家》言"项梁使良求韩成，立以为韩王，以良为韩申徒"。韩国以前无申徒之官，此楚项梁以楚官制ول立。又申徒狄最早见于《庄子·大宗师》与《盗跖》，"申徒狄谏而不听，负石自投于河"，亦南方楚地习水者自杀方式。联系各方面记述看，申徒狄为战国初年楚人。

勒所作，并钩稽有关唐勒的史料，证明其任太史之官，主天官、掌星占，则其有道家、神仙家思想，也是自然的（至西汉时掌天官的司马谈、司马迁父子尚重道家，其道理相同）。先秦至汉天官为世职，则唐勒应为唐眛之后。计其年，应为唐眛之孙。① 《悲回风》非唐勒所作，可以肯定。

从各方面看，《悲回风》实与宋玉的《九辩》相近，应为宋玉之作。理由有九：

（一）《悲回风》同《九辩》一样都表现出一个受打击、排挤而离开朝廷的文人或曰下级官吏的经历与思想。《九辩》云："去故而就新""贫士失职而志不平""羁旅而无友生""去乡离家兮徕远客"。《悲回风》云："超惘惘而遂行""孤子吟而抆泪兮，放子出而不还""求介子之所存兮，见伯夷之放迹"等，所反映的作者经历与思想情绪完全一样。

（二）《悲回风》同《九辩》反映了同样的政治环境。《九辩》云："世雷同而炫曜兮，何毁誉之昧昧。""纷纯纯之愿忠兮，妒被离而鄣之。"《悲回风》云："万变其情岂可盖兮，孰虚伪之可长。"这些都反映了当时朝廷中结党营私、颠倒黑白、虚伪欺诈的状况与作者对此的看法。

（三）都表现了极大的个人哀愁。《九辩》云："中憯恻之凄怆兮，长太息而增欷。""心怵惕而震荡兮，何所忧之多方。""独悲愁之伤人兮，冯郁郁其何极。"《悲回风》云："终长夜之曼曼兮，掩此哀而不去。""愁悄悄之常悲兮，翩冥冥之不可娱。"情绪、心情，毫无差别。

（四）都表现出仕途无望隐居自保的思想。《九辩》云："闵奇思之不通兮，将去君而高翔。""与其无义而有名兮，宁穷处而守高。""愿赐不肖之躯而别离兮，放游志乎云中。"（按"云"为地名，亦作"卭"。）《悲回风》云："蛟龙隐其文章"，"独隐伏而思虑"。

（五）都表现出对个人品质、情怀的自重自赏。《九辩》云："有美一人兮心不怿。""私自怜兮何及，心怦怦兮谅直。"《悲回风》云："惟佳人之永都兮，更统世以自贶。""照彭咸之所闻。"

---

① 参拙文《唐勒〈论义御〉与楚辞向汉赋的转变——兼论〈远游〉的作者问题》，刊《西北师大学报》1994年第5期；又收入拙著《屈原与他的时代》，人民文学出版社2002年第2版，第528—542页。

(六)表现了同世俗决绝而不与小人同流合污的态度。《九辩》云:"骥不骤进而求服兮,凤亦不贪馁而妄食。""食不偷而为饱兮,衣不苟而为温。"《悲回风》云:"故荼荠不同亩兮,兰茝幽而独芳。""宁溘死以流亡兮,不忍此心之常愁。"正是出于一人之口。

　　(七)都表现出惜时叹老的情绪。《九辩》云:"时亹亹而过中兮。""岁忽忽而遒尽兮,恐余寿之弗将。""岁忽忽而遒尽兮,老冉冉而愈弛。"《悲回风》云:"岁曶曶其若颓兮,时亦冉冉而将至。"

　　(八)《九辩》中提到的人物如尧、舜、宁戚、申包胥、齐桓公、伯乐等历史人物,类型化人物如贫士、美人、诗人,思想范畴如"思""谅直""德""耿介""志""忠""美""武""性""诵"等,也同《悲回风》大体属于同一思想体系(见上部分《悲回风》同《远游》比较所列举四点)。

　　从以上八点即可以肯定《悲回风》从思想各个方面说与《九辩》一致,为宋玉之作,可以肯定。另外补充一条:

　　(九)《悲回风》所表现思想确实与宋玉思想性格一致。"骤谏君而不听兮,任重石之何益"二句,旧说皆以为是说屈原,误。这是承接着上文"悲申徒之抗迹"一句言之。原文云:

　　　　浮江淮而入海兮,从子胥而自适。望大河之洲渚兮,悲申徒之抗迹。骤谏君而不听兮,任重石之何益?

是作者见到申徒狄投水之处,因生此感慨。学者们解释为是说屈原,实属牵强附会。然而近两千年来几至众口一词,也可见学术研究中因循习惯之严重。我们从这两句中,可以看出作者的人生态度同屈原是有些差别的。郭沫若在《屈原》一剧中把宋玉"写成一个没有骨气的文人"(《今昔蒲剑·写完五幕剧〈屈原〉之后》),自然是小说家言,可以不论,然而他确实也认为宋玉"实在是没有骨气"(《给丁力的信》,《文艺报》1979年第5期),责之过严,有失分寸。但是从《九辩》中一味诉说哀愁而缺乏刚强之性的情调来看,郭沫若产生这种看法也不能说毫无依据。

下面再从艺术方面看看《悲回风》同《九辩》的相近之处。

（一）都表现出对自然现象变化的敏感与观察的细致。可以说，都完全表现了一个很注重自然变化的诗人的眼光、感受和情怀。这一点随处可见，不详论，今只举两诗的开头，《九辩》是："悲哉秋之为气也，草木摇落而变衰。"《悲回风》是："悲回风之摇蕙兮，心冤结而内伤。"不仅都以"悲"字起句，所表现情绪、心境也是相同的。

（二）两篇都写到漫漫长夜，不能入眠。《九辩》云："去白日之昭昭兮，袭长夜之悠悠。""仰明月而太息兮，步列星之极明。"《悲回风》云："涕泣交而凄凄兮，思不眠以至曙。"看来作者有失眠症，极度的神经衰弱。这自然不仅同创作环境、诗人遭遇有关，也同作者的心理素质有关。

（三）都反映出对辞赋创作的痴心。《九辩》云："窃慕诗人之遗风兮。""自压桉而学诵。"《悲回风》云："窃赋诗之所明。"

（四）两篇有些句子很相近，反映了同一作者铸词造句的习惯，应是其知识与行文习惯的潜意识反映。如《九辩》"虽重介之何益"，《悲回风》"任重石之何益"，两句的意思和语言环境不同，不属于模仿的范围，显然是同一作者语言特征的反映。

（五）《九辩》中"窃夫蕙华之曾敷兮，纷旖旎之都房。何曾华之无实兮，从风雨而飞飚"。这也正是《悲回风》全篇意象的概括表现。

由以上创作背景和思想内容方面与《远游》不同者四点，与宋玉《九辩》相同相近者九点，及艺术表现、语言运用方面与《九辩》相近者五点，我们完全可以肯定《悲回风》与《九辩》是同一位作者所作，它们的作者便是宋玉。

三、从所反映思想与楚国历史看《惜往日》为景瑳之作

首先，《惜往日》中没有道家、神仙家思想，非唐勒所作，可以肯定。

其次，本篇在有些词语的运用上，其理解同宋玉不同。如《九辩》中"独申旦而不寐兮"，这同屈原《思美人》中"申旦以舒中情兮"一句的

用法是相同的。但《惜往日》中"孰申旦而别之"以"申旦"作"明白"解，则完全不一样。所以，《惜往日》也可以肯定不是宋玉所作。

《史记·屈原列传》中说："屈原既死之后，楚有宋玉、唐勒、景差（《索隐》：《扬子法言》及《汉书古今人表》皆作'景瑳'，今作'差'是字省耳）之徒者，皆好辞而以赋见称。然皆祖屈原之从容辞令，终莫敢直谏。"可见，屈原之后出名的"好辞而以赋见称"者，宋玉、唐勒之外，只有景瑳，而且景瑳也是尊爱屈原，在思想上与屈原有相近的地方。《惜往日》既不是屈原作，也不是唐勒、宋玉作，则已知的楚辞作家，只有景瑳。因之，可以初步确定为景瑳所作。

再次，《惜往日》在内容上有四点十分突出。

（一）它完全是为悼念屈原而作的。以往被认为也是悼屈之作的《悲回风》及写屈原的《九辩》，其实都是夫子自道，不关他人，把它们看作写屈原或悼屈之作是以往的《楚辞》学者将《离骚》看作"经"，而将《楚辞》中其他各篇都看作"传"，而形成的误解（传统的"传"都是解经的）。一经点破，人们会觉得过去这种推断十分可笑，但其说行之既久，学者便不以为非。《楚辞》中真正的悼屈之作，实只有这一篇。

（二）全篇表现出突出的法家思想，对屈原的称赞，也多着眼于这一点。如开头六句：

> 昔往日之曾信兮，受命诏以昭时。奉先功以照下兮，明法度之嫌疑。国富强而法立兮，属贞臣而日娭。

明确提出"明法度之嫌疑"，主张"国富强而法立"。再如其中责备奸佞之臣说：

> 蔽晦君之聪明兮，虚惑误又以欺。
> 独障壅而蔽隐兮，使贞臣为无由。
> 谅聪不明而蔽壅兮，使谗谀而日得。

这里既在总结楚国走向衰亡的教训,同时也是对屈原遭遇佞臣壅君的惋惜与同情,也表现出作者强烈的反蔽壅的思想。诗中两处称楚王为"壅君",实际是将造成亡国局面的责任追到了楚王身上。反对蔽壅,这是法家思想的一个重要方面。《管子·明法》云:

> 夫国有四亡:令求不出谓之灭,出而道留谓之拥(壅),下情求不上通谓之塞,下情上而道止谓之侵。

同书《明法解》中说:

> 有不蔽之术,故无壅遏之患。乱主则不然,法令不得至于民,疏远鬲(隔)闭而不得闻。如此者,壅遏之道也。

《韩非子·主道》云:

> 是故人主有五壅:臣闭其主曰壅,臣制财利曰壅,臣擅行令曰壅,臣得行义曰壅,臣得树人曰壅。

《申子》云:

> 蔽君之明,塞君之听,夺之政而专其令,有其民而取其国。(《群书治要》卷一引)

这些法家著作都指出蔽壅的危害。又《荀子·成相》云:

> 上壅蔽,失辅势,任用谗夫不能制。

这正是说的六国末年楚国的状况。从这些法家人物和具有法家思想的人物的言论中,可以看出《惜往日》的作者看问题的角度,可以看出他对社会矛盾、政治病根的观察。

(三)明确表示反对"心治"。《惜往日》云：

> 乘骐骥而驰骋兮,无辔衔而自载。乘泛泭以下流兮,无舟楫而自备。背法度而心治兮,辟与此其无异。

作者反对"背法度而心治",认为这同乘骏马而不用辔衔、乘木筏而不用舟楫,都是自取灭亡之道。

(四)对屈原的悲剧也多从法治的眼光分析之,而不是像《悲回风》《九辩》和《惜誓》等宋玉、唐勒之作的只是一般地感叹生不逢时和对小人得志的怨愤。① 如：

> 君含怒而待臣兮,不清澈其然否。……弗参验以考实兮,远迁臣而弗思。何贞臣之无罪兮,被离谤而见尤。
> 弗省察而按实兮,听谗人之虚辞。

作者认为即使国君,也不能因一时喜怒而随意奖赏或处罚官员、百姓,应依法定罪,依法衡量对错。他认为造成屈原悲剧的关键是国君的"无度(准则)而弗察"(察,细致地看)。作者认为,在确定是非中应"参验"(据事实比较、验证)、"省察"(细心考察)。

由以上四点可以看出,作者是一位法治观念极强的人。

在这里,有一点线索,可以大体确定景瑳是屈原之后同屈原的政治主张比较一致的人。

怀王之时,楚上柱国景翠同昭阳一样是主张联齐抗秦的,是屈原的支持者。楚怀王十五年楚国和中原各国都因齐国破燕而打破了山

---

① 《悲回风》中如"吾怨往惜之所冀兮,悼来者之逖逖",是怨以往所希望实现之事均未能如愿,而将来的希望也十分遥远,令人悲伤。《九辩》中说"恨其失时而无当","悼余生不时兮,逢此世之俇攘",《惜誓》云"夫黄鹄神龙犹如此兮,况贤者之逢乱世哉",都明显表现出生不逢时的意思。至于写小人得志之文字以上各篇中至为突出,不俱引。

东六国的平衡,因而皆采取救燕攻齐之策。秦国则趁机攻克魏国的焦、曲沃,败韩于岸门。于是韩、魏投靠于秦,助秦以自保。楚怀王十七年(前312)楚上柱国景翠领兵围韩之雍氏,以遏制秦东进中所向披靡之势。《史记》载:"我助秦攻楚,围景翠。"①

又楚怀王二十一年(前308)秦攻韩之宜阳,"景翠以楚之众,临山而救之"②。

怀王二十八年,因楚太子质于秦时参与私斗而杀秦大夫,秦与齐、韩、魏共攻楚。次年秦复攻楚,大破楚,楚军死者二万,杀楚将军景缺(《史记·楚世家》)。"楚令景翠以六臣赂齐,太子为质。"③

由以上几事可以看出景翠在当时的对外策略上主张联齐抗秦,同屈原是一致的。景翠于怀王二十一年已为上柱国,有执法之爵,故得以在怀王二十九年接景鲤任令尹之职。他的掌权与否同屈原在政治上之浮沉也大体相合。看来他同昭阳一样是屈原的支持者之一。因为先秦时楚国卿大夫仍基本保持世袭的方式(有一部分客卿,仍是外姓),景瑳对怀王以来朝廷之事甚熟,有透彻的认识,所以我以为他可能是景翠之子孙,就其生活年代言之,似为其孙。从这一点说,景瑳对屈原怀有深厚的感情,也具有鲜明的法家思想,就可以理解了。

综上所述,我以为《惜往日》为景瑳所作,《悲回风》为宋玉所作。这无论从作品的内容,作品所反映的思想、创作风格、语言特征,及楚国历史有关问题的哪一个方面来说,都可以肯定。

(原载《文献》2009年第3期)

---

① 《史记·六国年表》韩国一栏,韩宣惠王十一年。
② 《战国策·东周·秦攻宜阳》。
③ 《战国策·楚策二·齐秦约攻楚》。

论《惜誓》的作者与作时

一、从《鵩鸟赋》看《惜誓》的作者

《楚辞·惜誓》的作者，至汉代已不清楚。《楚辞章句·惜誓序》云：

> 《惜誓》者，不知谁所作也。或曰贾谊，疑不能明也。

第一句"《惜誓》者，不知谁所作也"，首先说不知谁所作，其态度很明确。下面说："或曰贾谊，疑不能明也。"提出曾经有过的一种说法，但对它表示了怀疑的态度。

洪兴祖作《楚辞补注》只是就序中提到的贾谊，摘引了《汉书》有关贾谊生平的文字，并摘录贾谊《吊屈原赋》中几段，说"与此语颇同"，并未表示肯定的态度。但是到了朱熹的《楚辞集注》则云："《惜誓》者，汉梁太傅贾谊之所作也。"并且说："《史》《汉》于《谊传》独载《吊屈原》《鵩鸟》二赋，而无此篇，故王逸虽谓'或云谊作'，而疑不能明。独洪兴祖以为其间数语与《吊屈原赋》词旨略同，意为谊作亡疑者。今玩其辞，实亦瑰异奇伟，计非谊莫能及，故特据洪说，而并录传中二赋，以备一家之言云。"

朱熹这段话首先是对旧序作了曲解。旧序言"不知谁所作也"，并非只因为《汉书·贾谊传》中未录此篇，朱熹则将原因只归结到这一点上来,实际上就掩盖或者说否定了作品本身存在的一些疑问。其次,将洪兴祖的暧昧态度,说为"意为谊作无疑",更是强加于人。最后朱熹又补充了一条理由,但实际上也不能成立。屈原之后,楚国宋玉、唐勒、景差之徒及汉初陆贾等并善于文辞。在贾谊之前,不是再无辞赋作家。而且就《惜誓》的构思与文采而言,也并非十分优异(今人选《楚辞》者多不选此篇,便是明证)。所谓"非谊莫能及"的说法,未免牵强。

那么,为什么古代会有"贾谊作"的说法呢?洪兴祖说对了:就因为其中有些句子其语意与贾谊的《吊屈原赋》相近。如《惜誓》云:

> 彼圣人之神德兮,远浊世而自藏。使麒麟可得羁而系兮,又何以异夫犬羊?

《吊屈原赋》云:

> 所贵圣之神德兮,远浊世而自藏。使麒麟可系而羁兮,岂云异夫犬羊?

《惜誓》云:

> 已矣哉!独不见夫鸾凤之高翔兮,乃集大皇之野。循四极而回周兮,见盛德而后下。

《吊屈原赋》云:

> 凤凰翔于千仞兮,览德辉而下之;见细德之险微兮,遥增击而去之。

但同一个作者的作品而语句如此雷同甚至完全重复,也是叫人难以理解的。贾谊年十八即"以能诵诗、属书闻于郡中",恐不至辞竭才尽如此，作两篇赋也是后一篇抄前一篇。所以，我认为这恰恰证明了《惜誓》不是贾谊所作（因为《吊屈原赋》为贾谊所作，没有问题）。

那么，这两篇作品，到底是《吊屈原赋》受《惜誓》的影响，还是《惜誓》受《吊屈原赋》的影响？我以为只能是前一种可能。因为从《鹏鸟赋》来看，贾谊作赋好摄取、套用他人文字。《文选》李善注已指出《鹏鸟赋》用《鹖冠子》一书文句的情况，今将两赋雷同文句列表如下，以便比较：

《鹖冠子》	《鹏鸟赋》（引文据《文选》本）
斡流迁徙，固无休息。	万物变化兮，固无休息。 斡流而迁兮，或推而还。
变化无穷，何可胜言。	沕穆无穷兮，胡可胜言。
祸乎福之所倚，福乎祸之所伏。	祸兮福所倚，福兮祸所伏。
忧喜聚门，吉凶同域。	忧喜聚门兮，吉凶同域。
吴大兵强，夫差以困。 越栖会稽，勾践霸世。	彼吴强大兮，夫差以败。 越栖会稽兮，勾践霸世。
祸与福，如纠缠也。	夫祸之与福兮，何异纠缠。
终则有始，孰知其极。	命不可说兮，孰知其极。
天不可预谋，道不可预虑。	天不可预虑兮，道不可预谋。
水激则悍，矢激则远。 精神回薄，振荡相转。	水激则旱兮，矢激则远。 万物回薄兮，振荡相转。
迟速止息。必中参伍。	迟速有命兮，焉识其时。
同合消散，孰识其时。	合散消息兮，安有常则。
彼时之至，安可复还，安可控抟。	忽然为人兮，安可控抟。
小智立趣，好恶自惧。	小智自私兮，贱彼贵我。
达人大观，乃见其符。	达人大观兮，物无不可。
夸者死权，自贵矜容殉名。	夸者死权兮，品庶每生。
圣人捐物。 至人不遗，动与道俱。	圣人遗物兮，独与道俱。
众人惑惑，迫于嗜欲。	众人惑惑兮，好恶积亿。

	(续表)
与道翱翔。	与道翱翱。
乘流以逝。	乘流则逝兮。
纵躯委命，与时往来。	纵躯委命兮，不私与己。
泛泛乎若不系之舟。	泛乎若不系之舟。
细故袃葪，奚足以疑。	细故蒂芥，何足以疑。

以上计 22 条。一篇 500 来字的赋，竟有 22 处用《鹖冠子》成句或稍作变动而套用之，可以说，贾谊这篇作品即是檃括《鹖冠子》一书中有关顺天委命、齐一生死思想的文字而成，当然《鹖冠子》一书的思想不止此。但因为贾谊当时受到打击排挤被贬谪长沙，读《鹖冠子》而在这一点上产生了强烈的共鸣，故要作赋以抒发情感之时，就很自然地接受了这种思想，并套用了原文的有关语句。《史记》本传言"廷尉乃言贾生年少，颇通诸子百家之书"，贾谊读书多，记忆好，脑子灵，创作中出现这种情况，是很自然的。他的《鵩鸟赋》是如此，则他的《吊屈原赋》也有所模仿套用，也就完全可以理解。

贾谊在长沙得读楚人著作《鹖冠子》(《汉书·艺文志》："楚人，居深山，以鹖为冠。"1973 年长沙马王堆三号汉墓出土了帛书《鹖冠子》，证明其为先秦时著作)而作《鵩鸟赋》；则其由长安到长沙途中，经南阳(治今河南省南阳市)、南郡(治今湖北省江陵)等地，得见六国之末楚人其他著作而读之，因而在过湘水时作赋以吊屈原，其中亦化用其意，甚至套用一、二文句，也是完全可能的。

由此来看，是贾谊读《惜誓》而套用了其中一些文句，写成《吊屈原赋》。《惜誓》非贾谊所作，它的作者要比贾谊早。

二、从作品所反映的思想看《惜誓》的作者

首先，《惜誓》的开头说："惜余年老而日衰兮，岁忽忽而不返。"虽

然说后代诗人也有年纪不大而叹老的(如李贺),但毕竟是极个别的例子,而且也是唐代以后的事。秦汉以前人质实而注重自然的事理,似还没有这样突出的主观感受性。后面的"寿冉冉而日衰兮"情形同此。贾谊去世之时尚只有三十三岁。所以,此赋所透出的作者的情况与贾谊的情形不合。

其次,《惜誓》中说:"夫黄鹄神龙犹如此兮,况贤者之逢乱世哉!"贾谊被贬谪长沙之时大汉立国已三十来年①,国家安定,人民富足,形成所谓"文景之治"的局面。虽然朝廷中有守旧势力排斥革新派的情况,诸侯国势力膨胀,也有尾大不掉的迹象,但总的说来国家是统一的,社会是安定的,还不能说是"乱世"。可见《惜誓》作者所处时代与贾谊所处的时代不合。

再次,《惜誓》所反映的思想与贾谊不合。贾谊思想以儒家为主,又有较突出的申韩法家因素,也有一点道家虚静无为的思想。在受到打击、遭遇很不顺时,也明显地表现出庄子齐生死的思想(这一点主要表现在《鹏鸟赋》中)。但是,他并没有神仙家思想。《惜誓》中表现的道家和神仙家思想却相当突出。如:

> 攀北极而一息兮,吸沆瀣以充虚。飞朱鸟使先驱兮,驾太一之象舆。苍龙蚴虬于左骖兮,白虎骋而为右騑。建日月以为盖兮,载玉女于后车。驰骛于杳冥之中兮,休息乎昆仑之墟。

以北极为仙人所居之处,是神仙家的编造。关于沆瀣,《远游》王逸注引《陵阳子明经》:"春食朝霞。朝霞者,日始欲出赤黄气也。秋食沦阴,沦阴者,日没以后赤黄气也。冬饮沆瀣。沆瀣者,北方夜半气也。

---

① 《史记·屈原贾生列传》云:"贾生为长沙王太傅,三年,有鸮飞入贾生舍,止于坐隅。楚命鸮曰服。……乃为赋以自广。"《鹏鸟赋》开头云"单阏之岁兮,四月孟夏。庚子日斜兮,鹏集予舍。"据《尔雅·释天》,太岁"在卯曰单阏"。《史记集解》引徐广说:"文帝六年,岁在丁卯"。钱大昕《廿二史考异》以为"徐氏不知古有超辰之法,故云六年也"。而定丁卯为文帝七年。则文帝五年(前175年)贾谊出为长沙王太傅。刘邦于前206年被封为汉王,《史记》以为汉元年。汉王五年称帝。

夏食正阳。正阳者,南方日中气也。并天地玄黄之气,是为六气也。"
"服沆瀣以充虚"本为道家导引养生所常言,后为道教所吸收。朱雀(朱鸟)、苍龙、白虎和玄武,西汉时代叫"四灵"(见《三辅黄图·未央宫》),本指天上四大星宿。《史记·天官书》:"东宫苍龙","南宫朱鸟","西宫咸池","参为白虎"(《索隐》引《文耀钩》:"西宫白帝,其精白虎")"北宫玄武"。统称为"四星"(王充《论衡·物势》:"东方木也,其星苍龙也。西方金也,其星白虎也。南方火也,其星朱雀也。北方水也,其星玄武也。天有四星之精,降生四兽之体")。早期神仙家之好以天象言休咎者,常常提到它们,故后来道教又称之为"四神"。《惜誓》中驱使朱鸟、苍龙、白虎的描写,表面上看来与《离骚》写诗人作天上三日游,驱使望舒、飞廉、鸾皇、雷师、凤鸟的情形相类,实际上属于两个思想范畴,其内涵完全不同。贾谊的思想同屈原比较相近,而同楚国迁陈以后一些带有浓厚神仙家思想的作家是大异其趣的。

又如其中说:

乃至少原之野兮,赤松王乔皆在旁。二子拥瑟而调均兮,余因称乎清商。澹然而自乐兮,吸众气而翱翔。

王逸注:"少原之野,仙人所居。""言遂到群仙所居,而见赤松子与王乔也。""众气,谓朝霞、正阳、沦阴、沆瀣之气也。"赤松、王乔这些燕齐方仙道所宣扬的仙人,少原之野这类神仙家虚构的仙人圣地,在可靠的屈原作品中是没有的。又赋中说:"吸沆瀣以充虚。"虚静思想,也是晚期道家的思想。早期道家近于刑名,而晚期道家则近于神仙。神仙家本起于燕齐之地。至楚国于顷襄王之时东北保于陈,其地既近于道家之发源地(郢陈东面距老子家乡苦县百余里,而东北距宋都商丘也不是很远),而且比以前大大地接近齐国。又因楚国政治江河日下,当权者醉生梦死,寄人生理想于虚幻者渐多,故神仙家思想得以流行。道家、神仙家的两种思想的结合,形成楚国末期思想的一大特色。道家而带有神仙家占验、预言特色的,在楚国末期最著名的有南公。《史记·项羽本纪》中说:"故楚南公曰:楚虽三户,亡秦必楚。"《正义》引虞喜《志林》:"南公者,道士,识兴废之数。"《汉书·艺文志》阴阳家部分著录:"《南公》三十一篇,楚人也,善言阴阳。"又《史记·日者列传》只记述了司马季主一人:"司马季主者。楚人也。卜于长安东市。"宋忠、贾谊俱向其问卜,其弟子三四人侍,"方辩天地之道,日月之色,阴阳吉凶之本",则本是六国之末楚人。

总之,楚国在迁陈之后道家、神仙家兴起,特别是形成二者合流的趋势。虽然在屈原时代及稍前,楚国已有道家(庄子及鹖冠子便是著名人物),但还只是在野、在下层流传,贵族、一般士人之中尚无多大市场。同时,当时道家并不带有浓厚的阴阳、神仙家味道,虽然道教从开始也讲清静无为,讲长生,讲神仙。《惜誓》中写的驱使四灵、餐饮六气等既非早期道家所有,也不是贾谊的思想。故可以断定,《惜誓》不是贾谊所作,而是楚国迁陈以后楚人的作品。

三、《惜誓》为唐勒所作

《史记·屈原列传》云:"屈原既死之后,楚有宋玉、唐勒、景差之徒,皆好辞而以赋见称。然皆祖屈原之从容辞令,终莫敢直谏。"我在《唐勒〈论义御〉与由楚辞向汉赋的转变》一文中考证,银雀山汉墓出土《论义御》和《楚辞·远游》均为唐勒所作。《论义御》首简之简背有"唐革"二字,"革"为"勒"字之借。书名写在首简之简背,篇名写在篇末,是汉简的通例,故我以为"唐革"二字为该卷书之书名。最早主持整理银雀山汉简的罗福颐先生和参加了银雀山汉简挖掘整理工作的吴九龙同志确定为唐勒赋残简的"论义御"一简(简上只此三字),我以为是该篇篇名。① 也就是说,《唐勒》这部书中所收唐勒作品,其第一篇为《论义御》。

---

① 参拙文《唐勒〈论义御〉与由楚辞向汉赋的转变——兼论〈远游〉的作者问题》,刊《西北师大学报》1994年第5期。

《汉书·艺文志》著录:"唐勒赋四篇。楚人。"《楚辞·远游》无论思想、语言,都与唐勒的《论义御》十分相近,故我定为唐勒所作,应为《汉书·艺文志》所著录"唐勒赋四篇"中的一篇。

我以为,《惜誓》的作者也是唐勒。《惜誓》应为《汉书·艺文志》所著录"唐勒赋四篇"中的一篇。

首先,从《惜誓》所反映的背景和作者情况来看,乃是楚国迁陈之后楚人的作品。这同唐勒的生活与创作时代一致。关于这一点,除上一部分所说理由之外,还有其他证据。《惜誓》中说:

涉丹水而驰骋兮,右大夏之遗风。

王逸注:"丹水,犹赤水也。""大夏,外国名也,在西南。"俱误。丹水与赤水为两个水名,典籍中未有将两水相混者。赤水为神话中水名。《山海经·海内西经》:"赤水出(昆仑)东南隅,以行其东北,西南流注南海厌火东。"《离骚》中也说到赤水。丹水为现实社会中实有之水,即今河南省西南部之丹水。楚人发祥于丹水之阳,地名丹阳。《吕氏春秋·召类》:"尧战于丹水之浦,以服南蛮。"即此水。《汉书·地理志》丹阳郡:"丹阳,楚之先熊绎所封。十八世,文王徙郢。"其地靠近中原。郢陈在东而丹阳在西,在同一纬度上。楚顷襄王二十一年之后南楚纪郢一带大部分被秦军所占领,诗人就近处所能见而借景抒怀,只能写郢陈附近的山川风物。

"右大夏之遗风"的"大夏",也不是外国地名,而是指夏县即西汉时的阳夏。《史记·货殖列传》:"淮北、常山已南,河济之间千树荻,陈、夏千树漆。"颜师古注:"陈,陈县也。夏。夏县也,皆属淮阳。"地在淮阳,故后来称作"阳夏"。其地南距郢陈只数十里。秦为郡,汉为县。相传为夏后太康所筑,故名"夏""大夏""夏县",后又名"阳夏",隋开皇七年改为太康县(参《读史方舆纪要》卷四七"开封府")。"右(有)大夏之遗风",是说楚都迁于陈,其地近于夏后太康之古城,有上古遗风。

赋中将楚人发祥地的丹水和传为太康所筑夏县拉扯进去,一方面因为距此二地颇近,另一方面这也是楚迁陈之后楚朝廷中王侯公卿自我解嘲心态的反映,恐怕是当时言谈、文字中较普遍的现象。但在诗人,还是知道离开楚人的故都,离开祖祖辈辈长期生活过的地方实反映着楚国的式微,故赋中说:

水背流而源竭兮,木去根而不长。

又说:

念我长生而久仙兮,不如反余之故乡。

这是楚人离开郢都(纪郢)迁至陈以后的作品,再明显不过。

而且,从上引这四句看,赋应作于楚考烈王十年(前253年)楚都迁于钜阳(今安徽省阜阳市以北)之前。楚都迁至钜阳不久又迁至寿春,前223年楚被秦灭。楚都迁于钜阳以后,楚国更为衰微,则楚朝野从上到下恐已没有再返回郢都的希望,只希望不要向东南节节败退。《惜誓》中表现出希望返回郢都的愿望。所以,当作于楚顷襄王二十一年(前278年)至楚考烈王十年(前253年)之间,而作于考烈王初年的可能性大。

根据以上的事实,可以断定《惜誓》是楚人迁陈之后作品,约作于顷襄王后期至考烈王初年。

唐勒与宋玉同时,而年岁应较宋玉稍大,大体生活在楚顷襄王(前298—前263)、考烈王(前262—前238)时代,其创作活动大约主要在楚都迁至郢陈的一段时间。因为《史记·屈原列传》说:"屈原既死之后,楚有宋玉、唐勒、景差之徒者,皆好辞而以赋见称。然皆祖屈原之从容辞令,终莫敢直谏。其后楚日以削。数十年,竟为秦所灭。"司马迁这里所说唐勒等人的创作活动,其上限在"屈原既死之后",其下限在"其后,楚日以削。数十年,竟为秦所灭"之前。关于屈原卒年,过去学术界多从郭沫若之说,以为在前278年,姜亮夫先生主前285至前

283 年之间,我考定在前 283 年(顷襄王十六年)。① 则唐勒的创作活动,大体上在顷襄王中期以后。关于下限,应在秦灭楚(楚王负刍五年,即前 223 年)数十年之前,也即楚"日以削"之前。那么,定在楚迁都钜阳(前 253 年)之前,是比较合适的。这里说"上限""下限",是为了论述的方便。其实,这个时间界线并不是截然分明的,而只是"模糊数学"。但这已足以说明,唐勒的生活与创作年代与《惜誓》所反映作者当时的情况基本上是一致的。

其次,《惜誓》所反映的思想、情绪和作品的风格,也同《远游》相一致。请看:

《远游》中提到仙人赤松、韩众、王乔。

《惜誓》中提到赤松、王乔。

《远游》中说:"绝氛埃而淑尤兮,终不反其故都。"

《惜誓》中说:"念我长生而久仙兮,不如反余之故乡。"

《远游》中说:"餐六气而饮沆瀣兮,漱正阳而含朝霞。"

《惜誓》中说:"攀北极而一息兮,吸沆瀣以充虚。""澹然而自乐兮,吸众气而翱翔。"

《远游》中说:"至南巢而壹息。"

《惜誓》中说:"攀北极而一息。"

这不像《鹏鸟赋》对《鹖冠子》、《吊屈原赋》对《惜誓》的套用文句,甚至照搬。可以说,这两篇中没有一句话是完全相同的,但是他们首先表现出思想上的共同特征。楚国在怀王后期虽然开始走向衰败,但仍然方城以为城,汉水以为池,保有江汉流域大片土地,所以尽管道家思想对不少人有较深影响,但主要还是近于刑名的部分起作用,就整个统治集团来说,仍然以儒家、刑名家思想占主导地位。但到顷襄王迁陈之后,就像一棵百年大树连根拔出后移到了另一个地方,人们普遍感到生死未卜,前途暗淡。因之,道家思想中顺天委命、虚静无为的思想和追求长生久视的意识较普遍地流行起来,本来主要在民间和统

---

① 参拙文《屈原在江南的行踪与卒年》,刊《西北民族学院学报》1995 年第 4 期。

治阶级内部斗争的失意者、没落贵族中间流行的神仙家思想,也与之结合,形成当时一部分文人和贵族的主导思想。唐勒同宋玉一样,政治上是不得意的,因而寄理想于虚无,作为逃避现实、摆脱苦恼的途径。但他并非完全忘却现实,成为"方外"之人。他仍然不能忘记国家、民族的危亡,也时时惦记着故都,希望楚国能恢复昔日的安定与强盛。"念我长生而久仙兮,不如反余之故乡!"这两句就生动地反映了他当时的复杂的思想。所以说,从《惜誓》所反映的思想来说,也与《论义御》《远游》相一致。

再次,《惜誓》在表现手法和语言风格上也与《远游》和《论义御》相似。如《惜誓》中"飞朱鸟使先驱兮"以下两节,同《远游》中"风伯为余先驱兮"以下两节及"雌霓便娟以增挠兮"一节,都是通过想象,创造了一个超现实的世界,以表现诗人超脱尘俗、高举远扬的思想情绪。而这一特色在《论义御》中也得到体现。如:"骋若飞龙,逸若归风,反驷逆驹,夜走夕日而入日蒙汜。""月行而日动,星跃而玄运,子神奔而鬼起,进退屈伸,莫见其尘埃。""过归雁于碣石(按指在碣石山上空超过归雁),轶鹞鸡于姑余。骋若飞,鹜若绝。"也是极尽想象夸张之能事,二者不但在思想上相通,在艺术手法风格上也表现出一致性。

由以上三个方面,可以肯定《惜誓》同《远游》《论义御》的作者为同一人,即唐勒。

(原载《文献》2000年第1期)

第三辑

历史与理论

- 先秦文论五论
- 本乎天籁,出于性情
- 论《史记》的讽刺艺术及其对《儒林外史》的影响
- 三场歌舞剧《公莫舞》与汉武帝时代的社会现实
- 《红楼梦》的构思与背景问题

先秦文论五论
——《先秦文论全编要诠》前言

二十多年来,中国古代文学理论、文学批评、文学思想和中国古代美学的研究,取得了很大的成绩,尤其是复旦大学王运熙、顾易生先生主编七卷本的《中国文学批评史》,人民文学出版社陆续出齐、统编为七卷的《中国历代文论选》,可以说是二十世纪中国古代文学理论、文学批评史研究的总结,标志着二十世纪这方面研究所达到的水平。当然,也还有些著作,如从陈钟凡、郭绍虞、方孝岳、罗根泽以来,朱东润、傅庚生、钱锺书、刘大杰、张少康、黄海章、敏泽、罗宗强等先生的论著,以其学术上的开拓意义和独创的研究,有着永久的学术价值;王运熙、黄霖先生主编的《中国文学理论体系》三卷(《原人论》《范畴论》《方法论》),胡经之先生主编的《中国古典文艺丛编》三册,避开以往纵向的史的论述和编排框架,而更多地进行横向联系,进行新的探索和归纳,力图揭示中国古代文学理论的基本精神和思想体系。至于对中国古代文学理论的专书如《文心雕龙》《诗品》等的研究,黄侃、范文澜、杨明照、陈延杰、古直、许文雨、詹瑛、郭晋稀、周振甫、牟世金等,直至曹旭、张伯伟等中青年学者,更是硕果累累。百年以来,名家辈出,传世之作,嘉惠学林,推动中国古代文学理论的研究,功莫大焉。

可以说,中国古代文学理论的研究,在二十世纪的后二十年,达到了一个前所未有的高度。

如果以后的研究仍在目前的基础上进行,那就只能是高峰后的下坡。尽管由于方法、角度的变化会有些小的推进,然而其所依据者有限,也只能是平路和下坡中偶然的一点上坡而已。

中国古代文学理论研究进一步开拓其研究的范围,进一步的深入发展,达到新的高度,有没有可能?我们认为是有可能的。因为研究是无止境的。但是,必须依赖于两点:一是新材料的发现或研究范围的扩大;二是重视贯通的研究,在以往对各家理论、范畴的"异"的研究的基础上,侧重其"同"的研究,弄清各家立论的共同基础或相通之处。而前一点,是研究工作的基础。如果没有完全摸清对象的底细,研究还是以往研究所依据的那些材料,即使用最好的方法,也不可能取得满意的效果。所以,对有关文学理论、文学批评、文学思想的原始材料的甄别、挖掘和整理,就显得特别重要。特别近三十多年来地下出土了一些新的文献,人们对一些过去被判为伪书的文献的看法也有所转变。以往的"文论选"之类的论著尚未能对这些加以总结和吸收,对一些文献的真伪的判定和断代也还有些问题。出于这样的考虑,我们从2000年起开始编纂《先秦文论全编要诠》。这个项目被列为"西北师范大学科技创新工程项目",先后有十位同志参加,历时五年而成。

下面对先秦时代的文学观念、中国文学的自觉、先秦文学理论所达到的高度等问题谈一点看法,以与学界朋友共商。

一、对先秦时代文学观念的认识

论及一个民族早期阶段的文学思想、文学理论是否形成或者说发展状况如何,首先一个问题是当时是否产生了文学的观念。此前很多学者认为我国先秦时代文学尚未自觉,主要的一个原因是认为我国先秦时代尚未形成文学的观念。这实际上是由于对前人一些说法的误解和基于一些似是而非的错误认识,对一些问题缺乏深入的研究造成的。

第一,人们在谈到这个问题时常常提到的一个理由是"先秦时代文史哲不分"。认为既然"文史哲不分",则自然文学观念尚未产生。

我们考察"先秦时代文史哲不分"之说的来源,实起于章学诚"六经皆史"(《文史通义·易教上》)的观点。现代学者也从历史学的角度看先秦时文学、哲学方面的典籍,因为先秦时代距今久远,数千年中,所留史籍十分有限。在这段时间中产生的一些文学作品,很多都是真情和社会真实状况的反映,可以由之了解当时的历史。郭沫若先生研究古史除依据金甲文献外,主要依据《尚书》《诗经》《周易》等材料,为尽人皆知的事情。孙作云先生利用《楚辞·天问》揭示夏代初年的一些重大历史事件,也为学界所重视。但是并不能因为《诗经》《楚辞》等文学作品具有史料价值,用于历史研究,而否认它们是文学作品。儒家经典《诗》《书》《礼》《乐》《易》《春秋》,《诗》为一类,不但与《春秋》(史)、《易》(哲学)、《礼》(礼俗制度)不相混淆,同艺术类的《乐》也不相混淆。只从这一点来说,先秦时代也并非文史哲完全不分。

至于人们从文学的角度看待一些主要记述历史事件或反映政治理想、哲学理想的著作,从而多方面肯定其价值,从先秦时文学与学术的发展上说,也有一定的原因。先秦诸子之文,受《周易》"拟容象物"与《诗经》"比兴"手法的影响,不少哲学问题和政治理论问题也用一些生动的故事、历史事件或寓言来表现;又由于古人重视语言的表达,语言生动而鲜明,所以有可读性,文学韵味很浓。另外,如《左氏春秋》和《国语》中的《晋语》《吴语》《越语》,其所反映的事件、人物、时间、地点都是真实的,有所依据的,但其中一些细节描写,人物的心理刻画,则是讲述人进行合理艺术想象、艺术加工的结果。从它那细致而生动的描写来说,它就是一部讲史类文学作品——既反映了生活的真实,也反映了历史的真实。我们由此可以说它们既具有史料价值,也具有文学价值。由于先秦时代史料缺乏,同时对古代各方面、各种问题的研究首先要确定历史的框架,所以一般将它们归入史籍之中。但并不能因为先秦时代的文学作品具有史料价值,和一些历史文献和哲学著作具有文学价值而认为先秦时代文史哲完全不分。同理,南宋冯去非为其友范晞文《对床夜语》所写小序中说:"杜子美诗,王介甫谈经,以为优于经;其为史学者,又视为史。无他,事覈而理胜也。"①我们也不能因此就说杜甫的时代仍然文史哲不分。

第二,有的学者认为先秦时尚无明确的文体观念。其实并非如此。首先,《诗》三百零五篇,汇为一集,其中无散文作品;《书》从传说的尧舜时起,至秦穆公之时止,以散文文献为基本标准,这不是明显地表现出了文体观念吗?如果对诗文的不同体式作进一步分析,从《左传》中所记季札观乐的情况看,在孔子以前《诗》中之各地民歌和带有民歌情调的作品统称为"风",贵族、史官等掌握文化的人所作、篇幅较长、多用于典礼和贵族间交际场合的作品称为"雅";用于祭祀和朝廷大典,以诗、乐、舞的结合为特征的作品称为"颂",则当时不但有了"诗"的概念,而且对它有了进一步的分类,形成了文体上的二级分类。《国语·鲁语》云:"昔正考父校商之名'颂'十二篇于周太师,以《那》为首。"则当时人已经十分明确"风""雅""颂"乃文体类别。《尚书》中在篇名上反映出的文体名称有典、谟、誓、诰、训、命、贡、范;《左氏春秋》中所收文章之文体,宋代陈骙《文则》总结有命、誓、盟、祷、谏、让、书(书信)、对八种。就散文而言,也体现了文体的二级分类方法。

其次,春秋时代有些关于"铭""辞""文"的论述。如《左传·襄公十九年》臧武仲关于"铭"的功能的论述,《礼记·祭统》中关于铭的定义的论述。《礼记·祭统》云:

> 铭者,自名也。自名以称扬其先祖之美,而明著之后世者也。为先祖者,莫不有美焉,莫不有恶焉。铭之义,称美而不称恶,此孝子孝孙之心也,唯贤者能之。铭者,论撰其先祖之有德善、功烈、勋劳、庆赏、声名列于天下。而酌之祭器,自成其名焉,以祀其先祖者也。显扬先祖,所以崇孝也。身比焉,顺也;明示后世,教也。夫铭者,壹称而上下皆得焉耳矣。是故君子之观于铭也,既美其所称,又美其所为。为之者,明足以见之,仁足以与之,知足

---

① 丁福保辑《历代诗话续编》,中华书局1983年版,第406页。

以利之,可谓贤矣。贤而勿伐,可谓恭矣。故卫孔悝之鼎铭曰:"六月丁亥,公假于大庙。公曰:'叔舅!乃祖庄叔,左右成公。成公乃命庄叔随难于汉阳,即宫于宗周,奔走无射。启右献公。献公乃命成叔纂乃祖服。乃考文叔,兴旧耆欲,作率庆士,躬恤卫国,其勤公家,夙夜不解,民咸曰休哉!'公曰:'叔舅!予女铭,若纂乃考服。'悝拜稽首曰:'对扬以辟之,勤大命施于烝彝鼎。'"此卫孔悝之鼎铭也。古之君子,论撰其先祖之美,而明著之后世者也。以比其身,以重其国家如此。子孙之守宗庙社稷者,其先祖无美而称之,是诬也;有善而弗知,不明也;知而弗传,不仁也。

《文心雕龙·序志》中提出区别文体的四原则:"原始以表末,释名以章义,选文以定篇,敷理以举统。"而《祭统》中关于铭的这一段文字,其思理其实已与其大致相合了。"铭者,自名也"以下数句为"释名以章义",也有"原始以表末"之意;举出孔悝的《鼎铭》,为"选文以定篇";其他都是关于其意义、格式和思想内容方面要求的说明。如"以比其身"(将作铭者的名字附于其后),是谈格式问题;"以重其国家",是铭类文体的写作目的。而"无美而称之,是诬也"一句,此后两千多年中一直被看作是碑、铭写作与评价的重要原则。由此可见,先秦时代人们对于一些文体特点的认识和辨析,不单已较明确,而且也较为科学。那么,说当时尚无文体观念,是不能成立的。

第三,说先秦之时尚无专门的作家、艺术家,这些到汉代才开始有。其实如严格说以创作为职业的作家,乃到都市说书及酒楼歌舞之风气起,说"话"人和歌伎产生以后才有。班固、张衡都是在朝供职的。后来的"三曹""二陆""三张""两潘"以至唐宋时代的李、杜、韩、柳、欧阳、"三苏"等也皆以仕终或不得已而脱离朝政;至于陶渊明虽然解印绶归田,但也并不以作诗撰文为生计。但这些人我们能不以之为杰出的诗人、作家吗?而如将离开官位后以创作为生的的文人也看作"专业作家",则屈原的作品主要产生于被放汉北和被放江南之野时。班固《汉书·艺文志》在说到战国之时的诗歌创作时说:"学《诗》之士,逸在布衣,而贤人失志之赋作矣。"下面举出屈原、荀况二人。依此,则逸在布衣之屈原,算作专业作家是没有问题的了。如以枚乘、司马相如、枚皋这类文学侍臣为专业作家,则宋玉也完全是一位"专业作家"了,这由其《高唐赋》《神女赋》《风赋》《登徒子好色赋》及有关文献所载宋玉事迹可以看出,不用多说。

第四,对先秦时某些文艺思想有所误解。比如有学者将孔子的文艺观归纳为"尚用的文艺观",说:"孔子的'仁学'反映在文艺观上,就是重视文艺对调节个体的心理,完善人的道德、修养的特殊作用。""孔子是把《诗经》当成修身的教科书来看的。这就形成了以'诗教'为核心的功利主义文艺观。"①这个总结显然是不全面的。孔子是特别重视文艺的教化作用的,但他也十分重视语言的表达技巧,重视文艺的审美和愉悦作用。要不然,他的学生记录他平时言谈及行为而成的《论语》一书,何以能那样简洁隽永又韵味深长,记录一些人的说话神态和当时景况,能那样笔底传神,情景如画,胜过后来的很多笔记小说。关于孔子的一些观点,下面要专门谈到,暂不多说。这里要指出的是,在孔子以前一般贵族就已十分重视语言表达的技巧与作用。《左传·襄公三十一年》载子产相郑伯如晋,晋以鲁襄公卒而未接待,子产坏客馆之墙而入,当晋之士匄责备时,他一篇堂堂正正的说辞,使晋之执政者知其错而礼敬有加,厚宴而送归。晋叔向评论此事曰:"辞之不可以已也如是夫?子产有辞,诸侯赖之,若之何其释辞也?《诗》曰:'辞之辑矣,民之协矣,辞之绎矣,民之莫矣。'"②此虽然就辞令言之,但也反映了当时贵族实际上是普遍重视辞令语言的表达技巧的。结合春秋时代贵族阶层对读《诗》的重视,及孔子论及《诗》的作用首先说到兴,即带动人情感、情绪与联想的作用,则可知孔子文艺思想的全貌。以往一些学者将中国古代文艺思想的源头追溯至孔子,而又将孔子的文艺观完全看作"功利主义文艺观",是不全面的,表面上看是抓住了它的

---

① 参赖力行《中国古代文论史》,岳麓书社2000年版,第10页。
② 引《诗》见《大雅·板》。杜预注:"言辞辑睦,则民协同,辞悦绎,则民安定。莫犹定也。"

主干和实质,实际上是丢掉了很多重要内容,从而也就改变了它的本质。

总的来说,以往因为受到疑古思潮及其他一些因素的影响,很多学者心里先横了一条"先秦时代文史哲不分""没有明确的文体观念""文章以尚用为主"等的观念,认为先秦时代尚无文学的观念,文学尚未自觉。这都是缺乏深入研究的结果,是不可取的。

二、从同古希腊文学思想的比较看我国先秦文论

以往学者们考察中国古代文学观念的形成,多从先秦时"文学"这个词的含义向今日"文学"这个词的词义转变入手,其方法同考察中国古代小说这个文体的形成由先秦时"小说"的含义向今日"小说"的含义转变入手一样。当然,中国古代有"循名督实"或"循名责实"的说法,①但这主要是指执政者按照职责来考察下属的工作。从认识事物本质的方面说,"循名责实"不失为一法。但如一概而论,以此为认识事物本质的可靠办法,恐不免"郑人买履"之诮。因为这只能看出"文学"这个词古今含义的变化,而不能说明文学本身形成与发展的问题。现代的"文学"这个词实际上是翻译了近代西方的概念,以之指诗、小说、剧本等具有文学性文体的总和。中国古代关于艺术类型(这里主要指语言艺术)的认识、概括,在大概念与所包含小概念的关系上,不可能同西方的完全对应。各民族语言上各种概念间关系的形成,有其深刻的文化背景和社会历史方面的原因,不是很简单地由个别人的归

---

① 《管子·九守》:"循名而督实,按定而定名。"《文子·上仁》:"循名责实,使有司以不知为主,以禁等为主。如此则白官之事,各有所考。"《淮南子·主术》:"故有道之主,灭想去意,清虚以待。不伐之言,不夺之事,循名责实。"后世或作"循名考实"(三国魏傅嘏《难刘劭考课法论》):"夫建官均职,清理民物,所以务本也;循名考实,纠励成规,所以治来也"),或作"循名校实"(《晋书·刘弘传》:"皆功行相参,循民校实,条列行状,公文具上"),或作"循名课实"(《文心雕龙·章表》:"章以造阙,风矩应明,表以致敬,骨采宜耀,循名课实,以兴太平之治"),或作"循名核实"(明张居正《鉴浙江吴巡抚》:"明主在上,方禽受敷施,循名课实,以兴太平之治"),并不离其本义。

并分合就可以完成的。要弄清其间差异的形成，应从不同国家、民族、文化传统方面去作深入的考察。在古希腊，史诗和戏剧是发达很早的；在中国，诗却一直保持着抒情的本质特征，而没有能够同叙事功能结合起来。所以，古希腊关于诗的理论特别地倾向于对喜剧、悲剧的研究，而中国的诗学理论却多同音乐联系在一起，不出对人的意志、情感的表达的探索。所以，亚里斯多德的《诗学》，在其开篇即把应如何组织情节才能写出优秀的诗作，同"关于诗艺本身和诗的类型，每种类型的潜力"并列，作为该书要探讨的重要问题，而中国古代却一直以"言志"为纲领，往往同音乐联系在一起。中国和古希腊共同的一点是，在早期大体相同的历史阶段上都还没有形成同今天的"文学"完全对应、包括各种文学形式的大的概念。亚里斯多德《诗学》第一章说：

> 有一种艺术仅以语言摹仿，所用的是无音乐伴奏的话语或格律文，此种艺术至今没有名称。事实上，我们没有一个共同的名称来称呼索弗莱和塞那耳斯的拟剧及苏格拉底对话。即使有人用三音步短长格、对句格或类似的格律进行此类摹仿，由此产生的作品，也没有一个共同的称谓。不过人们通常把"诗人"一词附在格律名称之后，从而称作者为对句格律诗人或史诗诗人——称其为诗人，不是因为他们是否用作品进行摹仿，而是根据一个笼统的标志，即他们都使用了格律文。即使有人用格律文撰写医学或自然科学论著，人们仍然习惯于称其为诗人。①

由此可以看出，在文学艺术领域，近代意义上的比较严格的学科分类，不仅在中国的先秦时代尚未形成，在古希腊亚里斯多德的时代，也同样没有形成。

比较起来，中国在春秋以前"诗"的概念主要指可以诵或唱的言志之作（颂诗中多表现对先祖的崇敬心情，歌颂其功业，也在"言志"的范

---

① 亚里斯多德《诗学》，陈中梅译注，商务印书馆1996年版，第27—28页。

围之内),而将箴、铭、赞中的韵文排除在外,则似乎比亚里斯多德时代古希腊一般人对诗的认识更严格,更合于今日诗之概念。

但是,这样说不等于说在公元前三世纪以前中国和古希腊等文明发达较早的国家对于文学的艺术特征、体裁分类、社会功能等完全没有认识。关于这一点,应该是不需要多说的。我们应该特别注意的是,无论东方、西方,中国、外国,在文学的各种体裁中产生最早、最先成熟起来的是诗。所传古希腊德谟克利特(约前460—前370)的著作目录中有《论诗的美》《节奏与和谐》《论音乐》,后人引他的著作的佚文,文学方面比较多的也是论诗的文字;柏拉图的各篇对话体著作中谈到最多的也是诗、悲剧,提到的次数最多的作家和作品是荷马和《荷马史诗》;希腊最早的文艺理论专著,也是亚里斯多德的《诗学》。在中国,文学理论方面最早也是从诗学开始的,其纲领性的学说是"诗言志"。此说出现在《尚书·尧典》中,应是从很早就产生的观念。《左传·襄公二十七年》赵孟也说:"诗以言志。"并对随从郑伯参加宴享招待自己的子展、子产、子大叔等七人说:"请皆赋,以卒君贶,武亦一观七子之志。"由一个人诵怎样的诗而看其志向、思想、情趣,这是我国先秦时代贵族阶层一贯的观念,联系具体语境,这里既体现了对诗的内容灵活理解、主观发挥的诗歌接受思想,也反映了"比兴"创作方法在作品传播、接受中较宽广的理解空间,可以超越具体语境,而使读者、听众产生联想,产生心理共鸣。这也是形成我国诗歌比兴传统和我国诗学理论的因素之一。

同时,古希腊和我国先秦时代人们也都十分重视音乐的功能。音乐和诗一样主要是用于抒发感情,但缺乏描写和叙述功能。可见上古人们在声音艺术(包括语言艺术)方面首先注意的是抒发感情。中国由于史官制度发达很早,记事的职责由史官承担了,所以诗歌一直保持着它应有的抒情功能而没有去承担史官和记事文学(讲史、小说)所承担的任务,史诗很不发达。

柏拉图在他的《理想国》中认为,贵族在十七八岁以前只应接受音乐和诗、故事之类文艺方面的教育。① 这同中国典籍《礼记·内则》中所说"十有三年,学乐、诵诗、舞《勺》,成童舞《象》,学射御"的情形几乎没有什么差别。因为在多种艺术中,音乐是产生最早的,而各种文学的体裁中诗是产生最早的。古代贵族以此来作为教育子弟基本素质教育的重要内容,是很自然的。

在古希腊时代,所谓的"文学"同今日"文学"之概念相近,但从其内涵、外延方面说也并不完全一致。那时文学主要指诗和故事、神话、悲剧,并没有后代在文学各种体裁中占主体地位的小说。更有令人十分惊异者,古希腊时代甚至将文学纳入"音乐"的范畴,请看柏拉图的《理想国》第二卷中一段对话:

苏:你是否把文学包括在音乐里面?
阿:我看音乐包含文学在内。②

这在今天看来,也是不能理解的。

中国的先秦时代,尚无可以包括诗、小说、故事的"文学",但从写作和语言表现的角度,除了"诗"之外,还提出"文"和"辞"的概念来。"修辞立其诚"(《周易·文言》引孔子语),"情欲信,辞欲巧"(《礼记·表记》引孔子语),"言以足志,文以足言……言之无文,行而不远"(《左传·襄公二十五年》引孔子语),"质胜文则野,文胜质则史"(《论语·雍也》)。这"辞"和"文"不只是指一般辞令、书启之类,而是就包括口语在内的语言表达而言,已包含着对整个文学和文章学的认识。所以,虽然先秦时代"文学"一词包括文献、文化、学问的意思在内,但当时对文学的性质是有所认识的;而对于作为纯文学作品的诗,则无论在创作、表达、接受功能的哪一个方面,都有比较深刻的认识。

古代东西方在文学艺术理论的发展及理论形态上有同者,有异

---

① 《理想国》卷二、卷三反复论及此问题。其第三卷中说:"音乐教育比起其他教育都要重要得多。"见《柏拉图文艺对话集》,朱光潜译,人民文学出版社1963年版,第62页。
② 《柏拉图文艺对话集》,朱光潜译,人民文学出版社1963年版,第21页。

者。其同者，由大体相同的发展阶段所决定；其异者，乃由自然环境等所形成的经济状况、风俗习惯、思维方式的差异所决定。我们不应该拿西方文化的概念来套中国文学、文化的实际。即就中国先秦时代"文学"的概念而言，虽然包括比较宽泛，但并不如有的学者所解释，似乎同文学完全没有关系。现在有的学者说先秦时代"文学"概念包括了"政治"的内容，甚至认为"只能指政治才能"。这是不合实际的。如果真是这样，最早介绍西方文学理论的学者就不会用"文学"这个词来翻译、介绍西方的文学概念。《论语·先进》篇载孔子教学生所设四科，有"德行""言语""政事""文学"。"政事"即有关政治方面的内容，是另外一科。那么"言语""文学"两科并非指政治的才能自不待言。《论语》中于"言语"科的优秀学生举了宰我、子贡，此二人都是以辞令、语言表达见长者；"文学"科的优秀学生举了子游、子夏，正是传了孔子的诗学的。邢昺《论语注疏》释"言语"为"言语辩说以行人使四方"，释"文学"为"文章博学"，大体是明了的。皇侃《义疏》引范宁说："文学，谓先王典文。"《后汉书·徐防传》载徐防上《疏》云："《诗》《书》《礼》《乐》，定自孔子；发明章句，始于子夏。"应该说，先秦时"文学"的概念指包括文学典籍在内的文化典籍。有的学者认为先秦时"文学"指政治或政治才能，乃是因为西汉时桓宽的《盐铁论》中以文学指儒生之从政者。以此特征而上推以确定先秦时"文学"之义，是有问题的。而且，即西汉时"文学"，其本义仍然是指熟知《诗》《书》《礼》《乐》的人。

"文"字的本义即包括"美"的意思在内。徐中舒先生曾从甲骨文以来"文"字的构造和这个字意义的发展方面考察，认为"文"字像正立之人形，脚部有刻画之纹饰，故以纹身之纹为"文"。① 那么，其用于表示记载下来的话语，自然有着进行过修饰的语言的意思。因为古代书写工具不便，所记载语言应该是很精粹的，既经过选择，也经过适当的修饰，前者已是后代写文章中剪裁的开端，后者乃是修辞的滥觞。当然，用于教育，它包含着古代所有文献的意思。也由于上面所说的原

---

① 徐中舒主编《甲骨文字典》卷九，四川辞书出版社1988年版，第996页。

因，我国先秦时代关于包括文学作品在内的各种"文章"写作方面的问题，基本上是放在诗学和修辞学的范围内讨论的。

同古希腊相比，中国先秦时代没有留下完整的文学理论著作，这有三个方面的原因。

第一个原因，儒家认为，《诗》的社会功能"兴、观、群、怨"，无论哪一个方面，都要求作品表现真实的思想，提出"修辞立其诚"（《周易·文言》）的观点。孔子说的"辞欲巧"是以"情欲信"为前提的，并不孤立地谈"辞""巧"，让人去一味追求语言文字上的精巧华美，孔子认为这样做是教人以"巧言令色"，作虚伪之语，这是儒家所反对的。

道家也极力反对"伪"，反对人为地将一些东西装饰得好看，失其本心，或压抑人性，因此也提倡"真"。《老子》云：

> 绝圣弃知，民利百倍；绝仁弃义，民复孝慈；绝巧弃利，盗贼无有。此三者，以为文不足，故令有所属。见素抱朴，少私寡欲，绝学无忧。

老子认为人们所定那些规定、制度、法式等等，完全是弄虚作假的产物，是用来欺骗人的，只有毁弃了这些，才可能有反映人世真面目的东西出来，才会有真正的智慧、美德的存在。

先秦时儒、道两家是针锋相对的（其早期阶段有较多的共同性，越向后发展其对立性越强），道家的不少言论就是直接针对儒家而发的，攻击儒家，不遗余力；但在语言、思想、文艺作品的表现上反对人为地造作，而倡导表现真实、抒发真情这一点上，却是一致的。所以他们都不愿意留下专谈写作技巧、文学创作的著作，而为伪饰者提供阶梯。

第二个原因，在文艺和美学方面有很多精到见解的道家认为，人们在各种活动中达到得心应手，那是在实践中学习、摸索、体会形成的，是无法用语言表达的。写在书上的那些话，让人致力于模仿，反倒会耽误人，所以不过是糟粕而已。《庄子·天道》中说：

桓公读书于堂上，轮扁斫轮于堂下，释椎凿而上，问桓公曰："敢问，公之所读何言邪？"公曰："圣人之言也。"曰："圣人在乎？"公曰："已死矣。"曰："然则君之所读者，古人之糟粕已夫！"……"臣也以臣之事观之。斫轮，徐则甘而不固，疾则苦而不入。不徐不疾，得之于手而应于心；口不能言，有数存焉于其间。臣不能以喻臣之子，臣之子亦不能受之于臣，是以行年七十而老斫轮。古之人与其不可传也死矣。然则君之所读者，古人之糟粕已夫！"

从自然科学和生产技术知识的积累和传播方面说，这种看法显然是不正确的，而从技艺学习和文艺作品的创作方面说，是有它的道理的。没有实际的感情、不经过创作实践的反复训练，只靠别人所说的方法走捷径，是很难写出好的作品的。

第三个原因，先秦儒道两家都反对说空话，以孔子为代表的儒家都是重行而轻言。孔子说："古者言之不出，耻躬之不逮也。"（《论语·里仁》）言古人说话谨慎，怕说了做不到。又云："君子欲讷于言而敏于行。"（同上）主张具备能力而不主张多说。又云："君子耻其言而过其行。"（《论语·宪问》）是说君子以说过了而实际上做不到为羞耻。又云："其言之不怍，则为之也难。"（同上）是说凡大言不惭、夸夸其谈的人，要叫他做到，一定不容易。正由于这样，孔门弟子在诗学和语言的表现能力上都有很扎实的功底，但都同孔子一样很少留下关于诗、辞令的写作和语言表达方面的论述。今天我们也只能从《论语》中了解到孔子在诗歌和其他文艺方面的一些看法，从儒家的有关著作中了解到孔门弟子、后学在这方面的一些看法。

老子、庄子和道家其他人物都主张"无为"，认为每个人将自己管好，便有利于社会；有所说教，便是参加到骗人的活动中去了。《老子》中说："圣人处无为之事，行不言之教。"（第二章）"不言之教，无为之益，天下希（通'稀'）知之"（第四十三章）。所谓"不言之教"，是指只要求自己在行动上做到、做好，而并不向别人说教。

但是，是否有过深入的思考同是否留下论述有关问题的文字，乃

是两回事,不能将此二者混同为一。冯友兰先生《中国哲学史新编》的《全书绪论》第四节《什么是哲学》中说:

> 中国古代哲学喜欢"言简意赅"、"文约义丰"。周敦颐倒是为他的《太极图》作了一个"说",但只有一百多字。其他如张载的"心统性情",程颐的"体用一源,显微无间",都只提出一个结论。……这些结论显然都是长期的理论思维的结果。①

就中国古代哲学的系统问题,冯先生在这部分文字中还说:

> 中国古代哲学家们比较少作正式的哲学论著。从古代流传下来的哲学史资料,大多是为别的目的而写的东西,或者是别人所记录的他们的言语,可以说是东鳞西爪。因此就使人有一种印象,认为中国古代哲学家的思想没有系统。如果是就形式上的系统而言,这种情况是有的,也是相当普遍的。但是形式上的系统不等于实质上的系统。

文学思想、文学理论方面的情形与此相似。我们认为,我国先秦时代没有专门的文学理论著作,但不能说没有文学观念、没有文学思想。应该说,无论是儒家还是道家,还是一般的贵族或史家,在文学方面的一些见解还是有相当理论价值的,至今显示出其思想的深刻。

总的来说,我国先秦时代与大体同时的古希腊一样,文学的创作实践和理论建树都主要在诗的方面,其不同者是古希腊还较多地关注到史诗和悲剧,而中国则更多地关注到以抒情言志为特征的诗歌和辞令。这是因为古希腊是由城邦组成,处于半岛、小岛或靠海之地,而水上的生活具有较大冒险性,人们回到城邦之后便尽情追求欢乐;又由于居住集中,戏剧和史诗发达甚早。而中国从原始社会开始即以农业

---

① 冯友兰《中国哲学史新编》,人民出版社1998年版,第41页。下引一段同。

为主要的经济方式,都邑之外,农民就田地而居住,比较分散,所以以自发歌唱的抒情诗见长,很多地方在仲春二月农闲之时举行歌会,交流比赛,或者对唱。① 又由于中国地域广大,部族林立,而西周分封诸侯,各诸侯国、各部族之间的来往交涉成为当时政治生活中的一件大事,所以贵族阶层对辞令的写作十分重视。这就形成了中国古代散文发达较早,并与诗一样成为主流形式的状况。重诗文和诗文评论成了中国文学的一个传统。东西方这两个文明古国在文学发展上的差异和各自特色,是同各自的地理、历史、文化传统有关的,难以只从文学本身的发展上去解说。

很多学者在论及中国古代文学思想、文学理论时总以西方一些国家的发展状况为参照,尤其在论及中国先秦时代文学发展的状况时总是同古希腊的有关论著为参照,认为中国先秦时代在文学理论上没有什么东西可言,从而认为先秦时文学和文学理论还没有自觉,所以上面对二者的文化传统和早期的特征加以分析比较。

三、儒道两家文学理论探索上的成就

春秋战国时代由于学派林立,各家对社会各方面的着眼点不同,在文学理论上也表现为多方面的思考,形成了一些重要的概念,提出了一些重要原理和具有重要指导意义的理论,两千多年来一直影响着我国文学的创作实践,也奠定了中国文学理论的基础,确定了中国古代文论的独特个性。这当中,从积极的方面进行思考,作出了大的贡献的是儒、道两家。但由于儒家重行轻言的思想作风和道家否定各种理论说教的学术主张,整个先秦时代缺乏反映当时理论思考的论著。所以我们只看到"得数"而看不到"演算过程"。今天,我们应该由此"得数"去探求它的"演算过程",认识当时思维的细密深刻和理论的健全,而不能轻易地认为当时人们竟是混沌无知的。

---

① 参拙文《论先秦时代的文学活动》,《郑州大学学报》2005年第6期。

一般说来，理论著作是理论研究是否深入、是否成熟、是否形成体系的标志。但毕竟它只是一种标志，并不是理论本身，尚不能完全说明理论上达到的高度。因为理论的深刻与否关键看是否提出了具有重大意义的问题，是否对该领域一些关键性问题作出了正确的回答。历史上无数的煌煌大著，或者是对前人之说的敷衍和重编，充满了陈言和空话，充其量补充一些新的例句，或者凭空臆想，无真知可言，在理论上只是一种误导而已。钱锺书先生的《读〈拉奥孔〉》一文说：

> 在考究中国古代美学的过程里，我们的注意力常给名牌的理论著作垄断去了。……我们得坦白承认，大量这类文献的研究并无相应的大量收获。好多是陈言加空话，只能算作者表了个态，对理论没有什么实质性贡献。倒是诗、词、笔记里，小说、戏曲里，乃至谣谚和训诂里，往往无意中三言两语，说出了益人神智的精湛见解，含蕴着很新鲜的艺术理论，值得我们重视和表彰。也许有人说，这些鸡零狗碎的小东西不成气候，而且只是孤立的、自发的见解，够不上系统的、自觉的理论。不过……自发的简单见解正是自觉的周密理论的根本。①

我国先秦时代有关文学理论的一些论述，也是分散存于诗歌、诸子著作之中，情形与此相似。但同钱先生所说见于诗词、笔记、小说、戏曲以至谣谚和训诂里无意中说出一些发人神智、具有启发意义的零星言语还有所不同，它们往往有一定的针对性，是在总结以往诗歌创作、传播经验教训基础上经过深刻思考提出来的。下面就儒道两家相关论说略举数端，加以说明。

第一，儒家与道家都主张诗歌和其他文辞都应表现真情，而反对虚情假意。孔子说：

---

① 钱锺书《旧文四篇》，上海古籍出版社1979年版，第26页。

> 修辞立其诚。(《周易·文言》引)

这就是说：情感的表现要真实，语言的修饰、安排要以表达真实的思想感情为原则。孔子又说："情欲信,辞欲巧。"(《礼记·丧记》)《毛诗序》继承这种思想，明确指出："发乎情,民之性也。"主张诗歌创作"吟咏情性"。

在这一点上，道家同儒家是异途同归。《老子》中说：

> 言善信，政善治，事善能，动善时。(第八章)
> 载营抱一，能无离乎?专气致柔，能婴儿乎?涤除玄览，能无疵乎?(第十章)

这实际上是问一个人能不能守真的问题。《庄子》中则更提出"法天贵真"的思想。《渔父》篇假托渔翁之口说：

> 真者，精诚之至也。不精不诚，不能动人。故强哭者虽悲不哀，强怒者虽严不威，强亲者虽笑不和。真悲无声而哀，真怒未发而威，真亲未笑而和。真在内者，神动于外，是所以贵真也。……故圣人法天贵真，不拘于俗。

这同孔子及其他儒家有关文献中所说均可互相发明。所谓"真在内者，神动于外"，同《毛诗序》中"情动于中而形于言"并无二致。儒、道两家所表现出来的这种共同的文学观，实质上都是对《尚书·尧典》中提出的"诗言志"说的继承和发展。到战国之末，生长于南方楚国的诗人屈原又提出"发愤以抒情"(《惜诵》)。因之，这种"修辞立其诚"、抒真情的思想，实际上成了中国文学和中国古代文论的基本精神。中国文学从《诗经》开始，经楚辞、汉乐府、汉代五言诗，都是真情出自肺腑，不修饰而动人，不雕凿而传神。经魏晋南北朝时代一些人的追求辞采华美、音韵谐调，作品如泥塑木雕，一眼看去一身灿烂光华、珠光宝气,却缺乏生气。所以初唐诗人陈子昂感叹道:"文章道弊五百年矣! 汉魏风骨,晋宋莫传。"(《与东方左史虬修竹篇序》)盛唐之际李白也感叹:"《大雅》久不作,吾衰谁竞陈? ……正声何微茫,哀怨起骚人!"(《古风·第一》)中唐白居易又提出"事核而实"(《与元九书》)。这其实都是在召唤先秦时代一些思想家所倡导的抒发真情的创作精神。以后又经过宋代的什么"无一字无来处""点铁成金"(黄庭坚《答洪驹父书》)、"闭门觅句"①"预设法式"②,及什么"宗唐""宗宋"之争等,至明末李贽提出"童心说"(《焚书·童心说》),明末清初金圣叹又说:

诗非异物,只是一句真话。(《与顾掌丸》)

自然,这不是简单地重复,不是完全回到先秦时代的理论水平上去。但就其主导思想,就其所表现的文学精神而言,则回到了先秦时代。明王叔武更提出"真诗乃在民间",李梦阳表示赞同(李梦阳《诗集自序》)。文学作品脱离了作者的真实思想而单纯地追求"艺术表现",便会走向自己的反面。所以在中国文学理论发展史上常常有人强调"真""情真"③"真人""真诗",④提出存"本真"的问题。⑤ 这就是呼唤人们不要忘记诗之所以为艺术且能感人的根本的东西。

事实上先秦时儒家不仅认为作诗要表现真实的情感,为文以及在音乐等艺术作品中也应表现真实的情感。上博简《孔子诗论》中则更明确地提到了诗、文和乐的志、意、情的问题:

---

① 黄庭坚《病起荆江亭即事》:"闭门觅句陈无己。"(陈师道字无己)。元好问《论诗绝句三十首》中对此种凭主观臆想作诗、脱离现实生活的创作倾向予以批判。其中说:"传语闭门陈正字,可怜无补费精神。"(陈师道曾任秘书省正字)。
② 张戒《岁寒堂诗话》中说:"诗人之工,特在一时情味,固不可预设法式也。"丁福保辑《历代诗话续编》,中华书局1983年版,第453页。
③ 张戒《岁寒堂诗话》:"其情真,其味长,其气胜,视《三百篇》几于无愧。"同上,第450页。
④ 袁宏道《与丘长孺》:"大抵物真则贵,贵则我面不能同君面,而况古人之面貌乎?"又其《叙小修诗》云:"大抵情至之语,自能感人,是谓真诗,可传也。"
⑤ 程大昌《考古编·诗论十四》:"古民陈诗以观民风,审乐以知时政。诗若乐,语言声音耳,而可用以察戚得失者,事情之本真在焉。"

>孔子曰：诗亡隐志，乐亡隐情，文亡隐意。

这里将诗、乐、文放到一起谈，将志、情、意并列言之，实际上是互文见义；其将"志"归于诗，将"情"归于乐，将"意"归于文，也只是因为它们在表现上各有侧重，其实志、意、情是相通、相关的。由之可以看出儒家文艺思想的系统性。

儒、道两家提出来的关于真情的原则，是文学创作最根本的原则，无论中国、外国、古代、近代还是当代。文学作品首先要抒发真情，反映真实的历史、真实的社会、作家个人的真实感情。有很多错误理论的形成，原因也在违背了这一条原则上。

第二，无论是儒家还是道家，其代表性人物实质上都很重视诗歌和艺术方面的修养，十分重视语言的表现技巧，同时在这方面也有些论述。《论语》对孔子平时所说话选择的精当、记录的简洁，对孔子音容笑貌、说话时的表情的点染传神，这都不用举例。孔门弟子为什么有如此高的语言驾驭能力，有如此高超的语言表现手段呢？这从孔子教学所设四科及他平时对学生的教诲中即可看出。《孟子·公孙丑上》云："宰我、子贡善为说辞，冉牛、闵子、颜渊善言德行。孔子兼之，曰：'我于辞命，则不能也。'"孔子谦虚地说，他于辞命并不能，反映了他对辞命、文辞的重视。孔子说："人而不为《周南》《召南》，其犹正墙面而立与？"（《论语·阳货》）是言凡士人都应读《周南》《召南》等《诗经》中作品。孔子对学生普遍施以礼、乐、射、御、书、数等教育，把《诗》《书》《礼》《乐》作为学生的必修课。他说："兴于《诗》，立于礼，成于乐。"（《论语·泰伯》）他把文学素养与语言的表达能力的训练则看作必须的素质要求。

道家的代表人物也都持着这样的态度。所以，在文学方面，对韵文的运用自如，比喻的切当而含意深刻，自来文章无过《老子》；无论是神话故事的瑰丽奇幻，寓言比喻的丰富而左右逢源，还是描写的细致生动、形象传神，议论的汪洋恣肆，淋漓尽致，后来之文章都无过《庄子》。而《庄子》中的《让王》《盗跖》《渔父》等可以说是后代笔记小说和短篇小说的滥觞（另有《说剑》既似小说的雏形，又具赋的特征，然而为庄辛之作混入，此处不论）。《庄子》一书中既有庄周的，也有其学生、后学所作，而风格一致，可见庄周作品对其学生后学的影响。学者们在谈到《庄子》的文艺思想的时候，多引"庖丁解牛""梓庆削木为镰"几则寓言，说庄子认为技进乎道，人与对象物融合无间，从而沉浸于艺术创造的愉悦之中；也引《马蹄》等篇以说明庄子赞美朴素自然，鞭挞人为雕凿。但全部忽略了庄子也十分强调实践中的不断探索和训练，主张通过不断的体会、探索、实践来提高技艺能力。我们从《庄子》中可以看出其中说的人的行为合于道，以及功事上的无为是怎样的一种概念。

《庄子·达生》中写一个用竹竿取蝉的驼背者于林中树上取蝉，就像用手拾取不会动的东西一般。孔子问："子巧乎？有道耶？"这个人说：

> 我有道也。五六月，累丸二而不坠，则失者锱铢；累三而不坠，则失者十一；累五而不坠，犹掇之也。吾处身也，若橛株拘；吾执臂也，若槁木之枝。虽天地之大，万物之多，而唯蜩翼之知。吾不反不侧，不以万物易蜩之翼，何为而不得！

孔子听了以后对他的弟子说："用志不分，乃凝于神。其痀偻丈人之谓乎？"

对于先秦时道家所主张的"无为"，历来文人、官吏以至当今学者，都存在着很大的误解，以为"无为"就是"不干事情，无所作为"。其实，它实质上是针对封建统治阶级为了个人与家族以至整个统治集团的享乐，为了不断扩大财富而以国家的名义、官府的名义所进行的搜刮、奴役、干扰、破坏和让老百姓白白送死的行为而说的。从这一点看《老子》《庄子》中强烈抨击统治阶级所标榜的"忠孝""仁义"等礼仪制度、诅咒一切战争的段落即可明白。这是与上面的论述相关的，所以简单加以说明，不能深论。

由上面这段文字可以看出,《庄子》对于技艺的掌握,不是采取随意、不钻研、不经心的态度,而是主张不断摸索、训练、提高;他所谓"无为"不是主张不学技艺,不从事技艺之事,而是主张要合于道,即合于自然规律,合于人的审美心理,合于语言的运用习惯。这个"道"从艺术创作方面来说,是最高的境界。

《庄子》中借孔子的语气对这种努力探索的精神进行总结,说是"用志不分,乃凝于神"。从文学创作的方面说,这实际上就是陆机《文赋》中说的"伫中区以玄览,颐情志于典故","收视反听,耽思傍讯","精骛八极,心游万仞;其致也,情曈昽而弥鲜,物昭晰而互进,倾群言之沥液,漱六艺之芳润";《老子》中所说:"致虚极守笃静"的"玄鉴"思想,《庄子》中说的"坐忘""心斋"和以神遇不以目视的体道论,也即《文心雕龙·神思》中说的"寂然凝虑,思接千载,悄焉动容,视通万里","神居胸臆,志气统其关键;物沿耳目,而辞令管其枢机","枢机方通,则物无隐貌。……是以陶钧文思,贵在虚静,疏瀹五藏,澡雪精神"。由此可以看出先秦时儒道两家有关见解的精湛及其对我国古代文学理论的深刻影响。

第三,在内容和形式的关系上,孔子还提出"文""质"互依的理论,既重视内容,也重视形式。从文章、文学作品的评价方面说,所谓"文",是指文采,所谓"质",主要指思想与内容。《论语·雍也》篇说:

> 质胜文则野,文胜质则史。文质彬彬,然后君子。

这里"野"指粗糙而缺乏文采,"史"是就瞽史讲述历史故事时的想象、发挥言之,指过于绘声绘色。孔子认为形式和内容要有很好的结合,只是讲大道理,语言干巴累赘,即使内容再好也缺乏吸引人之处;而一味在形式上、语言上下功夫,也会叫人有不真实和有意卖弄文辞之感。《论语·颜渊》曰:

> 棘成子曰:"君子质而已矣,何以文为?"子贡曰:"惜乎夫子之

说君子也！驷不及舌。文犹质也，质犹文也，虎豹之鞹犹犬羊之鞹。"

从子贡的回答还可以看出，孔门在质文关系上，是十分重视形式的作用的。虎豹那色泽光亮、有花纹的皮，如除去上面的毛，同除去了毛的犬羊之皮没有什么区别；引申在文学的评价上说，一篇内容好而艺术上不高明的作品，同内容不好艺术上也不高明的作品一样，是没有人喜欢的。

当然孔子在很多情况下强调"善"，强调"真"；而在"文"和"质"的关系上，更重视质。他尤其反对违背仁义的花言巧语。他说："巧言乱德"（《论语·卫灵公》），"恶紫之夺朱也，恶郑声之乱雅乐也，恶利口之覆邦家者"（《论语·阳货》）。这同孔子的思想体系是一致的，这也正是孔子是一个伟大思想家而不同于一般文人墨客的原因。

应该重视的是，孔子认为诗歌首先应该有好的立意，自然真诚的表现，然后再加上适当的人为的藻饰。又《论语·八佾》载：

子夏问曰："'巧笑倩兮，美目盼兮，素以为绚兮。'何谓也？"子曰："绘事后素。"曰："礼后乎？"子曰："起予者商也！始可与言《诗》已矣。"

孔子以为，诗中写出了庄姜的美丽动人，加上写她美丽的服饰，便显得更为动人。子夏由之而想到礼的问题，是子夏依据孔子的思想体系加以推论的结果，但就孔子来说，所论是人物形象的描写问题。就是说好的质是基础，有好的内容，真诚的感情，再加上美的形式，便更感人；没有好的"质"而徒求形式，是不能感人的。子夏在孔子说了"绘事后素"的意思之后，由之想到礼的方面，说依此则一个人有好的品德，然后再作到礼的要求，便显得更完美。孔子说"起予者商也"，可见孔门在论学中很注意融会贯通。孔子文学思想中有着潜在的体系，是没有问题的。

孔子所说的《诗》"可以观",实际上同他在文章写作上所强调的"诚"的思想是一致的,也即儒道两家都强调的"真"。因为真,才有认识价值,才可以由之观风俗、知薄厚。所谓"可以群"是言可以通过讽诵《诗》及"赋《诗》言志"而交流思想,互相了解。而"可以怨",则表示了对抒发个人情感,抒发各种怨愤情绪的肯定。

第四,先秦儒家和道家都注意到"言意"关系。孔子由"书不尽言,言不尽意"而提出的"辞达而已矣"的语言表达目标,为文学语言的不断探索设立了一个最高目标,而孔子所提出"立象以尽意"的理论,又给语言的"尽意"指出了一条有效的手段。《周易·系辞上》云:

子曰:"书不尽言,言不尽意。"然则圣人之意,其不可见乎?
子曰:"圣人立象以尽意,设卦以尽情伪,系辞焉以尽其言。"

"言意"关系实际上反映了"现实——人的思维——语言"三者之间的关系,其关键在思维(包括抽象思维与形象思维两方面)这个中间环节上。过去人们常说:"文学是社会生活的反映。"大概而言,是这样。但文学并不是社会生活的刻板反映,不是生活的照录,它经过作家的头脑,经过作家根据自己的认识、立场、判别能力与概括能力而进行了选择和概括,经过了典型化的过程。即使是同一件事,不同人的叙述是不相同的;同一个道理,不同人表述的方式也是不一样的。由《系辞》中所引孔子语中"立象以尽意"一句,可以看出孔子这里所说的"尽意"的手段,并不是只指概念化地讲明一件事、一个道理,也包含了通过比喻、象征、描述等手段尽可能地让对方明白自己所闻、所见、所感、所想的事物、场面、情景。

言意关系,也是先秦道家所注意的一个问题。《庄子·天道》中说:

世之所贵道者,书也。书不过语,语有贵也。语之所贵者意也,意有所随。意之所随者,不可以言传也。

成玄英《疏》云:"所以致书,贵宣于语;所以宣语,贵于表意也。""随,从也。意之所出,从道而来。"则《庄子》认为意是由事物的实际情况和发展规律而来,其中的方方面面很难以用言语表达出来。《秋水》篇云:

> 可以言论者,物之粗也;可以意致者,物之精也。

这与上面的意思相通,只是说得绝对一些,过分地强调了意往往不可言传的状况。《外物》篇又云:

> 筌者所以在鱼,得鱼而忘筌。蹄者所以在兔,得兔而忘蹄。言者所以在意,得意而忘言。

那就是说,无论用怎样的语言表达方式,只要对方能明了要说的意思就成,至于语言形式本身,则并不重要。因此,这段话同前面所述儒家提出的"立象以尽意",为后代文学语言描述、表述中渲染、烘托、比喻、夸张以至于非逻辑表述方式的运用,提供了理论的根据。这样,鲜明、生动地表述脑中所想的事物,成了语言表达的最高目标。这一点同前面所引述孔子所说"书不尽言,言不尽意"及《庄子》中说的"语之所随者意也,意有所随。意之所随者,不可以言传也"结合起来,便使此后无数文士、作家、诗人、骚客在语言表现上从各个方面进行探索,不断地丰富着汉语的修辞手法和增强着汉语的表现功能。《论语·卫灵公》篇载孔子曰:

> 辞,达而已矣。

不少学者将此看作孔子不讲究语言美的证据,这其实是一个误会。[①]苏轼《答谢民师书》云:

[①] 《论语集解》引孔安国说:"凡事莫过于实,辞达则是矣,不烦文艳之辞。"

> 夫言止于达意,即疑不文,是大不然。求物之妙,如系风捕影,能使是物了然于心者,盖千万人而不一遇也,而况能使了然于口于手者乎?是之谓"辞达"。辞至于能达,则文不可胜用矣。

自然,这当中包含有苏轼自己的发挥,但联系上一部分所引述孔子有关论述看,孔子这里不是不要修饰,而是指不应把无关的话题拉扯进去,也不必要多余的、卖弄辞藻的修饰。《仪礼·聘礼》云:

> 辞无常,孙而说。辞多则史,少则不达。辞苟足以达,义之至也。

"孙"为"逊"之借,"说"为"悦"之借。郑玄注:"孙,顺也。……辞必顺也说。"可以看出,《仪礼》中这段话多与孔子之语合。"辞多则史,少则不达",正与"达而已矣"的说法可以互明。"辞苟足以达,义之至也",也同苏轼的解说大体相合。

诗歌、辞赋之外,散文创作在语言方面也作了种种探索,达到很高的水平,使一些文章甚至一些应用文字如议对、书启等也成了脍炙人口的名篇,成为真正的所谓"语言艺术",形成中国传统文学的一个重要形式,成了中国古代文学的一个重要特色。前面已经说过,这同先秦时代儒家、道家重视语言表现的思想是有很大的关系的。陆机《文赋》序云:

> 余每观才士之所作,窃有以得其用心。夫放言遣辞,良多变矣。妍蚩好恶,可得而言。每自属文,尤见其情,但恒患意不称物,文不逮意,盖非知之难,能之难也。故作《文赋》,以述先士之盛藻,因论作文之利害所由,他日殆可谓曲尽其妙。至于操斧伐柯,虽取则不远,若夫随手之变,良难以辞逮。

这里陆机将"言意"关系延伸为"物——意——言"关系,将人对事物准确、全面认识、概括的困难也纳入其中。其受《庄子》有关"言意"关系及"物我"关系论述之启发,甚为明显。在陆机看来,作家的创作说到底也就是"意能称物、文能逮意"的问题。可见先秦时代所提出言意关系的命题在文学理论发展中的重要意义。

第五,庄周所提出的"天籁说"不仅规定了我国抒情文学和音乐的最高境界,也反映出我国古人对诗歌形式最关键的因素——节奏的深刻认识。《庄子·齐物论》中说:"南郭子綦隐几而坐,仰天而嘘,嗒焉似丧其耦。"其弟子颜成子游问他是怎么回事,他说:"今者吾丧我,汝知之乎?汝闻人籁而未闻地籁,汝闻地籁而未闻天籁夫!"籁本是一种竹制的管乐器,庄子这里是从音乐的角度说的。根据文中所讲,人用笙箫之类吹奏而成的音乐叫"人籁",风在山谷窍穴回荡发出的声音是"地籁"。"夫天籁者,吹万不同,而使其自已也,咸其自取,怒者其谁邪?"这是承上"仰天而嘘"发出的声音而言,意思是说,虽嘘气产生的声音有差别,但如果这声音是因人自身的感受而发,因人自身的感受而止,鼓动其发声的还有别的什么吗?只有人本身自然的感受而已。这就是说,"天籁"指人的感情与精神的自然发泄、自由表达,南郭子綦的"仰天而嘘,嗒焉似丧其耦"即是。"嗒焉"因一本作"苔焉","苔"字为草字头,郭象不明其义,理解为是形容如草堆塌散,故注作"苔焉解体",以后学者皆从而解作"解体貌"。但"解体貌"于文意无法理解,故《广韵》顺郭象之意解作"忘怀貌"。其实"嗒"是一个拟声词。"嗒"由"苔"得声,"苔"又由"合"得声(《说文》:"从艸合声"),"合"为匣纽辑部,古与"哈"字之音相近。"焉"表"某某样子"。"嗒焉"等于说"啊——"地一声,是形容大声长叹。庄周认为,这种发自内心的声音,便是"天籁"。这种思想被明代末年的金圣叹重新提出。他说:

> 诗者,人之心头忽然之一声耳。不问妇人孺子,晨朝夜半,莫不有之。今有新生之孩,其目未之能张也,其拳未之能舒也,而手支足屈,口中唾然,弟熟视之,此固诗也。(《与许青屿之渐》)
>
> 诗非异物,只是人人心头舌尖所万不获已,必欲说出之一句

话耳。儒者则又以生平烂熟之万卷,因与之裁成文章,润之成文者也。夫诗之有章有文也,此固儒者之所矜为独能也。若其原本,不过只是人人心头舌尖万不获已,必欲说出之一句说话,则固非儒者之所得矜为独能也。(《与家伯长文昌》)

这同庄子的"天籁说"完全一致。庄子的思想被误解近两千年,被重新发现,然而至今未被学界所理解。

庄周的"天籁说"不仅包含了对"情"的特别重视,而且主张表现人由于身体、心境等各方面的真实感受。不仅如此,从庄周将人发自内心的、自然的"仰天而嘘"看作比人用乐器吹奏的音乐更高一层次的音乐,也比大自然中风在山谷洞穴、林木之中回荡之声更具自然美的音乐,其中还包含有深刻的诗学理论意义和美学意义。因为庄周《齐物论》中的那段话还涉及诗歌的本质与诗歌生成的问题。诗在形式上比句式和韵脚更重要的因素是节奏。关于诗歌节奏感的形成,德国艺术家格罗塞说:"节奏感无疑也是从原始的乐器上发展出来的。"[1]学者们多从之,其实这并未追溯至根源上。因为最开始吹奏、敲击乐器的节奏是怎样形成的,并未说清。其实,人类童年时代的各种最简单的劳动和活动,如敲击、挥动、推拉等动作都是二节拍的。人走路也是二节拍的。还有,人的心脏的跳动,也是二节拍的。人在母亲腹中不仅会感到母亲走路时二节拍的运动节奏,在静着时也会听到母亲心脏跳动的二节拍的响声。这是人最初的节奏感的形成,原始的音乐和歌谣是因人已有的节奏感而产生的。中国最早的歌谣如传为黄帝时的《弹歌》,和存于《周易》中的一些歌谣,都是二言的,就说明了最初的诗歌同人本能节奏感的关系。庄周将人自然发出的大声叹气看作最真实感人的音乐,提示我们对音乐与歌谣的产生有了一个正确的认识,从而避开了古今中外很多诗学家、美学家的瞎猜,而直奔真理。[2]

---

[1] 格罗塞《艺术的起源》,蔡慕晖译,商务印书馆1984年版,第221页。
[2] 参拙文《本乎天籁,出于性情——〈庄子〉美学内涵再议》,《文艺研究》2006年第3期。又见本书。

先秦文献中还有些对后世文学发展产生了重大影响的理论,却不是从文学或语言的使用方面来说的。比如《庄子·达生》中讲的"齐(斋)以静心""乃凝于神""以天合天""指与物化"等,对后代文学创作中的酝酿、构思、形成最佳创作状态等理论有很大影响,但却是从工匠的技艺方面提出的。晋陆机《文赋》写作者在创作准备阶段的心理状况是:

> 其始也,皆收视反听,耽思傍讯,精骛八极,心游万仞。其致也,情曈昽而弥鲜,物昭晰而互进。倾群言之沥液,漱六艺之芳润;浮天渊以安流,濯下泉而潜浸。……罄澄心以凝思,眇众虑而为言。笼天地于形内,挫万物于笔端。

这同《庄子》中提出的"齐(斋)以静心""乃凝于神"的道理完全一样,似乎就是对《庄子》中这些理论的说解。刘勰《文心雕龙·神思》同样也是阐发这个道理的。

关于"物化",《庄子·齐物论》中也有生动论述:

> 昔者庄周梦为胡蝶,栩栩然胡蝶也,自喻适志与!不知周也。俄而觉,则蘧蘧然周也。不知周之梦为胡蝶与?胡蝶之梦为周与?周与胡蝶,则必有分矣。此之谓物化。

所谓"物化",即与物同化。后用以指文学创作、艺术思维中创作主客体浑然一体的境界。前人所谓"指与物化"的"指"即按作者设想制作、创造东西的手。林希逸《南华真经口义》说:"指,手指也。'指与物化',犹山谷论书法曰:'手不知笔,笔不知手'是也。手与物两忘。"徐复观说:

> 指与物化,是说明表现的能力、技巧(指)已经与被表现的对象,没有距离了。这表示出最高的技巧与精熟。[①]

[①] 徐复观《中国艺术精神》,华东师范大学出版社 2001 年版,第 127 页。

文学创作中作者头脑中展现出要描写的场景、人物,如身临其境,甚至在意念中与作品中人物合之为一,达到同哀乐的境地,也正是《庄子》中所说的"物化"。

再如《礼记·乐记》中提出的"物感"说:

> 凡音之起,由人心生也。人心之动,物使之然也。感于物而动,故形于声。
>
> 凡音者,生人心者也。情动于中,故形于声,声成文,故谓之音。是故治世之音安以乐,其政和;乱世之音怨以怒,其政乖;亡国之音哀以思,其民困,声音之道与政通矣。

其所涉及的也是文艺理论的最根本的问题,在今天看来,也是完全正确的。比起西方的什么"模仿说""游戏说"来,更具科学性。这种思想在《诗大序》中则是从诗歌创作的方面说的:

> 诗者,志之所之也。在心为志,发言为诗。情动于中而形于言,言之不足,故嗟叹之,嗟叹之不足,故永歌之。永歌之不足,不知手之舞之、足之蹈之也。

由《乐记》和《荀子·乐记》及《诗大序》可以看出儒家文艺思想的系统性,其中都一样地体现了唯物主义的反映论。关于文艺的起源问题,几千年中世界上无数的大师、圣哲都根据他们的理论加以阐说,但今天看来,有不少是师心臆说,倒是看不到详细论证过程的中国古代的"感物说"揭示出音乐、诗歌等艺术形成的原理。

四、先秦儒道两家文学批评理论的意义

先秦时儒道两家有关文艺的有些论述是从评价、接受、批评的方面提出的,这不仅决定了中国古代文学批评理论的基本框架和重要手

段,也决定了中国古代文学批评的特征,对后代的文学批评和鉴赏理论产生了深远的影响。这是中国古代文论的重要组成部分。有些问题同上一部分联系在一起,这里不谈。今举出两点以说明之。

第一,先秦儒家和道家从不同的角度提出文艺批评的"真""善""美"的标准,为以后文学的发展规定了一条正确的道路。《论语·阳货》中载孔子之语:

> 小子何莫学夫《诗》?《诗》可以兴,可以观,可以群,可以怨;迩之事父,远之事君;多识于鸟兽草木之名。

对孔子的这段话,今人多将"迩之事父,远之事君"看作对以上四句的总结。从而认为孔子的思想归纳起来也只是"尚用"二字。其实,这段话是由"小子何莫学夫《诗》"引起以下三组并列文字:第一组由四句并列文字组成——"《诗》可以兴,可以观,可以群,可以怨";第二组由并列两句话组成——"迩之事父,远之事君";其"多识于鸟、兽、草、木之名"为第三组。如果不这样理解,第三组便不好理解,它既不是"迩之事父,远之事君"一句的总结,也不是对以上各层的总结。所以说,孔子的诗学观或者说文艺观还不能完全概括为"尚用",也不能像有的书说的,只是重视"个体与个体之间,群体与群体之间的心理交流的作用"。① 孔子在上引这段文字中实际上谈了七个方面的功用,而第一个方面就是谈的《诗》的艺术形象感染人或情感打动人,使人感发兴起,或者产生联想的问题。何晏《集解》引孔安国曰:"兴,引譬连类。"这是说牵动情怀,引起联想。朱熹《诗集传》把"兴"解释为"感发志意"。这是说引起人产生激情。任何的文学作品如果能激励人,使人振奋,引人向上,走向正直积极的生命之路,应该就是最优秀的作品。当然这里也包含有读者在心理活动中再创造和产生美感的意思在内。过去不少理论家在论及"兴"的时候多忽略了这一层意思,漠视孔子诗学思

---

① 参赖力行《中国古代文论史》,岳麓书社 2000 年版,第 14 页。

想中《诗》有娱悦功能的事实。关于这一点只要联系孔子的其他言论即可以看清。《论语·八佾》引孔子语：

》乐而不淫,哀而不伤。

自然这是就作品中的表现言之,言其中表现出快乐的情绪,但不过分,表现出了哀怨的情绪,但不过于低沉。这里并不牵扯哀乐的是非判断问题,而只是着眼于哀乐给人的感染与分寸的把握。《论语·八佾》篇载：

子语鲁大师乐,曰:"乐其可知也：始作,翕如也；从之,纯如也,皦如也,绎如也,以成。"

这里孔子描述的完全是艺术形式的问题,或者说他对艺术表演的感受问题。孔子重视美,写文章注意文采,在其他地方也有表现。对郑国子产在受到晋国的非难时既足以服人、又富于文采的答辞,《左传·襄公二十五年》引述了孔子的一段评论：

志有之:"言以足志,文以足言。"不言,谁知其志？言而无文,行而不远。晋为伯,郑入陈,非文辞不为功。慎辞哉！

可见孔子对文章表达方式、语言技巧等的重视。

与此相应,孔子在文学作品的评价上除了"真""善"的标准外,还提出了一条"美"的标准。《论语·八佾》篇载：

子谓《韶》"尽美矣,又尽善也"。谓《武》"尽美矣,未尽善也"。

值得注意的是这里提出的"美""善"两个标准,是先提出"美",置"美"的标准于前。可见孔子对艺术感染力的肯定与重视。他主张艺术作品应既善且美,以尽善尽美为最高艺术境界。

"美"同"善"不仅儒家讲,道家也讲。《老子》云:

> 天下皆知美之为美,斯恶已;皆知善之为善,斯不善已。(第二章)
>
> 善之与恶,相去若何?(第二十章)
>
> 善行,无辙迹;善言,无瑕谪;善数,不用筹策;善闭,无关楗而不可开;善结,无绳约而不可解。(第二十七章)

《庄子·山木》借篇中人物之口说:

> 其美者自美,吾不知其美也;其恶者自恶,吾不知其恶也。

《田子方》篇借老聃之口说:

> 至美至乐也,得至美而游乎至乐,谓之至人。

《知本游》篇说:

> 天地有大美而不言,……圣人者,原天地之美而达万物之理……

还有上文谈到的儒家和道家都很重视的"真"的标准,这三者便是衡量一切文艺作品的永恒的标尺。

第二,孟子提出"以意逆志"的诗歌接受主张与"知人论世"的文学批评原则,是文学研究与文学批评的重要手段。尽管近代以来各种文学批评的理论和接受的理论层出不穷,但联系文学的各种社会功能、文化意义来看,这两条永远是文学作品接受与批评的基本原则。《孟子·万章上》载孟子弟子咸丘蒙向孟子请教读书中产生的问题,其中一段文字说：

> 咸丘蒙曰："舜之不臣尧,则吾既得闻命矣。《诗》云:'普天之下,莫非王土;率土之滨,莫非王臣。'而舜既为天子矣,敢问瞽瞍之非臣,如何?"曰:"是诗也,非是之谓也,劳于王事而不得养父母也,曰:'此莫非王事,我独贤劳也。'故说《诗》者,不以文害辞,不以辞害志。以意逆志,是为得之。如以辞而已矣,《云汉》之诗曰:'周余黎民,靡有孑遗。'信斯言也,是周无遗民也。"

先秦时儒家、道家都讲"真",强调"真"为第一义,但是,却并不是死抠字面。从作者的角度说,只要能达意,故难免夸张;从读者的角度说,就要求"不以文害辞,不以辞害志"。显然,在这个理论同求"真"和"修辞立其诚"之间,为文学作品艺术上的创造性表现留下了巨大的空间。上引文字中,孟子通过具体事例的分析指出:解说《诗》不能拘于个别文字而妨害对语句的理解,也不能因为个别语句的表述而妨害对整篇作品的理解,而应当据人情事理去揣摩作品的旨趣。东汉赵岐《孟子注》云:"人情不远,以己之意逆诗人之志,是为得其实矣。"所谓人情事理,也即读者或学者对社会与生活的理解,它既是读者或学者的"意",但不又是纯主观的东西,而是读者、学者所掌握的客观事物及其发展变化的规律。

当然,文学作品的接受有一个层次问题:一是读者的知识水平形成的层次,一是读者在接受过程的不同阶段所显示出的不同深度。因为有前一种情况,所以一些诗歌作品(尤其是古代的、外国的)往往要有专家学者加上题解、注释、评析之类的东西,以帮助缺乏这方面常识、知识的人加深理解,排除误解。由于有第二种情况,才有"研读""反复诵读"及"读书百遍,其义自见""研究"之说。自然,有些作品可以不管作家生平、创作背景及本事,但有的作品不了解这一些,就不可能对作品有较深入的理解。一般说来,对民歌和一些流行歌诗(如酒楼舞榭所传唱)的理解可以完全不管作者、本事与背景之类的问题。

而同特定社会环境、同具体历史事件和作者经历相关的作品,如不了解这些情况,则即使不发生误解,也只能理解到极肤浅的程度。我们不可能要求所有的作者不反映特定社会的历史或个人的经历,也不能要求作者像写报告一样面面俱到,因为那样就不是文学作品了,就不能算作"语言的艺术"了。可以这样来说:越是具有历史意义、具有重大社会价值、文学价值的作品,越是体现着作家主体精神与思想的作品,越需要在阅读中了解有关背景、本事和作者的情况。

《孟子·万章下》又说:

> 以友天下之善士为未足,又尚论古之人。颂其诗,读其书,不知其人可乎?是以论其世也,是尚友也。

孟子认为一个人应通过越来越广泛地同其他善士的接触与交往不断完善自己的人格,这个"交友"不仅指与同时之善士,也包括过去的善士。与过去的善士如何交友呢?孟子指出了"颂(诵)其诗,读其书"的办法。显然,这里实质上已包含了读书(包括读文学作品)中的选择问题。这同前面所说儒家重视文学作品的"善"的思想是一致的。通过作品"知人论世",则对作品的"真"的要求也在不言之中。在上面这段话中看不出对"美"的要求,这同他讲话的针对性有关。我们应将孟轲的思想看作有体系的思想,应完整地理解它,而不应只见树木,不见森林。这里要提出来说的是:孟子认为,第一,应当通过作品来认识作者,了解作者的思想、感情、人格、志向等;第二,应当认识当时社会的各方面。从"知人"这一点说,同"言志""抒情"的诗歌创作理论是一致的。儒家并不否认诗歌中作者的主体性。这些,在当今也仍然是具有进步意义的。而"知人论世"作为一种文学批评的方式,无论如何是最基本的方式。因为第一,从对作品所蕴含的情感内容的挖掘和所反映历史事件的认识方面说,这都是最重要的手段;第二,从对作品艺术手法,作品在选材、剪裁、构思、语言的表现等方面艺术匠心的揭示上,也离不开对有关背景、本文、作者阅历、遭遇等的了解。自然,文学作品作为一种语言艺术,应该在艺术上进行分析。但是,如果是离开对上面所说内容的了解而随意言之,那同提起钢锤来砸一件精美的雕塑没有什么区别。如前所说,儒家、道家都是并不否认作品的艺术美的。但孟子作为一个伟大的思想家,他从历史的发展,从对社会的责任心方面说,认为作品应该表现仁爱、正直的思想感情。实际上这确实比字句和字句修饰更重要。

几千年的文学实践证明,先秦时代提出的关于文艺的一些看法具有十分深刻的思想意义,有些可以说是永恒的真理。比如孔子多次论述到的关于文与质(文学与内容)、美与善(好的艺术形式同好的思想内容)的关系问题,这是文学发展、文学理论建设中最根本的问题,也是两千多年来文学发展中一直在讨论,是贯穿文学史首尾的问题。直至近几十年,学者们仍然在争论文学发展中究竟应如何把握它们之间的关系,对文学史上与此相关的创作倾向、理论思潮应如何评价的问题。如对南朝文学的评价,有的学者就以为南朝的文学才真正的具有艺术美,真正表现了人、人的感情、人本身的美,使文学完全地冲破了儒家思想的桎梏,获得了解放。固然,我们应该看到魏晋南北朝时代,文学在艺术表现方面进行的新的探索,所取得的成绩,这些为后来唐代文学尤其是唐诗的发展奠定了基础。但是,南朝的很多诗歌着意地描写人的容貌、体态,刻画美色,只是表现着上层统治阶级、表现着极少数有钱人的情趣,也同一般人对自身美的欣赏、赞扬并不完全相同(那不相同的地方就在情趣、意识上)。而正是这一点,就决定着表现什么,如何表现)。从东晋王朝开始,上层统治阶层腐化堕落,一些士大夫一切世务不懂,从政而不懂政务,持家而不懂家务,甚者其行走也要人扶持。而南朝的大部分作家出身于豪门世族。可以想见,在南朝宫体诗及都市俗歌风行之时,广大劳动人民在极端的压榨下作垂死挣扎的种种痛苦,各级官吏的腐朽、荒淫的大量罪恶,正直士大夫忧国忧民的事实,这些在文学创作中基本上被掩盖了,几乎被抹杀了。文学这面社会生活的镜子,似乎只以极少数人的没落情趣作为主要的、甚至唯一的反映对象和表现内容,难道这样的文学应该给予高度的评价吗？虽然在魏晋南北朝时代诗人作家在汉语的表现技巧方面作了很多探索,积累了一些经验,但是从社会历史发展的方面综合来看,其得与失的比重不是太悬殊了吗？因此,历来有较深刻的思想,有忧国忧民之心的一些诗人、作家,每当脱离现实、形式华丽而内容空虚、只醉心于文字的雕凿的文风泛起之时,总表现出忧虑以至愤激的情绪。陶渊明身处门阀制度决定士人前途,而国家命运掌握在一些昏庸、无能而腐败的豪门士族手中的时代,发出"自真风告退,大伪斯兴"的感慨,虽主要指整个社会的风气,但也包含了他对文坛、诗坛上状况的看法。初唐时诗歌仍然袭梁陈浮艳颓靡的风气,由于陈子昂等诗人在创作实践和理论上的大力倡导,进行改革,才出现了唐代辉煌的诗歌繁荣时代。那就是说,有了正确的主导思想,南北朝时代在诗歌骈文创作技巧方面取得的一些经验才有了意义。

所以说,先秦时儒家、道家代表人物实在是对文学创作、评价中最根本的一些问题作出了正确的回答。而历代一些诗人、作家、理论家下笔千言,著为宏论,传世之作,汗牛充栋,有相当一些不过是井蛙之见,是见石不见山、见树不见林的浅见。可见,孔子、庄子等在诗歌理论和语言表达方面的深刻、透彻的看法,应该不是随便产生的,而是对以往文学文献包括《诗经》、古代神话、寓言、史传和诸子散文在内的文学作品认真研究、思考的结果,也是他们自己的写作和教学实践的总结。毛泽东的《在延安文艺座谈会上的讲话》一文中说：

> 又是政治标准,又是艺术标准,这两者的关系怎么样呢？政治并不等于艺术,一般的宇宙观也并不等于艺术创作和艺术批评的方法。我们不但否认抽象的绝对不变的政治标准,也否认抽象的绝对不变的艺术标准……我们的要求则是政治和艺术的统一,内容和形式的统一,革命的政治内容和尽可能完美的艺术形式的统一。缺乏艺术性的艺术品,无论政治上怎样进步,也是没有力量的。
>
> 因此,我们既反对政治观点错误的艺术品,也反对只有正确

的政治观点,没有艺术力量的所谓"标语口号式"的倾向。①

毛泽东的《在延安文艺座谈会上的讲话》是中国共产党八十多年的历程中文艺方面最重要的指导性文献,以往的评价都一致认为是马克思主义文艺理论的伟大著作。但《讲话》关于文艺作品的内容与形式的关系问题,其实也同孔子所讲一致,只是从中注入了阶级观念而已。近几十年来有些理论家不同意《讲话》的看法,认为将作品的内容、思想性看得重有碍于文艺的发展,甚至有些人重唱"为艺术而艺术"的老调。这是真正吃饱了饭对社会实际无所了解、无所事事才产生的"理论突破",以为这一下便可以出现文艺的杰作。而几千年的中外文学史证明了,只有反映历史真实、表现广大人民的生活愿望、有益于社会人心、同时又有高度艺术性的作品,才可能成为杰作,成为名著。而那些脱离社会生活,只反映个别人细琐事情、个别人某方面生活感受的作品,无论怎样,也缺乏广泛而持久的影响力,是不会得到更多人的承认的。当然,在1949年以后的二十多年中,在对《讲话》的贯彻中未能根据社会的发展而作出新的阐释,而且教条地仍然局限在"为工农兵服务"的范围,强调普及、强调批判、强调脱离社会实际的"典型化",而影响了文艺的正常发展,尤其将文艺用来作为政治斗争的工具,而使文艺的发展走入歧途,这同《讲话》中关于文艺作品内容与形式关系的论述是无关的,这些做法实际上是违反了《讲话》关于政治与艺术、内容与形式的论述的基本精神的。毛泽东在思想上是反对儒家的,但他关于文艺内容与形式关系的十分精辟的论述竟未能超出孔子文艺思想的藩篱,也是值得深思的一个问题。

冯友兰先生说:"一个哲学家如果是对于某一问题,得了一个结论,他必然是经过一段理论思维。他可能没有把这过程说出来。但是,没有说出来,并不等于没有这个过程。"②所以,在认识先秦时文艺

---

① 《毛泽东选集》第三卷,人民出版社1953年版,第869—871页。
② 冯友兰《中国哲学史新编·上》,人民出版社1998年版,第43页。

思想、文艺理论的问题上,我们还是倾向于用冯友兰先生研究中国哲学史的方法,作为一个研究工作者,"必须尽可能地把这段过程说清楚",从过去"没有形式上的系统的资料中,找出其实质性的系统,找出他的思想体系,用所能看见的一鳞半爪,恢复一条龙出来。"①

五、文学观念的产生与文学的自觉

中国文学观念的产生和文学的自觉从何时开始,近三十多年来一般认为在魏晋时代。郭绍虞先生的《中国古典文学理论批评史》上册《绪论》中曾说,魏晋南北朝"更使文学走上形式主义道路","因此,有提倡形式主义的理论,也有与之作斗争的理论。这是自觉的文学批评开始的时期"。②但这只是说"自觉的文学批评开始的时期",并未说是文学自觉的开始时期。李泽厚先生《美的历程五·魏晋风度》中专门有一节《文的自觉》论述这个问题。其中说:

> 鲁迅说:"曹丕的一个时代可以说是文学的自觉时代,或如近代所说,是为艺术而艺术的一派。"(《而已集·魏晋风度及文章与药及酒的关系》)"为艺术而艺术"是相对于西汉文艺"助人伦"、"成教化"的功利主义艺术而言。如果说,人的主题是封建前期的文艺新内容,那么,文的自觉是它的新形式。两者的密切适应和结合,形成这一历史时期各种艺术形式的准则。以曹丕为最早标志,它们确乎是魏晋新风。

于是,他得出结论:

> 在两汉,文学与经术没有分家。《盐铁论》里的"文学"指的是

---

① 冯友兰《中国哲学史新编·上》,人民出版社1998年版,第43、42页。
② 郭绍虞《中国古典文学理论批评史》上册,人民文学出版社1959年版,第10页。

儒生,贾谊、司马迁、班固、张衡等人也不是作为文学家而是作为政治家、大臣、史官等等身份而有其地位和声名的。文的自觉(形式)和人的主题(内容)同是魏晋的产物。①

李厚泽先生所讲,不是毫无根据,而且这个观点在上世纪八十年代初被提出②,有其积极的现实意义。但作为中国文学发展史上一个十分重要的问题,认真研究起来,这个说法尚值得进一步讨论。

魏晋时代确实形成一种追求文学形式美的风气,如追溯根源,当以曹丕为开端。曹丕的《典论·论文》也被认为是较早的文学理论专著。但是不是从曹丕开始,中国才开始了文的自觉? 还需认真考虑。曹丕写《典论》的时候,魏之代汉,已成定局,只是曹操不愿落篡汉之名,让他儿子去取罢了。那时曹丕已被立为太子。鲁迅先生在《魏晋风度及文章与药及酒之关系》一文中说:

> 魏晋,是以孝治天下的,……为什么要以孝治天下呢? 因为天位从禅让,即巧取豪夺而来,若主张以忠治天下,他们的立脚点便不稳,办事便辣手,立论也难了,所以一定要以孝治天下。③

此话讲得透彻之极。其实曹丕在此时强调"文章者,经国之大业,不朽之盛事",也同样是为了淡化文人的志节观念,让这些文人围绕在他周围为他的篡夺工作去作铺垫。他一改乃父清峻通脱的文风而追求华丽,题材上也转向咏物、同题共作的游戏文字,以至于去描写女性心理,也都出于这种心态。所以从某种程度上说,文学在这个时期应该说是走向堕落,而不是觉醒。

李泽厚先生的观点很快被学术界所接受,还有一个原因,是其中

---

① 李泽厚《美的历程》,中国社会科学出版社1984年新1版,第118、119—120页。
② 《美的历程》一书1981年3月由文物出版社出第1版。
③ 鲁迅《魏晋风度及文章与药及酒之关系》,《鲁迅全集》第3卷,人民文学出版社1981年版,第512页。

引了鲁迅先生的一段话,而在"文革"的十多年中,现代文学史上的作家、理论家基本上被否定完了,只有鲁迅被说成"文化革命的旗手",置于高度仅次于毛泽东位置的神坛。鲁迅的话就是真理。李泽厚先生巧妙地利用僵化的思想所一致认可的神灵,去打破当时文学领域尚处于僵化的状态。这在当时确实是有意义的。其实,上引那段话并不能代表鲁迅先生对中国文学自觉问题的看法。鲁迅先生实际上是引了日本著名汉学家铃木虎雄的话,说明这一时期文风的转变而已。上世纪初,日本汉学家铃木虎雄提出魏晋时代是中国文学的觉醒时代。1920年他在日本刊物《艺文》上发表的《魏南北朝时代的文学论》一文,首先提出此说,此文后来又收入他的《支那诗论史》一书,该书1925年由日本弘文堂书房出版。鲁迅1927年9月在广州夏期学术讲演会讲的《魏晋风度及文章与药及酒之关系》引述了铃木虎雄的话,只是文中未提到是谁说的(鲁迅此文是他人所记录,是否记录遗漏,也未可知)。但李泽厚先生引述时删去了比较重要的一句话,同时去掉了"文学的自觉时代"的引号,就更容易引起人的误解。鲁迅先生原文是:

> 用近代的文学眼光看来,曹丕的一个时代可以说是"文学的自觉时代"。或如近代所说是为了艺术而艺术的一派。

一个月之后鲁迅先生在上海劳动大学讲的以《关于知识阶级》为题的学术讲演中说:

> 现在比较安全一点的,还有一条路,是不做时评而做艺术家。要为艺术而艺术。住在"象牙之塔"里,目下自然要比别处平安。[①]

1932年他在北京大学第二院讲的《帮忙文学与帮闲文学》中又说:

---

① 鲁迅《集外集拾遗补编》,《鲁迅全集》第8卷,人民文学出版社1981年版,第192页。

> 今日文学最巧妙的有所谓为艺术而艺术派。这一派在五四运动时代,确是革命的,因为当时是向"文以载道"说进攻的,但现在却连反抗性都没有了。不但没有反抗性,而且压制新文学的发生。对社会不敢批评,也不能反抗,若反抗,便说对不起艺术。①

他在1933年发表的《我怎样做起小说来》一文中说,他"将'为艺术的艺术',看作不过是'消闲'的新式的别号"。② 在这篇文章里鲁迅也明确地说:"我仍然抱十年前的'启蒙主义',以为必须是'为人生',而且要改良这人生。"由1933年向前推10年,为1923年,在鲁迅作《魏晋风度及文章与药及酒之关系》报告之前四年。这十年当中,鲁迅的文学观念并没有变。可见,他说那段话时开头说"用近代的文学眼光看来",并将"文学的自觉时代"加了引号,同时又进一步加以解释:"或如近代所说,是为艺术而艺术的一派。"则鲁迅并不认为这种转变是文学史上有多大意义的变化,充其量不过是说明文风的转变而已;如果联系对曹丕以后"以孝治天下"的评论,似乎多少还反映了对这种风气不以为然的看法。

李泽厚先生认为"在汉代,文学与经术没有分家",也并不合乎事实。辞赋、乐府诗、五言诗都是纯文学作品,《毛诗序》、刘向《离骚传》及《淮南子》《论衡》中不少篇章,从刘向至王逸完成的《楚辞章句》,也都是文学研究的论著。文学与经学是否分家,同"文学"这个词在汉代的含义是什么是两回事,本文第二部分已经说过。至于说到贾谊、司马迁、班固、张衡"不是作为文学家而是作为政治家、大臣、史官等等身份而有其地位和名声的"这一点,其实中国古代有成就的诗人、作家差不多都是首先希望实现政治理想,理想达不到,才将心思放在文学创作上,曹植、陶渊明、李白、杜甫、韩愈、柳宗元、苏轼等莫不如此。即如曹雪芹,虽然看来没有做什么官,但也是自己觉得"无材可去补苍天",

---

① 鲁迅《集外集拾遗》,《鲁迅全集》第7卷,人民文学出版社1981年版,第338页。
② 鲁迅《南腔北调集》,《鲁迅全集》第4卷,人民文学出版社1981年版,第512页。

才写出"亲自经历的一段陈迹故事"(《红楼梦》第一回)。但是,我国从先秦至汉代,也不是没有专业的文艺人才。《国语·周语》载"天子听政,使公卿至于列士献诗,瞽献曲"及"瞍赋、矇诵"之事。司马迁在《报任安书》中说:"左丘失明,厥有《国语》。"先秦时代瞽史就是依据史书的线索讲历史故事,吸收一些民间传说,又经过合理的想象,讲得绘声绘色,人物形象生动。就故事梗概来说是历史,就其细节描写和生动的语言表现来说是文学作品。《左氏春秋》同后来之讲史性质相近,只是在人物、事件、时间、地点这些叙事要素方面依据历史的记载,不凭空编造而已。瞍矇搜集古代议对、辞令中的嘉言善语,加以适当剪裁而诵读给国君、卿大夫,他们也是专门的文艺人才。还有俳优,他们收集民间流传的笑话、寓言和传说故事,加以改编,成为情节生动的故事和可以诵说的俗赋,而讲诵给人主和贵族们听,也同样是专门的文艺人才。他们搜集素材,进行选择、剪裁和语言方面的必要加工中,实际上已进行了文学作品的改编或曰创作的工作。至于屈原被放之后,离开了朝廷中的职务,也就同陶渊明、李白、杜甫失去职务时的情形一样,成了"专业"的诗人了。他根据朝廷祭祀歌舞词而创作的《九歌》中的《东皇太一》《云中君》《大司命》《少司命》《东君》等,搜集沅湘一带民间歌舞词而创作的《湘君》《湘夫人》等,①以及被放之时所创作的大量作品,无论如何可以算得上所谓"专业作家"了。宋玉在朝时所作《高唐赋》《神女赋》《风赋》《钓赋》《对楚王问》,在受谗去职之后所作《九辩》《悲回风》,也都有很高的文学价值。② 他同汉代的枚乘、司马相如、枚皋等,基本上都是文学侍臣,把他们看作专业作家,应没有多大的问题。

---

① 《楚辞·九歌》大部分是屈原在兰台供职时所作,故风格比较轻快,同被放时所作忧愁忧思的作品情调迥异。但距近几十年在湖北江陵、荆门出土楚简中所反映楚人祭祀的神灵,有的与《九歌》中神灵可以对应,但名称稍异,还有些如后土及楚先王等都不见于《楚辞·九歌》,而屈原在青年时所写祭祀歌舞词,不可能不歌颂楚先王。所以,可以肯定今存《九歌》是不全的。

② 收入《楚辞·九章》的《悲回风》,其末一段说:"浮江淮而入海兮,从子胥而自适。望大河之洲渚兮,悲申徒之抗迹。骤谏君而不听兮,重任石之何益?"由"浮江淮"之句看此是楚都迁于淮河流域的郢陈之后的作品,而其末二句显然不可能是屈原所说,前人以此二句为屈原夫子自道,大误。明许学夷《诗学辨体》卷二已疑非屈原作。看其内容与所表现思想情绪,与宋玉《九辩》同,应是宋玉所作。

李泽厚先生为了使"魏晋为文的自觉"之说有更大的支撑力,主张中国封建社会是由魏晋时代开始的。① 他在《美的历程·五、魏晋风度》部分有《人的主题》一节,其中说:

> 从东汉末年到魏晋,这种意识形态领域内新思潮即所谓新的世界观人生观,和反映在文艺——美学上的同一思潮的基本特征,是什么呢?
>
> 简单说来,就是人的觉醒。这恰好成为从奴隶社会逐渐脱身出来的一种历史前进的音响。

文中列举了《古诗十九首》《苏李诗》及曹操、曹丕、曹植、阮籍一直至陶渊明等人诗中忧生叹老的诗句,来说明他们"对人生、生命、命运、生活的强烈的欲求和留恋","而它们正是在对原来占据统治地位的奴隶制意识形态——从经术到宿命、从鬼神迷信到道德节操的怀疑和否定基础上产生出来的","又由于它不再停留在东汉时代的道德操守、儒学、气节的品评,于是人的才情、气质、格调、风格、性分、能力便成了重点所在"。②

李泽厚先生所列举的这些确实反映了这个时代社会风气的变化,鲁迅先生在他的《魏晋风度及文章与药及酒之关系》一文中对这些也有详细的论述。但似乎鲁迅先生对有关现象的分析更为透彻,而不是就皮毛发议论。如鲁迅先生谈到阮籍时说:

> 然而他还有一个原因,就是他的饮酒不独由于他的思想,大

---

① 中国封建社会的开始,大部分学者同意郭沫若的观点,主张开始于战国时代。因为春秋时代礼崩乐坏,诸侯争霸,周天子失去至高无上的权力,等同诸侯,社会变化十分剧烈,战国之时各国进行变法、卿大夫专权、士人走上政治舞台,自耕农大大增加。翦伯赞、范文澜、杨向奎、王玉哲、徐仲舒等主张中国封建社会始于西周时代,认为西周一般已不用人殉葬和祭祀,已存在封建土地所有制,农夫有经济。李亚农、唐兰均主张始于春秋时代,认为周宣王的"不籍千亩"就是解放奴隶,废止奴隶生产。另外金景芳认为始于秦统一之后,侯外庐主张始于秦汉之际,周谷城认为始于东汉,尚钺、王仲荦主张始于魏晋,均提出一些理由。然而以为始于魏晋,估计过迟,且也根据不足。

② 李泽厚《美的历程》,中国社会科学出版社1984年新1版,第110、114页。

半倒在环境。其时司马氏已想篡位,而阮籍名声很大,所以他讲话就极难,只好多饮酒,少讲话,而且即使讲话讲错了,也可以借酒得到人的原谅。①

并说孔融、嵇康等反对礼教,"但其实不过是态度,至于他们的本心,恐怕倒是相信礼教,当作宝贝,比曹操、司马懿们要迂执得多"。这样看来,东汉末年人的忧生叹老,因为生于乱世;魏晋之际文人士大夫种种思想、作风变化,是同当时的形势有关,掌权者或准备篡位者在努力淡化人们的忠贞、节操观念,士大夫动不动就获罪,所以有些人愤激而反常,正话反说,有些人则一醉而不问是非,有些又高谈玄理,不关世事。我以为这不是人性的觉醒,而是人性的消沉,有的甚至由消沉而堕落。所以,以此为"人的觉醒",以支持魏晋为"文的觉醒"的观点,是不能成立的。至于说到迷信,从东汉时佛教传入,魏晋大盛;道教形成,魏晋时开始也在上层社会流行。虽然佛教经典的传入对中国古代哲学、语言、艺术以至思维方式都有相当大的影响,但朝野上下热衷于佛、道,以至于佞佛、佞道,恐怕也要算是宿命论泛滥的迷信时代了。

其实李泽厚先生所举那些忧生叹老的思想,在西汉以前也不是没有。《诗经·唐风·蟋蟀》中说:

　　蟋蟀在堂,岁聿其莫(暮)。今我不乐,日月其除。无已太康,职思其居。②

第二章言"岁聿其逝""日月其迈",第三章言"日月其慆""职思其忧。"《唐风·山有枢》中说:

　　子有衣裳,弗曳弗娄。子有车马,弗驰弗驱。宛其死矣,他人

---

① 《鲁迅全集》第3卷,人民文学出版社1981年版,第511页。
② 朱熹《诗集传·唐风·蟋蟀》注:"除,去也。太康,过于乐也。职,主也。"其解释诗义云:"而言今蟋蟀在堂,而岁忽已晚矣。当此之时而不为乐,则日月将舍我而去矣。"

是愉。

第二、三章说廷内、钟鼓、酒食之乐。又《秦风·车邻》说：

  今者不乐，逝者其耋。

也都表现了惜时叹老、人生苦短的思想情绪。至于如曹操这类英雄人物或政治家因壮志难酬而叹时光易逝的思想，也同样在春秋时代作品中即可看出。《尚书·秦誓》中说：

  我心之忧，日月逾迈，若弗云来。

屈原的《离骚》中也说：

  日月忽其不淹兮，春与秋其代序。惟草木之零落兮，恐美人之迟暮！
  忽驰骛以追逐兮，非余心之所急。老冉冉其将至兮，恐修名之不立！

一般文人也会因一事无成而产生这种感慨。如宋玉的《九辩》中说：

  岁忽忽其遒尽兮，恐余寿之弗将。悼余生之不时兮，逢此世之狂攘。

又《悲回风》中说：

  岁曶曶其若颓兮，时亦冉冉而将至。薠蘅槁而节离兮，芳以歇而不比。

看来这种"人的觉醒"在先秦时代已经发生了。

也有些学者主张文学的自觉在汉代,或确定在汉武帝时代。这自然是有一定道理的。因为事物的发展总是曲折的,复杂的,并不是各方面按比例齐头并进。这一方面前进了,也可能在另外一方面又后退了;另外方面发展了,前进了,说不定在这方面又因某些原因而后退了。汉代文士的兴起,经生的文士化,汉赋创作上取得的成绩等都表明汉代文学在观念上确实在某些方面有较大的发展。但是,汉代在中央集权制和"独尊儒术"思想的统治下,西汉赋基本上成了为统治阶级歌功颂德的东西,作为汉赋代表的骈辞大赋主要以宫苑、田猎、巡幸为题材。当然,这些赋反映了大汉帝国的统一强盛,体现了一种积极向上的精神,但它对社会的反映不够全面。也有些文人抒怀之作,但多用骚赋的形式,继承了楚辞的传统,而且在西汉时代,这个声音是很微弱的。从这个角度说,正是在西汉时代文学方向有些迷失。可以说,汉代文学到了西汉、东汉之间这段时间才有所清醒,到建安时代才完全振作起来。而且像司马相如赋那样的作品,先秦时代宋玉的《高唐赋》《神女赋》《风赋》《钓赋》是绝对可以与之相比的。

就衡量文学是否自觉的一些关键因素说,先秦时代已经具备,有些地方似乎比汉代还强一些。

首先,从创作观念上说,屈原继承和发展了传统的"诗言志"的理论,提出"发愤抒情"说,明确摆脱一切思想的桎梏,以抒发个人情感为目的。这比起汉代依附于王侯,尤其以帝王生活、朝廷活动为中心,"劝百讽一"或歌功颂德的创作主流来,显得清醒得多。

其次,西周末年诗人尹吉甫、召穆公、张仲、南仲等人有大体一致的创作主题和创作风格,有时在宴饮中赋诗,也有互相赠诗的情况,实际已形成了作家群。① 至战国之末,屈原及宋玉、唐勒、景瑳、庄辛等,也形成了一个创作流派和作家群。宣王功臣之间的互相赠诗,景瑳等

---

① 参拙文《周宣王中兴功臣诗考论》,刊《中华文史论丛》第55辑,上海古籍出版社1996年12月。

通过作品表示对屈原的怀念,表现了同时代作家创作上的交流与对前辈作家精神与作风的继承。这些都反映出文学创作上的自觉。

第三,先秦时代产生了大量的文学作品。《诗经》《楚辞》《左氏春秋》和《国语》中的《晋语》《吴语》《越语》这些生动的讲史,屈原、宋玉的辞赋,《韩非子》中《储说》《说林》所收大量寓言作品,不仅说明当时文学创作的成就,也反映了文学体裁意识的增强。前面已经谈到,《诗经》一书用了二级分类的方法;《国语》中也只收两类作品:一类为古代相传嘉言善语,一类为讲史的故事——这些都是瞽史讲诵的内容,诗歌和其他纯粹历史文献不在其中。《韩非子》中的《储说》因其篇幅太长,分为内外、左右、上下,其实是一部书,所收全为寓言故事。其开头将各篇以提要形式编目,以便记忆检索,是后代目录学之始。这当中也没有诗歌、散文、讲史之类,则其体裁观念十分明确。从这些方面来说,先秦时代的文学是自觉了的。尤其屈原的《离骚》,李泽厚先生在《美的历程》一书中说:

> 《离骚》把最为生动鲜艳,只有在原始神话中才能出现的那种无羁而多义的浪漫想象,与最为炽热深沉,只有在理性觉醒时刻才有的个体人格和情操,是完满地融化成了有机整体。由是,它开创了中国抒情诗的真正光辉的起点和无可比拟的典范。①

这样的作品如果说是在文学尚未自觉的情况下完成的,无论如何是说不过去的。李泽厚先生也说,诗中表现的个体人格与情操,是"只有在理性觉醒时刻才有的"。

第四、先秦时代也产生了一些有关文学尤其是关于诗学创作、批评、接受的理论。有的学者说先秦之时没有文学理论方面的著作。关于这种现象形成的原因,上文已经说过。不过,先秦之时也不是完全没有关于文学的著作。《诗大序》过去被认为完全是汉人的观念。上

---

① 李泽厚《美的历程》,中国社会科学出版社 1984 年新 1 版,第 84 页。

博简中的《孔子诗论》,则无论如何总是春秋末年所传。由之想到《礼记·乐记》,原二十三篇,今存十一篇,看来本是一部篇幅不小的论乐的专著,其中有些问题同诗歌的创作、欣赏、批评等有关。中国古代认为诗同音乐关系最大,这是中国古代诗歌的抒情性质所决定的。

由于以上的原因,认为屈原的时代中国文学尚未自觉,是说不过去的。

我们这样说并不是主张中国文学的自觉就在战国之末。文学的自觉并不像某一种政治行为,宣布从某年某月某日"已进入某某新时代",在权力范围之内大家便都承认进入到了这个"新时代"。文学的发展是由很多作家在相当长时间中持续的创作活动,由很多理论家、思想家的持续探索和理论建树体现出来的,这些都有一个在前人的基础上不断发展、推进的问题。所以,这个由不自觉到自觉的时间较长,我们认为是从西周末年至战国末年这段时间完成的。

由于中国文学从西周末年开始逐渐走向自觉,所以在这个阶段中关于文学尤其是诗学的方面提出了不少十分深刻的见解。两千多年来中国文学发展的历史证明,这些见解虽然不是通过长篇大论的论证提出的,却接触到了一些基本的理论问题,其观点十分深刻,也产生了深远的影响。我们只有在全面整理先秦时代有关文学思想、文学理论、文学批评资料的基础上,认识先秦时代文论的体系。我们认为先秦各家的文学思想各有特色,在某些方面看来有时是两家针锋相对,但其实在基本范畴和基本体系上是有共同性的。

关于先秦时代文论材料的钩稽,自陈钟凡先生以来,郭绍虞、方孝岳、罗根泽、朱东润、傅庚生等先生都作过一些工作,只是未编著成书,而只体现在他们的著作中。罗根泽先生在其《中国文学批评史·序》中说,他是"先辑《文学批评论集》,再作文学批评史"。其他学者也应一样。不从经、史、子、集各种书中钩稽有关论述,史的工作便无法进行。虽然后继者对此前学者所辑有所承袭,但也必然有自己的发掘与阐释,不然就不会有新的拓展和推进。第一次系统辑录并出版的先秦文论,是郭绍虞先生主编的《中国历代文论选》(三册,上册由中华书局1962年1月出版)。后郭先生又同王文生先生一起增订为四册(第一册为先秦至南北朝部分,上海古籍出版社1979年8月出版)。张少康、卢永麟先生编选的《先秦两汉文论选》(人民文学出版社1996年5月出版)则总结数十年来先秦文论、文学批评研究的成果,在辑录的数量上大大超过了前者。这部书继顾易生、蒋凡先生《先秦两汉文学批评史》(上海古籍出版社1990年4月出版)一书问世,进一步推动了先秦文论、文学思想、文学批评的研究。

先秦时代是中华民族精神的形成时期,也是中国文学理论的奠基时期。我国传统文论的基本特征和一些基本范畴、基本概念,有的是先秦时期形成的,有的则是从先秦艺术、哲学、军事学等有关理论、概念发展演变而来。我们要建设中国自己的文学理论体系,必须弄清我国古代文学批评、文学理论、文学思想的状况及其根源流变;而要弄清这些,就得对先秦有关文学批评、文学理论、文学思想的状况有全面的了解。因此,我们决定编一部"先秦文论全编",并对所收材料全部加以注解,尤其对牵扯到文艺问题的词语、概念详加辨析,所以,名之为《先秦文论全编要诠》。在我们的书编成之后见到福建师大郭丹先生主编的《先秦两汉文论全编》(江苏教育出版社2001年3月出版),其所收范围同张少康、卢永麟先生的《先秦两汉文论选》基本一致,而篇幅较之略小。我们觉得还是有必要将我们的东西奉献出来,供学界朋友参考。

关于文论材料的辑录,看起来是抄现成的东西,其实也反映着辑录者的思想、看法。除了那些明显论述文学理论、文学阐释、批评及反映文学思想的文字之外,有些材料因为辑录者的观察角度不同、理解不同,取舍上也会有所不同。所以,尽管本书力求搜罗齐全,无所遗漏,但也有他书录而本书不录、他书全录而本书加以删节者。在主观上,我们一方面力求其全,另一方面希望它更为精粹。

虽然我们在体例、选文、说明、注释等方面都尽了努力,但肯定还有错误和不足之处,希望得到学界同仁的批评指正。

(原载赵逵夫主编《先秦文论全编要诠》上册,人民文学出版社2010年版)

本乎天籁，出于性情
——《庄子》美学内涵再议

以往的一些诗学论著很少提到庄周或《庄子》一书。论及先秦一段，在《尚书·尧典》的"诗言志"说之后，便是儒家的诗教，如孔子的"兴观群怨"，孟子的"以意逆志""知人论世"，荀子的"言志""明道""中和"之美，《礼记》的"温柔敦厚"等，有的也谈到屈原的"发愤抒情说"。似乎《庄子》中无诗歌理论可言。叶维廉的《中国诗学》中有一篇《言无言：道家知识论》，有相当的篇幅论庄子，其中的另一篇《秘响旁通：文意的派生与交相引发》也提到庄子。但从其题目就可以看出，其讨论的范围不是中国古代诗学的核心问题。可以说，我们对《庄子》和中国诗歌理论发展中的一些关键问题，尚缺乏较深入的认识。

一、"天籁"指人自由、自然地表达情感

《庄子·齐物论》开头一段，是一篇精彩的"风赋"，又是一段重要的诗论文献。其中有对风的生动描写，也含有深刻的哲理，尤其在对诗歌起源与诗歌本质的认识上反映了十分深刻而精辟的见解。《齐物论》开篇曰："南郭子綦隐机而坐，仰天而嘘，荅焉似丧其耦（偶）。"对此，他的弟子颜成子游有些不解，便问是怎么回事。他首先肯定颜成子游问得好，然后说：

> 今者吾丧我，汝知之乎？汝闻人籁而未闻地籁，汝闻地籁而

未闻天籁夫!①

颜成子游问其中的道理,南郭子綦便有了那一段风来之后山崖、大木之万千窍穴"似鼻、似口、似耳、似枅、似圈(杯圈)、似臼、似洼者,似汙(浅水池)者"皆号呼相应的绘声绘影的描述。然后他说:"泠风(轻风)则小和,飘风(旋风、暴风)则大和。厉风济(烈风过去),则众窍为虚。"颜成子游听了半天,仍然糊里糊涂,所以又问:"地籁则众窍是已,人籁则比竹(笙箫之类)是已,敢问天籁?"南郭子綦说:"夫天籁者,吹万不同,而使其自已也,咸其自取,怒者其谁邪?"②这是说,虽嘘气产生的声音有差别,但若是因人自身的感受而发,鼓动其发声的还有别的什么吗? 只有自然而已。因称为天籁。

关于《庄子》中这段文字,除训诂上有些问题有的人尚未弄清外,③因为文中南郭子綦始终未正面说"天籁"是什么,所以,学者们对这段文字的种种推测,均未得其解。如郭象在"吹万不同,而使其自已也"下注云:"此天籁也。夫天籁者,岂复别有一物哉?即众窍、比竹之属,接乎有生之类,会而共成一天耳。"以为"天籁"是指"众窍"(即《庄子》中所谓"地籁")、"比竹"(即《庄子》中所谓"人籁")两类,只是因为它们同有感受能力的"有生之类"结合而"共成一天",所以又统称为"天籁"。马其昶《庄子故》云:"万窍怒号,非有怒之者,任其自然,即天籁。"④以为地籁非由外物激发,而是"任其自然",所以又称作"天籁",以"天籁"和"地籁"为一回事。如果按上面这两种说法,南郭子綦就不会说"汝闻地籁而未闻天籁夫",因为地籁本来就是自然形成、自然进行、自然起止的。如果庄子是从"任其自然"方面言,就不会既提出"地籁",又提出"天籁"。再者,人籁(笙、箫、琴瑟之类)虽然乐器是人加工

---

① 本文所引《庄子》原文及郭象注据王孝鱼整理郭庆藩《庄子集释》(中华书局1961年第1版)。
② 此处原无"天籁者"三字,依王叔岷《庄子校释》,据《世说新语》注补。
③ 如"枅",通"钘",音"形",一种长颈酒瓶。陆德明注为"柱上方木",至今仍多从之者。
④ 马其昶《庄子故》卷一,光绪三十一年集虚草堂刊本。

而成的，多按曲调演奏，但也有任情而成乐者，这种情况究竟算人籁还是算天籁？所以，上面这两种解释都是难以成立的。

实际这个问题《庄子》文中说得很清楚："地籁则众窍是已，人籁则比竹是已。"不能把它们同天籁混为一谈。钟泰《庄子发微》以为"凡怒皆天机之动也""怒者其谁也"的"谁"指"天"。① 钟论虽同样以为"天籁因不在地籁外，亦不在人籁外"，但认为"谁"指"天"，却包含了部分真理。

我以为，文中此处南郭子綦说颜成子游"闻人籁而未闻地籁，闻地籁而未闻天籁"，是针对颜成子游就他"仰天而嘘，荅焉似丧其耦"的发问而言的，要弄清庄子所说"天籁"的意思，首先要知道庄子为何要提出"天籁"的问题，其次，要弄清庄子区分"人籁""地籁""天籁"的目的何在。这就是说，一要结合其说话的背景来考察，二要从这段文字整体的叙述中去考虑其"人籁""地籁""天籁"各自所指。这里说的所谓"天籁"，是指人的情感和精神的自由、自然的表达。它与地籁不同的是：它是就人而言，非就山林之窍穴而言；和人籁的不同是：它是人感于外物或基于自身生存状况的自然发声，不同于根据乐调用乐器吹奏的乐曲。如南郭子綦的"仰天而嘘"，是由于自身生理、精神和情感上的感受而自由抒发。这即是"天籁"。所以《庄子》本篇在"大知闲闲"以下一段讲人的精神活动与言语的关系，讲"人之情"："喜怒哀乐，虑叹变慹，姚佚启态"，"日夜相代乎前，而莫知其所萌"。并且说："已乎已乎，旦暮得此，其所由以生乎！（刘武《庄子集解内篇补正》解释说：'此者，指上文所发之情也。盖我之生必有情，特情之发当理与不当理耳。'）非彼无我，非我无所取。是亦近矣，而不知其所为使。"据刘武对后数句的解释，"彼，即指情。谓非情则无我"，"言情之所发，既由我之自取，则情之于我，可谓近矣"，"情与我既近，则情之发，我应知其所为始，而竟不之知也"。情发于己，而不知其所由起，这便是真情之完全自然的流露。南郭子綦的"仰天而嘘"正所谓"情之所发"；他的"荅焉

---

① 钟泰《庄子发微》，上海古籍出版社2002年新1版，第30页。

似丧其耦",正所谓"不知其所为使"。

庄子并不否认"情",而且认为"非情无我",只是他反对各种伪情,认为在儒家礼仪束缚下的那种"情"抹杀了人之本性;庄子并不反对声音之美,只是推崇真正的出自人的生理、心理、情绪的自然的"天籁",把它看得比人籁、地籁更高。这同他重视"情"的思想是一致的:他推崇自然之美,因为自然美不含有虚伪造作,但是自然之美本身不能反映人的心情、情绪等生存状况,所以对它还不是十分地关怀与赞赏。实际上人们欣赏的自然之美,都经过观赏者心情与思想的冲洗和渲染。而心情、精神状态与思想则是人生存状况的综合反映。无论高兴时的笑声,悲伤时的痛哭,忧愁时的长叹,还是劳动时的呼喊,痛苦、劳累时的呻吟,莫不如此。这就是"天籁"。"天籁"同大自然之美比较起来,同样没有虚伪造作,而且反映着人生存的状况,比很多充满了华丽辞句或名词概念的诗更能说明问题,更能感染人。

这才是《庄子·齐物论》中这段文字的真正含义。庄子美学、诗学思想的深刻于此可见。

二、天籁反映着人先天形成的最初的对节奏的感觉

《庄子·齐物论》开头两段文字中所表现的诗学思想不止于此,这两段文字还涉及到了诗歌的本质与诗歌生成的问题。

诗在形式上最重要的因素不是句式,不是韵脚,而是节奏。再优美的散文作品,也不是诗。看来,节奏不仅是音乐的生命,也是诗歌的生命。因为诗本来就是语言艺术和音乐艺术结合的产物。那么为什么节奏在诗歌中具有这样重要的作用呢?要弄清这个问题,先要弄清人的节奏感的形成问题。

节奏感是怎么形成的?今天的学者没有经历从猿到人转变的过程,所以,谈这个问题似乎比谈原始思维还要玄乎。德国艺术史家格罗塞在考察了大量原始民族的艺术之后说:"节奏感无疑也是从原始

的乐器上发展出来的。"①但是,如果进一步追问,操作原始乐器时的节奏感是哪儿来的呢? 则这个答案似乎就又成了问题。研究原始思维可以参照原始民族的思维特征,但探究节奏感的形成用这种办法就未必可靠:原始民族尽管思维水平处在初级阶段,但原始的歌舞艺术则已经过了若干万年,其节奏感应是很早就开始形成的。格罗塞从一些原始民族的乐器演奏有强烈的节奏以及很多歌没有明确的意义而节奏突出这一点,来证明节奏感产生于乐器。细细想来,他这个推论有些本末倒置。

节奏感是如何产生的,我认为这个答案就在《庄子》一书中,具体说来就在上文我们讨论的《齐物论》开头那两段文字中。庄周认为,南郭子綦由于身体、精神、心理的原因自然而然地"仰天而嘘",那便是"天籁"。嘘气之时是要吸一口气,再呼出来,一吸一嘘,成为有节奏的声音。这不是有意而作,是自然而然地发出的。人从自身生命的行为有了一种对节奏的感觉,在听到风声、雨声、水声等之时,才用先验的节奏感去感受它,用已有的节奏模式去迎合或衡量和评判它,或因发生共鸣而感到愉悦,或因其适当的变化之美而感到兴奋,或因不谐调而产生厌恶。所以,对地籁、天籁、人籁的欣赏,归根结底都是以天籁为基础,是在天籁的影响下被感受的。"仰天而嘘",便是天籁的一种。

可以说,"天籁"反映着人先天形成的、最初的对节奏的感觉。

我们说它是先天形成的对节奏的感觉,首先,在我们祖先由古猿向人进化的过程中,其劳动的动作基本上全是二节拍的最简单的动作:用石块砍东西,必是先举起石块,再砍下去,再举起来,再砍下去,持续进行;磨制石器,在将石块放在沙石上必是先压着推出去,再拉回来,再推出去,再拉回来,持续进行;摘果实,必是先伸出手,抓住后再使劲拉回,再伸出,再拉回,如此等等。这些一上一下、一前一后、一来一去、一起一落的动作的反复进行,自然形成对二节拍节奏的深刻感

---

① 格罗塞《艺术的起源》,蔡慕晖译,商务印书馆1984年版,第221页。

受,从而不断地积淀在潜意识之中。

其次,人和所有的陆上动物的最基本的生存方式是走路。古猿在由四足行走变为直立行走之后,走路时总是先迈出一只脚,再迈出另一只脚,反复进行。同时因为掌握重心的原因,左脚抬起时身体自然会向右倾,右脚抬起时身体自然会向左倾,所以人对这种二节拍运动节奏的感受是很深的。由此看来,人对二节拍节奏的感觉是与人类的产生同时形成的。

再次,人的心脏的跳动也是二节拍的。据医学科学家说,婴儿在母体中是能感受到母体心脏的跳动的。由这点说,在人类产生前的猿人已经有了这种潜在的二节拍感的节奏感。

中国最早的诗歌是二言的。二言诗就是每句诗由两个音节组成。《吴越春秋》卷九《勾践阴谋外传》载黄帝时《弹歌》一首:"断竹,续竹,飞土,逐肉。"《吴越春秋》编成虽在东汉时代,但其中有些很早的传说。正是在这篇《勾践阴谋外传》中记了陈音向越王讲的一段关于楚国早期历史的文字,其中所反映的事实,西汉时人已不太清楚,[①]可证其中一些材料来源甚古。《弹歌》内容反映了原始狩猎的状况:用竹子做成的弹弓弹出土块、石块打猎,生产工具还是很简陋的;所猎究竟为何野兽,不似《诗经·豳风·七月》和《齐风·还》指明为貉、狐狸、狼或貙、豜、牡,而只是说"肉",看来在当时人们的意识上主要是解决吃的问题。从其中所含的文化信息来看,产生时代应是很早的。传说中夏禹时代涂山氏之女的《候人歌》只有一句:"候人兮猗!"(《吕氏春秋·音初》)除去泛声的语助词"兮猗",也是一句二言诗(大约是原歌中开头或结尾的一句)。《弹歌》如依此诗之例加上"兮猗",便是:

　　断竹兮猗,续竹兮猗!
　　飞土兮猗,逐肉兮猗!

[①] 参拙文《屈氏先世与句亶王熊伯庸》,刊中华书局《文史》第25辑,收入拙著《屈原与他的时代》,2002年人民文学出版社第2版。

《吕氏春秋·音初》所载有娀氏之歌:"燕燕,往飞!"实际上也是二言诗(先秦古韵"燕""飞"韵相近)。《周易》中有些二言的歌谣,如:

> 屯如,邅如,乘马,斑如。匪寇,婚媾。(《屯·上六》)
> 贲如,皤如,白马,翰如。匪寇,婚媾。(《贲·六四》)
> 突如,其来如,焚如,死如,弃如。(《咸·九四》)
> 得敌,或鼓,或罢,或泣,或歌。(《中孚·六三》)

从这些歌谣的内容来看,其产生时代也应是很早的。《周易》中很多卦爻辞来自长久流传的歌谣,是没有问题的。有的学者认为从《周易》中辑出一些短诗是以卦爻辞充诗,乃非通人之论。

二言诗经历了一段时间之后,由于语言和人们思维的发展以及生活内容的丰富,慢慢向四言过渡。《孟子·滕文公上》引尧时的一段格言:

> 劳之,来之,匡之,直之,辅之,翼之,使自得之,又从而振德之。(末句中"从而"二字当是叙述人所加。)

其中二、四言混合,反映了由二言向四言过渡的情况。《周易》中也有此类例子。《诗经》基本上为四言诗,但其中有些诗句,也反映出由二言到四言转变的痕迹。如《诗经·大雅·生民》为周人祭祀祖先后稷之乐歌,其产生时代应该很早,经过长期流传,被加工补充,大约在周初写定。其中的"实方实苞"以下四句,如读作"实方,实苞;实种,实褎;实发,实秀",也并无不可(该诗中此类例子还有)。只是因全诗基本上为四言,所以一般都四字连读。由这些看来,我国上古诗歌最早为二言,在此基础上产生了四言,然后才有三言、五言、六言、七言等及杂言句出现。

在我国古代诗歌发展史上,三言句式的出现是一个重要的里程碑,因为它是在句式上突破人由于生理上的原因自然形成的节奏感,追求一定程度上的变化而产生的。有了三言句,五言、六言、七言等也便相继产生。这是另一个问题,此处不多谈。

由此看来,我国上古时代的二言诗是与人先天的节奏感,与人的生理、人的基本活动节奏相一致的。南郭子綦"仰天而嘘,荅焉似丧其耦",这种长嘘,是人血气运行中生理协调的需要,也是当时精神状态的自然表现。那么,《庄子》所说的"天籁",其本意自然包括一切基于人生理、心理的实际状况而发出的声音。

诸家对原文"天籁"的其他解释,都是只见树木、不见森林的猜测,因而包含在这两段文字中的诗学思想,也被掩盖了起来。

三、庄子的"天籁说"的"情"不仅出于个人精神状态,也同个人生存状态有关

中国传统诗歌的特质是抒情。中国古代汉语地区没有很长的以叙事为特征的"史诗"。《诗·大雅》中的《生民》《公刘》《绵》《皇矣》《大明》五首,很多学者称之为"周人史诗",是想尽可能找出几首稍微相近的诗来填补这个"空白"。似乎古希腊有《伊利亚特》《奥德赛》,印度有《罗摩衍那》《摩诃婆罗多》,中国没有便显得不够辉煌。其实,《诗经·大雅》中的这几首诗并不相互衔接,句式、结构上也不完全一样。它们是祭祀时所唱,其主旨在于抒发对先祖的崇敬之情。除了出现较晚的傣族史诗《厘俸》,藏族史诗《格萨尔王传》,蒙古族史诗《江格尔》,流传在湖北的《黑暗传》,流传在江苏的《五姑娘》和其他流传在北方、西北、西南少数民族中的一些叙事诗(都产生较迟)外,中国古代没有同上面提到的外国史诗大体同时、可以相提并论的史诗类作品。然而,这并不是中国诗歌发展的不足,而正反映了中国诗歌创作的正确选择,因为用诗的形式来表现很长的叙事情节,无论如何是比不上行文自由的散文的。

《尚书·尧典》中提出"诗言志"的观点。正如孔颖达《毛诗正义》在《诗大序》部分所说:"言作诗者,所以舒心志愤懑,而卒成于歌咏。

故《虞书》谓之'诗言志'也。包管万虑,其名曰心;感物而动,乃呼为志。志之所适,外物感焉。言悦豫之志则和乐兴而颂声作,忧愁之志则哀伤起而怨刺生。《艺文志》云:'哀乐之情感,歌咏之声发。'此之谓也。"但是自春秋之时起,儒家诗教的一统天下形成,"志"被作了合于儒家教化意义的诠解。儒家不是完全不言情,但认为人的情应合于儒家礼义的准则,不能超过它们的范围,所谓"发乎情,止乎礼义"(《毛诗序》);孔子也讲"情欲信,辞欲巧"(《礼记·表记》),但他首先是否定一切违背仁、义、礼的言辞,在此前提下要求真实地反映情感。"孔墨之后,儒分为八",孔门弟子、后学的论著中,有的对诗乐抒情的作用更为重视和强调。如《乐记》中就把"志"和"情"结合起来进行了充分的论述。其中说:"凡音之起,由人心生也。人心之动,物使之然也。感于物而动,故形于声。""人生而静,天之性也;感于物而动,性之欲也。"(《乐本》)不但讲音乐同人心的关系,也讲天性。同时,也主张"乐不可以为伪"(《乐象》)。但是,先决的条件是:乐必须合于仁、义、礼与中庸之道。"礼节民心,乐和民声,政以行之,刑以防之。礼乐刑政,四达而不悖,则王道备矣。"(《乐本》)是将乐同礼、刑、政并提,要求"四达而不悖"。这"不悖"不是礼、刑、政迁就乐,而是乐迁就礼、刑、政。荀况继承了这种思想,主张情、志、道的结合,但仍然以"道"为衡量文艺之是非得失的最基本的标准。虽然庄子主张"天籁"说,屈原张扬"抒情"说,在此后儒家的论著中,基本上仍以"志"为主要内容,以"道"为基本准则;有时就明确提出"载道"的主张,把文学看作宣扬某种思想的工具。当然,在文学创作流于形式主义的时候,提出"载道"的口号,有扭转流弊的作用,但从文学发展的总的趋势来说,是不利作用为大。庄周完全以情的抒发为目的,这种情不仅出于个人精神状态,也同个人生存状态(饥、饱、寒、暖、疾、健、劳、逸等)密切相关,是不受儒家主张的礼教之类的制约的完全自由的抒发。这在儒家思想长期禁锢着文人的封建社会中,其意义是非常之大的。

有的人以为庄周反对仁义,否定礼乐,对社会表现出冷漠的态度,是不重视情的。其实恰恰相反,正由于他重视人情,强调保持真性情和重视真情的抒发,才强烈反对儒家的仁、义、礼、乐,认为这些东西扼杀了人的真性情,是虚伪的东西。《庄子·骈拇》反复批判曾参、史䲡"擢德塞性以收名声",及师旷等以五声、五色、五味的教条抹杀自然之美,宣称"彼至正者,不失其性命之情",主张"任其性命之情",做到"臧于其德""自闻""自见"。这不是同《齐物论》中南郭子綦的"仰天而嘘,苔焉似丧其耦"完全一样吗?"任其性命之情",这是庄周同儒家所说的"情"的根本不同之处。所以陈子龙在《谭子庄骚二学序》中在肯定了屈原为"甚不忘情者"之后说:"夫庄子勤勤焉欲返天下于骊连、赫胥之间,岂得为忘情之士?"[①]屈原在庄周之后发出了"发愤以抒情"(《楚辞·九章·惜诵》)的呼喊,他说:"怀朕情而不发兮,余焉能忍与此终古!"(《离骚》)在诗歌创作领域明确揭起了"抒情说"的旗帜,他的全部创作都是这种主张的实践。但追溯屈原"发愤抒情说"的根源,实在《庄子》。因为儒家的诗教是主张"哀而不伤""怨而不怒"的,而屈原则正由于此而受到后世有的学者的批评。这是以前学者们所忽略了的。

(原载《文艺研究》2006 年第 3 期)

---

① 陈子龙《陈子龙文集·安雅堂稿》卷三,华东师范大学出版社 1988 年版,第 76 页。

论《史记》的讽刺艺术及其对《儒林外史》的影响

一、"实录"精神与"刺讥"

司马迁在《太史公自序》中引孔子的话说:"子曰:'我欲载之空言,不如见之于行事之深切著明也。夫《春秋》,上明三代之道,下辨人事之纪,别嫌疑,明是非,定犹豫,善善恶恶,贤贤贱不肖,……王道之大者也。'"①司马迁认为,孔子著《春秋》,其目的是要褒善贬恶,"明三代之道,辨人事之纪";其方法则是不"徒立空言",而要"附见于当时所因之事"。② 同时,司马迁在《自序》中还清楚地表明自己要继孔子而著史。我们从对《史记》的具体分析中可以看出:他写《史记》确实是继承了古代史家的"春秋笔法"的。

在司马迁的那个时代,要真实地反映历史,作到实录,主要还是怎样反映与统治阶级有关的事实的问题。因为小百姓中虽有可贬者,但无关乎天下兴亡。可褒者甚多,但由于时代的局限和史官的阶级局限,认为他们没有资格被著之竹帛、传之后代;司马迁在《史记》中写了陈胜吴广这些农民起义领袖及卜医游侠之类,已经是大大打破了旧史书的藩篱,是十分了不起的事了。写这些人的篇幅并不多,如果不是

---

① 《史记》,中华书局 1959 年版,下同。但下面所引有几条的标点我根据文意有所改变。

② 《史记·太史公自序》司马贞《索隐》。

直接妨害了统治阶级的利益,史官也不会因此有大的危险。但是,要对上自皇帝,下至王侯将相、亲信官僚有所揭露,那就有大罪了。特别在汉武帝时代,最高统治者要把造成国困民穷的种种事情,都说成是"千载圣功";把对广大人民的残酷剥削和压榨、统治阶级内部的倾轧等等,要尽量掩盖起来。史官要对当时历史如实而录,有所褒贬,就不是很容易的了。司马迁就是在李陵问题上谈了自己的看法,被武帝认为是替李陵辩护(亦即褒),有损于贰师将军李广利(亦即贬),而受了腐刑。但他秉承父志,继《春秋》而著史,把著史看作一项伟大的事业。如果说《春秋》是"王道之大者",那么,《史记》则是要"究天人之际,通古今之变,成一家之言"。① 司马迁对于史官处于被皇帝"倡优畜之"的地位感到耻辱。另外,受了宫刑,对他思想刺激也很深,曾自言"每念斯耻,汗未尝不发背沾衣也"。他发愤著作,决心在写成之后"藏之名山,传之其人",以立名于后世。因此,司马迁虽处于当时的高压政治之下,仍能努力真实地反映历史,在他的书中,常常给帝王将相、皇亲国戚以辛辣的讽刺。"二十五史"自《汉书》以下,没有一部在坚持"春秋笔法"、坚持实录上比得上《史记》的。

司马迁也大大发展了《春秋》褒贬见于行事的手法。他用生动的记述,通过一些典型人物、事件,来表现对善良、正义、光明的歌颂和对凶恶、邪曲、黑暗势力的抨击。这个"见之于行事",不仅仅是写出人物作了什么,说了什么,还写出了怎么作、怎么说以至于行事说话时的表情、语气等等。可以说是写事能引人入胜,写人能惟妙惟肖。所以说,《史记》的褒贬"见之于行事"比《春秋》内容上就丰富得多了。

对最高统治阶级和一切腐朽、落后的东西敢于嘲讽、揭露的精神同具有文学性的生动记叙手法相结合,这就形成了《史记》善于揭露和委婉多讽的特点。《太史公自序》中,曾假设有人非难他写《史记》而辩解说道:"余闻之先人曰:'……《春秋》采善贬恶,推三代之德,褒周室,非独刺讥而已也。'"这是说,《春秋》除了刺讥以外,也有褒,他要学习

---

① 《汉书·司马迁传》引《报任安书》。

褒的一面,光汉家之"明圣盛德"。关于刺讥的一面,他并未直接谈,而实际上正由于他在《史记》中对汉天子多所刺讥,才这样辩说的。《匈奴列传》篇末评语中说:"孔子著《春秋》,隐桓之间则章,至定哀之际则微,为其切当世之文而罔褒,忌讳之辞也。"然后说汉朝对匈奴作战不详查彼己之情,"是以建功不深"。这是"刺武帝不能择贤将相,而务谄纳小人浮说,多伐匈奴,故坏齐民"。那么,前面说的孔子著《春秋》而于当世微其辞,正意味着他在《史记》中对当世也是不能不有所忌讳而隐约其辞的。

《史记》的讽刺是基于实录的基础上的。他不是虚构情节来达到刺讥的目的,而是取人物真实言论和行事中最典型的部分展现给读者。在这里,史学的可靠的资料性和文学的艺术性是统一的。可以说,在《史记》中讽刺是实录精神的一种体现方式。其高超的讽刺艺术对我国后来讽刺文学的产生和发展提供了艺术经验。

二、《史记》卓越的讽刺艺术

《史记》是实录。实录之中,没有比选取人物自己的话来表现人物思想更直接、更准确、更简练的办法了。《史记》中记述人物的一言半语,往往能把这个人物灵魂深处亮给读者。这原因一方面固然在于作者敏锐的观察和辨识的能力,能从一个人的话中听出其弦外之音;另一方面,也在于他善于剪裁和组织,让读者也能听出弦外之音。用人物自己的话来暴露其思想深处卑劣的、令人厌恶的东西,可以说是最绝妙的讽刺。

《高祖本纪》中写未央宫修成后刘邦大朝诸侯群臣之时,手捧玉杯,为他老父祝福,说:"始大人以臣无赖,不能治产业,不如仲力,今某之业所就,孰与仲多?"一成了皇帝便与兄弟比富,向老父夸耀,对父亲当年批评其"无赖"仍耿耿于怀,正表现了其无赖性仍然未退。联想到《项羽本纪》中写的,当项羽把刘邦的老父放在俎上准备烹时,刘邦向项羽说的:"吾翁即若翁,必欲烹而翁,则幸分我一杯羹。"两相对照,可以设想：不知他向他父亲夸耀时是否忘记了向项羽说过的这段话？《叔孙通列传》中写叔孙通建议制礼仪，刘邦说："可试为之，令易知，度吾所能行为之。"叔孙通集百余儒生演习成功后，让刘邦看，刘邦看后说："吾能为此。"至长乐宫修成，群臣也已依礼演习过了，岁首献礼，文武百官分列殿下，礼官引诸侯以下依次朝贺，上下莫不振恐肃敬，俯伏抑首。"于是高帝曰：'吾乃今日知为皇帝之贵也'。"如果是一般的叙述，刘邦第一次说的话可不记，只用"许之"或"以为可"就成了。第二次所说"吾能为此"，也可不引原话。作者把三次所说都简要录入，就更显出这个不学无术、带点无赖习气的开国皇帝在尝到了当皇帝的甜头之后得意忘形的神情。

《吕后本纪》在叙述了吕后违刘邦非刘氏者莫王的盟约封诸吕为王，又自己称制等事之后，写了一件事："己丑，日食，昼晦。太后恶之，心不乐。乃谓左右曰：'此为我也。'"古代认为昼晦是因为当国者其行有违天意，故天显不祥以惩戒。司马迁记吕后说的"此为我也"一句话，事实上就表现了吕后明知有违众愿，乖乎天意，但不肯回头，对天也"恶之"，是一个倒行逆施的野心家。这里，如果司马迁是记了别人借以讽谏的事，或作者直接发表议论，而不是记了吕后自己的话，那就没有讽刺的味道，揭露也没有这样深刻了。

《封禅书》中写武帝封方士少翁为文成将军，后这"文成将军"又写帛书喂给牛，说牛"腹中有奇"。杀牛取出书来，武帝认得字迹，经查问知是欺骗，便杀了少翁。后来又来了一个口气更大、手段更高的方士栾大，一席话又把武帝说得神魂颠倒。最后栾大说："然臣恐效文成，方士皆奄口，恶敢言方哉！"武帝撒谎说："文成食马肝死耳！"一个"厉威武""攘四夷""广土斥境"欲功盖千秋的雄主，这时却为了长生的目的向一个方士撒谎，叫人感到好笑。司马迁就这样用人物自己的嘴，揭露出他们让人感到可恨、可厌、可笑的地方。真实，简练，幽默，耐人寻味，表现了作者高超的讽刺才能。

《史记》人物传记中写了一些细节，似乎是闲笔，其实也寓有作者的深意。司马迁曾到一些历史人物和汉代王侯将相的故里及他们活动过的地方去访求遗事,搜集到大量活生生的第一手资料。他在这些丰富的资料中选取最能反映人物思想面貌的情节,写入人物本传或别人的传中,正是要因事见义,我们决不能以为不过是随意写到罢了。其中对汉代最高统治者的一些细节的叙述,更是巧妙组织,回环照应,表现了作者行文中灵活多变的章法和卓越的讽刺才能。

《楚元王世家》中写刘邦封他大哥的儿子为"羹颉侯"。如果司马迁没有作别的交代,我们就只能根据《括地志》知道"羹颉"是一个山名,"在妫州怀戎县";至于为什么偏偏取这个山名为爵号,就不得而知了。然而,司马迁在写封侯事以前,先写了刘邦发迹前一件事:刘邦常领了他的朋友到寡居的大嫂那里去吃饭,他嫂嫂讨厌起来,有一回便故意用勺刮得锅边响。那些朋友以为没有羹了,便都散去。结果刘邦发现锅内还有羹,便对他嫂嫂心怀怨恨。这下面才写:"及高祖为帝,封昆弟,而伯子独不得封。太上皇以为言,高祖曰:'某非忘封之也,为其母不长者耳。'于是乃封其子信为羹颉侯。"因为有前面的交代,我们看到这里就要很好地玩味一番:他封他大哥的儿子为"羹颉侯",到底是讽刺了他嫂嫂非长者,还是记了自己的无赖行为?这种巧妙的讽刺,看不出作者主观的态度与感情,实际却入木三分。《高祖本纪》中写刘邦未发迹时曾怀疑自己是所谓"有天子气者",避秦朝的搜索藏在芒砀山中,吕雉找见了他以后,"高祖怪,问之。吕后曰:'季所居上常有云气,故从往,常得季。'高祖心喜。"这"心喜"二字是司马迁的用笔所在。当我们读到后面诸将尊他为皇帝时,他说:"吾闻皇帝贤者也,空言虚语,非所守也,吾不敢当皇帝位。"群臣坚意劝立,"汉王三让,不得已,曰:'请君必以为便……便国家……'甲午,乃即皇帝位汜水之阳"。分开来看,前一件事写其神异,后一件事写其自谦,但联系起来看,就表现出了刘邦的虚伪。《汉书·高祖本纪》本之《史记》,但记此事删去了"汉王三让,不得已"几字,是班固也看出了司马迁讽刺的意味。

《吕后本纪》中写吕后唯一的儿子孝惠帝死了,"发丧,太后哭,泣(泪)不下"。张良之子张辟彊看出了其中的原因:她不是怕大臣不忠于刘氏王朝,而是要从忠于刘氏王朝的大臣手中把权夺过来,掌握在自己和娘家人手中。丞相拜吕后的几个侄儿为将,让其娘家一些人居中用事以后,"太后悦,其哭乃哀"。哭而不下泪,"哀"而同"悦"联系在一起,这个讽刺是多么的辛辣!

《封禅书》写方士们都拿黄帝封禅不死的谎言为说,有的甚至把黄帝上天的情景描述得清清楚楚,如同亲见,弄得武帝一而再、再而三地派人入海求仙,又各处看神人之迹,几次亲祭。后面写了一件小事:"其来年冬,……乃遂北巡朔方,勒兵十余万,还祭黄帝冢桥山,释兵须如。上曰:'吾闻黄帝不死,今有冢,何也?'或对曰:'黄帝已仙升天,群臣葬其衣冠。'"下面再没有写武帝的反应,看来是又相信了。本来看到了黄帝冢,方士们便该无话可说,武帝也该省悟,但一有人巧言支吾,武帝便又深信不疑。司马迁通过这件事,表现了武帝似乎清醒,而终究糊涂的头脑。这同安徒生的童话《皇帝的新衣》可以说是异曲同工。

以上所举是有关当时最高统治者的,因而都是零星片断文字。《史记》中也有讽刺比较集中的传记,最突出的要算《万石张叔列传》。

《万石张叔列传》开头较细致地写了石奋得官的由来:"高祖与语,爱其恭敬,问曰:'若(你)何有?'对曰:'奋独有母,不幸失明,家贫。有姊,能鼓瑟。'……于是高祖招其姊为美人,以奋为中涓,徙其家长安中戚里,以姊为美人故也。"指出了他的最初得官并非有什么功劳,不过是姐姐被招为美人。其后石奋与其四子皆官至二千石,汉景帝号之为"万石君"。是不是虽起初未尝建有功劳,但他们父子却有实际能力呢?我们看传中所记他们父子的事迹吧。石奋每过宫阙门,都要下马趋过(表示恭敬的姿态);看到天子的马,也要两手扶轼,毕恭毕敬;皇帝给他赐食到家,他一定要低头趴着身子吃,如同在皇帝面前一样;子孙中有做小吏的回来看他,他也要穿起朝服来接见,等等。司马迁说:"万石君家以孝谨闻乎郡国,虽齐鲁诸儒质行,皆自以为不及也。"有关国计民生大事的,传中一件也没有写到。再看司马迁写石奋的大儿子石建的事迹:

> 建老,白首,万石君尚无恙。建为郎中令,每五日洗沐,归谒亲,入子舍(指侍者住的小房间),窃问侍者,取亲中裙厕腧(他父亲的衬裤衬衫之类),自身洗涤,复与侍者,不敢令万石君知,以为常。①

家有二千石者五人,奴婢不知会有多少,而作为一个朝臣于国家多事之秋所取得荣宠者,就靠这些事情!传中还写他过分小心的情况:

> 书奏事,事下,建读之,曰:"误书!'马'者与尾当五(就篆字言),今乃四,不足一,上谴死矣!"

杨树达先生说:"按《艺文志》云:'吏民上书,字或不正,辄举劾。'知汉廷本有正字之法。然亦何至谴死,此言建之过慎也。"②通过这两件事,一个尸守禄位、患得患失、极端谨慎小心的庸官形象便跃然纸上。再看小儿子石庆:

> 庆为太仆,御出,上问车中几马,庆以策数马毕,举手曰:"六马。"

司马迁说:"庆于诸子中最为简易矣,然犹如此"。然而,就是这样一个呆子式的人物,后来也官至丞相,死后还被谥为侯。司马迁指出石庆"文深审谨,然无他大略为百姓言"。在那个时候,有大略为百姓言者如萧何,虽"素恭谨",也还是备受猜疑,下廷尉,受械击。至于其他,文

---

① 厕腧,裴骃《集解》引晋灼说:"今世谓反闭小袖衫为侯腧。厕,此最近身之衣也。"又引其他几种说法:徐广以为"厕腧谓厕溷垣墙",又以为即"厕窦","泻除秽恶之穴也"。孟康以为"厕,行清;腧,行中受粪者也"。清郭嵩焘《史记札记》卷五下以为裴骃所引徐广、苏林、孟康之说近是,他说:"厕腧,谓行清之上版,凿木为空者也。"即今之马桶。我以为厕腧与中裙(衬裤)并列,晋灼说近是。
② 《汉书窥管》卷五《万石卫直周张列传》。

如司马迁,武如飞将军李广,或受刑,或被迫自杀,哪里有好下场?所以读《万石张叔列传》,不能不令人仰天长叹!然而,在司马迁以后的多少年中,不少人却把石奋父子的言行看作治国齐家的典范,这真是拿了一个极度僵化的头脑,去读《史记》这部"通古今之变,成一家之言"的史书。又有些人虽认为万石君一家之作为不足取,但却以为司马迁在歌颂他们。明代吴国伦根据这篇列传所记事实,指出万石君一家特别是石庆作为丞相没有尽到职责,接着说:"故史颂其朝服见小吏,吾则谓其近于亵;史颂其居官为父浣涤,吾则谓其近于矫;史颂其误点画惧罪至死,吾则谓其近于琐;史颂其数马车前,吾则谓其近于谀;史颂其家人醇谨,世称其名,吾则谓其拘挛龌龊,阉然乡愿之行。"①这实在是对司马迁的冤枉。清代学者牛运震在其《史记纠谬》中,就说得比较正确:"太史公叙万石君、张叔等,处处俱带讽刺。"不过,是不是司马迁写这篇列传目的就是要讽刺万石君一家呢?大概不是。我认为写这些无能力而荣宠一生的人,是要让后人知道当时的朝廷到底重用怎么样的人,在当时怎样作官才能久安无事。看起来是刺万石君一家,实际上是刺当时的最高统治者。

清代杰出的思想家顾炎武说:"古人作史,有不待论刺,而于序事之中即见其指者,惟太史公能之。"②这是对司马迁在实录的原则下,借助于选材、剪裁、组织等手法,通过生动地记叙进行讽刺的艺术特点的很好说明,我们看《史记》写到一些人物时,有时本传中正面写,在旁人传中却把另一面亮一亮,让人们看到这个人的全面;有时前面正面写,后面却从另一件事上让人们联系去看透其实质;有时叙一件事看不出褒贬,借另一人物的嘴却一语道破;有时把口里说的和实际作的先后写出,暗暗对照,等等。正如吕祖谦所说:"太史公之书法,岂拘儒曲士能通其说乎?其指意之深远,寄兴之悠长,微而显,绝而续,正而变,文见于此而起意在彼,若有鱼龙之变化,不可得而纵迹者矣。读是书者,

---

① 《史记评林增补·万张列传》引。
② 《日知录·史法》。

不可参考互观以究其大指之所归乎?"①

三、《史记》对《儒林外史》的影响

　　由于《史记》所表现的高尚的史德和卓越的艺术手法,可以说,我国古代很少有正直的作家不读《史记》的。它的实录精神与刺讥手法,给我国一些现实主义作家以极大影响。

　　吴敬梓的堂兄吴檠在《为敬轩三十初度作》一诗中说吴敬梓"涉猎群经诸史函",②平步青《霞外攟屑》卷九说吴敬梓著有"《史汉纪疑》,未成书"。由此可见,吴敬梓对《史记》,是认真研究过的。他的《史汉纪疑》虽未最后写成,但经过这一研究,必然会从《史记》中取得不少东西。当他的生活状况发生同司马迁一样的变化时,这些东西便会引起他思想的共鸣,影响到他对生活的看法。我们来看看吴敬梓同司马迁身世和经历的大概情况吧。司马迁同吴敬梓分别生活在汉王朝和清王朝建立之后经过几十年的休养生息,国势达于鼎盛,而被掩盖着的阶级矛盾和统治阶级内部的矛盾开始尖锐化的时候。吴敬梓同司马迁一样,出身于官僚地主家庭,青年时代都热衷于仕途,而后来思想上受到了沉重打击:司马迁是被处以宫刑,吴敬梓则穷愁潦倒,常常断炊。他们在青年时代都进行过长期漫游,游历了很多地方,这对他们以后深切地观察社会是有帮助的。与他们各自的家庭、交游和遭遇有关,他们二人的思想都接近于儒家,但又表现了一定程度的叛逆精神。在他们的思想上,不同程度地都具有唯物主义因素。由于他们在身世、经历、思想上这些大体相同的因素,就使得吴敬梓对司马迁那种对腐朽的统治阶级和社会恶势力憎恶、对广大劳动人民同情的思想,很容易产生共鸣。

　　委婉曲折的讽刺,是《史记》在艺术上的一个重要特色。鲁迅先生

---

① 《史记评林·读史总评》引《十七史详节》。
② 《泰然斋诗集》卷二。

曾用"婉而多讽"来概括《儒林外史》的艺术风格。他说：《儒林外史》"其文又感而能谐，婉而多讽，于是说部中乃始有足称讽刺之书"。① 亦可见婉而多讽是它们的一个共同特色。

《史记》最可贵的地方就在于它的实录。在汉代，刘向、扬雄等人就认为《史记》"不虚美，不隐恶，故谓之实录"。② 鲁迅先生也用"实录"来概括《儒林外史》的创作方法。他在说到《官场现形记》时说："与《儒林外史》略同。然臆说颇多，难云实录，殊不足望文木老人（吴敬梓）后尘。"③《史记》与《儒林外史》，一个是忠于历史的真实，一个是符合生活的真实，它们分别以史学著作和文学作品的形式真实地反映历史和现实，表现了严肃的现实主义态度。这是它们的又一共同特征。

如果从两书不同之处看，《史记》人物传奇是史学资料，它受到史学著作所要求的反映历史事实必须绝对真实及其特定体例的限制，这是不用说的。如果只就其对抨击对象在反映手段上的不同来说，《史记》中既有讽刺，又有揭露，而用揭露手法的场合要多一些，不像《儒林外史》主要是用讽刺的武器。然而，我们也应看到：《史记》的揭露并不是简单地罗列事实，或者作者直截了当地作评说。它在手法上是十分巧妙的，而且也是同具体、形象的叙述紧密地联系在一起的。比如《封禅书》以大量事实揭露了汉武帝为长生不老多次派人入海求仙，几次大修宫观，大量耗费民脂民膏，弄得民不聊生。但是，文章从记武帝事开始至全文完，没有一句直接批评武帝，似乎只是揭露了方士们的欺骗手段。然而，我们读了这篇记叙生动而又细致的文章，很自然会得出武帝在信方士、求长生事情上显得十分昏昧的结论。讽刺和揭露往往是紧密联系在一起的。一部深刻的讽刺作品，肯定是要揭露出抨击对象的要害。由于有揭露，诙谐的讽刺就显得特别辛辣有力。《儒林外史》中除了讽刺之外，也有揭露，如写酷吏的苛刻，官府衙门的腐败，劳动人民生活的贫困等等。下面我们通过一些具体事例来说明这

---

① 《中国小说史略》第二十三篇《清之讽刺小说》。
② 《汉书·司马迁传赞》。
③ 《中国小说史略》第二十八篇《清末之谴责小说》。

两部书在风格上的相似,说明吴敬梓在概括他所处的时代的人物时,可能也受到了《史记》人物传记的启发,其中有些例子就是属于揭露方面的。

《史记》中也有专写文人的传记。在这些传记中,作者常常给一些无行文人以辛辣的讽刺。如《张仪列传》中,写张仪挨打之后,他妻子说:如果你不读书游说,哪来的这侮辱呢?"仪谓其妻曰:'视吾舌尚在不?'其妻笑曰:'舌在也。'仪曰:'足矣。'"《范雎蔡泽列传》中,说蔡泽虽游说诸侯甚众,而皆不遇,但当唐举相面时说他还有四十三年的阳寿,他得意地对御者说:"吾持粱啮肥,跃马疾驱,怀黄金之印,结紫绶于要(腰),揖让人主之前,食肉富贵,四十三年足矣。"通过这些细节,特别是人物自己的话,把那些为取得禄位而不择手段、靠一张舌头纵横捭阖的辩士生动地描绘出来了。刘知几说:"战国虎争,驰说云涌,人持弄丸之辩,家挟飞钳之术,剧谈者以谲狂为宗,利口者以寓言为主。记载苏秦合纵,张仪连横,范雎反间以相秦,鲁连解纷而全赵是也。"[①]可见,苏秦、张仪、范雎、蔡泽这类人物行为的特点,也是由当时的时代造成的。在诸侯割据、互相攻伐的情况下,一些急于求得禄位的文人靠说辞来打动人主,并且连人格、德行也丧失掉了。战国之后,这种类型的人逐渐少了,但是各个时代都有一些为追求名利而丧失道德的文人,只是都各自披着自己时代的服装,以不同面目出现。明清时代,由于科举制度对知识分子的毒害,产生了同以前不同的一些文人。吴敬梓在他的书中所刻画的匡超人、范进、牛浦郎等,就是这类人物的典型。他们有的在未得意时备尝艰辛、勤劳朴实,取得秀才资格后便开始堕落,吹牛撒谎,忘恩负义;有的一心想着做官,一中了举便惊喜得发了狂,有的盗人书稿,冒人名字在人前卖弄。他们所重视的不再是舌头,而是"制艺"。他们把八股文选本像苏秦对待周书《阴符》一样揣摩,希望从中取得荣华富贵。正由于这样,他们一做官或一中举,便判若两人。明清科举制度毒害知识分子,使有的人丧失了生活

[①] 《史通通释》卷六《言语》。

能力,有的人丧失了灵魂。这在以前的历史上是没有过的。所以,《儒林外史》描绘出了具有鲜明的明清时代特色的知识分子群像。而在对待这些人物的态度和观察现实生活的敏锐性方面,吴敬梓又表现了同司马迁相同的地方。

《叔孙通列传》中写叔孙通揣摩秦二世的心意答话。说了实话的诸生被秦二世问罪,而叔孙通被赐帛二十匹、衣一袭,又被拜为博士。叔孙通借以脱身逃跑,投汉后,发现刘邦不喜欢他穿的儒服,"乃变其服,服短衣,楚制,汉王喜"。(《索隐》引孔文祥云:"高祖楚人,故从其俗裁制。")写了这个大儒投机的一面。当讲到叔孙通徵招鲁诸生三十余人要制礼作乐时,司马迁记了两鲁生说叔孙通的话:"公所事者且十主,皆面谀以得亲贵。今天下初定,死者未葬,伤者未起,又欲起礼乐!……公所为不合古,吾不行。公往矣,无污我!"清末学者郭嵩焘说:"案史公叙叔孙通趋时应变,而推言礼乐之本,借两鲁生之言以发之,不必实有其人也。"①有无其人,或有其人而是否说过这些话,我们不能断定,但司马迁是借"两鲁生"的嘴说了自己要说的话,却是十分明显的。在这篇列传的篇末评语中司马迁又说:"叔孙通希世度务,制礼进退,与时变化,卒为汉家儒宗。'大直若诎,道固委蛇',盖谓是乎?"前几句似乎是赞扬,但后面引了《老子》两句,意思是说,从叔孙通身上看来,那大直的东西,实际上同屈的一样;所谓大"道",本来就弯弯曲曲的吧,不然怎么能够成事呢? 表面上是说从叔孙通的行事中悟出了一点人生的道理,实际上是讽刺叔孙通投机权变。这篇传记中对这个大儒的众弟子也有所表现。叔孙通刚降汉时举荐了一些武人,为的是取得刘邦的赏识和信任。其弟子不明用意,便背地里骂叔孙通。后来叔孙通举荐他们为郎,将刘邦所赐五百斤金也分给他们,"诸生乃皆喜曰:'叔孙通诚圣人也,知当世之要务。'"这语气,这面目,在《儒林外史》中常常碰到。

由于两部书的性质不同,作者所处的时代及作者的阅历等有不

---

① 《史记札记》卷五上。

同,《史记》所刺主要是最高统治阶级及贵族官僚,而《儒林外史》则笔锋所向,尤在士林。不过,《儒林外史》从揭露科举制度罪恶的角度上,也为我们描绘了一些官僚人物的丑恶形象。如书中写的几个酷吏,就表现了同《史记·酷吏列传》同样的抨击力量。

《史记·酷吏列传》中写王温舒任河内太守,捕郡中"豪猾",二三日内,"至流血十余里"。到了春天,因按例不能杀人,他顿足叹道:"嗟呼!令冬月益展一月,足吾事矣!"写定襄太守义纵,到任之日,"报杀四百余人,其后郡中不寒而慄"。《儒林外史》中也有一个王太守,"一到任,定了一把头号库戥",令六房书办将各项余利都派入官,"三日五日一比,用的是头号板子。弄得衙役百姓,都叫苦连天"。"衙门里满是戥子声、算盘声、板子声","合城的人,没有一个不知道太守的厉害,睡梦里也是怕的"。《儒林外史》中的汤知县为表示清廉,要枷死一个拿了五十斤牛肉向他行贿的回民师傅,同《酷吏列传》中以清廉著称的酷吏张汤,亦可谓难兄难弟。

一个作家受到别的作品的影响,在自己的作品里表现出同前一作品某些相似的地方,有些是自觉的,有些是由于受其潜移默化的结果,是不自觉的。我们举出以上例子来,是要说明《儒林外史》在概括生活中人物时可能受到《史记》人物传记的影响,而不是说它有意模仿了《史记》。鲁迅先生说:"讽刺社会的讽刺,却往往会悠久得惊人的","他所讽刺的是社会,社会不变,这讽刺就跟着存在"。[①] 我国长期发展缓慢的封建社会,像博物馆一样,把那些黑暗的、腐朽的、落后的东西差不多原封不动地保存着,使吴敬梓有眼福看到一千八百多年前的司马迁看到过的人物、事件,这就不能不使吴敬梓产生同司马迁一样的感想,用司马迁那样的笔调来描绘那些封建社会的宝贝了。

以上谈的是史记人物传记的讽刺艺术及概括刻画人物方面对《儒林外史》的影响,下面就《儒林外史》的结构方面附带谈一点看法,因为一部作品的内容与结构形式、艺术风格是有连带关系的。

---

① 《伪自由书·从讽刺到幽默》。

《儒林外史》在结构上是独创的,它给以后的谴责小说以极大的影响。我们通过对作品本身的分析和对作者构思时主导思想的探索可以看出,作者创造出这种形式来,也是受了《史记》的启发。

《儒林外史》第一回同后面各回无任何情节上的联系,独立地写了一个人物,可以说就是一篇"王冕列传"。最后一回即五十五回写了四个人物,这一回同前面各回也无任何情节上的联系。而且,这四个人物的故事间,也不相关联。这同《史记》的数人合传在形式上完全一样。如果与《游侠列传》比,则不但形式上相同,在表现作者的思想上也相近。《游侠列传》主要写了市井中朱家、郭解、剧孟等人。司马迁说:"今游侠,其行虽不轨于正义,然其言必信,行必果,已诺必诚。"把他们同王侯名人相比,给他们以极高的评价,在他们身上寄以希望。《儒林外史》的末一回写了荆元、季遐年、盖宽、王太四个市井中人,把他们看作奇人,认为他们的行为远在官僚名士之上,对他们表示了极度的钦仰,在他们的身上寄托了希望。

除开头结尾之外,《儒林外史》全书也基本上是由许多短篇故事联缀起来的,大部的人物在退场后不再出现(只是祭太伯祠有一个儒林总名单),有的这一回中是主要人物,后面一回出现便成了次要人物。因此,有人把《儒林外史》分段改编为通俗读物时,便分别起名为《匡超人》《马二先生》等,每一段说一个人物,故事完整,并不给人以割裂全书的感觉,也不给人以故事片断的印象。鲁迅先生说《儒林外史》"虽云长篇,颇同短制",①就是这个道理。可见,吴敬梓没有采用以前的长篇小说《三国演义》《水浒传》《西游记》《金瓶梅》那样的结构形式,来比较集中地刻画一些贯穿全书的人物,以这些人物的交织活动,形成具有整体性的情节。他是另受启发,别出心裁的。我们从《儒林外史》取名为"史",而且仿《史记》的《儒林列传》取名为《儒林外史》的事实来看,他在构思之时,不是没有想到《史记》。

《儒林外史》不是史学著作,却可以在形式上吸取史传作品的特

---

① 《中国小说史略》第二十三篇《清之讽刺小说》。

点，就同小说不是日记，却可以用日记的形式，不是书信，却可以用书信的形式这种情形差不多。作者取某一种形式，必然是因为这种形式更便于表达其内容。对吴敬梓不取当时传统的长篇小说的结构方式而另辟新径的动机，我们可以通过对作品本身的分析研究得到了解。吴敬梓虽然要从思想特征、性格特征方面典型化地概括被科举制度腐蚀了的各种类型的知识分子形象，但同时，还想在这些形象身上保留作为主要模特儿的真人的某些身世、经历或事迹的大概轮廓。为此，他不是将自己掌握的大量素材中的人物、事件完全打乱、重新提炼，而是在创造每一类型的人物时以一个比较典型的真人作为模特儿，在这个基础上进行加工、提高，使之更典型、更突出、更具有代表性。《儒林外史》问世之后，在清代就有人注意到它"臧否人物，隐有所指"。① 并且自清代俞樾起，不少人对书中人物原型作了考证。如《松风阁笔乘》中就指出，杜少卿是作者自况，慎卿是根据其从兄吴檠，马二先生(马纯上)根据冯粹中，迟衡山根据樊南仲，等等。② 从书中人物的名字上，也可以找到探索原形的线索，如"马二"代"冯"，以"纯"代"粹"，以"上"代"中"等。可见，吴敬梓在开始构思时，就着眼于给一些人物"立传"。一部优秀的文学作品的形式和内容是统一的，形式起着完美地为内容服务的作用。我们从《儒林外史》取材、概括、典型化的特点上，可以看出作者采用这种形式的原因和启发作者创造出这种形式的主要因素。

总之，根据吴敬梓深入研究过《史记》这一事实和《儒林外史》在思想、风格、概括人物形象的方法、结构等方面的特征来看，《史记》对《儒林外史》是有着突出影响的。

(原载《甘肃社会科学》1981年第4期)

---

① 孔另境辑录《中国小说史料·儒林外史》引清张祥河《关陇舆中偶忆编》。
② 《中国小说史料》引，并参看同书引《茶香室丛钞》《一叶轩漫笔》《缺名笔记》各条及何泽翰《儒林外史人物本事考略》一书。

三场歌舞剧《公莫舞》与汉武帝时代的社会现实

《宋书·乐志》载有汉代"巾舞歌诗"一篇,题为"公莫舞",这是一个三场歌舞剧的脚本。对这个剧本的体例、术语、内容、产生时代及在汉代画像石中的反映等,我有《我国最早的歌舞剧〈公莫舞〉演出脚本研究》详考其有关问题。①《文学遗产》1990年第4期刊张宏洪同志的《〈公莫舞〉研究述评》一文指出,论定《公莫舞》为代言体戏剧脚本,"使我国现存最早的戏剧脚本及戏剧的产生时间均提前了一千多年,这将促使我们对北宋以前的戏剧作新的认识、估价,进行新的探讨",认为我所考定的武威汉墓漆画《公莫舞》"是世界上最早的戏剧文物之一"。

《我国最早的歌舞剧〈公莫舞〉演出脚本研究》发表时删去了考述背景的一部分文字。其第七部分《校记》第11条校"马头香"一句末云:

> 如"头"字果有误,则当作"邑"。马邑其地在鄃西北五百里处。汉与匈奴大规模作战由马邑设伏始。详第九部分。

---

① 刊《中华文史论丛》1989年第1期,并收入《甘肃艺术研究丛书》之三《艺术论文初集》,甘肃省文化艺术研究所编,1991年版。因有人对它在学术规范方面有所指责,故西北师范大学科技处按照学校领导实事求是的要求,并征得《中华文史论丛》编辑部的同意,未改一字,重刊于《西北师大学报》2002年第3期;又收入本人的《古典文献论丛》一书(中华书局2003年7月第1版,2014年1月第2版),及《陇上学人文存》第1辑《赵逵夫卷》(甘肃人民出版社2010年版),可参看。

其校语第 12 条校"治五丈"云：

"治五丈"指瓠子口塞黄河决口事，说详第九部分。

事实上发表时原第九部分被删去（就这样，原文刊出时仍有 23 000 来字）。上两处是删削未尽的文字，成了今日续文之券。

一、脚本的原貌补说

此脚本原来并无角色标识字，也未标明何处为"解"，更未标明场次。这些情况是由我国戏剧早期阶段演出脚本的功用及俳优的文化素养所决定的。俳优们抄录它们，是为了避免忘记唱词和曲调。由于所演故事的情节在当时为大家所熟知，哪一句由谁唱，他们是清楚的。如山西发现"扇鼓傩戏"《坐后土》剧本，我考证其祖本之创作在北宋大中祥符五年以后的几年中。上场有名目的人物共七个，但各人台词前均无角色标识字。① 今存《元刊杂剧三十种》中，如《关张双赴西蜀梦》《楚昭王疏者下船》《冤报冤赵氏孤儿》《严子陵垂钓七里滩》等都不标明角色，只是依次地录出曲子，亦无科白。还有些科白极简单，科白中标明了角色，而曲子部分仍然未标明角色。所以说，不标明哪段台词（包括唱词）属哪个角色，是元代以前戏剧脚本的常见现象。

《公莫舞》脚本收在《宋书·乐志》及《乐府诗集》之时，歌词、声词、音乐舞蹈提示之词等皆毫无分别。《乐府诗集》卷十九引《古今乐录》云："凡古乐录，皆大字是辞，细字是声。"后来"声辞合写"，亦即《景佑广乐记》所谓"声辞杂书"，故致如沈约所说："训诂不可复解。"但是，晋代以前古乐录的书写格式究竟是怎么一个样子，很多音乐史的论著也

---

① 李一《〈扇鼓神谱〉注释》，《中华戏曲》第六辑，中国戏曲学会、山西师大戏曲文物研究所主办，山西人民出版社 1988 年版；拙文《汾阴扇鼓傩戏的形成时代与文化蕴蓄》刊《中华戏曲》第十三辑，1993 年版；《北宋傩戏〈坐后土〉研究》，《中华戏曲》第二十辑，1997 年版。

都没有搞清。实际上，这当中包含着一个极其重要的事实，这个事实反映着中华民族在世界音乐史上的光辉创造。这就是：我国至迟在春秋初期已创造出一种乐谱，是用曲线和附加符号并注变调声字来记乐曲的。《汉书·艺文志》诗赋类著录：

《河南周歌诗》七篇，《河南周歌声曲折》七篇，《周谣歌诗》七十五篇，《周谣歌诗声曲折》七十五篇。

所谓"歌诗"，即歌辞；所谓"声曲折"，即乐谱之名。清人王先谦已猜到了这一点。他在《汉书补注》中说："此上诗篇数并同，声曲折即歌声之谱。唐曰'乐句'，今曰'板眼'。"《诗·商颂·那》郑玄《笺》云："乐师失其声之曲折，由是散亡也。"以前学者们对此语不甚理解，看来《诗经》原也都是有曲折谱的。我以为《诗经》中《南陔》等有目无文的六篇，是原来只有声曲折，秦火之后故籍多不传，而汉代儒生传习《诗》又主要是研讨经义，故声曲折失传，只存其目。《礼记·乡饮酒》及《燕礼》写见于《诗》的其他篇皆曰"歌"，写到此六篇概曰"奏""乐"，亦可证也。《宋书·乐志一》载贺循《答祭祀所用乐名》云：

和之以钟律，文之以五声，咏之于哥词，陈之于舞列，宫悬在下，琴瑟在堂，八音迭奏，雅乐并作，登哥下管，各有常咏，周人之旧也。自汉代以来，依仿此礼，自造新词而已。旧京（按指西晋）荒废，今既散亡，音韵曲折，又无识者……

可见周、秦、汉至晋代，"声曲折"记谱之法相同。只是到东晋初立时，南渡礼乐之士无识者，朝堂乐师中遂失传其法。

庆幸的是我国这种古老的乐谱并未失传，今天我们还可以见到它的式样，只是很多关于我国古代音乐史的论著未提到它，个别书虽然提到，却视为清代之物而介绍之，致使我国古代在音乐方面的这个伟大创造被长期埋没。道书《玉音法事》收北宋以前道教乐谱50个，都是用一些弯弯曲曲的线条来表示的。① 这即是我国从周朝开始用以记谱的"声曲折"。可以肯定其卷上之《步虚》《空洞》，卷中之《华夏赞》为南北朝以前所传。② 这些乐谱歌辞皆用大字，声词同曲折线结合而写，皆用小字，正如《古今乐录》所说。这些乐谱至东晋时士大夫及朝廷乐人已无人识，得道教坚守师法而传之，未得泯灭。文人学士抄录古之乐府，只录其文字而舍其乐谱，大字小字依次录下，不再分别，遂至"训诂不可复解"。

由《公莫舞歌诗》的"声辞杂书"可知，它本来也是有曲折谱的。大约在东晋以后才因无人识而删去。

二、《公莫舞》与西汉兵制

关于《公莫舞歌诗》所反映汉代兵役制度，我在《我国最早的歌舞剧〈公莫舞〉演出脚本研究》之第四部分根据《汉书》《汉仪注》等书作了阐述。董仲舒上书中关于当时兵役的一段文字，国内外有五篇论文专门加以探讨，而且争论焦点正在我所引那一段文字的标点上面。

中华书局1962年出版《汉书》标点本这段话为：

> 又加月为更卒，已复为正，一岁屯戍，一岁力役，三十倍于古。

首先是日本学者滨口重国（日本国立山梨大学名誉教授）在其《践更和过更》《关于秦汉时代的徭役劳动之一问题》中提出异议，改读为：

> 又加月为更卒，已复，为正一岁，屯戍一岁，力役三十倍于古。

---

① 见文物出版社、上海书店、天津古籍出版社1988年联合出版《道藏》第11册。
② 《玉音法事》卷下言《步虚吟》为三国时葛玄所传：玄传弟子郑思远，思远传葛洪。玄嘱弟子"世世传录至人，勿闭天道"。北周甄鸾《笑道论》十五《论日月普集》条引《诸天内音》第三《宗飘天八字文》，即《空同》之文（《空同》所存一章头二句以"曜明""宗飘"开头，故或称"曜明宗飘天音"，或"宗飘天"）。又《华夏诵》（亦称《华夏赞》）为北魏寇谦之所传，托为所得"云中音诵"。

王毓铨《〈汉书·食货志〉"一岁力役"为句非是》主张读为：

> 又加月为更卒，已，复为正一岁，屯戍一岁，力役三十倍于古。①

钱剑夫《试论秦汉的"正卒"徭役》则主张标点为：

> 又加，月为更卒。已复，为正一岁，屯戍一岁，力役三十倍于古。②

中华书局1983年6月第4次印刷《汉书》据王毓铨之说改了标点。《文史》第31辑又刊出孙言诚《"为正一岁"辨》，认为中华书局出版《汉书》最早的标点是正确的，而凡以"为正一岁"为句者皆非。

我的看法，将"又加"断开表递增的语气，是不合适的。因为董仲舒上疏此段文字前说的是土地兼并之严重，接着便是说的徭役。其下又谈赋税："田租口赋，盐铁之利，二十倍于古；或耕豪氏之田，见税什五。故贫民常衣牛马之衣，而食犬彘之食。重以贪暴之吏，刑戮妄加，民愁无聊，亡逃山林，转为盗贼……""故贫民常衣牛马衣，而食犬彘之食"，是总言以上状况所造成的后果。"重以"云云，则是再一步指出官吏的贪暴威逼。由此可见，一、"为更卒"一语之起，并不需要表递增的副词；二、本文中表递增之义用"重以"表示，"又加"未必为当时语。所以说，这段文字的第一句应读为"又加月为更卒"，是没有问题的。关键在此下16字的断句和理解。

这16字理解和断句上的疑难关键在两点，一是对"复"字的理解及前后的断句，一是对"力役"的理解及其是否可以同前面的"一岁"连读的问题。这两个问题又是联系在一起的。如作"一岁力役"，则其前

---

① 《文史》第13辑，中华书局1982年版。
② 《中国史研究》1982年第3期。

自然是"一岁屯戍","正"字后断开;如作"力役三十倍于古",其前自然作"为正一岁,屯戍一岁"。

今先说第二个问题。《盐铁论·未通》:"今陛下哀怜百姓,宽力役之政,二十三始傅,五十六而免。"①所谓"傅"即"傅籍",男子够一定年龄即附名簿籍,此后便可以征调服役。汉景帝时鉴于秦至汉初征调无度,故定为"男子年二十始傅"。然至武帝又打破了这个规定。故昭帝行休养生息之策,定为"二十三始傅"(这并不是认为二十二岁以前体力不及,而是考虑到男子大多在二十三岁已结婚并有子女,此时服役不影响人口繁息)。由上引《盐铁论》此段文字可知,凡国家征调服役,俱谓之"力役"。昭帝之时"宽力役之政",正是针对武帝以前(西汉特别是武帝时代)"力役三十倍于古"的。

再谈第一个问题。"复"在汉代本有"复除"之义,即免除徭役。另外,也可作副词(意义同于今之"又")。在这段文字中似乎两种理解都可以。"已复"连读,则取第一义,"已"字后断开,"复"字连下作"复为正一岁",则取第二义。"更卒"为郡县所派徭役,短期轮流承担。因服役地较近和役期短,不影响青年夫妇正常家庭生活,故定为由19岁以前或22岁以前青年男子承担。"更卒"每丁男一年服一月,加月则在一月以上。因为"加月为更卒"按规定是直至56岁方复除之,故我以为此处看"复"为副词为是。

还有一个十分重要的问题是:"正"字当作何解释。如淳引《汉仪注》"民年二十三为正,一岁为卫士,一岁为材官骑士",此"为正"指达到服远行兵役的资格。这一点我在前一文第四部分论证之第五条中已言之。

但"正"也可指"正卒"。"正卒"之本义为远行兵役。《史记·孝景本纪》之《索隐》曰:"荀悦云:傅,正卒也。"荀悦为东汉人,应知汉制之旧。又钱子文《补汉兵制》:"正卒,为卫士一岁,材官骑士一岁。"由董

---

① "傅"原误作"赋"。杨树达《读盐铁论札记》云:"赋当为傅,声近字误也。……如淳引《汉仪注》所云,与此文正合。若汉制民年十五至五十六出钱之算赋,别是赋税之事,与此言力役之事不相涉。"文载《国文学会丛刊》一卷一号。

仲舒之语看，也专指材官、骑士、轻车、楼船之兵役，与卫士相对而言。盖"正"本指服役资格，而兵役中以材官、骑士、轻车、楼船之属为最普遍，故民俗中又用以指材官骑士等在籍兵役。典籍之中，广狭二义兼见。要之，以《汉仪注》所记为明晰确切。此层意思，我在前一文第四部分论证之第三条中已言之。这样，董仲舒这段话仍以作如下标点为妥：

又加月为更卒，已，复为正一岁，屯戍一岁，力役三十倍于古。

《公莫舞》第二场儿从军归来时回忆当初离家时情况说："昔结吾马……"则是属于骑士。材官、骑士、轻车、楼船之兵，本属郡国之兵，朝廷有事则调遣之。《汉书·昭帝纪》始元元年颜师古注引应劭曰："旧时郡国皆有材官骑士以赴急难。今夷反，常兵不足以讨之，故权选取精勇。闻命奔走，故谓之奔命。"陇西、天水、安定、北地、上郡、西河六郡多骑士，所以汉世的"六郡良家子"最为有名。①《汉书·高帝纪》十一年："发上郡、北地、陇西车骑。""车骑"即"轻车骑士"也。《武帝纪》元鼎六年："发陇西、天水、安定骑士，及中尉、河南、河内卒十万人。"《宣帝纪》神爵元年："西羌反，发三辅、中都官徒弛刑，及应募佽飞射士、羽林孤儿，胡、越骑，三河、颍川、沛郡、淮阳、汝南材官，金城、陇西、天水、安定、北地、上郡骑士，羌骑，诣金城。"②此同《公莫舞》表演写真画出土于武威汉墓的事实相合。

骑士是由从役者自己备马的。《汉书·惠帝纪》颜注："骑，常所养马，并其人使行充骑。若今武马及所养者主也。"《汉书·昭帝纪》始元四年："往时令民共出马，其止勿出。"此共出之马，即由有马之家当中服役丁男骑用。故《公莫舞》剧中，儿之来去，皆乘马。

为材官、骑士者，已有更卒的经验，故学得了一定的军事知识。

---

① 参《汉书·地理志下》及《赵充国传》颜师古注。
② 昭帝始元六年"取天水、陇西、张掖郡各二县置金城郡"，见《汉书·宣帝纪》。故所列郡名与宣帝以前不同。

《汉书·高帝纪上》如淳曰:"《律》:'年二十三傅之畴官,各从其父畴学之。'高不满六尺二寸以下为'罢癃'。""罢"通"疲"。"罢癃"犹今言"二等残废"。《汉官仪》说:"民年二十三为正。一岁为卫士,一岁为材官骑士,习射御、驰骑、战陈(阵)。八月,太守都尉、令、长、相、丞、尉会都试,课殿最。水家为楼船,亦习战射行船。"并云:"过郡,太守将万骑行鄣塞,烽火追虏。……年五十六老衰,乃得免为民,就田;应合选为亭长。"①可见在从役期间,每年也有大规模演习和检阅,名曰"都试"。"都试"亦曰"都肄"。《汉书·霍光传》云"都肄郎、羽林",师古曰:"谓总阅试习武备也。"王先谦《汉书补注》:"都,大总也,肄,试习也。若今军营云大操矣。省言之,则但曰'都'。"则卫士同材官骑士等并有此制度。

同时,由以上材料也可以看到,西汉时代除两年正卒(卫士或材官骑士)外,虽一直以 20 或 23 岁至 56 岁为服更卒之役的时限,而实际上至 55 岁尚服远行卫戍征战之役的情况也有。《盐铁论·未通》当御史说了当时"二十三始傅,五十六而免"的话以后,文学曰:"今五十六已上至六十,与子孙服辇输,并给徭役。"其年龄之下限,有至 14 岁者。《居延汉简考释簿錄·名籍类》:"显美骑士辅宪,年十四。"(显美西汉属张掖郡,亦在所谓"六郡"之中。)由出土汉简看这些远出服役者往往病死于外。"无医,故不起病""戍卒病不幸死"之类记载,便是证明。所以,《公莫舞》歌舞剧中写公姥与儿之相别,悲痛万状。

《公莫舞》歌舞剧中公姥对儿说:"汝何三年征戍?吾已老!"但是,去不去是由不得自己的。只是卫士(卫戍京城或边疆)和骑士各服一年,本只两年,但儿连服三年骑士,可能是因同一编户中,别家出马钱多,儿家贫无赀,只有以代服别家之役顶替之;同时,为了方便,将自己一年的卫士之役同别人家的骑士役作了调换,故有三年之期。

可以说,《公莫舞》歌诗不仅是我国最早的戏剧脚本,也是研究西汉兵制方面可资参证的重要文献。

---

① 孙星衍辑校《汉官仪》卷上。

三、历 史 背 景

《公莫舞歌诗》原附有声曲折,则汉代是曾被采入了乐府机关的。

《汉书·礼乐志》说:"至武帝定郊祀之礼,……乃立乐府,采诗夜诵,有赵、代、秦之讴。"又说:哀帝即位之后,下诏书"其罢乐府官。"从《礼乐志》记载看,哀帝所罢,只是民间舞乐歌辞,并非一概罢去。《公莫舞》正是民间的东西,故如果在西汉时代曾被采入乐府,则应在汉昭帝(前86—前74年)以后(因是反映人民反战情绪之作,武帝时不会采入乐府),成帝(前32—前7年)以前。那么,它的创作时间可能是武帝末年或昭、宣、元、成时代。

我据武威磨嘴子出土西汉时代漆樽上《公莫舞》的漆画,进一步确定歌舞剧《公莫舞》应产生于西汉中期。

下面,我们来进一步揭示这个歌舞剧所反映的历史。

汉初高祖徙韩王信于代,都马邑(今山西朔县)。匈奴大攻,围马邑,韩王信降匈奴。高祖自将兵击之,被匈奴40万骑围于白登七天七夜,重赂阏氏得脱险。当时汉王朝初立,国内尚未大定,乃使娄敬"奉宗室女公主为单于阏氏,岁奉匈奴絮缯酒米食物各有数,约为昆弟以和亲"。① 此后对匈奴一直采取羁縻之策。但匈奴奴隶主贵族对汉边郡的攻掠并未停止。西汉政府从文景之世开始一直在作着反击的准备。汉武帝即位,照例明和亲约束,厚遇匈奴,通关市以饶给之。匈奴自单于以下皆亲汉,往来长城下。元光二年(前133年),雁门豪右聂翁壹通过大行王恢言:"匈奴初和亲,亲信边,可诱以利致之,伏兵袭击,必破之道也。"御史大夫韩安国以为不可,武帝从王恢之议。"汉使马邑人聂翁壹奸兰(犯禁出物也。奸音干)出物与匈奴交,详(佯)为卖马邑城以诱单于。单于信之,而贪马邑财物,乃以十万骑入武州塞(按:今山西省左云县)。汉伏兵三十余万马邑

---

① 《史记·匈奴列传》,又见《高祖本纪》。

旁。"然而单于至距马邑还有百余里之地,心生疑虑,从而识破了汉军的计谋,引兵归还。① 从此,汉与匈奴的战争便接连不断,直至武帝末年。

《汉书·食货志下》说:

> 及王恢谋马邑,匈奴绝和亲,侵扰北边,兵连而不解,天下共其劳。干戈日滋,行者齎,居者送。中外骚扰相奉……

"齎"指准备上路衣食之具。《食货志》中又说,自武帝初年起,"外事四夷,内兴功利,役费并兴,而民去其本"。《夏侯胜传》中也说:武帝"竭民财力,奢泰无度,天下虚耗,百姓流离,物故者半……"歌舞剧《公莫舞》正是汉武帝朝马邑设伏之后连年征战、民不聊生,"行者齎,居者送"的社会现实的反映。

《公莫舞》是汉武帝时代社会现实的概括性的反映,是人民情绪在长时间凝聚的产物。但就作品具体背景而言,则是以马邑设伏和塞瓠子决口前后一段历史为背景的。马邑设伏是汉高祖被围白登那件事以后经过了70余年的平静期,对匈奴作战的开始;同时,第二年便是河水决口。因此,这段时间给人们留下了极深的印象。

马邑其地在鄗之西北约五百里处,与"鄗西"之说相符。故我在《我国最早的歌舞剧〈公莫舞〉演出脚本研究》一文中说:"鄗西马头杳"之"头"字如有误,则应是"邑"字之误。

在马邑设伏之次年,即元光三年(前132年),"河水徙,从顿丘东南流入勃海,夏五月,河水决濮阳,泛郡十六。发卒十万救决河"(《汉书·武帝纪》)。《史记·河渠书》《汉书·沟洫志》及《资治通鉴》记决河事更详。《资治通鉴·汉纪十》云:

---

① 见《史记·匈奴列传》《汉书·匈奴传》。"聂翁壹",《汉书·窦田灌韩传》作"聂壹",《汉书·百官公卿表》孝宣本始元年:"詹事东海宋畴翁壹为大鸿胪。"则宋畴亦字翁壹也,汉印中"翁壹"之名亦颇常见。《史记·韩长孺列传》亦作"聂翁壹"。是《汉书·韩长孺传》录《史记》之文而偶失一字也。

夏五月丙子,复决濮阳瓠子,泛郡十六。天子使汲黯、郑当时发卒十万塞之,辄复坏。

河决在"濮阳瓠子",《汉书·武帝纪》苏林注:"甄城以南,濮阳以北为瓠子河,广百步,深五丈。"剧本中说:"洛道治五丈,度汲[淇]水。""五丈"盖俗指瓠子口,乃河决口之地。"淇水"在黄河以东,距顿丘、濮阳皆不远。《水经注》卷九:"洪水又北屈而西转,迳顿丘北。故阚骃云:'顿丘在淇水南。'……《诗》所谓'送子涉淇,至于顿丘'者也。""淇水"原脚本误作"汲水"。汉在淇水以南黄河北岸设有汲县。汲县、淇水相去不是很远,"汲""淇"又为近纽双声,故得误。史言"发卒十万塞之",则自然有先一年曾调往马邑设伏的士卒。儿参与救河,故东渡淇水而赴濮阳。

马邑在鄗之西北面五百来里处,濮阳在鄗之南面四百来里处,三地连成一线。"洛道"指洛阳通向东郡之大道,又是赴瓠子口、渡淇水所必由,故脚本中说"洛道治五丈"。

马邑设围时,御史大夫韩安国为护军将军,卫尉李广为骁骑将军,太仆公孙贺为轻车将军,大行王恢为将屯将军,太中大夫李息为材官将军。① 所率大抵皆新征骑士、轻车、材官、屯戍之卒。这与作品中写儿参加"屯戍"("何为屯戍时为")、"征戍"("汝何三年征戍")及为骑士("昔结吾马")的情况相合。

西汉时代往东面调兵主要有两次,一次为马邑设围及救河,一次为进攻朝鲜。但进攻朝鲜是"募天下死罪"为军。② 其余战事及调遣军队主要是西北、西南及东北之雁门、上谷、右北平、辽西以北。马邑设伏和瓠子口救河是武帝时代、甚至可以说是整个西汉时代的两个重大事件。马邑设伏之后对匈奴连年用兵,人们深受战争的骚扰,不但在经济上承受了极大的压力,其远出塞外死于战斗与饥寒者亦无数,直至武帝末年;瓠子河决后,虽发卒十万塞之,而"辄复坏"。此后 20 余

---

① 《汉书·武帝纪》元光二年。
② 《汉书·武帝纪》元光二年。

年,中原大片地方五谷不登,而梁楚之地尤甚。至元封二年(前109)武帝封禅泰山后,又发卒数万,塞瓠子决河,令群臣从官皆负薪,东郡烧草因此减少,乃下淇园之竹为楗,方成其功。汉武帝曾因塞河久不成功,有诗二章,见《史记·河渠书》。瓠子决口造成的20余年水患影响于当时的社会生活与人们的心理可想而知。马邑设伏和瓠子决口这两件事又前后相接。则民间歌舞剧表现从军远戍的内容以马邑设伏和瓠子河决口这一段时间为背景,是很自然的事。这个剧的内容时间上的跨度为三年,也正可以容纳这两个重要的事件。所以,不论"鄗西马头眘"之"头"字是否为"邑"字之误,剧本所写是以马邑设伏及瓠子口救河为背景,则可以肯定。

三场歌舞剧《公莫舞》不仅概括而深刻地反映了西汉中期汉武帝时代的社会现实,而且反映了当时重大的历史事件。它不仅从艺术上来说已具有较完备的结构,已运用了后代戏剧的暗场的表现手法,使情节紧凑而内容丰富,而且从思想内容上来说,突出体现了我国戏剧积极反映现实的传统。

说到反映现实,主要是就民间戏剧歌舞而言。《公莫舞》是民间作品,是劳动人民反映自己生活、情绪和愿望的,所以也就很自然地具有历史的真实性。至于宫廷歌舞及为了使统治者高兴而编的节目,不用说其中贯穿着歌功颂德、点缀升平的思想。这是统治阶级的统治思想和权力所决定的。在这种情况下,俳优们只能在表演的当中即事发挥,含蓄幽默地说一些影射现实的话,在引人发笑中发挥针砭时政的作用。俳优们的讽刺有时是很尖锐的,但由于不是节目的主体,不是正面反映,所以不至犯讳而使当权者恼羞成怒。至于以完整的情节、严密的结构表现一个现实的主题,《公莫舞》在我国戏剧史上是第一部。

四、主　题

汉武帝北征匈奴,南平氏、羌、昆明、瓯骆、两越,东定岁、貊、朝鲜,廓地斥境,武功烈烈。虽然阻止了匈奴等少数民族上层贵族的野蛮掠夺,维护了边郡的正常生产,形成国家较长时间的安定局面,但当时老百姓的负担确实相当沉重。特别是征讨匈奴,大战三次,小战无数,消耗人力物力不计其数。自元光二年马邑设围胡汉决裂之后,农民的负担越来越重。田 20 亩按 100 亩征收租税,口税 20 钱改为 30 钱,7 岁起算改为 3 岁起算。当时豪强富户拥有大量土地、财产,他们自然不会流血抛命于沙场之上。他们拿出从农民身上榨取的钱财中很少的一部分,便可以雇佣人去替他们服役。因之,当时老百姓服役,还不完全是分给自己的一份义务,为了得到一点点生活资料以养家,往往把自己的性命作为赌注而奔赴边疆。所以,当时贫人生子多有杀死者。秦始皇时的民谣说:"生男慎勿举,生女哺用餔,君不见长城下,骸骨相支柱。"(《水经注·河水注》三)汉武帝时的情况,与之相近。董仲舒曾上书汉武帝,希望能"薄赋敛,省徭役,以宽民力"。然而"仲舒死后,功费愈甚,天下虚耗,人复相食","武帝末年,悔征伐之事"。① 昭宣之世,采取休养生息的政策,流民稍还,田野益辟,颇有积蓄。

尽管武宣时代政治上尚不似秦代或明清时代大兴文字狱,但是恐怕老百姓也不敢正面地表现汉武帝时沉重徭役的苦难。汉武帝去世14 年之后,虽然有的大臣认为汉武帝造成"天下虚耗,百姓流离,物故者半","赤地数千里,或人民相食,畜积至今未复"的状况,"亡德泽于民,不宜立庙",②但汉宣帝仍然决定"尊孝武帝庙为世宗庙,奏《盛德》《文始》《五行》之舞,天下世世献纳,以明盛德"。武帝巡狩所幸郡国凡四十九,皆立庙,"如高祖、太宗焉"。而且对昭昭言武帝之失及对此类事纵不举劾者,俱下狱。③ 歌舞不似民歌。民歌可以独自唱之,难以查实作者唱者;歌舞剧要在大庭广众中演唱,是不敢轻易触犯王法的。所以剧本以作为这一特殊历史阶段的开幕和标志的马邑伏兵、瓠子口塞河为背景,乃是一种带有暗示性的十分含蓄的表现。

人们对于连年的战争是反对的,所以,剧中通过儿出发时同公姥

---

① 《汉书·食货志上》。
② 《汉书·夏侯胜传》。
③ 《汉书·宣帝纪》《汉书·夏侯胜传》。

难以分舍的情景，特别是通过公姥对孩子、对自己前途的悲观估计，通过儿走后公、姥倚门流泪的悲伤及母子相见时抱头痛哭的场面，含蓄而深刻地表现了人们的反战情绪。但是，剧本并不是单纯地表现这一层意思，它的情调也不是从头到尾都低沉悲伤。就像汉武帝的时代本身就具有着相交融的两种色调、相混杂的两种乐曲一样，剧本既反对连年累岁的战争兵役带给人们的灾难，又表现了士卒在维护广大人民安定生活方面的作用；既带有时代的悲剧特色，又很自然地透出了那个时代所特有的昂扬振奋、积极向上的精神。这种矛盾的统一，是通过第二场同第一、第三场的穿插来表现的。如果只有第一、第三场，或者以第二场表现儿的苦况（同《诗经·东山》一样），那么这个剧就是一个很低沉的作品，它在表现人们反对战争和兵徭役带给人民的灾难方面可能会更为集中和具体、细致，但是还不能说是典型地表现了汉武帝时代的精神风貌。因为这是一个慷慨悲歌的时代，血和剑、痛哭和战声组成了时代的乐章。

第二场儿上场后回忆三年中所经，说到当年离家之时，是"昔结吾马，客来吾当[长]行"，未提到同家人生离死别的情景。说到军旅生活，是"度四州，略四海、鄗西马头杳"，其胸襟开阔，已非当年可比。至于"洛道吾治五丈，度淇水"，点明此次行役参与了瓠子口（五丈河）塞河口工程，更露出自豪感。因而，其情调是昂扬的。同样是写服役归来，但与《诗经·东山》《采薇》及产生于东汉时代的五言诗《十五从军行》情调完全不同。这种不同我们不能仅仅看作是内容的不同，而应看作是两个时代的不同，是时代精神的差异。因为无论是西周初年还是西周末年，都还没有这种积极上进的时代精神，而至东汉末年，则那种刚健强烈的精神完全褪去，只留下污秽和鲜血了。

所以说，三场歌舞剧《公莫舞》是一个具有强烈现实精神的作品，它不但概括地反映了汉武帝时代的社会现实，同时也反映了当时重大的历史事件。它是我国戏剧的光辉起点。

（原载《西北师大学报》1992年第5期）

《红楼梦》的构思与背景问题

一、《红楼梦》研究中一些现象引起的思考

关于《红楼梦》一书,胡适提出"自叙说",上世纪50年代中期以来,受到过一些人的批判。虽然绝大多数的学者认为《红楼梦》中的贾家就是作者据记忆中江宁织造任上的曹家来写的,但究竟是写进了曹家部分的事,还是动笔之前已明确以曹家为蓝本,不仅旧红学派的索隐研究曾提出了种种离奇的猜想,[①]甚至到1949年,还有人说是取材于江宁大中桥下侯府。[②] 又因为书中写到江南的甄家接了四次驾,与曹家任江宁织造时的情形一样,有的学者便怀疑书中的贾家是以曹家为蓝本这一事实,从而过分夸大了作品中综合与虚构的成分。甚至有一个时期只强调《红楼梦》是一部政治历史小说,是封建社会的一面镜子,那么,并非根据某一家的衰败史写成,似乎成了不争的事实。

80年代初,戴不凡先生提出"石兄说",认为曹雪芹只是作了增删修改的工作。[③] 后来李贤平先生,通过对其中五组47个虚字出现频率

---

① 红学索隐派在作者问题上的特征是注意于书中的石头影射谁,空空道人影射谁一类的问题。如景梅九的《石头记真谛》就曾提出"二曹说",认为曹雪芹和《四焉斋集》的作者曹一士都是《红楼梦》的作者;湛庐的《红楼梦阐微》主张此书作者多元论;裕瑞《枣窗闲笔》则说:"不知为何人之笔,曹雪芹得之,以是书所传述者与其家之事迹略同,因借题发挥,将此部删改至五次……借以抒其寄。"在主题和内容方面,则有人认为该书藏谶纬(王堃《寄蜗残赘》),有人主该书明易象(《金玉缘评语》)。

② 草衣《红楼梦与南京》,《中国晚报》1949年1月5日。

③ 戴不凡《揭开〈红楼梦〉作者之谜》,《北方论丛》1983年第1期。

分布的统计、分析,结合明义的《题红楼梦》绝句二十首等,提出为佚名作者所著,曹雪芹只作了披阅、增删和"纂成目录,分出章回"的工作,增写了许多具有深刻内涵的内容,后四十回是曹雪芹去世后其亲友据原稿整理补写而成。① 又有人说《红楼梦》作者为曹頫。② 曾引起了很大轰动效应的是王家惠、刘润为的文章,提出丰润的曹渊过继给曹寅改名曹颜,他才是《红楼梦》的始创者,③杨向奎先生极力称赞王刘二人的文章,并主张《红楼梦》出版时署名应作"创始者:曹渊(方回);增删者:曹沾(雪芹)"。④ 这一说为了牵就其所谓"创说",竟然将曹雪芹名字的雨字头改为水字旁。总之,有些人总是不顾与曹雪芹大体同时的人留下的诗文、评语所反映的事实,而要千方百计剥夺曹雪芹对于《红楼梦》的著作权。

另外,《红楼梦》中所写到底是在江南时的曹家;还是迁到北京后的曹家;生活中的大观园究竟是在北京,还是在南京;《石头记》《红楼梦》等五种名称,究竟哪一个是作者创作之初所拟,它们之间的相互关系如何等,也都是红学界至今争讼不已的事。至于作者的创作动机、创作心理等方面,不仅看法不完全一致,有的方面研究还很不够。本文想从比较具体而关键的问题上入手,就《红楼梦》作者、背景、创作动机、题材处理、艺术构思等问题略述浅见。

---

① 李贤平《〈红楼梦〉成书新说》,《复旦学报》1987 年第 5 期。李的研究可以反映《红楼梦》各部分文风上的特征,为揭示《红楼梦》的成书过程提供依据,但文中关于一些具体年代具体情节的推断,尚缺乏依据。陈大康《〈红楼梦〉成书新说难以成立——与李贤平同志商榷》一文认为李贤平所作正视图中各回位置群落的划分不足以证明《红楼梦》是由不同作者在不同时期写成的,认为这种群落的形成同文言、白话的波动有关。见《华东师大学报》1988 年第 1 期。

② 赵国栋《〈红楼梦〉作者新考》,《河南大学学报》1990 年第 2 期。

③ 王家惠《曹渊即曹颜——曹寅曾过继曹钤之子》;刘润为《曹渊:〈红楼梦〉的原作者》,并刊 1994 年 1 月 8 日《文艺报》。其说之不能成立及引用材料上的错误和考证的不严密,可参见《红楼梦学刊》1994 年第 4 辑所刊刘世德《曹渊非曹颜考》,张庆善《曹渊、曹颜与〈红楼梦〉作者问题》,孙玉明《再谈〈红楼梦〉的著作权问题》,沈治钧《关于〈红楼梦〉著作权问题的商榷》;《红楼梦学刊》1995 年第 1 辑冯其庸《再论曹雪芹的家世、祖籍和〈红楼梦著作权〉》等文和 1995 年第 3 辑、第 4 辑有关论文。并参见冯其庸《曹雪芹家世新考》(增刊本),文化艺术出版社 1996 年版;刘世德《曹雪芹祖籍辨证》,中国大百科全书出版社 1998 年版。

④ 杨向奎《关于〈红楼梦〉作者研究的新发展》,《齐鲁学刊》1994 年第 1 期。

二、"贾"是"曹"的巧妙改装

我以为《红楼梦》中所写家族之姓"贾",是作者有意设的一个密码,要留给后人去破译。究其原因,其一,清朝的文字狱集中在顺、康、雍、乾四朝,而以乾隆朝持续的时间最长,"发案"率最高,甚至不少疯子也因为胡说乱写丢了脑袋。在那个文网森严的时代,书中的任何一个情节、任何一段文字、任何一首诗词,都可能分析出"狂悖违逆""谤讪圣朝"的意思来。同时,作为一部文学作品,也不可能没有艺术加工。尤其像《红楼梦》这样一部伟大的现实主义作品,更是经过了高度典型化过程。所以,作者不可能将书中家族径写作"曹"家。但作者在书中确实记下了他的"辛酸泪",写进了他永远难以磨灭的记忆,自然,也写进了他的理想。所以,他将"曹"字变为"贾"字。但这个"变"不是随意的,就像《西游记》中的孙猴子变作土地庙,口变成了门,两个眼睛变成了两个窗户,留一个尾巴没法变,也还要变成一个旗杆竖在庙后。形象变了,部件不能少。《红楼梦》中的这个"贾"字,实际上乃是由"曹"字改装而成。你看,将"曹"字上部方框中的一横移至下部方框中,即成"曺",再将上部突出在横画之上的两半截短竖移至下部方框之下,即成"賈(贾)"。其变化过程如下:

曹→曺→賈(贾)

这同《儒林外史》处理模特儿姓名的办法有些相似。《儒林外史》中的马二先生名纯上。金和《跋》曰:"马纯上,冯萃中。""冯"字中藏着个"马"字,而"萃中""粹中"与"纯上"之义相应;"冯"字拆开,又是"马二"。金和《跋》中指出余有达、余有重兄弟是以金氏某兄弟为原型,因"余又重一"为"金"字。如此之类,皆由字形变化而成。《红楼梦》中"贾"与"曹"的关系,若非作者有意安排,岂能如此之巧?

《红楼梦》第一回开头说:

> 此开卷第一回也。作者自云：因曾经过一番梦幻之后，故将真事隐去，而借"通灵"之说，撰此《石头记》一书也；故曰"甄士隐"云云。①

说明书中所写，是作者所亲历。书中写到的人物，作者要隐去其原型的真名实姓，加以变化表现之。模糊了事件的时代，改变了事件的地理环境，尽量弄得让当时的人看不出主要写的是南京时的曹家的事，而又希望后来有识者能看出书中的贾家同作者二者之间的关系。《红楼梦》中"贾"字密码一经破译，我们总算从作者创作动机的方面，找到了一条该书确以曹家为蓝本的可靠证据。这对于窥测作者的创作心理，也是有一定意义的。

三、贾家、甄家的构思

《红楼梦》中写的甄家也是以曹家为蓝本的。这一点，胡适在《红楼梦考证》中已经指出。

曹雪芹祖上三代在江南任江宁织造六十余年。康熙皇帝六次南巡，后四次都是曹家接驾，而到雍正五年曹家即被抄家——这都是大事。故作者虽然将"曹"变为"贾"，而且有意将书中年代、地域、礼俗，都弄得模模糊糊，有的官名也是作者所虚拟。在第一回特别点出："朝代年纪，地舆邦国，却反失落无考。"又借着空空道人和石头的口说："第一件，无朝代年纪可考。"但作者感到，如将曹家重大事件都借贾家写出，两家的对应关系还是太明显，故构思上又创造性地将一家事情分作两家：几个大的带有标志性的事件借甄家点出梗概，而作者头脑中一些难忘的人物的具体遭遇和整个家族衰败的详细过程，则由贾家来体现——一着重于史，一着重于人；一着重于事，一着重于情。一明

---

① 本文所引《红楼梦》原文，据中国艺术研究院红楼梦研究所校注，人民文学出版社1982年3月版《红楼梦》。

一暗，互相照应，从而形成虚实相成、详略互补的格局。如第十六回借赵嬷嬷的口说：

> 还有如今现在江南的甄家，嗳哟哟，好势派！独他家接驾四次，若不是我们亲眼看见，告诉谁谁也不信的。

这"接驾四次"，正是曹家的事。关于贾家，也说到接驾之事，但笼统一些，而且对曹家当时在江南的任职与驻地，也作了改变。赵嬷嬷说：

> 嗳哟哟，那可是千载希逢的！那时侯我才记得事儿，咱们贾府正在姑苏扬州一带监造海舫，修理海塘，只预备接驾一次，把银子花得淌海水似的！

具体接驾的排场、气派则是借着写元春省亲来表现的。（脂砚斋在甲戌本第十六回总评中说："借省亲写南巡，出脱心中多少忆惜（昔）感今！"）这几处合在一起看，就可以比较全面地了解曹家当年迎驾的情形。

曹家是在雍正五年十二月被抄家的。这是使曹家走向衰败的转折点。《红楼梦》中写贾家被抄家是在属于后四十回的第一百零五回，但在第一回甄士隐解《好了歌》的话中，第五回警幻仙姑的话中，在巧姐、秦可卿的判词及《红楼十二曲》的《聪明累》《好事终》《飞鸟各投林》各章中均已有暗示。而书中在七十四回、七十五回也点到甄家获罪抄没的事。

甄宝玉和贾宝玉这两个人物的安排，也一样是一而二、二而一，形神相应的。书中三次，也是分三个层次来写甄宝玉。第一次是第二回冷子兴演说荣国府，在说了贾宝玉之后，又说到甄宝玉；第二次是五十六回后半，说"江南甄家"到京，进宫朝驾，差四个女人先来贾家送礼，同贾母闲谈中说到甄家哥儿。第三次是在第一百一十五回《证同类宝玉失相知》，写二人见面。书中写两个宝玉，一个在北方的"长安"（京城),一个在金陵;一个正面写,写得具体,一个侧面写,写得概括。也是一明一暗,同时发展,而互相照映。

　　作者将书中所写这个大家族的姓设计为"贾",是对"曹"字进行了必要的改装,用了修辞学上所谓的"拆字"之法;贾家衍生出一个甄家,却是借着谐音和反义加以仿拟;而由贾宝玉衍生出一个甄宝玉,从构思和表现手段上说,即前人说的"倩女离魂法"。只是《红楼梦》中不仅将作品主人公原型分一为二,而且将着重反映的这个大家族分一为二:一个贾家,一个甄家。应该说,作品反映的这个大家族以在南京为真,在北京为假。但作者着力写的又是在北京的一家。作者使之互相映照,互相补充。真所谓"照花前后镜,花面交相映"。所以,欲要探求《红楼梦》中反映的历史事实,须将甄贾两家联系起来看,而不能只从贾家方面来考察。脂本在第十六回写到甄家接驾四次处评道:

　　　　甄家本是大关键、大节目,勿作泛泛口头语看。

便透露出其中消息。

　　从构思上来说,作者不着力写在南京的一方而写在北京的一方,是为了题材处理上的不着痕迹。事实上,作者安排一个甄家本身就是为了将"真事隐去",又留下它的影子。这便形成了《红楼梦》构思上虚实相成的格局。看来高鹗也是领会了曹雪芹构思的深意的,不然,后四十回续书便不会达到目前这样的水平。

　　由上面的分析可以看出作者构思的奇特和行文的灵活变化,真可谓随手挥洒,皆成异景,非一般斤斤计较于起承转合、起结照应者可比。

　　既然"贾"是由"曹"变化而来,而甄家是由"贾"谐音为"假"之后才生发出来的,则以曹家为蓝本,是作者在构思之先就定了的;而甄家及甄士隐、贾雨村、英莲等穿插其中,是在构思、写作过程中才形成的,有的情节可能是修改过程中才牵合而成。认识到这一点,不仅使我们对这部书的结构特征有了更清晰的了解,便于更好地认识作品的内容,更准确地把握作品的主题,对作品的构思创作过程也便有了进一步的了解。

四、实境、幻境的照应和南方北方的关系

《红楼梦》第一回开头说创作的一个重要动机是想写出记忆中一些女子的思想、性情及遭遇,通过她们来展示青少年时代所经历的那段梦幻般的生活,书中将这些女子称作"金陵十二钗"。列在"金陵十二钗正册"上的十二人是:林黛玉、薛宝钗、元春、探春、史湘云、妙玉、迎春、惜春、王熙凤、巧姐、李纨、秦可卿。"又副册"上的是晴雯、袭人、夏金桂等。宝玉在看到"金陵十二钗正册"的名目后说:"常听人说,金陵极大,怎么只十二个女子?如今单我家里,上上下下,就有几百女子呢。"那薄命司"副册"及"又副册"上未提到,以及痴情司、结怨司、朝啼司、夜怨司、春感司、秋悲司等司中所掌握金陵各册,则应是金陵其他女子。作者在构思上是没有漏洞的。由此可以看出,在作者思想上,书中所写主要的女子,都是在金陵;所写这些女子之事,也都发生在金陵。

但是,如俞平伯、周汝昌二位先生所说,《红楼梦》中所写贾家,其背景是在北京。① 对这个问题该怎么来看待呢?我以为作者这样安排,除了前面所说的原因(为了同生活中的曹家有所区别)外,还有两个原因:

(一)作者对于当年家中人事,特别是朝夕相处的女子的生活遭际以至音容笑貌都很熟,但对于外面街坊道路等的情况,有的记忆不清,有的本来就不很清楚。《红楼梦》一书要反映一个显赫家族败落的过程,情节极为复杂,如没有一个清晰的蓝图在胸,很多情节的构思、描写就无法展开。所以,便将背景由南京移至他十四岁以后长期生活

---

① 参见俞平伯《红楼梦地点问题商榷》、周汝昌《红楼梦新证》(增订本)第四章《地点问题》。

的北京。

（二）将正面写的贾家安排在北京,可以通过贾家同国君、王爷、大臣、宦官的种种联系,更加典型地表现这个家族的败落同朝廷的关系,元春归省、秦可卿葬仪等在表现主题方面有着重要意义的大场面才得以充分加以描写。

作者虽以北京某地为蓝本,但在其心中,所写乃是金陵。所以,关于北京,并不指明,在第一回反说了些"朝代年纪,地舆邦国却反失落无考"之类的话;而其中有些景致、情节,也显然是按照南方来写的,如俞平伯先生所指出的大观园中有竹、有苔,有木香、荼蘼、蔷薇,冬天有红梅,席面上有桂花等。① 而且,将生活在这个环境中的女子称作"金陵十二钗"。这样,书中所写到底是在北京还是在金陵,也就变得有些模糊了;贾家同江南的甄家,真所谓"两兔傍地走,安能辨我是雄雌"。作者既在情节、结构上精心设计,虚实相应,又散出一层薄雾笼罩其上,给人以缥缈悠远、游移无定之感,就像画了一幅彩色的山水楼台画,画完后作者又洒了些星星点点的白粉在上,成鹅毛大雪中的山水楼台,使那无限美景,似在人间,又似在天上——琼楼玉宇,更易引起人的遐想。

故事的背景安排在北京,而又以南京的甄家暗示是以曹家在南京时事为蓝本,又通过太虚幻境中金陵十二钗的判词和《红楼梦》十二曲来暗示一直激荡着作者心胸,使作者不能不动笔写这部作品的种种人、事、情节,尤其那"当日所有之女子",皆在南京时所阅历,所熟知。北京、南京,实境、幻境,互为补充。屈原的《离骚》既写了人间(第一大部分),也写了天上(第二大部分)。第三大部分在灵氛占卜,巫咸降神之后,决定离开楚国,又是驾飞龙,扬云霓,发轫于天津,命驾乎西极。当其在天上"忽临睨夫旧乡"之后,则又不忍离去,将天上、人间联结起来。《红楼梦》虽是小说,但其构思充满了诗的韵味。这样奇特的构思,恢宏的气度,《离骚》以来没有第二部作品可以赶得上。《红楼梦》

---

① 参见俞平伯《红楼梦研究》,棠棣出版社1952年版,第132—133页。

确实是现实主义的杰作,但它的浪漫主义手法的运用,应该说达到相当高的水平,并且是同作品中的现实主义精神结合在一起的。

周汝昌先生考出《红楼梦》中贾府描写是依据恭王府,这对我们认识作者的取材范围和创造典型环境的情况都是有帮助的。但是,如果要以此作为曹雪芹在四五岁上家中被抄、离开南京的根据,未免过于拘泥。周先生在《红楼梦新证》的《雪芹生卒》一章中引了《红楼梦》第五回宝玉向警幻说的"常听人说金陵极大",和脂批"'常听'二字神理妙极",说道:

> 也可以从侧面窥见雪芹对于南京的印象遗存不多,他只能从旁人嘴中"听说"而已。"十一岁"的曹雪芹如果这样记忆薄弱,是说不通的。若依我所推生于雍正二年,到六年北归,刚刚五岁,其记不清南京,便不足怪。①

十一二岁大官宦家的子弟对社会的了解究竟能有多少,看看《红楼梦》第十九回宝玉同茗烟去花自芳家的情节就知道了。茗烟问宝玉说:"若他们知道了,说我引着二爷胡走,要打我呢?"一到花家,花袭人惊慌得什么似的,说:"这还了得!倘或碰见了人,或是遇见了老爷,街上人挤车碰,马轿纷纷的,若有个闪失,也是顽得!你们的胆子比斗还大。都是茗烟教唆的,回去我定告诉嬷嬷们打你。"最后是花家雇了轿子送回去的。本来花自芳说:"有我送去,骑马也不妨。"袭人说:"不为不妨,为的是碰见人。"这些公子哥儿,虽然也有出去拜见王爷之类的事,但也都是前呼后拥,遮遮拦拦,能了解多少事?所知道的一些,大多是听来。所以脂批说:"常听"二字"神理妙极。"而如果按周先生的解释,就反而缺乏神理了。为什么呢?四五岁的小孩子,不可能如开卷第一回所说"曾经历过一番梦幻",有那样深的人生感慨,也不会"忽念及当时所有女子,一一细考较去,觉得行止见识,皆出于我之上。"印

---

① 周汝昌《红楼梦新证》(增订本),人民文学出版社 1976 年版,第 176 页。

象最深的,恐怕莫过于奶妈和玩具,绝不会有多少能写《红楼梦》这样巨著的素材。

说曹雪芹所写是抄家后在北京的经历,也是万万不可能的。不仅曹家再没有什么袭职,再也摆不起那么大的排场,作品所表现的气氛、情绪也完全不是那么回事。南唐李后主亡国后,宋太宗也颇礼遇之,"增给月俸,仍予钱三百万",封"陇西郡公"(《十国春秋》卷十七)。我们能因此说他的《一斛珠》(晚妆初过)、《浣溪沙》(红日已高三丈透)、《玉楼春》(晚妆初了明肌雪)和《望江南》(闲梦远)有可能是亡国以后作品吗?"梦里不知身是客,一晌贪欢""流水落花春去也,天上人间!"这种哀伤、绝望、不堪回首的心情,是不可能用"金炉次第添香兽""船上管弦江面绿"那样的诗句来表现的。我想,这应该是知人论世的基本道理。

五、《石头记》命名之义

《红楼梦》一书之甲戌本、庚辰本、己卯本并题作《脂砚斋重评石头记》,戚蓼生(乾隆三十九年乙丑进士)序本、蒙古王府本并只题作《石头记》。甲戌本第一回云:

> 空空道人……改《石头记》为《情僧录》,至吴玉峰题曰《红楼梦》,东鲁孔梅溪则题曰《风月宝鉴》。后因曹雪芹于悼红轩中披阅十载,增删五次,纂成目录,分出章回,则题曰《金陵十二钗》,并题一绝……至脂砚斋甲戌抄毕再评,仍用《石头记》。

乾隆甲戌为1754年,下距曹雪芹之去世尚有十年。可见,作者最初设想的书名是《石头记》。至甲辰(1784年)梦觉主人序本,首题之为《红楼梦》,则上距作者去世,已二十年。脂砚斋深知作者的经历和创作动机,甚至也明白作品中一些情节、内容素材的来源,清楚作者构思、创作的过程。他评毕全书,仍用《石头记》之名,这应该看作也是作者的本意。

但是，那所谓空空道人从"大荒山无稽崖青埂峰下"的"补天未用之石"上抄来之类的情节难道是真的吗？它在全书主题表现和整体构思中，到底起着怎样的作用？《红楼梦》开头说，作者曾经历过一番梦幻，"故将真事隐去，而借'通灵'之说，撰此《石头记》一书"。可见，作者撰此书之初，即打算名之为"石头记"；所谓"通灵宝玉""女娲炼石补天未用之石"云云，都不过是借来表现作者本意而已。它同"贾家""甄家"的安排一样，都是在构思过程中形成的，表现了作者借题发挥、随笔生花、掀波起浪、堆土成峰的手段，而书之名为《石头记》，则同主要所写家族姓贾一样，是在构思之初就定了的。甲戌本第一回在初用"石头记"三字处脂评曰："本名。"在初用"红楼梦"三字处有脂评曰："点题，盖作者自云所历不过红楼一梦耳。"则作者定此二名之时间先后便一目了然。

那么，作者为什么一开始先定此书之名为《石头记》呢？难道真的只是为了寄托"补天未用之石"这个意思吗？不是，"补天未用之石"云云，都只是作者借"通灵"之说表现其本意的当中，又借题发挥罢了。那么，其命名之真意又何在？《元和郡县志·江南道》云：

> 隋开皇九年平陈，于石头城置蒋州，以江宁县属焉。

又云：

> 石头城，在县西四里，即楚之金陵城也。吴改为石头城。

《读史方舆纪要》卷二十《江宁府》：

> 石头城，府西二里有石头山。……山上有城，相传楚威王灭越，置金陵邑于此。

这才是《石头记》一书命名之真实原因。古之石头城，金陵邑，后来之金陵城，虽遗址、城址未必完全吻合，但历来都用以指南京，即曹家三世六十余年任过江宁织造的地方。故第十三回《秦可卿死封龙禁尉》写贾珍欲通过太监戴权为贾蓉捐一个官,履历上写的是"江南江宁府江宁县监生贾蓉"。第二回《冷子兴演说荣国府》贾雨村说:

> 去岁我到金陵地界,……那日进了石头城,从他老宅门前经过。街东是宁国府,街西是荣国府,二府相连,竟将大半条街占了。

可见书中写的贾家,也正是在石头城中。

《红楼梦》开头说作者要用此书记下一些令他难以忘怀的女子。记下那些难忘的女性,也就是记下了自己青少年时代一段难忘的生活。"虽其中大旨谈情,也不过实录其事。"(第一回)这一段生活是在石头城度过的,所以,作者将这部书名之为《石头记》。这部书主要写了一些女性,故又可名之为《金陵十二钗》。我们如果把"石头"看作地名,联系其主要内容来说,"石头记"不就等于"金陵十二钗"吗?

但甲戌本《凡例》上说:"《红楼梦》是总其全部之名也,又曰《风月宝鉴》,是戒妄动风月之情;又曰《石头记》,是自譬石头所记之事也。"看来这个《凡例》并非作者所自写。因为甲戌本卷一有一条眉批云:"雪芹旧有《风月宝鉴》之书,乃其弟棠村序也。今棠村已逝,余睹新怀旧,故仍因之。"这是脂砚斋所以将"风月宝鉴"列为《石头记》一书异名之故。则《风月宝鉴》原并非指《红楼梦》全书,乃是作者早先所成一书之名,此书稿后作为《红楼梦》之一部分编入。关于此点,甲戌本《凡例》所说,并不准确。

如果甲戌本《凡例》真是作者所写,我以为"自譬石头所记之事"云云,不过是作者的障眼法。此书开头加了一些"茫茫大士""渺渺真人"及女娲炼石补天未用之石之类的情节,[①]二百多年来,迷惑了无数的学

---

① 第一百二十回也写有茫茫大士、渺渺真人、空空道人等。此虽高鹗所续,但与第一回相照应,是合于作者原意的。

者,很多人都以为作者是以本可以补天未被用的石头自喻,并把它看作是贯穿作品首尾的思想,好像是作者在全书构思之先就有了的一般。其实,"茫茫大士""渺渺真人""空空道人",也就同于"子虚""乌有""亡是公""凭虚公子""安处先生"。"大荒山""无稽崖"两个地名亦类此。此皆所谓:"满纸荒唐言"的"荒唐"外衣。地名"青埂峰"之"青埂"则即"情根",体现着难以忘怀的儿女之情,与"一把辛酸泪"相关联。然而,这一段辛酸的回忆,却是同金陵(石头城)紧密联系在一起的。所谓"补天未用之石",所谓"绛珠仙子""神瑛侍者",也都如《庄子》的"寓言十九",《离骚》的神游天界,是旷古奇才天马行空、雄笔恣肆的表现。

这里需要指出的是:作者虽一开始就定书名为《石头记》,但所构思引出作品两个主人公的情节却只有神瑛侍者和绛珠仙子的事,后来因要将书名同书中情节牵合在一起,才设了女娲炼石补天之石一块未用,被茫茫大士大展幻术,"变成一块鲜明莹洁的美玉","携入红尘,历尽离合悲欢、炎凉世态"的情节。不然,书中已言神瑛侍者为宝玉前身,茫茫大士要去了结他同绛珠仙子的"一段风流公案",如何又有了关于石头的一大段文字和"无材可去补苍天"那首诗,并且说:"诗后便是此石坠落之乡,亲自经历的一段陈迹故事。"显然,就多少出现了重复与矛盾。而且,"灌溉还泪"之说,也同书开头"忽念及当日所有女子"那一段话反映的思想一致,表现着作者的创作动机。故可以肯定,"女娲补天未用之石""通灵宝玉"以至于书中男主人公的名字作"宝玉",也都是为了牵合书名与情节,后来才形成的。弄清这个问题对于正确把握《红楼梦》一书的主题,书中所反映的思想,对于正确认识曹雪芹也有好处。曹雪芹从青年时代已看透了封建社会腐朽的本质,他清楚地认识到,当时的"天"已千疮百孔,谁也无力补它,而自己根本不可能去补它。作品中所写一定程度上体现了作者思想的贾宝玉,一听史湘云劝他"读书去考举人进士""讲些仕途经济的学问",便马上变脸逐客,而且说:"林姑娘从来说过这些混帐话不曾?若他也说这些混帐话,我早同他生分了。"(第三十二回)。可见作者就根本不想去补这个

"天"。所谓"无材补天"云云,不过同书开头所说"背父兄教育之恩,负师友规训之德,以至今日一技无成,半生潦倒"一样,都是冠冕堂皇的桌面上话。作者实不愿意有那样的才,如以此为作者真实思想,那就错了。所以,虽然以前学者们以石头为作者影子并无大错,但这并不是一开始就确定的重要情节,"无材补天"云云,也不能反映作者的思想,只能看作是随笔点染的障眼烟雾而已。甲戌本第一回有一则针对"披阅十载,增删五次"的眉批:

> 若云雪芹披阅增删,然则(原误作"后")开卷至此这一篇楔子,又系谁撰?足见作者之笔狡猾之甚!后文如此处者不少,这正是作者用画家烟云模糊处。观者万不可被作者瞒蔽了去,方是巨眼。

可惜我们有些人不管这些,生要在"石头"上作文章,猜谜般寻找《红楼梦》的所谓"原作者"。我以为要研究《红楼梦》的作者,首先应该读懂《红楼梦》。

俞平伯先生的《红楼梦正名》一文认为"红楼梦"是作者最后所定的书名,其说是也。但俞先生以为"'石头记'这名字还不能包括全书",则理由过于牵强。他先将"石头"看作作者的影子,由此来推断其他,自然也就不可能弄清作者最早之所以名之为"石头记"的原因。

我以为:从记述作者经历的方面说:此书当名之为《石头记》;而从文学构思的方面说,当名之为《红楼梦》(第五回宝玉梦中所见各人的判词及《红楼梦十二曲》已总括书中主要女子的命运与结局)。可以说,《石头记》一名同作品的题材来源,和人物的本事关系密切,而《红楼梦》同作者的整体构思联系紧密。所以,《红楼梦》一名更具文学色彩。显然,这个名称最早是在书的前半部分大体完成,主要人物的发展、结局基本确定之后才产生的。

《石头记》《红楼梦》命名之用意未弄清,是该书作者研究上奇说百出,争论不休,在曹雪芹生年研究上各言其是、相持不下的一个重要原因。

根据以上的考证，我以为，以《红楼梦》中贾家生活环境安排在北京则可，若进而以此为依据论定曹雪芹所写乃是被抄家迁到北京以后的贾家则不可。书开头写的"石头"，也并不是有意构思的作者影子，"无材补天"云云，不代表作者的真实思想。

六、关于曹雪芹的生年

曹雪芹的卒年，如根据甲戌本《石头记》第一回脂砚斋评语"壬午除夕，书未成，芹为泪尽而逝"的话，则在乾隆二十七年除夕（1763年2月12日）。① 如据敦诚《四松堂集》的《挽曹雪芹》一诗题下注的"甲午"二字，及敦敏《懋斋诗钞》乾隆二十八年癸未春（1763）又《小诗代柬寄曹雪芹》，至二十九年甲申（1764）才有《河干集饮题壁兼吊曹雪芹》的事实，当在乾隆二十八年癸未除夕（1764年2月1日）。也有同志提出甲戌本脂评的"壬午除夕"是评语系年，学者们所引该段评语实为两段评语被删改移动而成，考证曹雪芹卒于乾隆二十九年二月二十八日（1764年3月20日）。② 不管怎样，曹雪芹死于1763年，或者1764年春天，是没有问题的。这是我们探求其生年的一个基础。

关于曹雪芹的生年，胡适最早在《红楼梦考证》中根据曹雪芹同敦诚兄弟来往情况，以及到乾隆五十六、五十七年时《红楼梦》已在社会上流通了二十来年的事实，推断其大约生于康熙末叶（约1715至1720），死时约五十岁。后来，他又根据敦诚的《挽曹雪芹》，说："假定他死时四十五岁，他的生时当康熙五十七年（1719）。"③王利器先生主

---

① 胡适考证曹雪芹卒年，第一次在《红楼梦考证》中说："我们可以断定曹雪芹死于乾隆三十年左右。"后在《红楼梦考证跋》中据敦诚《挽曹雪芹》一诗中说："死在乾隆二十九年甲申（1764）"。胡适最后据脂砚斋批语定为"死于乾隆二十七年壬午（1762）。"胡适的最后所定忽略了一个问题：农历之除夕，已入公元之下一年。则胡适最后所考定，应为1763年。

② 徐恭时《文星陨落是何年——曹雪芹卒年新探》，《红楼梦学刊》1981年第二辑。

③ 胡适《红楼梦考证跋》，据上海书店编印《民国丛书》。

生于康熙五十四年（1715），①俞平伯先生最后的假定是1723年，②周汝昌先生主生于雍正二年甲辰（1724）。③

俞先生所列证据似乎既可以这样解释，也可以那样解释，姑置不论。周先生的证据主要是敦诚《四松堂集》抄本所收《挽曹雪芹》一诗中"四十年华付杳冥"一句。另外的佐证便是：《红楼梦》一书所写背景是在北京，即曹𬖿被抄家后曹雪芹生活的地方。周先生在论证曹雪芹生年时，虽并未强调后面这一点，但《红楼梦新证》一书用了相当多的篇幅来考证《红楼梦》所写究竟以何处为背景，则毫无疑问周先生立论是考虑到这一点的。所以，仅仅在直接关系到生年的一些问题上争论，并不能使周先生信服。

本文第二部分已经说过，《红楼梦》一书，是作者要写他"半生亲睹亲闻的这几个女子"。显然，作品主要写的是抄家之前的一些情节。在曹雪芹所写前八十回中，曹家完全是深受宠信，袭有世职的显贵之家，即高鹗按原作的情节发展及前文的伏线、暗示所续后四十回中，也是到第一〇五回才是"锦衣军查抄宁国府"。曹雪芹不可能根据四五岁以前的生活经历而完成一部内容十分丰富的文学巨著。而且，如以为是写其四五岁以前"亲睹亲闻"，也同书的内容，同作品的主人公贾宝玉的情形相去太远。任何一部作品，都超越不出作家生活与认识的范围。如果说有关人的诗句等是认识曹雪芹生年的依据，我以为《红楼梦》一书是最重要的依据。贾宝玉不仅表现了作者的思想，而且，从第一回有关文字看来，他就是作者的影子，是作者主要根据自己少年时代的经历而写成的。作品中有相当多的篇幅写了宝玉同姐妹们、丫鬟们相处的情形，及他周围一些女性的命运，这不正是作者所说

---

① 王利器《重新考虑曹雪芹的生平》，《光明日报》1955年7月3日《文学遗产》61期。刘梦溪编《红学三十年论文选编》上，百花文艺出版社1983年4月第1版。

② 《红楼梦研究·红楼梦地点问题商讨》，1952年版137页。俞氏在《红楼梦辨》所收同一篇文章中是作1719年。

③ 周汝昌《〈红楼梦〉作者曹雪芹生卒年之新推定——〈懋斋诗钞〉中之曹雪芹》，1947年12月5日天津《民国日报》之《图书》副刊第71期；《再论〈红楼梦〉作者曹雪芹的生年》，1948年5月21日《图书》副刊92期；《曹雪芹卒年辨》，1962年5月4日《文汇报》；并参《红楼梦新证·雪芹卒年》。

"忽念及当日所有女子,一一细考较去""编述一集"吗?

所以,我以为俞平伯先生以曹雪芹生于雍正元年,周汝昌先生以生于雍正二年,是与《红楼梦》一书所反映的情形不合的。

当然,我同意曹雪芹生于康熙五十四年(1715),抄家之时十三岁,还有另外的证据。第十三回写秦可卿托梦于凤姐之后,凤姐寻思宁国府中五大弊之一段,脂砚斋眉批云:

> 旧族后辈受此五病者颇多,余家更甚。三十年前事,见书于三十年后,今余想恸血泪盈。

学术界已公认脂砚斋是作者亲属,对曹雪芹的生活、家庭及《红楼梦》的创作情况都极熟悉。脂批说:"壬午除夕,书未成,芹为泪尽而逝。"雪芹之死,不在壬午,即在癸未(误记而差一年的情形也是有的)。书的第一回又说:"批阅十载,增删五次。"前八十回的写成,即在此前十年中。以脂砚斋所说"见书于三十年后"之后即乾隆癸未(1763),上推至乾隆甲戌(1754年),则其所谓"三十年前事",当发生在雍正二年癸卯(1724)至雍正十一年癸丑(1733)之间,实即雍正五年抄家前后也。照周先生说法,抄家时曹雪芹只四岁。四岁的孩子怎能懂得书中秦可卿、凤姐所想到的那些道理,以至能在成年时记忆犹新,并在作品中加以表现? 因为曹家在抄家前和抄家后的境况有如天壤之别。所以,即使用"以后来之生活经验充实幼年时经历"的说法,也是解决不了这个问题的。

那么,敦诚《挽曹雪芹》诗中的"四十年华付杳冥"又当作何解释呢?

这句诗在敦诚的《鹪鹩庵杂记》(抄本)中"四十年华"作"四十萧然"。这"萧然"二字,便是"年华"的脚注。自然,在抄家之前,他是并不"萧然"的。抄家迁居北京之后的三十六七年,才景况凄然,艰难备尝。"四十年华付杳冥",是言四十年之凄凉生活,今得结束,一切都过去了。又诗中"付杳冥",《鹪鹩庵杂记》中作"太瘦生"。语出传为李白作的《戏赠杜甫》:"借问别来太瘦生,总为从前作诗苦。"欧阳修曰:"太瘦生,唐人语也。至今犹以'生'为语助,如'怎么生''何似生'之类是也。"则"太瘦生"不是名词性词组,而是形容之词,"生"乃语助,无实义。"四十萧然太瘦生",是言近四十年(实则三十六七年,"四十"是近似之整数)中生活凄苦,因而形容枯槁。原句和修改后诗句的本意,都不是说曹雪芹的一生,而是指"家难"后的潦倒。如记曹雪芹事迹较早的长白西清所说:"(寅)为织造时,雪芹随任,故繁华声色,阅历者深,然竟坎壈半生以死。"[①]

张宜泉《春柳堂诗稿》有关于曹雪芹之诗数首,其《题芹溪居士》题下原注云:"其人素性放达,好饮,又善诗画,年未五旬而卒。"以曹雪芹生于1715年,卒于1763年,则虚岁四十九岁,实只四十八岁,与"年未五旬而卒"正合。

七、结 论

归结以上所说,得出以下几点结论:

(一)《红楼梦》中贾家之"贾"是由"曹"字移动笔画变化而来,以曹家衰败的过程为蓝本,是作者在此书构思之初就确定了的。

(二) 书中甄家的构思,是将"贾"谐音为"真假"之"假"而生发出来的。分一为二,以贾、甄二家从不同方面来反映曹家的衰败史。作者分一家为两家,分一地为两地,变一个生活环境为两个生活环境,一详一略,一显一隐,有同有异,互为补充,这样既点出了一些根本的事实,又解决了作者对十三岁以前南京情况记忆不清、了解不多,构思、创作受到限制的问题。同时,它一方面更集中、更典型地通过贾家反映了清王朝由鼎盛走向衰微的过程,另一方面也更不易看出是写曹家之事。从构思的奇特、气度的恢宏说,似乎受了《庄子》和《离骚》的影响。

---

① 邓之诚《骨董琐记》卷八引《桦叶述闻》。

（三）《红楼梦》一书作者最初所定书名为《石头记》，因所记为作者小时在石头城时一段经历。从《石头记》记了一些女子的思想、行为与遭遇方面说，"石头记"与"金陵十二钗"同义。以书中所写贾家在北京来认定曹雪芹所反映是被抄家迁到北京后的事，是不能成立的。

（四）《红楼梦》全书写了贾家由兴盛到败落的过程，而主要是写抄家前的情形（今存补定本至第一百零五回才是"锦衣军查抄宁国府"）。那么，书是作者以记忆中曹家抄家前的经历、印象与闻见为蓝本或素材创作成，这是没有问题的。如果否定这一点，就是漠视该书第一回所说"作者自云：因曾历过一番梦幻之后，故将真事隐去，而借'通灵'之说，撰此《石头记》一书也"那开宗明义的一段话，或者是完全否定了作者社会阅历同创作的关系。

（五）曹家被抄家是在雍正五年十二月。联系敦诚的《挽曹雪芹》一诗和脂砚斋批语看，曹雪芹应生于康熙五十四年（1715），而卒于乾隆二十八年（1763）。

（原载《社会科学战线》2003 年第 4 期）

（说明：本文原刊之责编言将本文第六部分下期刊出，但一直未刊出。后来才知该责编考博离去。今补入。）

赵逵夫学术编年

（一、参加国家、省上项目评审和评奖活动不列，参加的学术会议也不能一一列出。二、有关教育、教学、当代诗词评论鉴赏和纪念性文章不列。三、研究成果专书在前。其下论文，先楚辞类，次其他。民俗与地方文化居后。各类俱以发表时间先后为序。四、为简便起见，所提到刊物的期数"1978年第1期"只作"1978.1"；书的出版时间只标年、不标月。）

1967年

甘肃师范大学中文系毕业，分配武都一中工作，曾任教研组长。针对当时高、初中生普遍基础差和缺乏工具书的情况，编成《易错易混字表》，连印两次发给全校学生。《甘肃日报》报道后陕西、贵州等省有的学校来函索要。写成《〈公莫舞〉歌舞剧本研究》。革委会拟派去天水参加"法家人物"《诸葛亮集》的编译，未去。唐晓文的《柳下跖痛骂孔老二》出版后写成《有关盗跖起义的几个问题》，寄刚复刊的《甘肃师大学报》，未被采用。

1975年

调至武都七中，曾任教研组长与校务委员会委员。整理翻译《天问》。

1977年

针对《第二次汉字简化方案》随意简化造成的汉字使用混乱写了《谈第二次汉字简化方案》，寄《光明日报》，《光明日报》来函了解作者的政治表现,校革委会主任王某压下未回,稿未刊。

此后的学术经历与发表论著如下。

1978 年

《关于小学识字教学中的笔画问题》,《甘肃师大学报》1978.1。得周有光先生信二封给予鼓励并指点进行汉字编码研究。拟报考汉字规范化方面研究生,因中国文字改革委员会无学位点、周先生未带研究生作罢。

1979 年

考取甘肃师范大学(今西北师范大学)中国古代文学研究生。

1980 年

《陇上诗选注》,《甘肃农民报》6 月至 8 月连载。

1981 年

《论〈史记〉的讽刺艺术及其对〈儒林外史〉的影响》,《甘肃社会科学》1981.4。

1982 年

获得硕士学位,留校任教;

《楚屈子赤角考》,《江汉考古》1982.1;

《〈天问〉义释八则商榷》,《求索》1982.2。

1983 年

7 月赴大连参加"屈原学术研讨会",在北京四天,跑琉璃厂等处书店购书。会上以考证屈氏先世与句亶王熊伯庸的论文交流,受到汤炳正、张震泽、魏际昌、聂石樵、郭在贻等先生的高度评价。被选为中国屈原学会筹委会委员;

《〈楚辞〉中提到的几个人物与班固刘勰对屈原的批评》,《西北师院学报》1983.2,人大复印资料《中国古代近代文学研究》1983.5;

《清代诗人张晋生平考辨》,《(甘肃)社会科学》1983.6;

1984 年

2 月给中文系 1981 级学生上"楚辞研究"选修课。5 月赴四川师大参加"屈原学术研讨会",见到汤炳正、屈守元、姚奠中、朱季海、魏炯若等先生,多受教益。8月初为联系唐代文学学会代表参观、居住事宜到敦煌,参观莫高窟,得看一般不开放的几个窟。8月参加中国唐代文学学会第二届年会;

获得"西北师院1979年至1983年科研成果奖"二等奖;

《中国唐代文学学会第二届年会综述》,《文学评论》1984.4;

《甘肃古代作家作品》文章十余篇,在甘肃人民广播电台播出后收入省人民广播电台文艺部编《甘肃古代作家作品选讲》(1986.1)和《咏陇诗文赏析》(1986.1);

《〈大学语文〉注释商榷》,《西北师大学报》1984.3;

致郭在贻信两封,并1988年5月一封,后刊《郭在贻文集》第4卷《友朋函札选录》(中华书局2002年版)。

1985年

6月赴江陵参加中国屈原学会成立大会,被选为屈原学会常务理事;

《屈氏先世与句亶王熊伯庸——兼论三闾大夫的职掌》,《文史》第25辑(中华书局1985年版)。

1986年

赴浙江富阳参加中国屈原学会第二次年会;

《〈离骚〉的创作时地考》,《江西社会科学》1986.4;

《〈离骚〉的开头、结尾与创作地点的关系》,《浙江学刊》1986.6;

《囊括杂体 功在诠别——屈赋形式上的继承问题新探》,《贵州社会科学》1986.10;

《张晋诗思想内容述论》,《西北师大学报》1986.1。

1987年

1月,评为副教授,当年评为硕士生导师;

《屈氏先世与句亶王熊伯庸——兼论闾大夫的职掌》获甘肃省社会科学科研成果评奖二等奖;

《释"偃蹇"》,《新疆师范大学学报》1987.1;

《吴回·南岳·不死之乡——探索有关楚民族的一个神话》,《民间文艺季刊》1987.1；

《〈湘君〉〈湘夫人〉的抒情主人公形象》，《北京社会科学》1987.3；

《〈湘君〉〈湘夫人〉的环境、情节安排与抒情》，《北方论丛》1987.4；

《沧海求珠 一睹璀璨——作为楚辞上源的民歌和韵文剖析》，《喀什师范学院学报》1987.4；

《突破·开拓·治学方法》，《文学遗产》1987.2；

《芜秽不生 纲领昭畅——古代文论谈熔裁》，《新闻战线》1987.5；

《〈捉季布传文〉校补》，《唐代文学论丛》总第9期；

《是耶？非耶？有据乎？无据乎？——谈采用旧注应分清古今同形词的词义》，《古籍整理出版情况简报》185期，又国务院古籍整理出版规划小组编《古籍点校疑误汇录（五）》，中华书局1990年版。

1988年

4月赴湖南南岳区参加全国赋学会首次年会；

《〈离骚〉释词》，《楚辞研究》（中国屈原学会成立大会论文选），齐鲁书社1988年版；

《一代霸主艰辛的童年——〈天问〉中反映的楚庄王事迹发微》，《青海社会科学》1988.3；

《藻辞谲喻，意蕴宏深——从帛书〈相马经·大光破章〉看屈赋比喻象征手法的形成》，《辽宁师范大学学报》1988.3；

《屈赋对古诗风格、情调的继承与创造》，《江西社会科学》1988.4；

《〈荀子·赋篇〉包括荀卿不同时期两篇作品考》，《贵州社会科学》1988.4；

《关于马陵之战及其他——致徐敏》，《中国社会科学院研究生院学报》1988.4；

《〈形天葬首仇池山说〉笺注》，《甘肃民族研究》1988.1；

《形天神话钩沉与研究》，《民间文学论坛》1988第5—6期；

《甘肃三十七年古代文学研究回顾》，《社科纵横》1988.4。

1989年

6月，任西北师大中文系学术委员会副主任。10月，赴四川江油参加全国赋学会第二次年会。会后到川北平武县考察白马人习俗；

《张康侯诗草》（编校），兰州大学出版社1989年；

《论屈原在完成歌诗向诵诗的转变方面所作的贡献》，《西北师大学报》1989.1；

《画貌琴心 舒情布艳——论楚国高度发展的艺术与屈原抒情诗艺术魅力的形成》，《喀什师范学院学报》1989.2；

《马王堆汉墓帛书〈相马经〉发微》，《文献》1989.4；

《屈原与世界抒情诗的成就》，《社科纵横》1989.5；

《苍凉萧瑟 豪放奇丽——论清初甘肃诗人张晋诗的艺术特色》，《西北民族大学学报》1989.1；

《我国最早的歌舞剧〈公莫舞〉演出脚本研究》，《中华文史论丛》1989.1，《西北师大学报》2002.3重刊；

《〈内功图说〉作者考》，《体育文史》1989.1。

1990年

6月，赴贵阳参加中国屈原学会第四次年会，被选为第二届理事会常务理事。10月，赴济南参加首届国际赋学研讨会；

"屈骚研究（系列论文）"获甘肃省高校1979—1989年度哲学社会科学优秀成果评奖一等奖；《我国最早的歌舞剧〈公莫舞〉演出脚本研究》获甘肃省第二次社会科学优秀成果评奖一等奖；

参编《花鸟诗歌鉴赏辞典》，中国旅游出版社1990年版；

《楚辞学现状与未来》，《云梦学刊》1990.1；

《屈原未放汉北说质疑与被放汉北新证》，《中国文学研究》1990.3《中国古代近代文学研究》1991.1；

《庄辛——屈原之后楚国杰出的散文作家》，《西北民族学院学报》1990.4；《中国古代近代文学研究》1991.4；

《〈金瓶梅〉借用〈青琐高议〉材料考》，《陕西理工学院学报》1990.1；

《〈伍子胥变文〉补校拾遗》，《社科纵横》1990.6；

《我国古代第一个以农业生产为题材的大型舞蹈——汉代〈灵星

舞〉考述》,《传统文化》(内刊)1990.3;《西北师大学报》1998.3;

《我国唐代的一个俳优戏脚本——敦煌石窟发现〈茶酒论〉考述》,《中国文化》总第3期;

《连接神话与现实的桥梁——论牛女故事中乌鹊架桥情节的形成及其美学意义》,《北京社会科学》1990.1;

《论牛郎织女故事的产生与主题》,《西北师大学报》1990.4。

1991年

6月赴岳阳参加国际屈原学术研讨会,见到苏联科学院院士费德林、日本著名汉学家竹治贞夫等学者,在屈原生平和作品研究方面的一些看法受到称赞。7月在兰州参加国际简牍学术研讨会。7月下旬,参加西北师大举办暑期中日学者汉文化学术研讨会。9月,甘肃国际文化传播与交流协会成立大会召开,被选为执行常务副理事长;

5月20日,因"工作成绩突出"甘肃省教委授予"作出突出贡献的硕士获得者"荣誉称号。此前后先后被评为西北师大优秀教师、甘肃省优秀教师。获省委省政府颁发的"园丁奖"。《唐代的一个俳优戏脚本——敦煌石窟发现〈茶酒论〉考述》在甘肃省第一届戏剧理论论文评奖中获得二等奖;

《屈原之前的一位爱国作家——莫敖子华考论》,《河北学刊》1991.1;

《〈战国策·楚策一〉张仪相秦章发微》,《古籍整理与研究》(全国高等学校古籍整理研究工作委员会主办,中华书局出版)总第6期;日本《福冈大学综合研究所报》第172号,全文译为日文加按语刊出;

《〈李陵变文〉校补拾遗》,《甘肃社会科学》1991.2。

1992年

3月被评为教授,任西北师大学术委员会委员。被吸收为中华诗词学会会员、甘肃敦煌学会会员、甘肃戏剧家协会会员。5月任西北师大中文系主任。6月被选为西北师大职称评定委员会成员。8月赴郑州参加《文选》第三次国际学术研讨会。10月拟赴香港参加第二次国际赋学研讨会,因签证未按时下来在北京买了大批书籍返回。在会上

提交了论文。任中国诗经学会筹备委员会成员。10月,国务院颁发证书,享受政府特殊津贴;

"屈原与当时的楚国文学"(系列论文)获得省高等学校1990—1991年度哲学社会科学优秀成果一等奖;

《〈离骚〉中的龙马同两个世界的艺术构思》,《文学评论》1992.1;

《〈离骚〉的比喻和抒情主人公的形貌问题》,《中国社会科学》1992.4;《中国古代近代文学研究》1992.11;

《我国最早的一篇作者可考的小说——庄辛〈说剑〉考校》,《山西师大学报》1992.4;

《〈敦煌变文集〉第一卷六篇补校》,《兰州大学学报》1992.2;

《〈七发〉体的滥觞与汉赋的渊源》,《西北民族学院学报》1992.2;

《张晋诗的传本与著录考述》,《社会纵横》1992.2;

《三场歌舞剧〈公莫舞〉与汉武帝时代的社会现实》,《西北师大学报》1992.5。

1993年

4月,任甘肃省高校职称评定委员会委员,语言文学科组组长。8月赴石家庄参加诗经国际学术研讨会,为主席团成员,被选为中国诗经学会常务理事。9月,任首届甘肃省新闻专业高评会委员(其后连任四届)。12月,在甘肃省诗词学会理事会议上被推举为省诗词学会学术顾问;

2月,《八进位制子遗与八卦的起源及演变》被评为首届伏羲历史文化研讨会优秀论文;10月,《战国策楚策一·张仪相秦章发微》获甘肃省第三次社科优秀成果评奖一等奖;12月,获曾宪梓教育基金会1993年高等师范院校教师奖二等奖;

《唐勒〈论义御〉与楚辞向汉赋的转变——兼论〈远游〉的作者问题》,《云梦学刊》1993.1;

《〈九歌·山鬼〉的传说本事与文化蕴蓄》,《北京社会科学》1993.2;

《庄辛〈谏襄王〉考校兼论〈新序〉的史料价值》,《甘肃社会科学》

1993.6,1994.1 连载；

《〈韩朋赋〉补校》,《社科纵横》1993.1；

《金城壮色赖雄笔——读张澍咏兰州的几首律诗》,《丝绸之路》1993.2；

《〈汉将王陵变〉校补拾遗》,《社科纵横》1993.4；

《汾阴扇鼓傩戏的形成时代与文化蕴蓄》,《中华戏曲》第13辑。

1994 年

5月,任西北师大高级职务评审委员会委员。6月赴江陵参加中国屈原学会第六届年会。7月,被评为西北师大学术带头人；

6月获中国屈原学会"屈原研究十年优秀成果评奖"一等奖；12月被评为甘肃省优秀专家；

《〈离骚〉的形象与构思》获甘肃省1992—1993年度高等学校哲学社会科学优秀成果一等奖；

参编《先秦诗歌鉴赏辞典》,陕西人民教育出版社1994年；

参编《历代哲理诗鉴赏辞典》,湖北教育出版社1994年版；

《屈原的对内政策及同旧贵族的斗争》,《贵州社会科学》1994.6；

《唐勒〈论义御〉与楚辞向汉赋的转变——兼论〈远游〉的作者问题》,《西北师大学报》1994.5,《中国古代近代文学研究》1994.12；

《〈哀郢〉释疑并探屈原的一段行踪》,《荆州师专学报》1994.4；

《〈孙膑兵法〉校补》,《文史》第39辑,中华书局1994年；

《八进位制孑遗与八卦的起源及演变》,《伏羲文化》,中国社会出版社1994年;韩国《东方汉文学》第12辑(东方汉文学会1996年)；

《论西周末年杰出诗人召伯虎》,《诗经国际学术研讨会论文集》,河北大学出版社1994；

《读书与研究》,《文史知识》1994.12。

1995 年

1月,担任校学位委员会委员,中文系学位委员会主任。8月赴北戴河参加第二次国际诗经学术研讨会,同月被聘为甘肃省社科研究系列高级专业技术职务评委会委员。10月被聘为天水伏羲文化研究会顾问；

《离骚的比喻和抒情主人公的形貌问题》获甘肃省第四次社会科学优秀成果二等奖；

《唐勒〈论义御〉校补》，《西北师大学报》1995.1；

《屈原早期任职与〈大招〉之作》，《云梦学刊》1995.1；

《屈原改革思想管窥》，《甘肃政法学院学报》1995.2；

《日本新的"屈原否定论"产生的历史背景与思想根源初探》，《西北师大学报》1995.4；

《屈原在江南的行踪与〈涉江〉〈怀沙〉的作时》，《西北民院学报》1995.4；

《汉北云梦、屈原赋与屈原在怀王朝的被放之地》，《荆州师专学报》1995.4；

《〈战国策〉中有关屈原初任左徒时的一段史料》，《北方论丛》1995.5；

《参军戏〈攀道〉研究》，《中华戏曲》第16辑，山西古籍出版社1995年。

1996年

作为学科带头人组织申报西北师大中国古代文学博士点，4月获成功。为西北师大古代文学专业博士生导师。5月，当选甘肃省黄河文化经济发展研究会理事、学术委员会委员。7月，被任命为省高教系统高级职务评审委员会副主任（连续任命至2015年）。10月，任西北师大中文系学位评定委员会主任。12月，赴台北参加第三次国际辞赋学术研讨会；

《屈原与他的时代》，人民文学出版社1996年版（2002年增订再版）；

《屈原被放汉北云梦任掌梦之职考》，《北京社会科学》1996.1；

《屈原的一统思想和美政理想》（上）、（下），《甘肃社会科学》1996年第2期、第3期；

《莫敖子华〈对楚威王〉考校》，《青海师专学报》1996.2；

《〈离骚〉在中国和世界文学史上的地位与对新诗发展的启迪》,《西北师大学报》1996.3;

《论〈诗经〉的编集与〈雅〉诗的分为"小"、"大"两部分》,《河北师院学报》1996.1;

《周宣王中兴功臣诗考论》,《中华文史论丛》第55辑。

1997年

4月,被连续评为西北师大第二届学术带头人;5月,任西北师大学术委员会副主任(至2004年)。8月上旬,赴桂林参加第三次诗经国际学术研讨会,8月中旬,参加"哈尔滨——镜泊湖两地二十世纪中国古典文学研究回顾与前瞻国际研讨会"。11月,任甘肃省学位委员会副主任(至2012年);

9月,先后被评为西北师大优秀教师、甘肃省优秀教师,获省委省政府颁发的"园丁奖";

《汉代辞赋家赵壹》,《古典文学知识》1997.5;

《西周诗人芮良夫与他的〈桑柔〉》,《贵州文史丛刊》1997.5;

《三目神与氏族渊源》,《文史知识》1997.6;

《北宋傩戏〈坐后土〉研究》,《中华戏曲》第20辑;

《唯书是好——霜鬓回首话读书》,《当代百家话读书》,广东教育出版社、辽宁教育出版社1997年。

1998年

任西北师大教材工作委员会副主任,甘肃省社科评奖委员会副主任。1月,开始担任国家哲学社会科学基金文学学科评审组成员。5月,在深圳召开的中国屈原学会第七次年会上被选为屈原学会副会长。会后应邀到浙江师大、浙江大学讲学。6月,任西北师大第六届学位委员会副主任。9月,任孔宪武优秀中青年科研工作者奖评审委员会副主任委员。12月由省人大常委会组织到日本作文化考察,任团长;

12月,《屈原与他的时代》获教育部人文社会科学研究成果奖三等奖;

《屈骚探幽》，甘肃人民出版社1998年；

为《先秦诗鉴赏辞典》（上海辞书出版社1998年）领衔撰稿人，撰《诗经》《楚辞》鉴赏文章20篇；

《悲剧人生的自我观照——读王国维〈浣溪沙·山寺微茫〉》，《甘肃高师学报》1998.2；马来亚《国际中文研究》第1辑（博特拉大学出版社2001年版）；

《〈银雀山汉墓竹简〉原列〈孙膑兵法·下编〉十五篇校补》，《文史》第44辑；

《中国古代文学研究刍议》，《百年学科沉思录》，人民文学出版社1998年版；

《我国古代第一个以农业生产为题材的大型舞蹈——汉代〈灵星舞〉考述》，《西北师大学报》1998.3；

《〈文学遗产〉创刊四十周年贺信》，《文学遗产纪念文集》，文化艺术出版社1998年版。

1999年

8月上旬，赴南京参加第四次诗经国际学术研讨会，8月中旬赴合肥参加第三届中国古代散文国际学术研讨会，8月下旬在黄山参加海峡两岸苏雪林学术研讨会；

9月，被评为甘肃省优秀教师标兵，获省委、省政府的表彰与奖励；

《〈九章·哀郢〉鉴赏》，汤炳正主编《楚辞欣赏》，巴蜀书社1999年版；

《〈七发〉与枚乘生平新探》，《西北师大学报》1999.1，《中国古代近代文学研究》1999.5，韩国《东洋礼学》第2辑；

《读苏雪林先生的〈唐诗概论〉》，《西北成人教育学报》1999.4，杜英贤主编《海峡两岸苏雪林教授学术研讨会论文集》，（台湾）亚太综合研究院等2000年印行；

《苏蕙〈回文璇玑图〉的文化蕴含和社会学认识价值》，《陕西师大学报》1999.6；

《会通与突破》，《古典文学知识》1999.6。

2000 年

4月,被选为全国先进工作者,在北京人民大会堂参加全国劳模表彰大会,并应邀到教育部参加陈至立部长主持的座谈会。5月下旬,赴香港中文大学参加屈原国际学术研讨会。9月,在甘肃省第四届文学艺术工作者代表大会上被选为省文联副主席(连任至2013年)。9月,任西北师大文学院院长;

《惊才风逸,壮采云高——屈原离骚赏读》,《中华活叶文选》2000.8;

《论〈惜誓〉的作者与作时》,《文献》2000.1;

《〈天问〉的作时、主题、创作动机》,《西北师大学报》2000.1,《中国古代近代文学研究》2000.6;

《〈离骚〉的结构、叙事与抒情》,《天水行政学院学报》2000.2;

《〈中国文章分类学〉序》,《西北民族学院学报》2000.1;

《卫武公〈抑〉创作时世考论》,《河北师范大学学报》2000.1;

《〈公莫舞〉——西汉歌舞剧雏形考释》,《歌剧艺术研究》2000.2;

《仇生·仇维·仇池山》,《天水师范学院学报》2000.4;

《回首碌碌四十年》,《楚辞研究成功之路——海内外楚辞专家自述》,黄中模等主编,重庆出版社2000年版;

2001 年

3月,受聘为《光明日报》"文学遗产"专栏编委。8月,在甘肃国际文化交流协会成立大会上被推选为学会理事;

参编《元明清名诗鉴赏》(四川人民出版社2001年版),撰沈德潜诗鉴赏文5篇;

《从〈天问〉看共工、鲧、禹治水及其对中华文明的贡献》,《社会科学战线》2001.1,马来亚大学《学术论文集》第六辑,2001年;

《战国屈氏世系及其对屈原的影响》,《荆州师院学报》2001.1,《中国古代近代文学研究》2001.8;

《先秦文体分类与古代文章分类学》,《中国古代散文研究》,安徽大学出版社2001年版,《韩民族语文学》第34辑(朝鲜文译文并附汉

语原文,1999年汉城出版);

《〈诗〉学论著八种平议》,《古籍研究》2001.4,《诗经要籍提要》,学苑出版社2003年版;

《先秦文学与中国古代文化传统》,《光明日报》2001.9.19;

《也谈苏轼〈念奴娇·赤壁怀古〉中的几个问题》,《西北师大学报》2001.5;

《学术的品格与规范》,《西北民族研究》2001.3。

2002年

1月被推选为中国诗经学会副会长,应聘为中国人民大学书报资料中心《中国古代近代文学研究》学术委员会委员、郑州大学兼职教授。6月起兼任西北师大古籍整理研究所所长。7月负责由西北师大文学院承办首届《文学遗产》论坛。12月被聘为《文学遗产》杂志编委,天水师范学院兼职教授;

《屈原与他的时代》,人民文学出版社2002年第二版;

《灿烂星河》(主编),甘肃人民出版社2002年版;

《世纪足音》(主编),甘肃人民出版社2002年版;

参编《元明清词鉴赏辞典》(上海辞书出版社2002年版);

《庄蹻事迹与屈原晚期的经历》,《文史》第55辑;

《屈原的对内政策及同旧贵族的斗争》,《天水行政学院学报》2002.4;

《陆时雍与〈楚辞疏〉》,《文献》2002.3;

《古代神话与民族史研究》,《西北民族研究》2002.1;

《形天神话源于仇池山考释——兼论奇股国、氐族地望及武都地名的由来》,《河北师范大学学报》2002.4,《中国古代近代文学研究》2002.11;

《班彪〈览海赋〉》,《文学遗产》2002.2;

《英雄时代的社会风气与文学》,《光明日报》2002.7.3"文学遗产"专栏;

《振兴学术,弘扬优秀文化传统》,《社科纵横》2002.5。

2003 年

7月,作为学科骨干组织申报西北师范大学古典文献学博士点和中国语言文学博士后流动站,俱获成功。为西北师范大学博士后流动站负责人。甘肃省学位委员会第二届委员会副主任。12月,继任甘肃省社会科学研究系列高级职务评审委员会委员;

10月,《从〈天问〉看共工、鲧、禹治水及其对中华文明的贡献》获得《社会科学战线》创刊25周年优秀学术论文评奖一等奖;

《古典文献论丛》,中华书局2003年;

参编《高等语文》(温儒敏主编),江苏教育出版社2003年版;

领衔《先秦诗鉴赏辞典》(袖珍版),上海辞书出版社2003年版;

《左徒新考》,《荆州师院学报》2003.1;

《〈离骚〉中有关西北神话传说的地名考述》,《社科纵横》2003.5;韩国《东方汉文学》第13辑(东方汉文学会2000年2月);

《赵壹生平著作考》,《文学遗产》2003.1,《中国古代近代文学研究》2003.6;

《〈两都赋〉的创作背景、体制及影响》,《文学评论》2003.1;

《〈诗经〉研究的一部重要参考书——评刘毓庆〈诗经百家别解考〉》,《山西大学学报》2003.2;

《学海述航——写在〈古典文献论丛〉之前》,《中国文化研究》2003.3;

《张晋交游考》,《西北师大学报》2003.3;

《〈红楼梦〉的构思与背景问题》,《社会科学战线》2003.4;

《拭目重视,气象壮阔——论先秦文学研究》,《福建师大学报》2003.4;《中国古代近代文学研究》2003.11;

《汉晋赋管窥》,《甘肃社会科学》2003.5,《中国古代近代文学研究》2004.1;

《继承优秀文学遗产,弘扬伟大民族精神——论经济全球化大背景下的中国古代文学》,《郑州大学学报》2003.5,《中国古代近代文学研究》2003.12;

《实证与理论》,《古典文学知识》2003.4,《中国古代近代文学研究》2003.10;

《目瞭形分,心敏理达——跋郭晋稀先生〈诗辨新探〉》,《西北民族大学学报》2003.5,香港大学《人文中国学报》第10期;

《〈秦汉文学史研究的困境与出路〉评议》,《文学遗产》2003.6;

《〈徽郡志〉序》,《天水师院学报》2003.1,〔明〕郭从道《徽郡志》,天马图书有限公司2003年版;

《论秦腔的艺术传统与改革发展问题》,《陇东学院学报》2003.1;

《爱之则劳,忠焉以诲——博士生的思想与学风教育》,《郑州大学学报》2003.4。

2004年

5月去文学院院长之职,专任古籍整理研究所所长;

《汉晋赋作家作品研究》获甘肃省高校2002—2003年度哲学社会科学优秀成果一等奖;

《屈骚探幽》,巴蜀书社2004年再版;

《名家品诗坊·诗经》(领衔),上海辞书出版社2004年版;

《名家品诗坊·楚辞》(参编),上海辞书出版社2004年版;

《〈楚辞〉中反映的文学思想》,《甘肃联合大学学报》2004.3,《中国古代近代文学研究》2004.10;

《论讲史传统的流变与诗赋的正宗地位——韩高年〈诗赋文体源流新探〉序》,《光明日报》2004.7.7,韩高年《诗赋文体源流新探》,巴蜀书社2004年;

《〈管子研究〉序》,池万兴《管子研究》,高教出版社2004年版;

《从敦煌佚书与汉简看口传在古代文学传播中的作用——〈敦煌文学文献丛稿〉序》,《古籍整理研究学刊》2004.2,伏俊琏《敦煌文学文献丛稿》,中华书局2004.8,《图书与情报》2004.6;

《有关跖起义几个问题的探讨》,《甘肃社会科学》2004.4;

《枚乘〈梁王兔园赋〉校议》,《文史》2004.4;

《论严可均〈全上古三代文〉之失与〈全先秦文〉的编辑体例》,《西北师大学报》2004.5,《中国古代近代文学研究》2005.2；

《〈全先秦诗〉序例》,《古籍研究》2004年卷下,安徽大学出版社2004.12；

《转型时期的中国古代文学研究——〈先秦两汉文学与文化〉序》,杨兴华《先秦两汉文学与文化》,当代中国出版社2004年版；

《〈中外神话与文明研究〉序》,张启成《中外神话与文明研究》,学苑出版社2004年版,《贵州文史丛刊》2005.1。

2005年

3月到郑州大学参加《文学评论》《文学遗产》和郑州大学联合召开的"文学与文化"研究与学科建设研讨会。会后应章培恒先生之邀,同黄霖先生一起到上海复旦大学为中国古代文学研究基地与古籍整理研究所博士生、青年教师讲学三天,其间应邀到上海电大"名家讲座"讲一次。又应邀到广州暨南大学、华南师大讲学。7月,在甘肃省《四库全书》研讨会与研究会成立大会上,被推选为甘肃省《四库全书》研究会名誉会长；

《〈两都赋〉的创作背景、体制与影响》获甘肃省第九次社科优秀成果一等奖；

《〈晏子春秋〉为齐人淳于髡编成考》,《光明日报》2005.1.26；

《先秦佚诗与先秦诗歌的发展》,《江海学刊》2005.1;《中国古代近代文学研究》2005.5；

《关于枚乘〈梁王兔园赋〉的校理、作者诸问题》,《文献》2005.1；

《〈文化视角下的中国古代小说〉序》,《甘肃高师学报》2005.1,刘书成《文化视角下的中国古代小说》,甘肃文化出版社2005年版；

《用历史语言学于古文献断代的一个成功例证——〈逸周书〉的语言特点及其文献学价值〉序》,周玉秀《〈逸周书〉的语言特点及其文献学价值》,中华书局2005年版；

《论先秦赋与散文的成就》,《新疆大学学报》2005.3；

《〈诗经〉中反映的文学思想》,《第六届诗经国际学术研讨会论文集》,学苑出版社2005年版；

《论先秦时代的文学活动》,《郑州大学学报》2005.6,《中国古代近代文学研究》2006.3;

《今本〈文子〉的形成与流变》,《中华文史论丛》第 80 辑;

《汉水与西礼两县的乞巧风俗》,《西北师大学报》2005.6;

《积石与大禹导河事迹再考》,《社科纵横》2006.3。

2006 年

12 月,西北师范大学先秦文学与文化研究中心成立,任中心主任。参加中国人民大学复印报刊资料文学学科专家咨询会;

7 月,《先秦文学的发展与成就》系列论文获 2004—2005 年度甘肃省高校社会科学优秀成果奖一等奖。8 月,获"甘肃省教学名师"称号。9 月,获"国家级教学名师"称号,在人民大会堂参加了表彰会;

《楚辞研究的深入与拓展(主持笔谈)》,《甘肃社会科学》2006.1;

《楚辞研究前景的展望》,《甘肃社会科学》2006.1,《中国古代近代文学研究》2006.5;

《论先秦时代的讲史、故事和小说》,《文史哲》2006.1;

《本乎天籁,出于性情——〈庄子〉美学内涵再议》,《文艺研究》2006.3;

《〈诗经〉研究的过去、现在与将来》,《西北师大学报》2006.3;

《论先秦寓言的成就》,《陕西师范大学学报》2006.4;

《〈礼记〉的当代价值与文献学研究——兼序王锷〈礼记成书考〉》,《南京师范大学文学院学报》2006.4,王锷《礼记成书考》,中华书局 2007 年版;

《关于文子其人其书的探索——兼论〈文子〉成书及其思想》,《图书与情报》2006.6;

《学术慧眼 大家胸怀——郭晋稀先生〈诗经蠡测〉再版跋》,《诗经蠡测》,巴蜀书社 2006 年版,又《诗经研究丛刊》第 15 辑,学苑出版社 2008 年版;

《先秦兵书研究与当代价值——〈先秦兵书研究〉序》,《古籍研究》2006·卷下,又解文超《先秦兵书研究》,上海古籍出版社 2007

年版；

《宋代西和高僧海渊》，《天水师范学院学报》2006.1；

《萨真人墓与萨守坚》，《中国道教》2006.4；

《西礼两县的乞巧风俗》，《文史知识》2006.8。

2007 年

6月，被推选为甘肃省中华文化促进会副主席，任甘肃省先秦文学与文化研究中心主任。8月，参加第七届国际辞赋学学术研讨会，被聘为全国赋学会顾问。9月，被推选为中国楚辞学会名誉会长（连任至今）；

11月，获"2007年西北师大教学质量优秀教师奖"。《古典文献论丛》获第四届中国高校人文社会科学优秀成果奖三等奖。《论先秦时代的故事、讲史和小说》获甘肃省第十次社科优秀成果奖三等奖；

参编《中国文学作品选注》（袁行霈主编）（第一卷先秦部分主编），中华书局2007年版；

《诗经三百篇鉴赏辞典》（领衔），上海辞书出版社2007年版；

参编《高等语文》（甲种本）、《高等语文》（乙种本）（承担其中《离骚及骚的传统》部分的撰写），江苏教育出版社2007年版；

《跂彼织女，在水之湄——况澍的集〈诗〉七夕诗》，《中国韵文学刊》2007.1；

《〈鬼谷子〉的历史地位与当代价值》，《中国典籍与文化》2007.1，许富宏《鬼谷子集校集注》，中华书局2008年版；

《校读法的概念、范围与条件》，《古籍整理研究学刊》2007.3；

叔孙豹的辞令、诗学活动与美学精神——兼论春秋时代行人在先秦文学发展中的作用，《文学评论》2007.4；

《论老子重生思想的源流与道教思想的孕育》，《兰州大学学报》2007.4；

《被不断阐释与重写的先秦文献——〈逸周书研究〉序》，《古籍研究》2007·卷下；又罗家湘《逸周书研究》，上海古籍出版社2006年版；

《散体大赋第一篇——论枚乘〈梁王兔园赋〉在赋史上的地位》，

《中国赋学》，江苏教育出版社 2007 年版；

《读〈文言文校读〉——怀念彭铎先生》，《社科纵横》2007.5；

《汉水、天汉、天水——论织女传说的形成》，《学林漫录》第 16 辑；

《牛女传说在魏晋南北朝时期的传播与分化》，《长江学术》2008.1；

《陇东、陕西的牛文化、乞巧风俗与"牛女"传说》，中山大学中国非物质文化遗产研究中心《文化遗产》创刊号（200 年 11 月）。

2008 年

6 月，任西北师大学位委员会副主任、文史艺术学位委员会主任。8 月，应台湾中研院文哲所邀请赴台讲学。12 月主持召开甘肃省先秦文学与文化论坛；

"先秦文学与文化探微"系列论文获甘肃省高校哲学社会科学优秀成果奖一等奖；

《论纵横家的历史地位与〈鬼谷子〉的思想价值》，《中州学刊》2008.1；又许富宏《鬼谷子研究》，上海古籍出版社 2008 年；

《〈礼记〉与现代精神文明》，《西北师大学报》2008.1；

《赋体溯源与先秦赋述论》（上）、（下），《辽东学院学报》2008 年第 3 期、第 4 期；

《南北朝赋创作的得失》，《甘肃联合大学学报》2008.4；

《魏晋赋的局限与拓展》，《周口师范学院学报》2008.6；

《祭文的源流与抒情特征——〈祭文名篇注译赏析〉序》，《西北民族大学学报》2008.1；又《祭文名篇注译赏析》，大众文艺出版社 2009 年版；

《卓哉邢明府，吊古资前闻——〈邢澍诗文笺疏及研究〉序》，漆子扬《邢澍诗文笺疏及研究》，甘肃人民出版社 2008 年版；

《南朝社会与"四萧"评价问题——〈兰陵萧氏家族及其文学研究〉序》，杜志强《兰陵萧氏家族及其文学研究》，巴蜀书社 2008 年版，《甘肃高师学报》2009.6。

2009 年

8 月，被省政府聘为省文史研究馆馆员。在复旦大学暑期学校第一期"现代视野下的中国古代文学研究"研讨班讲楚辞的研究；

《屈原的名、字与〈卜居〉〈渔父〉的作者、作时、作地问题》，《兰州大学学报》2009.1；

《再论〈惜往日〉〈悲回风〉的作者问题》，《文献》2009.3；

《诗的采集与〈诗经〉的成书》，《文史》2009.2；

《试论先秦儒道两家在文学理论探索上的成就》，《江西社会科学》2009.2；

《论瞍矇、俳优在俗赋形成中的作用》，《陕西师范大学学报》2009.2；

《汉王朝的兴衰与汉赋的发展及转变》，《西北民族大学学报》2009.2；

《〈先秦两汉文学流变〉序》，郭令原《先秦两汉文学流变》，中国社会科学出版社2009年；

《在内容和形式之间：思想与文化的全息反映——〈盐铁论〉研究〉序》，王永《〈盐铁论〉研究》，宁夏人民出版社2009年版，《宁夏大学学报》2010.3；

《先周历史与牵牛传说》，《人文杂志》2009.1；

《读杜甫的〈天河〉〈牵牛织女〉等诗》，《天水师范学院学报》2009.3；

《再论"牛郎织女"传说的孕育、形成与长期分化》，《中华文史论坛》2009.4，《新华文摘》2010.9；

《从〈二郎爷赶山〉的传说说到白马人的来源与其民俗文化的价值》，《西北民族研究》2009.4。

2010 年

3月参加华东师大《子藏》编纂工程论证会，被聘为学术委员会委员。5月，甘肃省古代文学学会成立大会与第一次研讨会在西北师大召开，被选为会长。7月被聘为山东大学博士生合作指导教师（至2014年）。8月，赴东莞参加首届中国（东莞望牛墩镇）七夕风情文化节组委会主办的"中国七夕文化论坛"。同月任甘肃省古籍保护专家

委员会副主任。申报国家社科基金重大项目"《全先秦汉魏晋南北朝文》编纂与研究",赴京答辩,获得立项;

"牛郎织女传说与甘肃"系列论文获甘肃高校社科优秀成果奖一等奖;

《先秦文论全编要诠》(主编,全二册)人民文学出版社2010年版;

《历代赋评注》(总主编,包括先秦卷、汉代卷、魏晋卷、南北朝卷、唐五代卷、宋金元卷、清代卷七卷,420万字),巴蜀书社2010年版;

《先秦文学编年史》(主编,全三册),商务印书馆2010年版;

《汉魏六朝赋点评》,三秦出版社2010年版;

《陇上学人文存·赵逵夫卷》(范鹏主编,韩高年编选),甘肃人民出版社2010年版;

《〈惜诵〉、〈涉江〉的窜简问题再议》,《中国楚辞学》第18辑,2010.6;

《〈中华诗祖屈原〉序》,吴继路《中华诗祖屈原》,首都师范大学出版社2010年版;

《论赋的特质及其与汉语和中国文化之关系》,《文史哲》2010.2;

《〈迢迢牵牛星〉、〈兰若生春阳〉二诗关系浅谈》,《中国典籍与文化》2010.2;

《延展对先秦散文史的认识——〈春秋辞令文体研究〉序》,《宁夏师范学院学报》2010.2,董芬芬《春秋辞令文体研究》,上海古籍出版社2012年版;

《展开五千年文学与文化史的前半段——〈先秦文学与文化研究丛书〉序》,《天水师范学院学报》2010.3;

《〈周南·汉广〉探微》,《古典文学知识》2010.3;

《〈玉台新咏〉所收"枚乘杂诗"作时新探》,《西北师大学报》2010.4;

《有关"牵牛织女"传说的一首诗与〈易林〉的作者问题》,《古籍整理研究学刊》2010.4;

《〈秦风·蒹葭〉新探》,《文史知识》2010.8;

《〈〈左传〉修辞研究〉序》,李华《〈左传〉修辞研究》,上海古籍出版社 2010 年;《西北成人教育学报》2011.4;

《〈魏晋南北朝文学与书画的会通〉序》,张克峰《魏晋南北朝文学与书画的会通》,中国社会科学出版社 2010 年版;

《秦人、赵姓与天水——〈赵姓文化〉发刊词》,《天水行政学院学报》2010.5;

《〈诸子百家人生智慧〉序》,蒋瑞《诸子百家人生智慧》,武汉出版社 2010 年版;

《十六载筚路蓝缕 四十人精诚协作——〈历代赋评注〉编后絮语》,《辽东学院学报》2010.4。

2011 年

4 月,甘肃省先秦文学与文化研究中心主办《先秦文学与文化》(丛刊)创刊(上海远东出版社出版),撰《发刊词》。4 月,主持召开国家社科基金重大项目"全先秦汉魏晋南北朝文"编纂与研究项目论证会,傅璇琮、刘跃进、顾青等先生参加会议。8 月,主持召开由甘肃省先秦文学与文化研究中心、西北师范大学文史学院、台湾辅仁大学中国文学系、北京师范大学文学院及甘肃民族师范学院共同举办的第九届海峡两岸先秦两汉学术研讨会,并作大会发言。8 月,参加兰州召开的第二届简牍学国际学术研讨会;

《先秦文论全编要诠》获全国优秀古籍图书奖二等奖;《历代赋评注》获全国优秀古籍图书奖二等奖;

《历代名著精选集·诗经》,凤凰出版社 2011 年版;

《牛郎织女》(校点),甘肃人民出版社 2011 年版;

《〈惜诵〉、〈涉江〉的窜简问题再议》,《文学遗产》2011.6。

2011 年开始在《古典文学知识》上开专栏——滋兰斋说《诗》,每期一篇,至 2012 年第 6 期,共 12 篇;

《有关小说〈牛郎织女〉及其校订的几个问题》,《甘肃高师学报》2011.1;

《论〈西藏赋〉在赋史上的地位——〈《西藏赋》校注〉序》,《西藏民族学院学报》2011.1，池万兴、严迎春《〈西藏赋〉校注》，齐鲁书社2013年版；

《应运而生的思想家——〈《韩非子》的成书及其文学研究〉序》，《甘肃联合大学学报》2011.1，马世年《〈韩非子〉的成书及其文学研究》，上海古籍出版社2013年版；

《七夕节的历史与七夕文化的乞巧内容》，《民俗研究》2011.3；

《从广东七夕节的传播源流看其文化特征》，《文化遗产》2011.3；

《论"空城计"之有无与西城的地望》，《甘肃社会科学》2011.5；

《王公仪生平、家世与交游考述》，《天水师范学院学报》2011.6。

2012年

3月，在兰州主持、参加由甘肃省先秦文学与文化研究中心、台湾"中研院"文哲所、西北师大文史学院共同主办的"2012海峡两岸先秦文化高层论坛"。5月，出席河西学院主办的"河西讲坛"揭幕仪式并作首场讲座。6月16日，应邀到陇南市，为武都区四大班子领导和文化界人士作"武都·武都国·蜀道"的学术报告。19至20日，赴文县铁楼乡考察白马藏族风俗文化，21日在文县出席首届中国白马人民俗文化研讨会并作学术演讲，担任《陇南白马人民俗文化图录》（甘肃人民出版社2013年）学术指导。22日在天水出席甘肃省举行的公祭伏羲大典。6月30日至7月2日，在天水师范学院出席甘肃省古代文学学会第二届年会暨学术研讨会。11月，在兰州大学参加甘肃文化发展研究会，被聘为研究会顾问；

编选《陇上学人文存·郭晋稀卷》并撰前言，甘肃人民出版社2012年版；

《由一条标语说到楚辞的校理》，《文汇报·笔会》2012.2.7；

《李白〈菩萨蛮〉理乱》，《文史知识》2012.3；

《汉晋拟人故事赋钩沉》，《中国典籍与文化》2012.3；

《〈后汉书·赵壹传〉标点漫议》，《天水师范学院学报》2012.3；

《卢文弨辑〈师旷〉刍议》，《古籍整理研究学刊》2012.4；

《承传道统 赋为诗史——论李谐及其〈述身赋〉》，《辽东学院学

报》2012.5;

《〈先秦文学发生研究〉序》,赵辉《先秦文学发生研究》,人民出版社2012年版;

《〈文史述林〉序》,刘瑞明《文史述林》,甘肃人民出版社2012年版;

《〈绵绵〉一诗的产生时代及先秦诗歌的流传与衍变》,《中国文学研究》第20辑,2012.12;

《从古代文学作品看传统体育的历史与精神》,《当代教育文化》2012.1;

《诗见襟怀 文寄真情——读〈剪韭轩诗文存〉》,《丝绸之路》2012.12;

《由秦简〈日书〉看牛女传说在先秦时代的面貌》,《清华大学学报》2012.4;

《〈陇南非物质文化遗产〉序》,赵琪伟《陇南非物质文化遗产》,甘肃人民出版社2012年版;

《〈陇南民俗文化〉序》,《陇南民俗文化》(共4册),甘肃文化出版社2012年版。

2013年

4月受邀到清华大学录制"教学名师谈教学"。5月,参加清华大学"百盛——清华学报优秀论文奖"颁奖大会。7月,参加"海峡两岸六校研究生国学高峰论坛"学术活动。8月,参加北京召开的"中国(西和)乞巧文化高峰论坛",并作主旨演讲。9月,由西北师大文学院举办"第三届骈文国际学术研讨会",作大会发言。11月23日,参加由《文学评论》《文学遗产》和中国人民大学文学院联合主办的"中国古代文学研究:视野与方法"研讨会。11月29日参加南京师范大学"《史记》校点修订本座谈会"。11月30日参加山东大学《子海》成果发布会与高峰论坛。12月,参加中国社会科学杂志社文学部、暨南大学文学院联合主办的"中国古代文学研究走向与方法高峰论坛"。任丝绸之路与华夏文明传承发展理论与实践研究平台主任;

《由秦简〈日书〉看牛女传说在先秦时代的面貌》获清华大学第二

届"百盛—清华学报"优秀论文奖；

《楚辞语言词典》（主编），上海辞书出版社 2013 年版；

《论慎道的法制思想》，《社会科学战线》2013.4；

《论葛洪的思想、著述及其价值》，《复旦学报》2013.4；

《赵壹生平补论》，《中山大学学报》2013.4；

《读陆机赋札记》，《文献》2013.6；

《论秦史研究与秦人西迁问题——〈秦史求知录〉序》，《天水师范学院学报》2013.1，祝中熹《秦史求知录》，上海古籍出版社 2012 年版；

《由两条引文看牛女传说中的文献问题》，《古籍整理研究学刊》2013.5；

《论甘肃早期文化同华夏文明的关系》，《甘肃社会科学》2013.4；

《乞巧风俗是古老秦文化遗留》，《中国艺术报》2013.8.7；

《"牛郎织女"传说的考察》，出石诚彦著，赵逵夫译，《文化遗产》2013.5；

《白马人的历史与文化》，《天水师范学院学报》2013.6；

《〈西和乞巧民俗研究〉序》，李凤鸣、韩宗坡、王亚红《西和乞巧民俗研究》，甘肃人民出版社 2013 年版；

《〈西汉水上游乞巧及乐舞研究〉序》，张芳《西汉水上游乞巧及乐舞研究》，敦煌文艺出版社 2013 年版；

《由兴趣到使命感的形成》，《当代教育与文化》2013.5。

2014 年

4 月，与西北民族大学联合召开中国古代文学第三届年会。7 月，主持"《全先秦汉魏晋南北朝文》的编纂与研究"审稿会。8 月 1 日，赴京参加"中国（陇南）乞巧女儿节与妇女发展国际论坛"，作主旨演讲。8 月 7 日参加陕西师大承办的第十一届赋学国际学术研讨会。8 月 19 日，赴复旦大学开设学术讲座《楚辞的评价与文献学研究问题》；

《古典文献论丛》（增订本），中华书局 2014 年版；

《西和乞巧歌》（校注），上海远东出版社 2014 年版；

《西和乞巧节》，上海远东出版社 2014 年版；

《读赋献芹》,中华书局 2014 年版;

《体育古文》,华东师范大学出版社 2014 年版。

《〈秦公簋铭文考释〉序》,丁楠《秦公簋铭文考释》(第二版),中国时代出版社 2014 年版;

《高罗佩〈大唐狄公案〉中的几篇小说——兼论唐代汉源县与汉水的关系》,《兰州文理学院学报》2014.4,《中国古代近代文学研究》2014 年第 11 期;

《因地蓄锐 秦人发祥于陇右》,《甘肃日报》2014.3.18;

《屈原与端午》,《读者》2014.6;

《传统女儿节的历史透视——有关西和乞巧的几首诗词浅论》,《中国(西和)乞巧文化高峰论坛学术论文集》,华夏出版社 2014 年版;

《〈中国(西和)乞巧文化高峰论坛学术论文集〉序》,同上;

《睿哲惟宰,经理为文——郭晋稀先生国学学说及其探索之路》,《甘肃社会科学》2014.2。

目前主要精力在与学界同仁一起进行《全先秦汉魏晋南北朝文》的编纂与研究工作。

图书在版编目(CIP)数据

滋兰斋文选/赵逵夫著. —上海:复旦大学出版社,2016.5
(当代中国古代文学研究文库)
ISBN 978-7-309-12063-9

Ⅰ.滋… Ⅱ.赵… Ⅲ.古典文学研究-中国-文集 Ⅳ.I206.2-53

中国版本图书馆CIP数据核字(2016)第002489号

滋兰斋文选
赵逵夫 著
责任编辑/王汝娟

复旦大学出版社有限公司出版发行
上海市国权路579号 邮编:200433
网址:fupnet@fudanpress.com http://www.fudanpress.com
门市零售:86-21-65642857 团体订购:86-21-65118853
外埠邮购:86-21-65109143
上海市崇明县裕安印刷厂

开本 787×960 1/16 印张 28.25 字数 361千
2016年5月第1版第1次印刷

ISBN 978-7-309-12063-9/I·975
定价:70.00元

如有印装质量问题,请向复旦大学出版社有限公司发行部调换。
版权所有 侵权必究